守望

吴鲁言 著

宁波出版社

图书在版编目（CIP）数据

守望 / 吴鲁言著. -- 宁波：宁波出版社, 2025.4. （2025.5 重印）
ISBN 978-7-5526-5630-5

Ⅰ. I247.5

中国国家版本馆 CIP 数据核字第 2025WE0380 号

守望
SHOUWANG

吴鲁言　著

出版发行	宁波出版社
	（宁波市甬江大道 1 号宁波书城 8 号楼 6 楼　315040）
责任编辑	罗樱波
责任校对	庞守江　陈　钰
装帧设计	金字斋
印　　刷	宁波白云印刷有限公司
开　　本	710 毫米 × 1000 毫米　1/16
印　　张	29
字　　数	387 千
版　　次	2025 年 4 月第 1 版
印　　次	2025 年 5 月第 2 次印刷
标准书号	ISBN 978-7-5526-5630-5
定　　价	85.00 元

如发现缺页或倒装，影响阅读，请与出版社或印刷厂联系调换
电话：0574-87248279（出版社）
　　　0574-87328764（印刷厂）

概　要

　　一个村庄的沧桑变迁也是一个家族和社会发展的缩影。

　　小说从村口的那棵古树说起，展现了一幅从改革开放初期到当代农村巨变的动人画卷。一个具有六百多年历史的沈氏十七房家族，通过几代人的勤俭持家、艰难创业，涌现出一批企业家、学者、领导者等优秀人才，成为各行各业有影响力的领军人物。虽然在家族事业的传承、发展、创新的过程中，因学识背景、生活阅历的差异有诸多矛盾和冲突，但在前辈优秀人物的影响和带动下，一批又一批年轻人不断成长。

　　小说人物丰富，层次清晰，生动刻画了民营企业家沈建国不畏挫折、不断前行，带领家族和村民脱贫奔小康生活、走向共同富裕、开创现代化的新农村新生活的奋斗历程。通过丰富多彩的事件，叙述了以沈飞雁为代表的20世纪70年代出生的农村孩子，秉承祖辈善良诚信、吃苦耐劳的品性，成为一名德艺双馨的主任医生，在支援新疆和抗疫斗争中彰显正能量，成为沈氏十七房村的骄傲的故事。

　　小说用深深的乡愁，细腻地描写了古村的独特风土人情和历史风貌，整部作品催人奋进、鼓舞人心。

目录

第一篇章
贫困的四季

粉色婴孩的初啼之声　　/　003
1975 年的秋天　　/　012
凛冽寒冬里的温暖　　/　020
在春天出嫁　　/　031

第二篇章
争做万元户

万物复苏显新气象　　/　045
没有泥巴的大上海　　/　054
80 年代的新一辈　　/　062
快乐的"六一"节　　/　075

生与死的碰撞 / 086

飞雁10岁庆生 / 096

沈家村第一家小店 / 108

全县三好学生 / 118

包头与奶油蛋糕 / 132

瞬间长大 / 145

标准件厂扩建 / 155

村庄修建水泥路 / 162

拖拉机手蜕变的故事 / 174

热闹的电话机 / 181

第三篇章
村庄走向世界

村里出了一个大学生 / 193

私家车开进十七房 / 201

沈医生的仁爱之心 / 210

倒腾牛仔裤的小伙子 / 220

小偷的重生 / 230

集体企业的转型 / 240

白龙湖度假区的诞生 / 249

怒放的爱情花 / 257

去上海购嫁妆 / 268

马区长锒铛入狱 / 278
入住小高层村庄 / 287
村庄最后的葬礼 / 295
紧固件行业成燎原之势 / 307
带着婆婆改嫁 / 317
白龙中学的消失 / 326
白龙大道的建成 / 335

第四篇章
实现乡村振兴

都似拆迁惹的祸 / 345
筹建紧固件协会 / 352
马立伟加入民营企业 / 358
建芬重逢甘露 / 366
羊毛衫厂再辉煌之秘密 / 373
飞荣集团的腾飞 / 380
杰出的兄弟姐妹 / 387
被派往维和部队 / 396
活力四射的阿六饭店 / 402
民间公益读书社 / 413
电商企业的崛起 / 421
星空下的约会 / 429

疲惫的疫情时代　　/　438
古树下,爱出者爱返　　/　445

作者的话　　/　455

第一篇章

贫困的四季

粉色婴孩的初啼之声

1974年7月21日,太阳火辣辣地炙烤着大地。文城市沈氏十七房村村口那棵百年古榔榆树伸展着它那圆径至少有五十米宽的繁茂树冠,严肃得像一位饱经风霜的老人,顶着一把硕大的绿绸雨伞,纹丝不动地耸立在村庄的北面,成为这个具有六百多年历史的古村落的一面高大旗帜,结实,顶天立地。那时经常有小孩在古树下玩耍,三四个人是环抱不过来的。据说,榔榆树的材质非常坚硬,村民们用它做锄头的枕木及木柄,特别耐用。村庄里曾经有多棵榔榆树,但都被锯下来制作成农具了,只有这棵百年榔榆树一直守望着村庄,守望着村庄里的人们。每个经过村庄的人都会仰视一下这棵古树,时不时地向这位守护者致敬。

夏日,古树树冠里不停地传出密集的蝉叫声,啾啾啾的声音充斥着村庄的上空,而早已习惯了的村民们,似乎没有那片蝉鸣声就无法感知夏天的炎热、生活的艰苦和农村的活力。

每个清晨,沈氏十七房村生产队的第一声哨子就在古树下吹响,无论是不是早起的那个,想生存下去,一个个都必须准时出工。吹哨子的农民叫沈建国,他是沈氏十七房村生产大队的第一生产队小队长。沈氏十七房村本身是个自然村,又是个行政村,全村整个生产大队,除了沈家村,还包括了周边西邵村、东严村、陈家村、朱家池村、小吴家村和小王家村这六个自然村,分别被划分为生产二队、三队、四队、五队、六队和七队。村子占地一千多亩,近四百户人家,光古老的沈氏十七房村就有两百户,可见这个行政村还真不小!

据传,原先沈氏十七房村独有沈姓,另外六个自然村是后来慢慢地从各地迁居而来的。那六个村说沈氏十七房也是外来户,但谁又是开天辟地就在这块地盘上的呢?估计这也是多年来沈氏第一生产小队与其他六个生产小队经常打架的原因吧!表面上,看似都是为了些田地的事。在农村,什么最大?当然是田地。农村人嘛,活着就是为了田地,包括宅基地、耕作地、自留地、林地和山地。沈氏十七房村没有林地和山地,前面这三种地已经够各村争夺的。除了整块的土地,重要的还有那些沟沟壑壑、边边角角,尤其是那些宅基地和自留地的边角,最易引起斗殴事件——小的可以是一个家庭与另一个家庭的斗殴,大的可以发展成一个村乃至几个村落之间的群殴。类似的事件,在村史上比比皆是,在当时的中国农村大地上也到处都有,绝不是沿海农村专有的。按理说,沿海人有海一样的胸怀。但在土地面前,农村人并没有这样的胸襟。因为土地是农民的生存之本,没了生存源,何来胸怀?所以,以前的沈氏十七房村动不动就会来一场惊心动魄的村落间的群殴事件。

其实,无论那六个自然村的村民如何联合,都是斗不过沈氏十七房村民的,为什么呢?渊源太深了。据载,沈氏十七房村已有六百多年的历史,是闻名四方的古村落。二十年后证实,沈氏十七房是全国现存的规模最大的明清民居建筑群。而其余六个自然村,则没有什么文化底蕴可言,每个村庄不过几十户人家,与十七房沈家两百多户农家如何相比?虽然这些年

第一篇章　贫困的四季

不断地迁进一些外来户,但全村仍以沈氏为主。

据记载,沈氏祖上有春秋时期的北方皇家血脉,当年祖先来此隐居,为的是躲祸。因曾受高人起卦指点"避冤家,往东南,过长江,跨钱塘,东海之滨有择山,去那里安全",便由北方来到这个偏僻、荒芜的沿海之地。从此隐姓埋名,连原姓都不要了,靠去十里之外的海滩上拾泥螺、黄蛤、牡蛎、蛏子、海瓜子和沙蟹谋生,历经数百年才发展成今天的村庄。虽然这里是江南小镇,但十七房的建筑风格明显具有北方皇家建筑棋盘式结构特色,又兼融了江南以幢为单元的三合院、四合院的庭院式风格,层层叠叠的马头墙随处可见,匠心独具,工艺精湛。精美的石雕、砖雕、木雕俯仰皆是,旗杆石、抱鼓石、进士第和父子登科的匾额、楹联遍布各房各屋。只是经历了这些年的风雨和斗争,很多精美的雕刻被凿去、被破坏,墙面也涂上了各种语录。但只要稍微细看,每一处仍彰显着主人昔日的荣华和富贵。

自1966年以来,沈氏十七房家族其实是低人一等的。祖上曾经出过达官贵人也好,商人巨贾也罢,都已不再是沈家人能炫耀的资本。谁敢造次,谁敢提之前的繁华?现在的十七房住进来许多非沈氏家族之人,好多人直接入住到原先那几个大院里了,都是政府安排的,也有给下放的知识青年居住的。沈家人又有谁敢说一个"不"字?戴红袖章的随便给定个罪,你就吃不了兜着走。话又说回来,这些年,沈氏十七房村民斗不过六个自然村是受当下客观环境的限制。事实是,祖上曾经辉煌的史料散佚已久,《沈氏宗谱》也已失传,所有的辉煌都仅仅是道听途说,口口相传的东西没任何证据。哪怕原先有文字记载或进入族谱,这些年也早被扔进火堆了。谁敢留这样的文字任人宰割?从当前的形势看,沈氏十七房建筑的豪华、规模的巨大、气势的宏伟,所有这些统统成为惹祸的源头。如今,所剩的沈氏家族里早已没有了什么大户人家,那些大户都已是过往,真正有出息有能耐的沈氏后裔早已云散四海，甚至连一门亲戚都没留下。所以，这些年斗争再厉害，普通沈家农民也只是受些小斗而已。被斗得较为厉害的只有一户人家，当然也姓沈，是正宗的沈氏子孙。此人叫沈月发，61岁，高高瘦瘦，沉默寡言，只身独居，无儿无女，平时不耕种，只在老宅院子里种几畦菜地。听说，他年轻时在沈家私塾教过书。于是，村里年长的都习惯称他沈先生，年轻的大多喊他沈老师。他后来随家人去上海做生意，却不知道何故，在新中国成立前突然带着妻子回来了。还有一种说法是，他的亲人都跑到海外去了。某一天，一群红卫小兵冲进了他家，硬生生地从墙壁里挖出来一尊两个手掌般大的金菩萨，还找出他藏在水缸里的二十根金条及被包裹得整整齐齐压在水缸底下的一些禁书。被抄家那天，沈月发直接被拉到村口游行、批斗，一路游行到东经堂，再到白龙公社。晚上，他又被直接赶进牛棚。几年间，都不允许他回自家老宅居住。

　　在那个大雪纷飞的冬天，牛棚里丢失了一头小牛，有人怀疑是沈月发搞的鬼，说是他的失职。于是，将他拉出去暴打一顿。从此，村里多了个右腿残疾的扫地人。沈月发从此低着头，拖着那条残疾的腿默默地从村的这头扫到那头。有时，他也被拉去干农活，但从不与人打招呼，脸上除了衰老的皱纹，没一丝表情，除了劳动就是劳动。沈建国每每经过沈月发身边时，总会有意无意地靠近他，用低沉的声音轻轻地唤一声："沈老师。"起先，沈月发以为自己的耳朵出现了幻听。当沈建国在那个月光皎洁的夜晚再次靠近他时，仍叫他"沈老师"。那叫声如蚊子般细微，已习惯低头干事的他略微地抬了抬头，见沈建国的脸上也没有一丝表情。这时，同样毫无表情的沈月发，从喉咙底部回应了一个"嗯"字。他俩的招呼似地下党员之间的接应，总算联上了，未被人察觉蛛丝马迹。

　　那是七年前的事了。此时，沈月发还在劳动改造中，但已被允许晚上

第一篇章 贫困的四季

住回老宅，外面的形势正悄然地发生着变化。

其实，第一生产队小队长沈建国家也被抄过，是西邵村邵国年带着一帮红卫兵过来的。邵国年用食指点在沈建国的爹沈月宝脑门上，说他家里藏有黄金。这简直是莫名其妙，方圆十里内，整个沈氏十七房哪户人家不知道沈月宝家三代贫农。可邵国年硬说有人举报，说沈建国的外婆家有一门台湾亲戚，沈建国娘朱凤仙在月亮底下偷偷地给台湾亲戚发过电报。于是，红卫兵翻箱倒柜地搜，当然搜不出什么黄金和电台，可还是从他家阁楼里搜走了唯一的一小袋米。那是1967年，小弟沈建龙才一周岁多，朱凤仙藏着这一小袋米是给幼儿煨粥的。当时，沈建国的征兵体检结果已经出来了，认定为甲级身体，部队里任何一个兵种都欢迎他，县人民武装部已经下来调查，把他列为潜水兵了，但这一小袋米及胡编的故事使17岁的沈建国失去了入伍资格。五弟沈建军比沈建国小十多岁，在次日向走过牛棚间的村干部邵立株背后扔了一块碎瓦片，邵立株便捉住沈建军，用恐吓的语气问他是不是受台湾人指使，来破坏春耕的？还说建军扔的碎瓦片把牛棚里的牛打伤了，要把他抓起来送到公社审问。沈月宝闻讯赶来，惊慌地担心又会出什么乱子。但他与邵立株毕竟是同龄人，小时候光着屁股一起放过牛羊的，轻蔑地责问："邵立株，你给一个小孩子定的罪名是不是有点大了？"

此时，站在一旁向来沉默不语的沈月发抬了抬头，望了望青天白日，额头上现出深深的纹路。他指着那块静静地躺在地上的碎瓦片，冷冷地说："建军的那块碎瓦片没有扔进牛棚间！"

为此，沈月发被严罚修机耕路两个月。而邵立株的儿子邵国年终究顶替了沈建国的名额，成了海军战士。

入伍那天，公社干部来了，各村都敲锣打鼓的，一批穿着新军装的小伙子英姿飒爽,即将赶赴部队。邵国年嘴里含着一只生鸡蛋,这是当地的风俗。他胸前佩戴大红花,昂首挺胸地从沈建国面前走过,也从十七房村全体村民前经过。沈氏家族的村民脸上都没有祝福的表情,看不出是高兴还是不高兴,好像仅仅是看一场之前游行沈月发时那样的戏罢了。沈建国也默默地站在人群中,看着邵国年这等小人耀武扬威地从自己面前经过。

身为贫民的沈建国深知被抄家的滋味,内心无比感激沈月发不顾安危解救了五弟,默默许下诺言,以后要更加关心、帮助这位孤独的老人。沈月发与沈月宝是同辈人,只比沈月宝小了几岁,不知祖上哪代是共同的祖先,可能早已出了五服。反正沈月宝家穷得叮当响,沈月发自然没有念书的机会,5岁开始他就在东严村的地主家做长工。一次,沈月宝割牛草时,不小心把自己的左手食指给割了下来,只剩下一点点皮还粘连着。地主家只往这个5岁的小孩嘴里塞了个熟鸡蛋,就赶他独自回家了。路上恰逢西方寺一位僧人,看这小孩着实可怜,把他抱到寺院里撒了点类似香灰之类的药物,做了简单的包扎,又塞给他一个熟鸡蛋,将他背了回来。不知道为什么,农村人无论遇到好事坏事,都爱往人嘴里塞鸡蛋。长大后的沈建国听老祖宗讲过爹5岁时那段悲惨的经历,爹本人却从未提起。这让他萌生了一定要勤学苦干,让爹过上好日子的想法。而被抄家的那次经历,更让他明白了人生需要忍辱负重。他永远忘不了年幼的五弟被吓得脸色发白、差点小便失禁的窘样,更忘不了娘眼睁睁地看着那一小袋米被抄走时无声悲痛又敢怒不敢言的表情。在那个青黄不接的年代,年幼的弟弟妹妹都只能跟着他们吃红薯、土豆。当时,他与大哥沈建刚已经懂事,会经常挖点野菜回来,兄弟俩和父母只吃野菜。老祖宗看着两个正在长身体的孙子实在可怜,偶尔将自己腌制的芋艿叶给他俩吃,算是一点接济了。所以,那一小袋被抄走的米似在沈建国年轻的心里投下了一颗疼痛的炸弹,也坚定了他的人生

第一篇章 贫困的四季

目标,一定要出人头地并让全家人过上好日子。

成年后的沈建国娶了比他家更穷的夏银娥。爹说,穷人家的女儿特别贤惠。她是三婶包惠君介绍的位于十里外的白龙山下夏夹岙村的姑娘,有着细长的脖颈、浑圆的肩膀、轻盈的体态、端正的五官,各部位大小都恰到好处,看了令人舒心悦目,成为十七房诸多媳妇中一个顶。如今,妻子身怀六甲,这个夏天就要生产了。

恰在蝉声停止的那一刻,正坐在古树底下打盹的沈建国的奶奶吴氏梦到一只金色的凤凰飞进了村庄,飞向了她家。

梦醒的同时,老人家那并未失聪的耳朵真实而清晰地听到了一声婴儿的啼哭,"哇——"就在这一瞬间所有的蝉声都停止了,而这一声啼哭恰恰又分秒不差地打破了烈日时分的宁静,响当当地告诉十七房的村民们,又一个新生命降临了。吴氏睁开混浊的双眼,侧耳倾听,又一声婴儿的啼哭。细听,那声音似笑而不是哭,那是一个小生命来到人间的喜悦之声。吴氏80岁整了,听过多少小生命的落地之声,唯有今天这声落地之音是如此的悦耳动听,就像她曾经在西方寺听到的梵音,经验告诉她,是个女婴!

突然,老人家一个激灵。二房孙媳妇夏银娥生产了,家里又多了一位重孙女,真好!老人家那因营养不良而显得皱巴巴的黄脸舒展开来,那微微凸出又宽阔的脑门似乎显得亮堂了许多,真真切切地露出了一个欣慰的笑容。她扶住右边的拐杖,抽出刚才垫在屁股底下那把满是补丁的蒲扇,从古树底下立了起来。

去年,夏银娥就该产下大胖儿子的,但那头胎的儿子因为她在春耕时体力透支过多,不足月便在桥墩下的露天粪坑里早产了。可怜哪!想起孙媳妇去年春天所受的苦,同为女人的吴氏心里依然生生地发疼。虽然她老人家70岁不到就当上了曾祖母,现膝下重孙子重孙女已有八个,但哪一个不是她的心头肉呢!

这次夏银娥在一星期前就不用下地劳动了,是老人家给任第一生产小队队长的孙子建国下的命令,只让夏银娥在道场地里干点轻活。7月中下旬到8月的立秋被称为"双抢关",是农民最辛苦的一段时日,所有男女都要下地去抢割稻草、打稻谷、收稻谷,18岁以上的男女都被当作全劳力,只有老弱病残才能在道场地里干些扬谷、晒谷的轻活,工分自然也比下地的劳力要低。夏银娥出身贫农,从小是劳作的命,不是干农活就是打麻绳、做草包或压匾,闲不住。要不是因为去年头胎孩子夭折了,她是万万不肯接受这种老弱病残的待遇,总感觉自己年轻的身上有使不完的劲,哪怕这次又怀上了。但她再强硬,也硬不过80岁奶奶的规矩,丈夫、公婆哪个不得听这个小脚老祖宗的话?所以,这次她肚子痛时正好在扬谷。

"太太、太太,我大婶生了个妹妹!"5岁的沈爱飞光着脚丫从村里奔出来,头上两条小小的羊角辫剧烈地左右晃动,那红色的头绳尤其显眼、俏皮,是大姑沈建芬给她扎的。妈妈伍莲珍在六个月前生下了一个小弟弟,她当时并没这么高兴,因为小小的她早早地从大人的嘴里知道男孩比女孩来得金贵,哪怕家里偶尔来了个客人,男孩可以跟着父亲上桌吃饭,女孩只能在灶跟间吃点残羹冷炙。大婶生了个女孩,爱飞就是姐姐了,她特别开心。刚才奶奶吩咐她,快把喜讯告诉老祖宗。于是,她连拖鞋都没来得及穿便跑了出来。亏得是跑在干硬的光土地上,要是踏在青石板上,大中午的肯定烫脚,但欢乐可以把这小小的泥土烫抛在脑后。爱飞跑得满头大汗,满脸洋溢着天真无邪的兴奋:"太太,快走,我来搀扶你!"

吴氏把左手的破蒲扇递给5岁的重孙女,直起窝着的身子,笑呵呵地迎上去:"爱飞,小妹妹长得好看吗?"

爱飞的声音尖而脆:"太太,小妹妹非常可爱,粉粉的一团,干干净净,比我小弟弟好看多了。飞达出生时又黑又小,满脸疙瘩,像小老鼠。"

吴氏用拐杖笃笃笃地敲了一下脚下的土地,仍然一脸的笑,语气却有点严肃:"怎么能这样说自己弟弟呢?"

爱飞还没到能理会太太神色的年纪,继续吧嗒着小嘴问:"太太,小妹妹这么漂亮,给取个什么名字啊?"

吴氏的脑子快速地转了一下,刚才她梦见飞进了一只金凤凰,这粉团般的婴儿该取个什么样的名字好呢?

啾啾啾,古树上重新响起一阵阵密集的蝉叫声,有点聒噪,又有点活泼。老祖宗笃笃笃敲着拐杖,一老一少,一高一低,携手往村子里走去。

1975 年的秋天

　　沈飞雁已经一周岁多了，跟在小姑沈建芳和姐姐沈爱飞的身后摇摇晃晃地跑着，嘴里发出咯咯咯的清脆笑声。笑声回荡在沈氏十七房的上空，传向四周的田野。田野上已是金灿灿的一片，望不到边际，稻谷熟了，一阵风吹过来，一浪接一浪，美得令人眩晕。这是丰收的季节，日子是不是也这么一浪接一浪地在向前进呢？

　　今天是生产小队收割晚稻的第一天。沈建国早早地起来了，他要出趟远门。这个所谓"早早地起来"——飞雁在二十年后才知道，那是凌晨12点半，爸爸起床为她买奶粉去，去哪里买？市区。而文城市区离白龙乡的沈氏十七房村有多远？至少几十里的路。以爸爸年轻力壮的脚步，得走两个多小时。飞雁稍稍长大点时，就喜欢跟着爸爸去东经堂老街米厂轧谷，爸爸肩上挑着两担沉重的稻谷，飞雁仍跟不上他的脚步，每走一段路，必须小跑一会儿才能赶上。可想而知，当年的爸爸是如何的健步如飞。"市第一副食品商店里有奶粉了！"这话是邵家村的邵惠丽带来的。农村姑娘邵惠丽又是怎么得知市里关于奶粉的消息的呢？原来，是住文城市郊区的朱康美特意请人带给邵惠丽的消息，邵惠丽是沈建芬的闺密，而朱康美有个

第一篇章 贫困的四季

同事住邵家村。

一年前，飞雁出生时健健康康的，而妈妈夏银娥却在生产中因失血过多，经抢救才捡回一条命，落了一身的病，无法给这个粉团般的婴儿喂奶。没办法，奶奶朱凤仙做主让大姆妈伍莲珍给飞雁喂奶。伍莲珍自己的儿子飞达当时才九个月大，用小爱飞的话说"黑乎乎、肥嘟嘟的猪弟弟太会吃了"，伍莲珍的乳汁给飞达独享还不够呢，只能给飞雁在出生当月应急匀了些。无奈，朱凤仙每天拿着一个空的红毛瓶，到各村庄求爷爷告奶奶，向那些正在哺乳期的农妇讨要乳汁。朱凤仙舍不得让小飞雁一口气喝光讨来的乳汁，总留着点让她晚上再喝，但因天太热，乳汁只能放在井水里凉着。大伏天的乳汁仍免不了发馊，朱凤仙就在饭锅里热一下，继续喂飞雁。吃是人与生俱来的本能，无论是甜的还是馊的，飞雁从小就喝惯了。这也是夏银娥经常流泪的原因，她总怪自己身体不争气，心疼女儿没奶喝。为了让小飞雁时不时地能喝到新鲜的母乳，她后来也拖着憔悴的身体奔波在各生产队的田地间，可不是每个哺乳期妈妈的奶水都充裕。农村天地广阔无垠，当然还是有些哺乳期妈妈干两小时活就胀奶的，又不能因为胀奶而赶回村子去喂孩子，浪费时间就是浪费工分，在那个贫困的年代谁浪费得起工分呢！夏银娥正是抓住了这部分妈妈的不便之处，戴上宽阔的草帽、抱着弱小的飞雁穿梭在田间，请她们行行好，给孩子喂一次奶或挤一些奶。当飞雁成年后，每每遇到困难，奶奶总是把小时候家人抱着她四处讨要母乳的故事重复一遍，然后告诉她："遇事心量放大点，只要好好活着，一切都会好起来的。"这时，飞雁的身体里就会重新聚集能量。在她幼小的年纪里，还有什么比自己出生时没有母乳喝来得更困难呢？那是生命的伊始。她是喝百家母乳长大的，必须以自己的实际行动回馈那些好心人，回馈给予她爱和生命的这片土地。

那时,小飞雁白天能喝到别人家的乳汁,但晚上总归是欠缺的,哪怕一餐不饱,就哭啊闹啊的。于是,朱凤仙只能在煮饭的米锅里放一个空碗,待饭煮熟了,中间的碗里便有了点浓稠的米汤,俗称"粥引汤"。据说,那是整锅米饭中最精华、最营养的部分。有时,晚间飞雁实在哭得厉害,整个院子的人都无法入睡。奶奶拿不出"粥引汤"时,住在隔壁的大姆妈便主动过来喂一次。其实,伍莲珍白天劳作辛苦,体质本就一般,奶水也越来越不足了。三个月后,她不仅喂不饱自家的飞达,更喂不了飞雁。沈建国多次在凌晨时步行去市区买奶粉,地方是找到了——文城市第一副食品商店,它是全市唯一售奶粉的地方,但因供应量少,经常被抢光。更关键的是,农村人没钱,奶粉要用现钱买。沈氏家族里估计只有沈月发家有点现金,但是沈月发仅有的几张现钞应该都被造反派给收走了,更何况老人家这些年被折腾得够呛,整个身子都佝偻了,他要真有钞票,也得先给自己补补。所以,沈建国找到副食品商店后,依然无计可施,每每听着孩子的哭闹声,揪心地疼。

秋收过后,田野里做农活的妇人少了,哺乳期的妇人更少了。朱凤仙只能在吃晚饭时用哀求的眼光盯着大儿媳,伍莲珍抱着小飞达尽量躲避婆婆和妯娌的目光。

沈建国想,不能再让娘天天抱着孩子四处乞讨了,还是得先搞到钞票,有了钞票才能买到奶粉。

中伏天的傍晚时分,太阳已经慢慢地下山,风吹着凉快些了。夏银娥从外面进来,怀里抱着一个纸盒,进家门时还不停地回头看,姿势甚是慌张,进了屋立马就把那纸盒藏到了床底下。沈建国刚好从田里回来,本打算先去河里洗一把脸再回家吃饭,他知道妻子下午回娘家了。看着她这副神态,他边拿着条破旧的毛巾擦着脖子上流下来的汗珠,边好奇地跟着进了屋。夏银娥见丈夫进来,又重新从床底下抽出纸盒,打开,里面装满了鸡蛋。她站起来关上房门,在沈建国耳边悄声说:"我娘让你把这些鸡蛋拿到市区去卖掉,给飞雁买罐奶粉,孩子实在太瘦了。"说完,夏银娥哽咽了,眼泪又不听话地掉下来。当妈妈的每天看着面黄肌瘦的孩子,心如刀割。

沈建国顾不得自己满身的汗臭,把妻子轻轻地揽入怀中,动情地说:"银娥,这些蛋你和孩子吃了吧,我已经想到办法了。家里那一亩六分自留地里的灰格烂泥,我打算挖出来晒干了卖给城里人,或许能换些粮票和钱,那样奶粉就有着落了。"夏银娥睁着那双漂亮的大眼睛,盯着丈夫不敢相信似的,又紧张地连续眨了几次眼睛,问:"你要把家里仅有的自留地里的灰格烂泥卖掉?"那自留地是全家老少的命根子啊!全家吃得青黄不接时,都是依靠那一亩六分的自留地里种的农作物来补充、糊口。每年,全家人总有几个月吃不饱肚子,而那些灰格烂泥也是家里的燃作物,那饥饿的滋味她比谁都有更深刻的感受。

沈建国明白妻子的担心,拥着她轻轻地拍了拍她的后背:"我和娘商量好了,先拿家里正在烧的灰格烂泥去卖点试试,也是个应急的办法。等飞雁一周岁后,就可以喝粥、吃米饭,就不用卖灰格烂泥了。"

夏银娥眨了眨她的大眼睛:"娘同意了,还有大哥和大嫂呢?"

沈建国点点头:"爹和大哥都同意了,别的兄弟姐妹也没意见。明天起,你辛苦点,吃过晚饭再去田里拾点稻穗。"其实,夏银娥知道,这稻穗已不知道被多少人拾过多少遍了,她还能拾到多少?但不管如何,她都要睁大那双全村公认的漂亮眼睛,多拾几根稻穗,那是一种态度,也是对全家的补偿。为了幼小的女儿,这点活儿她一万个愿意做。

第二天,沈建国是幸运的。应该说,后来成为他一辈子朋友的朱康美也是幸运的。在那个天都还没亮的凌晨,仅靠着一点点白色的月光,双肩挑着鸡蛋和灰格烂泥的沈建国发现有一个穿白衣服的年轻人倒在路边,那个人就是朱康美。沈建国用中指摁住对方的人中,救醒了昏迷中的朱康美,将他背回了家。朱康美比沈建国小三岁,当时还是个未婚小伙子,他家就住在文城市西郊区的西塘河边,母亲赵静华在文城市食品厂工作,父亲朱德福在煤球厂工作。当他们得知沈建国挑着这担沉重的灰格烂泥和那盒鸡蛋是为了换钱给三个月大的女儿买奶粉时,都非常惊讶。他们惊讶于眼前这个农村青年的意志力,还有他的苦难生活。赵静华为了报答沈建国救了她儿子一命,二话不说带着钞票出门了。毕竟,她是食品厂的经理。6点多钟,朱康美的母亲已经手提一个奶粉铁桶站在了沈建国面前,外加两瓶新鲜牛奶。西塘河边有个牛奶场,当时的人们一般都没有喝鲜牛奶的习惯,每瓶一角两分,也不是家家户户都吃得起。沈建国看着那桶奶粉和两瓶牛奶,心情无比激动。此时,朱德福正说这些灰格烂泥可以掺到煤灰里做煤球,他收下了这担灰格烂泥,还给了沈建国现钱。真是天上掉下来的好事,沈建国都怀疑自己是不是太幸运了,硬是把那盒鸡蛋留下给朱康美补身体,带着那桶无比珍贵的奶粉和两瓶新鲜的牛奶飞奔回家,宝贝女儿正嗷嗷待哺呢!这一路,他是小跑着赶回的,刚好赶上吹哨,小队要出工了。

这一年的成长中,飞雁喝到了六桶奶粉,已经是非常了不起的事了。有时,飞达羡慕地也想喝一口,朱凤仙都不给他舔一下。

看着如今已经一周岁两个月多的女儿跟在小姑沈建芳、姐姐爱飞,还有堂哥小飞达后面,一行四人声势浩大地到田头送下午点心,夏银娥的心里宽慰了许多。

"妈妈、妈妈,蛋、蛋!"小飞雁来到田头,夏银娥正收割完一垄稻地,拖着沉重的腰坐到水跑道沿边。她将满是泥巴的双脚在田埂的青草丛里蹭一蹭,擦去了大部分泥巴,再将双脚随意地放进打水机跑道里,任由跑道里冲出来的混浊的河水洗刷着双脚,右手拿起头顶上的草帽,把草帽下的毛巾拿出来先在水里浸泡几下,毛巾早被晒干了。她将脸上带毛刺的稻芒全部洗去,洗完了,才倾过身来向着飞雁说:"来,妈妈抱!"小飞雁早就等急了,瞬间扑向妈妈的怀抱。

今天下午的点心是爱飞在小姑的监督下做的。7岁的她只有做泡饭的水平,所谓泡饭其实就是用开水浇在中午吃剩下的冷饭里,放进铝锅,外面再套个自家编的竹篮子,就向田野里送。这个时间段,家家户户的小孩们都往田野里给长辈们送点心。有些人家是咸菜年糕汤,有些是葱油汤面,也有泡饭过油条的,那都是少数几户家境殷实的人家。大多数家庭只有咸菜过泡饭,或一小块酱豆腐。今天,夏银娥家的咸鸭蛋算是很不错的待遇了,也是偶尔才有的。鸭蛋是自己家养的鸭子生的,用黄泥兑些盐腌制成咸鸭蛋。这是夏银娥的大嫂胡祝芬的手艺,大嫂做的咸鸭蛋个个都是高油。她把手艺传给夏银娥时,千叮万嘱不能轻易将秘方传授给外人。村民中确实有人想向夏银娥学习腌高油鸭蛋的方法,她以忙为理由而婉拒了,但她会把自己腌制的高油鸭蛋送几个给对方,尤其是送几个给为小飞雁喂过奶的妈妈们。邻里们也记着她的好,有时也回送她一套自家孩子穿过的旧衣服或几样自己做的小点心。

"爸爸、爸爸",小飞雁稚嫩的声音驱散了村民们劳累了一天的疲惫感。这孩子七个月时就会喊"奶奶",声音响亮又清晰,把朱凤仙吓了一跳,现在十四个月多点,说话更是利落得很。一周岁那天,小飞雁突然又会走路了,还走得稳稳当当,比飞达都走得稳当呢!村民们总爱拿她与小飞达比,让小飞达很没面子,小小年纪不明白堂妹为什么特别受大人的喜爱,大家有好吃好玩的,全想着她。刚才堂叔沈建强就拿着一个油麦王饼故意在小飞达眼前晃,然后挖下一大块递给小飞雁。小飞雁接过油麦王饼偏偏先送到小飞达嘴边,奶声奶气地喊:"哥哥,吃饼、吃饼!"小飞达当然很想吃那金灿灿的油麦王饼,但快两周岁的他眨巴着眼睛并没有咬妹妹的饼。他的小手里还有半截未啃完的黄瓜,转身自顾自地跑向一边的田间找青蛙去了。小姑会意地跟随着他。爱飞却喜欢与堂妹在一起,坐下来与妈妈一起呼噜噜地吸了点泡饭,过着冒油的咸鸭蛋,快乐至极。小飞雁拿着那块油麦王饼,送给哥哥不成,又送姐姐,又送爸爸、妈妈,又送大姆妈,一圈下来,长辈们个个称赞她小小年纪所为堪比孔融让梨,怪不得全村老少都宠她。老祖宗就特别喜欢她,她的名字也是老祖宗给取的。因为出生那天,老祖宗梦见了一只金凤凰飞进了村子,按梦境总得给这个粉团般的婴儿名字里用个"凤"字吧,可飞雁的奶奶大名朱凤仙,"凤"字就不能用,那就用"燕"来取代"凤",取"飞燕"?大伯沈建刚初中毕业,是家中最有文化的人,老祖宗就问他:"还有比'燕'更好的字吗?"建刚便照实回答:"家燕格局小了点,要么用'雁'或'鹏'吧?"老祖宗一听,拍手叫好:"就用大雁的'雁'!"又因姐姐叫沈爱飞,她的名字就定为"沈飞雁",取意沈氏十七房飞进一只大雁。飞雁的爸爸沈建国才小学三年级文化,妈妈夏银娥也是高小没毕业,都属于半文盲,对这个名字没异议。老祖宗眉开眼笑地说:"这个'鹏'字也好,留给下一个曾孙用。"

曾祖母80岁朝上了,大家都喜欢叫她老祖宗。她嘴里的小飞雁还有另一个名字——饿死货,就是因为小飞雁从小没奶喝,经常饿得哇哇直哭才取的。前几天,老祖宗的外甥女,在上海公安局工作的吴英娣回来探亲,给老人家带来一包白砂糖、一听奶粉、一听麦乳精和两块面料。当晚老祖宗摸着黑,踮着小脚把奶粉送到了夏银娥房里,悄声说:"给'饿死货'的。"夏银娥当场眼圈就红了,老祖宗示意她不要吭声。朱凤仙挽着婆婆亲自把

第一篇章　贫困的四季

老人家送回屋,都为了这可怜的"饿死货",每每想到小孙女刚出生那几个月饿得不像人样,心里就像被剜了块肉似的痛。

"饿死货"吃完油麦王饼,用脏兮兮又圆嘟嘟的小手从衣袋里拿出前几天仅剩的一颗大白兔奶糖要送给建强。那颗大白兔奶糖差不多已经变形,被压得扁扁的快要化了。建强吃完油麦王饼过泡饭,扯着脏衣服的一角抹了抹嘴角,放声大笑:"飞雁,你的糖太珍贵了,留着自己尝吧,叔叔吃了要牙痛的。"顺手拿出一根自制的草烟悠悠地抽起来。这是农民们辛勤劳作一天中最舒适的时刻。休息的地方正是古树下,大树底下好乘凉嘛!虽然秋老虎的阳光依然猛烈,终究这是全村最舒爽的凉快之地。

不远处,沈月宝正挑起谷箩往晒谷场走去,建国也及时站起来,用他那飞毛腿一样的步伐快速跟了上去。朱凤仙正和一群妇人扬谷,秋收的第一波紧张地拉开了帷幕。

凛冽寒冬里的温暖

是不是每个冬天的阳光都相似呢？小飞雁还不知道冬季为何物，尽管这已是她人生中的第三个冬季。

那年，中国有三位伟人相继逝去，中间又发生了震惊世界的7.8级唐山大地震，全国上下充满了哀痛与悲伤的气息。村口古树的叶子特别的稀疏，都被打蔫似的耷拉下来，还没进入冬季，树枝已变得光秃秃的了，村民们看着只有叹息，大家一年内戴了三次黑纱。小飞雁、小飞达这样的孩童还不懂黑纱代表着什么，而这年9月沈爱飞已是一名小学生了，学校举行了三分钟的默哀仪式，降了半旗。

星期天的傍晚，爱飞照旧跟着小姑和弟弟妹妹在牛拴间玩。所谓牛拴间，其实里面并没有牛，倒有一头猪，还有三只鸡和两只呆头鸭。或许是冬天之故，或许是刚吃饱了，牲畜们安静地休息了，没有打扰主人的意思。尤其是那头肥硕的猪，睡得很香，发出呼呼的声音。爱飞总喜欢把学校里发生的事儿絮絮叨叨地说给弟弟妹妹听，飞雁边搓着草绳边仔细观察着猪睡着的样子，发现它的睫毛好像特别长。她悄悄地问飞达："哥哥，猪的眼睫毛为什么是白色而透明的？它也老了？"飞达被问得愣住了，站起来，跑到

第一篇章 贫困的四季

猪前面去探个究竟。

爱飞有点来气，站起来凌厉地训斥弟弟妹妹："你们都不听我说的重要事情，居然讨论起一头好吃懒做的猪！"

建芳搓着草绳，倒是认真听着爱飞讲的每一句话，冲她说："黑纱的事儿不已经过去了嘛！他俩才多大呢！"建芳初中未毕业就早早地帮家里干活了，她比爱飞大十岁，家务活已干得很娴熟。于是，爱飞再次蹲下来与小姑一起搓草绳，接着说学校里的新闻旧事。建芳也曾就读于东经堂小学。这所小学是由一个破旧的庙堂改建而来，听说，新中国成立前是当地"三五支队"地下党的秘密据点。还听说，以前堂里供有菩萨。如今的学校中央仍有大殿，两边楼上楼下厢房各六间，看似整整齐齐，但实际上校内设施极为简陋。一年级的教室就在学校门口的第一间，是凸出来的厢房。这个教室是全校最宽敞明亮的，别的教室在雨天或阴天因为没有电灯，老师在黑板上写的字学生都无法看清。最近几天阴冷至极，不见一丝阳光，爱飞所在的教室没有门，寒风整天嗖嗖地往里灌。她的小手都长了冻疮，胖乎乎的像两个馒头，里面已经发紫，建芳便笑她："这里面是不是豆沙馅的？"又说："只要多搓些草绳，冻疮保证退去。"搓草绳可能是最简单的农活了，连小飞达和小飞雁都会。手搓久了，血脉通了，小手就会无比地痒。爱飞领教过，所以用眼睛瞟了小姑一眼，继续吊儿郎当地慢慢搓，嘴里还在东拉西扯地说："学校围墙角下两个花坛里的花全都冻死了。小姑，下次我们能不能在自己家院子里也搞个小花坛？"建芳告诉她："学校花坛里的花年年冬天都要冻死的，来年春天会长得更繁茂，不必担心。"这时，奶奶派大姑来喊吃饭了。

两周岁半的小飞雁听到"吃饭了"，起身比谁都快，她穿着那件发旧的红色花棉袄，扭着小腰急急地跑出去，建芳在后面不免感叹："'饿死货'听到吃饭，总比我们起得快！"从牛拴间出来，左转过五十米，向南经过古树，再穿过两个池塘中央的小路，越过宽广的道地，直走，经过五六十米长的生产队仓库，从右侧弄堂转个弯，门头漆着"和合"两字的大院里面的第四个小院就是他们家了。他们家原先其实是一组厢房，朝东的，共七间。再往里走，都是上百年的老宅，一院套着一院，两边都有厢房。飞雁家外面三间是后来扩建的，所用的材质与之前的完全不一样，与老宅格格不入。如今的十七房沈家有很多这样扩建出来的小屋。他们家最里面的两间老宅给大伯家四口住；中间两间是爷爷奶奶、姑姑们住的；紧挨着的两间才是飞雁和爸爸妈妈住的；最外面一间是吃饭的，较深，连着一个厨房，厨房后面是最近几年新建的小矮房，不大，刚够两个叔叔挤下两张床。那间小矮房，外观很漂亮，白色的墙体，红色的瓦片，瞧着令人赏心悦目；而外面的三间平房清一色是碎瓦烂河泥堆砌的土墙，上面是灰色的瓦片，梅雨季节经常漏水。每年台风后，爷爷都要带着大伯等人修补一回。

小飞雁在前面走，大姑在后，尾随的还有飞达、姐姐和小姑，一排小龙般透迤的队伍溜进了后厨房。

厨房里的大锅烧开了，嵌入式灶头上的那壶水正扑扑扑地冒出白色的蒸汽，奶奶在给爷爷那个磕得坑坑洼洼的搪瓷杯里倒水。搪瓷杯里面的茶叶已经泡得发黄了，叶片粗大，茶色很淡。奶奶自己忙得没时间喝一口白开水，但还是恭敬地把搪瓷杯递给了爷爷。爷爷个子不高不矮，身材消瘦、精干，眼睛清亮有神，一对八字形的浓密眉毛，使他的整张脸显得特别慈祥。爷爷有一双力大无比的手，见到小飞雁便立即张开双臂迎接她的到来："'饿死货'，这么冷的天，跑牛拴间做啥去啦？"

小飞雁二话不说扑到爷爷的怀里，抬起那双破旧的棉鞋，她的鞋子前后都湿了，脏兮兮的。爷爷明白她的意思，把孙女抱起来坐到灶跟头，帮她脱下鞋子，看到前面破了一个小小的口子，棉花都露出来了。于是，爷爷转头对旁边的大女儿说："建芬，拿针线来，'饿死货'的鞋子踢破了。"说着，边将小棉鞋放到灶沿外用火烤，灶里还有柴火在燃烧。很快，湿漉漉的小棉鞋上起了一层白白的水雾。敏捷的大姑拿来针线替飞雁补鞋子，还另外拿来一双较大的旧棉鞋给飞雁穿上，那是爱飞穿过的。这鞋子于爱飞是小了点，于飞雁却大了很多，但这鞋子不能扔，就是等着飞雁大了来穿的。飞雁那双正在烤的鞋也是爱飞穿过的。对于一个贫困的大家庭，一家子的衣服都是老大穿新的，老二穿旧的，老三穿破的。在孙女辈行列，飞雁属老二，当然是穿旧的。从出生到现在，飞雁还没穿过属于自己的新衣服或新鞋子。

话说，在那个年代，哪个家庭有余钱给一个小屁孩扯新布、纳新鞋呢！全家上下，谁的衣服、裤子上不是补丁连着补丁？连已出落成大姑娘的建芬全身仍是补丁，裤子的屁股和膝盖那几块，不知道已经补了多少回。相对而言，夏银娥的衣服稍好一些，因为结婚没几年，嫁衣里就有两套全新的春装和冬衣。如果夏银娥穿上那件带着金丝花色的绸缎棉袄时，肯定是要出远门或回娘家了，两个姑子的眼睛都会看得发直。平时，夏银娥穿的也是破旧的灰色棉袄，与上了年纪的朱凤仙身上的黑色大襟棉袄没什么区别，只是朱凤仙那老棉袄看上去脏得发油发亮，而夏银娥的那件虽为灰色却很干净。朱凤仙整个冬季就穿着这件老棉袄。此时，她正站在大灶前专心致志地忙碌着，盛出最后一碗蒸霉干菜时，放几滴麻油，麻油的香味一下子弥漫了整个厨房，引得小飞雁抬头不停地张望着。

爷爷左手捧着搪瓷杯喝了口水，右手抱着飞雁，又从灶头的柴火堆里翻出一个带灰的蛋。那是个毛蛋，自家母鸡孵的。爷爷把那蛋叫煨蛋，晚餐时过酒的，特香。那酒也是爷爷自己用晚稻谷酿的枪毙烧（一种烧酒）。他手中的煨蛋比那麻油霉干菜还香呢！但小飞雁只喜欢吃含有麻油香味的霉干菜，害怕煨蛋。因为那蛋里面有毛茸茸的未成形的小鸡，小鸡的眼睛还是开着的,令她心头直颤抖。奶奶却说,这个蛋营养价值很高。大姆妈进来了,接过奶奶手上的菜端了出去,一会儿又拿着一个碗,盛了点白米饭,喊着飞达的名字,牵着他坐到小桌子边吃饭。姐姐已经安静地坐下来,大家各就各位,各吃各饭。因为家里人口众多,大人们坐的是另一张大桌子。那一桌人坐下来,哪怕开饭了也没声音。大家正等着爷爷入席,这是家规。

夏银娥走来,对飞雁说:"穿好鞋子下来吧!爷爷要吃饭了。"

爷爷却抱着小孙女并没有要放下来的意思,他伸了伸脖子,朝着外面的一大桌子家人,喊:"你们先吃吧!"又低下头用胡须扎了扎小孙女的小脸,亲切地说:"'饿死货'的鞋子都湿了,脚还冷着呢!我给再焐一会儿。"说着,又把飞雁的小脚放进自己满是补丁的破棉袄里。

夏银娥紧张地眨了眨眼睛。小飞雁抱着爷爷的胳膊,拉了拉爷爷那两根特别长的眉毛,可怜巴巴地问:"爷爷,那蛋里有小鸡,你一定要吃它吗?好可怜啊!"

爷爷好像不明白何为可怜,"啊"了一声,皱了皱眉,那两根眉毛只有"饿死货"敢拉。小飞雁正抬着头等待爷爷的回答,爷爷好像被难倒了。夏银娥在边上连连眨了眨眼睛,呵斥道:"小孩子家家懂什么,不要再让爷爷抱着了!"

爷爷反倒呵呵笑:"没关系。'饿死货',知道为什么你叫'饿死货'吗?这鸡蛋没孵成小鸡,不能浪费了,否则,爷爷也要变成'饿死货'的。"爷爷逗飞雁的话,外面间吃饭的人都听到了。

小飞达大声笑着喊:"爷爷,你也变'饿死货'了,哈哈!"连饭碗都扔下了,笑得稀里哗啦地跑到灶跟间来,胸前的肚兜上还掉下来几粒米饭。

伍莲珍急忙跟过来,捡起饭粒,以最快速度放进自己的嘴巴:"小祖宗,饭才吃了一半呢!"

第一篇章　贫困的四季

爷爷仍旧抱着小飞雁,对着孙子略带威严地说:"飞达,男子汉这么没定力,一高兴就站起来,不吃饭了?回去!"三周岁多点的小飞达调皮地笑笑,向爷爷做了个鬼脸,重新回到小桌上继续扒饭。伍莲珍远远地瞅着,生怕他又掉下饭粒来。

建国从饭桌那边向女儿抛来一个威严的眼色,飞雁缩了一下脖子,心领神会地从爷爷的怀里挣扎着下来,乖乖地走过去,在哥哥的边上排排坐。银娥从大桌子那边绕了过来,建芬已经把一碗浓稠的白粥放在小飞雁面前。那碗粥是小飞雁的专利。按她的年纪可以吃米饭了,可她的肠胃非常敏感,动不动就拉稀。用朱凤仙的话说,这都是婴儿时经常挨饿闹的。朱凤仙隔几天就会用白米粥给小孙女养养胃。今天是白米粥配燁菜。有时会是一只皮蛋,或一点榨菜,或碾碎了的花生米。花生米一般只有来客时才会炒一把,奶奶会单独给小飞雁留出几颗。奶奶煨的粥特别香糯。厨房土灶右侧有一个用青石板石砌的大灰缸,奶奶便在灰缸里扒出一个洞,在里面放入一个椭圆形的火甑,甑里放入米和水,再把事先由烂稻草扎出来的圆而结实的草结围在甑四周,最后铺上几层用柴火烧过的带着火星的草木灰。几个小时后,一罐香气扑鼻的稠粥就煨好了。小飞雁半岁时,奶奶就是用这个甑每晚睡前给她煨一罐粥,供她次日分三四餐吃。现在的飞雁已经两周岁半了,堂哥堂姐偶尔与她一起分享这罐粥。尤其像现在这样的冬天,奶奶晚上和白天都会煨一罐粥,喷喷香的,甑盖打开,上面往往有一层微黄的油,尤为营养。爷爷指定这是给"饿死货"的,中间薄一点的才是其他人的。外层结得厚厚的粘连部分,不是饭也不是粥,有点微焦,那部分最有嚼劲,是小飞达的最爱。

今天,小桌子上除了燁菜、麻油霉干菜,还有一碗土豆咸菜汤。土豆是飞达的最爱,特别是油煎扁土豆。但全家一年到头只有五斤菜籽油,还要拿一点油去换成钱供日常开支。如果时光再往前推十年,吃大食堂时代,每家每户都不可能有菜籽油,也没有白米。那时人人瘦得肩胛骨都翘角,两肩耸在那里,个个头发枯黄、神情痴呆。哪怕是成年男子,都挑不动一对谷篓,背不动一把锄头。村里更看不到谁家的烟囱冒烟。那时,饿死人的事在各村庄随处上演。山上的葛麻藤被挖光了,村边的田柳树皮被刨下来磨成粉吃了。大人吃了,得鼓胀病死去;小孩吃了,面黄肌瘦,拉不出屎,呼天抢地地哭。全村的田柳树都死光了,大家只能吃砻糠粉,那比今天猪吃的糠还难下咽,但人们为了生存,还得咽下去。实在没办法时,沈月宝曾偷偷地在自家屋后撒了一把菜籽,想给孩子们弄一点吃的,可还是被村民发现了,说他有资产阶级思想,搞自由主义,挨批挨斗。想起那些困苦和灾难,如今家里有一小瓶麻油,已是人间美食,当然要省着用。那瓶麻油是建国去城里用菜籽油换来的。所以,家里餐桌上的油水怎么可能多起来呢?偶尔有客人来,炒一盆鸡蛋、炸一份油盐倭豆都要用油。平时做菜,以清蒸、白汆、清水汤为主,全村哪户人家不是这样熬日子的呢?所以,当时没有胖子。小飞达被人喊作小胖子,不是真胖,只是婴儿肥,有点结实而已。他吃完自己桌上的土豆,站起来往大桌上凑。那桌也就同样的两个菜,只是盆大了些,里面还飘着几片咸菜叶,像道地前面池塘里残存的荷叶,下面的土豆所剩无几。只有那碗霉干菜最耐吃,飞达看到妈妈嘴里放进一根霉干菜,饭连续嚼了满满三口。奶奶也是,好像吃得特别香。爷爷刚入座,爸爸今天给他倒上的不是枪毙烧,而是一小盅刚酿的糯米酒。那酿酒的白药,还是爷爷带着爱飞、飞达等一起到野外割来的辣蓼做的。每年冬天,各家各户都会酿一缸糯米酒。爷爷端起小酒盅,眯起眼睛,很享受地喝了一口,胃里便有一股灼热感翻上来,内心不禁吃了一惊,停顿了一会儿,在咸菜汤底夹起一片薄薄的土豆,半天没放进嘴里。奶奶看着爷爷这一细微的动作,急忙关切地问:"老头子,怎么了?"其实,爷爷才56岁,只是秃顶多年,有时看上去真的有点老,比如今天。爷爷很快把那片土豆放进了嘴里,还发出吧嗒吧嗒的响声,似乎故意对着奶奶,也对着大家若无其事地说:"没事,没事!"又用筷子在霉干菜碗里捣鼓了几下,好像菜里有肉似的,又好像在掩盖什么。建国用担忧的眼神盯着爹的筷子,又抬头观察一下爹的脸色,却看见娘还盯着那盆霉干菜。平日里,爹最不喜欢别人在菜碗里挑三拣四的,今天是怎么了?建国的心一沉。

晚饭后,沈月宝盼咐大家坐下来商量过年的事。伍莲珍和夏银娥乒乒乓乓地洗洗刷刷,在灶跟间与饭堂间来回穿梭。三个小朋友随着小姑来到灶头后面,灶里面还有火星,很暖和。小飞雁的那双破棉鞋已经被心灵手巧的大姑三下五除二缝补好了,快烤干了。爷爷见状,就过来帮飞雁穿棉鞋。飞雁又挽着爷爷的手臂撒娇,爷爷看飞雁的眼神中充满了慈爱。边上的飞达用羡慕的眼神瞧了瞧妹妹,转背默默地开始甩香烟壳子。那个香烟壳子是他在外面捡的。不知道为什么爷爷只抽土烟,从来不见他抽整包的烟。

天越发冷了,好像要下雪了。外面的风吹得灶跟间的门呼呼作响,夏银娥走过去把那门又闩了一遍,似乎这样风可以少吹进来一些。伍莲珍拿过几捆烂稻草放在门背后,门缝被挡住了,风小了。两妯娌相视一笑,继续收拾。其实,朱凤仙平时也天天在家收拾,但依然到处是东西,杂乱无章。飞雁家虽小,也有许多旧衣服和甄甄瓾瓾,但夏银娥总能把家里收拾得一尘不染。尤其是那两张床,床单虽浆洗得发白,但看着干净又舒坦。这几天阴冷,否则只要太阳公公露脸,夏银娥再忙都会抽时间扛出篾席,把厚实的盖被和垫被都在阳光下晒一晒,让小飞雁晚上拥着阳光的味道入眠。

沈建芳见嫂子们洗刷完了,亲热地喊:"大嫂、二嫂,你们到灶后来吧!

这里热乎。"

夏银娥应着:"你们四个够挤了,我们不来凑热闹。"

飞雁把搁在灶头外沿的脚放了下来,说:"妈妈,你过来一下。"

飞雁站起来凑在银娥的耳朵边悄悄地问:"妈妈,你等一下去太太那儿吗?"说着,从小棉袄里拿出一个小小的红毛瓶,里面灌满了热水,这是奶奶每天为孙辈准备的。飞雁把红毛瓶送到她手心里,说:"妈妈,外面黑,我和你一起去,把这个暖瓶送给太太,太太一个人睡被窝,冷冷清清的。"

"太太那儿有火熜可以暖脚,也可以暖手,你放心吧!我等一下过去看看,你就不用去了。"夏银娥说完,拿了手电筒,打算出门去看看老祖宗,心里却不免有点担忧:小小的孩子,怎么有那么多的心思?她不让女儿去,是想叫上大姑子。可沈建芬不知道何时已经默默地走开了,这不像她平日的作风。在这个大家庭里,银娥觉得建芬比谁都开朗、热情。建芬比她小两岁,今年也有 21 岁了。姑嫂俩总有说不完的话,还常一起绣花。

夏银娥与家人打了声招呼,直往建芬的房间去,刚才还见她在补一双脱底的破棉鞋。门关着,敲了三声,门内没有响动。听说前几天有媒婆来过,但婆婆一丝风声都没透露,建芬也没找她谈。但建芬刚才好像挂着脸,不太对劲。建芳曾伸出拳头,虎视眈眈地提醒孩子们:"最近不要惹你们大姑哟!"找不到建芬,夏银娥只能独自晃着手电筒出门。

冬天的夜晚,风是如此的凛冽,像刀割似的吹在脸上,还好她脖子上挂了条粉色的羊毛围巾。这是她的嫁妆,除了那件金丝花色绸缎棉袄,这条围巾是她的最爱,当时托人从上海买来的。手电筒射向黑暗中,外面除了呼呼的风声,不见一个人影,沈氏十七房的房子成片成片地连在一起,高大、威严,在黑暗中像耸立的一座座大山。去老祖宗屋要经过长长的一条道,道两旁是高耸的马头墙,显示着祖上曾经的辉煌。但此刻夏银娥的心

第一篇章 贫困的四季

不免有些发怵,后悔一个人出来了。双手也有点冷,她不禁作了个揖样,把双手移到嘴巴前吹了吹,还是冷,只好硬着头皮往前走。

终于到了老祖宗那屋,就在四叔家隔壁。四婶胡惠珍正往屋外倒洗脚水,借着里屋透出来的亮光看到了她,热切地唤:"银娥,介冷天,又来看奶奶啊!她早已睡下了。"其实,大家都知道,老祖宗习惯早睡早起,睡前洗个热水脚,早起念一小时的佛经,她的心里除了装着全家人,也装着芸芸众生。

夏银娥也看到了微弱的灯光下的胡惠珍,两两笑脸相对:"四婶,这天估计要下雪了,我婆婆不放心,让我来看看老祖宗,你们可都好?"

"好,很好,叫他们都放心!老祖宗也很好!今天,你三叔家提前做了松花团,晚上老祖宗吃了大半个,很精神!对了,你家今年做年糕的粉都备下了没有?"

"备好了,都是两个小叔挑水、浸米,估计这两天就要去碾粉了。"

"那是,你四叔刚才还说要和建国一起到大队里去商量,今年这天气冷得早,年糕房是不是要提前向村民们开放?"四婶说着话,请她进了屋。银娥进去,自然又与四叔,还有两位比她小的堂弟白话了几句,便打算回来。因为老祖宗已经休息了,她想下次白天带飞雁一起来看望太太。

四婶执意要派大儿子建权陪银娥回家,令她心里暖乎乎的。四婶是村里的赤脚医生,是正儿八经从文城市卫生学校毕业的,不像婆婆是个文盲。那些年轻的侄媳妇都喜欢往四婶家跑。银娥家居住的房子离得远了些,否则,她也愿意常来四婶家串门。大伯家那五个儿媳妇离四叔家近,来得勤多了。四婶的眼神中总是闪烁着温暖和真诚,对待每一位晚辈都和蔼可亲,晚辈们都愿意跟她说掏心窝的话。银娥嫁过来这几年,发现四婶虽然是赤脚医生,又是村委会的妇女主任,但她遇到重要的事却爱找婆婆商量。按年纪,四婶和婆婆是两代人,真是怪事。

回来的路上，天更黑了，风也更大了，冷得叫人直发抖，但有了建权做伴，银娥胆大了许多。建权与五弟建军一起读高一，是个高大而活泼的小伙子。作为嫂子的银娥问他，学校里读点什么书，成绩如何？建权朗声回答说，这些年学校里基本没上课，都是劳作为主，有时也到操场上与同学们摔跤、打球。正聊着天，前面走来一个黑影，远远地问："是银娥吗？"听出是建国的声音，银娥高声回答："是的，四婶叫建权送我回来呢！"说着，建国已经走到了他们面前，他拍拍堂弟的肩："谢谢阿权，四婶总是那么周到。"建权笑着与堂兄夫妻说再见。

如果以沈氏十七房古树为起点，绕一圈走遍村庄，至少要半小时，所以，一般妇人还真不敢在冬天的黑夜里随便出来串门。建国看银娥缩着身子，将自己的外套脱下来披在她身上，微微地埋怨："下次这种天气出来前，叫我一声。"夏银娥嗔笑了一下，将丈夫的棉衣撑开，两个人披在同一件棉衣下。她还把手放进建国的臂弯里，把头紧紧地靠向丈夫的身子，夫妻俩恩爱地并肩往家的方向走去。

经过沈月发的院子时，看到有灯亮着，虽然有点幽暗，但说明老人一切安好。建国俯身在妻子的耳边低语："沈老师马上要平反了，先不要外传。"银娥会意地点点头，他们彼此对看了一眼，露出了一抹善意而美好的笑容。

过去的两个月里，全国人民为粉碎"四人帮"欢呼雀跃，国家的整个政治面貌和经济形势正在迅速地发生着变化。

那晚，月亮升起来的时候，沈月发抬起头，他的额头纹似乎也变浅了，用依然明亮的眼睛看着月亮，默默地流泪了，因为他拿到了平反通知书。之前，他一直被关在牛棚，天天扫大街，都没有流过一滴泪。

在春天出嫁

鹅毛大雪纷纷扬扬地从天空洒落下来。

沈建芬撑着一把墨黑的大雨伞快步走了进来,伞上面落着一层厚厚的雪。她收起伞,转动一下,屋檐下飞舞的雪花便比外面的飞雪更加的浓密与妖娆。她后面跟着一位个子高大、皮肤黝黑、健壮威武的年轻人,正讷讷地笑着,而建芬却绷着个脸,十二分的嫌弃。爱飞拿着一个略微烤焦的松花团咬了一口,她本是出来看西洋镜的,谁知松花团里浓稠的豆沙馅顺着嘴角流了下来,令她猝不及防地跳起来:"烫、烫!"建芬扔下雨伞,急忙跑过去,用自己冰凉的手为侄女擦去嘴角的豆沙馅。那个高高的年轻人愣愣地看着,想笑又不敢笑。

"奶奶、妈妈!"小飞雁等人都闻声跑了出来。

"你们回来了!"朱凤仙的声音里带着笑意和满意。小飞雁惊奇地看到大姑身上穿着妈妈那件金丝花色的绸缎棉袄,又见妈妈亲热地走上去,掸了掸建芬身上的雪花,好像并不是为了给建芬掸雪花,更多的是心疼自己的衣服。在那个贫穷的年代,这件花棉袄不仅是夏银娥的嫁衣,更是她唯一体面的衣服。可怜的建芬都20多岁了,也没有一件新衣裳。她在白龙乡绣花厂绣花,一年也有200元左右的收入,都如数交给了娘。家中,两个哥哥娶媳妇,房子不够住,又为弟弟们盖了偏房。她每天上身的不是自己用土布做的衣服,就是上海表姑家的旧衣服。因为买衣服要布票,家里人口多,拮据得很。这也是朱凤仙每年过年最闹心的事。今年过年,全家人除了小飞达,没有人添新衣服。为什么小飞达有新衣服呢?因为他是家里唯一的男孙,总不能让他穿两个叔叔或姐姐的旧衣服吧!两个叔叔都年长他太多,他们的旧衣服飞达穿上像道袍。飞雁过年就穿堂姐的旧衣服,够保暖就行了。爱飞过年8岁了,奶奶拿着小姑那件绿色的旧衣服想让她妈妈改了,但伍莲珍没接,把自己的一件红色旧衣服改了给爱飞穿,说是红色显得喜庆。小姑看到后调侃:"爱飞像个新娘子喽!"其实,大人们早就见过大姑的对象了。正因为建芬快要做新娘子了,所以朱凤仙更要把布票省下来,准备为建芬做几身嫁衣。当娘的心里很清楚,结婚是大事,不能再亏待了大女儿。

不谙世事的小飞雁指着建芬身边的人,睁着圆圆的大眼睛好奇地问:"大姑,这是谁啊?"建芬的脸"唰"地一下子红了。夏银娥停下正在挑黄豆的活儿,出来打圆场:"飞雁,叫叔叔。"朱凤仙请年轻人进屋:"小汤,进来,吃点东西暖暖身子。"年轻人便进了饭堂间,而建芬则往自己的房间走去。伍莲珍已经麻利地收拾好了桌子,端出一个盛了半盆热水的搪瓷脸盆,还拿出了一条新毛巾。这是朱凤仙早就备下的,家里很久不见新东西了。等小汤洗完脸,朱凤仙又从厨房间端出一碗热气腾腾的糖氽蛋,里面还有年糕和白色的酒酿。爱飞看见酒酿就醉了,不敢靠近。小飞雁看到饭桌上那碗点心,抿了抿嘴巴。陌生叔叔在那儿有点羞羞答答的,不知道该不该动筷子,看到小飞雁盯着那碗糖氽蛋,就从边上挪过一把凳子,邀请道:"小朋友,你叫什么名字,我们一起吃?"小飞雁一点也不害羞,但没敢坐到凳子上,因为她平时吃饭都是坐角落里的小桌子,大桌子是长辈们坐的。家里有客人来的话,她更不能随便坐客人桌。所以,小飞雁摇摇头:"我叫飞雁,我不能坐。"

"为什么不能坐?飞雁,我邀请你和我一起坐,这么多点心我一个人吃不完呢!"他说完这句话,好像感觉到了什么,又转头邀请爱飞:"你也一起来,好吗?"爱飞的头摇得也像拨浪鼓。伍莲珍在边上直笑,说:"小汤,这么冷的天,你自己吃,两个孩子另外有的。"这时,朱凤仙拿出三个小碗,放在小桌子上。后面还跟着小飞达,他从灶跟间里出来,刚才一门心思在灶跟头用菜籽秆噼里啪啦地烧着火,煨年糕呢!他的鼻尖上、脸上沾着黑炭,看上去比平时多了几分可爱与调皮。大家看到他的脸,都在笑。他好像没发觉家里来了客人,径直坐到自己的小凳子上开始吃糖汆蛋。爱飞走近看了一下,小碗里仍漂着几粒白色的酒酿饭粒,便说:"弟弟,我那份你吃吧。"飞达一言不发,毫不客气地开始狼吞虎咽起来。

朱凤仙坐到大桌子边沿,催客人把点心都吃了。伍莲珍拉着爱飞继续回到灶跟间干活,那里有女儿爱吃的印糕等食品。刚才那个松花团爱飞才咬了一口,还拿在手上,快冷掉了。夏银娥把小飞雁拉到小桌边,让她坐下来慢慢吃,当心烫嘴。自己则从灶跟间后门出去,拐到前院去了建芬卧室。

房门虚掩着,夏银娥轻轻地推开,建芬正背对着门朝着小窗看外面的风景。她脖子上的围巾还没摘下来,棉衣上落下的几朵雪花已化成了水珠。那围巾和棉衣都是夏银娥借给她的。这次夏银娥没有心疼自己的衣服,她是明显感觉大姑子的心情不佳,让人心疼。建芬身边放着一个网兜,里面装了四瓶水果罐头,两瓶黄桃,两瓶橘子。她的喘息似乎还没平息。夏银娥柔声地问:"阿芬,怎么了?"

被叫阿芬的大姑子转过身来,眼里充满落寞,声音有点颤抖。她走过来,把夏银娥背后的门关上,说:"二嫂,这人不行,娘却要我嫁给他。"

夏银娥知道,从上次媒婆介绍,到今天一起出门逛街,建芬只是第二次接触这个年轻人,便沉思了片刻,问:"怎么不行?你好好与我说说。"

"二嫂,他第一次上我们家时,把你们做的糖氽蛋和年糕全部吃了。这次,娘肯定又准备了糖氽蛋,他肯定又是全部吃进,一点不剩,连汤也会喝光的。"

"啊,就为这个?"银娥掩面而笑。

"二嫂,今天一路上,我都不知道与他说什么。我们没有共同语言。不信,你出去看看!"银娥捂着嘴差点笑出来。这个毛脚女婿确实有点憨厚。她不禁劝道:"你总不能因为人家老实憨厚就说不好吧!年轻人嘛,第一次轧女朋友,多处处,习惯就好。"

"啊?"建芬睁大了眼睛,不明白为什么平时与自己最聊得来的二嫂也不为她考虑,眼前的人与自己根本不是一路人。这不是憨厚,这是笨!难道她真的要嫁一个索然无味的笨男人?再说了,这人长了一张包公似的黑脸,上面坑坑洼洼的不平整,分明小时候得过麻疹。

夏银娥拉过建芬坐到床沿边,示意她先安静下来,仔细看着她那张因为生气和外面冷风吹过而变得通红的脸,虽满是怒容,却越发显出青春的美。建芬并不像普通的农村姑娘,她披肩的长发用一条碎花粉色手绢随意地扎起,五官精致,端庄秀美,一米六三的个子,苗条,气质卓然,是方圆十里有名的"花旦"。按建芬的说法,那个姓汤的年轻人,可能是缺了根筋。但那个年代,农家孩子哪个不是傻憨憨的呢?

夏银娥记得沈建国第一次去她家时,也是土得掉渣。上身一件绿色的军装,下身一条灰色的裤子像风波凉亭一样被风吹得哗哗作响,底下一双军绿色的跑鞋,不知道的还以为他是退伍军人呢!而且,那绿色与灰色并

第一篇章 贫困的四季

不搭啊。后来才知道,那衣服是借来的,那洗得发白、随风飘荡的灰裤子才是他自己的。不过,沈建国第一次上门时,用手推车送去了一堆土特产。虽说都是自家种的,但像糯米,各家都极其有限,另外还有半腿猪肉,很有分量。可见,当时婆婆是下了狠心要把这桩亲事一次性搞定。按当地风俗,母亲黄彩霞同样给第一次上门的毛脚女婿做了一碗糖氽蛋。这四个蛋,可能是沈建国看到未来的丈母娘家比自己家还穷,只吃了一个,另外三个拿了碗挑出来分给了夏银娥的妹妹们。当时,夏银娥觉得他长相太普通,像个榆木疙瘩,始终没抬头与她说过一句话。不过,他真的很能干,走路像一阵风,吃完一个蛋,就拿起水桶把她家里外两个水缸都挑满了,还把小院子清扫了一遍,连小花坛里面的草都拔净了,一切做得很自然。夏家缺少男劳力,父亲当年生了一场病就过世了。那时,夏银娥才12岁,留下母亲和大哥两个劳力。当时,大哥17岁,二哥14岁,夏银娥排行老三,紧接着是四妹、五妹和小妹。母亲一个人艰难地带着六个孩子。四年前,两个哥哥相继成家,分开过了。母亲为了哥哥们的婚事操碎了心,把身家透支了。

生活的艰难可想而知,令人伤心的事还有呢!一个春天的早晨,四妹突然病倒了,躺在床上已经神志不清,母亲还抓着她的头发劈头盖脸地骂:"为什么不起来干活?"其实,四妹已经在发高烧了,可家里根本没钱为她治病,母亲还把莫名的火发在无法起身的闺女身上。全家人出门干活了,四妹就这样孤单地躺在床上。等全家人回来时,四妹的身体已经凉透了。这时,母亲才像疯了似的号啕大哭,歇斯底里地、自怜自艾地哭诉着。四妹是饿死的。当时,家里经常有了上一顿没下一顿。一点食物,大家抢着吃,四妹又是最老实的一个。偶尔,大哥家才两周岁不到的儿子也会跑来吃一点,那就更不够了。

那是1970年4月,一个万物生长、繁花盛开的春天,最漂亮又大方的四妹却如一颗无名的流星永远地消逝了。夏银娥一辈子都无法忘却四妹那苍白得没有一点血色的脸,那皮包骨的美是那么的凄惨!四妹走时,嘴角却略带了一丝笑意。她是看到了天堂的美食,还是在讽刺人世间的母亲和同胞们对她的冷漠与残酷?那到底是一丝冷笑,还是一丝向往天真烂漫、美好生活的笑容呢?这怎能不深深地刺痛母亲那懊悔的心呢?

于是,母亲决定为夏银娥找户能吃饱饭的人家嫁了。她认定沈建国这般勤快、老实又能干的女婿,终归不会让家人饿肚子。她仔细打听过,沈家虽穷,兄弟姐妹也多,但全家人都特别勤劳。母亲相信勤劳能致富,就拍板定了婚事。与现在的建芬要嫁给小汤一样,娘认定的人,建芬连一点反抗的余地都没有。

夏银娥在出嫁的前一个月,要求再见一见沈建国。她觉得自己与未来的夫婿连话都没讲过一句,实在不能接受。沈建国来了,刚好是五月冬过节——这是文城市的俗称,就是端午节,于当地人而言,是除春节之外最重要的一个传统节日。沈建国送来两扇比蒲扇还大的丰糕,还有十个碱水豇豆粽子足够他们全家当三餐饭,另有一只活的鹅、两条鲜白鲫鱼、两桶自家酿的枪毙烧。当然,那两桶枪毙烧,母亲第二天就给了两位哥哥,不是给哥哥们喝的,是让他们去送给自己的丈人老头——农村人讲究五月冬女婿给丈人送节。

这是沈建国第二次来夏家,母亲挽留他吃了午饭再走。家里破天荒地炒了香椿鸡蛋,做了一碗咸菜豆瓣汤,炸了一盆兰花豆,还有一小撮咸泥螺、一小碗蒸龙头鲓。那一小撮咸泥螺和一小碗蒸龙头鲓都是下饭的菜,是大嫂从娘家带来的。大嫂娘家在离沈氏十七房八里外的龙山海塘边,那里的人经常以捡拾泥螺、海瓜子,晒点龙头鲓等小海鲜增加收入。从前的十七房人也是光着脚跑那边捡海鲜,一般从凌晨天没亮就开始挑着空箩出发,但现在这片海涂地已经属于武城市,划给龙山那边了,这边老百姓不得随意再去他人地盘捡小海鲜。大哥娶了勤快的大嫂,日子也因这些捡拾来的海鲜慢慢变得好了起来。那餐饭,哥哥们陪着沈建国喝了点枪毙烧,但沈建国只喝了一小盅。吃过午饭,他就问母亲家里的自留地在哪儿,需要干些啥活儿,母亲也毫不客气地让夏银娥拿上劳动工具带着他前去。这对从来没有搭过话的未婚夫妻一前一后地来到自留地,把地里的土豆全部挖了,装了两箩筐。整个劳动过程中,彼此都沉默着,似乎都在等待谁先开口。沈建国从背起空的箩筐,到田里挖土豆,再担满回家,全程重活都一个人扛着。土豆放到家里了,他又要折回去,这次总算腼腆地对夏银娥说:"我再去把地整一下,你休息吧! 接下来娘决定种什么蔬菜了,你到时让人捎个话过来,我会过来的。自留地里的担粪和施肥这种事情,女人家不要做。"夏银娥看着他,不知道怎么接话。原来,他与她第一次说这么长的话,居然是这些。事后想想有点可笑,但她记了一辈子,心中也窃喜。其实,只要夏银娥在家,担粪、施肥的事都是她做的,母亲每天出工干活比谁都卖力,夏银娥不想让母亲那么辛苦,总是抢着干活。前年开始,她在二十里之外的白龙乡绣花厂绣花。她绣的花活灵活现的,一年下来居然挣了180元,这于一个贫寒的家庭真是一笔空前的巨款。

沈建国再次回到小院,又把夏家的水缸挑满了。这次他没有打扫卫生,因为在他来之前,母亲已经吩咐女儿们把院子都清扫了。夏银娥心里琢磨着,他第一次来时,母亲是不是故意在考验毛脚女婿?夏家虽穷,平时却很干净。

次年,即1972年的正月,夏银娥嫁给了沈建国。出嫁那天她哭了,心里却温暖如阳。

夏银娥把自己与她二哥见面的故事娓娓道来,说给建芬听,虽然故事有所不同，但年代相近。最后，她总结性地说："忠厚、老实是我们农民的本分，我可不嫌你二哥丑。"

建芬的脸色有点缓和了。夏银娥有所耳闻，住在沈月发家边上的上海知青沈吉祥一直喜欢着建芬。生产队劳动时，他们经常互相帮衬。每逢刮风下雨天不用出工时，建芬在自家牛拴间干活，沈吉祥常约上几个知青一起来帮忙，有时也打牌或嗑瓜子。有时，建芬在家做了番薯糕头、咸菜汤果、豆沙雪团，也会叫知青们一起到家里来吃。或许是沈吉祥的缘故，建芬对自己的婚事一直很淡定，而婆婆有意将她嫁到远离老家的西塘河。当然，还有一个重要的原因，听说西塘河的百姓生活滋润，已经在试点农村责任承包田到户了。从小汤的穿着来看，衣服质地都较好，衣领子没有一点儿破补丁。对方还主动提出建芬嫁过去就可以独门独院地过日子，是两间两层楼的老宅。那么好条件的人家为什么要娶穷人家的建芬呢，只因她长得好看吗？但夏银娥说，日子是靠自己经营的，谁不是先结婚后恋爱的呢？她隐晦地劝建芬："不现实的事，少想点。"

话说沈吉祥，祖籍沈氏十七房村，出生于上海，家人全部在上海。原先他家在此有两间祖屋，但他爷爷奶奶过世后，政府便将他家的祖屋分给丽水那边因造水库征迁而来的山民了。建芬家与沈吉祥家算是远房亲戚，就像沈月宝与沈月发一样，估计早出五服了。另有消息说，县知青办已通知沈吉祥可以回城了，那他与建芬的那份情谊还会长久吗？不得而知。所以，夏银娥这样旁敲侧击的劝说，建芬是明白的。

夏银娥推着忧郁的建芬往外走。雪还在下，只是雪花明显没有刚才那么大而密集了。进了饭堂间，果然看到小汤面前的那个碗精光发亮，空空如也。小汤坐在那儿边看着小朋友们玩，边有一搭没一搭地与未来的丈母娘聊着。朱凤仙说道："建国去十里外的山塘结账了。他只要有空，就会去山塘搞点石料,撑着船到文城市那边卖掉,赚几个小铜钿。"小汤结结巴巴地回应:"二哥搞石料撑船到文城市应该会经过西塘河村,以后叫他到我家来吃便饭。"夏银娥听到这里,向建芬快速眨了眨眼,看来,这毛脚女婿并不笨拙。朱凤仙又说到家里还有尚在念书的建军、建龙,现在正在牛拴间里压草包。小汤认真地听着,看了眼正在灶跟间搓草绳的建芳,这小姨子他上次见过。建芬不知道他与娘还要聊多久,故意将脚踩地的声音弄得大了些,皱了皱眉,下逐客令:"这么大的雪,你要赶远路吧!"朱凤仙抬头诧异地看着建芬,似乎在责怪:"有你这么赶人的吗?"确实,西塘河离这里有两小时的路程,如果雪天走得慢要花更长的时间。小汤似乎这才想起回家的事,拘谨地站起来,踌躇了一下,尴尬地说:"那我先回去了。"他都没敢看建芬一眼,拿起门外那把刚才用过的大黑伞,顶着风雪匆匆淹没在一片白色中。建芬头也不回地进了灶跟间,与小妹一起搓起了草绳。她使劲地搓着草绳,好像要把自己手上的皮搓起一层,抑或有使不完的劲儿要发泄出来。建芳看了看她,不由得笑了。

朱凤仙把客人送到村口的古树下才回来。虽是短短的一段路程,可黑色的棉袄上也披上了一层白皑皑的雪,朱凤仙冻得浑身打哆嗦。她看了眼正在灶跟间干活的长女,眼光在长女的身上停留了几秒,想说什么,终究还是没说出一个字。建芳看到娘发青的脸,心疼地问:"娘,外面很冷吧?"娘没吭声,摆摆手,示意大家各自干活儿。

不知道多少年后,夏银娥告诉已经懂事的飞雁,当初汤家看上建芬,就因为她聪明能干,漂亮倒是其次。建芬在娘家时干了多少活啊!她可是个全劳力。而且一有空,还绣花、压草包、搓草绳,像一只陀螺时刻在转动,在产出。她出嫁后,家里像一下子失去了一个男劳力,而汤家相当于增加了一个全劳力。

春天的时候,沈吉祥回上海了。恰是那天,汤家送来了聘礼,还有一个红色的小本子,大家这才知道小汤的名字——汤志明。

那天,沈月宝带着儿子、儿媳妇照样出工,朱凤仙、建芬、建芳和三个小屁孩都在家。只是早晨出门前,朱凤仙提醒出工的亲人们准点回来,说是媒婆要来下聘,算是定亲。按以往是要吃一餐和定饭的,即定亲酒,要摆上几桌。但这年头,肚皮都没法填饱,和定饭就省了,只在自家准备了些简单的饭菜。本来,夏银娥或伍莲珍总有一个要在家里帮忙,但生产队要计工分,虽然妇女出工都打五折,可她们从不落后,更何况建国还是生产队小队长,家人怎么能随便拖小队的后腿呢!这场定亲酒就这么无声无息地完成了。邻居们也是在那天看到汤家人挑着两担红色幢篮担出现在沈氏十七房古树下时,才知道沈建芬定亲了。有村民说,这么漂亮的建芬嫁了一个傻不拉叽的"黑炭";也有村民说,聪明能干的建芬怎么才值这点聘礼呢;更有村民说,婚嫁是父母之命、媒妁之言,一切命中早已注定。

一个月后,沈建芬出嫁了,是从沈氏十七房那大块大块红色的梅园石铺就的河埠头坐船出嫁的。如此气势磅礴的河埠头以前四品以上的官员能建,可见十七房祖上官位相当高。当然,再仔细看,立于村庄河埠头前的那几块旗杆石,那层层叠叠的马头墙,那些四合院里随处可见的精美的石雕、砖雕、木雕,哪件不是匠心独具、工艺精湛?经过十年浩劫,许多人可能已经失去了欣赏美的能力。那庭院前的抱鼓石,进士第,父子登科的匾额、楹联,无处不显示着沈家祖上的荣华富贵。只是今天,仅是一场平民的出嫁仪式。

沈氏十七房整个村庄被那条中大河围绕。中大河的水源来自四明山深处,河水长年潺潺流动,经过村庄的每家每户和农田,最后流进东海。

第一篇章　贫困的四季

六百多年前,沈氏祖先选择在此地营生,应该是看中了这块土地沿河的优势吧!如今,沈家人不知道贫穷的日子何时是尽头。

这晚,十七房老祖宗吴杏花睡前双手合十,默默地念了一堂佛经,为新出嫁的孙女祈祷,为整个沈氏家族祈祷,也为芸芸众生祈祷。

在远方的西塘河村,一缕清辉照进新房,与床单的光泽纠缠在一起。那个姓汤的陌生男子看着美丽动人的沈建芬,咽了一口唾沫。

第二篇章

争做万元户

万物复苏显新气象

次年的国庆节,沈建芬抱着双满月的汤飞鹏要回娘家来了。汤飞鹏名字的出处,大家都应该清楚了。老祖宗知道孙女要回娘家来了,早早地在古树底下边打着草结边等候,她手上的草结是专门用来煨粥的。其实,家人都不要老祖宗再干活了,但她总是习惯顺手干些小活儿。古树下,有老妇人打毛线衣的,有老头子下棋的,也有小孩坐在地上抓蚂蚁的,黑乎乎的一片,挤在树底下。节日嘛!农民们难得享受这休闲的好时光。

爱飞和飞雁两个人各挎着篮子唱着小曲回来了。篮子里装的是紫云英和一些兔草、小鸡草,最近家里养了三只红眼睛的家伙,姐妹俩欢喜得很。尤其是飞雁,每天不是缠着姐姐,就是缠着小姑,一天两次去割草,以前割猪草她可没这么勤快。这是飞雁第一次养兔子,兔毛长了剪掉可以卖钱,奶奶和妈妈一致同意用卖兔毛的钱给她们买糖、连环画或其他书本。糖一分一粒,花花绿绿的糖纸还能收藏起来玩。书一两毛一本,她们都向往着何时去文城市书店逛一次呢!今天已经割足了兔子一天的食物,走到村口,看到了老祖宗,飞雁便敞开嗓子大声喊叫:"太太、太太!"

爱飞用手指着远处的来人,说:"太太,你看那推着自行车的人像不像大姑父,又高又黑,手里抱着什么的是不是大姑?"飞雁喜上眉梢,还没等爱飞的话音落下,便扔下手中的篮子,朝大姑飞奔而去,真真切切地喊着:"大姑、大姑……小弟弟……"比见到亲娘还激动。已上小学的爱飞看着妹妹的背影咯咯直笑。她挎起妹妹放在地上的篮子朝家的方向走去,同时也扯开喉咙激动地喊:"奶奶,大姑回来啦……"

老祖宗拄着拐杖站起来,朝着建芬一家三口来的方向使劲地笑,眼角堆起深深的皱纹。

朱凤仙看到建芬脸色粉嫩,嘴唇红艳得像新鲜裂开得果子,比做姑娘时更水灵了,心中充满了欢喜。怀里的小宝宝,虽说只有两个月大,因奶水充足已生长开来,虎头虎脑的,煞是可爱。她张开双臂迎接外孙的到来。

紧随建芬母子后面的汤志明笑盈盈地推着一辆龙头有点发锈的自行车走进院子里来。听说那自行车是刚买的二手货。夫妻俩轮流抱孩子、轮流推车,因为自行车多驮了点东西。车前车后,大大小小挂了一堆包裹,搬家似的。建芬指使丈夫把这些包裹打开,将东西一件一件地往外拿,放了一地,除了少部分婴儿用品,都是送给家人的礼物——吃的、穿的、用的,应有尽有。最显眼的是一听麦乳精和四卷苔菜月饼,还有红毛瓶里的鲜牛奶、草绳吊着的两条锃亮的带鱼。鲜牛奶是专门给"饿死货"的,飞雁都5岁了,但建芬每次回娘家总要到西塘河牛奶场给她买一大瓶鲜牛奶。其实,很长的一段时日里,全家人都在弥补飞雁出生时没奶喝的情感空缺,亲人们外出回来,都会记得买牛奶或奶粉给飞雁,以至于飞雁长大后看见牛奶就想跑过去喝一口,成为反射性动作。比如今天这一大瓶鲜牛奶又成了飞雁的专利。幸亏爷爷把牛奶分成了三份,爱飞、飞达也人手一份。那两条带鱼是给沈月宝的,建芬知道爹最喜欢吃鱼,而鱼里面又最爱带鱼。前些年,哪有什么海鲜可尝?去年过年,生产队根据每户人家的劳力出工情况分了四斤二指宽的亮眼带鱼。娘将带鱼都做成腌制品了：一部分放上自己家里酿米酒时产生的糟，做成糟带鱼；还有一部分用酱油汁浸半天后再将其风干，做成酱带鱼。无论是糟带鱼还是酱带鱼，都是绝世美味，将其在饭窝里蒸一下，只要挖小小一块鱼肉，就可以过半碗饭，被称作压饭榔头。前些年，家里过年基本以素食为主，顶多吃上几条河鲫鱼，冬天河鲫鱼有时也难捕到。如果有一碗葱㸆河鲫鱼，冻上一晚，味道亦绝美，一块冻汁就能拌一碗米饭。而过年最奢侈的菜是一碗油豆腐㸆肉，家中人口众多，每人只能吃到一小块肉，爹和娘经常自己不吃，省下几口就是为了给孩子们吃。那碗并不满的冻油豆腐㸆肉会被锁在家中唯一的大衣柜子上层，偶尔有客人来访便算是硬菜了。今天，建芬拿来的带鱼，至少有半个手掌宽，肉质厚实，娘不禁埋怨："这么贵的东西下次别买了，要学会当家，你们现在也有孩子了。"汤志明在妻子还没开口前先替她回话了："娘，没事，建芬可能干了，她现在赚的钱比我一个全劳力还多呢！"朱凤仙看了看女婿，只是温和地笑笑，没搭话。她何尝不知道自己女儿嫁过去后进了西塘河针织厂，也是赚工资的人了，空余时间仍在家绣花补贴家用。

  沈月宝拿出自制的劣质烟草，一根递给女婿，一根给自己，划了火柴，先给对方点燃。汤志明右手略微有点发抖，诚惶诚恐地接过烟，吸了一口，猛地呛了一下，似乎是一个新手。他不是新手，但没烟瘾。婚后，妻子给他定下规矩，家里不能抽烟。所以，在岳父家里抽烟不知道算不算违规，他心里还没底，又想这可是老丈人亲自为他点的烟，哪有不抽之理，一转念，好像胆子又大点了，重新吸了一口。这次他吸得自然多了，甚至还吐出了一个不大不小的烟圈，刚才真呛得有点尴尬。那个烟圈好像为他刚才那一幕争回了点颜面，汤志明不禁从心底里有些放松起来，脸上露出了那么一丝得意的微笑。他那不经意的微笑，恰好被沈月宝尽收眼底，老人家看女婿的眼神一下子变得有些惊愕,明显带着满满的不解,甚至是怀疑。汤志明似乎一下子又慌了,拿着烟悬在半空中的右手突然不知所措起来。他立即将右手垂了下去,任由草烟在自己的食指和中指间自生自灭。

此时,建刚、建国等人都从外面回来了。汤志明似乎找到了救星,急忙躲开丈人审视的眼光,主动上前与两位舅老爷打招呼。沈月宝看着大女婿慌乱的神情,心里明白了,自家闺女平时对这个憨厚的女婿管得挺宽的。

小飞鹏第一次来外婆家,长辈们都是有所准备的。伍莲珍拿出一条很小的婴儿裤送给飞鹏,说是飞达小时候长得太快没怎么穿过。夏银娥拿出一个小枕头,上面有她亲手绣的蜻蜓与荷花。要是在以前,哪怕这样的小块布料,她也是买不起的。这不,年初,建国进了村里新开办的沈氏十七房村凉鞋厂,银娥也在社办企业邵家袜厂锁罗口了,夫妻两人的月收入相当于往年整年的出工收入呢!不久前,家里买了草绳机,是全村第一台机器。晚上,银娥和建芳常加班加点踏草绳以补贴家用。这大半年来,家境明显改善。其实,建芬嫁出去一年半,每次回来都能看到家里的变化。哪怕是家里添了几个新碗。娘以前最不喜欢用缺角的饭碗,因为她觉得那是讨饭用的。前些年,因为穷,不得不用缺角缺边的碗来盛菜,但娘决不允许家人用缺角的碗盛饭。上次建芬回来,就发现开饭时桌上都是整整齐齐的新碗,那些缺口的旧碗,不管缺口是深是浅,都已经被放在厨房的角落里盛猪油或茴香了。她默默地看着,心里美滋滋的。看来,沈氏十七房以后的日子不会比西塘河差。

5月份时,在建芬的牵线下,将好友邵惠丽介绍给了西塘河村的朱康美。邵惠丽的嫁妆比建芬要丰厚得多,因为她家兄长早几年就在邵家袜厂当了厂长,她本人在袜厂上班三年有余,她娘家并不像沈家那样年年是倒挂户,在青黄不接的三四月份还常要饿肚皮。邵惠丽出嫁后,袜厂才有了空位,让银娥顶替。只是后来邵惠丽兄长不善管理,袜厂在集体企业转制前倒闭了。

建芬偷偷告诉二嫂,朱康美那位当经理的娘嫌弃儿媳妇那八担嫁妆太土。想到这事,建芬就替惠丽生隔壁气。当然,她没有告诉二嫂自己的婆婆内心也是这样想的,只因汤志明护着她,所以婆婆才没给她使脸色。"汤志明,儿子的干净尿布拿一块来。"汤志明听到妻子的叫唤,连忙将右手里的草烟转手给了二哥,去那一堆还没打开的包裹里寻找尿布。银娥见了这场景,差点笑出声来。几秒钟后,她轻轻地拉过大姑子的袖子,悄声说:"你不能这样当着全家人的面欺负自己男人吧!"建芬从未当二嫂是外人,在她耳边嘀咕:"二嫂,他只有做这个的料,拨一下,才动一下。""瞧你这话说的,除了在我这里,在外面千万别乱说,贬低自己的丈夫,你有啥好处?"建芬将头靠近二嫂的肩膀,点点头,笑了,表示知道了。

建芬一家三口的到来,使老宅子里充满了欢声笑语。

很多村民从他们家院子经过时,也会顺带进来看看可爱的汤飞鹏,抱一抱,逗上几句,再和建芬聊几句家常。三叔家的堂妹赛芬与建芬聊得来,以前"调麻"常在一起,看到建芬在,相当兴奋,拉着她的手说个不停。赛芬个子不高,但长得白白嫩嫩,大圆脸配一张唇厚性感的大嘴巴,性情直爽,只是她家条件比建芬家还要差些。如今,建芬家大哥建刚因是初中毕业,算是文化人,被生产大队推荐到新成立的东经堂集市当了负责人。所谓东经堂集市是周边七八个行政村的核心地段,离白龙乡政府还有十多里的路。两位长兄生活的改善,一下子提升了全家人的生活水准。只有建芳还是在家务农,她是这台新草绳机的主人。每次饭后,总是第一时间赶去脏兮兮的牛拴间,往新购的草绳机的两个铁耳朵里装稻草,手脚都不曾歇息。哪怕国庆节,她也一直在忙碌中。

赛芬告诉堂姐，自己春节就要出嫁了，男方是白龙山山脚下王家村的王勇。他俩是今年5月份在白龙乡针织厂上班时相遇相识，便有了美丽的爱情故事。而与赛芬同岁的建芳看似正关注一条大姐刚送她的上面印有一只小花猫的丝质围巾，其实，她默默地倾听着，不知道自由恋爱是什么滋味。

天开始暗了下来，全家人准备开饭了，汤志明却因中午喝了太多七石缸里的米酒仍在沉睡中，叫也叫不醒，还不断地发出震天响的呼噜声，令建芬漂亮的脸蛋上蒙了一层阴云。

晚餐来得太丰盛，建芬感觉比自己出嫁时都来得盛大。娘把其中一条带鱼分成两种做法，半条清蒸，半条红烧。还有一条送到与娘最聊得来的四婶家，他们有多久没吃过海鲜，四婶家就有多久没吃过海鲜。但这带鱼，娘第一筷并不是夹给爹，而是夹到了女婿的空碗里。明明汤志明还沉醉在梦乡中，娘却执意要给他留个位子，似乎汤志明随时会醒过来再喝一杯。建芬阻止了娘，把带鱼转个方向送到了爹的碗里。同时，夹了几小块猪皮放到汤志明那个空碗里代表娘的心意。当然，这条带鱼的大部分还是先满足爱飞、飞达和飞雁三个小馋猫了。爱飞出手最快，带鱼上桌，先取出鱼眼吃掉。大家都知道她爱吃鱼眼，没人会抢，也没人与她抢，因为她天生有凌厉的气质，尤其那张嘴能说会道，全家人都说不过她。大人们只是用筷子蘸着鱼的鲜味尝几口汤汁，就算是吃过了。建龙提前一天在河道里捉了许多泥鳅和几条硕大的河鲫鱼，那红烧泥鳅和豆腐河鲫鱼汤算是提升了这餐晚饭的丰盛程度。银娥不停地把乳白色的豆腐河鲫鱼汤舀给建芬，这是催奶的好东西。桌子上还有管管葱炒蛋、麻油拌青瓜、韭菜炒土豆、紫菜虾皮汤、炒扁豆等，还有建芳做的灰汁团。建芬把从城里买来的苔菜月饼中

第二篇章　争做万元户

的两卷给了老祖宗。午饭时,老祖宗笃笃笃地拄着拐杖由建芳扶着来的。晚餐前,再去邀请时,她坚决不来吃了,说习惯了一个人。于是,银娥在婆婆的指示下,早早地把做好的一碗红烧豆腐给老祖宗端去了。这些年,老祖宗的白内障越来越严重,有时分不清谁是谁,吃饭时碗里的菜都分不清,家人很是心疼。经家族会议商定,四个儿子家轮流送饭菜,一个月轮一次。最近,就是大房家送饭菜。刚才银娥送菜去时,碰到大伯家的一碗腌冬瓜、一小碟煮软的花生刚送到。老祖宗那瘪着的嘴说,今天吃的太多,明天的菜不用送了,剩菜在小灶里热一下就可以了。几天前,建国建议老祖宗去装副假牙。老人家说,都快入土的人了,日子才好过些,浪费这钱干吗?自己吃素,都是些蔬菜,不要紧的。

汤志明睡到第二天早上才迷迷糊糊醒过来,他伸伸懒腰,一副没心没肺的样子。爱飞和飞雁都比他起得早,便跟在后面笑:"大姑父,你睡了多久啊!梦到什么了?"

汤志明转身摸摸飞雁可爱的小脸蛋,嘿嘿地自嘲:"忘了,谁能想到自己家酿的酒那么醉人呢?"

建芬远远地站着,手里抱着儿子,意味深长地看了他一眼,保持着明显的距离。汤志明不忘与家里人一一打招呼。他从来没有把丈母娘家当别人家,他是女婿,又不是外人,但他看建芬的眼神有点忐忑不安,听到丈母娘喊他吃早餐,便咧着嘴跑过去:"娘,放着,我自己来盛。"然后,一边把一碗泡饭过萝卜干吃得嘎嘣作响,心满意足的样子,一边与两位小舅子聊天。建军说,去年他们学校里的一些代课老师都去参加高考了,只有一位在东严村白龙中学代课的知识青年老师考上了,那代课老师教他语文,25岁了,已经在当地娶了妻子,妻子怀孕也七个月了。听说另一位代课老师吃了只鸭蛋,零分!吃鸭蛋的老师能来当代课老师?被学生当作笑料了。整个白龙乡就出了两名大学生。另一名是学生,叫鲁子瑜。更有意思的是,那个吃鸭蛋的老师就是教鲁子瑜的,一个吃鸭蛋的代课老师居然能把学生教得考进大学?建军有点想不通,他的同学们也有点想不通,但农村孩子不会多想,过几天就把这事忘了。今天,大姐夫谈起高考,他才又想起这桩趣事。汤志明说,如果不考大学,考个中专也是响当当的。边上的建龙却说,他对读书实在感到头疼,还不如早点务农。汤志明说,国家形势变了,以后农民也大有可为,但初中还是要好好读完的。建龙很感谢大姐夫像自己人一样与他说话,没有一丝陌生感,好像他们成为亲戚已经很久了,彼此的话越说越多,越说越响亮。建军说完自己的事后,就去小屋里看书、学习了。其余的人吃过饭,早就该干什么就去干什么了。门口有几个妇女在逗小飞鹏玩。

娘为建芬准备了回赠她婆家的礼物,有泥螺、龙头鲓,一看便知是从银娥娘家大嫂的村庄买来的,还有两瓶蜂蜜。她推说不用了,但娘执意让她把这些东西带给公婆,直往她的塑料包里塞,加上嫂嫂们等人送飞鹏的礼物,那个包的拉链都快拉不上了。飞雁看见奶奶送给大姑的那堆东西,心想,这么多好东西,奶奶是从哪里变戏法变出来的?殊不知,朱凤仙为了这场回礼准备了很久。

回去时,建芬没有与汤志明说半个字,连走到他身边都故意侧着身,心里有事。二哥所在的鞋厂已经顺利开工,第一批塑料凉鞋在夏天时生产出来了,但很多是次品。二哥与邵家袜厂的厂长邵国权交流过,根据邵国权的经验,最好能到上海请大师傅,但请大师傅要多少钱?又有哪个大师傅肯来?昨晚,二哥与建芬商量着,想去她所在的西塘河针织厂取经。建芬应允回去好好与厂长说道说道,毕竟西塘河针织厂是从1974年开办起来的,已经走上了正轨的发展之路。因此,现在她的脑海里全是针织厂和凉鞋厂的事。不明就里的汤志明却死皮赖脸地黏上去,笑得比女人还温柔和妩媚。他好像在那一瞬间看到妻子和颜悦色了,抓紧说了些不着边的好话,绑好行李,与岳父岳母道别,骑上自行车愉快地载着母子俩冲进清晨的阳光里,眼前是一片美好和希望。

没有泥巴的大上海

时间不知不觉到了1979年的元旦,表面上看农村没什么大的变化,但若仔细观察,便会发现村民的眼神变得平静了,脸色明显比两年前大有改善,至少不再有菜色,不再是无精打采的面黄肌瘦,尤其是孩子们因为能吃饱穿暖而显得生气勃勃。村口那棵古树比任何时候都显得更加有神,新的叶子还没长出来,原先干枯的树皮却提前显示出了它的光亮与生机,在村民的眼中似乎已经春意盎然。

瞧,飞达穿得厚厚实实,圆滚滚的,带着哭腔大呼小叫地跑进来:"六叔、六叔,我的小鸭子不见了……"

朱凤仙早上从东经堂合作社买了新的棉纱线,正在缝补一件小棉袄。住她家前院、紧邻的堂侄沈建立家年前又生了个女儿。之前,他们有个女儿雪飞,比飞雁大三岁,已经在学堂读书了。沈建立一心想着要个儿子,可落地又是一个闺女。听说,他要把新生的闺女直接过继给省城的远房亲戚,那远房亲戚结婚七年不育。孩子抱养的日子都挑好了,就在腊月十八。今天初五了,朱凤仙心里盘算着,得抓紧时间。沈建立的媳妇王婉珍哭得很伤心,昨晚来求朱凤仙这个二婶为她的新生女婴缝一件新棉袄。朱凤仙的

第二篇章　争做万元户

手艺在全村是出了名的,建芬就是传承了娘的精湛手艺,前几天刚传来好消息,她在西塘河针织厂因为手艺出众,已经是车间主任了。

朱凤仙听到大孙子的哭腔,放下手中当年自己最值钱的嫁妆——乌红木纱盘赶紧走出来。飞达所喊的六叔一早跟着爷爷去田里了,他找不到六叔,见到奶奶,眼泪就不争气地簌簌地流得更凶了:"奶奶,我那只头顶有黑毛的小鸭子不见了。"朱凤仙上前抱住孙子,问:"什么时候不见的?奶奶陪你去找。""不见了,真的不见了!小姑、姐姐、妹妹都在河塘边找呢,都没找到。上午是我开的门,看着小鸭子们一起下的河,哇……"话还没说完,他再次放声大哭。其实,他嘴里的小鸭子早已是老鸭子了。两年前,他还是个4岁小娃娃时这鸭就孵出来了。现在,它已成黑硕的大肥鸭了。只是在飞达眼里,那仍旧是只小鸭子。

不管怎样,朱凤仙依然领着哭泣的孙子向院外走去,心里却嘀咕:养了两年的鸭子是不可能走散的,哪怕失散了,也认得回家的路。这样的事以前在别人家发生过,那是因为前几年实在太穷,但即使在那时,她家的鸡、鸭、鹅也没丢失过。

祖孙俩走遍了整个村庄,天都黑了,仍旧没有鸭子的踪迹。

爱飞第一个打退堂鼓,早早地回到家里开始做寒假作业。飞雁劝不了哥哥,也回到灶跟间帮大姆妈烧火了。伍莲珍今天做的菜有葱油芋艿、荷包蛋、炒大白菜、花菜肉片蛋丝羹、油煎扁土豆,最后一道菜是飞达的最爱,是妈妈用来抚慰他受伤的小心灵的。夏银娥正闷头洗一个猪肺,飞雁看见了捂住鼻子和眼睛躲得远远的。这是大伯早晨从菜市场买好,由奶奶带回来的。奶奶总说,晚上家里人最集中,好东西要一起吃才好。其实,肺头就爷爷喜欢吃,就是洗的工程太浩大。夏银娥坐在一把小小的破椅子上,将肺头放进一个圆木桶里,洗得很专注,一遍又一遍地挤压、换水,已经洗了半天。当白切肺头搬上桌时,全家人都陆陆续续地回来了。飞达是被奶奶抱着回来的,满脸泪痕,哭得像花猫。

只有沈建国还没回来,这几天他都是晚上8点后才回来,年底工厂里一堆的事。他打算年前去趟上海,拓宽工厂销路。关于请大师傅,沈月发已主动为建国提供了一位老朋友的地址,是位老教授。老教授姓陈,会俄语、英语、德语、法语、日语、意大利语,还有就是中文。建国听了都傻眼了,自己连中国话都说不好,人家却会七国语言。但沈月发说,他不能确定陈教授是否还住在原来的地址,十年浩劫,谁也说不清,活着便是万幸。老祖宗让建国给上海的吴英娣写了封信,她也支持孙子去上海。这些年,只有英娣来乡下看望他们,十七房人不知道多少年没有去过大上海了。朱凤仙想着多给英娣带点土特产,她直呼其名英娣,英娣总是亲热地回称她为二嫂。前几天,英娣回信了,欢迎建国带着孩子们去上海。但建国决定一个人去,他也是第一次去表姑家。

饭刚下肚,堂妯娌贾桂娣来了,满脸挤出了一个似笑非笑的笑容,也挤出了一堆皱纹,就差没把左右两个眼珠子挤出来了。朱凤仙明白她是来看新生儿的小棉袄的,便迎上去说:"阿桂,吃了吗?请坐。"被称作阿桂的比她小四岁,家里一溜的晚辈也跟在朱凤仙的话音后一一与贾桂娣打招呼,都称其为桂婶。夏银娥起身搬来一把前几天公公自己做的竹椅放到贾桂娣屁股底下,还用手臂上的袖套擦了擦竹椅表面,看着桂婶入座。贾桂娣两手放在老旧的棉袄里,这是大冬天农村人最简易又实惠的取暖方式。这件棉袄至少有一二十年历史了,缝缝补补,已看不清原来的色彩。她家这些年的条件,比朱凤仙家要落后一大截。棉袄原先应该是黑色的吧,两个袖口脏得油光发亮。只见贾桂娣的两只手从旧棉袄筒里抽了出来,顺着出来的是两根白条似的年糕,她把脸上的笑意挤尽了,也说不出一句好听的话:"也没什么好感谢的,我家的条件你们也知道。"说着,便把两根年糕放在了朱凤仙家的饭桌上。伍莲珍正在收拾桌子,夏银娥到里面的灶跟间洗碗,妯娌俩总是配合得天衣无缝。老祖宗曾说,她俩上辈子可能是亲姐妹。伍莲珍看到那两根白晃晃的年糕,心里觉得怪怪的,只当作没看见、没听见,仍旧低头干活,耳边却传来婆婆的声音:"阿桂,都自己人,咋这么见外?"但婆婆也任由两根年糕放在桌上,把话题转了:"你稍等一下,我去房里把小棉袄拿来让你瞧瞧。"朱凤仙今天一早就去集市买了块黄布,棉花倒是家里现成有的,王婉珍也拿来了一些,足够做一件婴儿棉衣。朱凤仙想着王婉珍与伍莲珍前后嫁到沈家,快十年了,不容易,决定帮她一把。当时她有心把这些棉花退还给婉珍的,但细细一琢磨,婉珍脸皮薄,用了自己的布料与时间已经是红着脸了,不能再退这些棉花了。她当婶子的或许也只能用这样的方式暗里帮衬侄媳妇。

呈现在贾桂娣面前的小棉袄已基本成形,只是两个小袖子还没缝上。小棉袄是黄色的,四周围用红色的面料细细地绲了一圈,显得非常精致与洋气。贾桂娣倒吸了一口气,不得不赞叹朱凤仙的手艺。银娥看了直呼婆婆的左撇子手艺了不得。

贾桂娣老实承认:"我可没这手艺,我那年纪轻轻的笨儿媳妇比我还笨,要是能在你这里学一招,以后也能像你们家建芬那样去针织厂上班了。这婆娘肚子不争气,还要来麻烦你凤婶,蹭小棉袄,真把我们家的脸皮丢尽了⋯⋯"她还想继续说下去,朱凤仙打住了她的话头,笑眯眯地说:"其实,婉珍有这手艺的,只是刚出生的孩子就要过继给人,当娘的没心思做棉衣。何况婉珍还在月子里,不能过度用眼,她拿了棉花来,我只是花了点时间而已。我看婉珍是个实在的勤快人,很能干!"

"就她？她能干什么活儿？就说插秧吧，我们村里哪个妇女不比男人快，她的动作比男人还要慢一拍。"贾桂娣说着说着声音大了起来，似乎来了气，额头的青筋都爆粗了。沈月宝从门口经过，抽着草烟，大声地咳嗽了一声。贾桂娣听到咳嗽声，转头望向沈月宝，又挤出一个尴尬的笑容，降下分贝，喊了声："二哥。"沈月宝没回应她，自顾自地朝院外走去。通常情况下，沈月宝饭后都要在村庄附近走一圈，半小时才回来，儿女们在背地里笑称爹是个免费的打更人。

夏银娥心里跳出一个念头，对婆婆说："娘，剩下的活，让我来试试吧！"

婆婆回拒了她的热情："没关系，你早点去休息。还剩一点活，我明天可以做完，到时就给她送过去。"这话分明是说给贾桂娣听的。朱凤仙紧接着又问："阿桂，等婉珍出了月子，可以让她到鞋厂去做工，我与建国说说，你看怎么样？"还没等对方回复，又转向一直看着她的二儿媳妇，吩咐道："银娥，给你桂婶装些糯米，还有我今天早上刚买来的一包红糖、三斤索面，在我房间的乌橱里，都拿过来。"银娥点头照办。她嫁过来这些年，了解婆婆的为人，只要来客有礼到家的，婆婆必定回礼给对方。贾桂娣拿来的是两根年糕，婆婆回礼肯定要超出这两根年糕的分量。年糕是糯米做的，各家各户只有过年前才会做。这在农村不仅是个年前的隆重仪式，也是年前年后村民们最爱吃的食物。但有些家庭条件差，家里没太多的糯米，只能少做点年糕。贾桂娣家估计也没有太多的糯米，这两根年糕或许是她掂量许久才拿出来的。

很快，夏银娥用一个小编织袋装了些糯米，还有面条和红糖，双手递到贾桂娣面前。贾桂娣慌张地站起来，嘴上推辞着："这……这不能要，我也没拿什么东西过来。"双手却不自觉地伸了过来，脸上露出了深深的笑容。

朱凤仙说："都是自己人，我的一点点心意，你快回去帮婉珍吧！她还在月子中呢,我们都是当娘的。"夏银娥又有了两个月的身孕,不知道为什么,听到婆婆的最后一句话时,替王婉珍感到辛酸,为自己感到庆幸:嫁人就像一场赌博,不仅要嫁对男人,更要嫁对一个大家庭,一个好婆婆能温暖整个家。

贾桂娣拿着一大袋东西回去了。

贾桂娣前脚刚走,沈月发后脚带着轻微的脚步声来了:"建国娘,建国回来了没有?"这是他对朱凤仙的称呼。"哎呀,月发哥,快进屋,建国应该快回来了!你瞧,上海的事给你添麻烦了,我们全家都感激不尽!银娥,快倒茶!"银娥也亲热地上前细声细语地喊了声:"月发叔,您来了。"沈月发递上一封整整齐齐的信。信已经封好,上面是工工整整的小楷毛笔字,写着陈教授的家庭地址,他说:"让建国按这个地址找找看,如果能找到这个人,请他帮忙找一位上海的大师傅应该没问题,他是华东纺织工学院1951年建校时的第一批教授,有许多学生。他也是我多年的老朋友,只要看到这封信,肯定会帮忙。"

银娥接过信,把它放在那沓工工整整的报纸上。自从去年开始,沈建国隔几天就会把办公室里的报纸拿回家来,让家人一起阅读。沈月发看着她家那沓报纸,闻着油墨香,好奇地问:"银娥,这报纸都谁在读啊?"

银娥眨了眨大眼睛,有点崇拜地说:"月发叔,建国说您家有报纸、杂志,他想着办公室里的报纸同事们看完了都丢在一旁,便拿回家来,让我们一起学习学习。现在,连不识字的飞雁也喜欢翻报纸了。"

"哦,这样啊,建国真有智慧!"沈月发不由自主地说,缓缓地转身离去。朱凤仙要送他,老人摆摆手,投来一道清澈的目光:"不用送,有事让建国尽管来找我。"

沈月发回去后,银娥拿着一张报纸,根据上面的图片,给女儿讲神仙娘娘的故事。飞雁听着听着便入睡了,银娥自己也睡着了,建国是何时回来的她都不清楚。

两天后,沈建国出发去上海了。这段时间,娘为他准备了许多东西,已分装成两担。一只活鸡、一只活鸭、十斤糯米、十斤年糕、地瓜粉丝一包、霉干菜一包,另外一个小瓶里装着咸菜笋干和几个淡包,那是银娥为他备的路上干粮。

飞雁看着爸爸挑着两大担东西出门,追上去问:"爸爸,你干吗去?"

在旁的银娥先回答了:"爸爸去跑外勤,去大上海。"

"跑外勤是什么啊?"飞雁歪着脖子继续问。

"就是去刨树,树皮刨下来,厂里才会有钱,厂里有钱了,我们家才有钱。"银娥说话时,眼睛又不停地眨了很多下。

"啊?"飞雁听得云里雾里。建国真想笑出声来,弯下腰,抚摸着她的头说:"等爸爸熟悉大上海了,下次带你去玩。"

"我不要去,有什么好玩的!"飞雁不屑地回答,嘟着嘴巴,一副气呼呼的样子。

银娥故意说:"大上海可好玩了,有动物园,动物园里有各种各样的动物。顶顶重要的是大上海没有泥巴,干干净净的,非常漂亮,哪像我们农村到处脏兮兮的。"

经妈妈这样一说,飞雁的眼睛一下子睁大了许多:"真的吗?大上海没有泥巴?动物园我喜欢,爸爸下次一定要带上我。"

"可爸爸要担这么多东西,你一个小孩子怎么办?还要走两个多小时到城里,再乘一个晚上的轮船,才能到达上海。"

"那怎么办呢?"飞雁显然有点着急了。

"没关系,我用一根麻绳把你系在腰上。"爸爸认真地说。飞雁好像有

第二篇章　争做万元户

点放心了,跟着妈妈把爸爸送出村口古树下。

回来后,只要村里有人问飞雁"你爸爸去哪里了",她就会抬起那骄傲的小脑袋,大声地宣告:"我爸爸去没有泥巴的大上海了,跑外勤!"有人故意追问:"跑外勤是啥东西?"飞雁再次响亮地回答:"就是刨树啦!树皮刨下来,我们家才有钱。"村民们笑得上气不接下气。小飞雁眨巴着大眼睛,不明白那些人为什么笑成一团。

腊月时,全村最爆炸性的消息莫过于沈氏三房自由恋爱的沈赛芬要结婚了。她没有向男方要一分钱的聘礼,也没有在双方家里办一桌喜酒,而是采用旅行的方式结婚——去了一趟北京。沈氏十七房,连村支书都没到过天安门呢,更没见过毛主席那硕大无比的头像。而她沈赛芬,一个小妮子,居然去北京旅行结婚。这真是一则大新闻,把沈建国从上海回来及沈建立家新生女儿沈亚雪送人的两大消息一下子全给淹没了。

80 年代的新一辈

空气中飘荡着初夏的气息，黄昏的一抹余晖映照在孩子们的脸上。飞雁和村里的一群小伙伴在道地上玩耍得够了，正在帮大人收拾油菜籽。

每年5月份，偌大的场地上都会晒满刚从地里收来的油菜籽。当菜籽梗从油嫩的绿色变成灰色后，就表示成熟了，大人们要把荚包里的菜籽用脚踏、用手搓。个别难以搓出来的，只能用手掰。一粒粒黑色的菜籽撒落在提前准备好的扁篾里，晒干的菜籽最后拿到公社集中的工坊间榨成油，每户每家根据劳力出工情况可以分到十五斤、十斤、五斤或更低数字的菜籽油。这些年，村民们的生活改善了许多。想起当年吃大锅饭时，各家各户在食堂吃完后，家里连一滴油都没有，家中若有酱油过泡饭，已经是非常幸运的事了。根据今年道地铺晒的菜籽梗来看，村民家中饭桌上的油腥应该可以多点了，像贾桂娣这样的家庭也可以往咸菜里多加几滴菜油了。不过，很多家庭分到的菜籽油仍远远不够吃。有时，为了调剂别的生活用品，大家不得不拿出仅有的一些菜籽油去调换。偶尔，走亲戚送个菜籽油就显得特有面子。沈建国最近又要去上海了，就等着分菜籽油，他要拿出一半送给大师傅。

第二篇章　争做万元户

沈飞荣手里提着一根树枝,树枝上一只青蛙被吊着一只脚,来回不停地打圈,捣来捣去,看情形这只青蛙迟早得被弄得胀死、吓死。沈飞达瞧着他一脸的不满,沈飞雁急着在边上试图阻止,不停地吼:"飞荣哥,停、停下来,你会把小青蛙弄死的!"

"关你屁事!"飞荣抗议道,并没有停止手中的动作,反而加快了打圈的速度和频率,还哈哈大笑着。他鼻翼上的一颗痣随着年龄的增长也变得大起来了,妈妈李桂花曾嫌弃他这颗痣影响面貌,但老祖宗说,飞荣这颗痣是富贵痣,不能动。

"飞荣哥,这小青蛙可能就是你自己前段时间养大的呢!"飞雁疾声喊。

"啊?"飞荣一听这话,停止了动作,问:"你说的是真的?"飞达趁机上去,赶紧把他手中的树枝拿过来,解下那只挂着的青蛙脚。青蛙的两只眼睛凸得更厉害了,就差嘴吐泡沫了。它被放到地上后,也没回过神来,趴着一动不动,全身软塌下去,毫无生息。

爱飞正好背着提篓要去割猪草和兔草,她瞥了一眼飞荣,接着妹妹的话说:"你们在春天的时候从池塘里抓了多少小蝌蚪啊!当初是多么爱护小蝌蚪,看着它们一天天慢慢地长大,然后放回池塘,现在却把它们抓回来如此折腾。飞荣,你的小青蛙,只剩一口气了。"爱飞比飞荣大三年,最后一句话语气像极了一个大姐大。经过提点,飞荣也认为那青蛙或许就是自己养过的,便蹲下身子,用右手指轻轻去撮青蛙的背,想表达内心的歉意。

飞达尖叫:"别再碰它了!如果真把它弄死,我就不跟你玩了。"话音刚落,小青蛙动了,弹跳起来。飞达快速把青蛙捧起来,放在手心,对着它吹了吹。飞雁凑上去,也向小青蛙吹了口气。飞荣也想凑过去,飞雁不让他靠近,拽着哥哥把小青蛙放进道地右侧的小池塘里,看着它在水里恢复活蹦乱跳的样子,才长长地舒出一口气。

飞荣知道飞达生气了,但他才不管呢!以前,他总对着飞达说:"你家妹妹不像'饿死货',倒像菩萨下凡。"飞达听了从不生气,他们之间经常会闹来闹去的,两个人顽劣得很,前一句还在吵架,后一句马上就和解了,像今天这样的事也是司空见惯的。

瞧,飞荣转身带着一群小伙伴又爬到那棵枝繁叶茂的古树上去捉麻雀了。麻雀在冬天被冻得没感觉了才容易捉。春天时,它们吃得饱饱的,灵活得很。飞荣在古树上找到了鸟窝,里面却没有鸟和蛋。他又跑到沈月发家的外墙屋檐下,发现了些许灰色的细碎羽毛,断定里面是鸟窝。他身姿灵活,借助屋旁的柳树,五六步就跳跃着攀到了离屋檐最近的树枝上,伸出小手在里面捣鼓了一通,摸出来两只鸟蛋,便对着底下的小伙伴们狂喊:"看!我手上是什么?"小伙伴们在下面起哄。飞荣得意极了,再一次哈哈大笑,爬下来时却不小心把鸟蛋给摔了,蛋黄洒了一地。还好飞雁跟着爱飞去割兔草了,否则看到又要伤心一通。

飞荣从树上跳下来时,飞达在下面张开双臂接应着,怕他因鲁莽而有所闪失,他俩是默契的。飞荣已经入学一年了,再过三个月飞达也要入学了。

第二天一早,飞雁还在睡梦中,大姆妈摇醒了她:"'饿死货',哥哥去学校报名,家里人都下地干活了,你妈去医院检查身体了,你得跟着我们。"飞雁一副睡眼惺忪的样子,点点头,一会儿便利索地起床、穿衣、洗漱完毕。她每天的行踪基本与哥哥同步。前几天,大人们在饭桌上讨论哥哥上学的事。哥哥属牛,飞雁属虎。爷爷说,哥哥8岁,飞雁才7岁。这意味着哥哥要成为一个小学生了,而飞雁以后就只能与即将出生的小妹妹玩。小小年纪的她有些失落。

飞雁第一次来到东经堂小学。小学那扇木门很厚却很破旧,不知道已

第二篇章　争做万元户

经过多少年的风吹雨打,门根本没有被漆过的痕迹,只有原木的本色,而且都被拍打出毛边了。可见,这扇门使用的频率有多高。学校共有五个班级,每班约二十人,加上五位教师,共一百多号人。可能很多人进进出出都会习惯性地去推一把这扇破旧的校门,木门越推越破旧,于是就有了沧桑感。校门除了放学后关闭,平时都敞开着,隔壁农家的小狗经常会跑来,很受学生喜爱。若是鸡、鸭、鹅跑进来了,学生是不欢迎的,因为校园的两个小花坛里的花草会被破坏殆尽,尤其在春、夏两季。这些事,9月1日开学以后飞雁自然会知道,因为她也将成为一名新生,而且以后每天清晨的校门将由她开启。

"沈飞达,这是谁啊?"报名处,一位穿着紫色碎花连衣裙的年轻老师一边做着登记一边问。

飞达朗声回答:"我妹妹。"老师自报家门,说她姓顾,笑起来两个小酒窝特别深,扎着一条粗粗的马尾辫。不同的是,她的马尾辫不像村庄里的姑娘们用手帕扎起,她用的是一条紫色的条纹小丝巾,与她的紫色碎花连衣裙相配,刘海卷起来了,耳鬓两侧及马尾辫末端的头发也是卷起来的。可能,她天生是个卷发姑娘。飞雁想,顾老师长得跟爸爸从上海买来的小人书里的人物一样好看。她目不转睛地盯着顾老师,这才引起了顾老师的注意。

顾老师请飞达从1数至100,飞达一次性通过。接着,顾老师变了花样,再问:"沈飞达,听好了,2加2等于几?"

"4。"飞雁的童声比哥哥还要早两秒答了出来。顾老师笑了,站在边上的大姆妈也惊愕地看着她。

顾老师把卷起来的马尾辫甩到了胸前,继续问:"3加2等于几?"

"5。"还是飞雁先回答。飞达感觉脸上火辣辣的,他也能回答,但声音比妹妹轻多了。此时,他对妹妹有了想法,在村里妹妹就倍受宠爱,怎么到了陌生的学校还要再次与他争宠?

顾老师又侧过身来温柔地问飞雁："你叫什么名字？"

"我叫沈飞雁。"飞雁大方又响亮地回答。

"今年几岁了？"顾老师亲切地追问，显然对她很感兴趣。

"老师，我7岁了。"飞雁继续认真作答。

"想不想与哥哥一起来上学？"顾老师重新提起手中的笔。

"想，我想与哥哥一起来读书。哥哥上学了，我就没人一起玩了，姐姐已经四年级了。"飞雁说了一堆话。飞达想阻止她，都来不及。

顾老师又问："哦，姐姐叫什么名字？"

"沈爱飞。"

"原来爱飞是你们的姐姐啊！姐姐成绩很好的，那你们俩肯定也很棒！一起来吧，我给你写上名字？"顾老师说完，用眼光征求伍莲珍的意见。伍莲珍微笑着说："谢谢顾老师，这是个好主意。我们家飞雁从小聪明懂事，可她只有7岁，能上学吗？"

顾老师说："没问题的，沈爱飞也是我教的语文。"

大姆妈当场替飞雁做了主："那先报着吧，我回去跟她妈说。飞雁是我侄女，爱飞是我家老大。"

"哦，这样啊！我先把名字给报上，我们校长特别喜欢像飞雁这样有灵气的小姑娘。"后来，他们才知道，顾老师嘴里的校长就是她的父亲，顾老师的母亲也曾是教师，母亲提前退休，便由高中毕业的顾老师顶替工作。而这个小学，除了顾老师和顾校长，还有张老师也是正式教师，另两名都是代课教师。

报名结束，伍莲珍带着孩子们又在东经堂集市逛了一圈，看到沈建刚忙得不可开交，没敢上前打扰。东经堂集市经过这些年的贫困后重新开张，集市里几乎没货，逛街市的人也很少。要想提升集市人气，先得有货可卖。

第二篇章　争做万元户

于是，沈建刚经常独自步行到方圆十里外的各个集市走访取经，鼓动周边农民把自己手上的土特产或其他新式产品拿到东经堂集市来卖。比如杨梅，在白龙乡是稀有的。在他的鼓励下，今年姚县的梅农就挑着杨梅来了，让村民大开眼界，不论有钱的、没钱的，很多人买了给家里的老人或小孩尝尝鲜。市场的氛围正在慢慢地形成。沈建刚还有个大胆的想法，他想像多少年前的集市那样每年组织一场物资交流大会，让周边的村民甚至是邻县的村民都到东经堂集市购物。这几年村民们的手头活泛了些，大家重新喜欢上赶集这种形式。就连十七房古树下聊天、下棋、打牌九的人也正在养成有事没事往集市走一趟的习惯，哪怕去领领市面也好，这是一种崭新的生活。

伍莲珍在集市买了一小包糖给孩子们打牙祭。回到家后，她把飞雁报名的事告诉了公婆和银娥，全家都很高兴，想不到飞达成为小学生了，还顺带拉了妹妹一把。飞雁自然也很高兴，而飞达的脸上看不出有多少欢喜。

飞雁要提前入学的消息神速地传到了夏家岙村。黄彩霞特意挑了个吉日，带着小女儿夏晓香，手臂下夹了两个大大的包裹来了。当外婆的拿出一封香糕，说是给"饿死货"上学前吃的，每天一块，好高高兴兴上学去。银娥见到娘家人，脸上笑得像花一样美丽，挺着个大肚子吩咐飞雁把外婆送的香糕先供到灶头的菩萨前。黄彩霞接着又拿出一块粉绿色的的确良面料，说是给飞雁做件新衬衣，开学穿。朱凤仙想着银娥再两个月就要生产了，不能太劳累，便接过亲家的话，指示不远处正在洗衣服的建芳为侄女做衬衣。建芳早就到了出嫁的年纪，亲事也定好了，对象是邻村的陈大裕，当兵的。她都没说喜欢或不喜欢，清清淡淡的，就像她本人一样清清淡淡、简简单单。对于娘吩咐她为"饿死货"做衬衣，她当然很乐意，家里已经有了一架缝纫机，两个嫂子和她都会使用，而裁剪衣服还数二嫂水平最高。

银娥把那块粉绿色的的确良布放到她的手上,她抚摸着布料,要好好琢磨一下怎样把这件童衣裁得出彩些。

黄彩霞还拿出几件手工做的黄色婴儿内衣,还有一条淡绿的婴儿摇篮被。拿出被子时,她特意加了一句:"飞雁出生时,家里穷,我这当外婆的没送过摇篮被,实在对不住孩子。第二个孩子出生,不能再亏待了他。"说着,59岁的黄彩霞眼圈红了。银娥走过去拉住母亲的手,说:"娘,说这些陈年旧事干吗?我不计较,我婆婆更不会计较。"确实,朱凤仙很清楚,夏家的日子比他们要难得多,她接过银娥的话:"亲家母,来了就高高兴兴的,不说这些。瞧你,送来这么多东西。虽说我们住得不远,但你们难得来一趟,住一晚再走。"黄彩霞转背抹了一下模糊的双眼,说:"不了,午饭后就有人要来收草包,我得马上回去。"

黄彩霞吩咐晓香打开另外一个包裹,里面有些红色的鸡蛋、索面和一只猪脚蹄。看着一堆的食物,银娥的心里有种说不出的滋味:娘家虽穷,可娘总归惦记着她,尽自己的力给她一份特别的爱。

朱凤仙向银娥使了个眼色,又偷偷地吩咐边上的大儿媳到厨房去做两碗面。

朱凤仙拉过飞雁,示意她坐在外婆边上的那条纹路清晰的小木凳子上,向外婆汇报最近的学习情况。自从报名后,飞雁和飞达都跟着爱飞开始学习拼音、看小人书。书都是沈建国去外面出差时买回来的,有《日出》《王子复仇记》《愚公移山》等。晓香看着外甥女拿出来的这些书便翻阅起来,爱不释手。她比飞雁大十岁,初中时辍学了。

一会儿,伍莲珍便把煮好的两大碗面条端出来了,上面各铺了两个大大的溏心蛋。银娥向大嫂投去感激的眼光,母亲和小妹是一大早踏着露珠过来的,中饭前还得赶回去,这大热天,一来一回比田里干活还累人。她劝母亲快吃了面条。黄彩霞面对眼前的食物,想着沈家人对她们的热情和真诚,心里非常感动。低头吃面时,她不禁想,大女儿这门婚事算是找对人家了,而二女儿晓草四年前结的婚,那个婆婆与朱凤仙有着天壤之别,日子过得人不人、鬼不鬼的,小夫妻俩经常因婆婆的挑拨离间而大动干戈,令她这个当母亲的心碎一地,时时牵挂。

母亲和小妹来一趟就要走了,银娥挺着大肚子不方便送。朱凤仙本来想叫建芳把上班的建国喊回来,可亲家母不让,说待银娥生产时她会再来,今天算是来催生的。当下天热,也没买其他东西。银娥说,够了,不要再买了。她心里清楚,娘家的日子还没完全脱贫,生活并不宽裕。婆婆刚塞给她30元。其实,她也有所准备,自己再添了50元。前几天,建国给了她100元。想着母亲这半生的辛苦,她觉得自己把100元全给娘都嫌不够,但她又知道娘是个自尊心极强的人,只能把钱塞给小妹。小妹心领神会,皱了皱眉头,轻声对她说:"大姐,这不行,我要被娘骂的。"银娥瞪了她一眼,故意大声地说:"娘,那你们赶紧回去吧!一会儿太阳更猛、更热,就不留你们吃中饭了。"黄彩霞给晓香戴上大草帽,自己也戴上一顶。这两顶草帽虽然是干活用的,但都是她亲手编的,大宽边,非常漂亮且实用,能遮住整个脸部。娘俩与沈家人一一道别,飞雁拉着外婆和小姨的手依依不舍。

送母亲和小妹走出村口那棵古树,看着她们走进夏日的光影里,银娥的眼泪突然滚落下来。

回来的路上,银娥看到婉珍嫂端着一大盆脏碗低着眉,微微地转过脸,急促地从她身边经过,直往河埠头去。她知道婉珍嫂是去中大河洗碗的,但以往彼此碰到了都会打招呼,今天明明见到她,似乎故意侧身走,银娥的心里犯起疑惑。

沈建国又要去上海出差了。这次,他打算带着飞雁和飞达一起去,可飞达摇摇头说不要去。建国又请了再次落榜的大弟。建军倔强地说自己还要再复读。那只有飞雁跟着爸爸去了。建龙用嘲弄的语气对飞雁说:"'饿死货',当心点哟!一定要拴牢在你爸裤带上,否则被丢在大上海,找不到回家的路哟!"飞雁一直想着妈妈以前说过的一句话:"大上海没有泥巴,干干净净的。"所以,她要去看看没有泥巴的大上海。

飞雁去大上海之前特意去看了看老祖宗。老祖宗刮了一下她那尖而笔挺的小鼻梁,脸上带着可亲的微笑,叮咛道:"'饿死货',去上海的路上,一定要听爸爸的话,不要乱跑。到了那边,要听上海阿娘的话。"

出发那天,建龙帮二哥挑担子,一直送到文城市轮船码头。到了码头,建国突然对他说:"建龙,你也不小了,去上海见见世面吧!"建龙是家里最小的儿子,从来不被重视,他与大侄女爱飞相差两岁,他出生时家里穷得叮当响。爱飞出生了,爹娘都急着去宠爱孙辈了,早就忘了他这个幺儿,甚至都爱拿他这个幺儿当出气筒或者当下人使唤。包括爱飞也从小习惯使唤这位小叔,谁让他是长辈呢!所以,当二哥向他发出邀请时,他有点蒙,眼睛下的一根血管突突突地跳,竟然令他觉得很舒服,尽管他还不知道该如何回答。飞雁听到可开心了:"小叔,太好了,我们一起去吧!爸爸说他每天要出去跑外勤,我一个人在上海阿娘家没人一起玩的。"

"可我……可我,就这样去上海,家里不知道啊?"建龙结结巴巴地说出自己的担心。

建国说:"没关系,刚才我看到东严村的严伟杰了,他好像在送人,让他捎个口信回去。"

比建国大几岁的严伟杰是社办企业白龙乡塑料网绳厂厂长,他正送乡政府分管工业的副乡长马立伟到上海出差,看到沈建国远远地走过来,口

第二篇章　争做万元户

里便叫:"建国。"

严伟杰笑容满面地向马立伟介绍:"马乡长,这是我们沈氏十七房村的沈建国,两年前办的沈氏十七房村凉鞋厂。"

沈建国热情地上前,伸出双手去握马乡长的手,但马乡长伫立在那儿一动不动,右手插在裤袋里,左手拿着一根烟自顾自抽着,炯炯有神的眼睛从上到下打量了沈建国一番,眼神里分明有十二分的不屑。沈建国愣住了,但依然满脸诚意地问候:"马乡长,去上海啊?我也去上海,有什么东西需要我帮您提的?"

马乡长的眼神掠过沈建国的头顶,看到他后面两个"拖油瓶",一个7岁的女儿,一个15岁的弟弟,似笑非笑地丢出两个字:"不用。"

沈建国感到自己冒昧了,或者刚才那句话讲错了,他一个农民怎么配在乡长面前说"我也去上海"这样的话呢?于是,他不由得搓了搓两只手,转向严伟杰:"伟杰哥,帮我给家里带个信,就说建龙跟我一道去上海了,他本来只是送我们上船的。"

严伟杰拍拍紧跟在建国后面的建龙,建龙腼腆地笑了笑,叫了声:"伟杰哥。"

"阿龙,去上海见见世面是好的。下次,跟你二哥一起开厂。来,我给你介绍一下马乡长。"马立伟还是那副高高在上的样子,只用斜视的余光冷冷地瞟了一眼建龙。

建国又凑上去,点头哈腰地对着马立伟说:"今后,还请马乡长多多关照。"

建龙看着二哥那副神态,与平时的二哥太不像了,这乡长也太不把他们当人看了,心里不由得升起一种极度的反感。建国还想替乡长提那个军绿色的包裹,可人家一手提上自己的包裹,一手扔下烟蒂一脚踩灭,只与严伟杰打了个招呼,径直往前去了。看得出来,马乡长与严伟杰倒是熟悉又亲和。其实,在乡里开会时,建国也见过马乡长几次,只是马乡长在高高的主席台上,他这个小厂负责人坐在台下。平时,他去乡里办事,打交道的也只是马乡长底下几个办事员,要进马乡长的办公室,估计只有严伟杰这样资深的厂长才可以。严伟杰是1972年进社办厂的,他们的网绳厂主要生产各类编织绳、编织袋、捕鱼网等,生意挺旺,在白龙乡里叫得响,甚至是目前乡里的支柱产业,所以,他在马乡长面前说话不卑不亢,连年纪轻轻的建龙都看得一清二楚。同时,建龙似乎也感受到了二哥在外面办事有多么艰难。他挑的两个箩筐里面有一百五十双凉鞋,不知道二哥将怎样在上海卖掉。

很快,三人也随着人流上了船。飞雁长得矮小,免票。建龙补了张五等舱船票,是最便宜的船底通铺。轮船里面很拥挤,船身全部被涂了绿色的油漆,非常干净。虽是夏天,但舱内弥漫着一股淡淡的好闻的香味。飞雁从来没闻到过这么好闻的味儿,到了上海阿娘家又闻到了这股淡淡的香味。多年后,她再次去上海时,才知道那是清洁剂的香味。在沈氏十七房村,各家各户连一块香皂都没有。

沈建国到上海后,便把女儿放在表姑家,自己带着建龙马不停蹄地去跑业务了。

现年39岁的吴英娣,夫妻俩都是警察,丈夫还是杨浦区公安局副局长,家境殷实,育有一子一女,都已上中学。沈建国他们的到来,在吴英娣看来,便是娘家人的到来,她非常高兴。沈建国叫她姑姑,她就觉得自己年纪够大了;7岁的飞雁喊她上海阿娘,更令她觉得要有做长辈的姿态。马路边梧桐树上的知了如沈氏十七房古树上的知了一样,啾啾啾地叫个不停。飞雁好奇地看着马路两旁已经连起来的宽阔的梧桐树,梧桐树下的整条马路都在绿荫中,不仅凉爽了许多,还特别美丽。这不能不让飞雁想到

第二篇章 争做万元户

沈氏十七房村口的那棵古树。上海阿娘的家就紧挨着马路。上海阿娘正热情地招呼她,亲切地叫着:"'饿死货'来了,太好了,快进来!"又问:"你一直昂着头,是在看梧桐树,还是在听蝉鸣?"飞雁第一次听到"蝉"字,心想明明是知了叫,上海阿娘却说是"蝉鸣"。

建国注意到女儿似乎在凝思中,轻轻推了她一下:"快叫上海阿娘,叫阿伟叔叔。"

吴英娣拉了拉建国:"没关系,'饿死货'第一次来上海,新奇得很。阿伟,去楼下买点冷饮来。"

被叫阿伟的小伙子去楼下买来奶油棒冰和汽水。飞雁看着奶油棒冰不知为何物,不敢吃。阿伟看着晒得黑乎乎又可爱的飞雁,当着她的面咬了一口,然后自我介绍:"我叫李伟,你该叫我叔叔吧?"

飞雁轻轻地喊了声"叔叔",又看看自己的小叔建龙,正拿着棒冰在研究。然后,她才敢动口跟着咬了小小的一口,一股清凉立即到达胃部,在这炎炎夏日里极为舒畅,让她终生难忘。

第二天一早,上海阿娘又问她:"'饿死货',早餐吃馄饨好吗?"飞雁知道东经堂集市上有馄饨,但从来没有人带她去吃过,所以,她在大上海第一次吃到了软软滑滑的小馄饨,上面漂着香香的猪油,汤里还有蛋丝、虾皮、榨菜丝和紫菜,一碗点心都那么丰盛。农村人吃的点心也多,偶尔汤团里撒点桂花、酒酿或咸菜汤果里放点葱花,已经算很高级了。

中餐前,吴英娣又问:"'饿死货',今天吃葱燀大排、小白虾好吗?"飞雁对小白虾倒是熟悉的,河埠头里抓过,但没吃过葱燀大排。村里过年时才杀猪,分来的一块猪肉要供全家十几口人吃的,绝没有上海阿娘家那么奢侈,给飞雁吃整块的大猪排,而且,连续吃了好几天。

晚餐时,那只在沈氏十七房长大的鸡被搬上了饭桌,成了白斩鸡。圆圆的大桌子,七个人,把一只鸡干掉了。这在老家是不可想象的,他们家连过年时都舍不得吃鸡。这几年更是因为爸爸每次来上海,奶奶都会让他带上鸡或鸭,家里没有特殊客人来绝不会杀鸡鸭鹅。鸡的作用是生蛋。每个人生日时,奶奶才弄两只白煮蛋。鸡蛋主要是用来送人或卖掉调剂家中其他短缺的物资。上海阿娘杀的那只鸡是飞雁养的,上海阿爷夹给她一块鸡肉,她不好意思不接,只是吃得很慢很慢。整场饭局,飞雁都没出声,没人注意到她的沉默。

一星期后,飞雁回到家的第一句话是带着哭腔的:"妈妈,大上海也有泥巴,公园和树底下都是泥巴。我们家的鸡被杀掉,吃了。"妈妈右手摸着自己的大肚皮,左手摸着飞雁的头,缓缓地说:"傻孩子,那是妈妈与你开的玩笑。大上海是不是有许多农村没有的新鲜事物?鸡到了上海,不吃掉的话,上海阿娘家能养鸡吗?"飞雁思忖了一会儿,点点头,接着噼里啪啦地说了一堆自己的所见所闻。

她还掏出表叔李伟送给她的圆珠笔,一支送给哥哥,另一支送给姐姐,自己留了一个白底上面画着几朵小石榴花的陶瓷笔筒。多少年后,她都一直保留着上海表叔送的那个笔筒。

9月1日,飞雁开学的那一天,妈妈为她生了个妹妹,取名沈雁娜。其实,建国夫妻俩心里也想有个儿子,但他们还是欢迎小女儿的到来,一家人欢天喜地的,尤其是飞雁。

紧邻的王婉珍在1980年10月31日那一天,生下了第三胎女儿,取名沈亚琴。婆婆贾桂娣的脸拉得比树干还长。

两个可爱的小婴儿成为沈氏十七房村80年代的新一辈。那年底,古树并没有因为冬天而凋零,树叶依然茂密。

快乐的"六一"节

1981年的春节一过,沈月宝把大儿子和二儿子叫到了一起——分家,全家不再吃大锅饭。因为近期来了一批地质队人员,住在沈氏十七房,探测白龙乡地质,说是地下有煤,可半年过去后,地质队的结论是这里有煤层,但不厚,不适宜开采。地质队队长与村民打成了一片,常在古树下与大家说一些外面的见闻。他告诉村民,很多地方已经分田到户,商贩经营活跃,人们的生活水平提升也很快,这阵自由的风应该马上能吹过来了。大家对未来的美好生活充满了憧憬。春节时,汤志明也在饭桌上提到西塘河村分田到户试验很成功,村民的劳动积极性提高了,亩产量成倍地翻升。全家人都相信,形势会越来越明朗,只要肯吃苦、肯努力,好日子就要来临。于是,建刚、建国两家另起灶,各立门户。

"五一"节时,排行老四的沈建芳要结婚了。建芳的婚事是去年订下的,男方是陈家村的陈大裕,在上海当兵,两人从小相识。之前,建芳思忖着找个工人,但从未说出口,家里一直是娘说了算,大姐当初多么不愿意嫁给汤志明,还不是如期出嫁?当然,现在看来,大姐夫对大姐是没的说。陈大裕是上海某军区首长身边的内卫兵,以探亲的名义回来过三次。这不,昨晚二哥从村委会带来陈大裕的一封信,他在信上说,最近要参加提干考试,如果考进了,可转为干部,问建芳能否把婚期延迟。建芳没意见,国家正提倡晚婚晚育呢!陈大裕比她大一岁都不急,她急啥?但她不知道父母和老祖宗会不会有想法,老祖宗对每位孙辈的婚期都请鸟儿认真占过卦的。拿着陈大裕那封火烫的信,建芳心里还真没底。

不知何时,爱飞的上半身探在小姑的窗子上,填满了整个窗户。这孩子才12岁,却已发育得很标致。她穿着一件淡粉色的外套,里面是一件白色的衬衫,显得亭亭玉立,闪着黝黑又明亮的大眼睛,中气十足地冲着小姑喊:"嘿,新娘子,发什么呆?"对于大侄女的没规没矩,建芳已经习惯了。成人世界的事,这孩子懂啥呢!可能是心里有鬼,建芳虽然没直接回应大侄女的招呼,脸却不由自主地红到了耳根。她慌忙地站了起来想遮掩过去,没逃过爱飞的火眼金睛。爱飞干脆进屋来,露出并不友好的坏笑:"是不是我小姑父又来信了?"

"人家忙得很,哪有时间给我写信?"建芳还没想好婚期延期的事该怎么办,当然不会在一个孩子面前随便说出口。

"听二婶说,昨晚二叔拿来了你的信。除了小姑父,难道你还有别的男朋友?"爱飞挑衅道。

"二嫂什么时候变成长舌妇了?"建芳心虚地嘟哝了一句。

"二婶说要把上海买来的三五牌闹钟给你当嫁妆。"

"啊,那不是买来给飞雁的吗?"这下,建芳尴尬了,自己冤枉了二嫂。最近一段时间,不断有亲戚来送嫁妆。大姐建芬送来一只人造漆革箱子,红黑色的格子,非常艳丽,是她去上海出差时买来的。

在农村,无论哪家结婚,有一个不成文的风俗,新娘子的嫁妆送到夫家后,都要开着门让众亲和邻里参观,哪怕是一把梳头的物件、一个箩筛,邻居都要比较一番,尤其是碰到有几户人家同一时间娶儿媳妇的,那就更热闹了。有人还可能来回多次跑,细数到底哪家新娘子的衣服或布料多,哪家衣样更潮流,以此判定新娘的眼光和人品,因为以后大家得长长久久地生活在同一个村庄。谁家的嫁妆是最新的"红双喜"或"喜鹊临门"的铁壳热水瓶,还是只陪了一对红色的塑料壳热水瓶,那自然要令长舌妇们传播半天。她们早就忘了,自己当新娘子时的陪嫁更差,甚至有的连那床喜被都是旧棉花翻新的,但照样用嫌弃的语言评判着别人家新娘子的嫁妆,好像不找出些缺点,就不解气。因为她们嫁过来时,也被人从头到尾地议论过、评判过。时光不老,岁月不变,这事还得百年千年地轮回。

建芳婆家的彩礼是一个月前送来的。当时,一般人家的彩礼都是204元,而陈家送来了604元。这或许是新郎的意思,他俩小学、初中都是同个学校,本就相识。朱凤仙对这份彩礼相当满意,给的嫁妆也丰厚,有四十八件衣服。当然,四十八件里包括了袜子、鞋子、内衣和内裤等。光的确良长裤就有三条,有中样纤维罩衫数件,格子呢套衫一件,藏青色呢大衣一件,精纺羊毛衫一件。鞋子有经济皮鞋、北京鞋、丁字型皮鞋,样样精致,不像有些穷人家的新娘衣是自家粗布做的。为此,半个月前,建芬又特意带着小妹去上海采购了一趟,一门心思想让小妹的嫁妆箩担挑到婆家时风风光光的。陈大裕请她俩逛了南京路,吃了南翔小笼包子。临别时,沈建芬以大姨子的身份拍了拍他的肩膀,就像是首长在拍他的肩膀,语重心长地盼咐:"我小妹拜托你了,不能欺侮她。"说完,哈哈笑着搂着小妹奔赴十六铺码头,令陈大裕觉得大姨子的气场完全不是一个普通的村妇。

建芳跟着大姐在大上海着实开了眼界,买的那件宝蓝色的羊绒衫嫁衣在农村绝对是上等的。后来,那些来看过嫁衣的农妇把它传遍了整个沈氏十七房,以至于很多少妇有重要活动时都到陈家村向她借用这件羊绒衫去撑场面，建芳倒很乐意。用朱凤仙的话说，建芳是很大方的。这点在她以后的人生中会得到充分的印证。

思虑一天，建芳还是把陈大裕来信的事向娘摊了底。朱凤仙是个老派人，听说婚期要延期，眉头紧锁起来。二老在卧室里商量了许久，第二天，由媒人把陈家父母请了过来。

大清晨，陈家父亲陈伟年、母亲胡菊香就提着两瓶枪毙烧赶到。一进门，陈父就开口自责："沈大哥，我家小子不孝，婚期怎么能随便推迟呢！这么重要的事也不给家里来个电报，太不懂事。我向您赔不是了。我明天就乘轮船到上海去。"看着陈伟年脸红脖子粗的样子，沈月宝倒显得不好意思，准女婿是自己看着长大的，为人厚道、忠诚，毋庸置疑，他也赔上笑脸："伟年兄、阿嫂，两位先坐。我认为这事不小，所以，托媒人把你们请过来。建芳和大裕都不懂事。"朱凤仙倒了两杯绿茶。农村人是不讲究喝茶的，绿茶还是陈大裕送的，说是首长给的，让他回老家孝敬父亲，他就把两罐茶叶分别送给了父亲和丈人。陈伟年叹气："这孩子，按理说当兵有两年了，咋越来越不懂规矩了呢！婚姻大事，生辰八字是先生合过的，能随便延期吗？"沈月宝接上："伟年兄，孩子信里说要提干考试，是好事，我们不能拦着。但你也知道，离办酒席不到半个月了，众亲早就知晓这门婚事了，真要延期，怎么个处理法才好？"见亲家如此讲理，陈伟年更是汗颜。胡菊香坐在那儿心头怦怦直跳，两手拘束地无处安放，眼睛一会儿盯着自己丈夫，一会儿盯着准亲家公，不敢接话。儿子的婚姻对娘来说是天大的事，她又看了看对面同样与她坐在竹椅上的朱凤仙，朱凤仙也一言不发。沈家饭堂间那十把竹椅是崭新的，她明白肯定是大婚时为新郎那桌特别准备的。

陈家夫妻双双把眼光投向了朱凤仙，朱凤仙却看着当家人，沈月宝终于按捺不住，把皮球踢给了老伴："孩子他娘，你说说看？"朱凤仙露出一个

第二篇章　争做万元户

苦笑:"其实,一听到这消息,我也不同意。但想了一宿,大裕信上说的,提干考试就在结婚那个星期,只差三天。那样的话,大裕回上海太匆忙,心思两头挂,考试考不好的。你们说还有什么办法呢?"胡菊香似乎得了圣旨般,立马感动地接话:"亲家母,你说得太对了。"她站起来,靠近朱凤仙,从裤袋里拿出一张方方正正的黄纸,写的是全年的黄道吉日,用手指点着:"你们看看,要么改成中秋节?也是个非常好的日子呢!"对于老伴如此直白的一出,陈伟年事先真不知道,想阻止已经来不及了,只能给自己一个台阶:"老太婆,你搞哪一出?"昨晚,沈月宝与朱凤仙仔细商量过了,婚期推迟是铁定了,总归要以女婿长远的事业发展为重。所以,沈月宝对于亲家母的那张黄纸倒是坦然接受,也凑上去看,说了句:"时间重定的话,要抓紧通知亲戚们,那些提前与人家说好的食物也要退了。"陈伟年是何等聪明的人,见亲家这般爽气,当场表示:"沈大哥,食物退回有多少损失全部我家出。婚期推迟到中秋节的通知也由我家去发,一切责任由我家承担!这孩子,我今天已经叫家里老大打电报去骂了!""伟年兄啊,孩子那边不能去骂,不能影响他复习,能参加提干考试本来就是件好事。这事我们商量着办,让两个小的安安心心。"胡菊香听了准亲家公如此明理的话,眼泪都要流下来了,拿着黄纸的双手在颤抖:"实在是给亲家添麻烦了!"说完,朝朱凤仙夫妻俩鞠了一躬。朱凤仙急忙起来还礼:"都在一个生产大队的老邻居,知根知底的。你们如此看重我们建芳,我们也喜欢大裕,自家人不要这种礼数。"

5月底传来好消息,陈大裕顺利成为一名军事干部。陈伟年得知消息第一时间买了一坛盛滋记老酒来到沈家,两个亲家公当晚喝得酩酊大醉。

"六一"国际儿童节即将来临,这是飞雁入学后的第一个儿童节,她比谁都兴奋。这些天放学后,她和飞达都在学校里排练一小时的《小兔子拔萝卜》。飞雁扮演的是带头拔萝卜的小兔子,而飞达扮演的是萝卜地里的一个小萝卜,整场演出只是拿着道具小萝卜站在那儿,一动不能动。飞达很后悔参加表演,可又羞于向顾老师提出来。毕竟,这次活动要到乡中心人民大会堂里去演出的,每个学校就一个节目。关于乡中心人民大会堂,他听姐姐提过,姐姐小学时也在那儿演出过。他和飞雁从没去过,非常向往站在舞台上的那一瞬间。

下午第三节是自修课,顾老师右手拎着一个包,左手拿着一沓粉红色的信纸走进了教室,后面还跟着三年级的大队长严海燕。她指了指第一桌方向,说:"沈飞雁,你跟着老师去发'六一'节的信。"这信是前几天顾校长亲笔刻的蜡纸。听说顾校长的高度近视就是经常在油灯下刻蜡纸造成的,这次还因刻蜡纸而眼底出血。而这沓粉色的信纸是沈飞雁和同学一起油印的,所以,她知道里面的内容,就是向各家企业募集六一儿童节的资助费。

顾老师带着两个小姑娘向工业区走去。严海燕走在最前面,唱起了欢快的《让我们荡起双桨》。沈飞雁紧随其后,齐声唱。走访的第一家企业便是严海燕爸爸严伟杰的白龙乡塑料网绳厂。走进车间,里面轰隆隆的响声淹没了外面所有的声音,机械上下不停地翻动、跳跃,蓝色的塑料丝从前端分解出来,在后端被拧成一股绳。另一个车间内,蓝色的塑料绳被机器织成大片大片的网,据说这些网都是捕鱼用的。飞雁第一次看到如此硕大的网,估计能包裹住他们整个教室。严伟杰正在角落里与工人们说着什么,看到有人进来,便热情地迎过来。因为里面的噪声实在太大,严海燕快速又使劲地向爸爸眨眨眼,就把手上学校自制的信封递了上去。严伟杰都没展开信,只是重重地向顾老师点点头,并指引她们从车间走了出来。飞雁跟着他们一起走到外面,耳朵一下子清静下来,透出一口气,心情也一下子

第二篇章 争做万元户

放松了。严伟杰一路与顾老师说着话,到了会计间,爽快地吩咐正在说东家长西家短的一名女员工:"黄会计,拿100元过来。"黄会计转头就笑盈盈地送过来十张钞票,双手捧给顾老师。顾老师笑眯眯地接过道谢,把钱放进皮包里,脸上有一种兴奋的光彩。首战告捷,严海燕的脸上满是骄傲。

第二家便是去飞雁爸爸所在的沈氏十七房村凉鞋厂。飞雁心里没底,爸爸是不是也会这么大方呢?妈妈平时有唠叨过,爸爸工厂的效益并不好。

她们进入凉鞋厂后,办公室的人说飞雁爸爸在车间。于是,飞雁带着顾老师一起来到车间到处搜寻爸爸的身影。这是她第一次来到爸爸的工厂,以前都只是从厂门口经过而已。车间里有低沉、密集的机器声,工人却没几个。爸爸正在一台机器背后陪大师傅维修,边上站着拿着工具的五叔。五叔决定不再参加高考了,在工厂里做技术员已有半年。他们的手上和大师傅一样都沾满油污。飞雁走到爸爸身后,还是五叔先看到了她,脱口而出:"'饿死货',你怎么来了?"飞雁甜甜地叫了声"大师傅伯伯",又轻轻地叫了声"五叔"。她看到大师傅抬起头,向她装了个鬼脸。大师傅就是去年他们一起去上海时请来的,每隔一段时间会来工厂。有时,爸爸会邀请他到家里吃便饭,所以,全家人都认识他。大师傅就是沈月发爷爷介绍的那位会七国语言的陈教授的学生。爸爸听到声音也回过头来,惊讶地发现飞雁后面还跟着顾老师和海燕。其实,不用看飞雁递过来的信,爸爸同海燕爸爸一样是聪明人。他靠近女儿的耳边轻轻地问:"网绳厂里去过了?"飞雁点了点头,转个背,默默地向爸爸伸出一根食指。父女俩的这些细微动作别人没看到。爸爸立即用木屑粉洗去手上的油污,热忱地与顾老师握了握手,请她们到办公室里坐坐,把信交给了五叔。一会儿,五叔拿来50元钱,爸爸又从自己的口袋里摸出一张50元,一起交给了顾老师。顾老师为难地说:"这50元,您自己出?太不好意思了!"沈建国笑了笑:"没关系,这几天工厂现金流紧张了些,您先拿着,我们企业还没正式上轨道,以后会多支持。"飞雁都有点后悔刚才向爸爸伸出了手指,因为她知道这几天家里正在筹款。听说是乡里要办个集体企业——玻璃瓶厂,集体企业与村办企业是不一样的;还听说厂长由乡里分管工业的副乡长担任,想进去的人必须集资2000元。爷爷想让高中毕业的五叔进那个工厂。爸爸的豪爽举动震惊了飞雁幼小的心灵,她用仰慕的眼神看着爸爸。沈建国那颗坚硬的阳刚之心瞬间被女儿无限信任与敬仰的眼神给融化了,他在心里为女儿发下一个誓言,这是他继十多年前还是一个孩童时为父母发下暗誓后的第二个誓言,让全家人都过上幸福的生活。

那天,她们在顾老师的带领下又走访了两家化工厂、一家泡沫厂和一家袜厂,共得400元,收获不小。另一组由吴老师带领,也收到了400元的资助。大家都受到了顾校长的热烈表扬。

"六一"节的早上,学校给每个小朋友十颗糖。顾老师却给了沈飞雁三十颗糖。不知道为什么,小小年纪的她看着手中花花绿绿的糖,突然一阵鼻酸。

下午,东经堂小学的节目《小白兔拔萝卜》在全乡汇报演出中荣获二等奖。飞雁、飞达、海燕和雪飞等参加演出的小朋友满脸都涂着红色的腮粉,描着浓黑的眉毛,画着艳丽的口红。他们走在回家的路上,那些沾着泥巴、卷着裤脚的村民向孩子们祝贺,同时也放肆地嘲笑他们的装扮。飞雁昂着头,飞达却低着头,用双手把书包举在头上,快速地跑回家去了。半途,海燕的妈妈喊住飞雁,邀请她吃"瘪子团"——糯米做的,用油煎过,放点黄糖,撒上黑芝麻,色香味俱全。二十年后,当她与海燕在上海相逢时,记忆最深的居然是那次"六一"节后的"瘪子团"。

沈建芳出嫁的日子到来了。新娘子虽说算不上有惊艳之美,但与大姐

第二篇章　争做万元户

一样的鹅蛋脸，圆圆的大眼睛闪闪发光，鼻梁不高但鼻翼厚实，脸上有两个凹进去的小酒窝，点了些腮红，显出年轻女子十二分的妩媚，唇上涂了口红，有一种艳丽的风情。农村姑娘完全换了一个人。老祖宗那布满皱纹的脸上笑得如向日葵般灿烂，说建芳的脸福相满满。她正端着一碗高耸的米饭，给建芳喂上轿饭，喂一口饭，说一句吉利话，神色慈祥又庄严。那碗糯米饭堆得像座银山，上面还有两颗红枣、一块红烧肉。朱凤仙看着看着，禁不住眼眶湿润起来，听不得婆婆那几句软糯的离别话，想着建芳这些年为娘家的付出，甚至几个侄子、侄女都是她帮着嫂子们带大的。新娘子房里好长一阵子的安静，大家似乎都只为静静倾听老祖宗的那些吉言。朱凤仙总归舍不得小女儿出嫁，忍不住捂着嘴跑到外屋去了。建芬看到了娘的伤心，也跟着难受。当年，她出嫁也是老祖宗给喂的上轿饭。那天，自己哭成了泪人。今天的小妹倒没有那么伤感，陈大裕这样的军官哪里去找呢？

朱凤仙仍在门外暗自垂泪。建芳出门时，眼圈分明也红了。她不敢看大姐，更不敢看娘。按习俗，新娘子嘴里含着上轿饭，在未到夫家之前是不能开口的。建刚拉起从小一起长大的新娘子妹妹，在心里默默地祝福她一辈子有人心疼。高大的新郎着一身崭新的军官服，英姿飒爽地站在那儿，给沈家人撑足了场面。他扶着一辆崭新的永久牌自行车，车前挂着一团喜气洋洋、硕大的红绸结，那火红的色彩映衬着他挺拔的身板、宽厚的笑容，一切显得那么的美好与喜庆，连空气中的鞭炮味都洋溢着幸福的味道。建刚一把将建芳抱到新郎的车上，新郎不停地说着："谢谢大哥！辛苦大哥！"建芳向大哥投去感激的一眼，新郎对新娘柔情地说："阿芳，坐好了，我要上车了。"她当作没听到，只是用右手抓住了自行车座位。旁边有人起哄："新娘子，快抱住新郎的腰！"建芳重新调整坐姿，并没有抱住新郎，只低头红着脸露出一个腼腆的微笑，但很快又抬头，用眼神与送亲队伍的人们一一作别，眼睛再一次发酸。她看到大哥身后的爹挤在人群里张望着，好像第一次感到爹变得比原先矮了，是不是因为大哥太高大了？爹的眼神里写满了惆怅与伤感，有闪亮的光影，她第一次见到爹脆弱的一面。自行车队伍驶出村口的古树，到沈家桥头时，后面送嫁的亲人们又跟上来了，新人的自行车队伍停下，伴娘爱飞打开火熜，新郎拿出两包红双喜香烟，为送嫁的亲人一一点上香烟——无论男人、女人人手一支香烟，寓意新人未来的日子红红火火。当亲人们全部点燃了香烟后，自行车队伍重新骑向近在咫尺的陈家村。

中午酒席后，从陈家村传来消息，婚礼进行得很顺利，已经完成拜堂、倒酒、倒茶仪式，新人很快要回门了。

可下午3点多，还没见新娘新郎的队伍进村，朱凤仙就有点急了。中餐那场喜酒终因少了新郎新娘缺了点味道，就等着晚餐这对新人回门来，特别是一些年长的男亲戚要陪新郎喝晚餐酒，这是顶顶重要的一件事，就等着这场重头戏早点开始呢！建芬听从娘的吩咐要去陈家村再探消息，她走到古树下，远远地看到小吴村与沈家村那座桥跟下，有一行自行车队伍，新娘那枣红色的丝绸外套与新郎的绿色军装特别显眼。原来，那个亭亭玉立的伴娘沈爱飞提前跳下车，在向新郎官"敲糖"呢！心急如火的建芬赶上前去将她拖开，队伍才得以再启动。那夜的酒席热闹非凡，也预示着建芳从此进入幸福的日子。

13岁的少女爱飞作为伴娘坐在同辈桌中，正眉飞色舞地细说着她第一次当伴娘的经历，一如她在班级里的演说："要不是大姑来劝说，我肯定要再敲新郎官给每位伴娘买一条上海丝巾。"飞雁等人发出阵阵的欢笑声。雪飞称赞："大姐，你胆子真够大，另外三个伴娘都是姑姑，她们都没提要求?"爱飞说:"那是我小姑结婚,当然得趁机好好敲一把,那样才有气氛嘛!那三个堂姑都小心翼翼的,估计是怕被小姑报复,或是怕自己结婚时,如果邀请我当伴娘的话,也会让她们的夫君下不了台面,哈哈!"飞雁有点纳闷,悄声问:"大姐,那你为什么这么快就被大姑给说服了?"爱飞诡秘地笑笑,没正面回答。

其实,建芬只在爱飞的耳畔说了句:"你要是再这么敲下去,晚上小姑回新房时,那几个伴郎也要肆无忌惮地闹洞房呢!自己想想吧。"是的,爱飞还是心疼小姑的,她怎么能让小姑在洞房之夜"受苦"呢?便毅然决定见好就收,得了108元红包买糖果分给伴娘们和姐妹们。

鉴于爱飞第一次做伴娘的优秀表现,后来五叔、六叔结婚时,奶奶果断地再派出她接新娘子,那是后话。

生活正真真切切地发生着巨大的变化,农村的生命活力正前所未有地迸发着。

生与死的碰撞

早晨的太阳照得整个村庄暖洋洋的,像涂了一层金色的光晕,天空湛蓝湛蓝的。飞雁、飞达照常背着书包准备上学,飞荣已经在古榔榆树下等着他们一起会合去学校。飞雁正要张口朝对面紧邻的雪飞家喊"上学啦",突然,传来贾桂娣哭天抢地的呼叫声:"出人命啦!出人命啦!"孩子们停止了前行的脚步,互相望了一眼,赶紧跑回去看个究竟。只见雪飞正手忙脚乱地抱着倒地的妈妈,满脸惊恐。沈根宝正拼命地摁王婉珍的人中,贾桂娣却坐在一把破椅子上干号。飞雁和飞达呆住了,不知道怎么办。很快邻居们聚拢来,朱凤仙、伍莲珍、夏银娥都来了。这个时间段,大多男劳力已经出工,包括王婉珍的丈夫沈建立5点钟就去山塘干活了。朱凤仙慌忙地吩咐:"银娥,快、快去叫你四婶!"夏银娥愣了一下,把雁娜的小手往大嫂手里一放,撒腿往胡惠珍家跑。谁知,四婶已从对面慌慌张张地跑来,喘着气、跺着脚问:"怎么回事?"

夏银娥也是一脸茫然,紧张地应着:"四婶,人还在地上昏迷着。"

院子里观望的村民自动让出一条道来,因为胡惠珍是全村唯一的赤脚医生。当她挤进房间时,沈根宝摁着王婉珍人中的手放开了,王婉珍一阵

第二篇章　争做万元户

剧烈的咳嗽,醒了过来。这时,大家才看到饭堂间外侧的柴火间梁上挂着一根旧麻绳。王婉珍一早要上吊呢!如果不是因麻绳旧而断了,她早就出事了。看着地上刚苏醒的婉珍,银娥背后一阵发冷,这是经历了多么深的苦难,才会决绝地走上这条路啊!婉珍的身边跪着雪飞,雪飞流着泪搂着两周岁不到的亚琴,亚琴在尖锐地哭,她的哭与奶奶的哭形成鲜明的对比。

"别哭了!"沈根宝总算恶狠狠地对着老伴骂了句人话。如果他再不出声,朱凤仙也打算制止贾桂娣的鬼哭狼嚎。

"妈,你有什么好哭的啊!她这样一上吊,我们以后都不用活了!"此时响起一个年轻女子冷冷的声音,正是贾桂娣的女儿沈菜儿。她去年刚出嫁,就嫁在二小队东严村,这几天正好在娘家,说是为了备孕,实则是与婆婆吵架了,等着丈夫严伟康来接回。

听了这般刻薄的话,在场的邻里中有人发出啧啧啧的响声,想不到年纪轻轻的沈菜儿得了母亲的真传。王婉珍重重地喘着气,睁开眼睛看了看朱凤仙,又看看四婶,再看到两个女儿吓得惨白的脸,眼泪流了下来,那是欲哭无泪的泪,这是她无法挣脱的困境。四婶伸出两根手指又为她搭了一下脉,然后叫人把她抬到卧室里去。朱凤仙对着人群轻轻地挥了一挥手:"都散了吧。"邻里们一步三回头地不肯离去,扎堆在院门口唏嘘不已。

王婉珍躺在床上,有气无力地乞求:"凤婶,不要救我。"

朱凤仙凝视着她:"婉珍,你是孩子们的娘,为了孩子们,再苦再累咬着牙也要撑下去啊!"

贾桂娣杀气腾腾地跟进房内,大声喊冤:"建国娘,你看,这事闹得,我当婆婆的每天做牛做马还不是为了他们一家子?她这样,叫我以后怎么在全村人前面抬头啊!不知道的人还以为我天天在打她骂她呢!真是倒霉透顶了,娶了这样的……"

朱凤仙知道贾桂娣接下来会上演什么戏码，毕竟，她们已是三十多年的老邻居。她毫不犹豫地打断贾桂娣："阿桂，你要是不想婉珍再寻死，要是不想自己带两个孙女，就先出去吧！我们来劝婉珍，都是当娘的人。"

平时，朱凤仙与贾桂娣碰到了，连几句寒暄都是少有的，交流仅限于打个招呼。朱凤仙知道她那些热情的言语背后，是多么的冷酷和自私，所以，每次贾桂娣拉住她要讲些什么，她总是借口有事急着走开，可贾桂娣仍会不知好歹地跑到她家院子里来，讲东家或西家那些鸡毛蒜皮的事。有时她在厨房间做菜，有时她在打井水洗衣，贾桂娣就喜欢在边上唠叨各家的长短，全村最会挑拨是非的就数她了。想不到，她将挑拨离间的伎俩用到自己的儿子与儿媳妇身上，差点酿成大祸，作孽。

胡惠珍走到灶跟间，对正闷头坐在那儿的沈根宝说："阿根哥，出了这么大的事，还是把建立叫回来吧！"沈根宝挠了挠头皮，没吭声，几秒钟后，重重地叹了口气，拖着一双破拖鞋出去了。已是深秋，很多人早就穿上了跑鞋或布鞋。胡惠珍转身看到沈菜儿手里拿着竹针正在打毛衣，那蓝色的毛衣已经打了一半，是婴儿的毛衣。她明明还没怀孕，怎么开始打男婴毛衣？那脸上的冷漠与刚才的刻毒言语如出一辙。身为长辈的四婶淡淡地瞥了她一眼，沈菜儿想开口喊"四婶"解释点什么，却发现对方看自己的眼神不对，张了张嘴呆呆地又闭上了。胡惠珍进了婉珍的屋子，关上门。当下，重要的是保证婉珍不再做傻事。

任凭朱凤仙怎么问怎么劝，王婉珍只是噙着泪把头偏向另一边。长辈们知道她不是在赌气。雪飞带着妹妹探了探头，小心翼翼地叫了声："妈妈。"飞雁等人已经被伍莲珍赶着上学去了，她吩咐飞雁替雪飞请个假。婉珍听到女儿的叫唤声，把头转过来望向房门口。朱凤仙招招手，示意姐妹俩进来。孩子是娘的心头肉，可能这时只有孩子能救婉珍。胡惠珍走过去,拉了一把雪飞肩上滑落的半个衣领,帮她重新整理了一下。刚才慌乱中为了救妈妈,她把自己弄得衣衫不整。胡惠珍趁机劝道:"婉珍,你看看这两个乖巧的孩子,没娘的孩子以后怎么过日子啊?有什么委屈下次就到婶婶家来吐,我帮你做主,这不还有老祖宗吗?"

"别,四婶,不要让老祖宗知道。"婉珍终于开口了。

雪飞12岁了,哭着爬到妈妈的床上,睡到妈妈身边,侧身抱过去,用一只胳膊紧紧地搂住妈妈的胸腔,说:"妈妈,你千万不要再做傻事了,以后我会护着你,再也不让他们欺侮你了!"雪飞嘴里的"他们"是指奶奶、爸爸和姑姑。

"他们到底是怎么欺侮你妈的?"听了孩子的这句话,又看孩子心疼地抱着妈妈,胡惠珍满肚子的气又升了上来。

这时,外面的院子里突然响起老祖宗拐杖敲地面的笃笃笃的声音,紧凑而响亮。随后,是老人家苍老的声音:"阿桂,出来!你给我出来!"

事情还是传到了老祖宗的耳朵里,80多岁的老人家拄着拐杖,由70岁的沈月根搀扶着进来了。沈月根是沈建强的父亲,也是沈根宝的长兄,他俩还没成年时,父母先后过世了,兄弟俩由婶母吴氏拉扯大并操持着成家立业。吴氏进了院子,很多宗亲都跟在后面,院里院外重新聚集了人群,挤得水泄不通。

贾桂娣从屋里出来了,哭哭啼啼的,扑通一下跪在老祖宗面前。她嫁过来几十年,孙女都这么大了,老祖宗可从没管过她的家事。这时,沈建立跟着父亲一起跑进了院子,老祖宗佝偻的身躯挺了挺,提起拐杖指了指他们,命令道:"你们都给我听着!"父子俩见此情景也不约而同地跪了下来。夏银娥也在围观的人群中,胸中为王婉珍舒了一口气。

"阿桂,你说,婉珍为什么要上吊?这样的事,估计沈家村六百多年来都没有发生过!"

"阿婶,我也不清楚。"贾桂娣脸色发青,声音很低很轻,下脚虚得很。

"你不清楚?那,我来说。你听着,邻里们都听着。"老祖宗的架势是前所未有的,朱凤仙从未见过婆婆还善于摆这样的龙门阵,那根拐杖直指着孙子沈建立。

沈建立哆嗦了一下,回答:"奶奶,其实也没什么事。昨晚吃饭时,亚琴不小心把一个调羹打碎了,调羹里还有点鸡蛋羹,娘要婉珍从地上捡起来把鸡蛋羹吃掉,婉珍不从。"

"那鸡蛋羹里有破碎的陶瓷片,又沾着地上的泥,妈妈才不肯吃的,姑姑还嘲笑爸爸无能,不会管教婆娘。于是,爸爸打了妈妈几个巴掌。"雪飞不知何时跑出来了,她的眼睛红肿,愤怒的脸涨得通红,语气却没有一丝的含糊。

沈建立跪在老祖宗前,斜着眼从下到上狠狠地剜了女儿一眼,什么时候轮到一个小妮子说话了?

"就这样?婉珍不想吃这口带有陶瓷片、泥土的鸡蛋羹,你们就要逼死她?"老祖宗威严的声音在继续,"建立,你当丈夫的,不说一句公道话,还不如雪飞一个小孩子。阿桂,你自己也有儿有女,你拿自己儿子是宝,当儿媳妇是草。你家女儿也做了人家儿媳妇,如果你的女儿在婆家也被这样羞辱,你心痛不?你嫁过来后,没受过婆婆的气。你婆婆临死前把两个儿子托付给我,我就是你的婆婆。这事,我做主,从今天起,你们与建立分家,各过各的。根宝,你有意见没有?"

"阿婶,我没意见。"沈根宝早就没了主意,哪里还敢说个"不"字,这件事明明是自己婆娘引起的。老祖宗说得一点没错,沈根宝从小没娘,贾桂娣也没有婆婆,她嫁过来后从没有受过婆婆的闲气,自己当了婆婆却一板

第二篇章　争做万元户

一眼地搞专制。这些年，她从来没有给过儿媳妇好脸色，自从婉珍第三胎又生了一个孙女后，更视婉珍为敌人。

躺在房里的婉珍听到老祖宗为自己伸张正义，终于哭出了声，全身似乎一下子卸下了一层背负的委屈和羞辱，来自老祖宗和婶子们的层层温暖慢慢将她包裹，冰冷的心开始慢慢融化……

她泪眼婆娑地告诉朱凤仙，当年，把亚雪过继给远房亲戚也是婆婆的主意。那次婆婆从凤婶家拿了一大袋的东西回来，但她前脚刚进门，后脚就开始大骂："朱凤仙，这个假惺惺的好人，敢来教训我，她算什么东西！"转而对着还在床上坐月子的婉珍继续骂："笨女人，生不出儿子，连棉袄都不会做，塌台塌到邻居家去！这是在调排我这个当奶奶的不给孙女做棉袄！害我被她家里人奚落一番……"回头又朝着朱凤仙家吐了口唾沫。婉珍又说到那年冬天，凤婶家的呆头鸭就是婆婆弄死的，直接埋到对面河角嘴了。

朱凤仙听得目瞪口呆。

"因为村里人都说你是好人，你家条件又比我们好，估计她心里不平衡吧。"婉珍有气无力地说，"你多次叫建立和我去鞋厂做工，但她不同意，所以，建立只能去山塘打工。"

朱凤仙很是懊恼，自己也是 60 多岁的人了，怎么连一个老娌姒都看不透。以前，自家同样穷得吃了上顿没下顿的，穿的是补丁加补丁，甚至连一分钱的补衣服的棉纱线都买不起，但有时仍会接济贾桂娣家，难道自己的良善与好心都焐不热阿桂那颗歹毒的心？就像飞雁在读的课文一样，农夫救了蛇的命，蛇还是要咬农夫吗？朱凤仙懊恼归懊恼，但并没有表现出对贾桂娣的仇恨，当下，她想帮婉珍把日子过下去。

终究，王婉珍用半条命换来了小家的独立和做女主人的权利。但那天晚上,沈建立在王婉珍的身上横冲直撞了半宿,换一种方式折磨她,为他白天失去的颜面复仇。心已凉透的王婉珍在那晚后,搬到了女儿的房间,重新搭了张木板小床,在枕底下放了一把大大的铁剪刀,恶狠狠地对丈夫说:"你若再碰我,不是你死,就是我亡,反正我已经死过一次了。"沈建立看着她恨得似冰霜的眼神,畏惧了。王婉珍的内心从未如此的坚定,她决心好好地活下去。

王婉珍开始到四十里之外的娘家贵安镇网厂去驮网线,白天干农活,夜里穿梭织渔网。每顶渔网的价格根据网眼大小来计价,大网眼的价格高一些,每一万网眼能赚到1元2角,小网眼的每一万网眼只有8角。贵安镇几乎每家每户的女人都会织网,王婉珍也不例外,从小是个织网能手,只是嫁到沈氏十七房后,一切由婆婆掌控,她才没心思回娘家拿渔网。如今,小家独立了,她决定为自己的小家而奋斗。只是分家后,房子实在太小,就半间厨房、两间卧室、一个饭堂间。她把饭堂间隔成两间,半间用来吃饭,半间用来堆放农具等杂物,一间卧室给建立,一间给自己和两个女儿。她想养几只鸡,但没有多余的杂物间,又听说养长毛兔很赚钱,成本低,只要每天喂草就行。眼前急需一个小小的杂物间,她必须再努力一把。

第一次去四十里之外的娘家驮网线时,王婉珍向朱凤仙借了一辆平板手拉车,天蒙蒙亮时就出发了。晚饭时间,网线和工具都拉回来了,满满一车,虽然累,但她心里高兴又充实。工具是娘家的旧物,是当年她未出嫁时一直在用的物什。沈建立看着她拉着一堆货进院子,也没有搭把手的意思,手里拿着半个白馒头咀嚼着转头拐进了爹娘的里屋。贾桂娣倚在木门边嘴里也咀嚼着馒头,看戏似的,看着儿媳妇一个人吭哧吭哧地搬东西。小小的亚琴闻声从家里跑出来喊:"妈妈,妈妈。"雪飞正在烧饭,也放下手中

第二篇章　争做万元户

的活,出来帮妈妈。王婉珍的心里因女儿们纯真而亲切的叫唤,升起一股无比强大的力量,她相信,日子会越来越好。

雪飞自从妈妈差点出事后,似乎一夜间长大了。放学后,她不再出去玩,更多的时间用来帮妈妈做家务、织网。第一批网花了一个多月完成,只挣了20元钱。最近,妈妈拿来的一批网叫"火网",因为要赶在潮水前下网,所以,必须在十天内完成,厂家给的价格也是翻倍的,妈妈几乎是彻夜无眠地织网,小小的亚琴也学会了穿梭子,雪飞更是心里默念着要与妈妈一起把这批火网及时完成。有了钱,才能改善家庭生活,才能封住奶奶的嘴。那十天,全家人吃的是白米饭加咸菜和腌冬瓜,雪飞每天跟着妈妈干得满眼通红,被逼着才肯去睡。妈妈等女儿们都睡下了,吹灭煤油灯,拖把椅子,坐到院子里的月光下继续织网。

周日,雪飞看着妈妈把一批新的织网交出去,将心中的快乐告诉了飞雁,飞雁偷偷塞给她五颗小糖,是爸爸刚从上海买回来的。王婉珍送完货,特意去了一趟集市,为老祖宗买了一顶墨蓝色的平绒帽子,为公公买了一双黄跑鞋,给女儿们各买了一副大饼油条。时间,已经快到腊月了。年幼的亚琴手里捧着妈妈给的大饼,掰开来,把大饼外圈最厚实的一块塞到妈妈的嘴里。雪飞把飞雁送她的小糖剥开来,也往妈妈的嘴里送。王婉珍应接不暇地享受着来自女儿们的爱,静静地看着,眼角涌出一股酸意。

幸福,有时只在一瞬间。

周日,班主任顾老师通知飞达、飞雁等班委成员一起去看望生病的胡同学。胡同学是东经堂村人,已经有一学期没来上学了。之前,顾老师说他得了白血病。同学们不知道什么是白血病。飞达把自己刚做的一个新弹弓带上,送给他。可胡同学躺在床上,全身虚胖,脸色苍白,眼睛无神,似乎已经不认识自己的同学,拿着飞达送的弹弓半天说不出一个"谢"字。胡同学的母亲满脸哀愁,坐在床头抱着儿子,想对一群来看望自己儿子的同学们说些什么,却不知道该说什么,只是一个劲儿地对着顾老师说:"谢谢,谢谢大家。"那母亲说完,用嘴巴抵住病中的孩子,下意识地轻轻吻了一下,又抱紧了孩子,调整了一下姿势,好像这样孩子会舒服点。稍后,胡同学没有血色得嘴唇微微地翕动一下。这是飞达和飞雁第一次面对濒死之人。第二天,顾老师夹着课本走进教室,告诉大家,胡同学凌晨没了。同学们互相看了看,脸上并没有多少表情,只有飞达心中异常难受。他把亲手做的弹弓送给了胡同学,不知道那个弹弓有没有陪着胡同学一起走。

  飞达再见胡妈妈是在四年多以后,那时,飞达已经上初中了,他去东经堂集市找爸爸,见胡妈妈惯于劳作的粗壮的手臂里抱着一个约周岁的小女孩,正与爸爸谈着事情。或许,胡妈妈压根儿不认识飞达,因为她那天的心思全在奄奄一息的儿子身上;或许,随着女儿的到来,她也已经忘却了当年的悲伤。而飞达却永远记住了那天的一幕,并记住了胡妈妈。哪怕他后来远离老家,偶尔回到村庄,都会去东经堂集市走走,在那个杂货铺里寻找胡妈妈的身影,想知道她过得好不好。其实,飞雁与飞达一样,每次经过胡同学的村庄,总会想到,要是胡同学的病被治好,长大后,是会留在农村,还是像他们一样成为国家工作人员呢?

  面对小伙伴的死,飞达第一次与妹妹讨论:"人为什么会死?既然都要死,为什么还要生下来?活着,到底有什么意义?"飞雁紧锁着眉头,也想知道为什么,说:"我们去问姐姐吧。"飞达早就问过姐姐,姐姐正在看叔本华的书,但也回答不了,只劝他认真学习,或许书本会告诉他真相。

  飞雁又提议:"那我们去问奶奶,或者问老祖宗?"飞达觉得问老祖宗更可靠,因为老祖宗快90岁了,她知道的事肯定比奶奶还多。

于是,两个小学生便问正在由胡惠珍用槿树叶帮着洗头的老祖宗生死这么深奥的命题。

年迈的老祖宗天天拄着拐杖笃笃笃地在村庄里慢慢地走,仍坚持独自在住房对面搭的那个灶偏间里吃饭,屋里只有一个单眼灶。小辈们下午放学时,大人基本都还在田里或道场上干活。这时,小辈们如果在自己家梁上挂的淘箩里抓不到吃的,就会跑到老祖宗的灶偏间,那里总归有好吃的东西等着。有时候,是老祖宗刚煮好的一锅粥,因放了碱水而变得黄澄澄,香糯美味。冬天时,或许是一锅红枣粥或咸菜汤果,先到先得,吃完为止。各家都知道孩子们常去老祖宗那儿寻吃的,常主动送来些好吃的,其实都变相给自家孩子备着。比如,谁家腌冬瓜或摘黄瓜、西红柿,都会自觉地拿给老祖宗。夏银娥每次做咸蛋了,也会给老祖宗送过去十个。

面对重孙们的深奥问题,老祖宗坐在那儿,任由四儿媳妇帮她擦干头发,手里不停地拨弄着佛珠,嘴唇未动,心里却一直在念佛号。她和蔼可亲地看了看孩子们,又抬头看了看外面的天空,极目远眺,眼里闪着一种特别的光芒,严肃地说:"爹娘生你们,是为了让你们好好地来世上走一趟,只要好好活着,做一个好人,死,怕什么?"

飞达和飞雁听得云里雾里,但老祖宗的这句话还是深深地印在了飞雁的脑海及心灵深处。

飞雁10岁庆生

早春的天气虽乍暖还寒,但春的气息已经开始弥漫。柳枝抽出星星点点的黄绿芽后,柳絮开始漫天飞舞。田野里的油菜花蕾早已萌动,整个灰瓦白墙的村庄正在春天赋予大自然的特殊力量中慢慢地显现它的活力,焕发出生命的朝气。

飞达、飞鹏和飞荣等男孩子正用弹弓打电线杆上的麻雀。这时候的麻雀停在电线杆上无聊得很,也没有叽叽喳喳的烦人声,因为没什么食物可觅,天又冷,都不太灵活。

飞雁跟着爱飞挎着篮子去田野畈墩挑花脸菜(学名荠菜)。冬春时期,荠菜特别香。它是十字花科植物,与青菜、萝卜同属一科,其貌不扬,植株矮小,叶子贴地而生,呈莲座状,叶片羽状分裂,边缘有缺或呈锯齿。荠菜的根有种特殊的香味,是区别于鹅荠菜等野草的重要特征,实在分辨不清,闻一闻就行。飞雁的鼻子够灵,爱飞的眼力够好。春天还在来的路上,田畈上的荠菜已经多得"造反",得及时挖掉,否则它们会迫不及待地开起花来。姐妹俩已经用剪刀挑了满满两大篮荠菜,压了又压,打算一半送给雪飞。她们刚才想约雪飞一起挖荠菜,但雪飞说妈妈最近从西服厂弄来一批

第二篇章　争做万元户

钉纽扣和敲裤脚的活儿,把所有的业余时间都用来做这些细活了,所以,雪飞得帮妈妈织网,不能像往年春天那样跟着她们一起挖荠菜和马兰了。

对于白龙乡西服厂那批紧急的西装和裤子订单,夏银娥也天天加班加点。钉纽扣和敲裤脚是很多村妇都会干的零活,为了补贴家用,各家各户年轻的妇女都抢着干。这些活儿费眼神,也费时间,但妇女们的积极性比干生产队的活儿高多了。每天下午,伍莲珍田间活儿一结束,就急急地赶赴家中烧饭,吃好饭就挑灯夜战。为了省电费,很多妇女屋里只点一茎微弱的油灯,也有几个妇女轮流聚集在某家开一盏十五瓦的电灯,一起埋头苦干。

沈飞雁把挑好的荠菜择净,拿到河埠头洗好,给雪飞家送去。雪飞早就是一个熟练的织网女了,正一边读语文课本一边织网,一心两用。雁娜和亚琴在雪飞边上哼着不成调的小曲儿,也在穿着网梭。雪飞笑着收下了来自堂妹的情谊,放下手中的活,说自己也该休息一下了,做点荠菜炒年糕,让大家一起分享这春天的第一盆野菜吧!爱飞带着一本新书过来了,是同学借给她的《茶花女》,她要把书中的故事讲给大家听。飞雁与两个妹妹一起穿梭子,一边听大姐讲书。听完《茶花女》的故事,雪飞带头鼓掌:"爱飞姐,你可以当教师。"飞雁想了想,说:"大姐,你可以当乡长。"

这时,王婉珍回来了,随口问:"谁可以当乡长啊?"

爱飞脸上不禁害羞得泛红。飞雁亲切地叫:"婉珍婶。"婉珍看到这几个晚辈心里暖暖的,分家以来,受到了太多来自凤婶家人的帮助,包括自己手上提的西服,都是夏银娥提供的消息。起初,她没有敲裤脚的小剪刀,夏银娥特意多买了一把送给她。她忙不过来时,或要出去送网了,经常把亚琴送到凤婶家。建龙经常去捕鱼、捉泥鳅,或用倒驳笼钓黄鳝,时而会送点给她家。凤婶总借着给孩子补补身体的名义,让婉珍难以拒绝。年少的雪飞除了学习,就是帮妈妈干家务、挣钱,连幼小的亚琴都跟着姐姐学干家务,她们很久没在村子里疯跑了。

最爱疯跑的飞达、飞荣和飞鹏已经打了六只麻雀,他们在河埠头把麻雀皮剥了,内脏也都清理了,想用火烤,又怕引来村庄里更多小伙伴的哄抢,三人决定还是回家去烤,却担心被大人骂。飞荣一拍脑袋,说:"我有个好主意,这个时间老祖宗应该在念佛,我们借她的独眼灶蒸麻雀,蘸着酱油吃,鲜!"三人击掌一致通过,急吼吼地来到了老祖宗的灶偏间。对于这个狭小的灶偏间,他们太熟悉了。飞荣从外面那口缸里舀了两勺天落水放到独眼锅里,将光秃秃的、已经被剖肠刮肚的麻雀放到锅中央的大碗里,中间隔了层竹竿制成的圆形蒸盘,熟练地划了一根火柴,用蕨草点燃作引火,灶里放几块灰格烂泥,飞达使劲地拉起了风箱。三个男生就这样挤在灶偏间里忙得不亦乐乎,看着锅里冒出丝丝白色的蒸汽,口水都要流下来了。突然,老祖宗拄着拐杖、踮着三寸金莲开了门。她用不解的眼神看着三个曾孙,激动得下巴颏都哆嗦了:"小囡,你们在帮太太烧饭啊?"三个曾孙面面相觑,不知道该如何回答。老祖宗慢慢地上前打开灶头上厚厚的木盖子,六只已经蒸熟的、四脚朝天的小麻雀正张牙舞爪地回望着她。老祖宗看不清,低下头来仔细去辨认到底是什么食物,当她老人家看清的那一瞬间,老祖宗的眼神失去了所有的光泽,脸色一下子变得灰白,身子猛烈地颤抖了一下,咽喉似乎梗阻了,张着嘴说不出话来。完了,孩子们这才发现自己做了件多么冒犯的事,老祖宗吃素多年了。

飞鹏是被建芬揪着耳朵提回家的。这个周末,他好不容易说服妈妈,趁妈妈来东经堂集市摆地摊,跟着来外婆家玩一天。

伍莲珍气得胸口上下起伏,正拿着扫帚猛追着儿子,飞达钻到了饭桌底下。

朱凤仙坐在边上看着,自带怒气,不骂人,也不打人。

第二篇章　争做万元户

　　沈月宝趁阳光充裕正在院子里晒雨天穿过的蓑衣、戴过的竹笠,他居然咧着嘴笑,待两个男孩号够了,对着飞鹏挥挥手:"走,跟外公刨甘蔗去,将功补过。"飞达听到了,也像泥鳅似的从桌子底下溜出来,主动背起爷爷家门后的一把锄头,向村口古树方向的自留地跑去。两个小子后来才知道,原来爷爷不信佛,可他们明明把爷爷的娘给吓着了啊!

　　那天老祖宗虽然被吓到了,但经过胡惠珍的悉心调理和劝导,很快恢复了。毕竟是曾孙所为,老人家并不计较。当天朱凤仙就派建刚去供销社买了一口新铁锅给婆婆换上。这些天,由伍莲珍做好饭菜,朱凤仙亲自送去给婆婆,不管婆婆是否计较,她还是得向老人家道歉,说自己管教不严,有责任。

　　那天放学时,飞达是独自回家的。朱凤仙不禁问:"'饿死货'呢?"

　　"奶奶,飞雁在学校里制作花圈。过几天,学校组织去祭扫白龙山里的革命烈士陵园。"飞达如是回答。

　　朱凤仙抬头望向天空,天气晴朗,没云没雨。她自言自语地说:"能不能叫你妹妹也做几朵纸花儿?桥头下的三座古坟要去拜拜了。"飞达去田里挖荸荠或给家长送点心时,常经过十七房的桥头,桥脚墩那边玫红色的石板整块整块的,上面刻着许多精美的图案和文字,但有些雕像如古怪的精灵,他看了有点怕,曾问过爷爷那是什么。爷爷回答,都是古坟的墓碑。飞达就更怕了。飞荣和飞雁倒一点也不怕,还坐在桥脚墩上仔细抚摸那些图案,觉得很有意思。飞达每次经过那三座古坟,都不敢靠近,每年清明倒是飞雁会跟着奶奶去古坟那边上香。听奶奶说,古坟差不多与村口那棵古树同龄,里面埋着爷爷的爷爷,其中还有一个未成年的孩子,墓碑上只刻着:

清　光绪九年季春吉旦立　天丰沈公　杜氏孺人　墓
　　男同　典仓　春仓　拜

　　爷爷告诉他们，其中一座古坟里是他爷爷的祖宗，祖宗育有两个儿子一个女儿，儿子们都是农民，因没钱为父母立墓碑，这墓还是后来嫁到杭州开商铺的女儿立的。以前桥脚下整片都是沈氏的墓，很多都没有碑记，50年代被铲平成为农田，这三座坟是曾祖父等几个兄弟苦苦哀求才得以保全。而爷爷的爷爷的古坟后面单独的那座坟，葬的是爷爷小时候伺候过的一位孤寡老妇人。老妇膝下无儿无女，却活过了90岁，下葬时，日军已入侵中国，农村也同样被扫荡，所以老妇人是匆匆用草棺材入殓的，没有墓碑，至今也不知老人姓啥名啥，活着时，村民都叫她阿坤嫂。每年清明时节，爷爷都会为那几座古坟拔去郁郁葱葱的杂草，再捧上几把泥土，点上三支清香，以示祭奠。

　　飞雁回家时，带来二十朵五颜六色的皱纸小花儿。难道是心有灵犀一点通？这些花是她在学校做大花圈时，用裁剪下来的边角料做成的。顾老师说，祭扫革命烈士活动是爱国主义教育，飞雁去祭祖是爱家尊祖的行为，都值得表扬。奶奶也表扬了飞雁，并去河边攀了几根竹子，扎成一个圆圆的小花圈，有模有样。又由飞达磨墨，飞雁挥笔，写了一副挽联，肃穆的气氛弥漫开来，清明节又到了。

　　清明已过半月有余，绵绵的雨已经被春光烂漫所替代。天黑尽时，家家户户都点起了煤油灯。学生通常都只能在这样昏暗的灯下写作业，做零星手工活的家长们一般都把光线最佳的位置供孩子学习，自己坐在角落里借着忽闪忽暗的灯光干活。当油灯越来越暗时，人们会用剪刀稍微剪掉一点已燃尽发黑的灯芯，继续拉出一点白色的灯芯，这样，房内会亮堂许多。

第二篇章　争做万元户

等到孩子们入睡了,大人们往往还在劳作。

那晚,沈氏十七房村发生了有史以来最严重的一场火灾。整个天空都被映得通红,但飞雁一直睡到天亮,才从大人们哀伤的神情和悲叹中知道村里发生了灾难。村庄东首十间木结构房屋全都被烧毁,虽然很多人逃了出来,但那位与老祖宗同辈却比她小十岁的阿玉婆和她的小孙子在火灾中丧生了。那小孙子是比飞雁低一级的沈东东,因为学校的三年级和四年级是一起学习的复式班,飞雁和飞达虽然比沈东东高一级,但他们太熟悉这位同村又同教室的男生了,所以,这个消息如一枚炸弹在飞雁的脑海中炸响。她在父母都不同意的情况下,执意要去吊唁这位不知隔了几代的远房族人。最后,奶奶答应陪她去,那个已经烧焦成一块炭木似的光秃秃的沈东东的头,令她一辈子无法忘却。在很长很长一段时间里,飞雁都不敢一个人待在教室里,整个教室里似乎都是沈东东的气息,压抑、阴郁至极。以前,她总是第一个到校开启那扇破旧得带着毛边的木门,因为她是大队长,经常一大早就独自在教室里开始学习。有时放学后,她还会留下来帮老师刻蜡纸、油印试卷。自此事后,她每次提前来校或延迟回家,都必须拉着哥哥一起。以后,飞雁无论走多远,只要回到村庄的那一头,都会想起曾经有这样一位同学,小小年纪就消逝在那场无妄的火灾中,永远地离开了村庄和小伙伴们。沈东东的父亲是吃国家公粮的干部,火灾后,政府重新给他们在城里安置了房子,他们再也没有回过十七房这个伤心之地。几年后,那烧空的地带建起了钢筋水泥新楼房,与沈氏十七房的建筑风格格格不入。当然,那是后话。

飞雁在经历了胡同学和沈同学的死亡事件后,心里便有了当医生的想法。

7月,还未从两个月前的那场火灾的阴霾中走出来的飞雁迎来了10岁生日。奶奶和往年一样,清早就在她家饭桌上摆放了两个白煮蛋。爷爷看到她剥鸡蛋蘸着酱油吃,远远地笑着走过来。飞雁正在奇怪爷爷今天怎么不出工,爷爷过来轻轻地把她发际线上的细碎头发捋到耳垂后面,亲切地说:"'饿死货',当心蛋黄噎着,慢慢吃。今天夜饭,陪爷爷吃清蒸带鱼。"

　　飞雁向四周张望了一下,悄声地问:"爷爷,带鱼是谁给的?"

　　爷爷故作神秘地答:"我自己买的,晚上就我们爷孙俩吃,算给你过生日。"

　　飞雁摇摇头说:"骗人,爷爷的钱都在奶奶那儿,哪来的钱买带鱼?"

　　"我昨晚向你奶奶要了5元钱。"爷爷抬了抬头,故意挂上高傲的神情。

　　飞雁被爷爷可爱的神情逗笑了,装作不信:"奶奶前几天还说要积钱给五叔讨媳妇。六叔想买辆自行车做生意,她都说没钱呢!"飞雁模仿着奶奶的语气和说话腔调。

　　这下,爷爷反而被她逗笑了,笑得前俯后仰。

　　飞雁从未见过爷爷这般放肆的笑,也哈哈哈地捧腹大笑起来。

　　爷爷突然来了句:"我们家的'饿死货'终于笑了。"爷爷说那后面几个词时,声音略带哽咽。

　　飞雁听爷爷说完这句话,不笑了。突然,泪水流了下来,她抱住爷爷号啕大哭。她从来不知道,原来这两个月来,爷爷一直在默默地关注着她,心疼着她。这是她记忆中唯一的一次主动抱爷爷,一生仅此一次。与爷爷的这次拥抱成为她往后日子里最深切的怀念,每每想起,她的眼睛里总是晶莹闪烁。

　　惊喜的是,那天外婆也来了,不仅送来很多生日鸡蛋,还有一块灰色的面料。外婆说,开学时飞雁只有一个碎布拼起来的书包,这块布料让妈妈给她做个新书包。外婆放下东西又急匆匆地回去了,说还要到塑料厂拿点零星活儿干。

夜饭时,爷爷把飞雁喊过去,饭桌上真的有一盆清蒸带鱼,他把中间那段最肥的挑出来,放进飞雁的小碟子里。飞雁不好意思地说:"爷爷,我们等奶奶、五叔、六叔来了,一起吃吧!"爷爷没应答,转身从橱橱的抽屉里拿出一支钢笔,说:"你五叔去上夜班前特意留下的,送给你的10岁生日礼物。这是你五叔上学时最喜欢用的钢笔,希望你以后能考上大学。不要叫你哥看见,他10岁时,你五叔还不肯把笔送出来呢!"飞雁默默地收下了礼物。

天快黑了,朱凤仙没吃饭,坐在村口的古树底下,端着一个篮子边挑着手里的豆子边张望着,等待建龙的归来。5月份开始,建龙每天出去卖棒冰了,那辆破自行车是汤志明送给他的,自行车后座绑着一个大大的绿色棒冰箱。建龙每天吆喝得口干舌燥,但自己舍不得吃一根。

四周稻田里的青蛙此起彼伏叫个不停,朱凤仙隐隐约约看见田埂上扭扭歪歪地骑来一个人。看到自行车后面的那抹绿色,她心中舒出一口气。她端起篮子,直起老腰,腾出左手往后背捶了捶,迎接小儿子的归来。

建龙远远地看到有人站起来,便料定是娘。每次,只要他回来得迟了,娘总是在古树下等着,他不回来,娘就不吃饭。有时,爹和五哥也等着他。他多次声明别等,自己又不是客人,也不是小孩子。后来,爹和五哥就准点吃饭,吃好了,扣上那个竹编的食罩,而里面的菜明显没怎么动过,是留给他和娘的。以前吃晚饭时,爹总要喝一盅枪毙烧,但今年开始,不知为啥,只吃泡饭了。家人有些诧异,问爹,他只是淡淡地解释:"老了,不想喝了。"却又说他想打点小麻将。于是,大哥从集市里买来一副麻将牌,供爹饭后与村里几位老人一起搓麻将。生活似乎从来没有像现在这样轻松过,有滋有味。

朱凤仙和建龙进屋时,发现沈月宝今晚没去搓麻将,祖孙五人在打扑克牌消磨时光。见他们回来了,沈月宝弯着八字眉对老伴笑:"你们才来啊!快吃饭,我烧了带鱼。"带鱼确实是他买的,但明明是朱凤仙剖好肚皮、洗净、放上生姜和料酒,是她做好了饭菜,才到古树下等建龙的。这话说得好像他们娘俩离家多久似的。朱凤仙稍微端详了一会儿,心想,老头子怎么变得有些糊涂了?

沈建龙从绿色的棒冰箱里取出两根盐水棒冰、两根麻酱棒冰,分给爱飞、飞达、飞雁和雁娜,并大声说:"小叔卖了一个多月的棒冰,生意太好了,每天都卖完,你们都没尝过,今天特意给你们每人留了一根。"灵敏的爱飞用半真半假的语气喊:"瞧瞧,今天飞雁10岁生日,小叔破费请我们吃棒冰,连我妈也给飞雁煮了碗桂圆氽蛋,这么隆重,我们沾光了。"边说边剥开棒冰纸,毫不犹豫地一大口咬了下去。建龙知道爱飞向来伶牙俐齿的,驳过去:"你都高中生了,快嫁人了,就这张嘴,看谁敢娶你?"

"小叔,你不用愁,反正你没娶小婶之前,我肯定不嫁。"爱飞大大方方抢白完,吐了吐舌头,转身逃过建龙佯装打过来的手。朱凤仙发话了:"别斗嘴了,赶紧把棒冰吃完,否则滴下了引来一堆蚂蚁。你啊,越来越没大小了。"朱凤仙心疼这个才不到20岁的小儿子,天天起早摸黑,已经赚了不少钱,家里从来没有这么大笔的进账。

飞雁等人在边上自顾细细品尝这难得一吃的棒冰,都见惯了大姐与小叔的斗嘴。以前爷爷奶奶只护着孙女,一直是小叔让着大侄女的,这次奶奶却责怪爱飞越来越没大小了。

其实,娘的这句话令建龙心里蓦然震动,涌起一股暖意。他真的比爱飞不知道辛苦多少倍,初中没毕业就做了农民。做农民太苦了,他想换种活法。去年,他在二哥的凉鞋厂当了一名技修工。可凉鞋厂营销上不去,因为做的全是棕色的凉鞋,那鞋只有城市人才要穿,农村人夏天连草鞋都不穿的,很多人依然习惯光脚板走路与劳动。如果一个产品在农村这么广袤的市场都无法销售出去,前景就有些凄惨。这是长辈沈月发对二哥说的话,他在边上听到的。建龙跟着二哥去过上海,虽然在上海大师傅的指导下,凉鞋质量有提升,花样有翻新,但这些鞋只有到大上海摆地摊才能售出一部分,其他销售渠道太少了。二哥常去文城市摆地摊,还叫大姐卖针织衫时,顺带把凉鞋也放进去。但光靠摆地摊,销售难以有起色。办凉鞋厂是村委会的集体决定,现在厂里连工资都发不出了。半年来,看二哥够心烦的,但以建龙的见识,也给不了二哥什么建议,他便坚定地出来单干——卖棒冰。

两年前,他在上海第一次吃到奶油棒冰,那甜滋滋、沁凉、舒爽的感觉一直留存在唇齿间。如今,上海人口中的"乡下头"也有了棒冰,建龙决定把这么美好的食物与农田里劳苦的人们一起分享。他每天凌晨两点多就出发,人家一天卖两箱棒冰,他总是一次性到市区拿足三箱棒冰,每箱棒冰能赚4元3角,三箱棒冰每天能挣12元9角。他赚到的每分每厘都交给娘,从来没留下过一分钱。每天走街串巷,从城市卖到农村的各家各户、田间地头,边骑边喊,傍晚时骑到家附近,基本也卖完了,一天能挣这么多钱,以前想都不敢想。有时碰到雷雨天,棒冰就很难卖完,因为雷雨过后,天就凉快了,本身兜里就没什么钱的农民就更舍不得掏钱买棒冰吃了。建龙往往会在雷雨过后,将棒冰白送给田间的农民。白吃了他棒冰的农民,当他下次再经过这片田地时,就会记住这位其貌不扬的小伙子,甚至有人等着建龙过去了,才掏出那枚在裤袋藏了半天的滚烫的硬币,向他购买一支或黑乎乎的麻酱棒冰或透明的盐水棒冰,而建龙此时的心里比对方还充满着感激之情。

"谢谢小叔,棒冰真好吃!"飞达用舌头舔了舔嘴巴四周,直视着建龙,感激之情不用言表。飞达不知道,小叔自己还没舔过一口。当时,建龙进货的钱还是向建芬借来的,娘那儿实在没钱给他做本钱,最近要造房给五哥讨媳妇,老话说"先筑巢后引凤"嘛!

建龙刚吃完饭,学飞达的样子对着他舔了舔嘴。正好沈月发进来了,看到这温馨的一幕,笑了:"叔侄俩在比什么武艺?"老人好像只有进他们家时精神才显得放松。飞达见月发爷爷手里拿着一沓书,仰慕地望着老人刚想开口,谁知爱飞先发声了:"月发爷爷,你那几本书都发黄了,是不是古籍?"老人笑了:"爱飞真聪明,这几本算不上古籍,原来的古籍藏在家门口的大缸底下,被抄了,烧掉了。这几本普通些,我当时藏在火缸底下,才保存下来。"说着,把书放到了饭桌上,要送给他们,只有雁娜看着还不懂事。"听说今天是飞雁生日,这四本送给飞雁,另外几本给爱飞和飞达。"飞雁一个劲儿地向月发爷爷说谢谢,爱飞拿起飞雁那四本沉重而发黄的书翻阅起来,原来是四大名著,而自己手上的是《四世同堂》和《茶馆》,再看飞达手里的是金庸、梁羽生的武侠小说,书面较新,可能是月发爷爷不久前买的。

朱凤仙看到沈月发便吩咐建龙去喊建国,知道老邻居实则是受建国昨天的邀约过来商讨工厂发展大计的。他是企业界前辈,新中国成立前曾在上海滩开过纺织厂,很多的穷苦人都是依靠拆他家的纱头养活一大家子,尤其是从文城市跑去上海谋生的老乡。

那晚,沈建国与沈月发谈到深夜,他的眼里闪耀着一种平时无法看到的光泽,一个全新的计划在他心中诞生。

那晚,家中的孩子们也因月发爷爷送的书,开启了人生新的篇章。他们在幽暗的煤油灯下认真阅读,心中播下了阅读的种子。

那晚,茫茫的黑夜中,沈月宝家里有人在阅读,有人在思索,有人在娓娓谈心,一个具有六百多年历史的古村落借着改革开放的春风,将迎来翻天覆地的变化。

沈家村第一家小店

1984年的春天来临，噼里啪啦的鞭炮声中，伍莲珍在村里开出了第一家小店，取名：沈家村小店。

建国、建军、建龙、建芬、建芳兄弟姐妹各出资100元支持大嫂的小店。建刚买了辆崭新的自行车，定期去几十里外的市区配货。看着货架上琳琅满目的商品，伍莲珍第一次感到自己仿佛置身于繁闹的城市，虽然她至今没到过市区，没到过大上海，没领略过大都市的模样，但仍感觉自己的身份和所处的环境已经变了。村民们开始喊她"老板娘"，起先，她头都不敢抬，羞答答地对着邻里们毕恭毕敬地说："叫名字、叫名字，都一个村的。"很长一段时间后，她才感到自己真的当上了老板娘，要潜心经营好生产大队里唯一的小店。

小店位于村口外的马路边，这两间小屋离家里的自留地很近，原来是用作堆放杂物的牛拴间。因为这里地理位置佳，是人流必经之地，全家人一致通过牛拴间归建刚家开小店，另选在自留地边新建两间杂物间。小店距离古树不远，沈月宝原先的巡视点以古树为止，自从小店开业后，他背着双手扩大了巡视的范围，每天都要踱到小店门口，看一眼进进出出买东西

第二篇章　争做万元户

的人们再回村里,他那副严肃状已变成眉开眼笑的神情。只是伍莲珍每天要吃点马路上飞扬的尘土,但生意一天比一天好,她的心情是无比愉快的。家中几个小朋友每天放学归来必定经过小店,在那儿露个脸,伍莲珍就会给每人一颗珍珠糖。雁娜尚小,拿到珍珠糖后总是兴奋地叫:"谢谢大姆妈!"那感谢声要传出好几里,伍莲珍陶醉于小侄女的那份感恩之心,有时会偷偷地多给她一颗生姜粽子糖。

开春以来,建国忙于开办新的白龙乡重型标准件厂,在这个转折点上,没日没夜地扎进工厂里。夏银娥最近也工作紧张,在出门前总不忘吩咐两个孩子:"今天妈妈加班,你们去奶奶家或小店吃饭哟。"然后,头也不回地赶往西服厂。

小店里放着几排柜子,还有堆放的存货,空间狭小了点,但伍莲珍把它打理得干干净净,货架上下的物品排得整整齐齐,专门留出一个小角落放煤炉做饭、烧菜。过道上摆了一套小板桌,吃饭时才拉开,用好便收起来,不占位置。到了冬天,她会把烧好的饭菜放在大大的铝锅内,锅内除了蒸熟的米饭,总有一个荤菜加几个蔬菜,扣好了,压实锅盖,包上一件硕大的旧军大衣。伍莲珍用军大衣包裹的饭菜味道永远地留在了飞雁姐妹俩的心窝里,长大后无论她们走多远,都记得大姆妈小店冬日的温暖。

又是"五一"节,陈家村传来好消息,建芳家三喜临门:宝贝儿子陈科周岁了;陈大裕以军官身份调回了位于文城市的海军基地;建芳以家属身份被安排在海军基地招待所,有了固定工作。沈月宝夫妇脸上的笑容使得他们看上去都年轻了好几岁,皱纹似乎也平整了许多,因为家里不仅有半子当军官,更有小女儿吃公粮了,后脊背挺直了不少,这在十年前是不敢想的。

老祖宗逢人便说:"当年鸟测字说我们家建芳命好、旺夫,以后会越来越好的。那刚出生的小子也会很发达。"所谓鸟测字就是算命看相的先生提着一只鸟笼走村串巷,算命的工具就是笼子里那只翠鸟。遇到有想测字的人家,先生就把翠鸟放出笼子,在鸟儿前面放一沓整整齐齐的小纸条。鸟儿有时会很快啄出一张纸条,有时左跳右跳、前跳后跳,不肯叼出那张小纸条,被测之人会紧张得脊背发凉。因为鸟从这沓纸条中百里挑一啄出的小纸条,代表着被测之人一生的命运。纸条展开来,里面往往是一幅画,各色各样很精致的画。先生根据纸上的文字和图案,说出被测人的时运,往往很精准,能把一个人的过去、现在、未来一一道来,所以,一般人不敢轻易请鸟测字。请鸟测字的人分两种:一种是家中有喜事,像沈建芳要定亲结婚这般大事,家中长辈就会请鸟先生测张小纸条确定这门婚事是否般配;还有一种就是家中有人病了,也会通过鸟测字看看病人的命运走向。飞雁曾亲眼看老祖宗请门口经过的算命先生鸟测字,很准。鸟先生说,大姑会嫁到远离家十公里之外的南边,小姑会嫁到不超过离家一里的北面,全中了。但不知道为何,后来这门鸟测字的营生没有了。那只测字的翠鸟到底什么来头,是神仙附体吗?

朱凤仙听到老祖宗夸自己的女儿,靠近了悄悄再问:"娘,你看看建国这个厂转型以后会怎样?"听说白龙乡马上要升级为白龙镇了,沈氏十七房村凉鞋厂被白龙乡政府党委批准注销运营,乡党委决定在原址上新开办白龙乡重型标准件厂(简称标准件厂)。当下,中国经济正在复苏,各行各业蓬勃发展,五金紧固件是经济发展的必需品,乡党委决定任命沈建国为标准件厂厂长。朱凤仙有点担心,那标准件厂到底是搞什么的?建国对娘解释,就是生产螺丝、螺帽、螺钉等五金配件。前期工作已就绪,外面请来的师傅已经指导技术员压出了几筐黑色的、油腻的螺丝。现在的标准件厂规模比原来的凉鞋厂大得多。厂址仍设在沈家村与陈家村中间,就在沈家村小店斜对面。自标准件厂运转以来,沈家村小店的生意出乎意料地红火起来,而朱凤仙更关心标准件厂能否兴旺,她每天都要听到建国快速又沉重的脚步声迈进家门后,才能安心入眠。

朱凤仙的眼睛盯在了老祖宗的头发上,快90岁的老人头发稀疏,仍用一根银簪固定盘成髻,上面还涂了生发油,显得干净、利落。朱凤仙想拍一拍婆婆的马屁:"娘,你这髻盘得越来越利索了。"

老祖宗正在用右手的各个指头认真地掰算着,已经有好几分钟了。只见她微微抬了抬眼皮,开腔:"我除了腿脚不行,眼睛不瞎,耳朵不聋,什么都好。"她后面那句话是指孙子建国什么都好。她继而精神焕发地说:"你不用着急,事情一样样做,饭一口口吃。建国的事,他自己会做好的。我那孙子以后能让全族都兴旺起来。他出生时,我就问过扫帚姑娘的。"

建国出生的年代,家家户户穷得连一口饭都没的吃,哪有铜钱请鸟先生测字?每个孩子落地时,当祖母的都要问问扫帚姑娘。按老人家的话讲,门后背放的那把紧挨着畚箕的扫帚就是神灵。点上三支清香,找一个月光清朗的夜晚,在红色的木盘里撒上一层薄薄的面粉,由两个人抬着三双筷子组成的空格子,移到扫帚姑娘那儿,对着扫帚姑娘默念几句"秘语",再抬回到面粉盘上。这时,想问什么,就直接问。抬筷子的人不需要使劲,筷子像神仙附体似的会慢慢地自由移动。比如,想问某个人的命运,如果是好的,筷子缓慢地移动着,自然会描绘出一个"好"字;如果不好,便会描绘出一个"不"字。这种古老的占卜术,屡试不爽,灵验得很。村民们也会用同样的方式请水缸姑娘、屙缸姑娘。更有意思的是,吴氏老祖宗还真懂点占卦,族里谁家有要事,总会来问老祖宗。老祖宗话不多,总是能用几个平淡的字劝导大家往好的方向前行。听说,老祖宗年轻时身边围着许多姑嫂。如今,胡惠珍身边也经常围着一堆妯娌姑嫂、年轻的侄媳妇。有村民在背后议论是不是老祖宗把多年的神秘之术传给了她,但老祖宗从来不承认自己有什么神秘之术。

老祖宗的神秘之术传给谁,朱凤仙不妒忌,她只记住了婆婆的口头禅:"事情一样样做,饭一口口吃。"老祖宗又给她吃了颗定心丸,她可以放心地回家烧夜饭了。今晚,她要烧一碗葱煸河鲫鱼,是早上建军用电网捕来的,她要给建国留两条。前几天,朱凤仙趁银娥不在时,偷偷去她家打开食罩看了一下,只有一碗咸菜番茄汤、半碗苋菜梗、半块红色的酱豆腐。听说,建国已经连续两个月没给自己发工资了,工人工资却照常开。

朱凤仙开始学老祖宗,初一、十五拿出家里那两个祖传的宝贝——青花瓷小盖碗,经常是一个碗里放几颗红枣,另一个碗里放几颗桂圆,供奉在灶司菩萨面前,每月这两天吃素,祈祷全家平安健康,儿女们事业有成,孙辈们学业进步。飞雁对奶奶的转变有点不适应。飞达自从将剥皮的麻雀放在老祖宗那个锅里蒸后,再也不敢随便说什么了,好像对神灵有了一种特殊的敬畏之心。

标准件厂的发展似乎应验了老祖宗的预言,年末时,第六批产品顺利生产并全部售空,订单如雪花般飘来,供不应求。周边村庄又有一批农民被招到厂里,不少农民都尝到了当工人的滋味,虽然要三班倒,每天下班时满身的黑色油污,那件墨蓝色的工作服已经看不清本色,但总归比以前天天在毒辣的太阳底下耕田、拔苗、插秧、割稻、晒谷、挑箩轻松了许多。妇女们也争着去标准件厂做计件工,出来时同样满身油污,但大家脸上都洋溢着笑容,因为钞票就在眼前。穷了几十几百年的老百姓,谁不想过好日子呢?农民的要求不高,只要家里能买得起一块肉、一条鱼,年底时能为孩子们扯一块新布做衣裳,就够幸福了。连王婉珍也不再去几十里外的娘家拿网线了,请求到建国的厂里上班。她家的生活明显改善,但建立拿着山塘打工赚来的钱时不时要去外面喝点小酒、推牌九。沈建国知道

第二篇章　争做万元户

王婉珍识字,本想让她当保管员,但那天镇里来了一位重要人物,让事情发生了些变化。

这位重要人物正是当年分管工业的副乡长马立伟,如今的白龙镇镇长、全镇的父母官。马镇长是独自来的,没带一兵一卒,骑着一辆破旧的凤凰牌自行车。这几年,为了企业转型的事,沈建国上上下下跑得并不少,他现在不仅要跑镇工业办公室,还要跑县工业局,局面正如标准件厂的销路一样快速地打开。

马镇长骑到标准件厂门口时,沈建国早就等候在那儿了。马路上经过的小汽车并不多,沈建国目不转睛地看着每一辆经过的车,本以为马镇长肯定是乘公车来。

昨晚,沈建国特意嘱咐夏银娥把结婚做新郎时穿过的那件蓝色卡其外套找出来,连夜拿到西服厂去熨烫。夏银娥以为哪位重要客户来了,瞪着他说:"去上海请大师傅时,也没这么隆重!"

沈建国被瞪得发怵:"我身上又没长什么。"

夏银娥忍不住怀疑:"你明天到底要去见谁啊?"

于是,沈建国把事情说了一遍。这是马镇长第一次来标准件厂,之前经营塑料凉鞋厂时,马副乡长可从来没正眼看过他一眼。一年前,马副乡长被提拔成了乡长,这次乡改为镇,他自然成了马镇长,马镇长亲自下来调研,这不是大事吗?夏银娥听建龙说起过马副乡长在码头碰到他们的那一幕,心里对从未谋面的马立伟亲近不了,但她认为丈夫做得对,确实要把衣服好好熨烫一下。

晚上,夏银娥在西服厂熨衣服时,又断电了。那个年代,断电是常事。于是,她又急匆匆回家,点燃灶火,在锅里烧了开水,把滚烫的水倒进一个大搪瓷杯里,用杯底慢慢地熨烫衣领、衣身和衣袖。幽暗的煤油灯下,夏银娥烫得很仔细，还未入学的雁娜一直在旁边观看。当她把烫完的衣服重新挂到床边时，雁娜拍起了手："妈妈真厉害，旧衣服烫成了新衣服。"

飞雁闻声从书本中抽离出来，也附着表扬一记："雁娜，妈妈的手与外婆的手一样巧！"说完，继续看建国近期出差给她带回来的一套武侠小说，立即又沉浸于阅读。

丁零零，马镇长自行车的清脆铃声将沈建国的心思重新拉回到厂门口，沈建国热情地走上去与马镇长握手，并主动接过他的破自行车停到厂里面，将他迎进办公室。马立伟提着一个半新不旧的黑色人造革皮包，沈建国也有一个类似的黑色人造革皮包，是当年凉鞋厂开业时建芬选的。

马镇长边走边与沈建国交流，脸上始终保持着亲和力十足的微笑。今天，沈建国似乎感觉自己受到了当年马副乡长对严伟杰那般的待遇。当然，他有自知之明，自己与马镇长的关系还没到严伟杰与马副乡长的密切度。

沈建国喊会计间的出纳郑敏来倒茶。身高一米七、细皮嫩肉的郑敏用双手把茶端给马镇长，不待沈建国介绍，便主动而妩媚地笑："欢迎马镇长来我们工厂视察，请喝茶！"马立伟怔怔地看着郑敏白皙而丰满的手，又看着她俏皮的脸蛋，继而哈哈大笑："建国，你们厂里有如此年轻漂亮又口齿伶俐的员工，怪不得工厂转型不到一年就兴旺了。"沈建国笑着接话："马镇长，这是出纳郑敏，刚高中毕业，全厂学历最高的员工，来工厂不到半年，确实很活络，账也做得整齐。"说完，沈建国示意郑敏可以撤退了。马立伟继续说："建国，人不可貌相啊！去年，你想转型时，我是不太赞成的，但前任刘乡长很支持你。刘乡长说，白龙乡大大小小几十家社办厂，却没有一家是生产五金配件的，就是要开一个重型标准件厂，而且沈建国责任心特别强，为人又忠厚。"

沈建国被马镇长的话语感染了，深深地一鞠躬："谢谢，都是靠领导的提拔和栽培。当时,我还想开个毛纺织厂。因为我大妹嫁过去的西塘河村有个腈纶厂,做内衣内裤的,她一直动员我开毛纺织厂。"

"你大妹的思路不一定错,但我们开标准件厂这条路肯定是对的。"马立伟眉头蹙紧了一下,又舒展开来,再次发出爽朗的笑声,"现在,你们的标准件厂已是全镇乃至全县的典型,我们要大力宣传。你要尽快做出未来三到五年企业的规划。"

沈建国想不到马镇长这么有魄力,非常感动,有些慌乱而紧张地问:"五年规划?"

"当然!"马立伟用坚定的语气回复他。

沈建国的胆子似乎一下子大了起来,说:"那我计划明年扩大生产经营规模,再造一排新厂房,向村委会和镇政府申请厂房的土地指标,可以吗?"

"当然可以!有志向!"马立伟大腿一拍。沈建国更想不到马镇长竟然如此豪爽。

沈建国心里很清楚,去年春节前,自己通过严伟杰特意去马镇长家拜过年。此后,马镇长每次在会议上碰到他,就会远远地对他点个头。沈建国是何等聪明的人,工厂转型前后充分做到向马镇长多汇报、多请示。在转型前,他又借产品销售不出,送了五十双不同类型的凉鞋给镇政府工作人员当福利,马镇长说要付钱,沈建国便以一折的特惠价收了钱。说实话,这些吃公粮的人,也没几个家庭是富裕的,很多人同样舍不得买凉鞋穿。这一折的特价,引来不少工作人员回头到厂里再买几双。沈建国认为虽是亏本生意,总比堆在仓库内强。最后,这批凉鞋全部以一折优惠价向社会出售,结果,把这些年的鞋子库存一次性清理完了,反而起到快速回笼资金的效果。为此,年初的全镇工业会议上,马镇长又特别表扬了他们厂。这件事,推动了工厂的快速转型。

正谈得欢时,马镇长转移了话题,将头靠近沈建国的头,从包里找出一张纸条递到了他鼻子底下。沈建国缓缓地打开,进入视野的是:"马红梅,女,1954年3月出生,小学文化。"

沈建国一看是姓马的,脑袋瓜马上反应过来,笑着应承:"好的,马镇长,怎么安排,您吩咐!"马镇长也不打哑谜,开门见山地说:"这是我妹妹,你给安排个保管的活儿?"

"好啊!"沈建国满口答应,将原先计划给王婉珍的岗位给了马红梅。

马镇长道了声:"谢谢!"再拍了一下腿,愉快地拎上那只半新不旧的黑色皮包起身要走,沈建国再三留他吃饭,他说还要去周边的食品厂走访。

"马镇长,你真是个务实的好领导,这是我们白龙镇人民的福气。"沈建国把马镇长送到了厂门口,顺便把一个黑色的尼龙袋挂到了马镇长的自行车前兜里。

此时,建龙拉着一大车废旧铁丝要去出售,满脸的黑色油污,戴着一顶破旧的大草帽。马立伟当然没有认出几年前见过一面的建龙,但建龙一辈子也不会忘记马副乡长当年瞥他们兄弟俩的冷漠眼神。见二哥与马镇长在一起的样子似乎与当年严伟杰和马副乡长在一起时的样子没啥区别了,他胸口突然被什么东西堵住了。

卖完废旧铁丝,建龙就回家了。肚子饿得咕咕直叫,他从锅里抓起一块凉饭团,蹲在院子前,狠狠地咬下去,大口大口地吃着,边吃冷饭边流下了热泪。他的眼神注视着前方,很久很久,内心慢慢平复了些,抬头看了看碧蓝的天空,情绪也平复了些。20岁的他,在心里升腾起一个崭新的目标。

远处的古树下,村民们正在议论,今年沈家村小店生意特别红火,要归功于标准件厂那几十号工人的消费。大家纷纷议论,伍莲珍是不是要成为村里首个万元户了?但有人很肯定地说,光靠零售点小东西是成不了万元户的，估计收回成本也要好几年。又有人说，东严村的严伟民这两年做建筑包工头发财了，他才是沈氏十七房生产大队的第一个万元户。有人还特意问闷声不响地正在看走象棋的沈根宝，但沈根宝不作声，沉浸在棋局中。严伟民是他小女婿严伟康的大哥。现在各村都在建新房，严伟民的生意确实好。严伟康跟着大哥做水泥工，每天忙得晕头转向，收入也很可观。沈菜儿每次回来都高昂着头，扬着嘴角。听说，她常去东经堂集市扯布做新衣服，生活相当滋润。有邻居喊她，她会得意忘形地装作没听到，久了，村民都不愿亲近她。

  说曹操，曹操就到。沈菜儿正骑着自行车从村口的小路驶来，车龙头前挂了些什么，在歪歪扭扭地晃。这个冬天特别冷，几乎天天都结冰上冻。大家看到她，想把刚才的话咽回去，但似乎已经来不及了，正准备转换话题。突然，汪汪汪，一声急促的狗叫声响起，打断了人们正在脑海中形成的新话题，大家似乎又一下子忘记了接下来要讲些什么。于是，就散了。

  旧的一年又要过去了，新的一年即将来临。

全县三好学生

　　一场雨后，天上出现了许多好看的云朵，有的像小狗在奔跑，有的像小鸟在飞翔，有的像小孩在追赶。飞达和飞雁静静地躺在沈家桥洞底下看天上云朵的千变万化。夏天的热雷雨，只要出现一朵乌云，很快就会有整团整团的乌云压山似的翻滚而来，一会儿就演变成狂风暴雨。热雷雨快速来时，小伙伴们就会帮父母一起收谷。那时的道地里比打仗还激烈，每个大人和孩子拿着畚斗、扫帚，拖着箩筐，卷起篾席，速战速决。现在，离夏天还有半个月，小学毕业考试结束得早，兄妹俩跷着二郎腿、乘着桥洞下的凉风，优哉游哉。在刚刚过去的最后一个六一儿童节，飞雁代表东经堂小学在镇中心人民大会堂台上领到了全县三好学生的奖状，这几天正在等待小升初的发榜。

　　今年，市教育局出了一项新政策，白龙镇作为偏远的革命老区，全省闻名的重点中学——文城中学下拨了三十个名额给白龙学子，也就是说全镇前三十名考生将被录取到文城中学，而不是白龙中学。所以，这次兄妹俩的毕业考着眼点不在于全县三好学生，而是人人向往的文城中学。按平时成绩，飞雁在哥哥之上，考进全镇前三十名是妥妥的。兄妹俩考试结束

第二篇章　争做万元户

后,对了答案,自我感觉都很好。这不,他俩难得清闲,头挨着头,亲密无间地躺在桥头底下边看云朵边谈论着什么。桥底下的中大河河水从白龙山上流下来,常年潺潺流动。大河小河,条条相通,家家有埠,户户有水,流过村庄和农田,流向东海。

桥的那边,爷爷、奶奶、小叔正在田里劳动。远处传来咚咚咚的敲打声,那是标准件厂压床机打铁的声音。那声音到了夜深人静的晚上会越发的清晰,但村民们都没有意见。因为标准件厂的红火,大家都看在眼里,经过那些困苦的岁月,谁不想多挣点钱?只要标准件厂为村民谋钱、谋福利,这点噪音算啥?越来越多的村民想去那儿上班,尤其是刚成家立业的年轻人。可工厂还容不下那么多的农民,生产队责任田承包到户的方案已经启动,田地还需要村民耕种。

"沈飞雁、沈飞雁!"一阵急促的声音,是顾老师。她带来了一个好消息,也带来一个坏消息。

东经堂小学唯一的县三好学生沈飞雁没考上文城中学,她已恍惚得忘了自己是怎么从桥洞走回家的。沈飞达考进了文城中学,他想笑但不敢笑。顾老师唉声叹气地回去了,留给他们一套《十万个为什么》。晚上,全家人都不知道是庆祝好,还是叹气好。

第二天一早,老祖宗笃笃笃地拄着拐杖慌慌张张地来了,有些兴奋,又有些失落。她手里还拎着一个灰色的布袋,里面装着四个鸡蛋、两把红枣,说是给两个重孙补补身体。老人家摸着飞雁的脸说:"'饿死货',不要难过,我们以后能考更好的学校。"飞雁感受着老祖宗带着褶皱但又柔软无比的手温抚摸着自己,眼泪又要流出来了。她不敢多言语,与老祖宗说了句没事,就去田里帮忙收割谷子了。飞达远远地看着,怕刺激到妹妹,默默地走开了。所有亲人对他的祝福也变得偷偷摸摸的。

吃早饭时,建国提醒飞雁,一定要如常对待哥哥,还给了她30元钱,叫她给哥哥买一件礼物。可飞雁只点点头,提不起精神,坐在家里的青石板地上,继续翻看那套《十万个为什么》。此时,她的脑海里也充满了十万个为什么。

第三天清晨,飞雁才带着雁娜主动去约哥哥到集市买礼物。飞达刚起床,正在院子里刷牙,含着满嘴的牙膏沫抢着开口:"飞雁,你不用送我礼物。我是哥哥,应该由我送你礼物。"他清完口中的牙膏沫,把缠在自己脚下的赛虎抱起来,送到了飞雁的怀里。

小狗赛虎是去年从雪飞家抱来的。当时,雪飞家的母狗生了四只狗崽,飞雁姐妹俩非常喜欢可爱的小狗,所以抱来两只。王婉珍说,这减轻了她家的生活压力。

王婉珍是在年后卖掉所有长毛兔后进入标准件厂的,现在负责质量检验。上岗前,建国特意安排她去文城市五金厂培训了一周。

半年来,王婉珍已经适应了工厂的环境。生产大队已经落实了土地家庭联产承包责任制,每家每户按人口和户籍分配土地面积,承包期限为十五年。很多家庭都努力在外揽活儿,主要是在周边村办企业或集体企业打工。大家只有在下班或休息日时,才争分夺秒地回自家田地里耕种,干劲不知道提高了几倍,中老年人反而成了稻田上的主劳力。"双抢"时,王婉珍舍不得请假,总是趁中午半小时的休息时间,骑上自行车飞奔回家,三步并作一步冲进屋里,从冷饭淘箩里抓一把冷饭,再到院子的大七石缸里舀起天落水咕咚咕咚喝上几口,然后戴上破草帽,提起镰刀,头顶猛烈的太阳,大中午就去割稻了。雪飞已上初中,会利用周三下午半天的休息时间,带着6岁的妹妹,也能割倒一大垄黄澄澄的稻谷。但小小的孩子站立起来时,腰也站不直了,走路变横向了,细嫩的小腿上还挂着几只硕大的蚂蟥,

第二篇章　争做万元户

亚琴见到姐姐小腿上流的血,大声地惨叫。连平时不顾及她们的沈建立看到此景也心中生疼,毕竟是亲生骨肉。那季的"双抢"在全家人起早摸黑的共同努力下,稻谷如期收割进屋。当晒干的稻谷装上船,送到十里外的白龙镇仓库时,王婉珍深深地透出一口气,疲惫的脸上现出一丝笑容。她站在回来的空船沿边,仰望着辽阔的天空,一种前所未有的平静包围着她。一缕阳光透过乌云照射下来,说不定又一场热雷雨即将来临,而她家的稻谷已经缴上,家中也有了余粮,还有标准件厂每月的固定工资,虽然辛苦,美好的生活却正在向她招手。她心中有不可言说的快乐,不知不觉中展开了灿烂的笑容。

很多农户和她家一样,顺利完成第一年的土地家庭联产承包责任制下的任务,亩产量成倍地提高。

"呜呜。"才六个月的赛虎年轻且充满活力,毛茸茸的一团,躺在飞雁的怀里,似乎知道小主人要去远方上学了,微微地侧着头用伤感的眼神看着飞达,好像在说:"达哥,你真的要丢下我不管吗?"飞雁边用双手抚摸着赛虎,边装成它的奶声奶语,把这话传递出来。小伙伴们听了咯咯直笑。他们想,飞雁真的不再难受了吗?前几天,她还跟着奶奶去田间埋头干活了,会不会是用劳苦来麻木心中的伤痛?

暑假里,飞雁认认真真地把顾老师送的《十万个为什么》看了两遍,把月发爷爷送的书和爸爸以前买的所有连环画统统从头至尾再读了一遍,身上重新凝聚了力量。

五叔说,暑假要带几个晚辈去市区的新华书店逛一逛。飞雁心里期盼了许久,可最终因五叔经常要加班没能成行。爱飞从学校借来一本厚厚的《复活》给飞雁。飞鹏每个暑假都要来外婆家住几天,这次给表姐送来一本普希金的诗歌。飞雁连早饭都忘了吃,动情地诵读诗歌。夏银娥却说她像阿宝背书,烦!雁娜手里拎着一只爷爷刚从地里抓来的螳螂,跑过来夸姐姐读得真好听。

而快活的赛虎整个假期守在家门口,陪着小主人们玩遍了村庄的角角落落。在一个月光清明的夜晚,以飞达为首,赛虎摇着尾巴殿后,飞荣、飞鹏、飞雁等一群小伙伴浩浩荡荡地去邻村田里偷了许多瓜果。海冬青、黄金瓜,每个人手上都捧了好几个,叽叽喳喳地在路上走着,被建刚撞个正着,严厉地问:"小兔崽子们,这么晚了,哪来的这么多瓜果?"小兔崽子们一下子反应不过来,不擅长撒谎的飞达先结巴起来,飞雁的脸上更是难看得快要哭了。建刚心中的怒火腾空而起,跑到小店门口,随手拿过一把扫帚要打。伍莲珍神速夺下扫帚,边装模作样骂儿子边又示意他快跑。建刚猛追上去,揪住飞达的耳朵:"老实交代,从哪家地里偷的?"飞达支吾着不说。其他孩子都跟着飞荣迅速地跑到村后的田野里去了。沈月宝刚好在巡逻,听到响声也走了过来,一看这阵势,心里便明白,这些瓜果肯定是从邻村田里盗得,怕会引来村与村之间的争斗,便叫建刚放了飞达,带头把偷来的瓜还给人家。飞达挠着头皮说:"爷爷,不是我一个人的主意。"沈月宝的眼光刀光剑影般落在飞荣身上:"飞荣,你和飞达都快成男子汉了,还带着弟弟妹妹干偷鸡摸狗的勾当?"沈月宝从来没这么严厉地训斥过儿孙们,大家都低下了头。还好,月光下,谁也看不清谁是笑还是哭。估计只有飞雁感到难受,毕竟连爷爷都生气了。她的手上正攥着一根还未成熟的脆瓜,刚才摘时慌慌张张的,没看清。飞雁也跟着转身往村外走去,田野里满是青蛙和蟋蟀的鸣叫声,赛虎蹭了蹭她的裙子跟上。

走到古村外面的中大河桥上时,飞荣扭身向飞达做了一个姿势,两个人突然把手中那些半生不熟的瓜扑通扑通全部扔进了河里,接着一阵狂笑，然后，迎着飞舞的萤火虫在机耕路上疯跑。他们好像都不曾为偷瓜的事感到后悔。多少年后，当飞雁面对儿子的青春叛逆，她说，有时只能睁一只眼闭一只眼。

飞雁却还担心，那晚他们偷了东严村的瓜，会不会真的引发村与村之间的打斗。之前，奶奶与她一起坐在仓库间墙脚根的弄堂口吹凉风时说过，大伯那个耳朵经常发炎，听力不好，就是当年在一场夜间的血腥争斗中受伤落下的毛病，伴随了一生。幸好，那晚后来并没发生什么。

可飞荣这群顽皮的男孩子，又在不久后一个蠓虫满天飞的夜晚偷了人家地里的瓜果。当时，建强手里正捧着一大块绿皮的脆瓜咬得嘣嘣响，看到儿子又领着小伙伴偷瓜回来，怒目圆睁地手指着儿子骂："臭小子，又犯贱，自己家里瓜那么多不去摘，偏要偷别人家的？快还回去！"建龙却接道："强哥，这就是你不懂了，小孩子就喜欢偷吃别人家的，那叫冒险，爽！"说完，从建强那儿掰了一截脆瓜放进自己嘴里，那脆生生的声音，人人听得见。长辈胡惠珍说："其实，现在的农民都忙着挣钱，可能根本发现不了自己的瓜田被人采摘了。哪怕发现了，谁还会在乎那几个歪瓜裂枣？"大家听着都觉得蛮有道理的。建权附和着娘的话："强哥，时代变了，你不要太认真了。"建强反驳："虽然我也不在乎这点瓜，每天多拉一趟石料就挣回来了。可小孩的偷盗行为不能纵容啊！沈飞荣，我打断你的腿！"建强说着，还真要打下去。建龙拉过飞荣："快跑啊！"几个孩子看堂叔帮他们讲话，都一溜烟地跑开了。

建龙转移话题，说："强哥，'双抢'已过，我打算不卖棒冰了，也不去标准件厂收废铁赚零花钱了，我想去东经堂集市租一间小店铺，做点餐饮生意，你帮我参谋一下？"他说得比较轻。建军听了，有些震惊，想不到才二十岁出头的小弟比自己有想法。

建强说:"我也不想天天待在农田里,我这拖拉机每天被当牛使,为各家各户犁田,才赚几块钱啊!忙完这阵农活,我想换个中型拖拉机专门拉山塘的石料,以后,这台小型拖拉机就专门用来犁田。"

建龙跳起来,双手拥抱住他的肩:"强哥,说句实话,拉石料能赚多少钱?要不,咱俩一起开饭店?"

建强摇摇头:"我可没那么多本钱,也不懂烧菜,还是开拖拉机算了。你小子今年挣了不少钱吧,不如拉你五哥一起开饭店?"

建龙在月光下看不太清五哥的表情,只说:"我五哥好不容易集资进的玻璃瓶厂,哪怕他想跟我干,我娘也不会同意。"建龙替建军说出了想法。

沈月宝等父辈坐在一个烟雾缭绕的角落里,抽着自制的土烟,一呼一吸,烟雾和夜色模糊了他们逐渐苍老的脸,却能从一明一灭的红色烟头里看到他们也在思考,只是没发表意见而已。"双抢"过后,初秋已经来临,但秋老虎依然使白天特别炎热,晚间的蠓虫又黑压压地一阵阵袭来,各户农家一般都会在太阳落山前后在露天吃完晚饭,再集中到道地聊天、乘凉,东一搭,西一搭,零乱地坐着,各聊各的话题。年长的男人一般以听为主,年轻人海阔天空地聊,小孩子们奔跑着玩,这样的夜晚是村庄里人气最旺的时候。村外,灯火耀眼的标准件厂的压床机有节律地、咚咚咚地敲打着。这不是噪音,而是美好生活的开端。

那晚,回到家,沈月宝把准备睡觉的小儿子叫到自己的房间,疑惑地问:"建龙,你刚才在道地上讲的话是真的吗?"建龙讪讪地笑着,挠了一下耳朵:"爹,只是个不太成熟的想法。虽然强哥没有与我合作的意向,但现在村里没进工厂的年轻人也就剩下我们几个了。"朱凤仙手上纳着一双鞋底,插了句:"我看可以,你挣的那些钱,娘一分没动,你要用,就拿去做本钱。中秋节时,把你的两个姐姐和姐夫都请来,全家人商量商量。"建龙看

第二篇章　争做万元户

着娘,简直不敢相信。虽然娘说这话时眼睛仍向下盯着手中上下穿梭的针线,但他已然激动不已,不禁问:"娘,你支持我?"朱凤仙微微抬了抬眼皮,将左手的针在头皮上刮了刮油,继续纳鞋底:"你一个人肯定不行,召集全家商量后再决定。白龙镇至今没有一家饭店,娘虽然是个文盲,但想想是个不错的主意呢!趁现在我们还没老,还能给你搭把手。"

连娘都认为开饭店是个好主意,建龙像被打了一剂强心针,晚上完全没有了睡意,在床上翻来覆去地憧憬着未来。平时不善言辞的建军虽然第二天要上早班,仍陪着六弟展开了许多细致的规划。他对建龙说:"要不,列张清单?把开饭店需要准备的事项都列出来,那样事情更明确些,中秋时让全家人都看看。爹、娘、哥哥、姐姐们比我们有生活经验,肯定会提出许多意见。"

建龙仿佛已经在黑夜中看到了开张的饭店,一副胜券在握的口气:"其实,我只是需要两间位置好点的房子,一个厨房,几张桌子,几把椅子,重要的是得有个厨师,一个好的厨师。"建龙说到点子上了,嘴里还啧啧啧地夸奖自己。

"反正娘不是一个好厨师,大嫂、二嫂做的菜都比娘的好吃。但大嫂已经有了小店,二嫂在西服厂上班,都不可能来当大厨师的。"

"五哥,你分析得没错,可是二嫂为什么不可以当大厨师呢?西服厂是集体企业,又不是我们家自己开的,饭店将来是我们家的,我与二哥、二嫂去商量商量。"

"二哥会同意吗?他这么忙,飞雁和雁娜还小,总归靠二嫂来管。如果二嫂和你一起开饭店,怕是忙不过来。"建军在黑暗中摇了摇头。

"饭店不会比西服厂更忙。西服厂经常要加班,时间不自由。开饭店的话,二嫂只要烧中餐、晚餐就可以了,我们不做早餐。"建龙据理力争。

"照你这么说,这饭店就是我们全家的?"建军认为六弟说得有理,又在黑暗中点了点头。

建龙觉得浑身充满了力量,想做的事情太多了。他不知道自己是什么时候睡着的,最后只听见五哥发出了轻微的鼾声。

中秋节那天,家里来得最早的客人不是建芳和建芬,而是夏晓香,她带着两个还热乎的糖糕分给飞雁和雁娜。晓香已经出落成亭亭玉立的大姑娘了。之前,她经常跟着大姐银娥在西服厂打点零工,敲敲裤脚边、锁锁纽扣、拷拷边等。现在,她在二姐晓草家附近的醉仙楼饭店打工,来得少了。雁娜看到小姨,兴奋地跑了过去。她想的不光是小姨,还有那个糖糕,一年吃不到两回。糖糕四分钱一只,比油条贵一分,还需要配粮票。农民家是没有粮票的,只有吃国家供应粮的家庭才发粮票,所以,农民要买这些点心,需要提前与国家供应粮户兑粮票。每年,银娥都会拿家里的大米与国家供应粮户去换点粮票,但都是藏在家里新打的三门大橱里,是给建国出差时用的。那个年代,粮票特别金贵。

飞雁细细地吃着难得的糖糕,连手指上沾着的几粒焦糖都舔得干干净净。雁娜比姐姐吃得快,吃完了,便从妈妈房间里把爸爸刚从上海带来的杏花楼豆沙月饼拿出来请小姨吃。晓香看着色泽油亮而饱满的月饼,嘴巴里直咽口水,却说:"我早饭吃饱了,藏着,带回去给娘吃。"雁娜神秘地笑了一下,在小姨的耳边低语:"乌橱里还有一盒杏花楼月饼,是送给外婆的。"说着,再次跑到妈妈的房间,打开乌橱门,可里面没有了月饼。昨晚,她明明看到有一盒上面画有嫦娥抱着小兔子,还有一轮明月的月饼。正疑惑时,银娥进来了,见雁娜整个人探到乌橱里面,问:"寻什么呢?"雁娜吓了一跳,扭头,一双大眼睛滴溜溜地转动:"妈妈,爸爸不是说还有盒月饼要送给外婆的吗?"银娥不好意思地看了看晓香,对着小女儿应道:"那盒

第二篇章　争做万元户

月饼,你爸今天清晨拿去送人了。昨天半夜,有个工人在操作冲床时把两个手指压断了,现在人还在医院呢!"银娥这话是说给妹妹听的,否则这样血腥的事,她可不想告诉刚上幼儿园的雁娜。幼儿园是小吴村归国华侨建的,今年第一次招学生,雁娜有幸成为第一届学生,大班。她之前的哥哥姐姐们都没有上过幼儿园,当时大家都不知道世上还有叫幼儿园的学校呢!

听说姐夫因工人压断手指去了医院,晓香当然理解,她也知道姐夫当厂长不容易,大姐这个内当家更不易。晓香点点头,主动说:"大姐,我跟你去厨房帮忙吧?"银娥笑了:"你都一年没来了,好好陪外甥女们玩玩。"向来有点腼腆的晓香却坚持:"姐,我在饭店里学了几道菜,现在做的菜可能比你做的要好吃哦。"说完,自己先脸红了。这个小妹内向又勤劳,她能毛遂自荐,说明信心十足,银娥表示出十二分的高兴:"那太好了,今天全家人都会到齐,你倒是可以替我们夏家人亮相一下。"飞雁在边上用明朗的眼神望着妈妈和小姨,说:"我写作业,妹妹画画,小姨你去帮忙吧。"

于是,晓香带着十分高兴的笑容随大姐来到厨房。朱凤仙看到来做客的晓香准备下厨房,伸出手来阻止:"不可以,不可以!你去喝茶,与外甥女们聊天。饭我们会做的!"银娥拦住了婆婆:"娘,晓香又不是外人,让她帮我做个下手没关系的,或许她还真能帮忙炒几个好菜。"说着,从墙上取下挂着的围兜让小妹系上。围兜是她自己做的,上面还绣了鲤鱼等寓意吉祥的图案。晓香自觉地拿起一把已择掉叶子的芹菜,开始切菜、配菜。朱凤仙看着她手脚利索地干活,内心一阵莫名的欢喜。以前,晓香来了总是羞涩地坐在那儿,话不多。她今年19岁了,皮肤晒得有点黑,但五官端正,瓜子脸,细眉大眼,一只右双眼皮,一只左单眼皮,但整体看着非常舒服、清秀,比普通的农村姑娘多出几分青涩。

当建芬、建芳两家人都到齐时,餐桌上已经摆好了满满一大桌的菜,有白糖拌番茄、红烧瓦片鸡、水氽虾、白蟹、毛蚶、苔菜炒花生、皮蛋拌豆腐,上面放了丝丝条条的红辣椒和绿辣椒;葱油芋艿、红烧猪蹄,上面都撒了一把绿色的葱段;有芹菜黄鱼羹、螺蛳炒河虾、咸菜炒河蚌、青椒炒牛肉、清蒸黄颡鱼、榨菜丝蒸青鲇鱼、芹菜炒香干、肉饼子炖蛋、萝卜丝带鱼;还有一盆番薯糕头、一盆绿豆芽炒面条,杏花楼月饼已切成细致的十小份,那是吴英娣邮寄过来的。

建芬看着色香味俱全的满汉全席,兴奋地大呼小叫:"二嫂,你的厨艺如此精进啦?"同时,递过来一个袋子:"看来,我今天买的带鱼和基围虾要留到晚上烧了。"西塘河村位于文城市的入海口,经常会有渔船停留,建芬每次总不忘买点海鲜回来。

银娥围着一个以前建芬在娘家时用的旧围兜走出来,向她招招手:"快来看看,谁在做菜?"

"呀,这不是晓香吗?稀客!怎么让客人下厨?"建芳刚好也进来,姐妹俩似乎同时发现了一个秘密。

建芳手里拉着儿子,儿子后面还拉着一只鹅。那鹅不动声色地,伸出梯子般长的脖子,突然来了一声长长的"吭",把埋头干活的晓香吓了一跳。大家奇怪地看着小屁孩陈科,不是端午才送鹅吗?建芬向小外甥开玩笑:"阿科,这鹅是你爸部队里养的吗?"

"我爷爷说是送给外公过酒的。大姨,这么大的鹅会喝酒吗?"

小屁孩的话惹来家里人一阵欢笑。

随后,建芬把银娥拉到一边,把一只黄色的真皮包拿给她,嘱咐她先到房间把包藏好。银娥瞄了一眼,有点埋怨:"你哥买这么好的东西干吗?"

"二哥前几天打电话给我的。他自己怎么会舍得用这么好的东西?"建

第二篇章　争做万元户

芬反问。

经建芬的提点,银娥及时住嘴了。建国为工人受伤的事,还在医院里呢!

入席,开饭,沈月宝宣布:"大家干一杯,这样丰盛的大餐,这些年来第一次啊!"

朱凤仙也感怀道:"说明我们家日子越过越好了。"

大家又纷纷转头看向晓香,夸她烧的菜真美味。晓香羞涩地解释,自己去年开始在一个叫醉仙楼的饭店里做帮厨。

建龙听着,直愣愣地注视着晓香,意味深长。朱凤仙似乎看穿了儿子的心思,夸赞:"晓香,你烧的菜真的比我们烧的不知道好吃多少倍呢!"晓香被夸得脸一下子通红了。建龙情不自禁地问:"晓香,你能不能与六哥一起来开饭店?"

在座的,除了沈月宝夫妻和建军,其他人都诧异地看着建龙,以为他是在开玩笑。汤志明第一个反应过来:"建龙,你要开饭店啊!大姐夫支持你。"建芬一把拍在他的腿上:"急什么!"

建龙站起来,先向父母敬了一杯酒,然后向所有家人敬了一杯,自己又喝了一杯。三杯酒下肚,他的眼神有点迷离了,胆子却更大了,把前段时间的想法与家人们说了一遍。

建芬刚才阻止丈夫发言,现在却第一个站起来:"六弟,大姐支持你,给你买辆新自行车。"

建龙双手拢在胸前,向建芬致意:"谢谢大姐,我这几年卖棒冰和卖五金回丝赚的钱当本钱差不多够了。现在就差店面和厨师,爹和娘给我当帮手,你们有意见吗?"

"没意见!"全家人异口同声地回答,答完都大笑起来,欢乐的声音传出院子。对面的雪飞从窗户那边往这里不停地张望着,飞雁看到了,向她招手。雪飞摆摆手,用嘴形做了个回应,表示已吃过了。

银娥被现场的氛围感染了,也站起来说:"好,晓香,如果你没意见的话,我替你答应了。你当大厨,我看没问题。"晓香"啊"地抬起头来,紧张地倒吸了口气。

银娥站着俯视小妹:"没关系,只要走正道,认真工作,挣多多的钱,娘一定会支持你的,姐替你去说。"银娥嫁过来这些年,对于小叔子的人品和努力全看在眼里,甚至她的脑海里还闪现出一个有意思的念头,自己也笑了。

建龙吃饱了,喝足了,再次醉眼迷离地问:"晓香,愿意与六哥一起开餐馆吗?"问完还不争气地打了个嗝,引得飞达、飞鹏哄然大笑。晓香细嫩的皮肤变红了,扭过头,低低地回了一句:"我也不能随便辞了醉仙楼啊。"建龙又跟一句:"醉仙楼给你开多少一个月?我加钱。"晓香心里想,人家开我30元一个月,你难道开40元吗?但她没有说出来。

谁也不曾想到,沈月宝吃完饭,却在院子里莫名其妙地吐了,把吃的食物全吐了出来,整张脸白得像一张纸,家人都围住了他。虽然他是个没有文化的人,但从来不做有失体统的事。

建刚紧张地扶住他,问:"爹,你怎么了?要不要去卫生院?"沈月宝摇摇头,皱着眉头,扶着墙,不让儿子搀。大家都不敢作声。过了十多秒钟,他吐出几个字:"没关系,我只是有点眩晕,想躺一会儿。"朱凤仙的眉头比老伴锁得还紧。其实,这段时间的夜晚,她经常看到老伴在不停地揉胃,但几次问他,都说没事。

这时,陈科突然"哇"地大哭起来,小手指着在院子阴凉下睡着的大鹅,急促地叫:"鹅死了,鹅死了!"建芳急急地跑过去,原来儿子是看到鹅的脖子鼓鼓地凸出来,一动不动的,以为鹅死了。但孩子的哭声及那句话,让朱凤仙心里有一种不祥的预感,她只是催促:"建芳,阿科还小,先带着他回家去午睡吧。"建芳回看了娘一眼,陈大裕早就推来了自行车,示意她坐上去,便与岳父母说了一声"再会",骑上车回陈家村了。但很快,他放下母子俩,又折了回来。

建刚、建芬、志明等人都神情严肃地在饭堂间坐着,好像就等着他这位军官来主持重要会议。大哥拉过一把椅子,让他紧挨着娘坐。

屋外,银娥正在洗围兜,她身边还有一大盆要洗的脏衣服。晓香要帮她,她不让小妹插手,说:"你先带两个外甥女去外婆家住一晚吧!"已经懂事的飞雁担心爷爷的病,支支吾吾地不肯去。因为爷爷整个下午都躺在床上,不像是简单的喝醉,以前自己家里聚餐,爷爷从来没喝醉过。除了奶奶,飞雁自认为比谁都了解爷爷。只要爷爷有一天没叫她"饿死货",她便会到处找爷爷。银娥劝孩子放宽心,先去外婆家玩一天。晓香也告诉她们,村里有个万元户买了台黑白电视机,每晚搬到院子放《再向虎山行》,全村人晚饭后都到他家去看电视。雁娜听了急着要出发。飞雁满脸的愁容,很不情愿地跟着去了。

赛虎蓦地蹿出来,跟上她们,一会儿,就跑到前面引路去了,眨眼出了古树外。

色头与奶油蛋糕

突突突、突突突,每天傍晚时分,沈建强的中型拖拉机装完石料会准时出现在村口的古椰榆树下,比伍莲珍小店里摆着的那个三五牌闹钟还要准点。

沈月宝的脸上已经没有一丝肉,单薄的身子挂着一根自制的木头拐杖,拐杖的顶部已经磨得光滑,与他秃顶的光头相似。他正迎着春风,孤零零地站在古树下,等待孙辈们放学归来。

飞雁骑着一辆自行车来了,后面跟着赛虎。每天早上,三五牌闹钟敲七下,赛虎准点开路,领着飞雁往白龙中学方向跑去。放学时分,赛虎又会提前在学校门口等她,依然在前面领路。快到村口时,它会自动退后,换飞雁骑在前面,因为古树下有爷爷等着。每每临近古树,看到爷爷孤苦的身影,飞雁的眼泪就要流下来,但又不能让爷爷发现,只好硬挤出笑容,腾出一只手,装作兴高采烈的样子向爷爷挥舞。爷爷也一样,满脸的老皮硬是开出一朵灿烂的花儿。今天,又看着爷爷早早地站在村口迎她,飞雁真想大哭一通。

爷爷动手术那天,大姑回家后惊天动地地哭了一场,她才知道爷爷得了重病,跟着哭了。寒假时,飞达回到家,不敢相信瘦得脱相的老人是自己的爷爷,呆呆地看着,半天喊不出声音来,喉咙似乎被堵住了,倒是爷爷用无力而嘶哑的声音主动招呼:"飞达,你回来了。"

话说去年中秋团圆饭后的第二天,沈月宝便被家里人拉上了建强的中型拖拉机,进了文城市人民医院,是胃癌晚期。当时,陈大裕建议去上海再查一回,但沈月宝本人不同意。亲人们心里明白,老人家是怕花钱。陈大裕从上海请来专家为岳父做手术,切掉了三分之一的胃。专家说,癌细胞已经扩散,最多活不过两年。

手术后,沈月宝坚定地要回家。当晚,就在病床前急切而郑重地举行了一次家庭会议。这也是他当家做主几十年来最后一次家庭会议,两个儿子、两个女婿紧紧地围在病床前。沈月宝宣布:一、建龙的饭店要尽快开起来,不要因为自己的病而耽搁,开饭店的本钱由建龙本人出;二、建军已到婚娶年龄,他临走前最好能见到五儿媳;三、如果可以,两个长兄合力为两个未成家的弟弟造两间楼房,负债部分由建军、建龙慢慢还。

听完爹的发言,大家陷入沉思。建刚是长子,他环顾四周,张了张嘴,想开口但没说。建国知道大哥实力不足,娘的积蓄有限,主要来自建龙这几年卖棒冰和五金回丝的钱。刚才爹已表态了,这笔积蓄要给六弟的饭店作为本金。娘那儿的另一份收入来自五弟的工资,田里的收入只够糊家人的口。而五弟当初进玻璃厂时集资的2000元,还是东拼西凑借来的。建国看了看爹娘,轻轻地咳了一声,作出承诺:"爹、娘,两个妹夫都在,我表个态,无论如何我会把两间楼房造起来的。饭店六弟与晓香一起开,可以合作,也可以由六弟单方出资,晓香拿工资,最终由年轻人自己决定。饭店的用房由我和大哥想办法去找,现在白龙镇企业越来越多了,饭店位置尽量挑在工业区附近。五弟对象的事,要拜托家里的女眷们。"建国说完最后一句,沈月宝的嘴角微微扬了扬,露出一个欣慰的笑容。朱凤仙对二儿子的表态也很满意,看老伴的脸色转暖了许多,可一个特别寒冷的冬天正悄悄地来临。

建刚低着头,下意识地用自己的右手捏了一下左手背,抬起眼,又扫视了一下,似乎在寻找什么人。他顿了顿,有点无力地开口:"爹、娘,不好意思,造房子这么大的任务让二弟承接了。"同时,两只手又紧张地绕在一起。他畏畏缩缩地继续说道:"虽然小店生意不错,但经常要进货,库存量太大,现金流不足,家里还有两只书包,造屋的钱,我们出 600 元。"说完,他又迅速地低下了头。

沈月宝看看大儿子,没有想说话的意思。朱凤仙缓缓地说:"建刚,你不要有压力,两个弟弟造房子本来是我们做父母承担的,现在你爹病了,所以,把这份压力转移到了你们兄弟身上,没事,有力出力,有钱出钱。"

轮到汤志明表态了:"爹、娘,我们家建芬当家做主,反正她有多少钱,我就让她出多少钱。大哥、二哥也不必太担心钱的问题,我们结婚这些年,建芬挣得比我多,家里有点积蓄。"说完,他的脸不自觉地红了,一反平时大大咧咧的样子。建国心想,汤志明这样实心眼的人打着灯笼都难找。

最后一个发言的自然是陈大裕,他坐正了,理了理身上的衣服,还当自己穿着军装。其实,他每次来都穿便装。他又清了清喉咙,用不紧不慢、不高不低的声调说:"爹、娘,我说几句。"顿一顿,又清一清喉咙,亏得建芳不在现场,否则定要骂他装腔作势。"我呢,想说,大哥、大嫂在家对爹娘照顾最多;二哥是一厂之主,工作忙碌又经常要出差,二嫂孝顺爹娘也做得很到位;大姐平时做生意忙,但也常回家看看,给爹娘买这买那,孝敬有加;只有我们住在市区,回来得少,出力更少。这次,弟弟们造房子,我出 4000 元,不够再补。"最后一句特别利落,说完又直了直身板,再次坐正了。

大家都瞪大眼看着陈大裕做完总结性报告,想:4000元,口气倒是有点大。陈大裕回望着大家,发现岳父也在盯着自己,又补充道:"爹,你放心,我家应该有这个数字的。我们平时吃的是单位食堂,穿的是公家衣服,住的又是集体宿舍。阿科还小,而且都是我爹娘在管,我俩没啥开销。"说完,又点了点头,表示补充完毕,就差没向岳父大人敬军礼了。亏得他没敬礼,否则沈月宝也不知道该怎么回礼。

朱凤仙笑了,老伴手术后,陈家亲家公马上包了103元过来,别的亲戚都只是买一刀肉、一包桂肉或二十八只鸡蛋。什么样的家庭出什么样的孩子,她相信陈大裕说的话是发自内心的。这个家庭会议开得让她这个当娘的心里有底了,暗暗思忖:沈家不能亏待这么好的两个女婿。

待女婿们回去后,朱凤仙把四个儿子重新叫到一起,庄重地说:"以后,全家人要更加团结一致,不仅仅是兄弟姐妹,还有嫂子、姐夫都是一家人,永远都是一家人!"说这句话时,她眼里闪起了泪花。

建军和建龙刚才不在场,有点摸不着头脑,建刚和建国知道娘这句话的由来和分量。

突突突、突突突,从6月份起,沈建强的中型拖拉机将为沈建国拉砖头、拉木材,不是标准件厂扩建,是沈月宝提议的新房即将开工。

标准件厂的扩建暂缓了。因为去年中秋节那位受伤的工人两个手指伤得重,再也接不上了;腊月时,又有一位工人的半只手被压成肉饼子了。连出两起安全事故,着实让沈建国心里发慌。马镇长批评他不重视安全生产。

建国已经习惯在遇到困难时去沈月发家坐坐。老人每每听到院子里响起沉重又快速的脚步声,就知道是建国来了。建国来时,总会给他带来一些上海的小物什,有时是一包小点心,有时是一包茶叶。这次,建国眉头紧锁,脸色暗沉。其实,沈月发早就从古树下走象棋的村民们口中得知标准件厂连续伤残两人。他语重心长地对眼圈发黑的建国说:"你能从凉鞋厂成功转型到标准件厂,步子是走对了,但不能过快,企业只有在稳扎稳打中才能走得更远。五年内,你不要想着去扩建,当下最重要的是稳定人心。"建国正跪地坐在老人面前,不住地点头,倾听着长辈的每一句肺腑之言。临行前,他还请沈老师写下"安全第一,质量至上"八个字,将它塑成烫金大字悬挂在厂门口高高的墙面上,以警示工人,更是警示自己,又在大门两旁挂上"高高兴兴上班来,平平安安回家去"。

从标准件厂往东经堂方向的路边,也就是小吴家村东面第一户,两间平房上高高悬起了四个红色的大字"阿六饭店"。这就是建龙与晓香开的饭店。该户主人吴亚奋全家到市区贩衣服有些年头了,房子一直空置着,建龙与他家签订了三年合同,每月租金30元,每年360元,一年一付。阿六饭店在去年12月27日开始试营业。饭店的成本除了房租,还有一只冰箱花费1000元,其他配套餐具、桌椅板凳倒是便宜。雇工只有晓香,有时朱凤仙来当帮手。建龙多次阻止娘来帮忙,他还经常吩咐晓香做些好吃的送到爹那儿。要不是爹执意叫他尽快开业,他原本打算把这些年赚的钱先用于为爹治病,但拗不过爹。沈月宝从小受尽贫苦,希望全家的生活尽快好起来,在临走前能看到儿子们的生活有奔头、有甜头,根本不在乎自己还能活多久。

阿六饭店的门口挂着一块小黑板,用粉笔字写着:白斩鹅3.6元每斤(前腿)、白斩鹅3.8元每斤(后腿)。五香牛肉、烤鸭、大肠、猪头肉等,不同的食物,不同的价格,写得清清楚楚。虽然字体不太流畅,是晓香写的。她与建龙一样初中未毕业,但建龙心算能力很强。比如有人来买鹅肉,一上秤,八两后腿,3.04元,他眼睛都不眨就算出来了。正因为建龙的心算能力强,饭店仅开了两个月就在全镇传开了,大家给他取了个外号"神算阿六"。可建龙有时去外面忙,晓香就只能用算盘算账。晓香的特长就是菜烧得好。饭店开业以来,周边工厂的老板、工人及外来客户都喜欢她做的菜。小小的饭店,摆了七张方桌,第一个月净利就有1500多元。建龙给晓香开了80元工资,是厨神级别的。她说太多了,但朱凤仙也支持建龙,要给她高薪。建龙与以往一样,把赚来的钱都交由娘,娘给他在东经堂集市口新设立的农村信用社开了个定期存折。建龙说,这些钱先给爹看病,娘却不听。饭店经营到1986年5月份时,建龙差不多已是个万元户了。他造房子已经不再需要哥哥姐姐们的资助。建国向村里批了四间地基,计划自己家造两间楼房,另外五弟、六弟各一间,四间楼房整整齐齐地规划好了,就在古树下村庄的入口处。原先古树与村庄之间有一块空地,现在已经有几家民房开建,整排的新房都紧挨着古老的村庄这颗璀璨的明珠,处于古树的内围。

老祖宗终究还是知道了二儿子的重病,整天闷闷不乐,唉声叹气,没有胃口,早晚都跪在佛龛前,虔诚地祈祷着。

阿六饭店开业后,建龙也常吩咐晓香给老祖宗做点菜,有时是一盆花生米烤麸,有时是一碗咸蛋黄粉拌嫩豆腐,有时是一碗菜羹。晓香耐着性子,花着心思,变着戏法给老祖宗一周不重复菜样。老祖宗的胃口重新打开了,她从建龙嘴里知道,原来大厨是银娥的妹妹。她找了个时机,特意叫来银娥,询问晓香的情况。完了,她又特地拄着拐杖找到正在地里种萝卜的朱凤仙:"晓香这个孙儿媳妇我看中了,尽快把亲事定下来吧!"

朱凤仙当晚就把这事告诉了老伴,沈月宝想不到90岁的老娘眼光依然毒辣,与自己的想法不谋而合。朱凤仙打算再察看一段时间,因为建军的对象还没影子呢!农村人有条不成文的规矩:早稻没收割前,总不能先割晚稻吧!

谁知几天后,白龙镇工业现场会议在标准件厂召开,玻璃厂李厂长来了,会后走到建国那提了一嘴:"厂里的女职工潘依群一直喜欢你五弟,建军好像没反应。"建国心头热了一下,但又马上沉下去了。因为五弟性格内向,又很倔强。当年,他高考连续落榜,不知道是不是因为高考的心结没打开,对成家的事从来没有表示。晚上,建国把这个消息透露给了妻子:"银娥,你和大嫂想办法撬开五弟的嘴。当然,最好撬开他的心。"而银娥耸耸肩膀回道:"五弟听建芬的,与我们两个嫂嫂几乎不交流,碰到了,也只是像外人一样红着脸蚊子响般地叫一声。"她还有一句话没说,如果是六弟的事,她倒愿意去说道说道。建国好像早与银娥心有灵犀,趁机把娘那天的想法顺带向她试探了一下:"娘说,老祖宗很喜欢晓香,你看晓香与建龙能成不?"银娥微微扬了扬嘴角,好像早就知道这事,却又转头略显疲惫地说:"我困了,先睡了。这事,你得问他们自己,他们不是天天在一个屋檐下干活吗?"建国一拍脑袋:"对啊,你说得有理。只要建龙自己主动点,能入晓香的法眼就行了。"

又一个万里无云的晴天,建国陪着客户光顾阿六饭店。他一进门就大声喊:"晓香,晓香!"正在厨房里备菜的晓香慌慌张张地出来了,不停地用身上的围裙擦手上的水渍,以为有什么急事,因为姐夫说话向来不会大喊大叫的。一看姐夫带着客人进来,便松了口气,笑问:"姐夫,吃饭哪?"建国朝她点头笑笑,一边介绍身边的客人:"这是我们的老客户丁厂长,这是我小姨子夏晓香,老板是我弟沈建龙。"晓香朱唇轻启,招呼客人入座后,就去倒茶水了。客人见晓香业务娴熟,服务周到,顺口夸道:"老板娘年轻又能干,沈厂长弟弟是有福之人啊!"

此时,建龙刚好从外面挑着一担蔬菜回来。爹虽然病了,但手术后还是喜欢拖着疲乏的身体到菜地里干点小活,娘总陪着他一起。看着重病中

第二篇章　争做万元户

的爹挽起飘荡的灯笼裤颤颤巍巍地往地里走，建龙在背后看着默默地流眼泪。自打小时候起，记忆中的爹总是喜欢扛着一把铁锹，有时到水稻田边上，弯腰，将鼻子凑到稻尖上，闻闻稻谷的气息，就如闻自己养的孩子一般亲切。有时，爹会扒开稻丛，看一眼稻田里的水。如果水太多了，他便用铁锹在田埂边挖出一个缺口，让水流出稻田。在水稻抽穗、灌浆之时，他要将水放掉些。这样，稻谷才能长得饱满，从而获得丰收。当然，在水稻刚插下时，水如果不够，爹同样会开个缺口，让水从上游流进稻田里。那时，青蛙们在田里哇哇哇地叫着，那是农村最美的乐章。在夜晚的星空下，听着蛙声一片，农民们会在梦中笑醒。当然，爹扛着铁锹不仅仅是为了种水稻，还有桥头脚跟下及村口那几分自留地。那里一年四季种着大豆、蓖麻、芦稷、芝麻、甘蔗和番薯等。今天，建龙带来的就是带豆、夜开花。爹和娘答应，等一下都到饭店来吃饭。这是饭店开业半年多来，他们第一次来吃饭。以前，娘只是来帮忙，爹过来总是放下菜就走了。今天，不知为什么，爹摘完豆，抬起忧郁的目光，低声问："建龙，等一下，爹和娘去你那儿吃个便饭，方便吗？"建龙愣了一下，以为听错了。娘抓住他的手，提醒道："你快担着菜回去吧，我和你爹慢慢走着来。"

"好！"建龙欢快地答应着，仿佛看到了一片光亮，脚步轻盈地担着菜回来了。建龙见到建国，很是兴奋："二哥，你也在啊？真好！"建国从小弟的脸上看出了不同往常的高涨情绪，说："来！给你介绍一下，丁厂长！"建龙放下扁担，双手在上衣上来回搓了几次，又往手心吹了吹气，伸出手来与丁厂长握手。丁厂长看着建龙的这个与晓香类似的动作，笑了："你们沈家人，都有出息。"

晓香不用姐夫点菜，已经麻利地上了四菜一汤：青椒炒茄子、红膏踏蟹、韭菜炒蛋、大蒜炒牛肉和虾潺豆腐汤，外加两瓶啤酒。

建龙好像突然记起了什么,对正在为客人倒啤酒的建国说:"二哥,爹和娘等一下来吃饭。"

"真的?那一起吃!晓香再加几个菜,我请客!"建国知道,虽然建龙开了饭店,但父母与其他家人一样,都没有来蹭吃蹭喝过,只有帮忙的份。

建龙说完,就到后厨把这事告诉了晓香。这时外面又来了四位客人,建龙又忙着去点菜了。

一会儿,朱凤仙进来了,听到里面的流水声,还有高压锅气阀的转动声,见晓香正背着她洗菜,便与往常一样,拿起厨房门后挂着的蓝色围兜要系上。晓香感到有人进来,转过身,看到了朱凤仙:"婶,你今天就好好陪叔叔吃饭,活儿有我们呢!"

见晓香这么乖巧又能干,朱凤仙的心情一下子敞亮了。刚才路上,她一直担心老伴病情加重,因为老伴最近去田里的次数明显减少了。今天,又突然提出来饭店吃饭,她心里更觉得怪怪的,添了几分忧愁。"晓香,建龙对你好吗?这么多客人,累不累?"朱凤仙没系围兜,但手并没有闲着,从桌上拿起一把毛豆开始剥。晓香边忙碌着边大声回答,顺手打开油烟机开始烧菜:"婶,你放心,建龙很能干。他比我做得多,每天一刻不停。他才累呢!"

"那就好,你要是觉得累,就叫个帮工。接下来,家里马上要造房子了,我来得要少了。"

"婶,没事,你照顾好我叔,饭店的事你不用操心。家里造新房的事,建龙说了,工人们的早中餐由我们饭店做好了送过去。"

"啊,工人的饭我会烧的,不用麻烦你们。"朱凤仙当场回拒。

"娘,四间楼屋要造好几个月呢!你还要照顾我爹,这事就由我和晓香来做。再说,我们本来就是开饭店的,每天只是多做一桌菜而已。"建龙不知什么时候已经站在了娘身后,边说边把客人刚点的菜单递给了晓香。晓

第二篇章　争做万元户

香也顺便把一盆刚出锅的油爆河虾递给了他,两个人配合默契。朱凤仙经过刚才的对话,看着眼前的场景,心里更踏实了。

这时,建国扶着爹站在了厨房门口。晓香动作实在快,一盆白切肚片又好了,她说:"不知道叔来吃饭,否则叫建龙买猪肺。"说得好像她是女主人似的。沈月宝站在那儿,病恹恹的脸上泛起满意的微笑,转向看了建国一眼,似乎在称赞:"你小姨子,真不错。"

"晓香,你看,爹在笑呢!我很久都没见他这么笑了。"建国陪着爹一起笑。

"叔,这几天身体可好?"晓香走向沈月宝。

沈月宝依然对着她慈祥地笑,点点头,没说话,好像力道不够。

建国说:"下次不要叫叔,要叫爹。"听姐夫这样一说,晓香的脸"嘟"一下飞上了一片红晕。建龙正回来准备切海蜇丝,听了,脸也红了,但他当作没听见。

朱凤仙想给两个孩子解围,提高了嗓门:"他爹、建国,你们看,晓香和建龙都想好了,造房子开工,不是有一桌帮工要吃饭吗?他俩说一日三餐全部包了,让我轻松了许多。"

"啊,你们俩来得及吗?这饭店生意有时忙得很。"建国同样担心。

"二哥,放心吧!我和晓香商量好了,中餐我们会提前半小时送到家里,晚餐也一样。"说着,建龙又一次不自觉地脸红了。

其实,建国早就知道六弟和小姨子彼此有意。所以,趁今天爹娘在场,他特意说破这层意思,就是想让爹可以放心建龙的婚事。

沈月宝突然主动走上前,用他那青筋突出、手指粗大、满是老年斑的手握住晓香年轻的手,掷地有声地说:"以后,饭店的账你来管。建国的钱也是银娥管的。"

晓香一下子愣住了，所有人都愣住了。平时顽固不化的爹为什么一下子开窍了？婚事八字还没一撇呢！

"听爹的，我以后一分一厘都交给晓香。"建龙第一时间醒悟过来后，麻雀似的朝晓香点头，又故作一本正经地回答，好像爹一下子替他完成了一场艰难的求婚仪式。

晓香满脸通红，怔怔地不动。朱凤仙向建国使了使眼色，说："好了，我们出去吃饭了。今天，就让晓香和建龙忙活吧！"

等他们几个都走出去了，晓香向建龙狠狠地剜了一眼。建龙厚着脸皮，翻着眼反问："你看不上我，也该看得上这个饭店，每个月能赚1000多元呢！是爹让你当阿六饭店的女主人。"

"谁愿意给你当，谁当去。"晓香边说边把要洗的抹布扔给对方，自己起油锅，顺手又开始打鸡蛋，刚才的清单里有红烧鱼头、榨菜蛋花汤、盐水蛏子。她打算做两份，一份给建龙爹和娘。

"你不当，也得当。二嫂说了，房子开建后，中秋节就叫我去提亲。"建龙及时把银娥搬了出来。两姐妹嫁给两兄弟，在附近村庄并不多见。

晓香当作没听见，右手继续炒菜，左手用袖子擦了擦额头。可建龙看她明明没有汗水啊！建龙很知趣，一门心思动作麻利地开始切榨菜，好像刚才的一幕没发生似的，内心却汹涌起伏。其实，这些日常要用的菜，晓香每天早早就洗好备着了，一旦客人下单了，立即开烧。阿六饭店常用菜备有三十多个，几乎每天都要用完。生意如此兴旺，最主要还是因为他们的食材新鲜、味道好。这段时间，连白龙镇政府的公务招待也放这里了。建龙好几次提出招个帮工，她都不同意，因为一个帮工一个月要30元。刚才建龙娘又提出招个帮工，她突然想到，30元的月薪可以让娘家二嫂来赚。这样想着，晓香又一次羞涩地笑了，内心早就把这饭店当成自己的了。

第二篇章　争做万元户

四间楼房同时开建,其中两间地基是新批的,两间是前些年搭建的小屋,一直用于堆放杂物,那些猪、鸡、鸭、鹅、兔子和羊都养在这里,因为前几年牛拴间改作开小店了。当农民工掀起杂物间底下的石板时,下面居然有一大窝的蛇,吓得大家不敢动弹。奇怪,这个季节蛇差不多应该已出窝了。再掀一块,还是一大窝蛇。连续掀起五块石板,下面都是蛇,轰动了整个十七房村。沈建国第一时间赶来阻止建筑工人,让他们放下手中的锄头,说:"不能动,千万不能动蛇。"他又叫来自己的兄弟们,拿来几个大麻袋,将苏醒过来的蛇一条条引进麻袋,再转移到中大河边,看着它们一条条有秩序地慢慢钻入河道。有老农民不禁说,沈月宝家要大发了;也有人说沈建国要发了;更有人带着妒忌说,这么多的蛇不一定是好事。老祖宗拄着拐杖笃笃笃地来了,默默地站在河边,念念有词。她悄然地对站在边上因发呆而面无表情的朱凤仙说:"这事建国处理得好,说明我们家风水很好。别多想,你是家里的一棵大树,一定要把这个家撑得枝繁叶茂。"朱凤仙回望着婆婆满是褶皱的脸,默默地点点头,她不太明白 90 多岁的婆婆为什么这样说,像是临终托付。

四间崭新的楼房于 11 月份全面竣工,飞雁和雁娜是最开心的两个。爷爷还是住在斜对面老屋的房子里,每天站在老屋里向这边张望,像老祖宗似的拄着拐杖,脸上有丝丝的微笑,又有丝丝的忧郁。飞雁每天上学骑上六叔送她的那辆旧自行车,总要先对着老屋的方向大喊:"爷爷,我上学去啦!"爷爷的眉毛很长很长,已经全部发白,总是挥挥手,向飞雁投来一个慈祥的笑容。雁娜也上小学了,她约着村里的小伙伴们一起上学,一蹦三跳地出门时,也会与爷爷打个招呼。

那天,村委会来通知,每个村民都要做身份证。什么是身份证?不识字的沈月宝不懂。建国吩咐飞雁周三放半天假时,陪爷爷奶奶一起到村委会拍照。沈月宝似懂非懂地点点头,吃力地笑:"爷爷老了,以后要靠你们了。"说完,一个劲儿地咳起来。飞雁赶紧为爷爷捶背,心里异样地难受,眼睛一直注视着爷爷痛苦的表情。朱凤仙的心又提上来了。虽然已经入住新屋了,搬迁仪式却迟迟没办。老祖宗从皇历上挑选了搬新屋的日子,定在腊月初一。而沈月宝的病情好像随着天气的转冷加剧了,朱凤仙的眉心紧紧地拧在一起。妯娌胡惠珍来了,主动担当起建龙的媒人,夏家也乐意。搬屋那天也算是建龙的订婚日,这让沈月宝心里安定了些。只是,建军的对象还没影子。

这次搬新屋的仪式相当隆重,那天有充足的阳光,有热烈的鞭炮声,新屋的房门板上都贴了红双喜字。其实,家里就是想通过喜庆的事让沈月宝沾沾喜、祛病。晓香的娘家人都被邀请来了,说是吃银娥家的进屋酒,实际上是晓香的订婚酒,可谓双喜临门。晓香特意给沈月宝送了两个包头,里面是核桃、桂圆,让他滋补身体的。她还从食品厂订了一个硕大的奶油蛋糕,这是当下最流行的食品。农村人以前从不知道还有奶油蛋糕这么好看又好吃的东西,据说这是西点。这两个字沈月宝不会写,也听不懂这新玩意儿,但他很高兴吃到未来的小儿媳妇买来的东西。这一天,哪怕病痛得八字眉皱在一起,他还是整天努力咧着嘴笑。

老祖宗坐于主桌上,看着瘦骨嶙峋的儿子有气无力地张着嘴笑,笑中明显带着痛苦,好像一不小心这张着的嘴再也闭不上了。她的心异常沉重,儿子是娘身上掉下来的肉,无论彼此在什么样的年纪、什么样的状态,母子永远心连心。老人家看着眼前满桌的食物只是轻轻地抿了一口奶油,心底深处许下了一个郑重的承诺。

瞬间长大

元宵节过后，沈月宝连行走都困难了。每天中午时分，才艰难地挪着步子到新屋那边。以前，他与村里的老人们一样，喜欢在古树下晒太阳、聊天。现在，他走不动了，或许知道时日不多了，躺在儿子们建造的四间新屋前的藤椅里，笨拙地晒着太阳，觉得这才是幸福的时刻。尤其是周日，飞雁和雁娜都会搬出凳子围在爷爷身边做作业，还陪他时不时聊几句，说点学校里的趣事。飞达只在大礼拜天才挤公交车回家。所谓大礼拜天，就是学校规定的休息周六和周日两天，小礼拜天只休息周日一天，每半月轮回一次。飞达同样会陪在爷爷左右，把市区里的各类见闻和芝麻绿豆的小事都告诉爷爷。沈月宝除了前年动手术时进过城，这辈子再没去过城里。去医院那天，是搭建强的中型拖拉机进城的，哪有心情看街景。而出院时，他是在家人不允许的情况下强行出来的。当时，建国从厂里腾出一辆稍干净点的蓝色货车，用木板搭了个简易床，他是躺在上面回来的，压根没看到城市的风貌。现在，每每听大孙子讲城市里的事，他都努力装出很爱听的样子，飞达就越讲越有劲。飞达以为自己多讲点或许会减轻爷爷的病痛，而事实上，只有沈月宝自己知道，这个病痛得他只想在地上打滚。

那个大礼拜天,飞达正眉飞色舞地说着城里人抽烟的姿势。他以为爷爷喜欢抽烟,肯定爱听,虽然爷爷自手术后,再也没有抽过烟。听着听着,爷爷突然脸色大变,满头冷汗。飞雁急切地问:"爷爷,这大冷天,你怎么有汗滴啊?"沈月宝仍装作若无其事的样子,但明显已经疼得发不出声来,痛苦得脸都快扭曲了。飞达停止了滔滔不绝的话语,掀开爷爷身上盖着的那层薄薄的被子,看到爷爷两只干僵的手正紧紧抠住藤椅,藤椅边已经有了一个坑。这时,建权跌跌撞撞地奔过来,大声疾呼:"老祖宗,不行了!飞达,快、快去把你家大人都喊来!"

晴天霹雳!

很快,田里劳动的、工厂里干活的亲人们火速地从四面八方赶来。

建刚和建龙接到消息后马上跑来。他俩抬起藤椅上正焦急的爹,让他去见老祖宗最后一面。飞雁刚刚还在问爷爷的病情,但爷爷回答她,每天只是这样痛一会儿,习惯了,不用担心。眼下,爷爷和飞雁的心都被老祖宗的情况占据了。

飞雁如爸爸飞毛腿般的速度跑向老祖宗那屋。这时,她才发现,沈氏十七房村实在太大了,那高大的马头墙绕来绕去的,哪怕她用尽吃奶的力气奋力向前,也得在拐角处慢下来,还有各院落之间高高的地伏,使她不得不减缓跑步的速度。当飞雁气喘吁吁地冲进老祖宗的房间时,四奶奶正用低沉而悲伤的声音向满屋的亲人宣告:"老祖宗没有了脉象,刚走。"飞雁凭借小巧的身材挤到大人们的前面,四奶奶神色凝重地拉过她的小手,缓缓地靠近老祖宗,她的小手被放进老祖宗暖暖的、软绵绵的手心,她一辈子都无法忘记那种温暖如棉的感觉。"老祖宗,'饿死货'来看你了,你要保她一辈子平平安安、健健康康。"朱凤仙跟在老祖宗的床沿边,轻声地说。

后来,奶奶告诉飞雁,与老祖宗临死那一刻的握手,会把她一生的病痛

第二篇章　争做万元户

和灾难都带走的。

四奶奶再次庄重地对亲人们宣布:"老祖宗是自己选择走这条路的。昨晚,她说要顶替老二先回去,她老人家已经四世同堂,够圆满了,而老二还有两个儿子未成家。"

话音刚落,爷爷就被抬着进了屋子,消瘦的脸上早已挂满了泪水。看到老祖宗,爷爷想一跃而起,但他已经无能为力了。看着床上的老祖宗微微笑着、慈祥万分,爷爷的眼泪止不住地流成了一条河。

老祖宗的葬礼简单却庄重,送丧的队伍从村口的古树一直延绵到东经堂集市,锣鼓和唢呐声声催人泪下。关于老祖宗临终前一晚的交代及第二天的神秘过世,已经传遍了整个白龙镇。94岁的老人过世属于喜丧,周边很多村民都赶来讨一碗饭或一个包子,拿给自家的子孙去吃,希望子孙也能长命百岁,人生圆满。

这次,做丧服的人里面有一个戴着淡蓝色发夹的外姓姑娘,姓潘,名依群,朱家池村人。她坐在胡惠珍家的天井里与一群妇人一起做孝带、黑纱,一边说着自己的来由。原来,潘依群的父母在十年前相继因病过世,留下她和弟弟一对孤儿,政府委托他们的大伯父照顾姐弟俩。虽说是委托,但大伯父是政府干部,伯母是乡中心小学教师,他们住在离村庄十几里外的白龙镇政府的公房里,姐弟俩依然住在朱家池村。于是,12岁的潘依群开始照顾自己和小她三岁的弟弟潘佳杰。这事,当时十里八乡的村民都知道。身在同一个生产大队的老祖宗每年都会派人默默地为姐弟俩送去钱和食物。如今,潘佳杰已经考入文城市警察学校;潘依群高中毕业后,由政府安排在玻璃厂工作。

建芳是个细心的人,早就发现了这个戴着淡蓝色发夹的姑娘边干活边总是有事没事地抬眼,像是在寻找谁。她刚做完白花,又缝了许多寿被,地上积了一堆的细碎末子。恰好建军拿着几根出丧时用的竹竿经过,潘依群便叫住他:"建军哥,帮我找个扫帚和畚箕吧,我要扫地。"建军没有停留的意思:"你自己随便哪家拿就是了。"

"我又不是沈家人,别人家的东西能随便拿?"潘依群笑着反驳。

建军有点无奈:"好吧。"又似乎有意躲着她。他从大院右厢房堂哥家取过来一把扫帚放下,眼睛不敢朝上,重新拿起竹竿匆匆走了。建芳和一群正干活的妇女都看到了这一幕。

三婶包静君凭借五十多年的人生经验,直朝建芳大喊:"阿芳,你家建军怎么回事,这么好的姑娘他都不多看一眼吗?"

潘依群倒不害羞,嗓音清朗地回答:"婶,没事儿,建军哥在厂里也不爱理人。"

这话好像提醒了所有人,他们是同事,那么刚才她吩咐建军找扫帚也就理顺了。

"哦?"包静君认真地盯着潘依群看,好像非得从她的脸上看出什么花样来。潘依群扫完地上的细碎末子,放回扫帚,默默地到前屋厨房干别的活儿了。一群妇女起哄:"都怪你这个三婶,把依群姑娘吓跑了!这姑娘干活勤快、利落。"

三婶虽为长辈,但她爱在年轻的侄媳妇当中混,笑嘻嘻地说:"那要先问问二嫂。"她说的二嫂是朱凤仙。

建芳向这个正处更年期的三婶摆摆手,提醒她说话轻点,自己接着跟到里屋去了,只见戴淡蓝色发夹的姑娘又很快融入厨房大军中,蹲在地上与小几岁的爱飞边聊天边削土豆。那里,建芬正忙碌地跟着婉珍嫂安排饭桌。老祖宗过世这么大的事情,伍莲珍、夏银娥、夏晓香成了主厨。三十多桌的斋饭,光冷菜就放了整整五扇大门板。建龙走路都是奔跑的,根本

第二篇章　争做万元户

没时间与旁人说话。老祖宗生了四个儿子、两个女儿，子子孙孙已经超过一百多人了，再加上各方亲戚与邻里，三十多桌斋饭一点不多。这场葬礼，建国是总指挥，但他听从四叔的，四叔又听从四婶的，四婶却听从娘的，最高指挥其实还是朱凤仙。但外人看到的都是四婶在全员发动，沈氏大家庭要风风光光地办好老祖宗的最后一件大事，她对朱凤仙说："二嫂，你全心照顾二哥，重要的几个方面你帮我把把关就行了。"老祖宗的突然离去，对沈月宝的打击很大，老人家是自愿替儿子先行。这两年来，沈月宝因病重也没在娘跟前尽孝，娘有时来看他，他因病痛还常皱着眉头，对老娘发脾气。所以，这几天，他情绪异常低落，深深自责。飞雁去看爷爷时，爷爷也不与她说笑了，两根长寿眉一夜之间好像更长更白了，还在阳光下泛起明亮的光泽。建国不放心，又嘱咐大哥这些天以照顾爹娘为主，其他活儿由他和各房各家表亲、堂亲共同处理，沈家有二十八个兄弟姐妹呢！

建芳扯住忙碌的大姐，建芬停下脚步，睁大铜铃般的眼睛，急着问："啥事体？"建芳指了指与爱飞一起削土豆的潘依群的背影，在大姐耳边嘀咕了一番，建芬的眼睛马上亮了，刚才还急吼吼的脸上呈现出祥云，爹天天惦记着五弟的婚事呢！

建芬拿着空搪瓷盆来到她们面前蹲下，用朗朗笑声开炮："依群，你和爱飞很谈得来嘛？"潘依群其实不认识建芬。建芬自我介绍："你不记得我了？我是建军的大姐。你小时候到过我们家。女大十八变，你越来越漂亮了，十七房生产大队里就数你这双丹凤眼最好看。"建芬爆芝麻般，热情似火地说着漂亮话，说得潘依群都不好意思地低下了头。她不知道，建芬这十几年就是靠这张嘴行走江湖的，现在已经买了两台机子，在家开起了羊毛衫作坊。

厨房里里外外几个大炉子里都在蒸食物，屋子里充满水蒸气，潘依群透过朦胧的雾水,看到建芬才是个真正的美女,不知比自己漂亮多少倍呢!但得到建芬的认可,她心底还是升起甜丝丝的味道,笑盈盈地回道:"大姐,你记性真好,我不记得以前来过你家了。我只记得,娘曾经带着我来找过老祖宗。当时,老祖宗和一群妇女正在古树下包碱水粽子。阳光下,斑驳的影子照在老祖宗的身上,她包的粽子样子真好看,坚实又棱角分明。我回去后,也闹着要学包粽子。谁知道,后来我包的粽子比我娘包的还好。"说着,潘依群自顾自笑起来,眼里却慢慢沁出了泪水。建芬想,她可能更多的是想到了自己的娘吧!建芬轻轻地搂住了她的肩膀,拢了拢她乌黑的头发,还有那只淡蓝色的发夹,安慰道:"别伤心,苦日子都过去了,老祖宗等着看你们的好日子呢!"爱飞看着大姑感到有点莫名,起身干别的活去了。成绩优异的她高考落榜,本想走五叔的老路复读,但内心又缺乏勇气。最近,她到刚成立的白龙湖山庄应聘去了。

这时,不知谁派建军端了一大盘热腾腾的松花团放到厨房里来,这是明天一早祭祀用的。他看到蹲在地上的建芬,憨厚地问:"大姐,松花团放哪里好?"建芬见弟弟出现的正是时候,瞪了他一眼,站起来,沉着地吩咐:"给我吧!你把那些土豆快点削好,厨房马上要用!"

"啊?"建军眼神闪躲,一副为难的样子。建芬看得火都快冒出来了,一把拉过他到里屋:"你什么意思?这么好的姑娘,人家倒追你,你还摆臭架子?"

"没、没有,大姐。"建军慌张又木讷地回答。

"那是为什么?"建芬紧追不放,眼神里更是十二分的着急和愤怒。

"可、可她是孤儿。"建军顿了顿,艰难地说出了心里话,"爹娘会同意吗?"

"傻瓜,爹娘是什么样的人,你还不清楚吗?除非她为人不善,不爱劳动。"

"大姐,她人挺好的,也勤快。"建军急忙纠正。

第二篇章　争做万元户

"快去削土豆!"建芬重重地向弟弟摆摆手。其实,是她自己吃到了一颗定心丸,急忙重新端起那盘香喷喷的松花团。她真想咬一口,忙了半天肚子早已经咕咕叫了。可她并没有咬下去,而是把盘子端到正在炒菜的伍莲珍和夏晓香面前,往她俩的手里分别放了一个。晓香咬了一小口,剩余的全部塞到了建龙的口中。建龙吃得满口是金黄的松花粉,狼吞虎咽完了,对着建芬的背影说:"还是晓香好。"

建芬狠狠地怼过去:"没良心的,我省下来给你们吃的好哦!"

建龙边切菜,边放声大笑:"好吧,谢谢大姐!今天姐夫跑哪里去了,怎么不管我姐是饱还是饿?"

"你姐夫派不了大用场,我让他当孩子王呢!那群小屁孩子可要管牢。"

"大姐,你老说我姐夫没用。其实,你叫他干什么他就干什么,只是你自己不放心他干要紧的事。你让一个大男人陪雁娜跳方格子、跳橡皮筋,真有你的。"建龙半带着讽刺的语气如是说。

建芬抬起目光,与弟弟确认了一眼,犹豫了一下,没再接话,转身又忙乎去了。建龙奇怪这次大姐没怼他,看着她忙碌的背影,跳出一个念头:大姐真是操劳的命。

老祖宗的丧事已过,村庄也恢复了往日的气息。古树下依然会有人去坐一坐,下下棋,聊聊天。偶尔,也有人会记起老祖宗再也不会笃笃笃地拄着拐杖在村口出现了。但没有老祖宗的日子,春天照旧风和日丽地来临了。

朱凤仙请包静君去潘家保媒,一切顺利。

家里挑了个吉日给建军办订婚仪式。之前给夏晓香什么样的礼数,给潘依群也是同样的礼数。潘依群依偎在建军的怀里感动得泪水涟涟。

订婚那天,沈家把潘家的亲戚都邀请来了,在家里热热闹闹地摆了两桌饭。那天,建龙为父母买了台黑白电视机,听说正在热播《红楼梦》,他要让家里人也过把瘾。他本想狠狠心买台彩色电视机回来的,但娘在他出门前泼了一盆冷水:"才当了两年不到的小老板,就这么张扬?"接着又硬生生地说:"就是你买来了,你爹也会叫你退回去的!"是啊,村里只有大队有一台公家的黑白电视机,年纪轻轻的他撑什么面子?于是,建龙依了娘的意思,买了台黑白电视机,用娘后来缓和下来的话说:"已经知足了。"因为这是沈家村村民里的第一台电视机。当然,前两年,邻村几个万元户家庭已经有了电视机,听说还有乘风牌电风扇和凤凰牌冰箱。其实,大家都明白建龙买电视机是想让爹感受一下新鲜事物。但沈月宝还是埋怨了:"家里正是花钱的时候,造房子还负着债呢!亲兄弟,明算账,你们哥哥姐姐们给的钱必须还。"事实上,建龙造房子的钱都是自己出的。建军听了爹的话,低下头,心里琢磨着怎样告诉依群,她嫁过来后,要过一段苦日子。

沈、潘两家在订婚席上,择定建军、依群的婚礼在农历十一月初八,因为新屋还要装修一下。再者,老祖宗的百日过后,方可敲锣打鼓地办喜事。而建龙的婚礼也排上了日程,在来年的"五一"节。大家肚里都明镜似的,希望沈月宝能看到两场婚礼。

可终究天定的事,谁也无法阻止。

国庆节那天,全家人特意请了些至亲好友为沈月宝过70虚岁生日,摆了十桌酒席;晚上,还在村庄的道地上放映电影《五女拜寿》。周边各村几百号人都搬着小凳子、背着小椅子来了,黑压压地坐得满地都是。或许是《五女拜寿》的剧情特别吸引人,或许是太久没有在村庄放电影了,八方邻里都赶到十七房古村观看这场入秋的露天电影。电影是建国出资播放的,在四间新屋落成时,他就想连续放三个晚上的电影以孝敬老祖宗和父母,当时,爹和娘极力反对。事后想想,建国还是觉得爹娘考虑得周全,这样干

第二篇章　争做万元户

确实有点张扬。标准件厂是集体企业,他这个厂长充其量只是个打工者。事实上,他造新楼房,还偷偷地向好友朱康美借了钱。朱康美现在不仅苗圃生意做得风生水起,当下又开了家汽车配件厂,正如日中天地往上发展着。朱康美一直记得建国的救命之恩,与邵惠丽来丈人家时,总会到沈建国家坐一坐,叙叙旧。邵惠丽与夏银娥也很投缘,把夏银娥当自己嫂子一样。造房子时,建国向家人隐瞒了一些费用,偷偷向朱康美借了些钱默默地付了,连夏银娥都不知道。

就在放电影的第二晚,也就是10月2日晚上8点多,沈月宝突然大口吐血了。建国想借镇政府的面包车送父亲去医院,但沈月宝疲惫又无力地摆摆手,表示大限已至。女眷们一片哭声,被建国冷静地阻止。胡惠珍急速赶来,搭了搭沈月宝的脉,摇摇头,低沉地说:"脉象正在变弱。"建军和建龙分别拿起雨伞,骑上自行车往两个姐姐家飞驰而去。但终究还是晚了,待女儿、女婿到达时,沈月宝已经闭上了他的眼睛。他那双精神抖擞的大眼睛遗传给了六个儿女,强大的基因也同样遗传给了飞雁等孙辈。飞雁趴在爷爷的床沿边,不肯相信眼前的一切。她在一本书上看到过,说长眉毛的人必定长寿,可她的爷爷才70岁,为什么就早早地离去了呢?她伤心欲绝,傻傻地站着,哭不出来。

她竟然拿过一本老祖宗留给奶奶的经书,读了起来。

沈月宝终究还算走得圆满。葬礼上,潘依群和夏晓香的胸前都别起了小白花,伍莲珍和夏银娥的白花戴在头上。

在爷爷的棺木被钉上的那一刻,飞雁感觉整个沈家祠堂和村庄都是黑压压的,透不过气,内心空荡荡的,有种强烈的虚幻感,她最亲爱的爷爷、天天喊她"饿死货"的爷爷真的要永远离去了吗?她抬起迷离的眼睛看着四周的亲人们,一个个都哭得眼睛红肿,连大伯、爸爸、叔叔都在哭,姑姑们更是哭得地动山摇,但爷爷终究是走了!飞雁想哭,依然流不出一滴泪。

人,到底要怎么样才算好好地活着?沈飞雁在那一刻瞬间长大。

7月份,她的中考分数排白龙中学第一名,校长上门三次劝她报文城市师范学校,她坚决拒绝了,果断地填报了文城市中等医科学校,四年制,成为沈氏十七房村第一个中专生。

"饿死货"跳出龙门万丈高。朱凤仙朝古树的方向走去,来到桥脚的祖坟处,点燃了三炷清香,正要跪拜,突然,发现祖坟上长出了一棵硕大的灵芝。

标准件厂扩建

谁也想不到,高考落榜生沈爱飞迎来了人生的转机。

一年前,这个心高气傲的农村姑娘因落榜三天三夜未出门,连与她最亲近的小叔多次去敲门也不开。三天后出来时,小叔与她说笑话,都被她当作空气,视而不见。这样有个性且脾气大的女孩在农村是少有的。建龙说着"沈家村最粗野的女汉子变得深沉了",想去摸她的头,被甩掉了。爱飞骑上一辆破自行车向古树外驶去。后来才知道,那次她搭标准件厂的一辆货车去了文城市的书店,买回来一堆书,在家闭门阅读了一个月。

变得深沉的爱飞,如今已是白龙湖山庄的领班。

而潘依群捎来一个好消息,镇政府的广播站要招一名播音员,她大伯本想叫她去应聘,但她认为玻璃厂蒸蒸日上,多少年轻人挤破脑袋想进去都不能,况且,她期待双职工的幸福生活,舍不得离开玻璃厂。

爱飞听后,脸上露出了欢愉的神情,她相信自己人生的至暗时刻已经在落榜那年过去。虽然,她当上了领班,但从来没有忘记学习。最近,她在读泰戈尔的诗歌。她读了梁思成和林徽因的关于建筑方面的书籍,因而喜欢上了徐志摩的诗,又从徐志摩和林徽因的故事知道了印度大诗人泰戈尔曾经到过中国。她总是及时地把这些阅读经验分享给飞雁,从一本书的阅读拓展到其他书的阅读,这也是沈月发爷爷曾经分享给她的。现今,家里除了晚辈们爱学习,大姑小姑也不落后。建芬嫁到西塘河村后,一直在城里的夜校补习,知识技能得到提升,这成为她的生意走遍天下的底气。建芳进了文城市海军基地招待所,是建芬鼓励她接受继续教育,拿一张高中文凭。所以,当五叔把招播音员这个好消息告诉爱飞时,她就开始做梦了,如果自己真能坐在广播站里,用优美的声音广播,那是件多么不可思议的好事情!当晚,她就跑去邻村,找未来的五婶。

潘依群亲切地拉着爱飞的手,已经把眼前这个口齿伶俐的侄女的事当自己的事了,说:"你明天穿得漂亮些,我请半天假,带你去见大伯,他是镇上负责人事工作的。"

爱飞害羞地拿出一支口红,说:"五婶,这口红是我同事从北京出差带来的,送给你。"潘依群接过小小的口红,用手摸了摸,还给她:"这口红,你明天面试正好派上用场。"

爱飞不肯收回,潘依群硬是塞回了她的衣袋里,再三嘱咐:"明天记得涂点口红,会更精神。"还告诉爱飞自己有口红,是她弟弟今年入职时用第一个月的工资送给她的礼物,打算结婚时用。

第二天,爱飞由五婶陪着顺利通过面试,从白龙镇政府回来,骑行在田间小道上,看着眼前绿油油的稻田,整个身心都兴奋得要飞起来了。行经古树,她不禁过去抱住它,似乎自己的好运都是这棵百年古树给予的,不禁自言自语:"谢谢你啊,我的守护神。"

朱凤仙得知大孙女要换新工作了,露出了久违的笑容。自沈月宝过世后,她的情绪一直很低落,每天不是做家务,就是缝缝补补,或去自留地里干活。那些水稻田里的活儿,四个儿子已经不让她插手了。她忧郁的样子始终让儿女们牵挂着。看到奶奶的眉头舒展些,爱飞无声地抱住奶奶笑了,却又想哭。此刻,祖孙俩的心意是相通的。

　　从6月开始,爱飞那甜美的声音每天准时飞扬在沈氏十七房村的上空,播报着当地新闻和国内外的重大事件。她每天骑着自行车回家时,古树下的村民总是要向她打听最新消息。爱飞总是很欢快地把能告诉的都告诉乡亲们。因为她在广播里用的是标准的普通话,有些上年纪的老人听不懂。看到爱飞回家,老人们如见到明星一般,拽着她问个不停:"爱飞,你刚才报道的究竟是啥意思?"不光这些老人,连奶奶也常听不懂爱飞的普通话。当然,黑白电视机里面放的那些普通话,奶奶照样听不懂。奶奶最爱看的是越剧,那是唱的,奶奶居然全听得懂,偶尔也会哼几句"天上掉下个林妹妹"。奶奶的唱法,令孙辈们在背后发笑,但他们表面上还是恭维奶奶,表示很乐意听奶奶哼几句。

　　这个夏天,电视剧《射雕英雄传》风靡一时,村民们都涌到奶奶家的院子里看电视。每个晚上,这里成为全村最热闹的地方。

　　那晚,看着乱糟糟的人群,建刚终于开口了:"要么拉跟线,把电视放到道地去?"其实,这些村民到他家院子里不光来看电视,还自带南瓜子、葵花子、糖果、炒倭豆、冻米糖等。散场后,地上全是垃圾,光清扫也得费半天时间。建龙却笑呵呵地说:"大哥,乡亲们喜欢来是好事。"建刚白了他一眼:"娘年纪大了,并不喜欢看武打片,这么多人影响娘休息。"朱凤仙却幽幽地说:"没关系,现在村里就我们家一台电视机。什么时候大家都有电视机了,就不来了。"建刚看着娘说话的神情,淡淡的,又是如此的安详与宁静,感到羞愧难当。

　　建龙向大哥吐了吐舌头,调皮地挤到年轻的人群中看《射雕英雄传》去了。

马立伟调任县工业局局长了,临走前特意到标准件厂与建国道别,交代他"时候到了,该扩建了"。建国送马局长出来时,顺便把一个黑色的袋子放进了他的车子里。

标准件厂的扩建项目正式提上了日程。这几年来,标准件厂产值攀升得很快,去年销售额已突破2500万元,超越了塑料网绳厂。

建国照旧来到沈老师家。他遇事好像只有向老人家汇报过,心里才踏实。谁叫沈老师是全村最有见识又有学问的人呢!

这些年,沈月发把自己家中的藏书陆陆续续地都送到了建国家,飞雁等孩子成了最大的受益者。爱飞进入播音员角色后,也常跑去沈月发爷爷的老宅子,老人家会对她的播音进行点评。爱飞在飞雁前夸赞:"月发爷爷是活宝贝,从国内问题到国际问题,他都能讲出门道来。月发爷爷订了《人民日报》《炎黄春秋》,每天吃完早餐,最大的功课就是先看当天的报纸、杂志。"以前,他总是一个人坐在院子里,戴着老花镜,把身子蜷在那把已经磨去了皮的藤椅里,边听广播边晒太阳边半打瞌睡。他那个老式的红灯牌收音机在阳光下泛着黑色的光泽,音质却一点儿没走调。上周,他托建国买来一台彩色电视机,轰动了全村。一个独居老人,花大价钱买彩色电视机干吗?就不怕全村人从建龙家的黑白电视机战场转移到他家小院来吗?不出所料,没几天,大家真的都跑去看彩色电视去了。爱飞好奇地问:"月发爷爷,你不怕村民们扰了你的清净?"老人看着她,露出惯有的儒雅微笑:"我都这把年纪了,生活有时也需要热闹。"说完,老人家调皮地向爱飞抛了个媚眼,可爱至极。他看着院子里满眼的秋色和寂静,感怀自己就像这秋天的树叶,凋落得差不多了。院子右侧那棵低矮而茂盛的树上挂满了一个个灯笼似的小橘子,左侧有棵高高的吊红树,上面还剩着几个红

第二篇章 争做万元户

透了的吊红,偶尔有鸟飞过,会去啄一下,如蜻蜓点水般一跃而过,不知什么时候又折回来,再啄一下,甚至能看到果酱点点滴滴地从空中洒落下来。老人微微地叹了口气,继续说:"你二叔的工厂必定会越来越兴旺,你也会越来越好,而我就像眼前的果子,熟透了,已经在人生的黄昏时分,该悟透了。过段时间,我要去趟上海。"

爱飞嘀咕道:"我长这么大了,还没去过上海呢!"

老人从藤椅上慢慢地站了起来,伸了伸腰,好像是自己说漏了嘴,缓缓解释道:"爱飞,抱歉。这次我跟你二叔有很多事要办。下次,有机会带上你。"

爱飞爽快地哈哈笑:"爷爷,我还年轻,以后会有很多外出机会的。你回来后,我约飞雁一起来听你讲大上海的见闻吧。"

提起飞雁,老人家又笑了:"'饿死货'真是个好孩子,去市区读书了,还把赛虎留给我做伴。"说完,老人向趴在门口青石板上的赛虎吹出一个轻微的口哨声,那是他新近训练它的专用术语。赛虎立刻摇着尾巴跑了过来,围着老人走了一圈,舔舔他,又舔舔爱飞。其实,爱飞才是它的第一任主人。

秋天结束的时候,标准件厂的扩建工程也全面竣工了。建国带着沈月发老人去了一趟大上海,工厂的业务自此走向全国,开创了全镇先河。

沈月发自这次去上海后,再也没有离开过沈氏十七房村。那台彩色电视机一直伴随着他度过晚年。因为患上了白内障,他基本不再阅读。只有雁娜每周三下午休息时去老人家那儿,那儿不仅有需要她朗读、陪伴的爷爷,还有那条从小伴着她长大的赛虎。

当落叶掉尽、寒风还未吹来之时,飞荣和飞达在大姑建芬的安排下,在古树上挂上了两个火红的大灯笼。在一阵欢快、热闹的鞭炮声中,新娘子潘依群在爱飞、飞雁两位侄女的引领下,正式跨入了沈家大门。两个村庄虽然仅隔三里路,建国还是向朱康美借来了一辆崭新的白色货车,排场十足地把新娘子从朱家池村风风光光地接过来,朱家池村的老人们都赞叹不已。当时的新娘子嫁人时,都爱哭哭啼啼的。伴娘爱飞有了给小姑做伴娘的经历,特意带了一条手帕,谁知潘依群并没有哭泣。此时,她展露着幸福又知足的笑容。弟弟潘佳杰特意穿上警服,戴上警帽,佩上警徽,领着姐姐从家门口出发,走过一个个麻袋。那七个麻袋前后更迭,直到村庄的路口。路口处,潘依群迈进贴着大红双喜的白色货车里。附近村庄有多户人家在办喜事,别人家还停留在自行车接新娘子的时代,而潘家姑娘是坐着汽车出嫁的,多么风光与体面。姐弟俩不约而同地想到了英年早逝的父母,他们在天上看到女儿出嫁、儿子学业有成,该欣慰了。

　　鞭炮声,红地毯,喜气洋洋的氛围充满了整个古村落。新娘子迈入夫家的大门,呈现在眼前的是四间崭新的楼房,每间的窗户、门板上都贴满了红鸳鸯图案的喜字,院子里至少有十几桌酒席,人声鼎沸,亲戚们都充满喜乐地迎接新娘子的到来。又一次当婆婆的朱凤仙穿着蓝色的大襟衫,领着这对新人在老祖宗和沈月宝的遗像前深深地三鞠躬。满桌的祭祖斋饭之间,摆满了花生、大枣等物品。当新人互拜完毕,建芬拿起铺着龙凤图案的八仙桌上那盆顶头顶脑、五彩缤纷的糖果,撒向满屋中挤得水泄不通的亲友们。这里面多了张陌生的小脸孔,那就是王婉珍的二女儿沈亚雪。

　　新婚之夜,建军拥着新婚妻子,开启了人生的第一堂性课,第一次冲上了生理的顶峰。他在潘依群那片温润的处女地里使劲地耕犁着,驰骋千里,坠入幸福的爱河。

　　早晨,建军起来,看到娇小可爱的妻子在初冬和煦的阳光里晒衣服了。不知道她是何时起床的,崭新的餐桌上铺着一块粉色的布,摆着两碗粥、几片榨菜,一个皮蛋浸在酱油中,上面还漂着几滴香油,而锅里好像还在炖着什么。建军轻轻地走过去,吻了一下娇妻。他要把自己一生的情意献给眼前这个曾经无比苦难而努力向上的小女人,而新婚的潘依群也回报他一个带着娇气而温柔的吻。

朱凤仙刚好从老院子走来,透过院外的格子窗,看到里面幸福的一幕,昂着头继续往古树的方向走去,走向村外的阿六饭店。到达饭店必定要经过沈家村小店,今天小店不开张,伍莲珍和夏银娥还在祠堂里处理喜宴的后续工作。

阿六饭店正常开业。饭店斜对面新扩建的标准件厂厂房更高大了,院子更宽敞了,进出的车辆络绎不绝,有装货的蓝色卡车,也有手拉的推车,装的不是螺丝、螺帽,就是各种闪闪发亮的回丝。虽然厂门口的那条路显得有点黑而油腻,但那是工厂兴旺发达的标志,行人越多,产品进出越多,路就越黑,远远地还能闻到一股浓烈的金属和机油味儿。工厂里沉重的机器打压声一阵一阵地传来,沈氏十七房四周的村庄早就习惯了各家工厂发出的各类声音,就像已经习惯工业区的工厂越开越多。人人怀着期待的眼神,渴望美好而光明的生活。

朱凤仙对着蓝天深深地吸了口气,带着满脸的虔诚,心里默默地念了一句以前老祖宗在世时常念的"阿弥陀佛"!

村庄修建水泥路

一群胸前挂着红领巾的小学生放学了,以沈雁娜为首,一路大声地宣读着政治口号。这是学校最近布置的任务,沈氏十七房村的宣传工作由她负责。他们以村口古树为起点,绕着村庄三圈,大声地喊着口号。只是沈雁娜身边多了一个新伙伴,雪飞的大妹、亚琴的二姐。

亚雪今年12岁,是东经堂小学四年级学生,初来乍到,成绩却已在全校拔尖。顾老师拿着亚雪语文第一单元的98分测试卷,露出了欣赏的笑容,对亚琴说:"亚雪是你们的学习榜样哟!"亚雪戴着一顶发白的黄色学生帽,身穿蓝底梨花白的半新不旧的外套、一条崭新的黑色灯芯绒长裤——这是回家后妈妈为她做的第一条裤子,脚穿一双新的回力鞋,肩上挎着一个旧书包——是雪飞用过的。她走路比其他几个小伙伴来得快、来得急,眼神专注向前,红扑扑的小脸上呈现出早熟的微笑。小小年纪的她被抱养后,到底经历了什么样的幼年时期呢?

亚雪在省城的名字叫马一群。或许她是幸运的,1979年底的十七房村很穷。当时,有村民说沈建立把女儿送到省城过好日子是英明的。亚雪被领养到马家一年后,七年未生育的马家生了一个儿子。儿子才是他们的宝贝,所以,亚雪很小就感受到了马家人对她的区别对待。从小,她就从养母的嘴里知道了自己是被领养的。

亚雪在省城并没有上过幼儿园。进入小学后,她非常勤奋,尤其在识字上很努力,内心有一股强烈的欲望——回到亲生父母身边去!平时,她在马家逆来顺受,经常会有意无意地向养父打听亲生父母的消息,一开始养父支支吾吾不愿说。三年级时,她在学校上体育课时不小心把一位女生撞伤了,对方父母要求索赔。这时,养母发火了,怒骂:"我养了你一个没用的东西,你给我滚回农村老家去。"谁知,亚雪趁机接话:"农村老家在哪里?"养母在火头上,直接告诉她在文城市的沈氏十七房村,甚至还告诉了她亲生父母的名字。次日,亚雪把自己的经历告诉了最喜欢她的语文老师。老师叫她偷偷地写一封信给农村的父母,还给了她一张八分的邮票,她把信投进了绿色的邮箱里。

一个月后,亚雪由王婉珍和沈建立亲自到省城领回来,沈建国陪同。

找回二女儿,王婉珍的日子变得欢天喜地起来。她每天买不同的菜给亚雪吃,陪亚雪到各村庄看露天电影。亚雪不知道那两根竹竿、一块白布横吊起来,原来就是为了晚上与来自四邻八乡的村民们一起看电影。在省城时,养母也曾带着姐弟俩去看过电影,但那是在高大的省城人民大会堂的房子里看的,被称为电影院。她把电影院的模样告诉姐姐和妹妹,她俩都无法想象电影院是啥玩意儿,听不懂,亚雪最后总结性地来了一句:"我还是喜欢露天电影,什么电影院,哪有我们村里这么热闹!"姐妹仨说完,抱在一块儿痛快地笑了。雪飞笑得眼泪都滴滴答答地流了下来,旁边的王婉珍抹起了酸楚的眼泪。

夏天晚间乘凉时,王婉珍把摘来的满篮凤仙花捣碎了,放入明矾混合。亚琴抢着给二姐的手指甲、脚指甲都涂上花泥,再用毛豆叶包好,缠紧棉纱线。第二天醒来,亚雪发现自己的手指甲、脚指甲全部是通红锃亮的,洗也洗不掉。再仔细一看,发现村里的姑娘们早都把指甲染成了红色。

王婉珍再忙,也要陪亚雪到田野里转、到东经堂集市逛、到各家串门走亲。她要让全村人知道,她的宝贝女儿回来了。雪飞看到妈妈的脸上每天透着幸福的光芒,而亚雪跟家人那份血浓于水的感情,坚固得好像她从来不曾与她们分开过。亚雪看到路边的花花草草总要上去摸一摸,看见小蝌蚪、小蚱蜢、小蜜蜂都要去触碰一下,不停地赞叹田野里的风景那么美,空气那么清新,行动那么自由。她好像对于农村有着一种天然的感知力。曾经,她在省城的家里是个局外人,处处得小心翼翼地看养母的脸色行事;回到沈家村,家人视她为宝,妈妈迫不及待地想把她失去的童年弥补回来,她的名字也改了回来。

贾桂娣待亚雪好像也没有像对另两个孙女那样敌视,甚至有时在院子里相遇,眼里还带着愧疚和欲说还休的神色。有一次,她给了亚雪几根玉米、两包豆酥糖。这在别家祖孙中是常见的事,但雪飞和亚琴从来没有受到过来自奶奶的疼爱,哪怕一丝一毫都没有。王婉珍三次生育都没吃过婆家一个鸡蛋,哪怕她很想吃,都被婆婆以各种理由拒绝,甚至藏起来。贾桂娣的那点盘算、那种虚伪,王婉珍做了沈家十多年儿媳妇,心里明镜似的。贾桂娣总是用那两片薄薄的嘴唇吧嗒吧嗒地在村民前标榜着自己是个好人,向每个村民表明她是个多么良善的人,背地里,却干尽坏事。或许,亚雪是个天使,正在打破这层寒冰。而亚琴从小看到奶奶就远远躲着;雪飞与奶奶互相冷眼怒对,哪怕领到工作后的第一个月工资,她给老祖宗、给外婆、给凤奶奶、给四奶奶都买了礼物,就是不给贾桂娣买任何东西。王婉珍明白,也不提议大女儿假惺惺地去孝顺奶奶。她才16岁,为了家庭放弃了学业,已经够让人心痛了。

第二篇章 争做万元户

那个周末的晚餐前,贾桂娣居然让亚雪带回来满满一大盆已经煎好的春卷,还有一盆白花花的猪油——说是用沈菜儿前几天送来的一大板猪油熬制的。这是从来没有过的事。其实,她们婆媳间本没有仇恨,但经年累月的那些琐碎的攻击、那些刻薄恶毒的语言和行为,终使彼此间有了仇与恨,也使善良的王婉珍成了婆婆口中的恶媳妇、坏媳妇。

那天,建立把正在做作业的亚雪拉到饭镬间,鬼鬼祟祟地和她说着话。亚雪瞪着可爱的大眼睛听着爸爸说的话,不明白其中深意。王婉珍从灶间端着一碗莙荙菜进来,没好气地对这个长年不交流的男人说:"你与孩子说什么啦?"建立一脸愧疚地笑笑,推了孩子一把,示意她听不懂就算了,用手指着小房间的方向。亚雪一脸迷茫地看着爸爸盯着妈妈的那猥琐的眼神。

等亚雪进了房,建立轻轻地说:"是这样的,严伟康做了下流事,现在还倒打一耙,与菜儿提出离婚。娘想请你与建国说说,请他出面挽回一下。"

王婉珍听得一头雾水,不可思议地望着建立。她现在是标准件厂物流主管,负责每天的进出物流。从成品、检验、包装、入库到出库,整套流程都由她负责监管,有时忙得连喝口水的时间都没有。

王婉珍脑子一转,怪不得贾桂娣叫亚雪带回来猪油,原来是为润滑她们的关系。

建立又挨近了王婉珍,继续说:"菜儿家的二叔伯严伟杰与建国关系很好的,你帮忙去说说吧?"

王婉珍用眼角瞅着他,冷笑一声依然不接话。

建立吞吞吐吐地继续:"前段时间,菜儿家的在外县一个村庄里干活时,搭上了一个寡妇。这事被菜儿发现了,夫妻俩打了起来。现在他又提出离婚,明明是他犯错,还要离婚。"

王婉珍与婆婆、小姑子势不两立,全村皆知。她掺和什么?

几个月后,当王婉珍再次在古树下碰到沈菜儿时,发现她那张三十几岁的脸好像一下子苍老了许多,连走路带风又自视甚高的气势都消失殆尽了,好像霜打了茄子般一下子蔫了下来。以前,她总穿着劣质的高跟鞋笃笃笃地昂着头从人前经过,似乎自己是全村最漂亮的女子。沈菜儿长得确实不难看,但涂了白粉,像了无生气的死鬼;那红得鸡血似的口红,涂上后显得低俗至极。她喜欢穿最流行的喇叭裤,但个子矮,加上婚后发福,穿上后像个小南瓜。雪飞说,她打扮得就像个不正当的人。据说,她还喜欢跟人去城里的舞厅跳舞,只是不知道她跳的是什么舞。沈菜儿以前除了干点家务活,也不上班。现在,她要去网绳厂上班了,三班倒。都说劳动使人美丽,但劳动者沈菜儿脸上的白粉涂得比以前更厚了。雪飞说:"每次看到她那张瘆人的脸,真想上去用一条湿毛巾帮她刮下来。"当然,她只是背地里发泄几句。姑侄俩碰面都装作不认识。

时间就在不知不觉中往前走。

9月1日开学了。

那几天,台风肆虐。在省城长大的亚雪从未经历过如此凶猛的狂风暴雨,雨哗啦啦地下个不停,如注般倾倒在人间,最终变成了洪水。整个学校被雨雾笼罩,教室内滴滴答答地下起了小雨,暗得看不到黑板上的粉笔字,老师们无法正常上课,学生们集中到学堂中央。堂内地面由青石板铺设,雨天更是变得湿漉漉一片,走路都得小心翼翼,否则很容易摔倒。顽皮的男生们却还在疯跑,你一拳我一脚地玩着,也有打陀螺、打乒乓球的。女生们平时最爱跳皮筋,都因地湿不敢了,只能玩丢沙包。连一、二年级玩老鹰捉小鸡游戏的学生,也都没了兴趣。很多人就傻傻地站在屋檐下,看着眼前的雨景。雁娜同样看着瓢泼不止的大雨,心里发慌。每次台风过后,整个村庄通往外界的那条小路都会被大水淹没。今天,不知道是哪个亲人来接她们。她看了看在学校内沈氏十七房的孩子,那些男生都与自己年龄相仿,只有亚雪比自己大,可她回村不到一年,没经历过台风天,瞧她的脸,此时更多的是惊喜和欢快。

往年这时候,村里那块地势较低的道地在台风天会变成汪洋大海,稻草篷都被浸透,有些烂蕨草就漂浮着,似在茫茫大海中。像飞达、飞荣这样的男生倒是要兴奋了,他们会拿一根竹竿在水漫金山的道地里捕鱼。可此时,飞达已上重点高中了,飞荣已在文城市化工厂上班。与雁娜同龄的"80后"占据了村庄各个角落,他们的兴趣更多的是在家看电视剧《小龙人》《十六岁的花季》,天天听录音机里四大天王和小虎队的歌曲。

"明年,这里的学生都要合并到新的白龙镇中心小学了。孩子们不用再受苦了。"张校长不知什么时候站在了雁娜身后,她身边站着代课教师岑爱敏。岑老师在民办教师转正考试中得了全县第一名,半个月后就要去文城市进修学校学习,两年后回来就是正式编制的老师了,与张校长一样。

张校长是位中年妇女,留着很短的微卷发,高度近视,瘦得像根柴,对学生却是爱心满怀。她已全副武装,穿了一双旧雨鞋,张开双臂大喊:"孩子们,风雨变小了,我在前面,岑老师在中间,顾老师殿后,先送大家到各村口。"除了一年级,其他年级学生早已熟知台风天回家的规则。老师们共同协助把学生们送到村口,每个村庄的村口都会有长辈默契地接应。

建龙和晓香却突然出现在学校门口。建龙也是这个小学毕业的,是张校长的学生,当然,那时校长是顾校长。顾校长退休后,才由张碧波老师接任了新校长。建龙穿着蓝色的旧雨衣,右手擦了一把脸上的雨水,对着张校长说:"张老师,沈家村的孩子都由我接回去吧。那条河今年水涨得特别厉害,我先把孩子们接到饭店。"作为一名老教师,常年去周边村庄家访,对各村庄的地形了如指掌,她感动地说:"建龙,好样的,每次刮台风,我都愁啊!你看学校门口是一片汪洋,孩子们到了村口又是一片海洋。"建龙听了张校长的比喻,笑了:"张老师,有您在,家长们都放心。"说着,在人群中寻找沈家村那帮小孩的身影。张老师接着喊:"沈家村的小朋友,都到建龙叔叔这边来。"晓香跟着走进雨中,打开带着的几把黑色大伞。雁娜兴奋地跳着:"小姨,我在这儿。"

古老的十七房村口的那段路其实不过五十多米远,可正好路一边是中大河,一边是村落内河,生生地全淹没了。从外围看去,整个村庄就像在大海中漂浮着。村庄里的宅院地面六百年来却从未被淹,只有道地晒谷场那些地势低的地段才会变成鱼塘。台风如此猛烈,十多个小孩子都被接到了饭店里。晓香为他们炒了面条,里面有青菜、肉丝、蛋丝、胡萝卜丝。农家的小孩子基本都没上过饭店,家里的炒面哪有那么多佐料,都夸晓香阿姨做的面好吃极了。雁娜靠在小姨怀里,心里充满了骄傲。

一个小时后,风雨平静了许多,建龙找来一条船把孩子们摇进村里,送到各家。以前,飞雁读书时,建龙也经常和嫂子一前一后,大人拿着一根木棍走在前后,孩子们在中间。大家在水底下互相脚趾抵着脚跟,哆哆嗦嗦、缓缓地移动,且必须保持队伍的笔直,一旦移位,一脚落空就会掉到河里。

天黑之前,村里组织人力,总算在这段被淹没的路中央堆起了许多草包,通了路。

黑夜深沉,村委会的办公室内灯火通明,沈建国趴在村委会会议室桌上,在纸上详细写出方案,提出由标准件厂出资,拉几十车大石料,把从东经堂到沈氏十七房那段两千米长的路彻底改造一次,将河床塌陷部分修补整齐,增强路基,拓宽路面,以绝台风天的后患。沈建能抽着烟踱着步,在会议室中央来回走动,满脸的激动。他俩在这个台风呼啸的夜晚一直商讨到凌晨,将许多细节逐一敲定。

第二篇章　争做万元户

　　10月中旬，修路工程开工。劳力都是本村村民，大家都表示愿意无偿出工。沈建国心里有点过意不去，叫夏银娥给每位出工的村民准备一套日常用品，包括毛巾、肥皂、手套，还有一桶十斤重的食用油。谁知这些东西一发下去，来干活的人更多了，许多老年人也背着一个锹、拿着一只畚箕出来劳动了。

　　中途出现了戏剧性的一幕。贾桂娣在开工后的第七天，躺在了施工现场，说这道路拓宽侵占了她家水稻田。大家看着穿戴整齐横着身子在地上撒泼的同村同族老妇人，都傻眼了，谁敢动锹继续干活？只能停工。村里的老老少少都跑出来看热闹，一层挨着一层。朱凤仙也来了，毕竟修路的事是她儿子建国提出来的。她知道，道路拓宽部分是占用了其中一边的打水沟道，打水沟道要往里延伸拓展，可涉及的水稻田不止贾桂娣一家。而且村委会发过通告，后续会补偿各家。有人说，贾桂娣前天也拿了标准件厂发的那套日用品，怎么突然之间躺在这里变卦了？这演的是哪一出啊？

　　围观的邻居越来越多，都在窃窃私语，却没有一个人俯身下来劝贾桂娣。贾桂娣躺在地上，想听邻居们在说些什么，但什么也听不见。她躺下去时就闭上眼睛了，所以，现在也不好意思随随便便睁开眼睛。她甚至听不清那几个窃窃私语者到底是谁。她听到风吹过来，树叶沙沙作响，感到背部有震动感，有很多杂乱的步伐。不止一个人走来了，其中有一个男人的步伐快速又沉稳，她躺在地上听得特别清晰，就像在寂静的黑夜中听到自己心脏的搏动声。那个步伐正在向她走来，终于停下来了。贾桂娣屏息凝神，想知道那人是谁。她大概猜到了，村里走路那么快又那么沉的，只有沈建国。果然，她听到朱凤仙唤了声"建国"，还有其他人也在唤"建国"。建国在贾桂娣身边停下脚步，没有说话。所有人都安静了下来，甚至能听到古树外远处马路上自行车的铃声、摩托车声，还有咳嗽声。最后，贾桂娣还清晰地听到自己那颗心怦怦怦紧张跳跃的声音。她知道,建国和那些邻里都在盯着她看。她都能感觉自己脸上的肉在跳动,而且跳得越来越快,好像与她的心跳一样加速着。突然,那个沉稳的脚步声快速地离开了,还有其他人混乱的移步声,应该是有人在给建国让道。只听那声音走得越来越远。几分钟后,又来了一个略为轻快的脚步声,步伐整齐。这时,有人说话了:"村支书来了,他开会回来了。"确实,是沈建能。他当过兵,走路姿态比普通人来得正规些。他把自行车停在远处,走向人群,说话嗓门比一般人响亮:"桂娣,你打算在地上躺多久?什么事不能到村委会好好说?"

贾桂娣总算有机会睁开她那双已经昏花的老眼,她从下面看到许多人头,密密麻麻地紧紧围着她张望,看得她的脑袋都要炸了。她想坐起来,可没人搀扶她,只能继续躺在地上,装出痛苦的样子,就差没呻吟了:"我都一把年纪了,就靠几分水稻田过日子,你们为什么非得占用我家稻田,太欺侮人了!"

沈建能愣了一下,听起来,好像她说得挺有道理的,转而醒悟,反问:"施工前,村委会门口贴过七天的公告,你当时怎么不来说?现在施工完成一半了,难道道路拓宽到一半要为你家的田重新往另一边改道?成何体统!"沈建能说话的声音越来越响,明显充满了愤怒,脖子上的青筋都暴出来了。旁边的村民都不敢出声,盯着村支书,希望他有进一步的动作。像贾桂娣这样的妇人,哪怕年纪再怎么增长也不会变善的,村民们心里都敞亮着呢!

在上班的王婉珍听外面进来的同事说婆婆正在闹事,都不想回应那个告诉她消息的人。

晚饭后,建国来到王婉珍家。当然,他不是来找王婉珍说工厂的事,工厂的事去工厂说。他是来找建立的。建立正手捧一杯劣质枪毙烧,用筷子扒拉着面前的半盆油炸兰花倭豆,还有一些平菇炒咸菜,嘴里嘟哝着什么,

第二篇章　争做万元户

不知是喝醉了,还是在抱怨。王婉珍正在擦灶台。建立听到沉重的脚步声,抬起醉眼迷离的眼睛,小眼睛瞪得圆圆的,像对小灯笼。说真的,他家平时没什么邻居来串门,哪怕小朋友都爱跑到建国家去找飞雁玩耍。建立这个五口之家有点小。一个灶间,连吃饭都在同一间了。中间是客堂间,堆满了各种东西,还有一张破旧的书桌,两个孩子正挤在一起埋头写作业,靠墙是一张大床,属于夫妻俩的。里面两间卧室,其中一间非常狭小,只有一张小床、一个小柜子,给已经成人的雪飞用,另一间给老二、老三同住。他家院子里前些年搭了一间偏房,原先是养兔子用的,现在用来堆放杂物,也是满满当当,没有一丝空余。多少年了,建国还真没有来过建立家,看着这局促的摆设,话到嘴边又咽下了。

王婉珍也很意外,建国居然来她家了。他带着满脸笑容,自顾自在建立对面坐了下来。王婉珍拿了一个小酒杯和一副碗筷,小声地问:"厂长,你难得来,喝一杯?"建立瞅了他一眼,给建国满上酒,举起杯,与他干了。

建国边喝边想起贾桂娣躺在地上时蛮横的诉苦:"你们家有什么?我们家又有什么?我们家什么也没有。你们村干部都势利眼,只向有钱人家看齐……"她确实过分了点,把自己家的懒惰推在他人身上。改革开放十多年了,哪户人家收入不比以前翻几番?

建国和建能愤怒归愤怒,对于像贾桂娣这样的同族人,还真是没办法。

谁也想不到,解决问题的却是放学回来的亚雪。她看到奶奶躺在地上,睁着已耷拉得不成样的混浊双眼与村支书打嘴皮仗,二话不说,赶紧回家拿了一条旧毛巾、一杯水,蹲下去一声不响地扶起奶奶,给她擦了把脸,又给她喂水。亚雪的这一举动,着实令里三层外三层的村民震惊,也震惊到了贾桂娣本人。看到孙女,她的内心涌起了稍稍的愧疚。亚雪扶着奶奶,看着她蓬头散发的狼狈样,又把她的头发一缕缕地用手指撸了撸,劝道:

"奶奶,你要是不同意路基扩到我们家田里,就让爸爸与村里说。你这么大年纪了,要爱惜身体。"经孙女这么一劝,贾桂娣总算有了站起来的理由,她站起来前仍环顾四周,没有发现建立夫妻俩的影子,心里明白王婉珍是不会来看这场戏的,而建立还在山塘拉石头呢!台阶只给了一半,无奈之下,朱凤仙顺势弯腰扶了她一把。朱凤仙可是比她大几岁的妯娌,又是这次出资修路的建国娘,这个台阶够了。贾桂娣紧拧着眉头,依然装出一副委屈的模样,骂骂咧咧地在亚雪的搀扶下回家了。晚上,雪飞和亚琴第一次把奶奶对她们家做的许多恶劣事件告诉了亚雪,这令她陷入沉思中。

后来,从城里放假回来的飞雁听说堂妹亚雪如此识大体,对爸爸建国说:"亚雪长大后必定是个人才哪。"

建国喝了一小杯酒,也往嘴里扔进几颗兰花倭豆,不紧不慢地问:"建立,你们就不想造个新房?"建立呆若木鸡地看着他,答不上来,举在半空中的酒杯和筷子停住了。婉珍也停下手中正在洗的一个盐鬏,拉过旁边的椅子坐了下来,叹了口气:"建国哥,他要是不赌,这个家早就变样了。现在,雪飞也赚工资了,过几年都要找男朋友了,就这狗窝,怎么让人进来?"

建国当然知道婉珍日子过得不容易,所以,这些年有意帮扶她一把。他顿了顿,直视着这个已半秃顶的堂兄弟:"建立,你说一句话,要不要造房子?这样住着,一家人不难受?"

建立把头低了下来,刚才的自醉自迷的屄样似乎消失了,全身局促不安起来:"我有什么办法?我有能力,早像你一样当厂长了。"

"村里那么多户人家在造房子,哪怕当年穷得叮当响的现在也翻身了。你还让桂娣这么大年纪躺在路上,丢人现眼?"这次建国毫不客气地把事给挑明了。

建立是从山塘回来才知道娘胡闹的事,他想不到亚雪小小年纪这么有能耐、识大体。自从亚雪回来后,这个家变化确实很大。之前,他和婉珍像死对头,甚至是分屋睡,天天不是打冷战,就是打热战。亚雪回来后,夫妻俩也同床睡了。连他娘也变了很多,对婉珍指桑骂槐的少了,他的耳根清净了不少。

建国骤然站了起来,从口袋里摸出烟,婉珍急着去拿火柴,回头看到建国已自顾自点燃了一根烟,又摸出600元,放在桌上,说:"桂婶的门关着,这钱是我个人给她的,路还得修。"

建立愕然地抬起头来。600元,对娘来说可是一笔巨款。半晌,他才回答:"钱,你拿回去。菜儿那个男人不像话,搞上了一个寡妇,夫妻俩又打架了。我妈为这事难受着呢!"

婉珍也被桌上的钱惊到了,心里替建国不值,婆婆是个千年老妖。

建国没空理会他们夫妻俩的神情,径直出门往村口古树的方向走去。他又到厂里去了,明天下午马局长要带市里领导来开现场会,还有很多细节要落实。

建立傻傻地坐着,也不再喝酒了。

三天后,突突突,严伟康骑着一辆崭新的嘉陵牌摩托车来,把沈菜儿接走了。经过古树下时,沈菜儿特意朝那儿扎堆的老人们挥了挥手,就如她妈贾桂娣拿下建国给的600元时那样,脸上还显出得意之色。

沈建军的儿子沈飞远于初冬来到了这个重新焕发生机的古村落。更神奇的是,孩子娘肚子刚痛,他爹正急着找他二伯沈建国想办法用车子送医院时,车子还没进村,元宝篮还没抬出这条崭新又整洁的水泥路,孩子就呱呱落地了。潘依群泪眼盈盈地望着新生儿,当娘的幸福感油然而生。

沈氏十七房那条坏了几十年的土路被改成了宽阔的水泥路,也成了一条吉祥之路。

拖拉机手蜕变的故事

1990年1月14日,农历腊月十八那天,阳光通透,没有冬天的寒冷,反而有一种温和的暖调,沈氏十七房道地开进了两辆村民都不曾见过的桑塔纳小轿车,一群钻在稻草篷里玩耍的小朋友丢下手中的树叶、瓦片、毽子、玻璃弹珠,都围了上去。

今天是沈建龙的大婚之日。两辆桑塔纳轿车,红色的是沈建国标准件厂的,白色的是严伟杰厂里的。红色那辆作为主车迎接新郎、新娘,白色那辆由伴娘、伴郎乘坐。车停下后,大人、小孩指指点点地围了一大圈。有人羡慕地问:"这么高级的车,咋启动?"有人语气里泛着酸酸的味道:"沈建国家发财了,当年那些蛇就是吉兆,他还能继续发大财啊!"沈飞雁领着妹妹,捧着一罐自制的糯糊在汽车前后玻璃上贴上喜洋洋的大红双喜。家里的双喜和喜鹊图都是奶奶用左手剪出来的。

清早,夏银娥踏着薄霜匆匆从娘家回来。这几天,她比任何人都要忙碌,一边要去帮娘家,一边要顾到婆家。新娘是她妹子,新郎是她小叔子,她不忙,谁忙呢?想想,打心里欢喜!夏家、沈家再次联姻,娘家的亲戚们赞叹不已!

昨天，夏银娥喊来表兄弟、堂姐妹一起来送小妹的嫁妆，场面盛大。晚上，与娘、晓香仨人一个被窝，说了许多体己话。娘流泪了，把枕巾都弄湿了，那是喜悦的泪水。

晓香有些激动："娘，我出嫁，你不能哭，要笑，我会幸福一辈子的。我和大姐一样，不仅要把自己的日子过好，也要帮全家人过上好日子。"娘含着泪拼命地点头，想着晓香年轻轻的，靠自己的双手与建龙创建了阿六饭店，多么的不易，但她从来不回家诉苦。晓香的嫁妆也是最丰盛的，前面的嫂嫂们、姐姐们怎能与90年代结婚的她相提并论呢！崭新的缝纫机，永久牌自行车，凤凰牌电冰箱，彩色电视机，绿色的洗衣机，一个漆革箱，两个樟木箱，十条五彩缤纷的绸缎被，那条金色的百子图被面闪闪发光，放在最上面。各种锅碗瓢盆应有尽有。铜制的、铝制的、镴制的各类饭盂器皿一大堆。夏夹岙村哪户女儿出嫁如此风光过？黄彩霞看着这些嫁妆，心里有一种深深的满足。

夏银娥却不由得想起了四妹，这个未曾长大的妹妹要是活着，也到了出嫁的年纪……

鞭炮声把夏银娥的思绪拉回到现实中。

根据农村婚嫁习俗，男方往往比女方更为隆重，中餐放在男方夫家，晚餐回女方娘家。建龙的婚房是前几年新建的，楼上楼下、前后各两间，楼梯中间朝西还有一个卫生间，包括淋浴房。一楼前面是客厅，后面是厨房，北面有个小门，打开是个后院。建龙家的后院与建军家、建国家的后院相通，铺了四排整整齐齐的青石板。东西两端是两个自建的花坛，花坛里的兰花都是飞雁从白龙山挖来的，其他各色花儿皆由侄女们动手种植。虽说爱飞和飞达的家还在老宅里，可他们经常跑到二叔的楼房过夜，二叔家也是他们的家。尤其是飞达，只要一放暑假就钻到二叔家的楼上，在那儿他拥有一间朝北的面向稻田的单独房间。夏天,在河埠头游完泳,他就直奔二叔家更换衣服,脏衣物都是夏银娥洗的。话说,伍莲珍经营小店,每天要忙到晚上9点以后,确实也没时间管儿子。爱飞早就是个当家好手,用不着妈妈操心。孩子们都爱在夏银娥家闹腾,已经成为习惯。若是建芬、建芳他们都回来了,同样会跑到新屋里吃饭。那时,朱凤仙也会过来,新屋里热闹非凡。当然,再热闹,也没有建龙的大婚来得闹猛。

建龙的新屋从前天接新娘嫁妆开始就热气腾腾了,与冬天的暖阳很匹配。一楼被新娘精彩纷呈的嫁妆挤满了。两天来,参观的村民络绎不绝。其实,除了那些大件的嫁妆,那些小的器具、日用品更有看头,大家喜欢在那儿细细地数。瞧,那些酒器、敬神的器皿都是镴做的,里面都撒了白白胖胖的米胖,拿来就可以吃。以前,女方嫁妆中还有马桶,这几年,全部改成了红色的搪瓷痰盂。痰盂里放着两个红蛋和一个红包,需要一位童子在大婚前一晚在新婚床上睡一觉,第二天早晨才能拿出这些礼物,并往痰盂里撒一泡童子尿,寓意新人早生贵子。每件器具上都缠着红色的丝绒,以示喜庆。新娘子的衣服、被子都用红线缠过,用特制的"绒香"熏过,那种香味很特殊,闻着有令人舒心的吉祥感。

新房里那套乳白色的组合家具是大姐送的。这些年,建芬的羊毛衫作坊生意红火,又增加了四台机器,正在招工,扩建后改名为"五女羊毛衫厂"。她刚从天津培训回来,以后做出来的羊毛衫质量更好,花色更多。

建龙穿着一套白色的西装,外面再套一件带毛的棕色皮衣,里面白衬衫、红领结,下着黑色西裤。他中等个子,显瘦了点,但大家都说他像《上海滩》里的许文强,而且比许文强幸福多了。今天,他被幸福冲晕了头,一直咧着嘴傻笑。新娘子在侄女们的陪伴下,吉时前到达十七房,一连串的大小炮仗从古树下开始放,一路放到婚房,响彻整个村庄。

第二篇章　争做万元户

那些年轻的朋友起哄："建龙饭店开出了一个花姑娘！"新郎官止不住上扬的嘴角上漾着喜气和幸福的味道，不停地向众亲友分送香烟。

只见晓香穿着粉红色的金丝棉袄，乌黑油亮的浓发中戴一朵硕大的粉色绢花，满脸激动地从桑塔纳款款而下。虽说参加婚礼的人们早就熟悉阿六饭店的老板娘，但今天她才成为真正的老板娘。随着鞭炮声落地，亲友团拿出早就准备好的长凳、矮凳、竹椅等，拥挤地等候在院子门口不让新娘子进门。精心装扮的晓香比素颜时不知好看了多少倍。有人大胆地喊："阿龙，好福气，晓香这朵鲜花插在一坨牛粪上咧！"

众人哈哈大笑。建龙的脸上闪烁着自豪的光彩，并不反驳。新娘子不禁往他那崭新的三接头皮鞋上踢了一脚，他才猛然发现自己笑过头了，道："你们这些人啊，说我是一坨牛粪，那并不是抬高晓香，别过分了啊！"这时，建芬出来了，手里拿着一袋五颜六色的糖、花生、红枣，大把大把地撒向水泄不通的人群，大家都忙着弯腰去捡。夏银娥趁机抽掉拦在门口的凳子，快速拉起新娘的手，一溜烟进了院子。

当人们醒悟过来时，爱飞、飞雁却堵在了门口，替六婶撑腰："好了，你们现在不要为难新娘子了，有事找新郎去。"说完，也大笑着跑了进去。

汤志明急忙替小舅子给客人们敬烟、点烟。当然，是建芬派他的活儿，他今天还负责十八桌酒席的烟酒、饮料、喜糖等后勤保障工作。妻子的话，汤志明从来不敢马虎。建芳曾取笑姐夫："怪不得汤家能发财，因为姐夫听老婆的话。"陈大裕听着愣了一下，装出可怜兮兮的样子："好像我没发财，是因为不听老婆的话？"陈大裕的能力远超过建芳，有目共睹。最近，他已被提拔为营长了。今天，喜宴的红纸贴在墙上，红纸黑字，那小楷书苍劲有力，是沈月发手书。喜宴的总指挥是陈大裕，朱凤仙指定的乘龙快婿，第二排才看到沈建刚、沈建国的名字。可见，陈大裕在岳母家的地位迅猛攀升。

拜堂开始,总指挥陈大裕通知汤志明,热菜可以炒了。十分钟后,拜堂仪式结束,酒席开始,整整十八桌。办完这场喜宴,下次要待爱飞大婚了。

　　爱飞穿着一件橘红色的呢大衣,正跑前跑后为新娘子服务。这场婚宴差不多把本家长辈和亲戚都叫上了,酒席办在沈氏祠堂里。族人都说阿六饭店的酒席就是不一样,真丰盛。今天,晓香请了醉仙楼的师父来掌勺。每桌十个冷菜,十六个热菜,两个点心,二十八个菜满满当当上齐。亲友们个个吃得肚皮滚圆、红光满面,新郎也喝得满脸通红,新娘有两个侄女保驾护航,滴酒未沾。下午2点后,还有个别酒桌在行猜拳酒令,估计要将中午正酒与夜酒连着了,没人会阻止这样的喝法。喜酒嘛,沾着喜气,喝得称心。当新娘回娘家时,建强和建立已经喝得东倒西歪了,猜拳的声音仍一浪接过一浪。新的菜品和摆盘已经开始上桌,晚餐还有十二桌,仍是二十八个菜,花色不重复。新娘家夏夹岙村也是同样的菜品。当时,朱凤仙提出太铺张,家里并没有那么富有,何必打肿脸充胖子。建国却说:"娘,钱的事,我来负责。"建芬对二哥说:"建龙的婚宴我再出5000元。"建国摆摆手拒绝了,他知道大妹对娘家向来是照顾有加,但不能总让一个已经嫁出去的女儿来贴补,何况她已经送了建龙一套组合家具。晓香很喜欢这套现代风格的奶白色家具。家具送到那天,安装完毕大姐要回去时,晓香特意在她的自行车兜里放了四只红膏炝蟹、两瓶咸泥螺、一只白斩鹅。建芬看着未来的弟妹送自己一堆的吃食,脸上绽开了玫瑰花般的笑容,说道:"大姐收下了,欢迎晓香加入沈家村。"建芬总说只要肯努力,遍地是黄金,要感谢党,感谢邓小平的改革开放政策,让广大人民过上了幸福的生活。看着弟弟、弟妹同心协力把阿六饭店经营得红红火火,她内心涌起一股由衷的感动。他们比她年轻十多岁,也吃苦耐劳、奋发图强,实在不易。而晓香对她的那份感恩之心,她更愿接受,哪怕亲姐妹,当付出有回报时,心情是舒畅的。

农村的婚礼都是从婚礼前一晚的杀猪夜饭开始的,重点是第二天的大婚餐,男方在第三天还要回请女方父母、大舅子等至亲来吃饭。而实际上,第三天请舅老爷吃的那餐饭更为讲究和隆重,菜品规格高出大婚宴。所以,这场婚宴,沈家上上下下忙碌了三天。

第四天,贴着大红双喜的阿六饭店就重新开张了。年关临近,很多客户会向饭店购买红膏呛蟹等海鲜,这也是阿六饭店最为忙碌的季节。朱凤仙整理完家中那些事后,重新加入饭店的帮忙队伍中。今年,海鲜包成为时尚,建龙每天跑两趟甬江码头,头一趟是早晨4点,第二趟是晚上10点,因为这两个时间节点船靠岸最多,货最新鲜,辛苦也是可想而知的。这几天,建军只要不上夜班,就和六弟一起去码头进货。晓香给他工夫钱,但建军不收。晓香就提出让五嫂带着小孩来饭店吃饭,可潘依群说孩子还小,他们在家吃更方便。于是,晓香又让婆婆去帮五嫂,把自己娘家大哥大嫂喊来帮忙。这时,学医的飞雁放寒假了,也到饭店帮忙,洗菜、端菜、打扫卫生,抢着干活。偶尔,飞达也想来帮忙,但建龙不许他来,因为飞达以后要成为沈家第一个大学生的。雁娜尚在读小学,她喜欢跟着大姆妈在沈家村小店帮忙。与雁娜关系最密切的亚琴也喜欢去小店,亚琴最喜欢收钱、找零钱,心算能力一流。伍莲珍说,只要这两个孩子来帮忙了,小店生意总是特别的好。因为有她们的微笑服务,尤其是亚琴会主动向顾客推荐小店新进的零食或物件。伍莲珍在小店门口增设了一个煤炉煮茶叶蛋,两毛一个。又加了一个茶水摊,有绿茶、红糖水(冬天是红糖加姜茶),一毛一杯,白开水是免费供路人饮用的。亚琴总是主动为陌生路人倒上一杯满满的茶水,路人都夸她懂事。爱飞上班前经过小店,也常停下自行车喝上一杯茶。妹妹们要向她收一毛钱,爱飞有时故意不给,有时会多给五分钱,让她们自己在小店里挑几颗糖吃。雁娜不收："大姆妈说了,我们想吃什么,自己拿。"爱飞当场吃醋："看来,你们才是我妈的贴心棉袄。"

这不,寒假一到,以飞雁为首的孩子们各就各位到达自己的义务劳动点。

寒冬腊月,阿六饭店打烊前,建强硬着头皮来跟建龙和晓香商量,他打算卖了中型拖拉机,在饭店门口停一辆三卡车拉人,顺便也可以拉工业区那些企业的小货单。

建龙听了有些兴奋,好像自己的饭店要大展宏图,握住堂兄的手,建议他直接买中巴车。

建强说："不行,一步步来。飞荣职高毕业在东海化工厂上班了,我本想着叫他学开拖拉机,他却说要学汽车。买汽车我家根本没这实力,先把三卡车买起来。"

建龙劝道："阿强哥,飞荣要学汽车是好事,你要支持他。"

"我哪有那么多钱啊?学汽车要8000元。他得用自己赚来的钱去学车,我们还要供女儿飞机读书呢!不瞒自家兄弟,我汽车是学出了,想着先在你饭店门口三卡车开几年,生意好的话,到时再买辆中巴车。"

建龙突然觉得他们堂兄弟间有点像,决定做一件事时的那股劲都是杠杠的。

晓香在离开前递过一个信封给建强,说是借他的。

虽然饭店外面北风呼啸着,但饭店里面特别温暖,堂兄弟两人促膝长谈着未来。那晚,晓香走后,他们又谈了很多很多,似乎已经看到了腾飞的自己、腾飞的村庄、腾飞的未来。

热闹的电话机

弹指间,又迎来一个崭新的春天,百花齐放,百鸟争鸣。

沈家屋檐下,再次飞来了一群燕子,进进出出,忙碌地开始筑巢。雁娜在寻找那只小燕子,她相信,今年的燕子中肯定会有去年的那只。可每只燕子都长着相同的黑白色,找不出特殊的痕迹。尽管如此,她每天放学时依然喜欢对着燕子们小心而轻声地呼唤:"小百灵,小百灵。"那是去年雁娜给小燕子取的名字,因为那天刚孵出不久的小百灵不小心从燕窝里掉了下来,一团小小的粉色的肉,湿漉漉的,嫩黄的嘴巴张得老大,叽叽叽地发出微弱的求救声。亚琴家的狗不知何时跑来的,朝着那一团肉燕汪汪汪地叫个不停。雁娜正好在吃菠菜年糕汤,扔下碗筷,急速地跑过去,否则,只要狗一张嘴,小燕子就惨了。她急切又慌乱地唤:"奶奶,奶奶!"朱凤仙出来了,看到眼前的状况,立即停下脚步,双手合十,口中直念"阿弥陀佛"。听到朱凤仙念经,狗居然神奇地安静下来,瞧了瞧地上的小燕子,一声不吭地在离小燕子十米远的地面上趴了下来。这时,朱凤仙才慢慢地走过去,小心翼翼地捧起地上的小燕子,雁娜则搬来梯子,爬上去,轻轻地把它放回燕窝。里面还有三只同样可爱的没有羽毛的小燕子,正发出同样微弱的叫声。小肉燕慢慢长大了,雁娜每天放学后都会与它对话一番。小燕子有时还会飞到桌子上看她写作业,彼此成了好朋友。所以,她盼着小百灵再回来。

咯咯哒、咯咯哒,母鸡雍容华贵地踱着脚步走进了院子,叫声越过了头顶燕子的呼唤。这声音告诉人们,母鸡又下了一个蛋。

朱凤仙左手挎着一个篾竹淘箩,右手撒出一把谷瘪子,"咯咯、咯咯"地叫唤着,这是中国农村喂鸡的经典呼唤。今天,她的心情特别舒畅,就像门前小院里盛开的玉兰花一样怒放着,因为儿媳妇晓香有身孕了。

"娘,今天有人来拉电话线,你不要去饭店帮忙了!"夏银娥推着自行车边往外走,边叮嘱婆婆。西服厂在年前倒闭了,夏银娥调到标准件厂做保管员,与马红梅搭档。

"有数的,你赶紧上班去吧!"朱凤仙应答着。夏银娥又回头抛给女儿一句:"雁娜,今天不要到处跑,等一下有工人来安装电话,和奶奶一起待在家里哟!"

雁娜正专注地观望刚回来的小燕子,担心会不会有肉燕摔下来,只是有口无心地应答着。这个周日,她本来就不打算跑出去,要好好观察小燕子,写一篇文章去参加征文。岑老师总表扬成绩优异的亚雪文字特别优美,以后说不定能成为作家呢!"作家",多么神圣的词,雁娜也向往着。

等夏银娥走了,朱凤仙便对小孙女说:"雁娜,奶奶想去饭店帮忙,让你小姨回来休息。"

"啊,奶奶,你能当大厨?"雁娜惊讶地问。

"什么大厨小厨的,你小姨要当妈妈了。你先去把她叫回来!"

"好吧。"雁娜一蹦三跳地出门了,在古树下刚好碰到亚琴挑了马兰回来,就约她一起去阿六饭店。

晓香系着油腻的围裙边切菜边回答雁娜:"我没那么娇贵,烧点菜不会影响胎儿。况且,今年你大舅和大舅妈正式辞去了食品厂的工作,全天在饭店上班了。稍重点的活儿,都是他们在干。你回去告诉奶奶,让她安心在家,督促工人把电话装好。"雁娜进来时就看到大舅在后厨搬东西,大舅妈正在拖地,两个人都在闷头干活,她都不好意思上前打搅他们。

雁娜和亚琴手拉手又欢快地回村庄向奶奶复命。

这时,建龙满脸笑意地走了进来,声音里都带着十二分的兴奋:"晓香,好消息!我与房东谈妥了,他们同意以16000元的价格把房子卖给我们,我们可以扩建阿六饭店了。"见他风尘仆仆的样子,晓香迎了上去,替他掸掉身上的灰。建龙高兴得差点把晓香抱起来,晓香指指肚子,脸上呈现出极其柔和的微笑,示意他不可造次,建龙又亲昵地在她额头上轻轻咬了一口。

这次建龙是和建国一起去与房东面谈价格的,建龙决定不足部分向信用社贷款。

说来也巧,当天晚上,建强来归还去年向建国借的2000元。银娥拿到这笔滚烫的还款,像地上捡的一样高兴,直接来到晓香家,说是资助他们的。晓香感动得眼泪汪汪,拉住大姐的手不让走。银娥拍了拍小妹的肩膀:"怎么了?我们是亲姐妹,就这点钱而已。"她还给晓香留下六个苹果,是前几天接待马局长来厂里视察时多买的,说正好给小妹肚子里的宝宝吃。

这段时间,县工业局马局长连续来了两次,说是调研,其实是鼓动建国购买进口机器。

马局长说,效率是第一生产力,进口设备能让生产效率提高十倍。建国这个守旧派听得云里雾里,不露声色地沉默着。马局长急了:"建国,你倒是说句话,人家伟杰已经在准备贷外汇了。"建国好像这才回过神来,缓缓地问:"要外汇?多少?我还要向镇里汇报。"马局长说:"当然要外汇,估计要100多万元。"建国震惊地吐了吐舌头:"天文数字!"马局长拍拍胸脯说:"怕啥?我是代表政府的!这是我们工业局眼下要做的大事,要提高整个海江县的工业总产值,要大胆阔步向前。你担心啥?没钱可以向信用社贷款。"建国低声解释道:"我们厂从来不贷款的。"马局长脸上有点儿挂不住。当年,马局长任副乡长时,叫建国扩大生产规模,他一听就扩了。现在,第三期扩建都已经完成了,让他搞个进口设备提高生产效率,怎么扭扭捏捏起来?陪同马局长一起来的严伟杰豪气地说:"建国老弟,我已经决定购买德国进口设备了。今年10月份,我随马局长到国外考察学习,还要走访很多欧洲国家呢。"严伟杰笑得很爽朗,眼角的鱼尾纹却比前些年深了许多。他经营的网绳厂已经有相当的知名度,当然,他出道比建国早好多年。建国一直很尊重这位大哥,唯唯诺诺地答:"马局长,这事再容我想想,我们标准件厂生产一直用国产机器的,要不要用进口设备,需要征求一下大家的意见。我是共产党员,要对党和国家负责。"马局长对建国这句耿直的话笑得更为尴尬,反问:"就你是共产党员,我们都不是?"

"是、是!马局长,对不起,我不是这个意思。先吃饭去,边吃饭边讨论。"建国知道自己说错了话,连忙道歉,说着把马局长引向阿六饭店。那里面有一个雅间,是饭店唯一的包厢,一年前才隔出来的。就是因为房子太狭窄,为多设几间包厢,建龙才决定重建饭店。

"马局长,不要为难建国老弟了。这么多年了,他的为人,你我又不是不知道。等我的进口设备进来后,生产效率提高了,他自然会羡慕,到时再叫他买也不迟。"严伟杰边把马局长推向包厢间边打圆场。建国知道自己笨手笨脚的,与马局长再亲近,都不如严伟杰与马局长亲近,他俩有时真的像左手和右手,很多人拍马局长马屁,都须通过严伟杰。

马局长摇摇头。严伟杰说得对,建国虽然顽固了点,但是个好人,为人诚实,做事踏实。再说,建国不愿意的事,他当局长的也不能强压啊!说到底,这是企业内部的事,工业局不能越俎代庖。或许,这样的沈建国以后才能走得更远。

转念间,马局长也释然了,坐下来时,照样与沈建国开起了玩笑。也是那次吃饭时,马局长提出来,让厂里给沈建国家里安装一部电话,严伟杰家两年前就安装了电话机。

丁零零、丁零零,下午时分,建国家的电话响起来。这是沈家村第一户有电话的家庭,听说光拉电话线就花了7000多元。以后,厂里有要事,建国不用守在厂里等了,哪怕深更半夜也能马上接听到电话。

第一个打来电话的是建国本人,雁娜接起电话,小百灵鸟似的与爸爸说了好多话。平时,爸爸在家,倒感觉没话好说似的。爸爸给了她姐姐学校的电话号码,告诉她,只要拿起话筒对另一头的接线员说接哪里,对方就会帮忙接通。

雁娜拨到文城市中等医科学校,接电话的门卫告诉她,飞雁的班级去省城实习了。朱凤仙第一次看到家人打电话,呆呆地站在旁边嘀咕:"世道越变越好了,感谢共产党!"雁娜抬起头,才发现奶奶的嘴巴瘪了,从打电话的失落中马上转向奶奶,急着问:"奶奶,你的牙齿呢?"

"上星期全掉了,最后那两颗也掉了。"朱凤仙平静地回答。

"啊,奶奶,你没有牙齿,好像一下子变老了。还有啊,奶奶,你这个发型是不是该变一下了?这是以前老祖宗盘的髻,你能否把头发放下来,我们去东经堂集市剪一个发型吧?"

"你这小妮子,胡说八道。奶奶老了,就该是一个老人的样子,剪什么头发呢?"

"奶奶,人老了怎么就不能剪头发啊?你没看到,飞荣哥前几天回来了,一个大男人还烫了爆炸头呢!"提到飞荣哥那个爆炸头,雁娜就想笑。那天,村里一群小屁孩跟在他后面看西洋镜。飞荣一进家,就被母亲骂了一顿,第二天一早就逃回东海化工厂去了。估计这个爆炸头没拉平直之前,他都不敢再回家了。听说,飞荣哥每天下班后,还去跳交谊舞呢!雁娜不知道交谊舞是什么,想下次问问姐姐。

丁零零、丁零零,电话铃声再次响起。这次,雁娜不想接了,她对正在缝被面的奶奶说:"奶奶,你来接接看。"奶奶手里那已褪色的鸳鸯被面听说是和爷爷大婚时盖的,几十年过去了,奶奶依然缝缝补补继续盖。虽然,有些地方老化得快要碎了,奶奶还是小心翼翼地缝补着。

朱凤仙听到雁娜的话,犹豫着不敢去接。雁娜怕电话声断了,赶忙接起:"喂,爸爸啊,什么事?姐姐全班去实习了……"雁娜已经在电话这端与爸爸说得很溜了,就像面对面似的。

这时,建龙刚好回家来取东西,看到雁娜在接听电话,走近了,夺过电话:"让我听听。这可是我们全村第一部电话机哦。"

建龙在电话机前和那头的二哥白话了几句,放下电话时,冷不丁地说:"我重建阿六饭店后,也要装一部电话机。"

当天晚上,来建国家看电话机的人络绎不绝,但大家都只是围着那部奶白色的电话机谈论着什么,电话机一动不动的。朱凤仙盯着电话机发呆,突然,建刚提醒她:"娘,你可以给上海表姑打个电话,不知道她今年回十七房不?"

"对,给英娣打个电话,她已经有两年没回乡下了。"朱凤仙好像回过神儿来,"等建国回来问问,他肯定知道英娣的电话号码。"

家里人流不息,热闹至极。雁娜跑到老宅,把这事告诉爱飞:"大姐,你快去看看吧。邻居们都到家里来看电话机了,像看外星人,又像看时尚人物。"爱飞听了妹妹的比喻,笑弯了腰。她随雁娜到新屋里来,见爸爸也在,便打趣:"爸,你是不是也想打个电话试试?"

建刚白了女儿一眼:"我们市场办公室里也装了一个,有啥稀奇的?但村里很多人是没见过这新玩意儿。"

"我们播音室也有一个。其实,这电话机就像我的播音机一样,只要打开开关,声音就传出来了。"

"爱飞,你是见过世面的了。要是你爷爷看到家里安装了电话机,一定很开心。"朱凤仙坐在那儿忧伤地冒出一句,神情悲伤地望向外面的黑夜。

第二天,建国把上海的电话拨通了,让娘和表姑在电话里聊了很久。

谁知,几天后,消息传开,不停地有村民来建国家打电话,大家不是打给远房亲戚,就是打给附近村庄的各个村委会,令朱凤仙应接不暇。那些村民与朱凤仙一样,都不知道怎么拨打电话,只会接听。他们拿着一张张皱巴巴的纸,上面写着几个歪歪曲曲的数字,叫朱凤仙打。朱凤仙不会,但又不好意思直说,怕村民误解她不肯给大家拨电话,真正难煞。甚至连平时不太来往的贾桂娣也拿着一张纸条,要给省城的亲戚打长途。接线员说,她提供的数字多了一位,无法连接。贾桂娣只能哦哦了两声回去。有些村民写的号码根本是不对的,不知道是自己写错的呢,还是本来就不知道。夏银娥为这事苦恼了,她心疼不已,嘱咐婆婆还是去饭店帮忙,把新屋院子门关起来,但朱凤仙说院子门不能关。

几天之间,沈建国家的电话似乎已经成为沈氏十七房村的公共电话。不管是沈家还是王家或是李家,只要是住在沈氏十七房村的村民,各家各方的亲友都往这个电话打。特别是晚饭后那段时间,电话声一声接着一声。夏银娥就派小女儿去喊邻居来接电话,雁娜嘟哝着嘴巴,很不高兴。村民进进出出接打电话,已经影响了她的正常学习。沈建国也不知道该如何应对。朱凤仙说:"让雁娜到爱飞那儿去做作业吧,慢慢考虑解决的办法,想想怎么对村民们解释。大家都刚过上几天好日子,不要给邻里们看脸色。哪家不盼着楼上楼下、电灯电话的?现在全村都通电灯了,但电话只我们家有啊!村民们来蹭点,也正常。"建国听了娘的话,只能点点头。夏银娥的脸色仍然很难看。晓香在边上开玩笑似的安慰:"大姐,下个月我家饭店要拆了,我没事干,就帮你守着电话。"夏银娥被她逗笑了。

这时,严伟杰来电话了。听说他家还买了彩色录像机。他约建国一起去城里打保龄球,这些时尚玩意儿建国不感兴趣:"伟杰哥,新鲜玩意儿我真不会,你自己去吧!"伟杰在电话里劝他:"建国,我们要与时俱进,不能像老古董。都什么年代了,你没听见歌曲改唱的'90年代新一辈'吗?"

建国突然问:"伟杰哥,你家去年装了电话,有没有同村的邻居们来打的?"

"有啊,但我老娘一个都不给他们打。"电话里传来严伟杰清楚而响亮的回答,"这是我娘立的规矩。你让这个打,总不能不让那个打吧?我给电话安装了一个木盒子,只能接听,不能打出去,那木盒子的钥匙由我娘保管。否则,要乱套的,管电话机就像管理工厂,必须有严格的制度。如果打长途,电话费老贵的,都得我们厂里开支啊!"

"啊?!"建国感觉伟杰哥确实比自己有办法,虽然有点儿不近人情。

"那你们村民有要紧事来打呢?"建国再问。

"有什么要紧事?有要紧事去村委会打啊!村委会向村民收电话费,他们知道我家的电话是厂里开支,心里气不过。老弟,不要为这种小事犯难,一律不许打就是了!"

"嗯、嗯!"建国手握电话应承着,心里却明白这事在他家是行不通的。娘首先不会答应,如果一律不许打,他得罪的可是全村人。但电话费如果

第二篇章　争做万元户

超标的话,确实也不好向厂里交代。所以,建国挂下电话后,对家里人立了规矩,全家人不能随便打电话。亲人们听着,一个个你看看我、我看看你。娘向儿子投去赞赏的眼神。正在角落里陪着儿子玩的潘依群觉得二哥有点小题大做。

第二个月,电话费清单来了。事实证明,建国家中的电话费超出了厂长办公室的电话费。他想自掏腰包,副厂长郑敏不同意。郑敏原先是厂里的财务人员,四年前建国重点栽培她,让她在市委党校脱产培训了整整一年。回来后,镇政府直接任命她为标准件厂副厂长,也是全镇唯一的女厂长。据小道消息,郑敏可能要提到镇里当干部了。与她一起培训的化工厂副厂长李玖,前段时间已经被提去镇里当干部了,编制问题都解决了。郑敏感恩沈厂长对自己的栽培。这点电话费,她代表厂部直接表态:"厂长家里电话费多,说明我们厂业务多、生意好,还不都是因公打的电话啊!"建国被说得脸上一阵红一阵白的。

两个月后,来打电话的村民明显减少。起初有些人只是来过把瘾,大多数人也没那么多亲戚可联系,毕竟没有几户人家的亲戚家里装有电话。大多数人打过去也都是七转八转,要让对方叫半天才能来接听电话,这边握着建国家的电话也像热锅上的蚂蚁,毕竟占人家的便宜,下脚虚得很。

7月份,阿六饭店的那栋房子转让手续办齐了,建龙又到东经堂村办了造房审批手续。饭店重建时,娘陪着晓香住到了新屋,每天晚餐后才回老屋睡觉。虽然饭店不开张,但红膏炝蟹、白斩鹅、五香牛肉、高油鸭蛋这些熟食每天都由晓香和大嫂提前在家里做好,再去市场出售。建龙全心投入到建筑工地,及时转换成一名能干的水泥匠。

古树底下乘凉的那群老农民每每见到朱凤仙,总是要夸夸她的儿子和儿媳妇为人朴素、勤劳致富。沈建国兄弟的荣耀和先富,已成为十七房的光荣、全镇青年学习的典范。

当雁娜最关注的小燕子随着父母再次向南方飞去时,沈建龙的儿子沈致远出生了。夏晓香在市妇儿医院生了三天三夜,才把这小家伙带到人世间。守在外面的沈建龙、沈建国夫妇及正在实习期的沈飞雁深深地透出一口气。夏晓香难产,由白龙镇卫生院的救护车送到市妇儿医院,又是朱康美帮的忙。他的妹妹是市妇儿医院产科医生,救了夏晓香母子两条命。这份恩情,沈建国要记一辈子。朱康美爽朗地说:"建国,你当年救了我一条命,这叫爱出者爱返。"

第三篇章

村庄走向世界

村里出了一个大学生

当河边的柳树抽出鹅黄的嫩芽时,古榔榆树也再次抽出新芽。当叶子绿得发油时,马路边烫金的"阿六饭店"招牌也竖起来了。

全新的三楼三底的房子,白墙红砖,坐北朝南,外面有一个敞开式的大院子,可以停汽车,也可以摆酒桌。

一楼左边一间大厅摆放了六张小桌,供零星客人使用;中间进门是接待厅和吧台;后面的厨房,宽敞明亮;右侧是点菜房和冰库,位置安排得合理又紧凑;中间红色的木楼梯盘旋而上,气度不凡。

二楼左侧是一个大厅,整齐地摆放着六张桌子,其他都是单间,南北两侧隔成六个雅间,中间还有一个放酒水等的储物间。

三楼南北都是包厢,加起来共十个。

整个饭店可同时接待三十桌左右的客人。如果有需要,院子里还可再搭个棚子,摆上十桌。那么,就能容纳近四百人的宴席。

经过一个月的试营业,1992年6月27日,阿六饭店成功升级,再次隆重开业。其实,在重建与装修的过程中,阿六饭店从来没有停止经营。晓香带着婆婆、大哥、大嫂每天从上午到下午,都在东经堂集市轮流摆摊,她的熟食货已经在周边打响了招牌。为此,重新开业的阿六饭店一楼专门开辟出一个小窗口卖熟食,由大嫂负责,大嫂本是做腌货的高手。建龙从白龙镇印刷厂定制了一批盒子,将高油鸭蛋包装好,工业区的老板们争相订购,成为常年送客户的精美礼盒。建龙说,每出售一份产品都给大嫂额外的提成,大嫂感动得眼眶都湿了。

转眼,7月6日、7日、8日三天紧张的高考过去了。飞达估了分数后,填报了自己最向往的省警察学院。等成绩出来,实际分数比录取分数线整整超了四十分。收到邮递员送来的录取通知书时,全家沸腾了。飞达只是傻笑,飞雁激动得热泪盈眶,哽咽着说不出一句祝福语,似乎那张录取通知书是寄给她的。朱凤仙双手合十,默默地念"阿弥陀佛"。伍莲珍扔下小店,门也不关,直接骑上那辆破自行车回家来。沈飞达成为新中国成立后沈氏十七房村第一个大学生。

欢笑的泪水在那天没有停过。建军得到消息,阔步跑到侄子面前,紧紧地抱住他,泪水汩汩而下。当年,自己考了整整三年,都没考上。今天,飞达光宗耀祖,圆了他的大学梦。他放开飞达,走进饭堂间,给墙上的老祖宗和父亲点燃三炷香,磕了三个响头。全家人依次点香,一一跪拜,告慰先人。

唯有沈建刚没有那么开心,坐在院子里那个面板已经磨得发亮的石板凳上发呆。填志愿前,他一直劝儿子报重点大学。但飞达说自从村里那头牛丢失了以后,就想当警察了。而学校门口供销社被破洞而盗时,更坚定了他当人民警察的决心。沈建刚眼睁睁看着已高出他整整一个头的儿子浪费了高分,丢出一句:"重点中学白读了。"

周日,飞荣特意跑回老家来祝贺飞达,见面就向他敬了一个礼:"警察叔叔好!"接着,从背后拿出一个最新款的随身听送给飞达。飞达推开黑盒子:"这般时髦货,太贵重了。"飞荣反驳:"再贵重,哪有我们从小玩到大的兄弟情谊重?"凭这话,飞达只能收下。飞荣打开盒子,拿出早就准备好的磁带,当下最流行的四大天王的歌曲一首接一首地从这个锃亮的铁盒子里流淌出来。

飞达知道发小是个有志向的好青年,与自己惺惺相惜。果然,飞荣接着告诉他:"我爸那辆三卡车已经卖掉了,卖了2400元,两年多前买来时才800元,他已经在购中巴车了。我爸这个人很有经营头脑,我应该也有他的基因,说不定我什么时候也下海经商去了。我正在学驾驶,到时驾着车去省城看你。"说完,又向飞达擂了一拳,他实在为发小实现理想而开心。

飞达听着飞荣对自己未来的打算,发自内心地高兴,也用拳头回应对方,只是他书生的拳头软绵绵的:"那我等着你开着私家车带我逛西湖。"飞荣豪气而又响亮地回答:"好!我等你学成归来成为一名好警察。"

他们约了飞雁一起到阿六饭店共进晚餐,而飞雁说实习医院的同事临时有要紧事,请她晚上顶班,她匆匆吃一口就得赶回市区。公交车已经没有了,建龙说要骑摩托车送飞雁。建强刚好来饭店看孩子们,听说后立即接过活儿:"你顾好饭店生意,我来送飞雁。"说着,从建龙手中夺过钥匙启动了摩托车,又对着飞雁笑:"强叔以后让你乘中巴车。"

飞雁看着建强信心十足的样子,受到感染,高兴地说:"强叔,你可真有眼光,厉害了。现在流行中巴车了,市里有好多从农村来的中巴车。"

"是啊,以后我们白龙镇也会有很多中巴车的。我不识字,到时你帮叔填报一下营业执照?"建强故意说。

"没问题,需要准备什么材料,你尽管打电话来,我帮你写。"飞雁应允得很爽快。

建强打趣道:"飞雁真是我的好侄女。叔已经叫飞荣在办了。"叔侄俩戴上头盔,乘着初夏的凉风呼呼呼地向市区方向驶去。

饭后,月光下,两个已经成人的小伙子一起走向田野间。经过一片水塘时,飞达禁不住弯腰捡起一块碎瓦片,斜着身子向水塘中央抛去。这是他们小时候经常玩的游戏,小瓦片在水上连续跳出几个圈圈,水中泛起阵阵涟漪。黑暗中,波光闪闪,似乎有白色的小鱼儿跟着跳出来了。飞荣也在地上找了几块小石子,向水塘中央再次抛去,小石子在水面上活蹦乱跳着消失在黑色的水面。飞荣说:"自参加工作后,我们碰面的机会实在是太少,节假日也是偶尔匆匆见一面。两年多来,几乎没有这样聊过天。"

飞达惭愧地说:"飞荣哥,这两年多来,只有你关心我,我只顾一门心思做书呆子了。你常寄信、寄明信片给我,我偶尔才回寄一张,上面只有几句应付性的祝福语。"

飞荣听到飞达叫他"飞荣哥",定神端详着发小,会心地笑了。这是他们长大了的标志,还是见外?抑或是学会了彼此尊重?他平静地说:"读小学和初中时,你我是一样的顽皮小子。如今,文城中学把你塑造成了高才生,我真怕你回到沈家村看到我时脑子里仍只有数学题。现在,这张录取通知书来了,我放心了。以后,你是头顶国徽的人民警察,我是工人,与农民没本质区别。你以后飞黄腾达了,不要忘了兄弟。"

"其实,当农民也不错啊!我的记忆里永远会有老家的位置。"飞达动情地说。月光静静地照耀在十七房村的机耕路上,斑驳的树影似乎在向他们诉说,时光与友情永远不会改变,兄弟情谊随着岁月的增长只会更深、更浓。

几年前,飞荣还常带着一群兄弟姐妹去别人家的地里偷瓜,赶着月光钓黄鳝,在冬天的焦泥堆里煨土豆、煨番薯、煨芋艿。但这样的日子不会重返了。如今,种田的农民逐年减少,二叔家的田地早已承包给三门人耕种,只有少数父辈还在田里勤恳地劳作着,更多的农民进入企业,摇身变成了工人。民营企业如春笋般出现,年轻人不是去外面读书了,就是进城打工了,很多发小一年到头都碰不到一次。

飞达突然盯着飞荣的头笑:"听说你学城里人,烫过一个爆炸头?"

飞荣爽朗地回笑:"现在不是拉平了吗?"其实,飞达想对飞荣说,你现在的发型依然是全村最酷的,特别是前面刘海那部分高高耸起,摩丝刮得锃亮又厚实,像一个黑色的硬壳套在额上。

"哈哈,现在社会上的青年男女都流行这种发型,还有喇叭裤。我本来也打算弄一条穿穿,但怕我妈看到了又要唠叨,就打消了念头。对了,你看到了没?东经堂集市到阿六饭店那条路上开满了店铺。"飞荣甩甩那摩丝头继续说。

不知不觉中,他们俩已经从田间的机耕路走回了阿六饭店,到了新建的柏油马路上。曾经,脚下的这条路是多么的狭小,但每年腊月只要东经堂召开物资交流大会,连山背面的人都会来赶集。他们要从十七房村那条小机耕路经过村口的古树,再到沈家小店位置,往阿六饭店前进,最终到达东经堂集市。四面八方的农民都为了赶这场物资交流大会赶来。所以,当时的场面特别热闹,差不多每个人手里都会提一个热水瓶或一个包裹或一把雨伞或一个面盆或一盏油灯或一块布料等各种各样的东西。人们或背或夹或扛或提,来去匆匆,三五结成队地行走。那也是农村人最悠闲的日子。那时,农民的脸上带着满足和纯粹的笑容。

沈氏十七房村往北的其他一些村庄,如果要去市区也都必须经过十七房古树下那条小小的交通要道。80年代,十七房村开辟出了一条石子马路,直达东经堂集市,又开通了公共汽车路线,也因此有了后来飞荣他爸在阿六饭店门口停三卡车的故事。如今,阿六饭店门口停着的三卡车已不止一辆。工业区的外来打工者也越来越多了,来自全国各地的农民工都涌到沿海城市打工。虽然十七房村口那条小路人流少了,但标准件厂出资重新建造了这条水泥路,质量远比阿六饭店门前从工业区到东经堂集市那条石子马路好。听说,上级政府要重新规划一条路,将贯通西边所有的山村,通往文城市中心。老百姓们有点不理解,如果从北面的白龙镇政府经过十七房村那条路到市中心才是最便捷的,为什么偏要往东经堂集市周边的各个村庄再去绕一圈呢?建国向村民解答,政府要全盘考虑整个白龙镇地域的发展,不能光想着哪里道近而只发展哪一块,这叫全局观。大家听着,点点头,似乎明白了,又似乎并不明白。曾经有一段时间,古树下的老人们围绕着这条道路讨论了很久,当然也讨论不出什么。关于马路的最后走向,并非由几个农民说了算。

就像飞荣与飞达所交流的,这半年来,村里出现了一个新气象,东经堂集市与阿六饭店中间的那段空地正在被填满。左边被工业区的厂房连接起来了,右边被许多零星的农民房子连起来了。那些小平屋纷纷被改造,齐刷刷地变成了两层或三层的楼房。这些房子一楼开店,二楼、三楼住人,像经过统一规划似的。马路北侧的所有空隙也被填得水泄不通,五彩斑斓,商业氛围浓厚。五金店、理发店、服装店、裁缝店、粮油店,五花八门的店铺开得兴隆极了。不久后,建国、建军、建龙家门口那条崭新的水泥路两侧也被各家新居占满了,与沈氏十七房的老宅紧密地连成一片。

飞荣说,东经堂集市即将被推倒重建,要改名为白龙镇综合商场了。镇政府也要搬迁到东经堂村,全镇的经济中心将整体迁移过来。实际上,数十年来,全镇的经济中心一直在东经堂集市。政府的这次规划也决定了白龙镇的腾飞。

飞达倒是第一次听到这些。他虽为沈家村人,但好像对村庄周围发生的事从来没有关心过。今晚的对话,也令飞达对飞荣有了全新的认识,感觉他思考的东西真多。这一夜,他们借着明朗的月光和四周飞舞的萤火虫,差不多把附近的村庄都绕了个遍,最后在古树下分了手。

青春焕发的飞荣骑着摩托车回城里去了,飞达也向老宅的方向走去。

飞达到家,见爸爸正满腔怒火地与妈妈说着什么,妈妈在劝慰爸爸。原来,前段时间二叔厂里几批铜和铁被偷的案子破了,小偷正是西邵村邵立株的小儿子拐脚邵阿三。邵阿三因少年时与人打架,落下了残疾。前几年,他去云南看望已经当上军官的大哥时,在那儿骗得了一位少数民族族长的女儿,叫方婳。方婳有着高挑而婀娜的身姿,铜铃般的大眼睛,瀑布似的黑发,像一朵娇艳的鲜花,标致、利落,如她的名字一般如诗如画。邵阿三虽然腿有残疾,但相貌堂堂,不知情的族长以为他大哥是军官,弟弟肯定不会太差,以为女儿嫁到沿海经济发达的城市能过上好日子。不料,方婳嫁过来仅两个月,邵阿三就暴露了好吃懒做、爱赌博的本性,每天不是躺在床上看电视,就是去小店打牌。方婳根本管不了他,告状到公婆那儿。公婆对这个从小娇惯的小儿子早就没了办法。最要命的是,邵阿三只要方婳不给钱,就翻箱倒柜,连她藏在卫生巾里的钱都被偷走,还把她打得早产了。他妈上去拉扯、劝架,他就连亲妈一起揍。不得已,邵立株拉下老脸请求建国让方婳到标准件厂打工。建国对邵阿三打老婆的事早有听闻,见云南姑娘怪可怜的,就同意招进来了。方婳倒是个吃苦耐劳的好姑娘,工作认真,没有像其他妇人爱搬弄是非,不久却又一次流产了。村民都在背后骂邵阿三是个畜生,糟蹋了一个好姑娘;又骂邵立株,"文革"十年成"斗人"高手,早该遭报应了。可邵立株仍每天抽着烟斗,要么在东经堂集市闲逛,要么到十七房古树下看下棋,哪怕没人理他,照旧来。

偷窃案是白龙镇派出所破获的。因为邵阿三在一个雨天的晚上又去偷另外一家企业的铜件,正当他从厂里往外扔了十余个圆铜配件,从围墙上跳下来时,被早已等候的便衣警察逮了个正着,他的挣扎终究徒劳。经拘押审问,他很快交代,近期工业区内三家企业的偷窃案都是他所为,而偷盗标准件厂的数量最大。

于是,邵立株又厚颜无耻地到朱凤仙家来求情。朱凤仙当然清楚,当年,邵立株为了大儿子能当兵,活生生地占用过建国的名额,这般下三烂的人她真不想搭理。但终究是一个生产大队的,她拉不下脸,面对向她苦苦哀求、又对她笑着说尽好话且上了年纪的邵立株,她招架不住了。建刚得知后,匆匆跑去,恶狠狠地朝邵立株站的地方吐了几口唾沫,叫娘不要心软。当年邵立株连他幼小的五弟都不放过,现在还有脸求建国放过他已经成人的儿子?可建国拉走了大哥,并主动请公安高抬贵手,从轻发落邵阿三。建刚堵了一肚子气回来。

听完爸爸的讲述,飞达也极为愤怒,无法理解奶奶和二叔的行为。自己当警察就是要抓坏蛋,不让坏人随便欺侮老百姓。他是第一次从爸爸嘴里知道,原来每天背着手在古榔榆树下踱来踱去的邵立株心性如此歹毒。

建刚黑着脸继续说:"飞达,你既然选择当警察,就要是非分明,否则枉费了这么高的高考分数。"飞达知道,爸爸一直不赞成他当警察。当年,二叔连高小都没毕业,两个姑姑和小叔都初中没毕业,而爸爸作为长子是正儿八经的初中生。可见,爷爷在爸爸身上寄托了多大的希望,估计现在爸爸同样把梦想寄托在自己身上,就像五叔听到他拿到大学录取通知书,一个大男人激动得泪水涟涟。五叔的集体企业玻璃厂曾经很辉煌,但近几年因民营企业的崛起,快破产了。五婶的圆脸挂成了马脸,看五叔的眼神已经不像以前那般崇拜了。

9月10日,飞达搭建强叔崭新的中巴车直达火车站,去了省城警察学院。

那天,邵阿三被判两年零十个月的有期徒刑。听说,方婳去了庭审现场,之后再也没回村庄。从此,邵立株看到沈家人更是恨之入骨。

私家车开进十七房

如果之前建国工厂的普通桑塔纳开进村庄是一件大事的话,如今,建龙购买了全村第一辆别克君威私家车那确实有点威武了。

车子开到村口古树下时,老人们都停下了手中的象棋,一起注视着它从眼前经过,又看着建龙从车里下来。

有村民议论:"难道建龙比他二哥还有钱?"有人接话:"当然,建国的标准件厂是集体企业,建龙的阿六饭店是个人的,能比吗?"又有人说:"标准件厂要改制了,集体厂要卖给个人了。但现在建国不敢接手,因为厂子利润太高,他没那么多钱买下来。"说话的老者正是建国的三叔沈宝华,他家儿女都在标准件厂上班。"建国如果不买进,难道这么大的厂要卖给外人?"老人们放下手中的棋子,已经没心思往下走了。

沈宝华也说不清,便指着把车子停到道地从那边走回来的建龙,大声问:"阿龙,你这车多少钱?你有钱不帮你二哥买厂,买什么轿车啊?"

"买厂?"建龙也是第一次听说二哥要买厂。

建强刚好拉了一车客人到站,回家拿东西路过,也被众人拉住:"阿强,你知道标准件厂的事吗?"

建强回头望了一眼建龙,问:"是标准件厂转制的事吧?"建龙茫然地看着建强,建强也摇摇头,补充道:"我只听说严伟杰经营的网绳厂倒闭了。"

"啊?网绳厂前几年还很风光的,不是刚买了进口设备吗?"建龙听了,大惊失色。

"刚才东严村人在我中巴车上说的。"建强丢下这句话,匆匆回家去了。一群老人边叹着气,边又重新开始走象棋。毕竟,东严村的事与沈家村的事是两回事,农村里道听途说的事太多,不过,只要明天去东经堂集市走一圈,就能知晓真假。

第二天,塑料网绳厂破产倒闭的消息被证实了。说是工业局也参股了,现在马局长也无能为力,工业局派二把手李副局长下来清算了,厂长严伟杰不知道将何去何从。

建龙跑到二哥那里,建国觉得很奇怪,六弟可从来没到过他的办公室,不解地问:"建龙,娘有事?"

"娘没事,我就是想来看看二哥。"建龙笑着,不好意思地回答。

"哦,你坐。我十分钟后要去镇政府开人代会。"

"二哥,你开会去啊?我开车送你去。"建龙想让二哥体验一把他的新车。

"建龙,二哥厂里也有桑塔纳,但开会这种事,我还是骑自行车好。公车主要用来公务接待,我是共产党员,不能随便用。"建国不仅是白龙镇人大代表,今年"七一"还被评为文城市优秀共产党员。

"二哥,你的思想太落伍了。开会就是公事,公事为什么不能乘公车?"建龙反问。

"你太年轻了,有些事还不懂。我不想沾你私家车的光,还是骑自行车好,二十分钟就骑到了。"其实,他本想说六弟没必要买私家车,还不如买辆皮卡车更实用。

"二哥,听说你们厂要转制?"建龙突然问。

建国边整理桌子上堆着的文件资料,边看看弟弟:"哪里听来的?我们厂还没有转制。"

"为什么老百姓当中都在传,估计也是从你们内部传出去的吧?"

"上面是有文件,集体企业要开始转制了,并不是一家两家工厂的事。我们的工厂还没提到转制日程上。我最近头疼的是污水排放问题。小吴村等多家村民在向上面告状,酸水影响了大家喝水和农田的灌溉问题。"

"哦,这个问题要怎么解决呢?工业区里不是又新开了两家五金厂吗?"建龙挠了挠头,继续追问。

"那两家私营五金厂规模小,是西河村人和东严村人开的。人家告的是我们厂。"建国皱着眉,声音里满是疲惫。

建龙"啊"了一声,又问:"伟杰哥的网绳厂破产了,能被私人收购吗?"

"可能吧!你想收购?"建国扬起嘴角反问。

"我哪有这实力?我只想把阿六饭店经营好,你不是一直教育我要一门心思做好一件事吗?我倒想着,二哥能否把那破产的企业收购过来,肯定便宜。"建龙说。

建国沉思了一会儿,答:"我是搞紧固件五金配件的,伟杰哥是做网绳的,隔行如隔山。再说,我也没这能力去收购他的工厂。伟杰哥要不是买了那些进口设备,也不会破产。他们贷了97万美元买来的设备,根本没生产过像样的产品。听说,那套设备是外国人淘汰的二手货,连上海请来的大师傅都看不懂,省里请来的专家也解释不了。那些技术参数调整不了,无法开机,设备变成了一堆烂铁。"

"啊?"建龙像听天书似的,瞪着大眼愣住了。

"进口设备刚到时,伟杰哥还邀请我一起去吃过饭。当时,很多领导都来了,真是风光一时,谁知道结果会这样呢!"建国没说自己也差点儿落入圈套。当时,马局长和严伟杰都鼓动他一起去国外考察,可他不想吃烫手山芋。听到网绳厂破产时,心里暗暗松了口气,如果他当时听了马局长的,那标准件厂估计也得倒下。他心里很清楚,自己厂生产的五金配件属于低端产品,不需要用进口设备。

建国看了看手上那块飞雁去年用实习工资为他买的新表,说时间到了,要去开会了。

建龙走回饭店,看着马路两旁店铺林立、商贩云集,工业区里私营企业正风生水起,心里想着正事,一脸的严肃。

中午时分的阿六饭店门口人声鼎沸,不仅有许多候车的客人,也有喝茶、聊天的闲杂人员,这些人可比沈家村古树下的那些老人要年轻许多。有些是旁边企业的打工者,趁休息,在这里领领市面;有些是打算进城买东西的,等中巴车坐满了人就出发。除了建强的那辆中巴车,还有三辆也是附近村民新开始营业的,四辆中巴车轮流跑,旁边仍有四五辆三卡车在来回穿梭。三卡车的优势依然在,个别有急事的主儿还是喜欢雇三卡车进城,因为方便快捷,不像中巴车非得挤满了人才会启动,说到底成本不一样。

建强家的中巴车依然是桂花和菜儿轮流当售票员。今天,菜儿当值,她还是穿着花枝招展的劣质衣服,脸上涂着白粉,嘴巴涂得像猴子屁股一样红。但仍有一些潦坯样的年轻人,喜欢在车前车后与菜儿说几句荤话或黄段子,菜儿似乎也挺享受这种无聊的搭讪。

建强的车回村了,刚停好,下来一位内搭白衬衫、外穿淡蓝色马夹背心的年轻姑娘,不是别人,正是沈飞雁。她身姿曼妙,轻盈地跳下车,往饭店里面走。女主人夏晓香正埋头打算盘记账,朱凤仙和四个妇女正在厨房里忙碌。看来,饭店生意越来越兴旺了,这四个妇女飞雁不认识,都是新招的。

她故意慢腾腾地走到朱凤仙眼皮底下,轻轻地跳了一下,唤:"奶奶。"

"哎哟,'饿死货'回来了。"朱凤仙被吓得不轻,转而眼里漾出无比的喜悦。飞雁上个月已正式参加工作了。

飞雁边说着话边把奶奶拉到外间,随后,从棕色的双肩包里取出一张蓝色的百元大钞,半鞠躬着毕恭毕敬地献给奶奶。

朱凤仙看着孙女给的大钞,眼睛含着晶莹的泪珠,嘴巴哆嗦得说不出话来。爱飞参加工作第一个月就为奶奶买了一双皮鞋。现在,飞雁又给她一张大钞,她怎能不激动呢?她要把钱藏到床底下的铁皮盒子里去。

晓香已经偷偷地走到了飞雁后面,大声喊了声:"喂,没有我的份啊?"

"哈,你的!"飞雁顺手把一个崭新的计算器送给她,满脸的孩子气,又问,"外婆在哪里?我也要给她100元。"

晓香接过东西,睁大眼睛:"计算器?新武器,太好了,看来我没白疼你呀!你外婆带着致远回夏夹垚了。我晚上回去,可以代劳。"

飞雁将百元大钞递给小姨,故作调皮地说:"千万不要私吞哟!我这100元工资可比阿六饭店的1000元都宝贝!"说着,又从包里取出一袋黑色的蛋糕,晓香也没见过,飞雁告诉她:"这叫'黑森林',巧克力做的。"朱凤仙接道:"这么好的东西应该等全家人到齐了一起吃。"飞雁却拿出一块非得让她们先尝:"包里还有,你们先吃。"

建龙进来刚好看到她们在分享被压得扁扁的"黑森林",却盯着飞雁的牛仔裤说:"我们家'饿死货'赚铜钿了,这身装扮有城里人的味道了。"飞雁被小叔说得脸上升起了两朵桃花,回:"这裤子是飞荣哥送给我的,他在城里开了小小的服装店,专门卖牛仔裤。对了,六叔,你这房子的老东家也一直在做服装生意,飞荣哥认识他。飞荣哥说,我们农村人挺傻的,从他那儿买的裤子只有48元,但你这个房东够狠,直接标了280元,买的农民还像捡了个宝似的高兴。"

在场的人都被飞雁逗笑了。建龙说:"这种事老早就有。当年邵家袜厂在大上海摆地摊,周边有村民千载难逢去一趟上海,买回来却是自己村庄生产的袜子,本来想回到老家炫耀一番,仔细看了标签差点晕过去。这不,都是瞎眼!"

飞雁又提到飞荣的店铺,面积虽小,但经营得不错,他打算把店开到东经堂综合商场来。于是,飞雁问:"六叔,东经堂综合商场啥时开业?"

"还在造呢!这些房子到底是用来租的还是卖的,目前还不知道。你小姨说,如果镇政府出售的话,我们去买一间。这次还要同步改造菜市场,据说四周的店铺都是用来卖的。"

飞雁盯着六叔,对他刮目相看,小时候看似最没用的小叔变得最有能耐了。

建龙被侄女看得心里发毛:"别这样看我。你今晚在这里吃饭吧?"

"不了,我得陪妈妈和妹妹去,爸爸经常在外应酬或加班。"飞雁快两个月没回家了。

出乎意料的是,那晚建国没有加班,也没有应酬。原来,朱凤仙借孙女回来之机,打电话命令他回家吃饭。建国在外应酬多,最近好几次喝醉了,还与银娥吵架,这在以前是没有的事。

沈建军和潘依群的日子也不好过。孩子刚出生时,先由朱凤仙抚养,可潘依群总是一万个不放心,要么嫌弃婆婆煮的鸡蛋不够熟,要么嫌弃婆婆碗洗得不够干净,婆媳矛盾不断升级,建芬在中间也调解过,不顶用。朱凤仙管不到三个月,就回阿六饭店帮忙了。孩子就由潘依群自己抚养,有时让她婶子来帮忙,可婶子毕竟不是她亲娘,不出一个月,也黑着脸回家去了。她也不好意思再开口让婆婆回来养孩子。本来,她产后,厂里已经给她换了一个轻松的岗位,可现在玻璃厂连年亏损,转制的事已是铁板钉钉了,这意味着夫妻俩都要下岗了。最近,这对夫妻日子过得烽火连天的,嘴皮子动得更勤。

飞雁特意跑到隔壁五叔家把一瓶尿素霜和两块蛋糕给了五婶。潘依群接过东西,愣了一下。飞雁还没等她说一声谢谢,就像一只快乐的燕子"呼"地飞回去了。

晚饭后,大家庭成员都在建国家聊天,满屋子的人。爱飞穿着墨蓝色的职业装,脚蹬着黑色的高跟鞋进来了。她已经从一名广播员转变为一名通讯员,可忙乎了。要不是飞雁回家来了,她是不出来聊天的,下班后就在家里潜心学习,心里有着远大的志向。雁娜看着大姐,突然问飞雁:"姐姐,你会不会也像大姐一样每天穿这么高跟的皮鞋?"

飞雁回答:"我是医生,每天坐在医院里接诊,适合穿平底鞋。大姐要接触不同的官员,要讲究形象。你看着吧,我们的大姐以后会大有成就的。"爱飞在人群中与飞雁打了招呼,瞟了一眼雁娜,知道小妹肯定在谈论自己,故意在另一旁坐下来,跷着二郎腿,拿过桌上的报纸翻了几下。每天看报看书,是她的习惯。

朱凤仙笑了:"'饿死货'眼光不错。不过,奶奶认为你们以后都有出息。"

"真的吗?奶奶,我以后也会有出息?"雁娜天真地问。

"你也像哥哥一样考个重点中学,那出息比姐姐们还要大呢!"奶奶鼓励道。雁娜已经是初中生了,成绩并不差。

建强来串门,一进来便把建国拉到里屋去。女眷们继续各顾各地聊天,银娥在绣一块手帕,吩咐飞雁给倒杯茶进去。飞雁很自然地进去与强叔亲热地攀谈了几句才出来,短短几句中,她知道堂姑沈菜儿家又出事了。

原来,菜儿找建强要回中巴车的合作款,说是等着急用。桂花很懊恼,一直唠叨着菜儿不着调的人品,骂丈夫瞎了狗眼。建强只能由着她骂,他心里不是不知道堂妹的德行,可生活已经给了菜儿教训,作为兄长,他不能往堂妹心上撒盐。所以,他当时就答应合作并一起运营。"只是,一年不到,成本还没赚回来,菜儿就要把钱全部抽回去。"建强皱着眉头向建国诉苦。

建国思索了几分钟,慢悠悠地在家里踱来踱去,劝道:"阿强哥,菜儿的本钱迟早要抽回的。当时你与我商量时,我也不太赞成你们合股。菜儿与老公关系不好,确实太复杂。"

"严伟康太过分了,以前在外面乱来,钱总归是拿回家的。现在,他向菜儿提出了离婚,倒要10万元钱。"建强说完,又叹了口气。

"菜儿抽回本钱,这车的运营就全归你了吧?车辆的营运证就像一份无形资产,早已增值。你要是不想经营了,随时转手,想接盘的大有人在。"建国提醒道。

"菜儿要求拿回10万元,而她当时才投入了7万元。再说,我一下子去哪里弄这么多现钱啊?"

建国问:"还差多少?"建强答:"6万。"建国在脑子里迅速转了一下,他家也没这个数,差得太远。

"我去问问信用社,能不能贷款?"

"可我没有东西可抵押,只有一辆中巴车。"建强可怜巴巴地看着堂弟。他之前听说过,信用社负责人请建国吃饭,请他厂里贷款,建国都不要贷。其实,他今天来就是想看看建国能否帮忙为他贷点款。

"合作的事迟早要算清的,早算清也是好事。"建国说着,灭了手中的烟蒂。

当年,建强卖掉三卡车、买入中巴车前,建国曾希望建强买一辆小皮卡给标准件厂拉货。虽然标准件厂已经有一辆货车,但送货经常来不及。厂里曾经购了一辆车,还配了一个专职司机。前年,那辆货车出了一场交通事故,厂方全责,司机也受伤了,病假半年,算工伤。而厂里每天都要发货的,只能再请一名司机。现在,厂里长期挂钩了两辆社会车辆,一辆是皮卡,一辆是大货车。郑敏仔细核算过,对工厂来说,租车比自己厂里买货车要节省得多,同时,还能免去意外责任。于是,标准件厂后来把货车卖给了这位司机,仅租车送货。当时,建强决定买中巴车载客。建国没阻止,他相信,开中巴车确实比开货车更赚钱,也没这么辛苦,至少不用跑长途送货。

农村的房子不能作抵押物。半个月后,建国、建芬各借了两万元钱给建强,建芬又作中介人向邵惠丽替堂哥借了两万元钱。

冬至那天,沈建军的人事关系转到了标准件厂。潘依群在家焯了点大头菜年糕,借分享年糕的由头,来到大嫂小店,说自己拿了些补偿费,回家专职养儿子了,小店如果有什么需要大嫂可以随时叫她。伍莲珍委婉地说,小店是小本生意,自己一个人足够了,阿六饭店生意兴旺,经常在招工,倒可以跟晓香说一声。

潘依群半真半假地说:"大嫂,饭店规矩多,我怕做不来。"伍莲珍笑而不答,作为妯娌,她不便多说什么。

年底,玻璃厂成为白龙镇第一家转制企业。

沈医生的仁爱之心

意外不期而至。

中午时分,村支书接到山塘负责人打来的电话,说打炮现场几块乱石射中了沈建立的大腿,大出血。他立马转拨建国厂里的电话。

婉珍忙完上午的发货,刚喘了一口气,听到消息,拿着的听筒差点从手上掉下来。她浑身发抖,四肢无力,挪也挪不动,脑袋瓜里闪出一个念头:快向就近的建龙借车。当下,最重要的是把人送到大医院。王婉珍知道,哪怕救护车已经在路上,要开进山塘那段七高八低、弯弯曲曲的路,至少要一小时,还不如自己找车直接送医院。今天一早,厂里的小轿车就载着建国到区里去开会了,两辆长期租用的车刚好也被自己派出去送货了。她用右手拍拍脑袋,努力让自己冷静下来。缓了几分钟,身上似乎恢复了力量,她放下手中的调度单,披上厚实的工作服,直奔阿六饭店。要命的是,建龙也进货去了,只有晓香和凤婶在。听着婉珍慌乱的诉说,凤婶打断了她的话,吩咐晓香:"救人要紧,你载上婉珍快去山塘!"

突如其来的祸事!晓香拿了车钥匙匆匆去发动汽车,发动了两次才启动,突然又停下来,打开车门,往回跑,婉珍急得在身后大声呼喊:"晓香,干吗去啊?"

晓香没理她,很快又气喘吁吁地回到车上,提着她平时收钱的挎包,扔给婉珍,边开车边急切地说:"婉珍嫂,包里是钱,你收好了,等一下到医院要先交钱的。"

寒冷的天,在这关键的时刻,婉珍的心被暖到了,眼泪不自觉地流下来。她怀里抱住小挎包,哽咽着说:"晓香,你与你姐一样,你们全家人都这么善良体贴。"

"婉珍嫂,我们都是自家人,不说这些话。"晓香认真地开着车。

到了山塘,远远地就看到沈建立躺在地上。近了,才看清他的下身全是血,血正在凝固变黑,人也昏迷不醒。有几个工人围着他,个个不知所措。山塘主正慌乱地四处打电话,说120已经在路上了。

婉珍看到这副场景,早就失去了魂魄,要不是晓香扶了她一把,差点昏倒。地上的男人平时在家不是与她吵闹,就是冷战。紧要关头,她才知道,自己心里还是有这个窝囊丈夫的。

晓香突然问:"快,电话机在哪?我给飞雁打个电话。"

对啊,沈家不是有一个全科医生吗?就在市人民医院工作。晓香跑到山塘那个用竹子搭建的棚屋里,拿起电话机才想起,自己并不知道飞雁单位的电话号码,只有她的 BP 机号,她毫不犹豫地留了言:"火急,你建立叔大出血,需急救。"

当桌上的 BP 机响起嘀嘀嘀声,飞雁正在门诊,幸好病人不多,她看到留言,立即拨了回来。

此时,山塘这边,婉珍仍然束手无策。一个农妇,哪见过这样血腥的场面?有人拿来一件旧汗衫给建立止血,大家七嘴八舌地要把他抬到晓香的轿车上。但建立一米八的个子,直挺挺地躺在那儿,如果把他硬塞进轿车里,估计血会流得更多,会要了他的命。婉珍弯下身,想去抱建立,热乎乎的血沾到了手指上,突然一阵眩晕,她似乎看到了刚才那块大石头迸落在建立大腿上的一幕,心中一阵剧烈的痛。

这时,弯弯曲曲的山道上开来一辆淡黄色的中巴车,不是别人的,正是建强的。车子停下,车门打开,四婶胡惠珍背着十字包,一个箭步跳了下来。建强、建国、建能、建权四个同族兄弟齐刷刷地跟着下车,打开中巴车后门,搬下一张简易的小竹床。四婶以最快的速度打开药箱,拿出手电筒照着,翻了翻建立的瞳孔,又把了一把脉。随后,在建立的人中摁了几下,没反应。又摁下去,过了几秒,建立醒了过来,睁开眼,迷迷糊糊地扫了众人几眼,还没等婉珍喊他,又昏了过去。四婶再次摁其人中,人又醒了。她镇定地吩咐建国将病人移到竹床上,众人小心翼翼地将建立抬上车,摆好位置。四婶再撕开白色的纱布,拿开建立腿上那件旧衣衫,重新进行包扎。建国叫婉珍、建能、建权,还有山塘主人都坐进中巴车,晓香回家去。晓香在中巴车关门那一刹那,不忘从车里拿出挎包挂在婉珍脖子上,那是救命钱。

整个过程中,大家都紧张地看着胡惠珍,好像神医降临。之后,他们看着建国有条不紊地安排,都静悄悄的,直到车子开出山路,转弯了,消失在山的那端,有人出声赞叹:"沈家人,真团结!"

中巴车开到市人民医院急诊门口时,飞雁、飞荣已经焦急地等候在那里了。婉珍的眼泪再一次不争气地流下来,簌簌滴落在膝头,泪水渗进衣服里。这泪不是为丈夫而流,而是为自己是沈家儿媳妇而流。此刻,她的心中莫名地升腾起一种希望。刚才,四婶一直在安慰她:"放心,出血减少了,应该没有生命危险了。"一路上,这个年届六旬的赤脚医生,以她的医术将建立再次救醒。婉珍一直拉着建立的手,用最温柔的语调伏在他身边耳语:"建立,不要害怕,我会一直陪着你的,马上到医院了,你要挺住!"当她看到飞雁和飞荣两个晚辈在那儿等着了,又第一时间告诉丈夫:"建立,飞雁带着医生等着我们呢!我们有救了!"确实,飞雁旁边还站着两个男医生,一个是50多岁的高个子,另一个是与飞雁差不多年纪的中等个子。正在开车的建强转头朝坐在副驾驶座位的建国看了一眼,建国默默地向他点了点头。胡惠珍的感受却是另一番,看到年轻的第三代在紧要关头能互相扶持,是多么的难能可贵。她深信,沈家人未来会走得更远。

当建立从手术室出来,雪飞已经借了晓香的车,带着亚雪赶来了。爷爷和奶奶都急着要来,她不让。

银娥知道情况后,问亚琴晚上要不要与雁娜一起睡,正合了亚琴的意,她带着书包,关上家门,头也不回地跑到雁娜的新屋里去了。

病房内,灯火通明,飞雁穿着一身白大褂,对大家说:"各位长辈,建立叔叔麻醉过后醒了一下,又昏睡过去了。生命保住了,他这种情况可能要一段时间才能醒,你们先去吃点饭吧。有婉珍婶子、雪飞和我在就行了。"

飞荣接着道:"长辈们,跟我去吃饭吧!"

建国扶起四婶,飞荣在前面带路。山塘主人在建立顺利从手术室出来后,就回去筹钱了。

便饭后,建国给飞雁打来电话,再次确认不需要众亲陪护,便由建强载着大家赶回沈氏十七房了。

是夜,众人到家已是凌晨一点多。

第二天,贾桂娣和沈菜儿搭第一班中巴车来到了医院。在病房门口的拐角处,打水的洗漱间边上,贾桂娣正想询问十六号病床怎么走,却看到一个熟悉的背影,还是那套标准件厂的蓝色工作服,背对着她独自站在水槽前,用嘴巴紧紧咬住袖套笼,在那儿抽泣。

沈菜儿扯了扯娘的袖口,示意她别打扰王婉珍。她们继续往里走,找到了十六号病床。进去,便看到睡眼蒙眬的雪飞,双眼是肿胀的。躺在床上的建立全身插满了各种管子,还没醒过来。雪飞见到她们,轻轻地喊:"奶奶、小姑。"便站起来打算让座,沈菜儿没有坐的意思,用探询的语气问:"你爸是睡着了,还是没有醒来?"贾桂娣听着女儿的发问,想起刚才外面看到王婉珍如此悲恸的背影,心里咯噔一下。

雪飞这些年在政府旗下的白龙山庄上班,是见识过一些场面的,但现在她也不知道该怎么向奶奶说明,爸爸的双腿被锯掉了。沈菜儿见侄女不回答,自作主张地掀起了病号的被子。

贾桂娣猛然看到此生最爱的唯一的儿子只剩下半截身子时,惊悚地站在那儿,几秒钟后,"咚"的一声倒在地上。

建立终于醒来了,看着雪白的天花板、雪白的床单、雪白的墙壁,还有床边一束缤纷的鲜花。他这辈子第一次收到鲜花,也是第一次住院。眼前的一切全然陌生,但他在睁开眼的那一秒就记起来了,自己被乱石砸中了,疼痛得失去了知觉。他记得,当时王婉珍也来了,似乎还听到她温和的话语。她嫁给自己十多年,从没有那么温柔过。建立有点模糊了。他当时意识不清,好像有点儿犯晕。但现在,他很清醒,在这个陌生的环境里,只有妻子是他所熟悉的。婉珍正站着看快滴完的盐水,突然,低头发现建立睁着眼看着她。婉珍喜极而泣,立马俯下身关切地问:"建立,你醒了?"

他们夫妻间多久没有这样亲切地问候了?哪怕在行夫妻之事时,彼此都充满了斗争与戾气。建立眨了眨眼,回答婉珍的问候。他努力环顾四周,又认真地看了婉珍几眼,发现她的眼睛是肿的,眼球里带着明显的血丝,这

第三篇章　村庄走向世界

是哭过了？建立用低哑的声音问："你怎么了？我的腿怎么样了？好像没感觉。"婉珍露出为难之色。很快，雪飞那张年轻白嫩的脸靠了过来，激动的语调中尽显疲惫："爸爸，你醒了，我去叫医生。"经女儿一叫，建立这才完全清醒，他感到情况不妙，失声喊道："我的腿怎么了？我要坐起来！"婉珍在他的胸口抚摸了几下："你刚醒来，不能坐。雪飞去叫医生了。"说完，也冲出了病房。建立并不知道，婉珍是因为忍不住悲伤才跑了出去。

建立试图坐起来，可发现自己坐不起来，腿麻木得不能动。当他终于明白自己失去了双腿时，一下子重重躺回了床上，失望和绝望写满了整张脸。很快，那位中年医生进来了。婉珍尾随其后，像小媳妇似的，她最害怕的事情终于来了。医生还没开口，建立就爆发了："我的腿呢？是不是我的腿没有了？那我以后怎么过活？你们救我干什么？"这是一个没有见识过多少世面的农民从内心深处发出的呐喊，农民失去了双腿，该怎么过活？

一阵狂风暴雨来临了，婉珍虽然早就料到，但还是被深深地震撼了。因为失去双腿的人毕竟不是她，而是这个一辈子靠双脚踏地、双手劳动的中年男人。

医生的劝说苍白无力。边上的病友虽然同情他，但也被吵得直摇头。

突然，婉珍对着建立恢复了往日的斗争模式："嚷什么嚷？看看你自己，还像个男人吗？失去双腿又怎么样，你还活着，还有我，还有三个女儿，我们一家人都还在一起。你娘因为来看你，心梗加中风，在楼下的病房里生死未卜，你在这里狂叫什么？"

"娘中风了？还没醒？"这个消息一下子制止了狂怒的建立，使他从高高的愤怒的火山口摔了下来。

王婉珍来到七楼，看望病床上枯木般没有一丝血色的婆婆。虽然丈夫醒来了,是不幸中的万幸,但她心中五味杂陈。婆婆出事后,沈菜儿像避瘟神似的躲开了,好像这一切本就该由王婉珍来承担。王婉珍突然间开始同情这个与自己斗了二十多年的婆婆。婆婆才60岁,她是因为看到亲生儿子失去双腿而心梗、中风,至今仍昏迷不醒。贾桂娣对女儿不薄。当然,她这一辈子最在乎的还是儿子。然而,她无意中一直在伤害儿子的小家庭。她有着典型的重男轻女思想,之前所做之事,从来没考虑过儿子的幸福。正因为她的无理取闹、挑拨离间,使自己的儿子和他的五口之家都不幸福。一个孙女还曾因她的挑唆,流落在外十多年。王婉珍也是个母亲,能理解贾桂娣看到儿子那一幕时的伤痛,同情她那失去光泽的眼睛和蓬头满面的憔悴样。手术过后,婆婆躺在床上,仍让人感到那样的邋遢。她很想为婆婆洗把脸,但这样太虚伪,她做不来。于是,她示意雪飞为奶奶洗了把脸。其实,她不该有眼泪的,但不知道为什么,看着雪飞为衰老的婆婆洗脸的场景,突然泪水汹涌而至。

三天后,贾桂娣醒过来了,睁开双眼,看到飞雁,有种恍如隔世之感。这是哪里,她怎么了?

今天,飞雁刚好休息,顶替雪飞陪桂奶奶。雪飞自她爸爸住院后,还没回过家,连洗澡也在飞雁的宿舍里。王婉珍来医院后,也一直没回去过。她除了照顾丈夫,每天都会过来看婆婆。雪飞劝妈妈一门心思照顾好爸爸,奶奶先由她、飞雁还有飞荣轮流陪。飞荣最近谈了一个女朋友,叫金燕。有时候,女朋友跟着来,还经常为大家带来各种好吃的。年轻人都相处得很融洽。

现在,桂奶奶终于醒过来了。有些中风病人醒不过来直接变成植物人,这样的病例多的是。飞雁兴奋地喊:"桂奶奶,你终于醒了。不要动,我去叫医生。"飞雁不是专科医生,中风不是她的业务范围。她这个小医生从一名中专生切换到目前的岗位,差不多天天都在努力学习,参加各类专业性考试,还到省城医院参加规培。

医生给贾桂娣做了全面的检查,说:"醒来就没事了,好好在医院观察几天。情绪不能再激动了,慢慢会康复的。"

贾桂娣这才知道,自己中风了,还有心梗。突然,邻床一个50多岁的陪护妇女开口了:"阿姨,你大难不死,福气在后面呢!你那几个孙子、孙女太孝顺了,每天轮流照顾你。"贾桂娣震惊地看着飞雁,想对她说点啥,是感激的话,还是想再问问自己的病情?她张了张嘴,发现自己发不了声。飞雁轻声地安慰:"桂奶奶,一切正常,会一天天好起来的,不用担心。"

她突然想起,自己作为桂奶奶,在这个女孩童年时期,从来没有善待过她。村里每每有人夸赞飞雁优秀、善良、助人为乐,贾桂娣一直认为她是装的,是假高尚。

婉珍得知消息,也跑了下来。到了病房门口时,却不禁停下了,她稍稍整理了一下衣服。其实,她是在整理自己的情绪。婆婆见到儿媳进来,脸上有明显的愧疚之色。但婉珍不计前嫌,还是走了上去,披了披婆婆盖着的被子,叫了声:"妈,医生说没事了,你就安心养病吧。"这一个"妈"字,差不多隔了十年,贾桂娣的眼睛里涌出了泪水。婉珍又安慰:"妈,不哭了,建立也好多了。等你好了,可以到楼上去看他。"

贾桂娣点点头,左手擦着脸上的热泪,右手紧紧地拉着婉珍说:"谢谢你,辛苦你了。"她的嘴因中风歪了,语音完全变了。飞雁说,桂奶奶的嘴巴可能就这样了,也可能过很长一段时间会恢复,但生命不会再有危险。婉珍又告诉婆婆,昨晚凤婶来电话,说已经在村口的古树下为她结缘了,烧了一堆东西,一切都会好起来的,放心吧。婉珍说着做了个手掌合十的动作,遥寄老家的古树,愿家人都早日康复。

次日,医生刚查完病房,朱凤仙、胡惠珍等一群族人都来了,没来的也都捎来了红包。贾桂娣除了嘴巴歪,说话漏风,身上已经有了力气。雪飞、亚雪、亚琴都来看过她,贾桂娣见了孙辈们泪眼婆娑的。婉珍一天多次来回跑,关心她的吃喝拉撒,还陪她挂盐水。雪飞有空就搀着她在走廊里走上几步,以便她早日恢复,她催雪飞赶紧回去上班。

飞雁为她订的病号餐可丰富了,有各类粥、菜包、肉包等,天天换着花样。那晚,飞雁值班前又特意来看她,买来一串金灿灿的香蕉,因为她有些便秘。和婉珍拉着家常话的贾桂娣叹了口气说:"我算是白养了个女儿,还有那个浪子女婿,毕竟还没离婚,都不来照顾我一下。"婉珍很想告诉病床上的婆婆:你可以埋怨自己的女儿不孝,但不能埋怨女婿,因为你没为女婿家做出过什么贡献,哪怕是最轻微的帮助,凭啥要求女婿来孝顺你呢?当然这些话,婉珍只在肚子里转了转,嘴里淡淡地说:"妈,早点睡吧。你手术时,他们都来过了。或许,这几天忙,走不开。"

飞雁微笑着放下香蕉,告诉桂奶奶,明天一早爸爸会来看她。贾桂娣怔了一下,老脸好像有点微红。

次日早上,建国搭建强的车子来了。建强要开中巴车,忙得抽不出身来,派桂花来看望桂婶,这是他们的亲婶子。建国和桂花分别塞给桂婶一个厚实的大红包。

贾桂娣拉着侄媳桂花的手,又泪眼婆娑地说了一堆泄气的话。建国在边上听着,说:"桂婶,你不知道。前几天,70多岁的邵立株在云南看望当军官的大儿子,明明是坐着三轮车行驶在人行道上,却被一辆突如其来的轿车冲上来,活生生地给撞死了。他的骨灰盒已拿回来了,刚入的土。他是我们村第一个用骨灰盒入土的。"

这个消息把贾桂娣惊得目瞪口呆。建国站起来,再次注视着她说:"婶子,你要好好活着,建立才能好好活着。他们五口之家都需要你,你要有劲地活着!"

建国走了,贾桂娣好像从来没有听到他说过如此关切的话。她低垂着眼睛默默地独自坐在床上,咀嚼了很久很久。

倒腾牛仔裤的小伙子

  当沈建立从康复医院出来，已是一年后，外面的变化真大。他看到东经堂综合市场两层楼房子已全部建成并开业，四周人头攒动，停了很多皮卡、货车、摩托车和自行车。一拨拨的人进进出出，有零售的，有批发的，热闹非凡。那一圈高大崭新的楼房占地约有几十亩，整体造型像极了沈氏十七房的老房子，楼顶的屋檐走兽都仿照古建筑样式，应该是特意与不远处的沈氏十七房相辉映吧！综合商场高高的大门上方有一串镏金粗体字：**让世界了解白龙，让白龙走向世界**。

  "这句话有点豪迈，符合当下咱们乡村经济发展的现状。"大学生飞达暑假回家看到后脱口而出。当时，飞荣就站在边上，也说了句同样豪迈的话："看来，我们沈家又要出将相了，几百年前的荣光又要重新焕发了。"

  飞荣的牛仔裤店已经从市区搬到了东经堂综合市场内，那间牛仔裤店铺是建龙租给堂侄的，自然比别人要便宜些。建龙还在边上的菜场里买了一间店面，晓香打算用来做蛋糕坊，正在紧锣密鼓地装修中。

  自白龙镇食品厂倒闭后，全镇缺少了一家新兴而又传统的糕点铺。爱学习的晓香经建芬引荐认识了邵惠丽。邵惠丽的小姑子当年为晓香生儿子出过力,所以,她们很快成了好朋友。邵惠丽刚嫁到西塘河时,曾在文城市食品公司上班,认识多家糕点铺老板,于是,她把自己的老板朋友都介绍给了晓香。如今,邵惠丽与朱康美的汽车配件厂已经成为全市纳税大户,是正儿八经的暴发户,邵惠丽也正儿八经地成了西塘河有名的老板娘。而晓香家的阿六饭店,附近工业区那些老板也经常陪着外商来光顾。有一次,有顾客问晓香是不是可以增加一些西餐品种,这激发了晓香学西餐手艺的想法。她专程到武汉培训了一个月。

当夏晓香把自己做好的蛋糕搬到饭店酒席上时,顾客们感到无比的惊讶与新鲜,有企业家说,只有在广州出差时才吃到过这么鲜美的蛋糕。更多的顾客是本地人,他们中很多人是第一次尝到西式蛋糕和鲜榨的饮料。如此,阿六饭店的名声又响亮了许多。虽然东经堂综合商场边上新近开了楼外楼酒家和山外山酒家,三家饭店鼎立,但是生意还属阿六饭店最旺。更值得一提的是,老板娘夏晓香从来不给客人敬酒,哪怕马局长来了,她顶多亲自端几盆菜,然后轻轻地笑着说:"领导,多给我们提点宝贵意见啊!"如果有客人提出要敬酒,她只倒一杯白开水或饮料,继续用温柔的语调说:"不好意思,小女子酒精过敏,以茶代酒,你们喝得开心点哟!"她那笑眯眯的神情,再大的领导也不会为难她。当然,更多时候,夏晓香只是站在大厅的吧台前,用飞雁为她买的计算机不停摁出"归零、归零"的响声。

聪慧的晓香把在武汉学到的西餐手艺全盘教给了潘依群,又出资让她也去广州学了半个月,同样聪明的潘依群把牛排、蛋糕和面包制作手艺全学来了。晓香本来想在阿六饭店门口再搭一个小房子作蛋糕坊,而建龙看中的菜市场的铺子,上下两层,1995年初交付时,他本来想租给人家开酱菜店。后来,晓香灵机一动,说:"蛋糕坊还是开到菜市场里最佳,除了做西式糕点,还可以做中式传统糕点。"就这样,5月份时,菜市场内,晓香蛋糕坊正式营业,由潘依群打理。建龙提议:"五嫂,一起入点股?"潘依群都没听说过"入股"两个字。建军说,房子和设备本来就是六弟的,连潘依群外出的培训费也全是六弟他们付的,自己凭什么入股?亲兄弟也不要占便宜。

于是,潘依群正式结束了她的家庭主妇生活,开始经营"晓香蛋糕坊"。

建立回家时,飞荣牛仔铺和晓香蛋糕坊已经在东经堂综合市场里红红火火地经营起来了。

雪飞、飞雁、亚雪、亚琴四个年轻姑娘都穿着牛仔裤,浑身上下透着青春的灵动,散发着对生命和生活的热忱,一起迎接他回家。建立低头看着自己那两条空荡荡的裤腿,脸色再次暗沉下来。他戴着墨镜,浑身僵硬、局促不安。当众人把他从中巴车上抬下来坐到轮椅里的那一刻,贾桂娣也上前扶了他一把,明显感觉到儿子在颤抖。当娘的还没来得及开口,眼泪已经在脸上流淌开来。王婉珍用故作轻盈的语调说:"妈,建立回家了,是好事,不要难过。"这安慰性的话怎么能使一个当娘的立即释怀呢?贾桂娣的泪水流得更为肆意了。

接建立出院前,全家总动员,王婉珍和三个女儿悉数到场。为此,雪飞还按爸爸的要求,为他买了墨镜,就怕路上遇到熟悉的乡亲,能遮掩一下。

贾桂娣在阿六饭店门口的中巴车停靠点接的建立,她的歪嘴还没有恢复,说话依然漏着风。邻居们似乎已经习惯了,只是不习惯她出院后对儿媳的态度来了一百八十度的大转变。

送建立回来的还有飞雁,她说,今天刚好休息。其实,她是特意调班去康复医院接建立叔叔的。因为雪飞专门给她 BP 机留言,就怕爸爸出院时情绪激动,毕竟让一个原先活蹦乱跳的壮年人接受这么残酷的事实不容易。于爸爸而言,要面对所有父老乡亲与之前不同的眼光,是一道活生生的坎。人，谁不爱面子呢？谁，又能真正地感同身受他人的痛苦呢？

飞雁当然能理解堂姐雪飞的意思。

贾桂娣和沈建立前后住院，飞雁作为晚辈在医院里前前后后打点、帮衬，出了很多力。全村人都在夸赞她，都说沈建国夫妻养出来的孩子有善心。朱凤仙听了有点得意，但心疼孙女辛苦了。飞雁说，自己从小受到大家庭的爱，还有那么多村庄的百家奶养育了她。

到了医科学校后，她又遇到了一个特别有爱的门卫伯伯。起初，她刚到城里读书时，肠胃不适应学校食堂做的蒸饭——太硬，胃口下降。妈妈为她配了中药进行调理。她经常去门卫取信，门卫伯伯好奇她小小年纪为什么身上总有股中药味儿。飞雁如实告知，门卫伯伯心疼这个带着一身灵气的小姑娘身体居然这么羸弱，主动说自己每天在煤炉上煨粥，她可以来门卫吃饭。16岁的飞雁并没有多加思虑，真的每天就跑门卫那里吃饭，那里的粥或饭都比食堂蒸饭软糯许多。一吃就是三年，后面一年基本在外实习。上半年，当她回去看望门卫伯伯时，却被告知老人在两个月前突然得重病，过世了。晴天霹雳，飞雁后悔自己没有早点来，她永远报答不了门卫伯伯了。当年，她立志成为一名医生，不就是想救人吗？她想起了小学时因白血病过世的同学，想起了因胃癌过世的爷爷，还有门卫伯伯得重疾后的突然离世。

朱凤仙明白孙女的心情，抚摸着她漆黑的乌发，从灶司菩萨前拿来一个干瘪得已经起皱皮的苹果以示安慰："能帮助别人是一种快乐，以后，你尽自己的力量去帮助人，就是对门卫伯伯的最大回报。"飞雁含着泪点点头。这次，她自认为桂奶奶和建立叔叔，本是同村亲戚，帮助他们是应该的。

当天晚上，建国第二次走进了建立家。正好吃饭时间，桌上有红烧猪蹄、鸡蛋炒白蟹、香干炒豆芽、三鲜汤、鳌香烤肉，还有一盆略微带着点焦黄的炒腰果。以前,建立每次晚餐都要喝一点自酿的米酒。如今,眼前的小酒杯里空空如也,而且位置也放偏了。可见,他已经不喝酒了。建国的到来,打破了一家五口沉闷的气氛。正在吃饭的婉珍苦笑一下,和孩子们都站了起来。紧跟着进来的有银娥、飞雁、雁娜,猛然间,那小小的厨房间因说话声、问候声,变得暖洋洋起来。

建国表示,如果建立愿意,可以到标准件厂守后门。后门主要是货物进出,而婉珍正好是管物流调度的。这样,建立只需根据老婆开的单子放行送货车辆就行。建立坐在轮椅上,只是微微地点点头,内心早已感动得说不出话来。婉珍激动地用颤抖的声音替建立应承下来,这样的差事,不是自家兄弟,哪里去找?生活没有优待他们,也没有亏待他们。今天,多少族人和邻里都来看望建立,屋子里堆满了各种礼品。她要给建立鼓鼓劲,让他好好生活,才对得起大家的厚爱。

次日一早,飞雁正在吃妈妈为她准备的大饼油条和豆浆,咬到最后一口大饼时,家里电话声响起,是沈飞荣叫她立即去牛仔铺。

原来,牛仔铺里来了一位身材高挑、肤色雪白、略带雀斑的时尚同龄人,不是别人,正是飞荣的女朋友金燕。金燕看到飞雁,扑上来兴奋地与她拥抱在一起,咯咯咯地笑成一团。在市区开店时,飞荣早就把女友引荐给了堂妹。金燕的父亲是市民政局副局长,母亲是市交通银行的行长,她本人在市邮电局任职。光金燕的年收入就有9万元,这在农村人听来是个天文数字。标准件厂是白龙镇工业区中最好的工厂,但工人们每天三班倒,没日没夜地干,年收入也不会超过5万元。所以,沈家与金家的文化背景、社会背景和经济背景相差太悬殊了。

这是金燕第一次到农村来,热闹非凡的农村商贸市场处处让她充满了欣喜和好奇。幸亏今天飞雁在老家,否则飞荣还得关门陪她玩,哄了半天,她没有一丝想回去的意思。飞雁歪着头,瞧着金燕半个身体挂在飞荣手臂上,不禁笑出声来,说:"飞荣哥,你长得太帅气了,怪不得把城里的姑娘都迷住了。"飞荣穿着一件格子花衬衫,配上自家的牛仔裤,意气风发。只可惜那英气逼人的脸上在鼻翼处有一颗大大的黑痣。参加工作后,飞荣曾想把痣给去掉,桂花却说,当年他出生时,老祖宗笃笃笃地拄着拐杖请鸟测字先生看过,说他那颗黑色的胎痣是财富的象征,将来日进万斗,是个不得了的财主。

金燕虽年轻、时尚,脸上不乏官家千金的任性与不屑,但不可思议的是她沉浸在男友的臂弯时总是那么温顺,纤细的小手摸着飞荣鼻翼处的那颗痣,说自己爱飞荣身上的每一处。这话听得飞雁汗毛跳舞,全身起鸡皮疙瘩,啧啧啧地回:"喂,我家飞荣哥以后要当财主的,你要大方地花他的钱,不要老是自己掏钱把他打扮得那么帅,小心被别的姑娘抢走。"今天,金燕穿着红底的碎花裙子和白色时髦的皮鞋,摩登得很,脸都不红一下地说:"他敢跟别人走,我就揍他。"说着,伸出一个绣花拳佯装要打。飞荣一把搂过,在她额头上狠狠地亲了一口,然后对着飞雁笑:"你大哥的女朋友漂亮又可爱,不找第二个了,努力让她当上财主婆。"

"切,人家本来就过得好好的,谁稀罕当财主婆呢?"飞雁反过来又取笑飞荣。

"对啊,我过得好好的。或许有了我,你才能当上财主。"一米六〇的金燕站在一米八五的飞荣脖子下,仰着头,这么高大帅气的小伙子在文城市大街上难找的。

这时,有人进来挑衣服,飞雁趁机拉起像口香糖一样粘在飞荣身上的金燕:"走吧,今天奶奶和雁娜在饭店包粽子。"

飞荣轻轻地拍打了一下金燕的背:"快去吧,凤奶奶包的碱水粽子很糯的,我吃饭时过来。"

　　一到马路上,看着两旁无垠的金灿灿的稻田,金燕高兴得像小孩子一样手舞足蹈。两人一路欢畅地聊着天,不知不觉中到了阿六饭店。飞雁把金燕介绍给大家。这个爽朗的姑娘,一下子融入包粽子的队伍中。

　　热闹之际,桂花拿着一个摔成疙瘩的搪瓷杯进来倒开水,飞雁故意大声喊:"桂花婶,我给你介绍一下,这是我城里的好朋友金燕。"金燕站起来,庄重地伸出右手要与桂花握手。桂花活了40多岁,这样的情景还没碰到过,不好意思地讪笑:"小金姑娘,使不得,使不得!婶子这手每天接钞票,细菌很多,你的手白白嫩嫩的。"惹得旁边的人都笑了。

　　桂花还在夸:"飞雁,你朋友是城里人,就是不一样,有礼貌。"

　　飞雁笑着说:"桂花婶,金燕虽然是城里人,却喜欢我们农村。"

　　金燕对着桂花腼腆地笑,在进饭店的那一刻,她就收起了官家千金的神态。她知道那里面个个都是沈飞荣的亲戚,但并不知道眼前的妇人是自己的未来婆婆。

　　"那有空多来来!你们回城时,搭婶子的车,婶子不收你们车费。"桂花倒上白开水,捧着搪瓷杯,身前挂着那个已经快破了的军用书包。书包是飞荣读书时用过的,桂花一直拿来当钱袋使。她这个儿子,城里不待,偏要回农村来开店,说什么家乡建设需要年轻人,好像有人请他来似的。为此,桂花都不想理儿子。这牛仔裤,农村里有多少人会买呢?听说,每条至少几十元,贵的要两三百元。建强倒支持儿子的独立和创新精神。飞荣没向父母要一分钱。他们还真不知道儿子进货、租金这些成本哪里来的,用飞荣自己的话说:"反正我不偷不抢,请爸妈放心。"听说,他在城里找了个官家千金做女朋友,建强讽刺他想吃天鹅肉,桂花也试探过儿子的口风,可他坚决否认:"我哪有什么女朋友?光棍一个!"

"好的,婶子!我和金燕下午就搭您的车回去哟!"飞雁回复着桂花的盛情。门外走进来潘依群,托着一个花色盘子,上面整齐地放着六块梅花形的"黑森林"蛋糕,大声招呼:"这么多人在,快,大家帮我尝尝新出炉的蛋糕。"看到飞雁身边站着的金燕,眼睛一亮:"哦,这么时髦的姑娘,哪里跑出来的啊?"飞雁又趁机把金燕介绍给了五婶。金燕注意到潘依群的白色围裙上绣着金色的几个字"晓香蛋糕坊",便上前问候:"五婶,您好!"又偷偷对飞雁说:"怎么都是你们家人?"飞雁看到五婶现在已经完全融入这个大家庭,心想奶奶一定很高兴吧!是小姨的蛋糕坊给了她自信。当然,飞雁不会与金燕说这些复杂的事,她骄傲地回答:"对啊,全是我们家人,全村、全镇都是我们自己人。等一下吃了中饭,我带你去白龙山庄玩玩。那里还有我的堂姐,等一下你听广播,还能听到我堂姐播音。"

"太有趣了!我每个星期都要来。"金燕快活得像一只百灵鸟。

朱凤仙端着一个蓝边碗,里面装着刚从高压锅里盛出来的两个透明的金色碱水粽,碗底还有一层细细的绵白糖。她拿出一双新竹筷,特意在身上的围裙上擦了擦,递给金燕。飞雁看到了又偷偷递给金燕一双自己刚洗过的筷子,从身后给她,神速地躲过了奶奶的目光。

金燕眯着眼睛,咬了小小一口,很享受地说:"这么好吃的东西,我要拿去给飞荣吃。"

听到这句话,全屋的笑声一下子僵住了,所有人都停下手中的活,停下嘴里正在咀嚼的食物看向飞雁,在向她求证呢!

想不到,金燕会自曝身份,飞雁有点尴尬,忙着向大家解释:"是啊,金燕和我是好朋友,飞荣哥在市区工作时,我们三个人经常一起玩的,都认识,都认识。"

在场的人又恢复了笑容,该做什么继续做什么。至于潘依群的"黑森林"蛋糕,农村人也喜欢,这是新鲜产品。飞雁试了一口蛋糕,故作惊讶地夸赞道:"五婶,你的蛋糕比城里的'黑森林'更入味,而且这个梅花造型太漂亮了,赞极了。"潘依群的脸上露出了被肯定的激动神情,她就怕大家说出不如之前的话,所以,每次新产品出炉,都会送到阿六饭店,让众人提意见。确实,蛋糕坊让她重新找到了人生价值,她心情好了,夫妻间,包括她与大家庭间的关系都和睦了许多。

如今,晓香蛋糕坊生意十分繁忙,老人、小孩各种逢十的生日蛋糕定制特别多。虽然这种新鲜的蛋糕是一种时尚食品,在农村人看来价格有点贵,但半年来,蛋糕坊正朝着越来越兴旺的方向发展。潘依群经常要做到凌晨一两点才能休息,儿子晚上都由婆婆或建军在带。

建龙打算给蛋糕坊再招一个员工,可娘提醒他开业才不久,没赚几个铜钿,不要大势招揽员工。建国吩咐银娥有空多去晓香蛋糕坊帮忙。这蛋糕坊看似是建龙夫妻俩开的,实际上,更像是大家庭共有的。朱凤仙顺带重申:"你们兄弟姐妹六个,不管我在不在,都要团结。"

话说,建芬和建芳现在都很忙,最近很少来娘家,两家孩子们正努力地在学习,一个上高中,一个上初中。建芬的五女羊毛衫厂在文城市已经有了一定知名度。

"飞雁。"是爱飞的声音,她带着男朋友钱文波出现在阿六饭店。元宵节时,钱文波已经上门拜见过未来岳父岳母和奶奶。他比爱飞大三岁,是白龙镇政府的公务员。钱家已经拿了他俩的八字,挑定了吉日,明年上半年将举办婚礼。新房就在白龙镇钱夹岙村,自建房,正在装修中。

"大姐,你来了,给你介绍一下。金燕,我朋友。我们正打算饭后去你那儿逛逛。"

"欢迎欢迎！等一下，我们一起去。"

晓香特意为他们开了间包厢，吃饭的只有四个年轻人。二十分钟后，飞荣关上铺子的门，跑来了。聪明如晓香，见飞荣来了，笑着朝他努努嘴，意思是就在包厢里。

爱飞马上从飞荣与金燕看向彼此的眼神里察觉出浓烈的荷尔蒙气息。飞荣瞒谁也不必瞒发小堂姐，他搂过金燕的肩膀，狡黠地问："哥哥姐姐看看，未来的弟妹还满意不？"

晓香正在外面记账，计算机不停地响着"归零、归零"，听到包厢里传来阵阵的欢笑声，她也会心地笑了，默默地走到后面，让厨师长给年轻人再加两个新菜。

社会需要这样充满活力的青年们，农村更需要。

金燕跟着飞雁，一下午玩转了白龙镇政府和白龙山庄。飞雁还特意带她去村口的古树下转了一圈，告诉她那是沈氏十七房村的守护神。金燕抬头望着那棵古榔榆树，茂密的树叶间透下来的阳光斑驳地照在她的眼前，令她一阵眩晕，睁不开眼，一时间似乎看到了披着金身的飞荣，猛然间，她很想住在这个村里，了解飞荣的少年时光。

晚餐前，她俩搭建强的最后一班车回了城。这次探访，坚定了金燕想嫁给飞荣的决心。

小偷的重生

自打从沈氏十七房村回来后,金燕多次向父母提出要他们接待沈飞荣。这令双亲很头疼,他们嘴上虽然没有说同意,但见女儿执意不退让,心里想着这到底是个什么样的小伙子呢?

后来,金燕又偷偷地去过几次牛仔铺。每次都是当天匆忙来回,并不能缓解她与飞荣的相思之苦。

春节后的那晚,金其海严肃地把女儿叫到房间,问:"你既然都去过农村了,把沈飞荣家的地址告诉我。只是以后,你再也不能这样独自往他家跑了,一个姑娘家羞不羞?"

"爸,我没去他家,只是去了他的牛仔铺,铺子在一个新的农贸综合市场里面,很有气势,你去看看吧!或许,未来农村会发展得比我们城里更好呢!"金燕边手剥糖炒栗子,边故意应付性回答爸爸。

"你懂什么,你爸吃过的盐比你吃过的米都多。"金其海打断她。

"对,您走过的桥也比我走过的路多。"金燕怼着爸爸,扑哧一声笑了。

"胡闹,我与你妈商量过了,打算下乡去看一下,你不能把这事告诉沈飞荣。他父母的名字,你知道吗?"

这时，贝亚芬进来了，向丈夫建议道："先抽个时间，让沈飞荣来家里吃一餐饭吧！我们不看男孩本人，先看他父母，没这道理啊！"

"我见过他的父母，不过他们不知道我是谁，我可以把他们的中巴车车牌号告诉你们。他妈妈叫李桂花，售票的。他爸爸当司机，叫沈建强。他还有一个妹妹在省城读大一，学金融的。"金燕的语气里充满了骄傲和快乐，心想这事已经有了百分之九十的把握了，顺手把剥好的栗子塞进妈妈的嘴里，顺势又将头在妈妈的臂膀上蹭了蹭，像极了小羊羔恋母羊。这是金燕向妈妈撒娇的特殊方式，她也常用迷人的姿势向飞荣撒娇。

爸爸看着愣头青一样的女儿，沉默了几秒："好吧，听你妈的，叫他先来家里吃餐饭。"

金燕从爸妈房间出来，急着给飞荣打去电话，她刚才吊儿郎当的样子是故意装给爸妈看的。

话说，飞荣突然间告诉父母自己要去女朋友家了，桂花还是吓了一跳，儿子可从来没有承认过有女朋友。说到那天与飞雁一起来的时髦姑娘居然是自己家未来的儿媳妇，桂花张着嘴巴，半天回不过神来。原来，这几个小屁孩瞒天过海，只瞒她一个人啊！她还好几次收了小金姑娘的车票呢！羞死人了。建强却对金燕印象不深，中巴车上来往的客人实在太多了。

"就是每次穿得像蝴蝶般的时尚小姑娘，一看就不是农村人。"桂花绘声绘色地对丈夫说，"人家姑娘长得好，家境和工作都好，怎么会看上我们家臭小子？"

飞荣听了不服，对着妈妈嚷嚷："这么不待见自己的儿子，我哪样不如人家了？"

"呵呵，你自己说的啊！人家是中专生，毕业后分配在市邮电局，年收入十来万，那比你爸妈起早摸黑开中巴车还能赚。还有，父母都是当官的，能看上我们家?哪怕小姑娘看上你了,她父母愿意女儿嫁到乡下穷山沟里来?"桂花说完,还用鼻子哼哼了两下。

儿子用白眼斜视着妈妈。

建强却正经地说:"你啊,担心这些干吗?人家女方都已经叫飞荣去吃饭了,你帮儿子准备好礼物就行了。"建强的语气里夹着不满。转身,又拍了拍儿子的肩膀,安慰道:"别怪你妈,没见过世面。我估计,她晚上要睡不着了!"

知妻莫如夫。那晚,桂花被突如其来的好事折腾得失眠了。儿子已经26岁了,早就到了婚嫁的年龄。这些年,夫妻俩只顾赚钱,差点把儿子的终身大事给耽误了,中间也有人来说过媒,可飞荣总是推说自己的事不用他们操心。

孩子从学校里出来,工作、创业,已经折腾了七八年了,虽然没给过父母什么钱,但也从来没向父母伸手要过一分钱,还经常买好吃好穿的回家。他还每个月给妹妹300元,够大方的。飞雁说,她的月工资才600元多点。

如今,毛脚女婿第一次去丈母娘家,到底要买些啥呢?未来儿媳妇是高官高知家庭,得按城里的规矩,还是按农村的礼数来?桂花一夜没睡好,想着明天去问问银娥。

银娥却拿起电话叫建芬拿主意,建芬在电话那端说,两条硬中华香烟、两瓶茅台酒,再从阿六饭店拿六只舱蟹、两瓶泥螺、一箱苹果和一盒奶粉,凑足六色,符合老一辈的礼仪。桂花心里觉得这些东西有点贵,嘴上只说送舱蟹、泥螺有点怪怪的,不如换两个包头。建芬反对,包头过时了,而舱蟹这些土特产城里少有的。

桂花把这些转告了丈夫,建强满口赞同:"可以,我看够分量的,不要让城里人瞧不起我们乡下人。你啊,就是心疼钱。未来的儿媳妇是见过世面的人,我们当然要送好东西给她家,值!"

当桂花把那六提礼品交给儿子时,飞荣却说:"妈,你准备这些乱七八糟的东西干吗啊?人家看的是我这个人,又不是你的礼物。"

建强不免教训道:"你小子懂什么,这是礼数。要说你的人品,人家头一回见你,怎么知道你的心是黑的还是红的?"

"我和燕儿是自由恋爱。你愁啥!难道不相信自己儿子讨得来媳妇?"飞荣高昂着头,像一只没吃饱的大白鹅。

"得了,之前人家为什么不让你进家门?别说了,快拿上,第一次去不能迟到。"建强把儿子推出家门,飞荣已经向汪小年借了一辆皮卡停在古树下。

也就在那天,沈建国的办公室里来了一个不速之客——从牢里出来的邵阿三。邵阿三的父亲去年在云南意外去世了,母亲在邵阿三进去那年就因肝癌去世,哥哥在广州,妹妹在哥哥那儿打工。所以,就他一个人孤零零的,找不到工作。谁愿意要一个小偷呢?

邵阿三穿着一件扣子都掉了好几颗的旧衣服,犹豫着敲响了建国办公室的门,贼头贼脑地探了进去,轻轻地叫了声:"建国哥。"

建国当然认得他,站起来,问他出来多久了,现在干吗?邵阿三如实回答,出来三个月了,没事可做,在山里人家那儿拿了点茶叶,问建国能否买下。建国反问他,两盒茶叶打算卖多少。邵阿三摸着自己平短的头发,不好意思地说,500元。

建国伸手摸进口袋,只有300多,朝向门外叫银娥拿钱来。不一会儿,银娥就来了,看是邵阿三,一惊,眼光马上移向别处。毕竟,邵阿三进去,就是因为偷盗过他们厂里的东西。但银娥没说什么,放下200元钱,转身就走了。邵阿三在银娥转身快走出办公室时好像才醒悟过来,轻轻补了一句:"嫂子。"不知道银娥有没有听见,即使听见了也不想回应他。

建国对他说:"阿三,500元钱你拿好,茶叶你也拿回去。接下来,打算干啥?"

"哥,我也不知道该干啥,我想去找方姗。当时,她来狱中看过我,是为了协议离婚。可我到村里打听过,她的户口还在这儿,我要把她找回来。"

"你有多少把握,她会跟你回来?"建国盯着他问。

"我想试试。没有方姗,这个家已经不是家了。"说着,他懊悔地低下了头。

"你要是真心悔改,是好事。以前,你对方姗做的那些事,真不是一个男人该干的。这么好的姑娘硬生生被你气走。"

"是的,以前全是我的不对。"邵阿三说着流下了几滴悔恨的泪水。

建国站起来,走到外面去了。一会儿,他回来了,在邵阿三前面又放了五张蓝色的百元大钞:"这钱,你也拿上。无论找得到找不到方姗,找回来了,好好过日子;找不到,也要重新过日子。这钱不用还了,去吧!"邵阿三眼睛睁得老大,不敢相信似的,可建国已经在下逐客令了。建国又补充道:"下次去谁那儿,都大大方方的,不要一副贼头贼脑样。你不是要洗心革面吗?挺直了身子,往前看。如果还是这副德行,方姗能跟着你回来吗?更不要拿着这种茶叶到处去兜售了。"此时,建国办公桌上的电话响了起来。

邵阿三抹了几把眼泪,向建国深深地鞠了一躬,拎着刚才那两盒茶叶走了出去。

金其海夫妇对沈飞荣这个毛脚女婿还是满意的。男孩不仅外表阳光帅气,身上那股拼搏的精神更令他们相信他未来可期。

第三篇章 村庄走向世界

5月的天,山间田野里百花齐放,金其海夫妇打算瞒着女儿去白龙镇新开发的风景旅游区走走。

一早,夫妻俩来到文城市汽车北站。站外有一块空旷场地,就是给那些中巴车停靠的。地面上至少停了二三十辆车,到周边各县(市、区)的都有,中巴车挡风玻璃前白色的牌子上用红漆字清楚地写着来往之地的名称。贝亚芬眼尖,很快就找到了"市区 — 白龙镇"字牌的中巴车,共五辆,仔细核对金燕给她的车牌号,便知哪辆是飞荣家的了。只见那辆车上的女主人正坐在售票员的位置上,眼睛直视着外面的风景,略带微笑地听旁人讲话,又似乎沉浸在自己的思绪中。女人约50岁,皮肤有点黑,又有点粗糙,微胖,烫着短发。那应该是过年时新烫的发型,现在已经自然地贴在她的脸颊上。她的眼神沉稳,甚至可以从她的表情中看见她对生活充满了希望。上次吃饭时,贝亚芬已经从飞荣的嘴里探得沈家父母与他们夫妻同岁。这么说来,眼前的亲家母48岁,亲家公50岁。贝亚芬夫妻俩走到中巴车上,里面已经坐着两名中老年男子,正打瞌睡。李桂花见有客人上来,把眼神从远处收了回来。其实,她正盘算着,什么时候让金燕和飞荣回来一趟,挑个日子,双方父母见一见,该有个说法了。在农村,与飞荣同龄的都已经生孩子了。

李桂花还没向客人售票,客人主动从包里拿出一张十元钞票,递上:"大姐,两张白龙镇。"

"两元一张,共四元。"李桂花找了零头,看对方穿得这般周正,顺口问,"你们去白龙镇走亲戚啊?"

"没,我们听说那儿新搞了个旅游开发区,周末天晴,刚好去看看。"贝亚芬回答得很轻,怕对方看穿了自己的谎言,又将视线转移到坐在司机位置上的沈建强,他正在翻看一份《文城日报》。他看到报纸上刊登的飞雁所在的市人民医院救死扶伤的一则消息,心里升起一种亲切感,不由得想到了沈家众人所宠爱的"饿死货"。那边,金其海也从包里翻出随身携带的一份《三联周刊》开始阅读。他身为副局长,有阅读的习惯,走到哪儿都带着杂志或书籍。贝亚芬傻傻地在那儿想,还真有缘啊!一个司机、一个副局长,两个未来的亲家居然都在阅读。她根本不知道,原先不识字的沈建强是因为考驾照才认识了一些字,于是,他喜欢上了看报纸。他看报纸的最初目的是想识字,不认识的字及时问李桂花,李桂花读过初一。这看报的习惯慢慢地自觉养成了,现在他已经不用请教李桂花这位先生了。

这时,一个喝得半醉、满脸通红、一身酒气的中年男子摇摇晃晃地上来了,一上车就横冲直撞地叫:"快开车,快给老子开车,去白龙镇综合市场。"此人是沈氏十七房小王家人,绰号烂眼阿义。沈建强看到他上来了,立即从车头那边绕了过来,命令道:"阿义,你喝得醉猫一样的,还坐后面?给我坐到前面去!"

全车充斥着浓烈的酒臭味,贝亚芬真想立刻下车。

被称作阿义的仍在大呼小叫:"建强哥,别拉我!桂花嫂,快开车!今天,这车我包了,多少钱我出,不要再等了!"说着,稀里糊涂地从口袋里掏出一沓钞票来。李桂花拿过钞票,挑了两张一元的,然后把剩下的重新塞进他的口袋里,带着不屑的口吻说道:"阿义啊,不要以为有了几个钱就可以横着走路了。少喝点,再这样下去,老婆都要跑了。"

就在沈建强把阿义扶到副驾驶座的几分钟里,客人络绎不绝地上来了,一下子满员了,沈建强对正在向客人卖票的李桂花说:"老婆,你站稳哟!车要启动了。"李桂花扭转头,笑着大声回复丈夫:"好,有数了。"车子缓缓启动。

沈建强不知什么时候戴上了一副墨镜,烂眼阿义坐在边上跷着二郎腿,说:"强哥,你真帅。你小伙子那会儿更帅,怪不得当年桂花嫂要倒追你。"

"你小子胡说什么,是我追你嫂子的。你啊,家里的老婆不好好相待,有了几块钱就胡天海地的。下次,再让我看到你干坏事,打断你的小弟弟。"

阿义心醉神迷地半闭着眼,继续说:"阿哥,都什么年代了!你瞧瞧,这文城市里有几条红灯街,你都知道吗?那里的姑娘,个个貌美如花。我家老婆,早谢了。"

"哧"的一下,汽车猛然刹住,开出不到十分钟,大家还没反应过来,沈建强已经下车了,拉开副驾驶的门,恶狠狠地要把阿义拉下车:"烂眼,你给我听着,你这么喜欢搞外面的女人,下次别搭我的车。桂花,把钱还给他。"他冲着车子里喊。李桂花也下车了:"你啊,真是多管闲事,与一个喝醉酒的人斗什么嘴!一车子的客人都等着,快上车吧!"

烂眼阿义的酒似乎醒了一半,坐在那儿求饶:"桂花嫂,你让我搭搭车吧,铺子里还有生意呢!今天,我还没开过门。"

"你还知道做生意?喝成这副德行,跑到城里来发疯,丢人现眼,把白龙镇的脸全丢尽了。"李桂花一边骂烂眼,一边劝丈夫重新启动车子。车子里估计有一半是白龙镇人,很多坐在后面的人也在骂烂眼阿义赚了几块臭钱,膨胀得没边了。

还有一半的客人,如贝亚芬夫妇,属于陌生人,看到眼前这一幕,也晕了。

金其海心里放下了一块大石头。

当晚,贝亚芬就对女儿说:"燕子,什么时候请飞荣的父母来吃餐饭,让你爸订个星级饭店。"

金燕想不到爸妈同意得这么神速,飞荣才来过一次。

就这样,国庆期间,双方父母一起在文城市状元楼碰了面,飞荣和金燕的婚礼定于来年农历八月十六。女方表示婚房在城里准备一套,因为金燕工作的邮电局有房可分。沈建强说,农村那两间楼房是给儿子的,他们好好装修一下,以后住哪头,由年轻人自己决定。两户人家看似门不当户不对,却愉快地决定了儿女的婚事。飞荣感到很奇怪。他不知道自己父母一进饭店就认出金家夫妇了,做了一个惊讶的姿势,贝亚芬示意他们不要说,因为孩子们不知情。

半个月后,准丈人把飞荣叫去,建议他转让牛仔铺,开一个工厂。

飞荣天天在学《新概念英语》。他曾经把自己的梦想告诉过飞达。这次暑假,飞达回来还给他带了好几本经营管理类的书。飞荣称自己在职高毕业时就决定:好好孝敬父母;好好谈一场恋爱;好好做一番事业。现在,做事业的时候似乎到来了。这不,从金家回来后,他又给飞达去了个电话,足足聊了两小时,把电话机都聊得发烫了。

除了飞达,还有一个人的意见对飞荣来说很重要,那就是沈建国。在他眼里,建国叔比自己老爸更有能耐。回村的两年里,他认真观察着工业区的发展,一直想开个小作坊。建国想不到26岁的堂侄这么有想法,但还是建议他先与父母慎重商量;还提醒他,如果真要开厂,与父亲一起干,更好。

晚餐后,飞荣才把想法郑重地告诉父亲,而且说明准丈人已调任计划经济委员会主任了,相关政策消息灵通,也支持他开个小作坊。建强这个当父亲的自尊心有点受伤,他不乐意了:"你都与人家商量好了,再通知我?我中巴车开得好好的,赚得也不少,干吗与你一起冒风险?"

第二天,建强在路上见到建国,便把自己的第一反应告诉了他。建国思索着说:"阿强哥,你看看《新闻联播》,全国各地民营企业正在蓬勃发展。你的中巴车生意虽然不差,但飞荣开厂,你如果能帮他一把,对他来说很关键。难道儿子的宏大前途还不如你的一辆中巴车?他丈人为什么叫他转让牛仔铺去开厂,人家当大领导的,难道眼光还不如你我两个农民?"

建强被驳得无话可回,沉思着回家了。桂花看到丈夫一脸的严肃,问发生了什么事,他也不予理睬。

入睡前,建强才把飞荣要开五金小作坊的事告诉了老婆。桂花是妇道人家,本就胆小,坚决不同意卖掉中巴车,用她的话说:"五金作坊,儿子要开,我们也阻挡不了。但万一有个亏损,我们当父母的还能做个后盾,怎么能随便被眼前的形势给迷惑呢?飞荣有没有老板的命,还不知道呢!眼看明年又要结婚了,这小子太会折腾。"

9月底,飞荣雇了一个人看店,自己却开始在建国的标准件厂当起了三班倒工人,每天搞得油污墨黑的,连约会女朋友的时间都没了。金燕每次来看他,也成了他的雇工,帮他看管牛仔铺的生意,没有一句怨言,反而一副甜蜜蜜、喜洋洋的样子。金燕每每过来,从不空手,大包小包买一堆吃的用的。飞荣说她无非是在讨好未来的婆婆,而且把未来婆婆喂得越来越肥了。金燕总是缠着飞荣的脖子,索要一个热烈的吻,这个小女人特别的迷人,飞荣也总能满足她的愿望,吻得她透不过气来,直喊救命。

俨然一对恩爱的小两口。

年末,农历十一月初八,大雪纷飞的日子,王婉珍和沈建立在眼泪迷离中嫁出了第一个女儿——沈雪飞。雪飞没有像上半年结婚的爱飞那样穿最流行的西式白色婚纱,当然也没有穿妈妈那代人结婚时的绸缎棉袄,而是穿了一件火红的呢大衣,下面是黑色的呢裤、黑色的高帮皮鞋,发际右侧戴着一朵同样火红的绢花,喜气洋洋地把自己给嫁了。

集体企业的转型

二月二,龙抬头,沈建国把标准件厂买了下来,更名为"文城市白龙镇高强度标准件厂"。这是他深思熟虑后的决定。

至此,白龙镇集体企业和所有戴帽企业转制基本完成。城市里也一样,90年代,集体企业的整体转制造成大批的工人失业、下岗。工厂和老家都已经被划入城区的朱康美说,很多亲友下岗后,都涌到他的厂里就业,他吸收不了这么多人,就介绍了几个人到建芬的羊毛衫厂就业。

飞荣每天一身棕色的工作服,从第一道工序开始学习,一天超十小时耗在车间里,下班时总是满身的油污。但他不像别的工人,脸上也会沾满油污成为大花脸,他的脸永远是干净而充满活力的,鼻翼右侧的那颗富贵痣因为出汗总是油光发亮。有同事笑问飞荣是怎么做到干干净净的,他嘿嘿地笑着不答。有人说,飞荣曾是正儿八经的国企员工,人家讲究工作的方式方法,不像他们农民工,只要把活干好,管他脏在哪里,不懂"体面"两个字。而标准件厂的师傅却说,你们都没有飞荣专心,他做每个动作,都用心用脑,而不是用脸在机器上刮油,说得同事们都捧腹大笑。建国作为长辈看在眼里,打心里喜欢这个好学的侄子。

建国欣赏飞荣。金其海更欣赏这个毛脚女婿,他对飞荣说:"我虽然不能实质性地帮到你,但对你先到堂叔的工厂干一年的想法很赞同。年轻人要吃得起苦,才能成就一番事业。"金燕也提醒飞荣:"爸爸虽然是领导,但是很廉洁。以后,我们还得靠自己,你千万不要以为爸爸给你指引了一条路,会帮到你什么,估计没门。"飞荣有点不屑地回答:"我的创业目标在没认识你之前就已经谋划好了,终有一天,我会有一个属于自己的工厂。"说完,又在金燕的脸上快速地吻了一下。飞荣说的是事实。他当初在化工厂坚持做满四年,为的就是学习化工厂的管理经验。那可是国家级的化工厂,从1976年初投产至今,规模越来越大。现在,文城市化工厂的管理经验比"邯钢经验"更闻名、更先进,是国企文化管理的典范。而金其海并不了解飞荣的梦想,这个已经在官场翻滚跌爬了三十年的官员心里有点发笑:"这小子,有点自视甚高嘛!"但想归想,女婿的前途关乎着女儿一辈子的幸福,他心中还是充满了欢喜。

当油菜花怒放,青草发出香气,中大河的河水变得清澈又平静的时候,金其海夫妻俩又一次下乡了。这次,他们选择公交车出行,直达白龙镇工业区。金局长认真考察了白龙镇工业区及沈氏十七房村周边乡村,回去后对女儿说:"燕子,你要大力支持飞荣创业,千万不要拖他的后腿。"

燕子说:"我才不拖他后腿呢!我要参加自学考试了,没时间管他。"

贝亚芬笑道:"什么时候变得这么用功了?知道中专文凭不够你使了?"

"对啊,我和沈飞雁一起参加自考,她已经取得了专科文凭,现在在攻本科文凭。她是一个非常努力的医生,以后肯定是个大专家。我呢,以后要当邮电局局长的,先考个大专文凭。"

爸妈异口同声道:"原来,你也有官瘾啊?"

一家人其乐融融,笑作一团。

邵阿三在外面游荡了一年,终于拐着脚满面风尘地回到了村庄。但在村民们看来,他依然是个远近闻名的小偷。不仅被当作小偷,更被当作一个地痞流氓,人人避之不及,甚至有人传播:"瞧烂眼阿三那滴溜溜转的眼神,就是一副贼相。"邵阿三当然也能感受到村民们对自己的厌恶和不友善,但生活还得继续,他必须以实际行动来改变大家对自己的看法,这是大哥和建国鼓励他的。于是,他还是来到已经更名为文城市白龙镇高强度标准件厂的厂里。这天的门卫是沈建立,邵阿三带着满脸巴结的笑容,悄声道:"建立哥,你好,我找建国哥。"建立早已学会熟练使用轮椅,行动方便了许多,所以,现在调到南门的门卫间值勤。或许,他在某种程度上把阿三视作了同情对象,他失去的是双腿,只是身残,而阿三失去的是品行。这些年,邵阿三早就把自己的名声破坏殆尽。看到他,建立心里突然升起了一点点的优越感。毕竟,自己能靠守门岗养活自己,而邵阿三估计没人会请他当门卫吧!这样想着,建立略微扬起嘴角,带着一丝鄙视和高人一等的姿态,对正带着讨好的笑容看着自己的邵阿三点了点头,接过邵阿三递过来的云烟牌香烟,看了几秒,又略抬头瞟了邵阿三一眼,用怀疑的语气问:"阿三,你在哪里高就啊?好烟。"邵阿三唯唯诺诺地答:"我刚从云南回来,烟是我大哥给的。"建立老辣地将那支烟在食指和中指间摆弄了一分钟之久,前前后后仔仔细细地端看,似乎在琢磨那烟上面有什么秘密,又或者他实在舍不得抽那根烟,但那姿态显得他是个亿万级暴发户,看不起眼前的瘪三。仿佛有半天之久,邵阿三慌慌张张地摸出一个崭新的打火机,可能也是他哥给的。他微微颤抖着双手,全身探前为建立点烟,建立张开他那满口的黄牙,猛地吸了一口,吐出一个大大的烟圈。邵阿三又从那包烟中抽出两根烟放到建立的桌子上。建立也没推托,推了推眼前的黄色访客登记簿,让邵阿三在上面做了登记,方才摆摆手,允许他进厂。

邵阿三知道,以自己当下的身份,不得不低人一等。所以,他宁愿在邻里中表现得卑微些再卑微些。他走到建国办公室前,认真地理了理依然破旧的衣服,站得直直的,才敲响了门。因为他知道,建国哥是真心实意地希望他昂头重新过上平常人的生活。他把上次建国对自己说的那番话转告给大哥时,大哥惭愧地说:"我们家对不住沈家。我的当兵名额是从沈建国那儿抢来的,你还偷过他工厂的东西,沈建国却能这样宽容地待你,境界完全高出常人。"这次,邵阿三送给建国的云南特产,是大哥特意叫他带来的。

邵阿三坐下来,详细地把自己在云南的所见所闻告诉了这位没有血缘关系的邻村兄长。在他入狱三年间,他的丈人丈母娘接连过世,方嬛的几个哥哥都去外乡打工了。方嬛回去后,发现自己有了身孕,半年后,生下了一个女婴。在亲戚的安排下,她不挑不拣,嫁给了当地一个病恹恹的老光棍,解决了孩子的户口问题。后来,她在家附近摆了个地摊,专门卖各类内衣裤、袜子等小百货,边照顾家人边谋生。孩子随老光棍姓了方,倒是与方嬛同姓,权当孩子随了娘姓。邵阿三自我安慰地对建国说。

建国认真听完,看邵阿三消瘦了许多,但整个状态反比之前有精神,给他续上茶,劝道:"阿三,只要你自己愿意重新来过,为时不晚。种瓜得瓜,种豆得豆。只要努力,一切都会好起来的。"

"建国哥,方嬛现在还没有同意跟我回来。我看那个老男人快不行了,我得好好谋份工作,争取以后把她们母女俩接回来。你能不能赏我一口饭吃?"邵阿三用乞求的语气说,"建国哥,你是我的再生父母。我只想重新开始,我才40岁,后面的路还很长。"

"是的,人生的路还很长。阿三,不是我不要你。你刚回来,可能还不知情。现在工厂已经被我买下来了,按理进一个人更方便。但我以为,你既然想干点事,想洗心革面,最好自谋一条生路。你脑袋瓜灵活,又有初中文化,适合干事。你只有干点事出来,方嫡才会心甘情愿地回来。这事该与你哥商量一下,他当军官的见多识广。"

"大哥劝我找个稳定的工作,先把日子过稳了,再做打算。这一年间,我在那边也打了些零工。回来前,我向方嫡承诺,一年后再去接她们。"邵阿三说这些话时眼睛清亮,语气坚定。

建国听得有些动容,这个从小被父母宠坏的邵阿三变化如此之大,说明他这三年在里面真的受到教育了。

这时,飞荣进来了,要与建国商量订单的事。建国转换话题问:"飞荣,你的牛仔铺转让了没有?"

"已经有几拨人来问了,金燕有点舍不得。我是坚决要转让出去,一门心思做一件事,建国叔!"

建国点点头:"是的,你这孩子悟性高,能成事。关于牛仔铺,你可以与阿三聊聊。"邵阿三被说得迷糊了,建国却笑:"阿三,你可以考虑把飞荣的牛仔铺盘下来,综合市场的生意还是非常好的。有朝一日,方嫡回来了,也不用到外面摆摊,直接就当老板娘。"这话,一下子又让邵阿三的眼睛亮堂了许多。

一个月后,邵阿三向大哥和建国各借了8000元,飞荣牛仔铺变成了"重生牛仔铺",其意不言而喻。

古树下,村民们都在议论这件事,有人担心建国借出去的钱要打水漂了,有人怀疑邵阿三狗改不了吃屎。银娥也骂建国脑子发了昏,什么人都敢帮,一个月没理他。朱凤仙却夸儿子做了件善事,助力浪子回头,功德无量。

中秋节过后的第一天,即八月十六,飞荣和金燕的婚礼如期举行,飞雁是伴娘。男方大摆中午酒席,就设在沈氏十七房祠堂内。祠堂内有木匠特意修剪的紫荆花,因为"七一"那天,全村老少都聚集在一起收看香港回归祖国的盛况。飞荣盛大的婚礼,来客一半是朋友,一半是亲戚,摆了整整二十桌。晚上的酒席设在文城市的五星级大酒店,由金家负责。全村人都羡慕建强家娶了高官家的千金,日后要飞黄腾达了。桂花才不理会这些嚼舌根的,她知道儿子有骨气。

爱飞怀抱着刚满月的女儿钱莉莉,一家三口来参加婚礼。雪飞的肚子也已经微微隆起。堂姐妹俩都已嫁为人妇,工作出色,生活美满。爱飞已经是白龙镇负责宣传的副科长,镇政府经常在白龙山庄开会,爱飞与负责会务接待工作的房务部经理雪飞常常碰面,两堂姐妹一直保持着密切的联系。

婚后,飞荣在建国厂边上租了一间小屋,拉了根电线,从只有两台简单的冲床做起,正式开始加工五金配件,主要为周边工厂做配套服务。飞荣在标准件厂边干边学的一年里,建国认为他的钻研精神远远超越了自己。年轻的飞荣重点学习五金件制造及使用方面的各类技术,注重技术创新,把产品的质量摆在首位,然后再拓展销售渠道,这是未来新一代企业家的突破精神。建国在心里默默祝福侄子早日成为紧固件行业的中坚力量。

离建国厂不到六百米的朱家池村,也就是在工业区的最南端,一年前,悄然诞生了一家新的五金企业,取名"白龙镇强力紧固件有限公司",是严伟杰、严海江父子俩创建的。严海江已经结婚,刚为他老爸添了一个可爱的孙子。曾经无比辉煌的网绳厂厂长严伟杰在网绳厂倒闭后,很少再与建国联系,但建国每年春节都会拎上两瓶白酒、两条香烟去看望这位老大哥,感谢他曾经在工厂发展中帮助过自己。严伟杰的新厂开办前,倒是领着儿子拜访过建国,与他讨论紧固件行业的发展前景。

现在,飞荣也加入这个行业,虽然还只是个小作坊,但建国的心里别提有多高兴了,白龙镇的紧固件企业越来越有势头了。马局长又从区工业局局长调到了区计划与经济委员会任主任,下来得更勤了。

那个雨下得细细密密的周末,马主任又下乡调研来了,他对建国说想去严伟杰的新厂看看。建国拨通了严伟杰办公室的电话,会计说他不在厂里。于是,建国打严伟杰的大哥大,对方说自己在外面办事,公司尚不成规模,不方便接待马主任。这话令马主任的脸上有点挂不住,说明严伟杰还在为之前的事怪罪他。但建国笑着打马虎眼敷衍过去了,对马主任说:"走,到阿六饭店喝酒去,让建龙搞几个时令菜。"

经营饭店数年,建龙的想法也已经与时俱进。酒席间,建龙向马主任递上香烟,并特别向他汇报了饭店的经营情况。马主任听后,拍手叫好:"建龙,看来,这小饭店赚得比你二哥还多啊!"建龙难为情地笑了。其实,他也不知道二哥每年能赚多少,但自己这几年的生意真的是越来越旺了。他还汇报,晓香准备到广州去参观广交会。广交会是中国进出口商品交易会的简称,设在当下中国最开放的前沿城市广州。当然,她要带着五嫂一起去学习蛋糕制作。建国听后,第二天召开了中层会议,厂里也要赶紧组织人员去参加广交会,这样才能打开世界性的销路。

年轻的飞荣早就在关注广交会了。虽然他开的只是个小作坊,但他相信终究有一天,自己会成立一家真正的民营企业、一个庞大的集团,如东经堂综合市场门口悬挂着的那几个镏金大字一样:**让世界了解白龙,让白龙走向世界**。

飞荣最近除了学英语,又开始自学日语了。听说,日本的紧固件做得与德国的一样精致。金燕平时住在城里,只有双休日才回到沈氏十七房村。小夫妻几日不见,如隔三秋,恩爱有加。她把自己的积蓄和父母给的压箱钱全部捧了出来给丈夫创业,却被飞荣推回去:"我怎么能要女人的钱呢?

你的钱好好用来孝敬双方父母就行了。现在我投入太多,没多余的钱能给你,暂时委屈你一下。以后赚了钱,都给你。"这些话,金燕悉数转给母亲听。贝亚芬听后,感动得都想把自家的钱全部拿出来助力女婿创业了。其实,飞荣的小作坊前期投入并不多。这点本钱,他前几年就赚到了。父母表示也要赞助他的小作坊,都被拒绝了。他已经养成了独立创业、自己解决问题的习惯。

为了学日语,他特意去月发爷爷那里讨教。他知道,建国叔叔有重要决策时,都会向老人家讨教。他这个孙辈,自认为没资格去,但听说月发爷爷会日语和德语,他不找近在咫尺的月发爷爷找谁呢?爱飞、飞雁每次回来都会给月发爷爷带好吃的,这时,飞荣突然想起自己小时候也跟着一群调皮孩子骂月发爷爷是"走资派"。哪怕后来老人家平反了,他也很少去看望,仅有的几次,还是跟在飞雁后面。多年来,飞雁一直跟着月发爷爷学习书法,她写的字已经很显功力了。

飞荣把月发爷爷的故事告诉了金燕,并盼咐金燕买些高档补品。他提着一堆东西,走进了那个久违了的老宅院。飞荣却在院子里碰到凤奶奶正在给月发爷爷晒被褥。这时,他才知道月发爷爷已经老得干不动家务了,听说他的右手连拿铁锅的力气也没有了。凤奶奶晒完被子,又开始帮他洗衣服。平时,凤奶奶和几位婶子轮流为月发爷爷送菜、送饭。飞雁、爱飞若回老家,也必定来看望老人家。她们都已形成了默契,谁有空了,就去月发爷爷家转一转。

飞荣的到来,老人很意外,也有点小激动。老人几乎不出门了,连古树下也很少去了。但他多次听建国提到飞荣,说飞荣是沈家村里难得有理想又扎根在农村的青年才俊。其实,飞荣结婚时,建强来请过他,只是那几天老人家身体不适,没有参加婚礼。但他特意写了一副对联送给新人,就挂在飞荣新屋客厅中央。

飞荣拿出日语课本,告诉月发爷爷,他在自学日语,还买了磁带,每天晚上听、读,学到凌晨。今天,他就带了最初级的日语教材,想读给月发爷爷听听。

沈月发看着眼前的孙辈,十分喜欢地说:"只要你有空,随时可以到我这里来。晚上也可以,我教你一些语法,懂了语法知识,自学更容易些。"飞荣想不到90多岁的月发爷爷还愿意晚上给他补习,于心不忍,说自己还是挑白天来学。于是,两人约定了每周固定的学习时间。老人露出了久违的笑容,说,自己在这个年纪还能被年轻人需要是件多么美妙的事。

建强得知此事后,思虑了几个晚上,跑到儿子的小作坊,一本正经地说:"飞荣,你建国叔说得对,爸爸应该帮你一把。年后,我就把中巴车承包给别人。"

桂花也紧跟其后:"妈妈就去厂里烧饭,叫你的几个工人不用再回家吃饭了。"

飞荣被爸妈的举动感染了,晚餐时,和金燕一起为父母各斟了满满一杯五粮液,郑重地向父母敬了一杯。其间,妹妹打来长途电话说寒假不打算回家了,准备报考华东师范大学的研究生。全家人轮流在电话里提前向她说了些新年快乐、注意身体之类的吉祥话。桂花终究有点舍不得:"这孩子,从小住在外婆家,好像与父母、兄弟也不亲,怎么连过年都不回家?"建强倒显得很大度:"孩子是自己生的,怕啥?只要我们支持她,迟早会回来的。"

冬至那天,爱飞带着孩子、丈夫一家三口回娘家来吃大头菜燉芋艿,顺便带来一个爆炸性的新闻——沈氏十七房村被列入市级文物保护单位,明年开始要整体搬迁了。古树下的老人们全都坐不住了。

白龙湖度假区的诞生

1998年的元旦,白龙湖度假区成立,消息都上了电视新闻,马立伟副区长站在景区门口剪彩,还作了讲话。但这个消息并未引起沈氏十七房村村民更多的关注,村民只关心古村为什么要搬迁,怎么个搬法,还有那棵古树不会搬迁吧?

村委会的门快被挤破了。沈建能想给大家递烟、倒茶,以安抚民心。可大家乱哄哄的,都不容他说半个字,他只能大声喊:"具体方案镇上还没下来,村里也只是知道要搬迁!你们在我这里吵没用!"村支书这句话,证实了拆迁消息是铁板钉钉了。有人哭,有人急,有人骂。村支书对着吵嚷的村民们百口莫辩:"这事不是村里说了算,谁叫我们村有全国保存得最好的明清建筑呢?现在国家要把整个村庄保护起来,是好事。关于古榔榆树,到时村委会写专题报告,建议保留在原地。"这时,又有人笑了。保护起来是好事啊,老祖宗留下来的老宅子和古树就是要保护起来。村支书趁机说:"散了吧,散了吧。"转背,又充满委屈地自言自语:"难道我不知道保护村庄?难道我不是沈家子孙?"

东经堂综合市场后面那块空旷的田野上将要建造一批崭新的小高层

楼房,十七房被征的村民将集中搬去那儿居住。年后,那个地块要动工建设了,它被村民称作"旷野上的小高层村庄"。小高层村庄第一期征迁的就是沈氏十七房原住民;第二、第三期会把十七房周边的小村庄都拆迁了,一部分土地用来扩大白龙镇工业区,一部分土地用来退耕,周边规模小的自然村已经陆陆续续开始拆迁了。

沈月发、沈根宝那些上了年纪的老人特别伤感,他们在老宅住了一辈子,真心不想搬,每天坐在古树底下唉声叹气。而像王婉珍这样的中年媳妇倒想着搬出老宅过几天舒服的日子。更有些穷人家,儿子成家后,住得够拥挤的。这搬迁,每家每户至少分得两套房,多的有三四套。青年人感觉撞大运了,兴奋得很,还没拆迁就开始大手大脚花钱了,心里早就盘算怎样出售多余的房屋,好好潇洒一回。比如,邵阿义、邵阿三。邵阿义跑红灯区更频繁了。邵阿三也给方嬛拍去了电报,让她尽快把女儿的户口迁到村里。村支书说,方嬛是无房户,可单独分一套房子。那么,她女儿的户口迁过来,是不是意味着可多分一套? 邵阿三这么问。村支书说,不要太贪,要看孩子户口到底是放在邵阿三名下还是方嬛名下。邵阿三又问:要是我们复婚,能分几套呢? 村支书也答不上来,说,西邵村只是列入计划,具体拆迁时间还没定下来。邵阿三只好点点头,心想能分就好,总比住在破旧的老宅子里强。西邵村都是普通民房,破房旧屋比比皆是,不像十七房的老宅有模有样,又气派,又有文化底蕴,还有历史价值。

而沈家人又开始妒忌起了那些不是沈姓的外来户,他们凭什么住着沈氏祖宅? 现在祖宅要被国家保护起来,这些外来人口也能分到小高层村庄里的洋房?

4月初,召开了村民拆迁动员大会,沈氏十七房各家各户都填了意向书,被村民们天天挂嘴上的"小高层村庄"也有了官方的正式名称"十七房家苑"。当第一枚桩子打下时,很多村民都赶去看新鲜了,那可是未来的家园。村民们远远地站着,众说纷纭。

清明后,又传来一个非同小可的消息:土葬制度要取消了,全面推行火葬。这消息对70多岁的朱凤仙来说,比村庄要搬迁更为晴天霹雳。她甚至羡慕起老伴沈月宝前些年走了,虽然因病痛离去,但终究是安安稳稳地睡在大棺椁中走的,而她那口漆黑的大棺椁还停在杂物间,死后不能享用了。火化?那意味着好好的肉体要被燃为灰烬,她的灵魂是否能经受得住这种"烤焰"?为此,朱凤仙一下子消瘦了许多。

一早起床,她掸了掸房中的那张破藤椅,这是她每天早起必做的功课,似乎老头子还活着。可今天,她自己坐了上去。她并不为分的房子大小而烦心,而是,这间房子里还住着老伴的魂,如果她搬走了,老伴的魂会跟着自己去小高层村庄吗?

村庄还没搬,很多家庭已经四分五裂地开始争吵、打架了。村委会的工作量猛然增加了不少,兄弟之间打破头、爹娘上吊的案例都出现了,警笛声一再响起。

贾桂娣这些天也有点心烦。去年一个滂沱大雨天,她的老头子在青石板上滑了一跤,就走了。按平方计算,她有一套110平方米的房子可分。沈菜儿家的东严村不在本次拆迁规划中,但沈菜儿带着儿子长期住在娘家,将东严村前夫家的房子租给了外来务工者。当时,严伟康只拿了中巴车赚回来的投资钱便去了寡妇家。寡妇是个富婆,严伟康终究与沈菜儿离了婚,开上了私家车,手提大哥大了。这些,沈菜儿不能想,一想就有十万个火盆在胸中燃烧。贾桂娣心疼女儿,思忖着房子分得了,要么给女儿吧。因为儿子建立家本身就可分得三套洋房,连王婉珍早些年在院子里搭建的违章建筑也是可以赔偿的。这会儿,又有消息说,沈家村的土地都要征迁了,征得的土地以现金方式赔偿。自1978年开始,农村试行三年土地联产承包责任制。1984年,又正式实施第一轮土地承包责任制。家家户户都有耕地了,只是很多家庭又将地承包给外地人种植了,有种藕的,有种大棚蔬菜的,还有种草莓的,那些外来人比本地人更能吃苦。本地农民这些年好像都脱离了土地。年轻人进城了,中年人在附近民营企业打工,只有少数老年人仍在耕种。比如,贾桂娣早就不种地了,沈菜儿也不种地了,她在白龙镇强力紧固件有限公司上班。严伟杰认为是弟弟的不负责任造成她们母子的惨状,还是挺照顾弟媳和侄子的。沈菜儿倒不愁沈氏十七房祖宅搬迁,只要娘有地方住,她就跟着娘住。其实,贾桂娣的担心是有道理的。如果祖宅不搬迁,沈建立可能不会计较小妹长住在娘家;可现在要分配新房了,儿女都有继承权,谁不眼红新房子?

亚雪师范大学毕业后回到了白龙中学,成为一名英语教师,住回了老宅。当她看到奶奶愁苦的脸,便提议周六带她到新成立的白龙湖度假区去走走。奶奶这些年除了去过东经堂集市,还真没走出过多远。亚雪轻声细语地劝奶奶要把眉心舒展些,放宽心。前段时间,她闻到奶奶花白的长发总有股汗臭味,还特意为她买了一瓶蜂花洗发液,在天井里帮奶奶洗起了头发,说人是赤条条来、赤条条回。亚雪的那些哲理性的话估计是从《红楼梦》里学来的,70多岁的贾桂娣怎么悟得了呢?这不是对牛弹琴吗!

贾桂娣虽然听不懂亚雪的话,但知道亚雪是待自己好。这些年过去了,贾桂梯也接受了自己没有孙子的命。亚雪并不知道当初主张把她送出去的就是亲奶奶。王婉珍有时忧心忡忡地在门后看着亚雪往奶奶家跑,心里五味杂陈。

终究,贾桂娣考虑到自己以后还是要靠女儿来养老的,决定不把房子给残疾的儿子。而且眼下，沈菜儿母子已经跟着自己住了这么多年，怎么肯回到东严村那夏天蚊虫、苍蝇成群飞的破旧老宅呢？

所以，哪怕贾桂娣被孙女拉着去看白龙湖的风景，仍心不在焉。亚雪劝奶奶穿上那双黑色圆头皮鞋，贾桂娣一辈子没穿过皮鞋，平时就穿自己做的布鞋。冬天时，也是穿自己做的棉鞋。天热时，家里只有一双塑料拖鞋。年轻时，经常光脚或只穿草鞋，哪有什么正儿八经的鞋子穿过！想不到，亚雪发第一个月工资就给她买了双时尚圆头皮鞋。

今天，亚雪还要带着奶奶去雪飞的办公室坐坐。红瓦白墙的白龙山庄如此高级，说是四星级宾馆。奶奶不知四星级宾馆的意思，亚雪又缓缓地把宾馆的级别用最简单的一句话解释，就是对宾馆的舒适、干净、设备好坏的一个衡量标准。山里面正在建造一个五星级宾馆，一年半后开业。亚雪又告诉她，沈氏十七房原住民搬迁后，老宅也将成为白龙湖度假区的一部分，以后由那个新建的五星级酒店接管。她们以后回十七房老宅可能还要买景区门票呢！贾桂娣听了不禁"啊"了一声。

在白龙山庄入口处，她们碰到沈建国正陪着马副区长和一个时髦的年轻女子说话。沈建国停下脚步，喊了声："桂婶，你难得出来啊！雪飞、亚雪，好好陪奶奶玩玩！"贾桂娣讪讪地笑着走了过去。她每天晚上雷打不动要看《新闻联播》和本地新闻，说："这人是马乡长，我在电视上多次见到过他。"雪飞告诉奶奶，人家现在已经是马副区长了。贾桂娣又说，他以前去过沈氏十七房，面熟得很，所以自己一眼认出来了。亚雪夸奶奶真厉害，还跟领导面熟。雪飞挺着一个大肚子，陪着奶奶和妹妹在山庄绕了一圈。当她们再次回到山庄门口时，又一次碰到马副区长与那个女人往山庄里走，肩并肩的。女人的右手上还拿着一朵火红的茶花，俏皮地放在鼻子底下闻着，彼此在说着什么开心的话题，笑得很灿烂，从她们仨人身边经过。雪飞再次回头看了看,感觉他们像一对热恋的情人。

雪飞低声告诉妹妹和奶奶,年轻女人叫郑敏,原来是标准件厂副厂长。

然而,就在贾桂娣从白龙山庄回来没几天,雪飞迎来了人生的一大磨难。12月20日澳门回归那天,降着浓霜的漆黑深夜,她的丈夫崔雷快到家门口时,被一辆疾驰而来的皮卡撞倒,连人带着自行车,还有那辆皮卡一起飞进了河里。当时的农村小道没有路灯,两辆车恰又是在小桥上出的事,所以一夜无人发现。

第二天早晨,当人们口中冒着白汽走到河边时,才看到河面上露着半截皮卡,车里有人,车下还压着另一个人,两人皆已冻得僵硬。

消息传开,震惊方圆十里,公安局的警车排了一溜,法医也急急来到现场。

皮卡的主人叫汪小年,他经常为飞荣的小作坊送货。

汪小年因为在澳门回归普天同庆的时刻跑到城里与人喝了酒,深更半夜稀里糊涂地撞死了崔雷,同时把自己也撞成了"落水鬼"。河岸上,汪家人、崔家人都哭得震天动地。

汪大妈哭得几次晕厥过去。50多岁的她本都可以抱孙子了,可独子汪小年为了挣钱,天天外出跑货,把恋爱的事一拖再拖。这下,汪家断子绝孙了。汪家的天,塌了。

另一边,崔雷的母亲和姐姐扶着雪飞,三个人同样的悲痛欲绝。雪飞肚子里一对即将出生的双胞胎也成了遗腹子。她一夜等不到丈夫回来,怎么也想不到,突然之间,自己硬生生地成了一名寡妇。

女婿遭难,王婉珍哭得比雪飞还悲戚。她不知道是为自己哭,还是为女儿哭。雪飞从小懂事,成绩优异。自己当年自杀时,雪飞处处维护自己,以小女孩柔弱的身躯为自己担待了太多太多。她初中毕业就开始打工了,从白龙山庄的服务员,一路通过努力担任了部门经理。直到婚前,她所赚的工资一分一厘都交给妈妈，他全心全意扶持娘家，培养两个妹妹成为大学生。建立意外致残后，虽然他对王婉珍的态度有所好转，但命运不公，王婉珍既要照顾残疾的丈夫，同时又要照顾中风后的婆婆，很多事情都是雪飞默默地为妈妈共同分担着。她知道奶奶、小姑及表弟的饭食，全是妈妈出的钱。小姑还经常拿着妈妈给的50元，只买10元的菜。于是，她下班后就经常去买些鱼肉虾增加全家人的营养。出嫁后，更担心奶奶和小姑会出幺蛾子祸害妈妈，每次回娘家总是大包小包地送东西去。这些事，王婉珍心里如明镜似的，如此体贴的女儿哪里去找！

一周前，王婉珍准备了礼包和一堆食物，请婆婆和自己一起给雪飞催生。到了崔家，婆婆居然大言不惭地对亲家母说："我当奶奶的，年纪大了，急匆匆来了，也没买什么。"这是贾桂娣第一次去大孙女夫家，王婉珍早就准备了许多东西。她本来想说："这些东西是我和雪飞奶奶的一点心意。"想不到出门在外，贾桂娣也不愿给她和雪飞一点面子，令她失望透顶。

雪飞挺着大肚子被悲痛打垮了，整个人像块木头似的，只拿着一条毛巾，呜呜哀号，伤心欲绝。两个妹妹扶着她，劝她去休息。可她不肯，坚持守在灵堂，大家非常担心她和肚子里的孩子。雪飞结婚才两年，30岁不到，便遭受这样的重创，以后的日子怎么过？临近深夜，崔家婆婆站了起来，拉起儿媳妇："雪飞，咱们不哭了，娘和你一起去休息，我还要与你一起养育肚子里的孩子。"

飞雁接到飞荣哥的电话，立即请了假，从市区直奔崔家。她最关心的是雪飞的身体，人死不可复生。

12月31日，雪飞因伤心过度引发出血，被救护车送至市人民医院，早产生下一对不足月的龙凤胎，取名崔健健、崔甜甜。哥哥四斤八两，妹妹四斤。两个宝贝出生后，直接被放到保温箱里了。雪飞说，无论以后日子多么苦,她都会把健健和甜甜养育成人。亚雪握着姐姐软弱无力的手,鼓励道:"大姐,你要学爸爸,一定要有劲地活下去。每一天都会有新的希望。"

这段时间,飞雁一直陪在雪飞的左右,直至她出院。

怒放的爱情花

认识秦明绝非偶然。

沈飞雁在白龙中学念初二下学期时，班上突然转来一位新同学——男生，穿着一套白色的运动服，两侧有两条蓝色的纹带，下面是运动鞋，满身的青春，活力四射。他的出现在整个校园内引起了一阵小小的轰动，因为他实在不像农村人。

当班主任宣布秦明的名字时，女生们都在心里窃喜。初二，少女像花朵盛开的年纪，哪个不喜欢帅气的男生呢？而且他还有个明亮的名字。秦明出生于1973年12月1日，比飞雁大一岁。她在心里默默地记下了秦明的生日。

秦家父母因双双被单位派往北方做工程，临时把他寄养到了小吴村的姨妈家。秦明刚转来时，几乎不与同学们交流，课间休息都在看书，一本接着一本，《复活》《战争与和平》《基督山伯爵》等。而飞雁自从顾老师给了她一套《十万个为什么》后，就迷上了课外阅读。但她要么读月发爷爷送的几本发黄的小说，要么就是爸爸出差时买来的小人书或者武侠小说，姐妹俩每个暑假都会坐在家门口的青石板上看得不亦乐乎。当她看到秦明手上那厚厚的外国文学时,眼神总是不听使唤地往他的方向瞄。

一个接近期末考试的阴冷的下午,自修课时,外面突然飘起了鹅毛大雪,同学们都停下手中的笔,有跑到窗户边上赏雪的,也有直接到门口去接雪的。飞雁也忍不住跟在秦明后面,只见他接了几片雪花,紧盯着手心自言自语:"每一片雪花都是独特的。"飞雁顺着接道:"你比雪花更加独特。"秦明抬起头,看到飞雁害羞地站在他跟前。他根本不知道,自从自己进入这个班级后,眼前的女生就被他那英俊且不羁的姿势吸引了。飞雁欣赏他身上那种与众不同的气质和坚毅,说不清是什么东西,但在别的男生那儿不曾见过。飞雁的目光总是追随着秦明的身影。秦明有时会在学校走廊的报亭那边看报纸,有时会独自到操场跑步,有时会与初三的同学一起打篮球、踢足球,但他好像从不与自己班的同学玩。班上的其他男生在课堂上不是睡觉就是吵闹,出各种馊点子捉弄老师,以此为乐。秦明是与众不同的,显得格格不入。

一晃,即将毕业了,同学们都买来了纪念册,互相忙碌地写着留言。秦明居然在课间休息时递给飞雁一个红色的毕业留念册:"我也没什么好朋友,这个小本子作为留念,送给你。"飞雁轻轻地抚摸着本子的绒面,顿时感觉空气都变得不一样了。她羞红着脸向他道谢,转而又将本子递给他:"那,麻烦你在扉页上留言?"

秦明沉思了一下,在上面写道:"祝你学业有成,快乐、健康每一天!"

飞雁看着那句话发呆。这时一阵风刚好从教室外吹进来,她的长发飘舞起来,秦明看着她的眼神也有点迷离。

有个女生过来喊:"沈飞雁,班主任叫你去拿资料。"害羞的飞雁借机飞快地冲出了教室。阳光中,蓝天下,她的黑发更加飘逸和灵动了。那天,她正好穿着一件淡蓝色的外套,与蓝天浑然一体,此景似一个凝固的镜头留在了秦明的脑海中。秦明对那天的解释是:"在一个萤火虫飞舞的'双抢'夏夜,我随大姨去十七房操场,碰到一个特别善良的小女孩。"

他继续说:"那晚的操场上,蠓虫黑压压地一阵阵袭来,人们都在用燃烧烂稻草的方式驱赶,烟雾大而浓,可能没有人发现我这个外来者。当时,道地上有很多人。有个成年男子正在骂几个小男孩,好像说他们偷了隔壁村地里的瓜。一群小孩子正奔跑着玩,各拿一只脸盆,在脸盆内侧涂上厚厚的一层肥皂,迎着黑压压的蠓虫,拿着大脸盆左一下、右一下甩下去,很快,脸盆内侧便有一层层密密麻麻的蠓虫沾在上面,然后拿到河埠头的水里洗干净,洗完再往脸盆内侧涂上厚厚的一层肥皂,拿着大脸盆继续左一下、右一下甩,反复去河埠头清洗,来回跑,玩得不亦乐乎。我看蠓虫根本没少过,还是一群接一群地嗡嗡嗡飞舞着。另有两个小姑娘为了防止蠓虫侵袭,一边专注于织网,一边将两条腿放在酒埕里。"

飞雁听了,知道他说的是雪飞姐妹俩。当时,她经常帮雪飞姐妹俩一起穿梭子,她们这些不大不小的孩子就喜欢在道地上听大人们东一句西一句地扯村里的芝麻事。那晚,飞荣、飞达确实又从外村偷了些瓜果回来,还被建强骂了一通。

秦明顿了顿,看着飞雁羞红的脸接着说:"当时有个小姑娘,人们都叫她'饿死货',她叫一个小妹妹去玩,自己却替她穿梭子,身上也被蚊子咬出了许多包。"

"啊?"飞雁脸红得更厉害了,那时自己还小,怪不得秦明认不出自己了。秦明又告诉她,自己是前段时间与大姨聊天时,才知道"饿死货"这个名字的由来。原来,飞雁婴儿时期也喝过他大姨的奶水,大姨的儿子与飞雁一样在白龙中学读书,只是低她一级。

就这样,他们在初三快毕业时成了好朋友。

飞雁考上了自己钟爱的医科学校,而秦明最终还是因父母工作的变动,去上海念高中了。虽然,他也曾给飞雁寄过几张明信片,却只有寥寥数语。飞雁也回寄过明信片,同样只写了几句一成不变的祝福语,不淡不甜也不咸。

秦明大学毕业后,飞雁从寄来的明信片里知道他在上海一家国有企业上班,做外贸生意。有一年,秦明在春节前给她来了一个电话,令她激动得一时说不出话来。他在电话里发出邀请:"沈飞雁,啥时候到上海来玩?"那时,飞雁已经工作了,身边也不乏追求者,但她对一个连的追求者好像都没感觉,唯有秦明的那个电话,让她怦然心动,整晚望着平整雪白的天花板,失眠了。但又想,自己是个农村姑娘,怎么配得上大城市的帅小伙?

他们再度相见是在1997年初,在沈建强的中巴车上。秦明陪退休的父母来看望多年不见的大姨。他在车上主动叫沈飞雁,语气里透着久违后的兴奋。飞雁看着眼前的大男孩愣住了,自己心中的暗恋对象已经长到一米八五了。秦明以为她不认识自己了,在她眼前晃了晃手,喊:"我是秦明啊,不认识了?"飞雁眼睛里突然有了晶莹的泪珠,笑出了声:"当然认识,只是你一下子长得比门都高了,我能不好好看一看吗?"这次见面,他们彼此留了BP机号,可还是没有真正聊天的机会。国庆节时,秦明又给她留言:"节日快乐,什么时候来上海玩?"

飞雁挺想去上海的。爸爸现在去上海出差更勤了,文城市的轮船码头早就取消了,改乘快艇。飞雁工作前一年,跟着爸爸去过一次上海,即便就单趟,在快艇上的一个半小时,整个过程胃里翻江倒海的,人趴在船上面如死灰,呕吐不止,她发誓再也不乘快艇了。现在,爸爸有时乘中巴车前往上海。每年杨梅成熟季节,爸爸都要给上海客户送杨梅。杨梅是当天早上从山上摘下来的,直接用小汽车运过去,挨家挨户地送。

所以,当秦明再次问她什么时候去上海玩时,她的脑海里便跳出来一个想法:如果和秦明单独相处会是什么样呢?

终究,她没勇气主动到上海去见他。时光就这样在不知不觉中流逝。

植树节那天,飞雁正与奶奶在中大河边上种树,这是爷爷在世时留下来的不成文的规矩,每年清明时节插杨柳。这次,她们要在老宅的河边植两棵冬青树,树是爸爸从西塘河朱康美那儿弄来的。"哪怕以后村民都搬走了,只要村庄还在,树就在。"奶奶伤感地说。飞雁不敢接话,知道奶奶又想爷爷了,只顾埋头挖土。这时,身后传来一个陌生的口音:"凤婶,你家'饿死货'在吗?"飞雁惊讶地抬起了头,说话的女人约50岁,棕黑的皮肤,清瘦精干。女人身后站着陌生而熟悉的秦明。飞雁怎么也想不到秦明会主动找到村庄来,要是她今天上班呢!或许又碰不到了。

高大帅气的秦明此时正呆呆地站在那儿对着她笑,好像他们才分开不久,他向她介绍,女人是自己的大姨王丽娟。飞雁捋了捋耳边的碎发,羞涩地笑着,邀请他一起植树。一米八五的男生,强壮有力量,一会儿就把两棵小树苗种好,把土拍结实了,又用脚在树根四周踩了一遍。飞雁笑他有农民范儿。秦明说自己好歹在农村待过两年,简单的劳动看看就会。朱凤仙看着他俩你一言我一句地聊天,心里似乎明白了什么。

朱凤仙邀请姨甥俩进屋喝口水,秦明却说时间紧张,问老同学能否陪自己回白龙中学看看。朱凤仙朝飞雁点点头。

飞雁想去取自行车,被秦明拦住了,他用一双会说话的眼睛盯着飞雁:"我有车,我带你。"语气温柔有力,又用灼热的眼神将她上上下下看了个够。飞雁被这轻轻的一句话给震慑住了,究竟是因为自己没恋爱过呢,还是因为心底里一直暗恋着他的缘故?她一时搞不清,乖乖地坐上了他的自行车后架。一阵春风吹拂过,她和秦明快速地飞驰在爸爸修建的平坦的水泥路上,就像一对欢快的燕子,双双融入一望无垠的金灿灿的油菜花海中,转个弯就不见了。

他们先去留有彼此少年时光的白龙中学。学校放假了,除了几个工人在修理操场跑道,整个校园安静极了。他们沿着学校的林荫道并肩走着,走廊上的紫藤已经抽出新绿的叶子,一串串的紫藤花快凋谢了,但依然妩媚如成熟的大姑娘,飞雁停下来想多看一会儿。秦明的话明显比飞雁要多,问她在想什么。飞雁只是笑笑。眼前的男生来得太突然,她需要一个适应的过程。秦明的眼神和语气使空气中有了暧昧的气息,青春的荷尔蒙包围着他们。突然,秦明边走边看着飞雁说:"等等,你的鞋带散了,我帮你系。"说着便蹲下身,飞雁的内心有一头小鹿跑进似的突突突地乱跳。她把头转向另一边,看到草坪里居然长出了蘑菇,是真正的蘑菇。以前去外婆家的田间小路的牛粪堆上才会有的蘑菇,如今在学校的草地上冒出来了,她有多久没见到蘑菇了?她迫不及待地指给秦明看,秦明却不慌不忙地走过去把蘑菇摘了下来,送到了飞雁面前。飞雁一惊:"我们还要去别的地方玩,让蘑菇继续长在那儿吧!"

"你打算回来再采吗?"秦明狡黠地笑着问,眼睛并没有离开她那张秀气而靓丽的脸。

飞雁的脸开始发烫,快速地转过身去,说:"看,这几幢教学楼比我们读书那会儿更破旧了。听说,白龙中学要被合并到文种中学去了。"她是听大姐说的,上级要把山区中学整合了。可白龙镇除了山区还有很大一块平原,白龙中学解决了多少家庭孩子的初中入学问题。

出了白龙中学,他们继续向白龙湖度假区方向前进。那儿有一段陡坡,秦明使出了吃奶之力，还是前行艰难。飞雁跳下车来，拍拍他的后背："一起走走吧。"秦明推着自行车，两人边走边聊。秦明这才告诉飞雁，他要回文城市工作了。飞雁听了不自觉地停下来盯着他看，内心产生了一阵波澜。秦明调皮地问："我回来，你不高兴吗？"飞雁终于捂着嘴笑了，笑中带着苦涩，眼角涌出晶莹的泪珠。秦明一手拉着车把，另一只手迅速地抱住了飞雁："你，这个小傻瓜！"飞雁被这突如其来的动作砸晕了。虽说她已经26岁了，却连男生的手都没碰过，本能地想反抗。但或许是内心一直渴望着，多年的暗恋终有眉目了，在被他拉进怀里的瞬间，她闭上眼睛，泪水不争气地流了下来，幸福又委屈。秦明把脸深深地埋在她那漆黑的头发里，也是热泪盈眶。

从白龙湖出来时，他们之间的感情已经迅速升温，甚至跳过了发酵的过程，完全从同学友情蜕变成了火热的爱情，似乎初中毕业后的十年间，他们一直在恋爱中。

秦明在山上采了一大把星星点点的野花，每个枝头都是含苞待放的花蕾，那些花蕾像飞雁的脸一样带着红润与羞涩，等待着雨露的滋润。他把花儿深情地献给自己心仪的姑娘。飞雁接过花儿时，脸上早就飞上了两朵红云。秦明轻轻地抬起她的下巴，饱含深情地吻了下去。是她的初吻，飞雁挣扎了一下，但很快被融化了，手忙脚乱地回应着。

中午，秦明带着飞雁走进白龙山庄，他们要在那儿用西餐。这也是白龙镇唯一的西餐厅，虽然山庄的西餐厅比不得大上海，但四周别有一番情调。大玻璃窗外有明媚的阳光，一望无垠的白龙湖水波荡漾，偶尔水面上飞过一两只蜻蜓点水般的白鹭。当班的雪飞看见飞雁坐在西餐厅的角落里，翻着一本杂志，她对面有个男生正在认真点餐。雪飞踩着职业而轻盈的脚步站在她背后，不禁问："啥时候谈的男友，连我都不知情?"转过头,飞雁虽然早就料到可能会碰到雪飞,不过,还是害羞地涨红了脸。秦明不愧是来自大上海,从容地站起来自我介绍:"你好,我叫秦明,飞雁的初中同学。"

飞雁的自信也跟着上来了,抿着嘴笑,大方地坦白:"我们从初中毕业开始一直恋爱着。"雪飞惊得说不出话来,赶紧问:"真的假的?要真是这样,今天我买单请妹夫。"飞雁笑雪飞居然这么容易被骗。秦明又认真地补充了一句:"真的。以前我在上海工作,这次回来不走了,要好好守着她。"飞雁正后悔刚才自己对雪飞的那句话说得过早了,因为她的恋情是在一天内才飞速成长起来的。

从白龙湖风景区下来时,依然要经过那段陡坡,这次秦明提前说:"'饿死货',抱紧我,下坡可是危险又刺激的哟!"秦明忘了,飞雁是一个农村出来的女孩,哪有这份洒脱和开放呢!万一被熟人看见,就尴尬了。这是飞雁的第一想法,可还没待她想好,秦明已经拉过她的右手环抱在自己的腰上了。风呼呼地从耳边吹过,车越往下,速度越快。早春阳光明媚,气温却不高,经风一吹,更冷。幸好,飞雁穿了一件蓝色薄棉衣,秦明穿的是一件加厚的深蓝色呢料棒球服。山风吹得飞雁直发抖,不知不觉地抱紧了秦明。突然,秦明对着大山大喊表白:"沈飞雁,我回来了,我一定会好好爱你的,我要娶你⋯⋯"

今天是什么日子?飞雁一遍又一遍地问自己,老天爷如此眷顾自己,爱情说来就来,来得那么突然,又那么猛烈,令她恍惚。自行车已经到达平地,速度慢慢地平稳下来,她没有放开秦明,仍旧紧紧抱着他,把脸紧紧地贴在他的背上,仔细地听他的心跳、他的喘气。她第一次感受到一个男人的力量与气息,陶醉在春日里。秦明停下车,转身望着她心醉神迷的样子,一个炽热又深情的吻再一次落下来⋯⋯

当他们从白龙湖回到古树下时,已是傍晚,朱凤仙热情地把秦明迎进了老宅。老宅快要搬迁了,她是多么想让世人都知道沈氏十七房有多么漂亮,怎能说搬就搬呢?可年轻的他们并不知道奶奶有这样的心思,仍沉浸在自己的情爱世界里。

风吹过,飞雁的长发有点凌乱,这已经是秦明今天第三次为她温柔地整理头发。朱凤仙发现两个孩子的状态与上午相见时完全不同,对视的眼神及手上动作明显变化,彼此身上透着甜蜜的味道。奶奶转身默默地从里屋倒出一杯糖水。

飞雁惊讶地看了看糖水,再看看奶奶,显得心神不宁,脸涨得更红了。奶奶却一言不语地笑。秦明喝完糖水,飞雁就用眼神催促他快回去,说自己要去厂里一趟,妈妈手上有外婆的药单,她要替外婆去配药。

飞雁用饱含深情的眼神和纤纤玉手同秦明在古树下恋恋不舍地挥手作别。她特意在老家逗留得很迟,待到最末班车才进城。她想静一静,丘比特的箭来得太突然了,如梦如幻。她蹲下去摸了摸路边的小草,闻了闻那里的小花,仔细看了看这些事物是不是真的。应该是真的,她与秦明一起植了树,就在沈氏十七房村里;他们又骑着自行车在白龙湖的山间亲吻,那么激情,那么缠绵。她不禁抚摸了一下自己的嘴唇,好像还残留着秦明的气息,多么美好的亲吻!这是她的初吻,或许也是他的初吻吧!她的心里暗暗欢喜着。自己心中千思万想的白马王子居然真的向她表白了,所有的一切,风可明证,树可明证,山可明证,她恋爱了,真的恋爱了。她都不知道自己那晚是怎样蒙蒙眬眬地步入美梦中。

次日起床时,飞雁感觉晕乎乎的,很想告诉同寝室的小李。可小李跳舞到深夜才归来,还在美梦中。于是,她踩着一脚轻一脚重的步子独自上班去了。

上班时间,BP 机滴滴响起。

是秦明,约她晚上一起看电影。这场爱情来得太快太容易,飞雁握着手中的电话不知道该如何回答。秦明在电话那端似乎感觉到了她的犹豫,轻柔地说:"没关系,你要是有事,不用急着答复我。反正,我今天下班后就到医院来接你。如果你有事,再给我打个电话。"飞雁"嗯"了一声,挂了电话,仍久久地回不过神来。

　　她给金燕打去电话,两人约了在医院与邮电局中间的那家快餐店共进午餐。不料,在快餐店门口,遇到了正在马路上值勤的飞达。飞达自参加工作以来,那个忙,真称得上没日没夜,节假日基本上都要备勤。于是,飞雁走近了,在飞达耳边问:"哥,我昨天回家了,奶奶又问起你相亲的事。"飞达摆摆手:"去去去,大马路上,我正在指挥交通呢。"三个人就这样哈哈笑着,又各顾各的事了。

　　吃饭时,飞雁将与秦明的事说了个大概。金燕是何等聪明的人,高兴得就差跳起来了:"飞雁,这么好的男生,一定要抓住啊,绝对的绩优股。"

　　飞雁被说得脸发烫:"什么绩优股啊,八字还没一撇呢。"

　　"人家不是又来约你看电影了吗?干吗不去?我支持你,好好恋爱一场。"金燕鼓励道,突然又提了一句,"但你最好提前去了解一下他家人,婚后,家人很重要。"

　　飞雁敏感地问:"飞荣哥家人怎么了?"

　　金燕有点吞吞吐吐的:"你还是别问了,反正听我的没错……"

　　飞雁想不到,金燕这么直爽的人也有苦衷。怪不得,现在她不太回村里了,而是飞荣每周开车进城来看她和女儿。飞荣的企业正蒸蒸日上,已经不是小作坊了,年销售额已近两千万,新厂房正拔地而起。

　　金燕回去前,再次鼓励飞雁:"晚上一定要赴约哟!"

　　其实,飞雁怎么舍得不去赴自己暗恋许久的男同学的约会呢?

就这样,飞雁在文城市与秦明急速地展开了一场轰轰烈烈的恋爱。下班后,他俩经常同骑一辆自行车,唱着情歌,将整个文城市的角角落落、边边巷巷都逛了个遍。

飞雁决定于2000年春节将男友带回家。

去上海购嫁妆

毛脚女婿要上门来，沈建国和夏银娥显得有点激动，激动的还有朱凤仙、夏晓香。小姨加小婶身份的夏晓香表示，请毛脚女婿那餐饭就摆在阿六饭店。

其实，秦明经常借来大姨家之际，在沈氏十七房古树下等飞雁，家中长辈们都依稀见过他几回，农村里传言又特别快。有一次，建国提醒飞雁，在没确定恋爱关系前，秦明还是不要再出现在古树下。于是，秦明只能安分守己地退避到大姨家的村庄。

更多的时候，若飞雁回家，秦明就陪她到阿六饭店门口的中巴车站下，看着飞雁走向村庄，等看不到她的身影了，再返回市区。秦明已经在文城市新兴的外贸公司稳当地竞选成了一名中层干部。听说，他的英语讲得一流，专业八级水平。而飞雁这几年，也通过努力获得了大专文凭，本科文凭只剩下最后一门高等数学。在医院里，她连续三年考核优秀，群众基础特别好。她不想落后于秦明，希望未来的日子里，两个人能共同成长。

一个月亮皎洁的夜晚，秦明带着飞雁去一个古色古香的明清坊里共进晚餐，居然有一位病人认出了飞雁，还提前为他们买了单，这令秦明很是骄傲："看来，以后当沈医生的家属，待遇很高，外出还有人抢着买单。"说完，哈哈笑着在飞雁的脸上快速亲了一口。他经常在不经意间吻她，甚至在公交车上，这令她感到既幸福又害羞，而秦明总是大言不惭地说："秀色可餐，谁叫你长得这么迷人呢。"

《泰坦尼克号》火热地上映了，秦明约飞雁在一个狭窄的私人电影院观看。午夜场，看电影的都是成双成对的恋人。昏暗的灯光下，正上演男女主人公在邮轮的汽车里互相搂抱激情四射的那一幕，秦明控制不住地拉着飞雁的手，从轻握到越抓越紧，甚至让飞雁感觉到了疼痛。借着影片斑驳的光线，飞雁看到秦明那双深情的眼睛里充满了欲火，正慢慢地向她靠近。她不敢直视，只好轻轻地埋怨："你把我抓疼了。"秦明这才松开她的手，恢复了常态，快速地道歉，又默默地拥过她的头，在她额上吻了吻，同时，将自己的脸紧紧地贴在飞雁的脸上。飞雁依偎在他的怀里，只是双手反过来扣住他那年轻有力的大手。

那天出来后，秦明再也没约飞雁去午夜影院。他们下班后，有时各吃各的，有时一起上小饭馆，有时秦明来飞雁的医院食堂吃，偶尔也去秦明家里吃。饭后，他们去得最多的地方是人民公园。晚上，那儿有成群结对的跳交谊舞的老年人，他们就喜欢这样手挽手，看着跳舞的人群，慢悠悠地散步于公园和广场之间。飞雁总喜欢半依靠在秦明高大的身躯上，而秦明似乎也很享受被依靠的感觉。逛累了，两个人就在路边小摊吃个砂锅。

有一次，加班后，他们散步到了城隍庙，各个小吃摊前已人满为患，老人、年轻人都吃得满脸油渍，小孩子们在人群中蹿来蹿去。有人捧着臭豆腐，边吃边说笑；有人拿着油炸的小点心，吞咽着；有人摇着可口可乐，放松地高谈阔论。可以说，这里是文城市最具人间烟火气的地方。秦明问："'饿死货'，有喜欢的吗？来一碗馄饨还是饺子？"飞雁却盯着门口那个包子铺差点流口水,掩面而笑:"我最喜欢菜包。"秦明买了两个,飞雁说:"这里的菜包比我们学校里做的好吃多了。""哪个学校?医科学校?"飞雁说:"不是,白龙中学。你忘了吗?我们学校每天下午会做点心,有时是馒头、葱卷,有时是豆沙包、青菜包。我一直记得,学校菜包的味道才是最好的。"秦明挠挠头皮,自己怎么不记得白龙中学还有那么好吃的菜包?于是,他一下子又买了十个,边咬边夸赞:"确实好吃。"

"十个?不必买那么多吧!"飞雁笑坏了。

"不是还有你同寝室的小李吗?"秦明呵呵笑。

"哦,你还真贴心,连我的室友也惦记着。"飞雁缓了缓口气,明显带着醋意。

"对啊,我还惦记着你堂哥呢!他今天是不是在单位值班?我们过去看看,让他也尝一尝?"秦明将一大袋菜包提起来向飞雁晃了晃。不久前,沈飞达被调往鼓楼派出所了,离城隍庙很近,这对恋人还真的往飞达单位走去。被秦明说中了,飞达正在低头处理案子,看到他们带来好吃的,高兴地把整袋包子毫不犹豫地接了过去,分给隔壁的同事,原来他们都没吃饭呢!

以后,秦明只要有空,就会特意拐到城隍庙为飞雁买上几个菜包,菜包成为他们恋爱中最暖心又无法忘怀的定情物。

恋爱的日子总是过得飞快。

5月,全城的香樟树开了花,清香扑鼻。

阳光明媚的双休日,飞雁提议,下午一起骑自行车逛全城。秦明说,两人共骑一辆自行车。飞雁坚持两人各骑一辆。她给秦明买来一套白色的圆领卫衣,自己那套是粉色的,要求他换上新衣服。卫衣是情侣款,她前几天在佐丹奴服装店买的。他们依然唱着歌,翩然地骑行在城市的角角落落。

无数次的骑行,早就让飞雁摸清了整个文城市的每一条大街小巷。

天空飘起了蒙蒙细雨,骑到的地儿刚好离秦明家近,他邀请飞雁去家里躲雨。

秦明的妈妈已经退休在家,爸爸还在上班。不知为什么,飞雁感觉在他家总是有一种压抑和距离感,虽然去过多次,但并没有因为次数的增多而加强与未来婆婆的情感。记得大姐爱飞总是对她说:"去婆家,千万别空手,哪怕只买十元钱的水果,也是一份礼物。"奶奶和妈妈也同样教导过她。今天,她突然不想去了。

飞雁第一次见公婆是正月初二。那天,秦家饭桌上的每碗菜虽然看上去都冒着热气,但菜的色泽和味道告诉她,都是年三十晚上的隔夜菜,除了那一个汤和一盆炒青菜。秦明是正月初一正式上门去沈家的,沈建国和夏银娥把东经堂菜市场里最好的海鲜、肉类一骨碌都搬到了自家的饭桌上。那天的晚餐是在阿六饭店吃的,上的也是最高端的菜品。可以说,沈家人有多么重视毛脚女婿,秦家就有多么不尊重未来儿媳。当然,飞雁在秦家吃的那些菜的事,只能在心里思忖,没敢告诉爸妈。重要的是,秦妈妈连见面礼都没拿出一分,同寝室小李去男友家拿到的见面礼就有2888元。当小李问她:"飞雁,你婆婆给了多少红包?"她笑笑。正好小李男友过来了,她趁机扯开了话题。

可偏偏第二天晚上,飞雁和秦明去超市买东西,路上碰到大姑拎着两袋水果往家里去。建芬见到侄女分外高兴:"飞雁、秦明,你俩去哪里啊?大姑买了很多水果,拿点去,与秦明一起吃。"说着,不由分说将其中一袋硬要塞给秦明,笑着又直言相问:"阿拉'饿死货'去过婆家了,拿了多少见面礼?"他俩同时尴尬地,答不上来。

飞雁不得不再次转移话题:"大姑,飞鹏何时出国?"

建芬从两个年轻人瞬息变化的脸色中似乎明白了什么,略停顿了一下,爽朗地说:"飞鹏明天去上海办签证,我才买那么多水果和零食让他带去。他顺便要在上海玩几天。"

"大姑,你快回吧,等一下大姑父要出来找你了。"飞雁故意逗大姑。确实,建芬要是迟一步回,汤志明会紧张的。他在家里安装了固定电话,给建芬配了手机,自己仍用BP机。

等大姑走远后,秦明默默地拥抱住飞雁。进了超市,他抢着买单,又陪着飞雁回到医院。快到宿舍门口时,他叫飞雁先上去,声称自己忘了一件事,马上就回。

飞雁半信半疑地看着他,然后上了楼。那晚,同寝室的小李上夜班去了。

一小会儿后,秦明气喘吁吁地上来了,进屋后立马关上门,从西装口袋里掏出一个厚实的红包,说:"对不起,飞雁,算我替妈妈给的。"

飞雁默默地看看他,不知道说什么才好,调整了很久,略带哽咽地说:"不用补,只要你对我好就行。"秦明默默地上前抱住了比自己矮一大截的心爱之人。

元宵节后某一天的下班时间,飞雁本打算在食堂就餐,可秦明来电,说他早晨出来时已经与妈妈讲好,晚上一起回家吃饭。而飞雁恰好在关办公室门时,被领导逮住,急着要做一份病例分析,迟了半小时。待他俩匆匆来到秦家时,发现秦明父母已经吃好饭,桌上只剩一盆咸菜河鲫鱼汤。秦妈妈不动声色地说:"我以为你们不来了,小明也不打一个电话说清楚点。"其实,秦明在路上对飞雁说已经给家里打过电话,要迟一步到。飞雁拎着水果,坐也不是,站也不是。秦明见状拿过东西,放下,让妈妈再去炒个鸡蛋。秦妈妈脸色铁青,嘴里嘀咕着什么,进了厨房。当秦明和飞雁吃饭时,准婆婆在他们边上又说了一堆阴阳怪气的话,令这顿饭吃得如鲠在喉,难以消化。

那次回来的路上,秦明看出了飞雁脸上的不快,便安慰:"我妈节省了一辈子,你不要难过。我带你去吃肯德基。"一年前,文城市引进了肯德基,飞雁还真没去过,秦明曾多次发出邀请。这次,她点了点头,他俩每人吃了一个汉堡,还有一大份薯条、一份鸡块。第一次用红色的番茄酱蘸着薯条吃,飞雁快活得像外甥女莉莉一样,就差手舞足蹈了。秦明拿起白色的餐巾纸,小心翼翼地为她擦去挂在嘴角的番茄酱,看她的眼神永远是那么的深情与温柔。其实,飞雁也最喜欢他那双无比深情的眼睛。所以,每每秦明深情又温柔地看着自己,在准婆婆那里受到的委屈就会烟消云散。

这次,哪怕下雨,飞雁的内心还是拒绝去秦家。她提议,蒙蒙细雨更适合情侣散步。于是,秦明把自行车放到家里,两人继续漫步于小巷中。他要带飞雁去吃小巷里的面结面,那是一家开了几十年的老店,闻名全城。

飞雁虽是农村孩子,但喜欢在梧桐树下、香樟树下慢慢地走,走入自己的心境。小巷的音像店里正播放刘德华的《忘情水》。两年前,只要她一听到这首歌,就会想起秦明。当时,他远在大上海。今天,再次听到这首歌,她突然紧紧地挽住了秦明的手臂。秦明有些莫名的感动,在棕色的大伞底下,深情地揽住了她纤细的腰,关切地问:"怎么了,冷吗?"说着,要脱自己的大衣。飞雁摇摇头,不说话。她不想说自己曾经多么惦记他,现在能在一起比什么都重要,只是抬起头,用最轻柔的语调说:"小明,再也不要离开我了,好吗?"秦明一怔,怜惜地将她抱紧:"我从没想过要离开你啊!""你下次去上海,也要带着我。"飞雁学会了撒娇,把头埋进了他宽厚的胸膛。

秦明用黑色的风衣紧紧裹住了她,将心尖上的人深深地拥入怀中。就这样,在梧桐树底下的小巷深处,他疯狂地吻着心爱的姑娘,她也热烈地回吻着心上人,久久、久久地不松开,彼此都想把整个身心融入对方。

不知过了多久,两人才抬起头,飞雁已经站不住了,整个身体酥软地瘫倒在秦明的怀里。她大胆地把自己裸露在心爱的男生面前。秦明细细地亲吻她的每一寸白里透红的肌肤。春天的故事已经开始,青春的荷尔蒙却没有完全地释放,妈妈从小教育飞雁的话语在耳边猛烈响起:"女人,先要自爱。"

飞雁抬起头,脸上挂着两朵红晕,感觉全世界的人都在看她,羞愧难当。秦明依然用黑色的风衣把她包裹在里面,说要回家与父母商量他们的婚事,他等不及了。飞雁心里明白,这一生只要有秦明在的地方,就是自己的幸福所在。

第二天,秦明再来时,带来了一枚蓝色的宝石戒指。他当场下跪,说自己对她的爱像贝加尔湖水一样深,永远不变。年轻未经事的飞雁被感动得找不到南北了。

两颗相爱的心,进入前所未有的热恋阶段。

双方父母约在一个双休日吃饭,不在市区,而是在阿六饭店。婚期定在了2000年的10月2日。

秦明终于要带飞雁去大上海了。建芬竖起大拇指称赞:"你小姑结婚时,我就是带她去上海买的嫁妆,大上海的东西总归比我们小城市的来得更潮流。飞雁,你一定要多买些嫁妆回来,不要省钱。"

夏银娥给了女儿两万元现金,叫她多买点好东西。朱凤仙让孙女带了许多自己晒的菜干、虾干给吴英娣。

时隔多年,2000年的初秋,飞雁重新踏上大上海的土地,那是小时候妈妈口中的没有泥土的大上海。

小时候,她是随爸爸乘轮船去上海的。可现在,轮船码头已经被改建成文城市美术馆了。记得那次到了上海,白天爸爸带着小叔去外面跑销售,她则留在上海阿娘家里。表叔还带着她这个农村小丫头去了上海体育馆,白净又高瘦的表叔是个跳水运动员,站台高高的训练台上,纵身一跃,旋转着往下跳,身姿潇洒。那利落的动作,着实惊吓到了飞雁,她待在那儿,心快提到嗓子眼了,大气不敢出。回到十七房后,她把这些转述给哥哥姐姐们听,却发现自己根本表达不清楚。毕竟,在老家河埠头洗澡,顶多是从沈家村桥墩上跳下来,俗称"跌桥门"。可那几个跳下来的男孩子每每都觉得自己好像干了多么伟大的事业,不知道有多么的高傲。飞雁回到村里再看飞达、飞荣跳水,心里直想笑,那跌桥门的动作,能叫跳水吗?

当时,飞雁在上海的每一天都被安排得满满的。上海阿爷清晨就拉着她去公园兜圈,那是飞雁第一次逛公园。吃完早餐,上海阿爷又马不停蹄地带她一起逛菜市场,买得最多的就是北方香肠,还有大排。那两样菜,对于当时的农村孩子来说够奢侈的,飞雁每次都吃得满嘴是油,一辈子也忘不掉那人间美味。上海阿娘带着她遛外滩,为她买了两件出口转内销的外贸短袖衫,面料特别凉爽、舒服;还带着她买马蹄蛋糕、巧克力夹心饼等。回来时,上海阿娘让她带回六个鲤鱼样子的硕大面包。飞雁是第一次听说"面包"两个字,小叔也不曾听说过面包这样美味的点心,更不会想到自己以后的妻子会开蛋糕坊。那六个鲤鱼大面包,后来被一块块挖下来,分给了在生产大队仓库间弄堂里乘凉的小朋友们,差点引来一场美食大地震,大人、小孩都还没细细品味,就直接把面包吞到肚子里了。

这次,飞雁在到达上海的第一天就带着秦明去看上海阿娘。上海阿娘70岁了,身体健朗,依然热情。她叫儿子在希尔顿酒店订了大餐,席间还拿出一个600元的大红包,执意要秦明收下,连夸他俩郎才女貌。上海阿娘说,待他们大婚时,她要回沈氏十七房喝喜酒。

回到宾馆后,秦明拿出自己的工资卡,郑重地对飞雁说:"我的工资卡密码已经改成了你的生日,从今以后,我的钱,包括我这个人,全托你保管了。"说完,又情不自禁地吻了下去,飞雁在秦明的柔情蜜意中,呼吸越来越急促,两人陷入幸福的情爱中。

第二天,秦明带着飞雁去了徐家汇新开的港汇商场,为她挑了两件漂亮的毛衣,一件粉色的,一件粉蓝的;还有一套化妆品、一套新娘子的内衣裤、一双红色的皮鞋。飞雁为秦明买了一套7000元的西装,一条2000元的领带。秦明看到飞雁给自己买东西时,总是挑便宜的,还要与商家讨价还价,但为他付7000元时,根本没有还一分价的意思。她自己所有东西加起来,远不如一套西装的价格。

购物出来,秦明带着飞雁吃了一餐比萨,却在近千万人的人群遇到了多年不见的严海燕。海燕盛情邀请他们到边上的星巴克喝咖啡,回忆起很多童年的趣事。飞雁问她为什么少有回去老家。海燕说,父母和长兄总是忙于企业经营,回去了也没人陪她聊天或玩,没意思。她还告诉飞雁,文城市不久也要引进星巴克了。秦明问飞雁,小时候来上海时记忆最深的是什么?飞雁手中握着还剩半杯的咖啡,小口地抿着,侧着脑袋想了想说:"是动物园,我在那里与爸爸、小叔拍了张合影。"那是他们家的第一张黑白照片。照片至今还挂在家里墙上的相框中,虽然已经发黄发旧。照片里飞雁紧紧地拉着站在中间的爸爸,身子正往后躲的样子着实可爱,不知是害羞,还是害怕池子里的那头大河马。小叔在最左边站得特别挺拔,也显得有点紧张。秦明第一次去她家就看到了这张照片,当时还刮了一下她的鼻子,觉得她依然有小时候可爱的神情。

从上海回来时,飞雁给村里的每位长者都带了礼物。朱凤仙慢慢地掰着来自大上海的巧克力夹心蛋糕，送进嘴里，才吃了一点点，就想要呕吐。心中一惊，手心直冒汗，想到老伴发病前也有这一迹象。

沈月发老人品着飞雁带来的雀巢咖啡，眉开眼笑。最近，他已经不提笔写字，也不看书、看报了，每天只捧着那个陈旧的红灯牌收音机，将全身窝在那个已经被他坐出几个破洞的藤椅里，脸色安详、神情专注地倾听着。很多时候，他听的都是些养生和医学知识类的内容。有时候，听得入睡了，又似乎在静静地回忆他那普通而又不平凡的一生。

飞雁每次从城里回来都去看月发爷爷，为他做基础检查，量量血压，把把脉什么的。这次，月发爷爷把几本当年藏在火缸底下的珍贵古籍提前整理好拿出来，说送给她做陪嫁。飞雁捧着这些古籍，站在阳光下，仔细地翻阅着。月发爷爷认真地看了一会儿飞雁，请她坐下来，一起喝杯咖啡，说要托付她一件大事。

爷爷从大橱里拿出一张在上海滩王开照相馆拍的已经发黄的结婚照。飞雁细细地看着照片上的金童玉女，又看看眼前的月发爷爷。原来，爷爷当年是那么的帅气，奶奶是如此的小家碧玉。老人告诉她，自己的妻子当年因白血病而死，现在的医学仍不能治愈这个病。他深沉地说，自己死后要捐出遗体，就捐赠给飞雁读过的现在已升级为医学院的医科学校，希望自己的遗体能为医学事业做点贡献。

飞雁听了，震撼不已，回到城里，眼前一直显现月发爷爷与自己说这些话时的庄严神情。第二天，她决定着手替月发爷爷申请办理遗体捐赠的相关事宜。

马区长锒铛入狱

改革开放以来,文城市最大的贪官被抓了,那人就是马立伟,刚当上副区长不久。消息像风一样传遍了文城市的角角落落,同样传遍了白龙镇的角角落落,已经荒寂许久的沈氏十七房古树下,因马区长锒铛入狱的消息重新聚集了许多村民。

马立伟是正月过后被抓的,同时,揪出了多个情人,郑敏就是其中之一。在大家的记忆中,很久以前郑敏是标准件厂的财务人员、副厂长,后来在企业改制前调到白龙乡成了一名干部,接着调到县计生委办公室,又从县计生委办公室主任升任县计生委副主任,当下已是区文明办主任。

这时,村民们才恍然大悟,原来郑敏不婚不育的背后有个马立伟。他们好像发现了一个惊天秘密,古树下沸腾了,唾沫星子乱溅,好多人甚至咬牙切齿地发表着什么,似乎这件事与他们的命运息息相关,又仿佛他们与马立伟或郑敏之间有着刻骨仇恨,谈论时的神情是如此的厌恶。马立伟进去了,郑敏的后台也倒了,是不是她也该进去呢?有人说,郑敏早就搭上别的领导,与马立伟撇清关系了;又有人说,怎么可能撇得清呢?还有人说,这些天郑敏的爹娘闭门不出了,以前天天逛东经堂集市的。看来,事情坐实了。那马立伟不也经常来白龙镇吗？他也到沈建国厂里来的，还常在阿六饭店用餐呢！那么，沈建国与马立伟的贪污是否有关联呢？一下子，村民们都担心起沈建国来了。夏银娥正好骑着自行车往厂里去，经过时，有村民故意大声问："银娥，建国这几天在家吗？怎么没看见他？"

夏银娥哪里知道，在村民的口中沈建国已经成了那个风口浪尖上的人物，扭头随意答："在呢，他天天早出晚归的，所以你们没见着。"

确实，自马立伟被"双规"后，沈建国忙得很，忙着打听马区长被关押的地方，但他一个农民企业家的能量毕竟小了点。昨天，他终于通过飞达，到看守所去见了马立伟一面，送了两条香烟和一些日用品。可香烟被退回来了，马立伟从进去的那一天开始就戒烟了，应该说是不得不戒。他一改往日的威风，泪汪汪地看着建国，哽咽着说："你是第一个来看我的人。"随后，他深深地叹了口气，悄悄地问："有郑敏的消息吗？她会来看我吗？"才说完，又立刻自我否定："算了，我都这样了。"

沈建国知道马立伟一直对郑敏照顾有加，他曾侧面提醒过她："姑娘家的，还是早点嫁人。"可郑敏嘻嘻哈哈地笑着不接话，拿建国的劝当耳边风。这苦了她爹娘，经常找沈建国来诉苦。可后来随着郑敏职位的升迁，她把妹妹从辅警摇身一变，升成了正式公务员警察身份。全家人从此把郑敏当成了能人和靠山，郑敏确实已蜕变成一个外表穿着得体、说话有水准的女干部了。

8月底一个阳光猛烈的下午，马立伟的案子尘埃落定，他因贪污受贿、挪用公款等数罪并罚，被判十年有期徒刑。沈建国又去探监了，他回来对夏银娥说："马区长的老婆和儿子都去探望他了。马区长总算醒悟了，说还是原配好，情人们一个都没有去看他。"夏银娥不禁讽刺道："这太正常了，患难见真情，没有发生落井下石的事情已经很好了。"

"我们不要做锦上添花的事,要做雪中送炭的人。"沈建国说着,还为马立伟叹了口气。

夏银娥却嗤之以鼻:"依我看,那马区长本就不是什么好人。建龙说过,第一次在轮船码头看到马立伟,就知道他不是个好官。只是,我们当老百姓的都不得不捧着他。你应该也清楚,马区长多次带着狐朋狗友在阿六饭店吃饭,从来不付钱的。每次吃完,还要对晓香问一句,最近的舱蟹质量怎么样?晓香每次在他来时,都要挑些土特产放进他车子的后备厢。这么贪的人,外面还有那么多情人,没什么可惜的。如果政府官员都像他这么贪,老百姓怎么过日子?"沈建国被夏银娥呛得无话可说。确实,这次沈建国去看马立伟时,本来想叫上严伟杰。当年,他与马立伟可比沈建国还走得近。现在,严伟杰的海江五金厂发展势头已经超过了沈建国的标准厂。但严伟杰皱着眉头,推托有事走不开。也有传言,马立伟当年在严伟杰任厂长的那个破产的网绳厂中得了很多好处。要不是他忽悠严伟杰去买进口设备,那企业说不定不会倒闭。已经是白龙山庄总经理助理的雪飞也说,马区长在白龙山庄长年有固定的包房,早就不是秘密。

33岁的爱飞今年又提了半级,任科长兼党委委员,是全区最年轻的领导干部,未来可期。她手上正拿着滚烫的本科文凭扬扬得意呢!最近,她又要进市党校培训一个月,接着准备报考研究生。

飞雁还有几个月就要结婚了,该准备的事还有很多呢,邀请哪些重要领导、哪些客人,准备什么酒席、菜品等一系列事。那天,夏银娥特别严肃地对沈建国说:"娘把我叫过去了,把我俩当年结婚时亲戚们送的已经发黄的礼单都拿了出来,说当年家里特别穷时,那几个同样穷的亲戚是送过礼的,这次一定要叫上。娘还说,现在我们家条件好了,富亲戚的礼可收,穷亲戚的礼回去时加倍奉还。"沈建国点点头:"这事,你和娘做主,娘是什么样的人,我还不知道啊!"夏银娥笑了,是的,婆婆是什么样的人,她当了二十多年的儿媳妇当然清楚,她在婆婆身上学到了很多。飞雁结婚前,她也要好好教育女儿一番,怎样做一名好儿媳妇。

关于婚事,秦家那边却迟迟没响动,这令夏银娥心里犯嘀咕。哪有男方不急,女方干着急的?眼看快到8月了,亲家到底是什么意思呢?晚上,她打电话给飞雁,问这周休息回来吗,飞雁说回来的。于是,夏银娥委婉地说:"叫上秦明,你爸最近从三门买了青蟹,秦明最喜欢的。"飞雁还在那头撒娇:"我妈什么时候只惦记女婿,不记得女儿了?"夏银娥马上表示:"我怎么会忘了自家的'饿死货'呢!"

晴朗的周日,秦明跟着飞雁回来了,用报纸裹着两万元现金,说是礼钱,递给了准丈母娘。沈建国和夏银娥看得目瞪口呆,问:"小明,这是你娘让你拿来的,还是你大姨叫你拿来的?"年轻的秦明被问得一头雾水:"这是我自己攒的钱。"而一旁的飞雁不懂内中礼数,用不满的语气阻止:"妈,我们家又不缺钱,干吗非要男方拿礼钱来?小明早就把工资卡给我了。"说着,从包里取出秦明那张红色的工资卡给夏银娥看。

夏银娥真想一巴掌打到女儿脸上,她懂什么?但当着准女婿的面,又不好发作,只是不停地眨眼睛,明显不高兴。她把报纸裹的钱放在客厅的桌上,进厨房做饭了,不知男方父母为何如此冷漠对待亲生儿子的婚事。当娘的为女儿感到憋屈,难道自己家的女儿嫁不出去吗?晚上,她便把这事与沈建国再分析了一遍。沈建国也认为亲家的行为有点莫名其妙,是不是叫人递个话给媒婆秦家大姨?

这一晚,夏银娥没睡好。于她而言,女儿的终身大事比工厂里的事重要多了。

第二天一早,夏银娥没去上班,径直来到老宅。婆婆正在晾菜干,院子里已拉了好几条蓝色的绳子。每年,婆婆总要晒很多菜干,不仅让沈建国带去上海,还给自己儿女家、爱飞家、雪飞家,每家每户都有。连在市区上班的单身汉飞达也有,让他冲一碗菜干汤、浇几滴香油来过饭,那是奶奶的味道。

夏银娥把昨天的事对婆婆说了。朱凤仙听了半晌,狐疑地说:"秦家好像是缺点礼数,秦明这小伙子倒是不错的,对我们家'饿死货'是真好。你看,每次骑自行车,飞雁坐后面,从不让她使力,这是心疼她啊。而且飞雁回来跟我去菜地里种菜、拔萝卜,他总是紧跟着,碰到村里的老人嘴巴也甜得很,跟着飞雁一个个喊过去。这样的年轻人不多了。"看70多岁的婆婆把准女婿夸得一朵花似的,夏银娥好像放心点了,就怕女儿嫁错郎。她觉得,日子过得好不好,并不在于物质多富有,夫妻恩爱、白头到老是关键。

朱凤仙说着,又拿出一大盆刚煮熟的菜蕻让夏银娥端到祠堂那边去晾。以前这个季节,祠堂里忙忙碌碌晾菜干的老人很多,可今年没人了,因为要搬迁了,大家早就没心思晾菜干了。名为"十七房家苑"的小高层村庄已经全部竣工,小区内的绿化和外面道路已经清理干净了。听说马上要抓阄分房了,会抓到几幢几层,村民们心里都没底。村支书说,沈氏十七房老宅年前一定要搬空,但沈建国与村委会商量了,飞雁的婚事还是在老宅祠堂内举行。

十七房的祠堂,平时有专人看管。逢年过节,婚丧喜事,不分你家我家,都为沈氏家族公用,只是大家要提前登记,分配使用。据记载,乾隆年间有一户办婚事,设了一千多桌,宽大的屋檐下,摆着酒宴,挂着彩灯,闹了三天三夜,几十里内外人人皆知,热闹非凡。古时的沈氏十七房春节期间,家家户户挂上彩灯;元宵时,还在中大河上搭戏台演戏,四周村庄的人摇着小船来,有在船上看戏的,也有在船上卖艺卖小吃的,热闹非凡。如今,这等繁华景象一去不复返。

第三篇章 村庄走向世界

金秋十月，飞雁和秦明的婚礼如期在沈氏十七房的祠堂内举行。婆家无房，沈建国补助小夫妻8万元，让他们在人民医院边上购置了一套89平方米的商品房，四楼，带一个车库。婚礼当天，飞达把妹妹抱上婚车，却不肯接受新郎递过来的香烟，只是分外严肃地对着飞雁说："以后，要是有人欺侮你，一定要告诉哥哥。"秦明递出去的香烟停在半空中，紧跟在后面的朱凤仙伸出干了一辈子农活的粗糙的左手，把新郎手上的香烟拿过来转手递给另一位亲戚，又紧紧地握了握秦明年轻有力的手，秦明知道奶奶这一突如其来的握手中所含的深意。他看到心爱的新娘满眼闪烁着泪花，嘴里含着奶奶刚才喂的上轿饭。飞雁憋着一口饭，欲言又止。沈建国走上去，对着驾驶员说："开慢点，一定要慢点。"新郎新娘坐进外面装饰了一堆红玫瑰的凌志进口轿车里，秦明用自己的右手握住新娘的左手，对着窗外诸亲挥手："奶奶、外婆、爸爸、妈妈，放心吧，我们到了新房给你们打电话。"

夏银娥哽咽着说："慢慢来，不着急！"按习俗，这场婚礼的中餐本该放在男方，女方是晚上回门宴。但因为新房在城里，而沈氏十七房有偌大的祠堂，于是，中餐放在沈氏十七房祠堂举行，三十桌酒席热热闹闹。饭后，新娘换上洁白的婚纱，正式出嫁。晚上，在文城市华侨饭店内举行西式婚礼。

新婚第二天，飞雁却见婆婆的脸像挂霜一样的冰冷，嘴里不停地念着谁谁谁的钱送少了。飞雁想起婚前来的那几次，婆婆总是滔滔不绝地标榜自己宅心仁厚，在亲戚里威望十足。为什么如此有威望的婆婆，儿子结婚亲戚们送这么少的礼？为什么如此威望的婆婆要抱怨亲戚们送的礼少？飞雁拿出头天晚上准备的两个红包，每人1000元。婆婆唠叨着接过红包，脸色依旧铁青，也没抬头看一眼新婚的儿媳妇，甚至是抢劫似的用力夺过她给的红包。飞雁哭笑不得，秦明见状及时搂了搂她的肩膀以示安慰。

那天，飞雁从婆家出来后，跑到大姑家，搂着大姑的脖子说晚上要在她家吃饭。姑侄俩同住一个小区,这令夏银娥十二分放心。汤飞鹏毕业后已经留在美国工作,所以,夏银娥对建芬说:"以后,飞雁给你当女儿了,城里的事就靠你了。"建芬买的是280平方米的别墅,这是文城市区里第二批别墅,听说套型比在月湖公园的第一批更好。只有六套,前后还有小院子,可以种菜种花。金燕也想买一套别墅,目前正在办手续,能购置这样的别墅就是实力的象征。

谁也想不到,沈飞荣的企业不到五年已经在白龙镇工业区内名声大噪。他与严海江一样,走的是外销路线。这不,桂花走路的腰挺得更直了,那些花里胡哨的衣服早都被儿媳妇换成了高档服饰。虽然她还有点不习惯,可金燕对婆婆说,慢慢会习惯的,穿得年轻点儿,以后连公公都会更喜欢的。这话令婆媳之间的隔阂消除了一半。建强的脸上每天也堆满了笑容,说话的嗓门更大了。他从不挑剔儿媳妇一个"不"字,还在亲戚中称赞金燕大方、懂道理,能嫁到沈家,是儿子的福气。当然,建强向来是心疼桂花的,哪怕桂花做得不对,他也不会让桂花在外出丑。飞荣结婚前几年,关于教养孙子的事,婆媳间也闹过矛盾。建强心里很清楚桂花的小心眼,亏得亲家母识大体。这不,刚刚桂花给凤婶送去八只阳澄湖买来的大闸蟹,嘴上大声嚷嚷:"这蟹很贵很贵的,飞荣叫我送给凤奶奶和月发爷爷尝尝鲜。"转背却在建强那儿埋怨儿子儿媳大手大脚乱花钱。

"飞荣这孩子倒一点没变,变的是建强和桂花。"朱凤仙高兴地收下大闸蟹,心里默默地念着。沈月发这般高龄早就没了牙口,怎么享用得了大闸蟹呢?他轻轻地笑着,轻轻地摆手,示意桂花拿回去。桂花有点不开心。对面迎来贾桂娣,看见她那戾气十足的脸,桂花才不会把大闸蟹送给她呢。因为桂花知道,即使把八只大闸蟹全部送给她,她转背依然会说桂花家是吃不完才给的。贾桂娣穷时,到处八卦与她一样穷的人家,诋毁比她富的人家。如今，自己条件也变好了，还是看不起比她更穷的邻里，心中更是羡慕、妒忌、恨建国和建强两家的富裕。

桂花不知道的是，飞雁婚礼上三十桌的阳澄湖大闸蟹全是飞荣送的。可以说，飞雁的大婚是沈家人最后一次在老宅的狂欢，村庄里里外外都停满了小汽车，风光无限。沈建国有意将大女儿的婚礼搞得隆重些，邀请了全村沈姓族人都来喝喜酒。其实，这也是一场全体村民与老宅的告别礼。族人心里都明白，这是最后一次在祠堂里办喜事了。酒席上，他们吃着、喝着、说着，后来都不作声了，似乎是无声地与这座具有六百多年历史的祠堂作集体告别。

飞雁大婚后的那个冬至，12月21日，沈建国打电话给飞雁，叫他们小夫妻回老家去吃饭。一来，冬至大如年，全家吃餐团圆饭；二来，冬至过后要抓阄了，老宅的房屋要腾空了，只有他们这些80年代建造在老宅外围的新屋暂时不搬；三来，月发爷爷指名叫飞雁明天帮他抓阄。老人可以分得两套房子。令村民们难以置信的是，他早就用毛笔小楷写下字据，102平方米的那套送给飞雁做嫁妆，而他自己住79平方米的那套，将来作古后，再将房子捐给村委会当作活动室。更令村人不解的是，沈月发去世后要捐献遗体，他早就默默地让飞雁联系了文城市医学院，也就是飞雁原先毕业的那所中专学校。

飞雁赶回村里，直奔月发爷爷的老宅。原来，奶奶来电说老人家下午突然病重下不了床了。飞雁跑进屋里，看到爷爷神情安宁地躺在床上，小床仍然干净、利落，桌柜边放着一个本子，是爷爷给她的东西，所有的交代都写在上面。见飞雁来了，爷爷露出了温和的笑容："'饿死货'，爷爷知道你心特别善，以后无论在什么状况下，看到困难的穷人，还是要伸手帮一把哟！"爷爷的声音低沉了许多，把本子递给她。飞雁含着泪点头，劝他到医院去。秦明表示自己已经叫厂里的司机开车过来了。沈月发却拉住了他的手:"小明啊,你对'饿死货'这么呵护,爷爷心里真高兴,我没事。明天早上,你们先帮我去抓阄。别忘了,一套是你们的,一套是给村委会的。"飞雁点点头:"月发爷爷,你是不是糊涂了,一套先自己住,以后才给村委会。"老人闭一闭眼睛,笑了。

那晚,村里所有的宗亲都来看望沈月发,进进出出,络绎不绝,连镇上的领导和相关部门也来人了。一辆救护车停在外面,只有飞雁清楚原因,这也是老人生前的最大愿望。老人家的宅院里从来没有这么热闹过。朱凤仙叫飞雁给飞达打电话,飞达直接驾着车赶来了。

第二天上午,沈月发只是喝了几口水,再也不进食了,一直催着飞雁去抓阄。村民们都知道飞雁责任重大,让她第一个抓。一套5幢501室,102平方米,另一套6幢201室,79平方米,一切顺利。飞雁攥着火热的房票,拉起秦明的手,飞快地往回奔跑。可奶奶已经在院子里点燃了什么,一股烧纸的味道从里面飘出来。院子里的花草似乎都耷拉下了脑袋,失去了原有的精神。平常都趴在门口的赛虎也不见了。

奶奶已经哽咽着发不出声来,只拨弄着地上正在燃烧的冥币,朝里屋望了望,示意他们进去。大伯、爸爸、大姆妈、妈妈、婶子等都在里屋了。他们是什么时候来的,怎么都不去抓阄?见飞雁狂奔进来,夏银娥拉过她的手,放到了月发爷爷的手里,柔和的大手仍暖暖的。飞雁突然记起老祖宗临走时,奶奶也把自己的小手放到了老祖宗的手心。只是月发爷爷的手比老祖宗的手硬了些,更大了许多。

两滴清泪从沈月发的左右眼角齐齐地流了下来,在场的人无不惊讶,老人明明在五分钟前已经断气了。

当晚,红十字会派来的专车接走了沈月发老人的遗体。这位老人,将以另一种方式在人世间永驻。

入住小高层村庄

春天过后,村民们被催着尽快搬迁到十七房家苑的小高层村庄去,一群老人围在村口的古树下议论纷纷。

建强那80多岁的老爹皱着眉头疑惑着:"那楼房有我们的老宅冬暖夏凉?"

胡惠珍那79岁的老伴也随之叹了口气:"这几天,想得我三叉神经痛毛病又犯了。住了一辈子的家居然要送给国家,这是老祖宗留给我们的啊!"

另一个与当年的老祖宗一样挂着拐杖的老人反驳:"怎么是送给国家呢?国家征去,是用两套商品房与你交换的嘛!"

另一个驼背的老人一脸嫌弃地接上:"那商品房能与我们老祖宗的房子相比啊?你看看,我们十七房那些门窗有雕花,这小高层商品房里有吗?都是钢筋水泥,冰冷冰冷的,没有家的味道。"

声音嘶哑的沈宝华接话:"现在还爬得动楼梯,以后要是脚没力气了怎么办,谁来背我?我可不想搬,能赖一天是一天。"

"你没看到,那些年轻的夫妻恨不得房子装修好立即搬过去呢!他们连老宅里的家具都不想带一件过去,全扔了。"一位鼻窝里满是雀斑的老妇人说。

精明一世的贾桂娣突然哭丧起来:"对啊,我抓的楼层这么高,过几年老得走不动了,可怎么办?"她才70岁,已经开始担心起来,那几个80多岁的老人还在迷糊中呢!

朱凤仙低低地叹气:"我只担心家里杂物间放着的那口寿材,都放了几十年了,这寿材能搬到哪里去啊?"

在座的80岁以上的老人在自家的猪栓间里都有一两口寿材,听了这话,好像集体醒悟了,一个个睁大了眼,茫然地陷入沉默。

一脸苦相的沈建能老娘也跟着痛哭流涕:"住什么小高层啊!等我死了,不能放进棺材,儿孙不能拿屋顶的瓦片摔在前头,我怎么回去啊?"

所有的老人都垂下了头,这是一个极为沉重的问题。是啊,最终谁都要回去的,从哪里来,回哪里去。可没了入土为安的木棺材,又怎么回去呢?

讨论从早晨一直持续到晌午,突然,有一位老人想起来该回家吃午饭了,说活一天算一天,大家这才陆陆续续地离开了。只剩下最后一位老人,久久地坐着不动。等所有人都走完了,她才仰头看了看天空,再看了看整个村庄,起身,步履艰难。那个人不是别人,正是建国的娘朱凤仙。

不管怎样,十七房的村民开始陆陆续续地搬到小高层村庄去了,先搬迁的家庭政府还给了奖励。

每天,阿六饭店夏晓香的计算器依然不停地响起"归零、归零"的声音,但她只要一抬头,便会看到一拨又一拨的村民往十七房家苑而去。

有意思的事情发生了,许多搬走的家庭,除了把古老的家具和罐罐瓮瓮拿去,还把门和窗都撬下来搬走了。

当初,沈氏十七房祖辈们在兴建宅群建筑时,非常重视门、窗的雕刻艺术装饰,门、窗的材料质地、种类式样及门框、窗棂图案不仅体现出其实用功能,也体现出主人家的社会地位、家庭富裕程度及审美文化和民间风俗情趣,而且门窗艺术的各个侧面都体现了不同时代的民居建筑装饰风格。门窗材质以白木、杉木、硬木为主,又以木、砖、瓦、石、铁、琉璃等原料进行装饰和雕琢,囊括了清代民居中常用的各种制作构件。

按各房现存的门窗分类,石雕窗包括砖雕,有镂空、半镂空之分。如石雕有"仙姑玩鹿""和合四仙";金钱花格有砖雕"斗虎""蝙蝠游云";双金钱砖雕、琉璃窗可分为方格的、圆格的、菱角的;木雕门窗则更是种类繁多,如 X 字棂格门、百果镶花门、回纹门、冰花门、斜格门等。有的门窗上的图案取自民间喜闻乐见的吉祥物,体现民间的风俗习惯、信仰崇拜。比如,朱凤仙那间卧室的窗棂是鱼钱纹样题材。鱼钱不仅与人们的生活息息相关,其自身更有特定的含义,因鱼含"年年有余"之意,被视为吉祥物。而沈月发的老宅保护得最为完整,窗棂上有石榴、蝙蝠、凤凰、牡丹、龙、虎,还有八仙、和合二仙,寓意平安顺利。门窗上的浮雕都很精致,图案中有民间信仰崇拜的罗汉金刚、福禄寿三星、草龙、盘龙、圣贤哲人,以及花鸟枝叶间的珍禽异兽等。

这些与门窗图案中的神仙、龙图等一起,在民间都被认为具有超自然的力量。其独特的造型、精美的图案渲染,烘托着宅居的祥和氛围,又使人们与之朝夕相处间,在精神、心理上求得一份慰藉和寄托。

由于受湿热气候的影响,各房的正房、厢房、廊间等建筑开窗面积一般较大,扇数也较多,所采用的都是通透性好的槛窗。为了安全起见,有的还加添了推窗、通风窗、装饰窗,三窗并举,按需使用。在房门设计上也特别讲究:当年建芳常与爱飞聊天时,就关半扇门或花格通风门;当主人走开时,关"三门",即半扇门、花格门、木板门。窗户多采用直棂窗、格扇窗,因其具有料轻、质暖等特点,启闭、推移、拆装自如又方便,宜于装饰。如冬日可在槅格、槅条间糊上窗纸,像飞雁就喜欢逢年过节时在那儿贴窗花。其式样更显精致、考究,如窗下左右侧的元宝形窗体上都刻有不同形状的花草、人物,甚至边边角角处也刻有极为细腻的多式花纹和人物。

终究,村委会还是发现有太多家庭的门窗被取走了,要求他们立即归还。但村民们说,自己没拿也没撬,或许是别人趁房子搬空时盗走的,谁能证明是户主拿走了?户主说没拿走,又从哪里找回来?这么精致的东西,到哪里去找?估计全中国的古玩市场也没有。村支书沈建能犯难了,只能上报到镇里,镇领导来了,看见被拆得一片狼藉的老宅子,很是恼火。十七房的门窗装饰艺术,虽然没有官式建筑那样的鲜艳浓丽和金碧辉煌,但显示的是一种质地上或油饰上的本色调,与民宅建筑的粉墙、黛瓦,栗色的壁、柱、檐及青、淡红色的石板、槛墙、檐壁、柱础、门楼等及自然环境更相融,使建筑群体呈现出一种淡雅、清秀、朴素的风格。这些江南民宅没有了这些门和窗,便失了一半的魂魄。

最后,政府将还未搬迁的各家老宅门窗图案用相机细细拍下来,进行严格管理,不得再出现丢失现象。白天,派出所还派了一个辅警在村庄里巡逻。这算怎么回事啊?老百姓开始怨声载道。也有人庆幸自己搬得早,那些迟迟不肯搬的老人家都后悔了。看来,最终还是要把老祖宗的东西交给国家了。作为宣传委员的沈爱飞劝父老乡亲,老祖宗建造的沈氏十七房是被当作宝物,当作非遗作品留下来的,整个沈氏十七房将成为白龙镇旅游度假区的一部分,将被整体改造成一个古色古香的五星级酒店,大家不要拆掉老宅子原有的配件,这样会失去十七房原有的味道。但这次,村民们只用眼睛白她,没一个听她的。有人还跑到沈家小店,叫伍莲珍管好女儿。

当沈家人差不多都搬入新居后,另外五个自然村搬过来的村民心里又有不爽了,凭什么小高层村庄还要跟着沈家村来取名呢?十七房家苑!那几个村的村民从来没在十七房老宅里住过一天,没沾过半毛钱好处,还有人真的去村委会闹过。其实,也就那几个老家伙,年轻人谁在乎拆迁小区叫什么名字?更多的年轻人拆迁房一到手就卖了,卖给在当地打工的外来人员。也有房子都未经手,直接将房子折现的。当然,也有些老人在搬迁时,连早年那些破衣物都不肯扔。其实,多年前,已经没人穿打补丁的衣服了。

朱凤仙也是如此,一人住一套两室两厅一卫的小户型,每个房间都堆满了杂物,有些甚至是别人家扔掉的杂物。家里人劝她扔了,她不肯扔,扔掉的还不断捡回。

贾桂娣正双手捧着一个棕色的泡菜坛子,恋恋不舍地向小高层村庄走去。

家是搬过来了,但朱凤仙还是每天回到村庄,在自家的地里种蔬菜。她甚至还偷偷溜进老房子里,在大灶里煮青菜,在祠堂里晒菜干。许多老人都彼此心照不宣地在老宅和小高层之间往返着。村干部们睁一只眼闭一只眼,只要上级还没有全面收走老宅,他们愿意当睁眼瞎,毕竟都是十七房沈氏后人哪!

关于老人们的那些寿材,暂时留在原地不动,村委会正在打申请报告给镇里,申请专门留出一间房子,集中放置。不是说,沈氏十七房是中国明清时期建筑的典型代表吗?如果把这些东西留放在老宅里,也是历史的见证。反正,推行火化政策已经势在必行,这些棺材最终也不能挪到山上去的,何不留在老宅,让后人观瞻?

而十七房家苑6幢201室,里面空荡荡的,没有任何装修,没有任何家具,当然也没有居住过的痕迹,却实实在在有"人"居住在这里。看,墙上那幅挂得有点歪的、杂志般大小的带框遗照便是主人沈月发的,他已经"住"在这里了。

沈月发的故事已经成为过去,但还值得说道说道。

沈月发,出生于光绪三十二年。听说,当时的沈氏十七房村还是相当富裕的,祖辈中不少人在上海谋生,也有致富后回来报效祖宗门庭的。但经过辛亥革命、民国政府、抗日战争后,村里普通老百姓的日子越来越难了。当年,日军到过沈氏十七房,有一批老建筑就是在那个时候被烧毁的。木结构房子,被熊熊烈火焚烧,硝烟弥漫,映照了整个村庄的上空。村民们悲痛欲绝,捶胸痛哭。如果不是及时扑灭了大火,估计十七房一半的老房子都要遭殃了。也就是从那时起,十七房村民的生活与四周其他村庄的村民没有什么区别了,都生活在水深火热之中,真正有钱的人早就不在这里生活了。新中国成立前,在上海的许多沈氏后人都搬去香港、台湾或其他国家了。现在改革开放二十多年了,也没见到有人回来探亲。

沈月发是在青年时期跟随家人去的上海,他的亲人们也都在新中国成立前离开了大陆,大多卖掉了沪上的财产,而他和妻子却回到农村陪伴唯一在世的奶奶。回来不到两年,奶奶过世,妻子也得白血病而死,就剩下他孤苦一人。听说,他当年在上海办的是党的地下工厂。所以,他平反时,上级还补发了一大笔钱。后来,政府每月也给他发离休工资。总之,他对过去的事闭口不提。关于他的企业是怎么倒闭的,当年在大上海具体发生了什么,村民们一概不知。只知道经历过"文革"的沈月发,更节俭了,长年吃蔬菜为主,偶尔买点猪肉见点荤气。邻里中有好心人想来照顾他,都被他拒绝了。他只接受朱凤仙一家的照顾。临终前,他的遗嘱里明确写着,这套房子捐给村里做集体资产,唯一的条件,是让他的遗像在新房里挂上三年。

房间内,陪着沈月发遗像的还有他的一些书画作品。飞雁被月发爷爷的大爱精神感染,将他生前送的书画作品及图书都送回了这所房子,还主动在房内增加了一面书柜。村民们知道后,也陆续把沈月发生前送他们的书画作品送了回来。于是,这套房子里的书画作品越放越多。村委会又在里面安装了空调,摆放了一些桌椅,装设了一些生活基础设施,房子便成了小区的老年活动中心。但有一项特别规定:不能在里面抽烟,因为房东生前没这习惯,书画作品也熏不得烟。

重阳节时,飞达带着同在司法机关工作的女友许萌来到了奶奶家。奶奶似乎还没从老宅和小高层之间适应过来,满屋的东西,使她找不到自己家原先那几个印有莲花的玻璃杯了。伍莲珍察觉婆婆近期精神有点恍惚,特意带了些鸡蛋、红糖,还有一个红包,里面塞好了钱。红糖氽鸡蛋是给未来儿媳吃的,红包当然也是送未来儿媳的。朱凤仙根据伍莲珍的提示,用颤抖的左手给孙媳妇泡了满满一杯糖水,溢了出来。当四个红糖鸡蛋端出来时,许萌一定要分两个给奶奶吃。奶奶推托了半天,要给飞达吃,自己却来不及站起来,就止不住地干呕起来。

病来如山倒,一辈子没得过病的朱凤仙连续三天吃了吐、吐了吃。最后什么也不敢吃了,她那张大圆脸瘦得没了形,双颊发黑。建刚、建国兄弟俩决定带娘去医院,可朱凤仙拉着床板死活不肯。她说,这是一个机会,若真死了,请儿子们把她搬回老宅,还能用木棺材入殓,她还能在有着六百年历史的沈氏祠堂里摆放三天。朱凤仙似乎在为自己找借口。建芳、建芬姐妹俩闻讯而来,泪流满面地跑进小高层村庄。儿女们硬将娘抬上了标准件厂的货车。娘一辈子晕船、晕车。那场面像极了一场生离死别,已经入住小高层村庄内的沈家人都来送行。诡异的是,那天小区的天空与沈家人的脸一样乌云密布。

货车上,妯娌胡惠珍和孙女飞雁一直守护在旁。上了车,朱凤仙倒安静下来,不再闹腾,恳切地说:"你们放心,我没事了,听你们的。但你们只让我检查一下,明天就回来,好吗?"

众人点点头,飞雁转过头去,不想让奶奶看到眼泪在自己的眼眶里打转。以她的预判,凶多吉少。

果然,拍片显示并不好。

建芬和建芳姐妹俩执意晚上一起陪着娘在医院,她俩打着地铺,黑暗中一个都没睡着。闻着娘的气息,好像没听到娘入睡的鼻息声,建芳便轻轻地问了声:"娘,你睡了吗?"建芬伸出一只脚踢了妹妹一下。朱凤仙没出声,其实,在来的路上,她已经想好了一切。过了几分钟,她轻声地对女儿们说:"早点睡吧,娘也快睡着了。"

这一夜,细雨凄冷,朱凤仙未眠。当窗外的鸟儿开始鸣叫时,她才似睡非睡地进入了梦乡,梦见老祖宗穿着一件清秀的碎花大襟衫来接她。

三天后,飞雁拿着奶奶胃癌晚期的检查单子,欲哭无泪。奶奶与爷爷是同一个病。而奶奶的病要比当年的爷爷的病情还凶险,癌细胞已经全面扩散。

建国拿着文城市医院的片子,第二天一早就去了上海。

两天后,建国回来了。同时来的,还有上海的吴英娣,她早退休了,来陪陪老嫂子。朱凤仙看到吴英娣,特别的亲切和激动。她不知道,吴英娣请上海市公安局领导出面,请来了最好的医生,将于两天后为她手术。

病房外,飞雁和爸爸一样,串串热泪从两颊滚滚而下。

村庄最后的葬礼

2003年1月25日,灶王爷生日那天,手术后的朱凤仙回到了她的6号楼302室。

刚进屋,一身无力的她就皱起了眉头,原来堆在屋里的那些旧物全被清理了。

建芬扶着娘,故意装出一副若无其事的样子,旁边的汤志明紧盯着丈母娘的川字眉,不知所措。朱凤仙又把头转向建芳,建芳欲言又止。建刚抢先解释:"娘,是我叫建芳整理的。"朱凤仙停顿了一下,扫视四周,轻轻地说:"建芳哪有这个胆量!是建芬的主意。"吴英娣从楼下跑了上来,挽起她的胳膊:"哇,二嫂,你看,多么整洁!都是我的主意,我想着你从医院里出来,要洁净点。等你把身体养好了,再把那些东西拿回来。"建刚凑上去说:"娘,您放心,东西都在,都放到我家那套空置屋了。"

"你哪有什么空置屋啊?快整理出来装修吧,让我临走前看一眼重孙子。"朱凤仙硬生生地下了命令。

"奶奶,你又是重男轻女了。"飞雁挺着六个月大的肚子,笑呵呵地走过来,要帮小姑替奶奶一起铺床。大姑用手势阻止了她,拐过去和建芳一起张罗。

飞雁的话使得奶奶脸上透出一丝笑容:"我怎么嫌弃你了?我下去时,得向你爷爷汇报沈家的人丁增加了多少啊!难道我跟你爷爷说,秦家多了一个重孙子?"全屋的人都被逗笑了。老人一笑,整个房屋内的气氛一下子轻松起来。

飞雁狡辩:"难道我的孩子身上没流着沈家的血?你当然要告诉爷爷,只是不姓沈而已嘛!"

"好好,那我就告诉你爷爷,我们的'饿死货'也要当娘嘞。"话一出口,飞雁和奶奶的眼眶同时红了,在场的家人都不作声了。

胡惠珍及时出来圆场:"二嫂,坐了这么长时间的车,先去躺一会儿,我给你量一量血压。大家也去休息休息,留下一两个女眷就可以了。"这时,夏银娥端了一杯温水过来,说:"娘,先润润喉。等一下,晓香和建龙会带饭菜过来的。明天开始,我们轮流到这里来做饭菜。"

"辛苦你们了,我还是给你们添麻烦了。"朱凤仙说完躺到了床上,脸上闪现出无以言表的痛苦表情。

晚饭后,建芳要留下来陪伴娘,朱凤仙却说:"你们都回去吧,让你们几个兄弟轮流陪我就行。"

"这怎么行啊?你才出院。他们男的,不方便。"建芬也不同意,"娘,如果你不放心小妹陪,那我来陪。"

"你的工厂一大摊子事,陪什么陪?"朱凤仙作为长者,倔强了一辈子。

"那让嫂子们轮流陪?"建芬故意问。

"更不行,她们哪个没有要紧事?你大嫂全天开着小店,每晚10点才关门;你二嫂是你二哥的左膀右臂,回家也是深更半夜的;你五弟家的媳妇,替建龙管着蛋糕坊,每天晚上糕点做到几点都没准;晓香,更忙了,阿六饭店有的客人吃五喝六地要喝到 12 点钟。"

"不管怎么忙,你是我们的娘。娘生病了,子女们都要管。建芳先管几晚吧,我安排好厂里的事会来接替的。"建芬的口吻也很强硬。

吴英娣一直坐在边上,看着她们娘仨讲得差不多了,抢白道:"喂,你们当我空气啊?我从上海跑来干什么的?"

听到老姑发话,姐妹俩一下子都尴尬了。是啊,老姑这次是特意为娘的事而来的。老练的建芬站起来,抱住她,换作软声细语,说:"老姑,你这一个多月够辛劳的了,你还是先回四婶家去睡觉吧!白天,你来陪娘说说话就行了。反正,建芳是 24 小时在,你是备胎。"说完"备胎"两个字,她自己先笑了,吴英娣也笑着说:"无论我是不是备胎,我再陪二嫂一周。这一周,你们都不用来,我和你们四婶会照顾好她。放心吧,都回去。"

这时,门锁发出响声,是建国。他刚从区里开完会回来,似乎早料到娘会赶走妹妹们。

他与老姑打了声打呼,径直坐到娘的床沿边,看着娘变消瘦的脸,过了几秒,低沉地说:"娘,您得病了,当儿女的再孝顺也没法替您生病,这段时间就让我们轮流照顾吧。"

建芳紧跟二哥的话:"娘,我有十五天年休假。你也知道,陈大裕每天都在部队里,他最喜欢值班,一周难得回一次家。陈科上大学去了,我来陪您最适合。出嫁这么多年了,我还真没好好与娘聊过天呢!"其实,朱凤仙住院的一个月间,城里的孩子们几乎天天去看她。那段时间没有请护工,全部是自家人在伺候。

建国建议:"娘,如果您真不要我们陪,那只能请个保姆来与你一起住。"

"不,如果你让别人来伺候我,我就去跳河。"朱凤仙突然发出歇斯底里的声音。

在场的三个子女都被惊到了,原来,娘是这么不愿别人来伺候她。

朱凤仙又转向吴英娣:"英娣啊,有你在,我心里踏实许多。但这一个月来,二嫂心疼你啊!你就依我,白天来我这里,晚上住到惠珍家去。一周后,回上海。等我病好了,要去趟上海你的家里。"

朱凤仙的话音刚落,建芬差点跳了起来:"不会吧?娘!以前多少次求着你去上海白相,你都不同意呢!"

"这次是娘自己要去。"朱凤仙转头又说,"等我好转了,叫飞达来接我,我还要到市里各家各户看个遍。"

吴英娣紧紧握住二嫂的双手,说:"一言为定,等你病好了,我接你到大上海去白相。现在没轮船了,我们就乘火车。重点是火车不会晕,哈哈!"

大家这样聊开了,心情从刚才的纠结变成了欢喜。

最终,是建国劝服了娘,先由建芳陪着,娘勉强答应了。

"这就是辛苦了一辈子的娘,她考虑的都是别人。"与建芬一起出来时,建国如是说。汤志明的车刚好开进小区,他还想上楼去看看丈母娘,建国向这位实诚的妹夫摆了摆手:"这么迟了,你们先回去吧!过几天再来。"

其实,建芬即使再忙,差不多每晚都会抽时间和汤志明一起来看看。有私家车就是方便,从文城市开到小高层村庄不过四十五分钟。以前,公交车也能直达,但要花上一个半小时。而且以前的砂石路太狭小,弯弯曲曲,特别颠簸。现在已铺成柏油马路。

飞达又从派出所被调回了市交通警察局,在奶奶出院半个月后,带着许萌,拎着许多糕点回老家来了。妈妈在电话里向他转达了奶奶在众亲面前下的命令,说她想早日看到重孙子。飞达搂着女友时,委婉地把这话转告了她,许萌红着脸用眼睛白他。

这段日子,沈氏十七房村许多老邻居都来看望朱凤仙,还有建国、建龙两兄弟的朋友。反正,每天踏进小高层村庄的陌生人,基本上都是来看望朱凤仙的。

朱凤仙并没有得到很好的恢复,记忆力衰退得很快,以前的事她记得一清二楚,当下的事转背就忘。清醒的时候,她会看着小高层村庄屋里的摆设,回忆以前老宅里的点点滴滴,与老伴在一起的往事一幕幕地像放电影似的在她脑海中呈现,但她不会把内心的伤痛和思念轻易表现出来。可一旦糊涂了,便把那些不愉快的尘封往事拿出来说一通,甚至开骂。昨天早上,建刚就被她骂了一通,骂他只顾疼媳妇,小店里有好吃好用的从来没给娘送一份。建刚被骂得恨不得马上钻进地洞去。

见飞达带着女友来了,朱凤仙便孩子般地兴奋起来,急着从床头柜古老的铝饭盒里拿出点心塞给许萌,一边摸着许萌的手不停地问她多大了,家里有几个兄弟姐妹,工作是否舒心。飞达看了有点奇怪,半个月前,奶奶不是才见过许萌吗?问着问着,朱凤仙突然抬起头来看着飞达问:"我的重孙子呢?怎么没抱来?"伍莲珍知道婆婆犯糊涂了,看着尴尬的许萌,让飞达带着她先到外面去逛逛。

这时,贾桂娣敲门进来了,全村没来过的亲戚估计也就她一个了,至于是什么原因,无人知晓。王婉珍猜婆婆可能压根就不想去看她凤婶。贾桂娣送来一盒西洋参、两盒真空包装的年糕。每三根年糕为一小包装,共六根年糕,算三色。伍莲珍是开小店的,对食品的保质期特别在意,当她接过东西时,用眼睛瞟了一下,便知道这盒西洋参已经过期一年多了,两包真空包装的年糕里面也明显有霉斑。其实,送婆婆食品的人太多,有些伍莲珍直接拿到小店去卖掉。

仅寒暄了几句,贾桂娣就起身要走。这时,朱凤仙拉住了贾桂娣今天特意换上的紫红色外套,突然高声问:"阿桂,当年你为什么把我们家的呆头鸭给弄死了?弄死也算了,那么穷苦的年代,你吃吃掉好了,怎么把它埋了?那么冷的天害得我带着孙子全村庄找,你的心怎么这么硬?"贾桂娣被这突如其来的质问击倒了,她脸色惨白,进退两难,不知道该如何回答。伍莲珍当然知晓此事,但不吭声。

贾桂娣却对着伍莲珍装出哭笑不得的样子:"莲珍,你看,你婆婆这……这是怎么了,说的是哪儿跟哪儿的事啊?"

"你还要抵赖。那年农历腊月廿七,天也很冷,村里分带鱼和黄鱼,现场还在杀猪。孩子们都围着看杀猪,你家建立负责杀猪,那把尖锐的刀刺向猪脖子的瞬间本来就够残忍的,飞雁闭着眼不敢看。你倒好,居然对建立说,把刀递给'饿死货',叫她补一刀。飞雁吓得哇哇直哭,要逃,你直接拿过那把血淋淋的刀硬往她手里塞,还把黏稠的猪血往她的小棉袄上涂,害得小小的她连续一个月做噩梦,有你这样当长辈的?你真毒啊!剖开你的肚子,里面滚出来的肯定是石头!"

贾桂娣实在听不下去了。朱凤仙为什么旧事重提,她疯了吗?今天算倒霉透顶了,要不是胡惠珍要她来看朱凤仙,她才不来呢!

"还有,赛芬旅行结婚,虽然没办酒,但是你们一群妯娌乐呵呵地去看她的新房子,我没空去,请你帮我带去28元礼钱。你倒好,28元礼钱全落进自己兜里了。你以为我不知道吗?"

朱凤仙的话像刀子一样落下来,贾桂娣无地自容,捂着耳朵落荒而逃。

紧跟着,飞荣夫妻俩也带着孩子来了。金燕亲昵地叫着凤奶奶,拿出一个厚实的大红包。朱凤仙马上切换到新的待客场景,快乐地回应着飞荣一家的到来。她不要飞荣的红包,推来推去,飞荣说:"凤奶奶,这是我孝敬您的,我从小在您家吃过多少饭,淘过多少气?在村庄里,人家都嫌弃我,可您从来没嫌弃过我,也从不阻止飞达与我一起玩。现在我有钱了,孝敬您,您必须收好。"朱凤仙非常和蔼地说:"好吧,奶奶收下。你也是当爹的人了,好好努力,要为父母争气。"然后站起来,叫伍莲珍从抽屉里取出她早就备下的一个大红包,送给飞荣的儿子沈启元。恰好,飞达和女友回来了,两堂兄弟很久不见,飞荣便邀请飞达去参观他正在扩建的新工厂,并共进午餐。

为了让奶奶早日抱上重孙子,春节期间,沈家和许家商量在"十一"国庆节举行婚礼。

可谁也想不到,没过几天,朱凤仙的病情急转而下,越来越糟糕。

那是个晴朗而寒冷的日子,建国急匆匆赶来,想把娘送到医院去。朱凤仙慢腾腾地从被子里抽出她那早已失去血色且上面已经扎满青色针眼的双手,拉住儿子:"建国,娘不要去医院了,就让娘回到老宅子去,搬回老宅子!"建国脸色沉重,他怎么会不明白娘的意思呢?这段时日,娘的病情明显加重,多次不愿去医院。每次,要么是飞雁从市区配药回来,要么是四婶过来为娘打止痛针,熬着。这应该是娘最后的愿望了吧!可老宅已经交出去了,只是正式改造还未启动。亲人们都看着建国,建国看着娘,心痛得说不出话来。建国紧紧地握住娘那骨瘦如柴的双手,娘是个左撇子,一辈子的重活都靠左手操持着,现在两只手都变成了紫色,已经分不清是打针造成的,还是娘本身的血正在凝固。娘平时对他这个儿子没提过什么要求,为人子的,怎能拒绝?建国对着娘重重地点了点头,站起来,急速而稳重地走出了家门。在走出门的瞬间,这个刚强如铁的男人泪如雨下。

建国是去找村支书沈建能商量了,老宅依旧完好无损,能否让娘在老宅里度过最后的时日?或许只有一晚,或许两晚。这是四婶刚刚把了娘的脉象,在家门口偷偷告诉他的。

沈建能小时候家里也特别穷,但受到了同样穷困的凤婶的帮助。当时,全村没人愿意把自己仅剩的一口粮与别人分享,而朱凤仙曾把自己碗中的红薯粥全给了年幼的沈建能。这份情,沈建能每每想起,都热泪盈眶。对于凤婶的最后一个请求,他也没法拒绝,只是提醒建国,悄悄地回老宅,动静小一些。

当朱凤仙被抬回老宅时,小高层里的沈家人差不多都自觉地跟回了村庄,建刚不断地示意他们回去。可赶不回,那其中的感情绝不仅仅是对朱凤仙的,更多的是大家对村庄、对祖宅的深深眷恋,甚至有老人羡慕朱凤仙能死在祖宅里。

农历三月二十,气温下降,朱凤仙重新入住老宅。晚上,儿女们打地铺整夜守候。

第二天,她的精神似乎好转了许多,建芬故作轻松地说:"娘,我们兄弟姐妹这么多人一起睡一个房间,那是几十年前的事了吧!那时,每天晚上都睡不着,因为饿。现在的生活多丰富,谁能想到呢!"

伍莲珍接着说:"刚住进小高层新房子里时,我晚上都笑醒呢,原来的老房子实在太拥挤了。这次回来一住,又感觉老宅特别亲切。"

可朱凤仙沉沉地说:"是啊,现在的生活真好。我们全家都回到了老宅,看到你爹蹲在门口抽着土烟,正咧着嘴对我们笑呢!"

建刚和建国听娘这么说,同时披上衣服起身,挨到娘的床边:"娘,你真看到我爹了?"建国知道,娘可能正在进入另一个世界。

朱凤仙笑了,眼帘下垂,望着地铺上的儿女们,有点出神。她似乎是在与世上的一切说再见,正在追忆自己过往的每一个精彩或者每一个艰难的瞬间。

她有太多的话想说,可是来不及了。死神之前来过几次,已经对她放宽了,这次再也没有多余的时间留给她了。她有这么多的儿女、儿媳妇、女婿、孙子、孙女、重孙女、重孙子,知足了,不枉来世上走一遭。她听到了老宅前老狗的叫声,是赛虎,可赛虎不是在沈月发老人走后就消失了吗?朱凤仙看到赛虎抬着眼,用它那双与自己一样混浊的眼睛看着她,似乎在怜悯主人,又似乎在招呼:"跟我一起走吧!"老头子也拿着烟斗在朝她招手,她还不想走,想再听一会儿,仔细听听,听听村庄最后的声响。清晨的村庄,万籁俱寂。太阳出来了,多么宁静的时刻,村庄却沉默着,是不是在为她送行呢?突然,她从安宁中听到了些沙沙沙的声音,那是村口的古树被风吹动的声音。她专注地听着,终于听到村庄的声音了,是那古椰榆树发出的声音。她牵动了一下嘴角,笑了,缓缓地闭上了眼睛,左手慢慢地垂下来。最后,她似乎还听到了自己落地时哇哇的哭声。其实,那是亲人们发现她走后的悲痛和号啕声。她的神志并没走远,可是她好像回不来了,紧紧跟随着老伴和老狗的脚步,离开了村庄,走出很远很远……

亲人们都以为朱凤仙走了,胡惠珍把了把脉,也说只有出气,没有进气了。亲人们接到电话都从四面八方狂奔而来。

飞雁生下儿子秦路还未满月,但接到消息后,坚持要来送奶奶。秦明借了辆本田雅阁轿车急驰而来,一路上不停地安慰飞雁:"不要着急,奶奶肯定会等着我们的,不信你给爸爸打个电话问问。"飞雁怀孕后,秦明就给飞雁买了一款波导手机。可飞雁或许是太伤心了,一路没搭理秦明,秦明被吓坏了。

而飞达,此刻正在省城进行封闭式训练。接到爸爸的电话,急得像热锅上的蚂蚁,不得不硬着头皮对教练说,从小把他带大的亲奶奶要走了,他必须回去送终。

待飞雁的脚步迈进老宅时,飞达也上气不接下气地跑了进来,众亲默默地为这两个迟来的晚辈让出一条路，只见奶奶闭着眼睛，轻微地呼着气。两人同时跪倒在地，大声地呼喊着"奶奶、奶奶"。朱凤仙似乎听到了，想努力张开眼，可怎么努力也只能睁开一点点。只见她微微地抬起左手，建芬见状立即靠近，把两个早就封好的红包递给娘。朱凤仙慢慢地捏住红包，抬了抬眼皮，又张了张嘴，还是说不出话来。建芬大声说："飞达、飞雁，快接着！这是奶奶给你俩孩子的红包，收好了！"孙辈们顾不了膝盖跪着青石板地的疼痛，沿着床沿急急地匍匐过去，接住奶奶的红包，泪水狂泻而下。

当孙子、孙女接过红包时，朱凤仙的左手重重地垂了下去，在老式床板上发出"咚"的一声。这次，她真的走了，离开了十七房，离开了她最爱的孩子们。屋里的亲人们轻声地啜泣起来。农村有个习俗，在刚咽气的人前不能哭，不能随便动其身体。

拿着还带着奶奶体温的红包，飞雁哭倒在灵床前。世界倾塌了，泪雨纷纷而下，她悲痛至极。

朱凤仙在沈氏十七房走完了79岁人生的最后一步。这个村庄，她自16岁嫁进来，从未离开。根据当地习俗，涨潮时分是入殓的最佳时刻。建国决定，让娘的尸身先在木棺材中入殓一次，待天明一早去火葬场，已经约定了6点钟的第一炉火化。回来后，再将骨灰撒入棺材中，而棺材里也已由入殓师扎了一个稻草人以替代尸身。木棺材将偷偷地送入墓园。这是娘心心念念要享用的木棺材，为人子的他怎能不尽力？

清晨鸟鸣的时候，灵车来了。天，仍是漆黑一片。沈家祠堂连续两个晚上灯火通明，亲友们都守候在那儿。整个村庄因为朱凤仙的过世，似乎又回到了从前，人气旺盛，烟火浓郁，祠堂内外摆满了各种花圈、花束、花篮。厢房边上有三个临时搭出来的大锅台，热气腾腾地蒸着各类包子、团子、年糕、泡饭，大家按需取用，或蹲或站，吃完就披麻戴孝。

时辰到,起灵。唢呐声响,哀声凄凄,灵堂里传来女眷们的哭声,似滚滚潮水般,越来越响亮。除了朱凤仙的两个女儿和四个儿媳妇,还有上海来的吴英娣,还有妯娌们,还有她娘家的亲人,还有王婉珍。人们都沉浸在悲伤之中。

"娘……"突然,一声雄壮高亢的哭喊声如爆竹般冲破凄凉的唢呐声,呼天抢地地从祠堂内传出,穿过寂静的黑夜,将哀伤弥漫于整个沈氏十七房村庄。盖棺了!是建龙,女眷们的哭声一下子被他雄厚的哭声盖住了。大家惊慌失措地看着他,可他自顾沉浸在巨大的悲哀中,谁也阻止不了一个深爱着娘的儿子的哭泣。

屋外,疾风突然呼呼呼刮起来,骤雨唰唰唰下起来了,古树似乎在风雨中猛烈地颤抖,不知哪位老人说了句:"下'寿雨'了!听,这声音猛烈有力,朱凤仙的儿女们还要发啊!"

主葬的师父看着屋外的雨,悄声走到正在恸哭的建国身边:"建国,时间到了,这雨下得有点大,你看怎么办?"已经是正团长的陈大裕过来了:"二哥,我们备足了一次性雨披。"建国看了一眼小妹夫,心里夸赞他办事细心周到。

"起灵吧。"建国的眼睛和脸都是红肿的。他如此努力,就是想让娘过上好日子,可娘还是没过几天好日子就走了,像爹一样劳苦了一生,就这么走了。他连续两晚在守灵,眼前晃动的都是娘操劳的身影。

送葬的队伍已经排好序位。

首位是大女婿汤志明,手捧朱凤仙的遗像,并排的是小女婿陈大裕替姐夫撑黑雨伞。灵前跪着的是建刚,紧挨着建国、建军、建龙、建芬、建芳、莲珍、银娥、依群、晓香、爱飞、飞达、飞雁、秦明等。飞雁还在月子中,但坚持参加出殡仪式,秦明扶住她寸步不离。

唢呐声停止,咚、咚、咚,三声铜锣声响起。

长孙飞达走到了最前面,双手擎着灵幡。他的父亲建刚站在灵幡下,将一块从老宅屋顶取下来的瓦片重重地摔在地上,哭声无比洪亮:"娘,记得回家哟……"

哀声延绵不绝,穿越雨空,穿越老宅,再一次回荡在沈氏十七房的上空,久久不散……

起灵时,外面的雨戛然而止!

浩浩荡荡一百多人的送葬队伍,从沈氏十七房村一直走到东经堂集市那条街的桥上,一辆扎着黑布的灵车和三辆大客车等候在桥墩下。

火化后的朱凤仙的骨灰由大儿子建刚捧着,再次回到沈氏十七房,路上雨一直下个不停。神奇的是,车开到东经堂那条街的桥墩下时,雨再一次停了。

当骨灰撒在了棺材里的稻草人身上,盖棺、上钉的刹那间,已经放晴的天空再一次将如注的雨水倾泻而下,屋内的亲人们惊讶万分。

朱凤仙走了,终究她是躺在木棺材里走的,并且是从沈氏十七房的老宅里走的,这是十七房最后的葬礼。

年底,白龙镇政府全面接手改造已经腾空的沈氏十七房村。与此同时,沈氏十七房村边上的白龙大道轰轰烈烈地开建了。

唯有村口的那棵古树沉默着。

紧固件行业成燎原之势

"厂长。"建国的身后传来一个清脆的声音,他转身过去,是方婳。只见她上身着一件米黄的夹克衫,下穿一条已经洗得发白的牛仔裤,以前黑而粗的马尾辫不见了,换成齐耳的短发,皮肤倒比以前更显洁净,只是脸色略有些惨白,尽显疲惫之态。她站在那儿对着建国笑,眼角添了许多细小的皱纹,那短发因缺乏营养变得稀疏,而且有好几根头发硬得翘了起来。那是长年操劳的见证。她身边站着一个十来岁的小女孩,穿着一套崭新的粉色运动服,粉得有点土。女孩紧紧地拉着她的手,神情腼腆。虽然早就料到了,但当方婳如此这般站在眼前时,建国还是有点惊讶:"婳婳,回来了?回来就好。"以前,厂里同事都这么叫她。方婳听到一声"婳婳",眼泪便流了下来。她擦着泪,苦笑道:"厂长,我回来了,来求您个事儿。"

"什么事?不要说什么求,乡里乡亲的。"建国正儿八经地提醒道。

"快叫大伯伯。"方婳把女孩往前推了推。女孩轻声地叫:"大伯伯。"声音像蜜蜂一样轻。建国拼命地在裤兜里摸,上下摸了半天,摸出500元钱塞给孩子:"大伯伯的一点心意,让妈妈去买点好吃的。"方婳本能地从孩子的手中夺过钱,要还给建国。建国拉下脸来:"这是我给孩子的见面礼,如果你不收,那就不要叫我帮忙了。"

方婳低下了头,带着哭腔说:"厂长,您与凤婶都是好人。我离开村庄前,还向凤婶借过钱的。当时,凤婶只有500元钱,全部给了我。那钱,我到现在还没还她呢!我说只拿200元,可她说出门身上多带点钱安心。"说着,方婳开始抽泣,建国沉默了。娘死后,他才知道,娘帮过很多村民。

建国回过神儿来,说:"我娘的钱不用还了,她在天堂看见你好好地回来了,会高兴的。还有这么漂亮的女儿,不要哭了。说吧,什么事?"

方婳转涕为笑:"厂长,我想回到厂里来做工,什么工种都没关系,只要您肯收留我。"

"阿三不是开了'重生牛仔铺'吗?"建国不解地问。

"牛仔铺他一个人就够了,两个人浪费人力。我还是想回到咱们厂里来上班。"方婳恳求着,眼神清澈地望着他,就像望着自己的亲人。

"这样啊!那你得与阿三好好商量过。对了,他现在对你怎么样?"建国担心邵阿三老毛病发作。

方婳掠了掠额前同样稀疏的刘海,说:"厂长,您放心。年初,他哥病死了,这事对他打击很大。他说,现在只有我和孩子是他的亲人了,再也不去赌博了,会好好过日子的。"

"可我听说,邵国年的骨灰要安放到白龙镇革命烈士陵园来?他是转业军人,又不是为国捐躯的。"建国说出了自己的疑惑。

"那是他大嫂的意思,人家民政局不同意。"

"哦。"建国及时切换了话题,"做工的事,你与阿三商量好了再来,我有要事要去镇里一趟。"建国说完,转身要走。镇党委书记刚才来电话,叫他去汇报工作。

方婳再次叫住他:"厂长,我还有一件急事。"

"哦？什么事，快说吧！"建国望了望停在厂门口的那辆黑色本田雅阁。那是建国的第二辆汽车，第一辆桑塔纳已经送给厂里的总工程师了。

"我女儿叫方莲，莲花的莲。孩子户口还没迁过来，不能上学，我真急死了。"方嬿说着，又不好意思地垂下了头。

"好的，我到镇里帮你问问。你抓紧把孩子的户口迁过来吧！"

"厂长，我正为这事发愁呢！我现在是无房户，没有与阿三复婚，那我是复婚合算呢，还是无房户合算？"方嬿茫然地问。

"这事你叫阿三到村委会问问，我也不清楚。我有急事，先走了，你们明天上午再到我办公室来吧！"

一周后，方嬿和邵阿三才来到建国办公室。他们再不来，建国要上门去牛仔铺找他们了。

原来，孩子上学的事，建国给解决了。

方嬿来时依然穿着上次那套旧衣服，建国给他们俩各倒了杯绿茶，邵阿三感动得说话都结巴了："建国哥，不要倒茶，你太客气。厂里能再次接收嬿嬿，我们感激不尽。"

"嬿嬿，你还年轻，这次我让你去学点新技术。"建国把第一杯茶先递给方嬿。

"建国哥，我们家方嬿以前是三好学生嘞。"邵阿三挠挠头，笑起来时满脸的皱纹，已经40多岁的他比普通人更显老些，生活给了他实实在在的教训。

"你啊，以后好好待方嬿。从今天起，认真把小日子过好了。"

方嬿感动得眼眶又红了，从袋子里拿出两套牛仔服，说送给雁娜。雁娜已经在白龙镇中心小学任语文老师了，主动为刚从云南来的方莲补习功课，还对方嬿说，如果以后没时间接女儿，方莲可以放学后到她家写作业、吃饭。还说，那只是举手之劳。方嬿那天去接女儿时，雁娜正在做手抓饼与孩子一起吃,方婳感动极了。她看见年轻的雁娜穿着如此朴素,就选了两套最时新的牛仔服要送她。

建国说:"你想来上班,就把东西给我拿回去。"方婳只能把衣服拿回去。

方婳听从安排先到飞荣公司培训半年。

这些天,周边村民不断向上级反映,因为工业区内各厂排放出来的污水已严重污染了周边河流,老百姓原来喝的、洗的都是河水,现在河水都发臭、发黄了,根本不能喝,连洗衣服都困难了。

工业区内紧固件及配套企业已经有三十多家了,每家企业都有污水排放出来,这早就成了镇政府最头疼的一个问题。全镇经济指标确实上去了,建国是全市人大代表,连年轻的飞荣也是区政协委员了,这些荣誉都是因为他们企业的腾飞而获得的。当然,镇里和区里需要捐款做慈善事业时,他们也积极响应。尤其是建国,刚出资30万元为沈氏十七房修葺了一座古桥,虽然十七房产权归镇政府了,但那仍是他的老家,他对老家有着无与伦比的感情。

最近,市环保局屡次下来检查,因为有群众上访到省里了,影响很不好。白龙镇大大小小的领导马不停蹄地轮番下来,陪同各级领导找源头。年轻气盛的飞荣坐不住了,找建国想对策,建国也正为这事烦恼。那天,他被镇党委李天壹书记叫去批了一顿。李书记比他年轻八岁,训得很结实的。挨训的还有严伟杰,因为他俩是白龙镇业界的老前辈。他能理解李书记的难处,但企业要生存,又不让排污,到底该怎么办?哪家紧固件企业不排污?他沈建国是个有良心的企业家,不会为了自己的经济利益不顾老百姓的生存。他也想彻底解决这个问题,自己是这里土生土长的,当乡亲们指着他的鼻梁骂脏话时,他无法回应。虽然他的企业排污数据是达标的,但不代表别家企业也达标啊!哪怕都达标了,这么多企业共同排向一条河道,也必然造成河水发黄、发臭,影响老百姓的生活。工业区配套设施不健全,没有统一的纳污管线。虽然大企业做到了达标排放,但微小企业还存在偷排现象。总而言之,如何彻底解决排污问题是关键。

平时不太抽烟的飞荣,主动从建国桌子上拿出一根中华点燃,狠狠地吸了一口,问:"建国叔,我看得让政府出面,为我们彻底解决排污问题。对企业罚钱并不能解决问题,而这样的上访对我们规模以上的企业更不利。"

建国苦笑:"飞荣,明天我约了李书记,我们再一道去找领导商议商议。李书记的意思,叫我和严大哥牵个头,在紧固件企业主中共同商量出一个合理的方案来,彻底把这件事解决了。可严大哥说他年纪大了,又说他家企业现在是儿子海江说了算。我猜想他是因以前的事,心里有阴影。这些年,他明显与政府保持着距离。其实,我们办企业的,还是要靠政府撑腰的。白龙镇的紧固件行业发展势头强劲,在文城市民营企业中已经崭露头角了。这是李书记说的。他还特别提到了你,对你抱有很大的希望。我也看好你,才30多岁,年轻有为,一定会有更广阔的发展。"

经过反复论证,半年后,关于在白龙镇集中建造一个稀酸池的基础方案出来了。李书记亲自牵头,由区环保局配合,紧固件酸碱废水集中处理中心成立,由镇政府投资,委托专业环保处理单位运行管理,紧固件及配套企业按照排放废水量付费。三年后,彻底解决了白龙镇所有紧固件企业的排污问题。稀酸池的规模不小,哪怕以后白龙镇再增加一百家紧固件企业也可以解决排污问题。所有企业主都很兴奋,再也不用担心环保局来检查又罚款。而这件事的促成,飞荣功不可没,年轻人的思路就是宽。重点是,稀酸池建造工程浩大,后期投入有所增加,飞荣主动承担了一半费用。镇党委李书记在建国那儿又大力赞扬飞荣这位年轻的民营企业家。

这件事后,飞荣找了个空闲的下午约建国喝茶,建国倒是没正儿八经地去飞荣新厂坐过。当时新厂房落成,建强拉着建国一起去喝过一次上梁酒,喝得醉醺醺回家,被银娥唠叨了好几天。建强见到建国来了,热情地拉着他到各车间转了一圈。还说,知道他要来,特意在食堂安排了好菜好酒,今天中午他必须在这里吃饭。建国哈哈笑着应答。当他看到侄子的工厂蒸蒸日上,内心有十二分的感慨:沈家晚辈几十号年轻人,只有飞荣干出了这么大一份实业。他拍拍飞荣的肩膀说:"不容易,后生可畏。"建强听了,激动得又倒茶又倒酒的。饭桌上,飞荣对建国说:"叔,你厂里的螺丝、螺帽要扩大走外销路线。我最近又要去德国考察,叔下面的技术员愿不愿意跟一个去?"

"这涉及你厂里的商业机密,我的员工跟去不方便吧?"这是建国的第一反应。

飞荣笑了:"我当年在叔那里上班时,叔可没防我偷了你厂里的商业机密。"

"我做的是传统五金件,没什么技术含量。你现在生产的东西,与我们的产品完全不一样。"

"叔,我建议让秦明到你厂里搞外贸营销。这次,我邀请他一起去德国考察,怎么样?"

"啊,他愿意放弃这么好的饭碗来民营企业?"建国心里没底。

"叔,不要小看我们民营企业。您以后赚来的家产给谁,还不是给两个女儿的?现在,雁娜做老师,还没成家,只有飞雁的丈夫可以帮你。"

"让我考虑考虑。"建国缓缓地说。

那晚回到家后,建国就这个问题又想了很久,似乎想不出个所以然,便轻轻地叹了口气。银娥听到了,问他怎么回事,他没搭话。

飞荣没给建国太多的考虑时间,第二天就给秦明去了电话,拿起电话,直接问:"妹夫,你想开高级私家车吗?"

秦明被问得一头雾水:"怎么了,飞荣哥发财了,要送我一辆开开?"

"是哦,最近我要去德国考察奔驰集团,想邀请你一道去,有兴趣哦?费用我包了。"

"为什么突然想到邀请我一起去?"秦明在那头发出疑问。

"你是外贸专业人才,想让你陪我一起去,为我进一步拓展外贸市场把把关。"

"飞荣哥客气了,我哪能给你把关啊?我们是国有企业,旱涝保收的。其实,我们国家自2001年加入WTO后,经济加速腾飞,对外贸事业来说更是千年难得的机会,我上海的一位同学都自己开起了外贸公司。我也有这个想法,正愁没人聊呢!也好,跟你去德国一趟,或许思路会打开,信念更坚定。"秦明居然在电话那头滔滔不绝地说了起来,两人聊了一个多小时。

那头,挂下电话,飞荣很高兴,为自己高兴,也为建国叔工厂后继有人高兴。在他眼里,建国叔某种程度上比爸爸还受自己尊敬。

秦明比飞荣更兴奋,好像这些天自己脑海里想的东西立即要实现了。

他特意给飞雁去了个电话,说今晚他要到菜市场多买些菜。飞雁从他热情的语气里推测,肯定有好事情要分享了。

如今,飞雁和秦明工作都忙,儿子白天就由婆婆养育。婆婆每天乘三站公交车7点前准时到达飞雁家,直到晚餐后才回家去。有时,公公下班早,也会坐公交车到她家共进晚餐。公公对这个大孙子特别喜爱,双休日老两口直接把孙子接到自己家里去,让小夫妻俩各忙各的。二老在管孙子,飞雁每月要给婆婆与外面保姆一样的费用。用婆婆的话说,她生养了儿子秦明,已经完成了人生任务。飞雁已经学会了全然接受,不与婆婆计较,否则伤害的是她与秦明的夫妻关系。宽容为上,这是奶奶在世时经常教育她的。

就在刚才,飞雁一进家门,就听到了儿子的哭闹声。原来,儿子的尿不湿没有了,飞雁没及时备足。又逢儿子吃得不当,拉稀了。待她回家打开儿子的尿不湿,发现小屁股因一天没更换,被闷得通红,起湿疹了。婆婆生气地丢出一句:"我有什么办法?你家没有尿不湿了。"

飞雁气得半天说不出一句话,用一块干毛巾为儿子垫上,眼泪止不住地流了下来。但此时婆婆却用像刀一样尖的眼光剜向飞雁,"砰"地关上门走人了。

秦明买菜回到家,搞不清儿子一直哭闹的原因。问了半天,飞雁仍黑着脸不理他,只能到外面给自己妈打电话。

十分钟后,秦明默默地去超市为儿子买了尿不湿。只见飞雁从包里拿出一张医院刚发的超市购物卡,愤怒地说:"明天把这张1000元的卡给你妈。"

第二天,婆婆倒是按时来了,接过儿子给她的购物卡和2000元现金,脸上掠过一丝尴尬。

秦明在外面偷偷接了业务单,有提成时也会给妈妈一部分的。他不明白,才五十几岁的妈妈为什么要这么做。

飞雁并不知道,在东经堂集市上,大姨王丽娟曾故意靠近夏银娥,用鄙夷的语气说:"亲家母,你能否与飞雁说说,她婆婆年纪大了,不能总仰仗婆婆,年轻人该自己做点家务活,一家三口衣服都叫婆婆洗,不应该哟!婆婆带小孩已经很辛苦了。还有啊,我姐总说你家飞雁太节省。我说,我们农村出去的孩子,穷苦人家出身,哪有不节省的道理?可我姐说,秦明一条牛仔裤穿了几年,穿得屁股都要开洞了,飞雁拿着秦明的工资卡应该给自己男人买几件新衣服啊!"王大姨的那番话把夏银娥气得中饭、晚饭都没吃，就差没跑到城里去找亲家母吵架了。她不敢告诉建国，怕建国知道后晚上睡不着。于是，急不可耐地跑到阿六饭店把这些话吐给了晓香。晓香也是老实人，气得咬着嘴皮骂不出声来，不知道如何帮大姐出这口恶气。下午，建芬刚好来饭店取咸蛋，她就把这事说了。建芬听了半晌，眼珠也气出，但过了一会儿却冷静地说："不着急，秦家大姨不是东西，不要信她的话。说不定'饿死货'的婆婆并没那么无理，有些人故意添油加醋、颠三倒四说的。我有数了，会常去飞雁家转转。只要秦明和飞雁小夫妻恩爱，我们少参与。"晓香觉得建芬说得有理，当晚又把话传给姐姐听。夏银娥气消了一半。

当晚，夏银娥左思右想，辗转难眠。建国问她怎么了，她只说腰酸。建国还体贴地帮她捶了半天背。第二天，夏银娥一早起来给"饿死货"打电话："飞雁，妈想秦路了，你啥时候休息了，带着孩子回老家来。有什么衣服或被子要洗的，都拿到老家来，我们农村地方广、太阳大，听到没？"

飞雁不知道妈妈打这个电话的背景，很多年后才知道婆婆在她亲戚那边把自己说得一文不值，还谎称儿子家的衣服全是她老人家洗的。一个老人为什么要无中生有，制造这些黑白颠倒的是非呢？当时，她独自呆坐了一下午，不明白婆婆为什么如此恨她，明明她向来是善待婆婆的，明明她有一颗真诚炽热的心，婆婆却一次又一次地要把她的心浇冷浇灭！

自那以后，只要飞雁不回娘家的双休日，夏银娥就鼓动雁娜进城去帮姐姐。

许萌是奉子承婚的，因为奶奶的过世，她和飞达的婚期延期了大半年。

结婚不到三个月，他们的儿子便出生了，取名沈启桢。孩子生在飞雁工作的人民医院，顺产。母子在医院的五天里，飞雁天天去看他们。倒是飞达，因工作忙，不能天天来，许萌有了点小脾气。伍连珍抱着大孙子可高兴了,但她并没打算把沈家村小店关掉,在医院里便对亲家母说着软话:"我每月补贴给小萌,请亲家母带带宝宝,可以吗?"

亲家母脸色不太好看。早有准备的伍莲珍及时把一张银行卡放进许萌手心,替她轻轻地合上手,又重申了一句:"小萌,妈还得陪着你爸在古树下把那沈家小店经营下去。这个卡的密码是宝宝的生日,你拿着。以后,妈每月再给你1000元补助。"亲家母原先绷着的脸一下子变得柔和起来,当下眉开眼笑,说:"亲家母,都是为了孩子们,你安心工作吧!你的大孙子,也是我的大外孙。"产房内,一下子又因逗婴儿而变得其乐融融了。

飞雁看着眼前的一幕,感觉生活真如一场戏,各家都有本难念的经,就看到底是怎样做到平衡吧!生活,就这样周而复始着。

带着婆婆改嫁

晌午,下了白龙镇入夏以来的第一场大雨。雷声滚滚,雨水如注,从天上浇下来。

对于沈雪飞来说,丈夫过世后的每一个春夏秋冬要么是白的,要么是黑的,她的脸上再也没有了开怀的笑容。每天的生活也只有两点一线——单位和家庭。才20多岁花样年纪的雪飞在几年间苍老了许多,她似乎也全然接受了自己是个寡妇,要独自养大一对龙凤胎的命运。庆幸的是,两个孩子出生以来,公婆全心全意帮扶她。可命运之神总不忘与这个可怜的少妇开玩笑。春天时,公公在油菜地里干活时,突然脑出血,再也没醒来,就这样无声又匆忙地走了,留下65岁的婆婆和他们娘仨。

如今,王婉珍早已搬入了十七房家苑的新房子。当初,为了方便丈夫出行,她特意在抓阄前请村委会特殊照顾,为他们家留了一楼的房子。这一楼除了老弱病残,还真的没人要抢,所以,她就住在离小区南门最近的1号楼106室,108平方米,就她、建立、亚琴三人住。

雪飞的公公去世后,王婉珍几番想开口,让她带着孩子回娘家来住,因为孩子们已经上一年级了,学校离十七房家苑更近些。重要的是,家里分得了三套房子,一套住着,一套89平方米的出租了,另一套89平方米的空着。

王婉珍打算将其中一套给亚琴。亚琴相貌平平,却是继沈飞达后沈氏十七房第二个考入文城中学的。那可是全国闻名的重点中学,每年考入清华、北大的学子有二三十个。但谁也料不到,亚琴读高中三年,早恋了,爱上了一个并不爱她的老师,成绩一落千丈,只考了一个大专,读外贸专业。毕业回来,她磕磕碰碰找了一圈工作,最后在飞荣厂里做单证员,收入倒是比普通业务员要高许多,还动不动跟着飞荣出差,光香港、美国就已经各去过一趟。眼见她26岁了,仍不肯相亲,真是一朝被蛇咬,十年怕井绳,急死当妈的。关于房子,亚琴说一套先给大姐,另一套给二姐,自己就与父母同住,挺好的。

王婉珍为小女儿的谦让和体贴感到欣慰,半开玩笑问:"如果真这样,我和你爸肯定没意见。不管你两个姐姐同意与否,房子就这么分了。等我们百年后,这套房子归你。"

亚琴难得休息,正半躺在沙发上,手里捧着一本飞雁前几天回来送给她的《苏东坡传》,听到这话,倏地站起来,打断王婉珍:"妈,你们都还没老到七八十岁的,怎么说这种话?我现在工资不低,以后也能赚的。你看,我飞荣哥的企业最近一年有质的飞跃,十多亩土地啊!一般人怎么拿得下来?我以后嫁人,对方必须有房,你愁啥呢?"

王婉珍有点好奇地问:"亚琴,你们工厂去年产值到底有多少?听说,飞荣的工厂产值做了五千万,真的假的?"

"当然是真的,我们前年就做了三千万,今年还得翻一番。我的工资高,那还不是因为销售量大,提成才多啊!"

王婉珍自言自语道:"也是,一个姑娘家居然赚得比我和你爸两个人加起来还多了。"春节,亚琴给外甥和外甥女各包了2000元红包,出手阔绰。

王婉珍想把三个女儿叫到一起,开个家庭会议,时间就定在这个周末。谁知,突然下起了热雷雨。雷雨隔田塍,或许,一会儿就停了。王婉珍边择菜,边对着窗外出神。她想起曾经无比局促的老宅,虽然拥挤,但每一块砖头都是文物,都有纹理,无比精致,自带光芒。女儿们最喜欢大杂院里的小花坛,年年春天百花齐放、争奇斗艳。

　　这时,建立开门,摇着残疾车进来了,朗声问:"雨大了,孩子们还没到?"顺手把菜递给她,这是王婉珍下班前特意嘱咐他到阿六饭店去买的冷菜:卤蹄髈、白斩鹅、猪耳朵拌香菜。后者是女婿方杰的最爱。这边,山药菌菇枸杞煲、基围虾、茭白炒毛豆、青椒炒目鱼已经摆放在圆桌上了。这张圆桌也是搬到这里后新购置的,以前老宅里的那张旧方桌当柴火引煤炉了。十七房村民中还有好几户人家与王婉珍一样仍然喜欢每天引一个煤炉,为的是省下煤气费。桌子上还有一盆笋干花生米,那是给建立和女婿方杰喝酒时准备的。骨头炖芋艿在铝锅里咻咻咻滚起,就差一把葱了。

　　王婉珍把手上的芹菜、豆芽择净了,又洗了几个新鲜蘑菇。她看着建立正在擦头上的雨水,好像突然意识到了什么,说:"雨大了,孩子们可能要迟到,我再做一盆猪油渣青菜豆瓣羹吧!你帮我拿一块猪油。"建立应声着来帮忙。这几年,他的脾气变得平和多了。虽然夫妻两个人现在的家庭经济地位悬殊,但王婉珍一如既往,对他并没有嫌弃之心,一直在帮他恢复锻炼,光是残疾车,从最简易的到目前最高级的,已经换了三辆。龙凤胎还在雪飞肚子里时,他在心里默默地对自己说,要做一个称职的外公。

　　"外公、外婆。"门外,稚嫩又清脆的声音响起。建立充满喜色地回应:"健健、甜甜,来,快过来,看外公给你们买了什么。"

　　"娃哈哈 AD 钙奶!"两个小朋友欢快地叫着。

　　王婉珍过去帮他们拆包装:"你们外公昨天一早就去买了,一人一箱。"

雪飞也走了进来，穿着一件淡绿的外套，里面是一件白色的T恤，下面一条时尚破洞牛仔裤："爸，下次少买点，不能惯着他们。"

"惯什么惯！他们没有爸爸，又没了爷爷，我这个做外公的不疼，谁疼？"建立没好气地说。

一下子，空气凝固了。雪飞的眼圈发红了，王婉珍打了他一下："叫你多嘴！"建立这才发现自己说错了话，勾起女儿的伤心事。

"嗨，小家伙们，看二姨给你们买了什么？"亚雪和方杰两个人手里各提了一大堆东西，及时出现在门口。

孩子们激动地奔向二姨和二姨父。白龙中学和白龙中心小学是在同一个校舍里的，二姨是中学的语文教师，二姨父已经调到隔壁镇上的文种中学了。很久不见，甚是想念，方杰一手抱起一个，夸赞："哇，小学生了，姨父都抱不动你们了。"

孩子们就在亚雪任教的学校里上学，使雪飞省了很多事，包括中午饭，都是跟着二姨在教师餐厅吃。雪飞要给她钱，亚雪反驳道："大姐，你独自养两个孩子，还要孝敬公婆，开销大着呢。我呢，一日三餐在学校，偶尔还回爸妈家蹭饭，方杰给我工资我都不要。"

"你这么放心方杰吗？"雪飞捅了捅妹妹。

"有什么不放心的？他除了喜欢去山里看看鸟儿，没其他爱好。我们学校很多老师都爱搓麻将，可他休息时，不是阅读那些地理类书籍和杂志，就是跑到田野、山间找小动物，这不是很好吗？他最近想买一个高倍的望远镜，计划夏天去山顶看流星雨。"

"流星雨？这里有吗？"雪飞第一次听说，好奇地问。

"大姐，有的。下次带上孩子们，我们约上爱飞姐、飞雁姐她们一起去。"方杰手里拿着一个魔方，正与健健玩着，转过头向大姨子发出邀请。

看着眼前这个戴着无框眼镜的妹夫,仍一脸的学生模样,雪飞心想自己可能真的多虑了,二妹夫妻俩当下的生活虽然简单,幸福指数却相当高。方杰每次碰到孩子们,总会耐心地陪他们玩游戏,不是搭乐高,就是拼模型,或玩电动小汽车。他总是这样不紧不慢地跟着孩子们的节奏玩,而不是教育孩子们该怎么样,孩子们被这个姨父深深地吸引。

"好啊,我也想去看看,多久没放松了,姐妹们也很久没聚了。"雪飞自语了一句,脸上舒展了许多。或许是一种对新事物的向往吧!其实,她心里有了一个小秘密,只是没敢告诉妹妹。

"告诉我,你们俩在家里乖不乖?有没有听妈妈的话?"方杰的话,把雪飞的思绪拉回了现实。

雪飞开始拿碗筷,准备开饭。

亚雪笑吟吟地走到正在剥豆的王婉珍边上,在她的耳朵边说:"妈,你又要做外婆了。"

"啊?真的?什么时候的事情?"王婉珍兴奋地问,蚕豆撒了一地。雪飞忙跑过来弯腰与妈妈一起捡豆,边阻止亚雪:"别动,别动,以后不要随便弯腰或抬手晒衣服。"

"才39天,你们太紧张了。"亚雪故意挺了挺肚子笑。

"方杰,这九个月,家务活你得主动承担哟!"王婉珍故意对女婿说,满脸欢喜。

"妈,你不用吩咐,他现在已经不让我干家务了。"亚雪害羞地笑了。那边两个小孩子都高兴地跳起来鼓掌,家里成了欢乐的海洋,就差屋顶被掀翻了。

建立马上给女婿倒满白酒,说:"今天,我们爷俩借机庆祝一下,要多喝一杯。"

亚琴是在大家最兴奋的时刻溜进来的,听到刚才那句话了,手里提着两个红色的箱子,神秘地说:"这是盱眙龙虾,很贵又很美味!是我的同事——销售部副经理'毛栗子'买来的,说要送给我们全家尝尝鲜。"亚琴说着,故意把眼睛朝向大姐。而雪飞的脸一下子绯红了,转身朝厨房走去。她正在炒芹菜豆芽。

"'毛栗子'这名字也太好听了吧?"亚雪不知内情,便问。

"他啊,姓毛,名大力。因为小时候头发长得像毛栗子,又恰好姓毛,于是大家都叫他'毛栗子'了,是毛家村人,离大姐住的崔家村很近。"亚琴故意边说边蹭到正在做菜的大姐身边。

"关我什么事?"雪飞不打自招,眼睛却慌乱地躲闪到别处。

"怎么不关你的事了,我的大姐?"亚琴嬉笑着,搭上大姐的肩膀。

雪飞紧绷着脸,甩开她:"走开,该干吗干吗去!你想吃什么可以提,话别乱说。"

王婉珍看到姐妹俩好像有事瞒着她,不便当着全家人的面问,于是岔开话题:"开饭吧。他爸,再给方杰倒一杯酒。健健、甜甜,给大家倒上雪碧。都多吃一点。"

春节后,全家还是第一次吃团圆饭。平时,这个来了,那个忙了,难得全部聚齐。建立作为一家之主,与家人们碰了杯,抿了一口酒,便将房子分配的事公布了:"趁今天你们都在,我把和你妈昨晚商量的事说一下。现在501室就定下给雪飞,两个宝宝如果能住到这里来,离学校近,也离外公外婆近,方便我们互相照顾。还有一套房子出租了两年,你妈已经收回来了,给亚雪,不能总是住学校宿舍。去年,你们结婚时就说好作陪嫁的。亚雪如果不要,方杰收着。我们现在住的这套,房子面积最大,你们姐妹不计较的话,以后就归亚琴。"

三个女儿还在那儿一个个谦让。方杰虽为半子,倒也大方:"爸、妈,房子我们现在也不需要。我妈说,她要为我们买辆小汽车,这样我们回城方便。车子已经看好了,红色的高尔夫。等孩子出生了,再去白龙镇上买一套,商品房以后肯定要涨价,得快下手。我们的婚房写的是我的名字,这次写亚雪的名字。所以,我们暂时不住这里,房子可继续出租。"女婿的坦诚,感动了岳父岳母。

王婉珍却坚持道:"小方,虽然你说得合情合理,但这事得听我们的。亚雪都怀上了,要快点装修,孩子出生后,不方便每天来回跑。到时候,我来帮你们看孩子。"

"妈,你这么好的工作不做了?"亚琴悠悠地问。

"那谁来带娃呢?难道让亲家母从城里人变成农村人啊?我这里离学校最近了。"当娘的想得就是周全。

"妈,你不用辞职,我妈可喜欢这里了,上次来了一趟,老提白龙镇田园生活和十七房古色古香怎么怎么看着舒服,让我妈到这里来带孩子吧。"方杰说着,满眼疼爱地看着亚雪。

"你这人,真有意思。刚才说不要房子,现在又要让你妈住到这里来带孩子。"亚雪捂着嘴笑丈夫。方杰是个大大咧咧的人,他才不在意这些话赶话的事,把右手轻轻地放在亚雪的肚子上。

"我的两个女儿都有识大体的婆婆,我也可以放宽心了。但愿以后亚琴也有个好婆家。"

听妈妈发出如此感慨,三个女儿都笑了,不免同时抬头看了看爸爸。只见建立闷头喝了一口酒,方杰也及时拿起杯子与丈人碰了一杯:"爸,下次我若真住这边了,每天晚上陪你喝一杯。"

"不喝了,喝酒误事。"建立摆摆头,用低沉沙哑的声音说。王婉珍默默地看着建立,感觉他有进步了,可他什么时候又退到原点也难说。

饭后,方杰带着两个孩子到田野里寻鸟儿去了。今天,他带来了一个新的高倍望远镜,据说能看到远处白龙山上的飞鸟。

女儿们帮妈妈一起整理饭桌、洗碗,建立又去门房值班了。

卫生终于搞完,亚琴说:"妈,坐下来,我要与你们说一件特别重要的事。"

"什么事啊?"亚雪和王婉珍都静下来。只有雪飞好像知道妹妹要说什么,没移动脚步。

"我说的是大姐的事。她自己不想说,还是我来说。刚才我提到的销售部毛经理,已经追了大姐一年多了,可大姐迟迟不答应。"

"亚琴,别胡说。你想得太简单了。"雪飞不得不冲过来阻止。

"为什么?就因为你是两个孩子的妈?因为他没结过婚?因为他比你小三岁?"亚琴直白地抛出一连串的问题。

王婉珍是第一次听到,傻了。

亚雪隐约听小妹提起过,她不作声,终归看大姐本人的意思。

"妈,你就说,你同不同意大姐嫁给小毛?"亚琴急了。

"我?那要看雪飞什么意思啊!我什么都不知道啊!"王婉珍直视着雪飞的眼睛,不紧不慢地说。其实,她是想从雪飞的眼神中找到答案。不是说,眼睛是心灵的窗户吗?女儿的眼神转变逃不过妈妈的观察。

"大姐也喜欢小毛的,只是她有多重顾虑。妈,我们是一家人,要从大姐的角度帮她一把,不要让这么好的男人给飞走了。这一年多,小毛不仅对我姐好,对两个孩子更没的说,经常帮她家干农活,连她婆婆都劝大姐改嫁呢!小毛是我们厂里同事,他的为人,你可以去问飞荣哥。爱飞姐、飞雁姐都劝过大姐,可她就是听不进。"亚琴越说越急,脖子上的青筋都鼓起来了。

"你还小毛、小毛的,我看你已经把他当姐夫了。"亚雪手抚着肚子,坐在那儿笑,好像她肚子里的宝宝已经能听懂了似的。

王婉珍仍然盯着大女儿的眼睛,不动声色。

"妈,我、我若再嫁,婆婆怎么办?还有,我已经有两个孩子了,人家小毛没孩子啊,难道让我再生一个?"雪飞躲闪着妈妈的眼睛,低下头,如实说出了自己的苦恼。

"我认为,这不用考虑。你怕婆婆以后没人管,你可以继续照顾她啊!而且,还有你大姑子呢!"王婉珍在大是大非前一点不含糊。

"妈,我那大姑子,白眼狼一个,靠不住的。她连小毛送给孩子们的零食都要拿到自己家里去给她的孩子吃。婆婆帮我带大了两个娃,我不能不管她。而且,婆婆也离不开两个孩子。"

"妈只问你一句,你喜不喜欢小毛?如果喜欢的话,下月初带来给妈看看。你还年轻,不能这样过一辈子。"王婉珍心疼女儿。

"妈……"雪飞皱了皱眉头。

"怎么了?依你的意思,不带走两个孩子?"王婉珍的声音变得严厉起来。

"妈,我是这样的人吗?"

"那你什么意思?"王婉珍追问。

"若要嫁,我得带着婆婆一起嫁。"雪飞终于抬起了头,勇敢地说。

"啊?"亚琴、亚雪都抬起了头,用十二分震惊的眼神看着大姐。

整个十七房家苑的村民都想不到,年底时,被称作"毛栗子"的毛大力真的娶了雪飞,酒席办在白龙山庄,两个孩子做花童,飞荣做证婚人,爱飞、飞雁都拖儿带女地全家出席了。

雪飞带着婆婆改嫁了。改嫁后,全都住到了小高层村庄。

不远处的古树更加繁茂了,似乎散发着夺目的光芒。

白龙中学的消失

秦明刚和飞荣从德国回来,就被岳父请了去。

翁婿俩坐在宽敞的办公室里,商讨着关于这个家族企业的未来。建国想听听年轻人的意见,自己一介农民,完全是乘着邓小平总设计师的改革春风成长起来的,否则,今天这样富足的日子想都不敢想。他永远不会忘记家里仅有的那袋小米被抄走的一幕,娘痛心的样子至今常在眼前浮现。而秦明出生在70年代后期的知识分子家庭,对于岳父家的贫困历史是无法体会的,只能用耳朵倾听。

这次在去欧洲的途中,飞荣天天给秦明灌输当下中国的改革开放和民营经济发展的优势和政策,说白龙镇工业区这几年蒸蒸日上的发展是最好的证明,希望他能勇敢地加入民营企业的大军。其实,秦明早就感受到了国家经济杠杆力量的强大,不仅体现在自己从事的外贸领域。说到底,外贸业的崛起,也依赖于当下民营企业的迅速腾飞。如果岳父需要,他当然愿意助其一臂之力。他太清楚岳父的付出,年三十那晚,也都亲自打扫工厂的角角落落,最后一个离厂吃年夜饭,正月初一早上仍要去工厂转一转。岳父已经57岁,两鬓已明显变白,走路还是那么的快速和沉重。经过这次与岳父的深入谈话,秦明决定辞去外贸公司的工作,用飞荣的话说:"建国叔的厂这么大,总归要有人接班的啊!"

2006年元月,秦明正式到标准件厂上班。外销部是因秦明的到来而设立,建国要任他为经理,飞雁劝爸爸,先让秦明把业务做出来,再提经理不迟。这些都是在家庭饭桌上共同拟定的。雁娜替姐夫抱不平:"姐姐,你这么抠啊?"飞雁解释:"先严后松嘛!你教学生不也一样吗?像你姐夫这样自以为是的高才生,一定要让他先在基层练练,否则不知天高地厚。"说着,自己笑了。秦明剜了她一眼。

突然,雁娜说:"这学期结束,白龙中学真要被取消了,所有中学生以后都要转到汶溪镇的文种中学读书了。"

"为什么啊?"秦明和飞雁同时发出惊叹。

"不知道,反正东经堂小学归入我们白龙中心小学时,就有人预言白龙中学迟早要被合并。我还待在白龙中心小学,亚雪姐调到她老公那个文种中学去了。"

"这两个学校有什么区别吗?为什么这么大一个白龙镇连一个中学都保不住?"建国表情严肃地问小女儿。

"现在像我这样的年轻人,待在农村的还有多少?还不都像姐姐这样住城里了。学生数量减少了。还有就是两个乡镇的中学也资源整合了。"雁娜扒着饭回答。

几十年的白龙中学,说消失就要消失了。飞雁没了吃饭的心情,思绪回到了1985年的夏天。

"沈飞雁、沈飞雁!"一阵急促的声音传来,如此熟悉。"那不是顾老师吗?"飞达跳起来,看到顾老师从桥头外正气呼呼地推着一辆破自行车向这边走来。飞雁跑过去,顾美珠老师顶着凌乱的头发,满脸的心烦意乱:"你这小姑娘,怎么回事,脑子里在想什么?"见到飞雁,顾老师一顿劈头盖脸的骂,这是从没有过的事。飞雁一下子就明白自己肯定考砸了,眼泪都快掉下来了,但她不吭声,知道顾老师这样骂自己是比她亲妈都着急啊!果然,顾老师急着问:"你妈呢?在田里还是在厂里?"飞雁僵在原地还没发声,飞达替她回答:"顾老师,我二婶去西服厂上班了,爷爷奶奶在田头干活。"飞雁注视着班主任的脸,像蚊子一样低语了一声:"顾老师,我考砸了?"顾老师看着她一脸的惊恐,把自行车交给飞达,努力平息自己的情绪,一把抱过飞雁,居然先痛哭了起来:"孩子,你考得很好。可是,你的作文零分,所以,不能上文城中学了。我刚去县教育局查了试卷,你作文里写了一句'狂风暴雨中,五星红旗被吹得像丑八怪',因为这句话,作文零分。"顾老师说出最后一句话时,满腔的愤怒。说这句话之前,她好像对飞雁有十二分的不满,一旦说出来了,她才清楚地意识到,自己不是对学生不满,而是对这个打零分的老师不满。不管怎么样,哪怕这个老师给飞雁的作文打一分,她还是能进文城中学的,可偏偏打了零分,飞雁就差0.5分就可以进文城中学了。如果不是顾老师抱着她,她可能就站不住了,想不到自己的作文一分未得。飞雁真想坐倒在地上,痛哭一场。飞达已经把顾老师的自行车在原地支好,他看着班主任和妹妹抱头痛哭,不知道如何是好。哭声引来了爷爷奶奶,两位老人已经站到了身后。等飞雁抬起头,先是与爷爷的目光对视了,爷爷似乎在用坚定的眼神告诉她:"孩子,没关系,考砸了就考砸了。"飞雁放开顾老师的怀抱,抬头挺起了胸。顾老师理了理身上的衣服,抹去脸上的泪痕,飞达抢先对两位老人介绍:"爷爷、奶奶,这是我们的班主任。"顾老师慌张地说:"不好意思。"然后给爷爷递过去一张火红的录取通知书。"哥哥,祝贺你!"飞雁眼里明明含着豆大的泪花,却哭中带笑,及时为哥哥送上祝福。终究,家里还是有飞达考进这所重点中学了。爷爷奶奶异口同声地道谢:"辛苦老师了!"

飞雁就这样成了白龙中学的学生,并在三年后再一次成为全县优秀毕业生。更重要的是,她在白龙中学认识了秦明。多年后,也成就了这段美满的姻缘。所以,他们夫妻对白龙中学有着特殊的感情。

饭后,飞雁把孩子交给妈妈,夫妻俩一起骑着自行车前往即将消失的白龙中学。他们在学校周围转了又转,找寻昔日的痕迹。

飞雁不知道,为这事,爸爸也很伤心。正因为自己没上过中学,他特别希望白龙镇的下一代都能获得良好的教育。偌大的一个镇中学,怎么说没就没了呢?这个搞了三十年民营经济的农民企业家实在想不明白。他站在标准件厂的四层楼楼顶,向北遥望白龙中学,那里有三排两层的教室,明显旧了,也不过几十年光景吧!前面右侧的老宅是顾氏家族的,应该有几百年历史了。据不完全统计,顾氏家族在几十年间已出了三十多位人民教师,这在全区全市可能都是稀有的景象。

年底,白龙镇领导下基层到各企业走访、慰问,带来了一个好消息——贵州土地非常便宜,人力资源更便宜,为了发展贫困地区经济,鼓励优秀民营企业去那边发展。这也是经济发达的沿海城市回报国家和社会的时候,沿海城市今天的幸福生活就是依靠了党的政策、国家的方针。这话不假,没有一个民营企业家不点头赞同的。

为此,白龙镇又隆重召集企业家们举行动员大会,文城市关于支援贫困地区产业经济的优惠政策已经出来了,贵州某些地域官员也亲自到会上向企业家们汇报了当地优势资源和相关政策。

会议结束,李书记拉住建国的袖子:"建国,你是紧固件行业的老大哥了,带头去那边开个分厂吧!"

建国看着西装革履的李书记,又看看自己褪色的夹克衫,有点尴尬地答:"李书记,分厂的事,容我再想想。我现在想知道,为什么上面把我们白龙中学给取消了?那可是一所有着深厚底蕴的中学啊!60年代白龙中学不仅有初中也有高中,改革开放后取消了高中,现在竟然连初中也一锅端了,我们全镇那么多孩子都要跑到邻镇去上学吗?还要寄宿,才十二三岁的初中生,都没长大呢!如果每天公交车来回多费时间啊!孩子们得几点起床啊?"建国话锋一转,向李书记提了一堆问题。李书记任职多年来,还是第一次听到建国用这种语气与他说话,忍不住问:"建国,你怎么如此关心白龙中学?你信不信都没关系,白龙中学的取消还真的不是我所能左右。我们也想保留,可上面说是教育资源需要整合,挡不住啊!"

"建国,支援贫困地区的事,回去和家人商量商量,就看你的了。"建国扬了扬嘴角,没再说话,心想:你们需要我时,把我当龙头企业,为什么我一个龙头企业保不住一所中学呢?那是一方百姓必须有的啊!当然,他没说出口,李书记也不会明白。

建国从镇政府会议室出来时,好像瞄到严伟杰走进了李书记的办公室。这些年来,严伟杰本与领导们走得不近,他有点意外。

飞荣从后面跑上来,喊:"建国叔,等等,等等我。"建国走路强劲有力,非常快,在白龙镇是出了名的。

"飞荣,你对取消白龙中学有什么想法?"建国劈头盖脸地问。

飞荣也听说了此事,想也没想,便脱口而出:"要么,我为学生们捐一辆班车?"

"你小子现在富有了,开口就是一辆车子,下次给我重建一所白龙中学!"建国闷头说。

"啊?"飞荣怔了怔。

"我年后去上面开人代会时,要么提提方案。到时,叫秦明帮我一起拟拟。"建国好像是说给飞荣听的,又好像是说给自己听的。

"建国叔,今天会议上的内容,李书记年前已经与我提过。言下之意,我们白龙镇紧固件企业总要有企业代表去贵州开个分厂,税收政策和土地政策是真优惠。"

建国回头盯着飞荣,问:"你想去开分厂?"

"没有。可我不知道怎么回绝。我做的都是高强度五金件,百分之九十的产品都是出口的,去那边开厂,技术跟不上,人力也跟不上。"建国知道,飞荣每天在学习,不知道的人以为他是飞荣集团的工程师,哪知道他是老板。听说,金燕要下海来助丈夫一臂之力了。好好的邮政局中层干部不当,要到农村企业来,她爸不同意,她妈却支持,鼓励女儿干脆住到白龙镇。金燕打算在白龙镇风景区里买套临湖的高档别墅,价格在八百万到一千万之间。听说,飞荣也同意了。

建国问:"你们厂今年产值预计能达到多少?"

"叔,去年产值一个亿,今年应该能增加两成。"

"现在,你们厂才是白龙镇的龙头企业。"建国拍拍侄子的肩膀,由衷地笑了。

他们就这样在镇政府门口分开,建国的司机开着本田雅阁过来了。飞荣是自驾,他的车已经从普通桑塔纳换成了别克君威。金燕早就开上了宝马X5。

飞荣并没直接回厂里,他要去看望汪小年的父母。1998年冬天,好友汪小年在深夜把他的堂妹夫崔雷撞进了河里,自己也淹死了。从此,飞荣每年都会去看望汪家父母几次。他已在沈家小店买了油、米、水果、糕点和补品。他知道,买再多的东西也只能安慰一下二老,并不能真正代表汪小年。以前,他每次去为老人家挑几担水。后来,为他们接了自来水,买了煤气灶。这几年,生意越来越忙,去的次数便少了。飞雁倒去得比他多。当年,汪大妈的眼睛快哭瞎了,身体每况愈下,飞荣就找了飞雁,请她为汪大妈治疗。谁知,飞雁不仅带汪大妈去市人民医院治好了眼疾,还以党支部书记的名义带着单位的党员同志成群结队地来慰问。每年春节、中秋节、重阳节,都必到。今年春节前,飞雁就告诉飞荣,自己给汪家送了一个大红包和两件羊绒衫。正月初一,飞荣给二老打了个电话,但心里总感觉自己太敷衍了,甚是不安。中秋节时,他为二老安装了电话。现在,村里家家户户都有电话了。人家有的,汪家也该有。

车子就停在汪小年当时出事的那座石墩桥边。那桥没有变。桥边,也有一棵与沈氏十七房差不多的古树。他想起了创业初期,汪小年随叫随到替自己送货,只要BP机一响,就会及时往飞荣的小作坊装货。这个同龄的朋友要是还活着,或许,早就不开小货车,可能也是一家企业的老板了。那样,他的父母也不会一夜之间变苍老,从此像失了魂似的在这个村庄白天不敢出门,晚上才出来。因为他们害怕看到别人家其乐融融的景象,也害怕收到同情怜悯的眼光。

飞荣想,自己是不是该出点钱把汪小年当时出事的破桥重建一下?建龙叔在小高层村庄里建造了一座小桥,取名"十七房桥",把十七房家苑一期和二期串了起来。建龙说,站在小区内的十七房桥上,居然能看到老宅那边的古榔榆树,这是原先没想到的。桥通后,小区内的沈家人都跑到桥上去看古树,似乎古树就是沈家人的祖宗。崔家村跟前的那座桥,或许是汪小年父母最害怕见的。他想让老人们的精神世界重生一回。这样想着,他拎着东西快步走向汪家。

    白龙大道建成前,西邵村、东严村、朱家池村、小吴家村、小王家村及各村外围,在八九十年代新建的那些房屋全部要推倒。建国和建强已经带头签字了,新房就分在十七房家苑二期。二期的房子最高有十八层,比一期多层房子更高了,气势宏大。但夏银娥已经在风景区里面买了套别墅,正在装修中。建强他们同样买了一套,两家并排,看来,这辈子永远做邻居了。

    他们入住的景区房子,可以看到白龙中学。白龙中学将被改成全市学生实践基地,各地的学生以后都来这里开展研学活动。什么叫研学?建国不懂。雁娜向他解释,就是让学生们休息几天,到农村来种种地,包包饺子,住两个晚上,过一把集体生活的瘾。

    哦,原来如此。建国想,自己连这些也不知道了,是老了吗?

    国庆节后,飞雁每周以市人民医院共产党员的名义下乡义诊,就在白龙镇卫生院坐诊半天,顺便也回家为爸爸量一下血压。建国半闭着眼睛假寐,问:"我老了吗?"

    "预防为主,高血压有时与年纪没多大关系。有些人三十几岁就有高血压、糖尿病了,反正预防一下,我又不收你钱。"飞雁与爸爸开起了玩笑。她瞥见爸爸的眼角纹深了,黑色的眉毛间长出了几根白色的长眉毛,与当年的爷爷有点像。

    父女俩相视而笑,建国知道飞雁是没有忘记自己的小名"饿死货",她要用行动来回馈这片让她吃百家奶长大的土地。这也是老祖宗、爷爷、奶奶一直谆谆教导的。

年底,白龙镇工业区传出一个大消息,严伟杰父子已经从贵州考察回来了,要去贵州开分厂了,报纸上都大幅地刊登了,有图有文。企业家们纷纷赞叹,也有很多人惭愧自己没有这等实力。

建国没表态,他在飞荣和秦明面前也没吐半个字。

白龙大道的建成

2007年,在热热闹闹中开始,又在悲悲切切中结束。

热闹的是,年初,白龙大道正式建成通车。蓝天白云中,五颜六色的气球飘荡着;大道上,张灯结彩。听说,市委书记要来剪彩。未开通的马路两旁挤满了密密麻麻的人群,估计整个白龙镇的人都出来看热闹了。有人为看得清楚点,甚至爬到十七房村口那棵古树上去了。

"沈飞达驾着警车站在四岔路口维护秩序呢!"

虽说飞达当警察已经好些年了,可还是第一次全身警服出现在家门口维持秩序呢!消息传开,站在马路两旁的村民开始骚动起来,大家像看西洋镜似的跑去看飞达,忘了原先是来看市委书记剪彩的。确实,说到底市委书记也没啥好看的,看一眼也产生不了感情哪!可飞达不一样啊!那是沈家人,大家是看着他出生,追着他长大的。当年,村庄里就数飞达和飞荣两个最捣蛋。于是,有人还特意跑到飞达身边,同他打声招呼;有人还上前拉一拉他的警服,就想听听飞达回头喊他一声"叔"或"伯",然后昂着头像呆头鹅一样在那些并不认识的警察前装出一副厉害的长辈样,自视甚高地经过。此时,飞达成了全村人的亲人,全村人的骄傲。还有村民走近了,大声问:"飞达在哪里啊?哪个是飞达啊?这么多警察,穿得一模一样,看不清呀!"飞达听了,哭笑不得,谁叫他生于这片土地,长于这片土地?谁叫他是白龙镇沈氏十七房家的子孙呢?他走过去,不紧不慢地对那群可爱的长辈说:"我在呢!大家不要喊了,领导马上到了。"转头对着自己的同事们做了个鬼脸,警察们绷着的脸差点笑出来。回去后,这几句话被全局当作笑料。很长一段时间里,当同事们找飞达干活时就学十七房村民的语调大声地喊:"飞达在哪里啊?哪个是飞达啊?这么多警察,穿得一模一样,看不清呀!"

白龙大道贯穿了文城市和武城市两座城,是经济交通的连接口。对于白龙镇老百姓来说,大道的开通令人欢欣鼓舞,因为进城的时间可缩短半小时。爱飞说,白龙镇将成为文城市的后花园,白龙镇旅游度假风景区以后会更有人气。瞧,那四车道的马路,中间是宽敞的绿化隔离带,隔离带里不仅种着各种树木,还有各类草花、盆景,造型相当优美,真是一步一景。有村民说,白龙大道隔离带的绿化比文城市中山路上的还漂亮呢!是啊,光看着那些一年四季绽放的鲜花,就使人心花怒放,这怎能不让人联想到三十年前的情景呢?三十年前,这里穷得连条像样的路都没有,每年的夏季台风来临,两岸河水泛滥。为此,还是沈建国厂里出资造了一条水泥路。可那条路,因为十七房被征,村民们已经用不到了。

白龙大道开通,沈飞雁的出场可比堂兄要低调。她从救护车上下来时,没披白大褂,上身一件米白色的薄棉衣,里面是红色的毛衣,下身着黑裤加一双白色的旅游鞋。上级部门早就预计今天群众多,为防万一,准备了一辆救护车停在十七房的古树下。飞雁从古树那边走向白龙大道,看到人群中的夏晓香,便走到她身边低低地叫了声:"小姨,你可是难得放假哟!"

晓香见到飞雁总是那么的开心:"是啊,你小叔给我半天假,庆祝白龙大道开通。领导怎么还不来呢?"同时,在人群中踮了踮脚,向前方望去。

"可能吉时还没到吧!"边上突然冒出一句话,长辈包静君在打趣。

"三婶,你说,领导干部也相信时辰吗?"晓香看着三婶那永远充满笑意的脸问。

"我看领导是摆架子,要等着边上的人里三层外三层围满了,才会慢慢地出来。"包静君的话引得一群村民哈哈大笑。

飞雁故意拉了拉她的袖子:"三奶奶,边上有便衣哟!"

"怕啥?那不是我们家飞达吗?全都与飞达穿得一样,都是我们自家人。"包静君的玩笑话,又惹来一阵欢声笑语。

同村的一位大婶附和:"老包,你说得太对了,领导当然要摆足了架子再出来。听说,马路开通仪式后,领导还要到风景区内植树。"

听到植树,飞雁立即说道:"小姨,植树节不是你的生日吗?"

"难道,你想让我跟着市委书记一起去植树?"晓香和飞雁一起偷笑,"还有好几天呢!你妈建议我今年办一场生日宴。"

飞雁感叹:"你跟我妈都不知道享受生活。前几年,我给她买了件羊绒衫,她舍不得穿,还舍不得洗,每年太阳底下晒一下就算洗过了。小姨,你下周生日,我给你买一件来。"

"你现在才想到小姨啊!"晓香故意噘了噘嘴。

"对不起,小姨,我明天就去买,给大姨和外婆都买一件。"飞雁深度检讨。

"和你开玩笑的,别浪费钱,我每天在饭店里一身油烟味。"晓香正经地说。

突然,前面的鞭炮声响起,五彩缤纷的气球飞上了天。不到二十分钟,一排黑色的车辆整整齐齐地往北开去,不知道有多少人看清了市委书记的脸,人群自然慢慢地散了。

"走吧,回饭店干活了。"晓香如是说。

"小姨,你急着回去干吗?我小叔是神算子,又不会算错钱。"飞雁说这句话时,耳边似乎想起了"归零、归零"的算账声,不禁笑出了声。晓香一个手势欲打飞雁,只是在半空中装了一下就放下,接着说:"对了,这几天饭店里做的一批醋大头蒜很好吃,你拿两瓶去。"

"好的,我妈说她熬了两大罐猪油叫我带回去,我婆婆居然喜欢用猪油炒菜。"飞雁虽然与婆婆有矛盾,但有好吃的总会想到婆婆。前几天,飞雁给婆婆买了新产品蓝莓,婆婆说比草莓好吃多了。

"哎,你这个婆婆真是节省到家了。"晓香叹了口气,她早就听闻秦母的一些做法。身为农村人,她无法理解一个工人阶级的知识分子为什么会如此抠门,不仅对孙子抠,连对自己都抠。

飞雁笑而不答。这时,包里的手机响起,雪飞打来的,在电话里焦急地问:"飞雁,亚雪上课时羊水破了,你在哪里?"

"啊,我就在白龙大道,今天刚好有救护车在,我马上过去。"

听到亚雪羊水破了,晓香扭头便说:"走,我与你一起去。"

救护车内,亚雪轻轻地呻吟着,脸痛苦得变了形。王婉珍的眼泪像黄豆一样大滴大滴地掉下来,她是担心女儿。

"放心吧,婶。亚雪,我们是救护车,再说这白龙大道刚通车,车辆本来就不多。今天又是吉日,肯定母子平安。"飞雁宽慰道。

方杰紧紧抓住妻子的手,鼓励道:"别担心,如果痛就喊出来。"说着,将自己的另一只手放到亚雪的嘴里:"咬住我的手,就不会这么痛了。"

飞雁被方杰的行为感动了。当年,她生儿子时,秦明也是伸出自己的手让她咬着,她还把秦明的脸都抓出了血。亏得现在只能生一胎,如果让她生二胎,决不干。

亚雪进医院半小时后,顺利产下了一个女婴,取名方玲灵——与亚雪一样温顺、可爱,哪怕是哭,也是轻轻的,不像其他的婴儿,非得哭得惊天动地,歇斯底里地向世人宣告自己的到来。方杰看着像刚剥皮出来的全身通红又满脸褶皱的小老鼠般的女儿,不敢抱也不敢亲,只傻傻地看着笑。护士让大家看了一眼又抱进去了。

王婉珍看着这个无比柔嫩的婴儿,喜极而泣。此刻,她发现,一个新生命的到来,原来可以使人感受到如此神圣的亲情。

当天晚上,飞雁收到了大姑的电话,并往她的 QQ 里传送了一张图片。建芬说,自己无意间在楼下车库里发现一盒未吃完的药。飞雁仔细一查,心头一紧,便问是谁在吃。飞雁问这话时,建芬在电话那头已经哽咽得说不出话来了,儿子不在他们身边,还有谁会吃这个药呢?

清晨七时,大姑夫妇的同时出现在飞雁的办公室。飞雁从大姑红肿的双眼、大姑父痛苦的神色中已经判断出了什么,默默地走过去,请两位神色不安的长辈坐下:"大姑,把药给我吧!"

向来坚强的建芬"哇"的一声哭了出来,泪水奔泻如洪。飞雁震惊了,大姑怎如此失态?

这时,汤志明开口了:"飞雁,这病是我两个月之前发现的。我知道没得救了,所以,没敢告诉你姑。"说完,他默默地低下了头。

一下子,整个房间的空气凝固了。飞雁知道,大姑和大姑父的感情十分深厚。

"姑父,你怎么知道没救了,谁告诉你没救了?"飞雁失声喊道。

汤志明拿出随身带来的病历卡和片子。原来,他已经去过上海专科医院了。飞雁深深地倒吸了一口气,上面明确写着:肝癌晚期。

怪不得向来坚强和体面的大姑如此悲痛,怪不得从不失态的她无法控制。

但无论如何,作为侄女,飞雁还是要尽最后一把力,要用自己的人脉为大姑父重新做一次检查和会诊。她要亲自陪大姑父去一趟上海,多走几家大医院,多找几位名医专家。姑父才50多岁!

接下来的两个月,建芬为了汤志明的病可以说是拼尽了所有。她很后悔,自己平时总是以工厂为重,并不关心丈夫,还总对他呼来喝去。嫁给他这么多年,他一直拿自己当宝一般捧在手心。当初,结婚时,她还看不上这个黑炭一样的榆木疙瘩。婚后的日子里,才知道他为她扛下了许多。当初,婆婆自以为西塘河是市郊地段,位置远胜于沈氏十七房,总是想压她一头,汤志明一直在前面为她挡风遮雨。想到这里,一种刻骨的痛如电流从脚底蹿到建芬的大脑,她再一次泪如雨下,脑子里一片空白。

飞雁陪着大姑父就医时,也陪着大姑流了许多泪水和汗水。她能理解大姑的无助,却无法感同身受大姑那种撕心裂肺的痛。老天要收人,并不会提前传递消息。毕竟,将失去枕边人的是大姑。

11月,汤志明即将在自家别墅的卧室内安静地走完他短暂而幸福的一生。在美国读生物学博士的汤飞鹏匆匆赶来,为父亲带来了世界上最先进的药物,可一切都太晚了。汤志明看着已经长大成人的儿子,眼泪大滴大滴地流了下来,他握住儿子的手,说:"不要悲伤,爸有话要说。"身高一米八、高大帅气的汤飞鹏跪在爸爸的病床前,集中心神,屏息倾听。

"飞鹏,你一定要替我照顾好妈妈,好好孝敬妈妈。"汤志明用尽力气说,他已经无法调整急促而无力的呼吸,过了一会儿终于缓和了些,又继续说,"建芬,感谢你为我生了个优秀的儿子,但我最放心不下的还是你。我们的坟不要建在一起,再找一个好男人吧,让他替我陪伴你。"说完,喘出了最后一口气。

一个月过去了,建芬仍把自己关在家中。儿子已经回美国了,她还是不肯走出屋子。

她的思绪沉浸在对往事的回忆中。以前每年年底,建芬都要回娘家帮忙掸尘。有一次,她从娘家掸尘结束时,天已黑了,当她正准备骑上沉重的自行车时,古树下却骑过来一个男人,自行车铃前还挂着一个手电筒,对方似乎已经感受到了她的气息,大声地问:"是阿芬吗?我来迎你了。"是汤志明。建芬怨嗔道:"你跑这么远来干吗?大冷天的,还不如在家陪儿子。"汤志明借着夜色,厚着脸皮反问:"我接自己老婆回家,顺便来丈母娘家走走,不可以啊?"那晚,他们并肩骑行在皎洁的月光下,一路聊天回家,虽冷,但非常浪漫,又非常温馨。以后,建芬再也不敢太迟回家了,因为从西塘河骑到沈氏十七房要一个多小时,来回便是两三个小时,那可是彻骨寒冷的冬天。汤志明对自己的好,建芬虽然嘴上从来没说过啥,但是心里敞亮着呢。娘在世时常说,嫁个好男人,比拥有一座金山还强。

建芬也曾笑着对娘说:"我爹也是个好男人,那个时代你们穷得连草根都吃不上时,你就没有怨过爹吗?"

"当然没有,你爹哪怕自己没得吃,也要省下一口给我吃。我和你爹从来没有红过脸,夫妻同心,其利断金!"

娘是这样对建芬说的,也是这样对每一个儿女说的。

12月,北风呼啸,凄冷的寒风中,建芬的心一次又一次降到冰点,抬头叩问苍天,为什么要夺走她心爱的男人!

第四篇章

实现乡村振兴

都似拆迁惹的祸

2008年元旦过后,气温直降,过往的行人走在路上都是缩着头、躬着腰,已经很久没有如此刺骨的寒冷了。古树枝头上仅剩的几片叶子在寒风中不停地颤抖。

25日那天,空中飘起了密密的细雪,不出半小时,又变成了鹅毛般的大雪,纷纷扬扬,飘啊飘,一直飘了整整两天,白龙镇成了白茫茫的一片,银装素裹。可再冷,还是有村民,特别是上年纪的村民,聚集在十七房家苑小区的门卫内,就像以前集中在村庄的古树下一样。十平方米的房间内,空气混浊,唯一的玻璃窗上烟雾朦胧,根本看不清里面到底挤了多少人。有人在抽烟,有人在聊天,有人在打牌,黑乎乎的一团。这些老人的着装大多是黑或棕或蓝色。虽然这些年,再没有人穿打了补丁的衣裤了,大多数人也不再耕地、播种,穿着上体面了许多,可骨子里,他们依然是地道的农民。话说,以前的冬天更冷,所以,这些地道的农民还是耐得住冻。

还有一部分耐不住冻或稍文雅些的老人会去沈月发的那间房。那房子面积大,且每个房间都装了空调,老人们可以在里面走象棋、玩跳棋、搓麻将、打扑克,也有妇人织毛衣、纳鞋底的。说实在的,老人们的家里并不是户户都装了空调,有些老人装了也舍不得开。这可能就是沈月发这套房子人气旺的根本原因吧!作为老年活动室,这套房子的电费是村委会开支的,有些人甚至想晚上也在这里过夜呢!只是墙上还挂着沈月发的照片,一些迷信思想严重的人总觉得被过世的人看着有点阴森森的。唯有沈建国全家,不光每年清明节给沈月发上坟,还会在他的忌日在房子里供上五种水果、三杯清茶,再点上三炷清香。听说,飞雁还会跑去医学院向沈月发的遗体标本鞠躬。

十七房家苑小区一期、二期的居民大部分是原先的沈氏十七房村民。当然,也有少部分外来人口,因为有很多家庭分得三四套房子,就卖掉一两套。就拿小王家村的烂眼阿义来说吧,今年52岁了,早些年穷,娶了一个湖南老婆,后来与人合伙在东经堂开了家百货店,也曾风光过,可他好赌。他家里分得两套房子,一套自己住,一套出售,当时就拿到120万元的现金。这可是天文数字,数数也要数一天。可不出三年,阿义就把120万全赌光了,连自住的那套房也被抵押了,湖南老婆扔下儿子跑了。听说,他老婆在湖南老家结过婚,还有两个儿子,多一个儿子,少一个儿子,根本无所谓。阿义重新做回了光棍,只是多了个十多岁的儿子。阿义父母死得早,兄弟姐妹见他是个糊涂蛋,早就老死不相往来了。村民们说,穷人没有富贵命,再多的钱依旧要扔到河里的。可怜那个才上六年级的儿子每天拖着两条长长的鼻涕虫,身上常年有一股酸臭味,成了不是孤儿的孤儿,没地方住。村委会商议后,决定让阿义带着儿子在沈月发的房里过冬。可孩子跟着这样的爹,常有了上顿没下顿。建国知道后,直接把孩子领进了工厂食堂。建国曾找过阿义,劝他戒赌,然后到标准件厂来上班。但银娥知道了表示不同意:"救急可以,不能救穷,赌鬼是救不了的。"为此,夫妻俩还吵了一架。飞雁知道后,也劝爸爸管不得。但她看到妹妹雁娜在月发爷爷的房子里辅导阿义儿子,心中又动了一下,摸着孩子的头,看着这个无比瘦弱的孩子,轻轻替他擦去鼻涕,小心地嘱咐他多吃点,正是长身体的时候。孩子感到飞雁很亲切,朝她腼腆地笑。银娥却向建国下了最后通牒:"整个十七房村有十几户特殊家庭,你管得过来吗?"建国不吭声了。

飞雁却偷偷地对爸爸说:"我来资助这个小朋友的学习费用吧!直到他大学毕业。"

贾桂娣再度生病卧床是在一个晴朗而寒冷的日子。按理,沈家人都搬出了十七房老宅,都有了新房子,也有了良田的征用款,都不愁吃不愁穿的,该是享福的时候了。可那天,闲着无事的贾桂娣却跟着一群老妇人去朱家池村拆迁现场捡"宝贝"。所谓宝贝,无非是人家搬迁时剩下的一些废品,但她听人说里面有"古董",以后会增值。不幸的是,78岁的她在七高八低的废品堆里摔了一跤,粉碎性骨折了。几个老妇人架着她回到了小高层村庄。

沈菜儿没接娘的电话,消失了。贾桂娣第一次深切地感到自己真的养了只白眼狼,望着空荡荡的房子,躺在床上,独自黯然伤神。

之前,菜儿一直与娘住在一起,连房子装修的钱都是贾桂娣出的。可谁会想到,半年前,菜儿住到十七房老宅景区里的一个门卫老头家里去了。菜儿都快做婆婆的人了,还做苟且之事,这使贾桂娣很懊恼,也让她在邻里间抬不起头来。

贾桂娣只能给建立打电话。王婉珍虽然对婆婆把房子分给女儿这事没发表意见,但心里打定主意,以后她没有赡养婆婆的义务。

这些天,小区门卫间的议论话题从烂眼阿义的事转到了贾桂娣身上,都说她精明一世,糊涂一时,遭了现世报。有老人说,手中的房子也好,金钱也罢,不能过早分给儿女,还是要自己攥紧了,防儿防老呀!

建立想去孝敬娘,可娘的楼层高,又没电梯,他上不去。他自己家是一层,残疾车方便进出。娘自从恢复健康后,又分得了房子,重新对王婉珍冷淡了起来。他明白,自己是个残疾人,娘想着以后老了终归还得靠四肢健全的菜儿养,始终把王婉珍和三个孙女排挤在外,所以才会这样决绝地将房子全部给了菜儿。这下可好,小妹说不管就不管了,逼着他这个当大哥的挑起担子。可他,一个残疾人,担得起吗?无非是要他的三个女儿来挑担了,但三个孩子从小没受过奶奶的照顾,又凭什么呢?唤,建立也只有叹气的份。只是,他的叹气没人听得到,因为王婉珍又与他分房睡了。

无奈之下,建立在门卫值班时偷偷打电话给正在上课的亚雪。

贾桂娣见亚雪来了,眼泪汪汪地哭出来:"都是拆迁惹的祸。"亚雪闻着满屋的臭气,看着满地的垃圾,把刚从超市买的一篮鸡蛋、一包面条、两桶油放下,打开窗户通风,又安慰了奶奶几句,便走进厨房为奶奶下面条,卧上两个鸡蛋,想放点红糖,可厨房里红糖、白糖都没有,她又跑到小区的超市里买了各式调料。完了,着手清理屋内的垃圾。这时,王婉珍端着几样菜进来了。其实,王婉珍也不知道自己为什么要端着菜往婆婆那幢楼走去。难道是怕村民们背地里指责她不孝?不是。当她看到亚雪拎着东西急匆匆地往婆婆那幢楼走去时,全明白了,自己是为了给女儿们做榜样,并不是尽孝。她把手上端的盘子递给亚雪:"你明天不用过来了,好好去上班,这里我会管的。"说完,扭头走了。

亚雪看着妈妈转身时淡漠的样子,觉得自己有点对不起她,但内心的欣喜还是胜过了抱歉。妈妈做了三十多年的"坏儿媳妇",太不容易。亚雪回去的路上给大姐和小妹一一打了电话,她们的心里都舒畅了许多,好像这么多年压在姐妹们心里的那堵墙轰然被推倒了。她们知道,妈妈再次走出这一步,重新接纳奶奶,太艰难了。因为,妈妈心中的那口怨气从来没出过。

亚雪记得很清楚,结婚那天,奶奶从裤兜里拿出来一个红包,想递给正在穿上轿鞋的她,边上的爸爸客套地说了句:"娘,红包不用给了。"于是,奶奶就讪讪地笑着把红包重新塞回了自己的裤袋。姑姑也学样,把红包在亚雪面前晃了晃,同样塞回自己的包里。当大姐雪飞失去崔雷时,她们作为亲人没去安慰一下;当雪飞生双胞胎时,她们都当作不知道,更没去送礼;当双胞胎长大了,回村里碰到没喊她们时,姑姑还在爸爸那儿告状,说雪飞没家教,养的孩子也没家教。气得正在吃饭的王婉珍第一次如此用力地扔下饭碗跑出去怒骂:"沈菜儿,你的儿子都长大成人了,从小到大叫过我几声舅妈?我可从来没说你养的儿子没有教养,先回家照照镜子,自己什么时候有过长辈的样子?当姑姑的不像姑姑,当奶奶的不像奶奶,专做挑拨离间的事,这是亲人所为吗?"

亚雪生孩子时,贾桂娣倒是来了,当着大家的面给菜儿打电话,让菜儿炖好老母鸡送过来,并特别声明,那是个老母鸡,在白龙山上放养了三年,营养价值高,八十元一只呢!让亚雪补补。亚雪婆婆很感动,说:"已经有鸡在炖了。"

后来,那只炖母鸡并没有送过来。

亚雪刚从省城回来时,奶奶经常在她那儿挑唆:"亚雪,你才是我们沈家的人,大方,有礼貌,一点不像你那个妈。你瞧你姐和你妹,全像你妈,做人不讲道理,又小气得要命。我当了她这么多年的婆婆,也不知道孝敬我一根毛。"姑姑跟着煽风点火:"亚雪,你是有良心的孩子,也有文化,眼睛睁大点。你爸啊,在你妈眼下过的日子多少苦。要不是你妈每天黑着脸令你爸心情不好,当年你爸也不会去山塘工作,更不会造成残疾。哎,这么坏的女人,居然生了你这么优秀的女儿。"她们在里屋说这些诋毁妈妈的话时,雪飞刚好到院子里取柴引煤炉子用,就差点蹿上火来推开门进去和她们打起来。但从小听惯了这些闲言碎语的雪飞还是忍住了,只是大声地把妹妹唤了出来。

当天晚上,雪飞就把白天在院子里听到的事在饭桌上说了一遍。爸爸黑着脸一言不发,显然对雪飞说的这事很恼火。她又把当年奶奶联合爸爸把亚雪送人的事详细说了一遍。

如今,再次躺在病床上的贾桂娣看到王婉珍送来的菜,眼圈发红了,第一次从内心深处感到自己对不住儿媳妇。

亚雪伺候完奶奶,正要去父母家,雪飞和亚琴都穿着端庄的职业装敲门进来了,姐妹俩同时看了一眼疲惫的亚雪,没说话直接走到贾桂娣面前。雪飞拿出一个厚实的大红包,前所未有的亲切:"奶奶,好点了吗?我们的一点心意,红包放你床上了。"贾桂娣带着一半的感动一半的哭腔:"你们来看奶奶,奶奶太高兴了。来了就好,红包不要。"旁边的亚琴马上抽回红包,略为严肃地接上:"奶奶不要啊,那我拿回去。"床上的贾桂娣瞬间露出惊讶而慌乱的神情,张大嘴巴只发出"啊啊"的响声。亚琴笑了,赶紧把红包结结实实地压在贾桂娣的枕头下,换个柔和的语调说:"奶奶,我与你开玩笑呢,红包藏好了,再不要随便把钱给别人了,好好休养身体。"

三姐妹是笑着手挽手一起回家的。王婉珍却神情严肃地把她们叫到一起,说:"你妈我该清醒了,为了你们仨,我不会与你爸分开了。否则,这个残疾人以后就是你们的包袱。但以后,我只负责他的基本生活,保证他吃饱穿暖。等我们走时,千万不要合葬!"

女儿们当场傻眼了,爸爸妈妈这些年看着不是比以前好多了吗?

外面的天漆黑得看不到一丝光亮时,亚雪要回城了。一阵风吹过,似有沙子进了眼,她的眼神有点迷离。打开车门,踩下油门,那辆火红色的崭新小汽车是公公婆婆给她买的。

筹建紧固件协会

2009年是不平凡的一年,受前期世界金融危机影响,东欧国债危机爆发,冲击着西欧发达国家市场及银行业。之后,美国出台财政刺激方案和"定量宽松"货币政策等,全球共同应对金融风暴、地区冲突、朝核危机、索马里海盗、气候变化等一系列重大事件的挑战,世界正朝着稳定、和平的方向发展。中国经济率先趋稳,GDP稳步增长。

7月初,白龙镇召开了半年度工业部门会议。会议由新来的镇党委书记高亚鹏主持,分管工业的副区长参会并作重要讲话。会议快结束时,副区长郑重宣布,为进一步提高全区紧固件行业的影响力,逐步提升紧固件产业的组织化程度,决定下半年开始筹建区紧固件协会。

目前,白龙镇已经拥有150余家紧固件企业,全区内已有290余家,全市有455家。因白龙镇紧固件企业的各项指标都遥遥领先,紧固件行业协会将设在白龙镇。协会将充分发挥桥梁和纽带作用,协调行业内外部各方面的关系,共同解决环境治理、土地资源合理利用、区域品牌建设和维护、技术创新与升级以及对外投资等产业共性问题,进一步在开拓国际市场、应对反倾销调查、提高产品品质和出口竞争力等方面形成合力,增强全区紧固件产业应对国际市场环境变化的能力。

底下坐的企业主，从事紧固件行业的占到了半壁江山，会场中响起雷鸣般的掌声。

近年来，白龙镇紧固件产业经历了从贴牌生产到自主创新，从参与国内市场到国际国内两个市场的快速发展历程；经历了从起步初期的家庭作坊式加工向规模企业的集群化发展历程，正呈现出产业链配套紧密、产品种类齐全、出口创汇能力较强、区域品牌效应显现的发展态势。白龙镇紧固件产业先后被授予文城市机械基础件产业基地、首批文城市出口基地、首个省级紧固件行业商标品牌基地等称号，并入选"中国县域产业集群竞争力100强"，成为全区一大特色块状产业。从1999年到2009年的十年间，白龙镇紧固件产业产值从2亿元增长到32亿元。白龙镇紧固件产量约占全市的四分之一，出口占全市的三分之一，高端高强度生产规模居全国第一。随着社会经济的发展，紧固件产业转型升级迫在眉睫，需重点推进紧固件综合服务平台项目建设，推进紧固件"块状经济"由加工制作中心向产业技术创新中心、商务服务业中心和高端产品制作中心转型升级，推进品牌打造和电子商务平台打造。

其中，上半年，销售额最高的是严伟杰父子的公司，仅八个月就提前完成全年生产计划。

严家父子在贵州的分厂也已经建立。区里相关领导和高书记亲自去现场调研、剪彩，可以说，该厂又创造了新的辉煌。分厂规模比白龙镇的老厂房还要大三倍，严伟杰亲自在那边挂帅。这半年来，白龙镇官方及企业界人士均频繁去参观、访问。听说，严伟杰不光要接待家乡去的客人，更多地要接待贵州当地官方的客人。沈建国应镇政府安排也飞了趟贵州，沈飞荣因近期有外商来考察没去。建国在那儿再次看到了那个七八十年代雄心壮志的严伟杰。当时的严伟杰在白龙乡也是以大哥大的身份存在,如今他在贵州成了当地政府一面宣传的旗帜。不同的是,如今的他是民营企业主,当年是集体企业厂长。

建国看到严伟杰年过六旬还在饭桌上满脸疲惫地拼酒,心里很不是滋味。毕竟,都是当爷爷的人了。听说,严海江最近在闹离婚,他身边漂亮的秘书怀上了,小三要转正,而原配提出要分走六千万财产,并要求他负责儿子在加拿大念大学的所有费用。这不是狮子大开口吗?听说,严伟杰对于儿子离婚一事并不表态。总之,严家内部已经乱糟糟的一团,风言风语也在外面刮了一段时日。

其实,这样的事,在白龙镇工业区内何止一家?好些企业主有钱了,在外面找女人跳舞、唱歌、陪酒,那些原配无奈地睁一只眼闭一只眼。都是金钱惹的祸。没钱的时候,哪有什么"小三",还不是个个都埋头插秧、耕地?那些农民出身的泥腿子企业家,这是怎么了?他们是怎么教育自己家孩子的?那些所谓的"创二代"又怎么了,就这样胡作非为吗?听说,严海江还四处扬言企业要在香港的证券公司上市呢!企业能上市当然好,圈资本,壮实业,是造福一方的好事。可建国心里总感觉严家哪里不对劲了。所谓家和万事兴,自然先要从家庭内部团结做起,只有内部坚如磐石,才能打造外面光鲜亮丽的世界。

对于严海江的事,建国只是道听途说,毕竟白龙镇工业区这个小江湖的风哪会不吹到他那儿呢?银娥劝建国别多管闲事。她只想把自己两个女儿的家庭照顾好,便是万事大吉。雁娜夫妇都是教师,就在身边,工作、生活简单。而飞雁作为市人民医院的骨干医生,业务过于繁忙,幸好有公婆相扶助。秦明在白龙镇一门心思与岳父办企业。总体来说,两个女儿工作、生活顺遂、平稳,令他们放心。

严伟杰的紧固件厂虽然起步比建国的标准件厂晚,但经过近些年的发展,外销增量迅速,已经是白龙镇数一数二的企业了。建国和秦明翁婿俩的厂外贸业务相对滞后,总体经营规模也无法与严家相比。秦明曾试探过他:"爸,我们要不要扩建成集团公司,以后走上市道路?"建国不假思索地回绝:"不,我们就安安稳稳混口饭吃。胃口不要太大,钱,够花就行了,一毛钱,三分自己花,七分要给别人花。"

生活中,建国和银娥始终保持着低调而朴素的作风。眼看中秋节到了,建国又在嘱咐晓香蛋糕坊定做一批手工月饼,除了全厂职工每人发两盒,也不忘给沈氏十七房每位60周岁以上的老人两盒,包括西邵村、东严村、陈家村、朱家池村、小吴家村、小王家村这些自然村。可小区里那些原先在古树下爱嚼舌头的老人改在门卫房间继续议论:"沈建国既然发月饼,为什么不买五星级饭店的月饼给我们吃呢?晓香蛋糕坊的月饼,没档次!"不过,这些村民说归说,月饼还是年年收下,放进嘴巴里细细咀嚼。也有人说:"阿龙老婆做的月饼味道确实不错,是老底子的味道,尤其是苔菜月饼、百果月饼。"

沈氏十七房行政村逐步被拆迁了,连村委会办公楼也需重新加以建设。新建的村委会办公楼白墙黑瓦,看上去与不远处的十七房老宅同样的古朴,只不过是仿造的。左右两侧还分别造了两幢三层楼的房屋,左侧为十七房村文化大礼堂,替代了原来祠堂的功能。村里谁家有喜丧之事,或者想搞个家庭聚餐,都可以借用文化大礼堂场地。这里可以开会,可以摆桌吃饭,功能齐全,空调、灶台都引进了最先进的设施。

右边那幢三层楼的房子,三千平方米的办公场所,"文城市海江区紧固件协会"几个火红的大字已经挂在门口了,级别够高的。原来设在建国厂里的白龙镇紧固件党总支也将划到协会里去了,第一家紧固件协会党委也即将成立。协会有六个固定的工作人员,要为区镇联动、部门联动、政企联动,为产业发展平台建设创造有利条件,加快商务服务平台、物流服务平台、技术创新服务平台建设,包括融资转贷、产品检测、技术服务、展会展销网络推广、中介服务筹措土地资源、加快项目选址、工程设计和工程招标等多项功能,为文城市紧固件行业发展提供强有力的保障。

有意思的是,协会内还专门辟出一间医务室由沈飞雁医生每半个月坐诊半天。在文城市人民医院,沈飞雁是一个名副其实的副主任医师了,但在紧固件协会内部她只是一名志愿者,为本地企业员工免费服务,做一些基础性的外科体检,包括疑难杂症咨询等工作。

同时,白龙镇的紧固件行业已达到如日中天的辉煌时刻,是历史性的时刻。

协会成立那天,全市紧固件企业全体会员悉数到场,严伟杰也从贵州赶来,毫无疑问,会长便是他。沈建国、沈飞荣等六家企业主成为副会长,还有九家企业主成为理事。其中,监事两家,监事长一家。其实,建国百般推辞过,认为以自己企业的规模和产值并不适合担任副会长,而上级领导认为,建国是白龙镇最早的紧固件企业厂长,怎么都得当个副会长。从前年开始,建国已不是文城市人大代表了,严海江才是人大代表、区级优秀共产党员,沈飞荣是区级政协委员。建国三番五次提醒飞荣申请加入中国共产党,因为自己是党总支书记。飞荣却委婉地说:"叔,我还是负责多赚钱,多为社会做公益吧!"于是,建国鼓励秦明加入共产党。秦明说,他在大学时就入了党,组织关系在文城市社区里。建国一听来劲了,马上催秦明把党组织关系转到紧固件协会党总支下面的支部,他这个老书记要退二线了,要努力培养秦明接任。

飞荣的技术钻研精神在紧固件领域内已有名气,他还参与制定了一项紧固件国际标准,为全市首例。"飞荣"牌获评中国驰名商标,同时还获得全市出口名牌称号,并已通过ISO9001体系认证。飞荣是真正的后起之秀。如今,政府领导经常带着一批批外来企业人员到飞荣集团参观学习。飞荣集团已经完成从低端加工到自主创新的转型,已从国内市场转向国际市场,百分之九十五产品销往欧美、日本等国。可以说,白龙镇紧固件企业已从散而小的格局中突围出来,真正进入了快车道。

年底时,发生了一件出乎意料的事,已赚得高薪的亚琴拿着一封信向堂哥辞职,飞荣看着满身时尚、已脱胎换骨的堂妹,好像回不过神来。亚琴随即把自己要成立"文城市白龙镇亚飞外贸发展有限公司"的想法如实地陈述了一遍。飞荣盯着她,沉默了一会儿,反过来表扬她:"翅膀硬了,是该独自飞了。"

有人问亚琴,公司名称为什么取"亚飞"而不是"亚琴"呢?亚琴解释:"取名字中的一个字,告诉自己从此要腾飞了。"关于亚琴的辞职,各种说法不一。有人说,亚琴是个白眼狼,飞荣培养了她,她却带着业务自己飞了。也有人支持亚琴,趁年轻,应该及时创业、创新。不管怎么说,亚飞外贸发展有限公司正式开张了,房子就租在紧固件协会大楼第一层最右侧,四间,120平方米。飞达、爱飞、飞雁、雪飞、亚雪等人都送去了招财猫、轮船舵手摆件、字画等物品以示祝贺,飞荣还送了两个超级豪华的花篮,好多企业也都跟着送去了祝贺开业大吉的花篮。

白龙镇沈氏十七房人,每一年都有新的变化、新的气象,年初、年末都如此。

马立伟加入民营企业

正月初一早上，8点不到，沈建国家来了位稀客。他就是原海江区副区长马立伟。

对于马立伟的到来，夏银娥感到奇怪，又有点诚惶诚恐。对于她这样的平头百姓，曾经的副区长，后来的阶下囚，登自己的家门，还真有点不适应。而马立伟早已放下了这一切，他的内心比谁都明白，沈建国才是真正的兄弟，比自己的兄弟还亲，是他的贵人。入狱的九年间，只有沈建国每年去探望他，还年年岁末去看望他的妻儿和老母亲。今天，他带着妻子、儿子一起来给沈建国拜年。

当年，东窗事发，妻子蔡亚珍一心一意想与马立伟离婚，是沈建国三次上门给蔡亚珍做思想工作，分析利弊，站在家庭的角度、孩子的角度、长远的角度，请她深思熟虑。蔡亚珍被这个她并不熟悉的农民企业家深深感动了，她想不到，贪财又作风不正的丈夫居然能遇到这么个有情有义的农民朋友。去探监时，她对马立伟说："你在里面好好改造，我和儿子在外面等着你。你出来的第一年正月初一必须先去拜访沈建国。"

马立伟提前一年出来了。用蔡亚珍的话说，这里有沈建国的功劳，而沈建国紧握着她的手说:"嫂子,都是你的功劳。"当年,蔡亚珍一声不吭就卖掉了市区130平方米的商品房,帮丈夫上交了贪污款,至于马立伟的钱到底用在了哪里,她没再追究。只有牢里的马立伟心里清楚,原配夫人除了一张工资卡,啥好处也没得到过。小姑子马红梅却当着众亲的面骂蔡亚珍:"我哥当官时,所有的福都让你享尽了,你居然还想与我哥离婚!"蔡亚珍百口难辩,带着儿子住到了白龙镇上原先单位分的那套房改房里。马红梅又紧追而至,指着蔡亚珍的鼻子歇斯底里地喊:"真会装穷!我哥赚的钱你都藏哪里了?"面对小姑子如此刻薄的谩骂,夫家没有一个亲戚站出来说一句公道话。马立伟的妹妹、妹夫、外甥的工作都是他在职时安排的,都因此过上了好日子。才读中学的儿子说:"这也是老爸贪的一种吧!"蔡亚珍赞同儿子的真知灼见。

马立伟出狱那天,蔡家人全员出动去迎接。马立伟站在高高的围墙外,看到那些亲人,恍如隔世,眼眶不禁发红。他不敢再回头看那堵监狱的墙,快速地走上了接他的红色轿车。车是蔡亚珍哥哥特意向好友借的。晚上,蔡亚珍淡然地对他说:"儿子已经从复旦大学毕业,留在上海工作了。我是白龙镇土生土长的,就在这里养老,这里有疼我的老爹老娘。"马立伟默默地应承了。

几天后,马立伟一个人回了趟老家。除了老母亲颤抖地摸着他的脸,流下一行混浊而激动的泪水,其他家人都对他不冷不热,甚至不用正眼瞧他。这样的尴尬场面,虽然他心里早有准备,还是不适应,毕竟都是有着血肉亲情的同胞。妹妹来了,妹夫则压根儿没有出现。那天,马立伟硬着头皮在老家吃了饭,饭桌上压抑得万分难受,兄弟姐妹们吃完饭就匆匆逃离了现场,老母亲看着他又一次流下了浊泪。

夏银娥从里屋搬出三杯糖茶,还有三碗溏心蛋,马立伟一家三口在此找到了久违的尊重,这是他出狱后第一次感受到的。半个钟头过去了,马立伟一家起身表示还要去给岳父母拜年。他说,自己以后就随妻子住白龙镇了,碰面的机会更多。夏银娥拿出一堆礼物执意让他们带回去,说是第一次与蔡大姐见面,聊得来。蔡亚珍泪眼婆娑地看着善良的夏银娥,收下了。

临走前,马立伟压着声音告诉沈建国,有一家他在位时曾经帮过的企业在海湾工业区又买了一块土地,盖了新厂房,邀请他去管理。沈建国知道那个地方,海湾工业区都是海涂围垦出来的,由衷地替他高兴,两个人紧紧地握了握手,就此道别。

这个春节,沈建国家着实不消停。

正月初二晚上,邵阿三急匆匆地来了,语无伦次地说:"建国哥,方婳肚子痛,痛得水流下来了。"

沈建国被说蒙了,夏银娥说:"快去医院啊!"

沈建国拿出手机替邵阿三拨打了120,接着又拨响了飞雁的电话。飞雁正在婆家吃饭,婆婆当场讥笑她:"你是沈氏十七房全村的家庭医生啊?"飞雁习以为常,笑而不答,因为婆婆的亲友到市人民医院就医时,也同样找她,她可从来没回绝过。

本以为方婳被救护车拉走就会安然无事,医生说她能顺利生产。可经过一天一夜的疼痛,胎儿还是没下来,羊水都快流干了。医生说胎位变化了,要做手术。然而手术中孕妇又失血过多,春节期间血库告急。手术室外的邵阿三再次乱了阵脚,他是B型,方婳是O型。飞雁由秦明陪着一起再次赶到医院,恰好她是O型血。可秦明知道,上个月飞雁作为志愿者刚献了血。他拉着飞雁的手眼神里满是不舍,但飞雁拍拍他的手沉稳地说:"奶奶以前常说,救人一命,胜造七级浮屠。"秦明当然知道,这话不是奶奶说的,奶奶和飞雁都是借用了这句话。

方嬎母子平安,元宵节那天回到了十七房家苑。

因为献血的事,飞雁知道了方嬎的女儿方莲是 A 型血,并非邵阿三的亲生女儿,他应该早就知道这个事实。飞雁把消息偷偷地告诉了爸爸,沈建国沉默良久,笑了,他相信邵阿三已经不是原来的邵阿三了。

正月底,阿六饭店门口停下一辆黑色的宝马车,下来一个气质非凡的老年人。

"老姑啊,你怎么来了?不提前说一声的!我们好去接你。"建龙看到后,跳了起来。自他娘过世后,吴英娣没有回来过。

吴英娣堆着满脸的笑:"就是想给你们一个惊喜哪!"晓香扔下手上的活儿,赶忙上去接过老姑的行李,问:"姑,你肯定还没吃饭吧,我去备菜。"又麻利地吩咐建龙:"快给老姑弄条新毛巾,洗把脸。"

"是啊,没吃呢!我还带来一个人,建龙,你该认识的。"吴英娣拉住正要去拿毛巾的建龙。

建龙看到车子的驾驶员下来了,是一位高大的中年男子,约 55 岁,一身淡黄的休闲装,气宇轩昂,看上去有点面熟,就是想不起来。

邵阿三正好在阿六饭店分红蛋和索面,上下打量了对方一会儿,开口了:"你是沈吉祥?"

男子咧着嘴,微笑时牵动着嘴角阿凡提式的胡子,露出昔日那聪明而又富有活力的神情,带着激动的声腔:"是的,建龙,我是沈吉祥,下放知青,不记得我了?"

建龙豪爽地向前一步,握住男子的双手,激动万分地说:"吉祥哥,你可回来了!这么多年,你怎么才回来?"两个人紧紧地抱在一起。很久才放开彼此。建龙又说:"我马上给五哥、建权哥打电话去!"

"不着急,我跟着老姑一起回来,这次打算住一段时间。"当年的沈吉祥瘦得像一根细长的竹子,如今已是魁梧又有风度的中年男子,变化非常大。两位风尘仆仆的上海人给小高层村庄"十七房家苑"带来了巨大的惊喜。

当晚,阿六饭店内热闹非凡。很多村民都来看望沈吉祥,因为他是第一个回来的知识青年。但是大多数人见了沈吉祥就像看陌生人,已经找不到过去的熟悉感;有人看西洋镜似的远远站着,说上海人总归是上海人,与乡下人就是不一样。当年,他们都曾一起生活、一起劳动。那时,沈吉祥的住处就在胡惠珍家隔壁。沈建权比沈吉祥小一点,虽然是个农村孩子,但喜欢唱歌,沈吉祥就把大上海的流行歌曲都教给了他。劳动时,大家经常能听到他们欢快的歌声,一个是男高音,一个是男中低音,那时他们是沈氏十七房村有名的"歌唱明星"。从1977年到2011年,时隔34年,沈建权和沈吉祥再次相见,互相拍打着,跺着脚,那激动的场面,让旁人深受感染。在众人的欢笑声中,两个50多岁的男人在饭桌上高歌一曲,唱得泪流满面,似乎回到了上个世纪那贫困却美好的70年代。

饭后,沈建国把两位上海客人安排到已经作为景区的十七房五星级酒店里。老宅子庭院深深,曲径通幽,经过精心装修,油漆锃亮,古色古香,基本维持原貌,像极了电影里古代的豪宅。

起初,原沈氏十七房的村民进去参观也要买票,每位十五元。一群老年人不乐意了,重新聚集到村口那棵古榔榆树下,不断地向村委会讨说法:"我们是村庄的原住民,我们回自己的老家为什么还要买票?"

这棵古树就是十七房村的见证,谁说房子承包给酒店后,这房子就不是他们沈家人的祖宅了?他们表示要上访,这可把那些村干部给吓坏了。

飞荣已是市政协委员,向市政协提案,希望沈氏十七房原住民持本地户口本或身份证可以免费参观。方案已经通过，十七房五星级景区对所有持白龙镇身份证的村民免费开放。像沈飞雁这样出嫁或户口迁出的原住民，如果有村委会盖章证明，也可免费参观，酒店住宿费与外来游客为同等价格。

今晚，建国订的两间房分别要1200元、1000元。他特意请熟识的客房部经理调出吴英娣和沈吉祥曾住过的房子给他们住。

吴英娣就住老祖宗那间小屋，她是在这屋里长大的。小屋右侧已被另外辟出一间，挑出一个小阁楼，上下两间，全套老家具，温馨而雅致。看着眼前的一切，吴英娣沉浸在昔日的时光里，许久，自语道："我一个人住有点浪费。"银娥心想，老姑是不是有点怕？便鼓动飞雁："陪你上海阿娘住一晚？"戴着无框眼镜、领导架势十足的爱飞却主动站出来："上海阿娘，你如果不嫌挤的话，我们姐妹俩陪你一起住。"

"太好了，有你们两个做伴，连天上的老祖宗都要妒忌我呢！"吴英娣左手搂着爱飞，右手抱着飞雁，开怀大笑。每次回到沈氏十七房她都感觉是回到真正的家，透心的舒服，没有一丝的隔阂，那种亲情可以恒久到天荒地老。

晚上，祖孙仨睡在曾经的老屋里，两个晚辈回忆起小时候第一次见到上海阿娘时的印象，咯咯地在被窝里笑作一团。

当时的吴英娣40来岁，可能职业是警察的关系，身材特别挺拔，在农村里简直是鹤立鸡群。当奶奶要飞雁喊吴英娣为"上海阿娘"，飞雁看着眼前这个明显比奶奶年轻很多的女人，半天没敢喊出声。机灵的爱飞却扯开大嗓门连声喊："上海阿娘，上海阿娘。"上海阿娘立即从卡其裤裤兜里拿出一把大白兔奶糖给爱飞。一下子，边上围满了一圈小孩，上海阿娘白皙的脸上带着微笑，声音特别的柔软、舒服："勿要急，勿要急，人人有份。"说着，又变戏法般地从包里再掏出几把橘子糖，圆圆的一个个透明的橘红色，外形小巧,用绿色的花纹纸包着,像极了刚从树上摘下来的橘子,又像一个个精致的小灯笼。飞雁拿到那颗橘子糖后一直挂在蚊帐银色的钩子上,做装饰品来着。第二年夏天来临前,妈妈强行叫她吃掉,否则糖化了,要引来小虫子。

爱飞和飞雁如今也都是当娘的人了,幼时舔着嘴巴笑的往事还历历在目:"阿娘,你给我们吃的上海么事(食物),味道真好,终生难忘。"

"是啊,当时我们国家穷,但凡有点好吃的,都是美味。现在食物太丰富了,反而不知道什么才是最好吃的。你们俩长大了,有出息了,还是那么可爱与机灵。"吴英娣亲昵地说,眼里满是爱。

一晃,爱飞都41岁了,已经是文城市报业集团一名副处级干部。雁飞也36岁了,已经是人民医院的副主任医生。

吴英娣突然忧郁地问:"你奶奶过世后,那套房子空着吗?我想租下来,住上半年再回上海。"

"太好了!租什么租,您来长住,我妈和婶婶们肯定会很开心的。"爱飞快人快语。

于是,姐妹俩又开始商量明天如何把奶奶那套屋子收拾一番,重新买点床上用品。那一晚,她们聊到凌晨3点。第二天,姐妹俩悄无声息地起床,顶着熊猫眼去上班了。吴英娣清清静静地睡到太阳照到古树顶上。

而这边,沈吉祥由沈建龙、沈建权两位堂兄弟陪他在下放时住过的房间里。倒好茶,三个人在一张红色的亮漆四方桌前坐下来,房间里的陈设都是按当时的环境还原,更显古朴和精致。吉祥说出了此行的目的,明年他就要退休了,现在很多上海人都到文城市来买房子,他也想在小高层村庄买一套。上海与文城市的距离因杭州湾大桥的开通大大拉近了,开车过来,只需要两小时。白龙大道高速口下就是沈氏十七房村,太方便了。

谈话中，大家才知道，原来他的妻子五年前因病过世了，女儿跟着女婿在新西兰定居，外孙都有了。他不想孤苦伶仃地待在上海，感怀地说："我们沈家人现在都富有了，还是那么热情、朴实，上海哪能有乡下头介闹猛的？"说完，顿了顿，问建军："我这次来，还想见见你大姐，她过得怎么样？听说，现在当老板了，这倒是符合她的个性。"沈吉祥说着笑了，眼前闪现沈建芬当年俏丽的模样。

"老姑没有与你说大姐的事？"建军不禁问。

"什么事？"沈吉祥心里一惊，难道沈建芬有什么闪失？他立马紧张地站了起来。

"两年前，我大姐夫生病走了，大姐至今没有从悲伤中走出来。"建军皱着眉告诉他。

原来如此，只要他心里记挂的那个人无恙，便是晴天。沈吉祥暗自松了口气，重新坐下来，他们也聊到凌晨时分。

一早，沈吉祥是被古树上传出来的啾啾啾的鸟鸣声叫醒的。起床后，他伸了伸腰，阵阵清香扑鼻而来，他惬意地深呼吸着。闻着十七房村清晨澄净的空气，看着中大河拓宽的河面以及两岸悦目的绿色，村庄的每一个细节都令他回味无穷，仿佛世界就等候在他面前，仿佛一切就在昨天，一直在等着他的到来。沈吉祥绕着整个景区走了两圈，再次陷入了对过去的回忆和沉思中，脑海里全是与沈建芬当年的相识相知，在农田间干活、在雨天小屋里聊天的情景。难道，这个快60岁的男人，真有机会重温过去这段浪漫的感情吗？

建芬重逢甘露

"生活永远充满了未知性,充满了希望。哪怕你在悲伤绝望时,也不要放弃对美好的向往。因为,我希望你永远快乐。"

这是沈吉祥再次见到沈建芬时说的话,分明是上海人套用了别人的时髦话,但建芬仍很受用。

这个熟悉而又陌生的男人的突然出现,令她的泪水倾泻而下。原以为,与她生活了三十年的汤志明是自己的唯一。殊不知,在那个懵懂无知的青春年代,她与沈吉祥那份爱而不宣的感情,此时居然能深深触动她。

当初,她就知道与沈吉祥是不会有结果的,内心只保留着一份美好的回忆。当年与汤志明相亲时,自己无意中总拿其貌不扬的汤志明与英俊儒雅的沈吉祥相比,甚至当汤家挑着当时最体面的订婚八色幢篮担——一扇羊肉,一腿猪肉,两条大黄鱼,两坛老酒,两个包头桂圆和乌枣,还有一块布料、两斤毛线,还有一只吭吭叫的活鹅到达她家时,她内心依然一万个不愿意。

婚后,她才发现,看似木讷的汤志明特别会疼女人,哪怕她做错了什么,从不指责和冷淡她。家里稍有点钱了,他就给妻子买裁缝机,聪慧的建芬就自学做服装，裁、剪、烫、拷样样都学会，她还会做当时最流行的假领子、袖套。当她的小百货生意到达一个高峰后，因文化水平不高，晚间去市区夜校学习，汤志明每晚风雨无阻接送她。她在夜校中认识了文城中学校办厂李厂长，并与李厂长成了好姐妹。李厂长让建芬偷偷到校办厂车间工作了半个月，相当于学了半个月的技术，还送她书和针。建芬又在这半个月中认识了上海的大师傅郑红辉，她把郑师傅请到家里，好菜好饭相待。郑师傅想出一个办法，叫自己的徒弟到建芬家去摇羊毛衫。于是，建芬从那位徒弟处学到了更多的技术。李厂长动员建芬不要摆地摊了，要么到她的校办厂上班，要么自己开羊毛衫厂。于是，成就了建芬的羊毛衫小作坊，小作坊后来又蜕变成五女羊毛衫厂。当时，汤志明在鱼塘养鱼，但当五女羊毛衫厂开业时，他毫不犹豫地转让了已有起色的鱼塘，一心一意辅助建芬创办企业。

90年代末，建芬也曾因业务单位的倒闭，拿不到20万元的应收款，资金接不上了，差点要到省城上访，但半路被有关部门劝了回来。当时，她有十八个工人要养活。关键时刻，闺密邵惠丽出手扶了她一把，使她安然渡过难关。那时，邵惠丽和朱美康的企业已经蒸蒸日上。这些困难，建芬从来不与娘家人讲。

建芬哭着讲述自己前半生的经历，沈吉祥全神贯注，屏息倾听，他真切地为建芬感到伤心，又为建芬感到欣慰。伤心的是，她在这三十多年间其实过得并不轻松，欣慰的是她嫁对了男人，获得了幸福和财富。

汤志明，那个全心全意爱着建芬的男人走了，令她的心鲜血淋漓，成天满脑子都是凝固成团的思念，涕泗滂沱。家里家外，汤志明的身影一直飘荡在犄角旮旯，他的声音回响在每一寸空气中。建芬每天都过得混混沌沌，被痛苦吞噬着、宰割着，像陷落于一场无法醒来的噩梦中，对周围所有人的劝慰都听不进去，对所有的事都不关心。二哥建国多次劝她亦无效，最后对着她吼："你实在太自私了，只顾着自己悲伤，忘了你儿子的悲痛。你这样下去，让飞鹏在美国如何安心工作？我们的爹娘走了，可你80多岁的婆婆还在，你有没有想过，你的痛苦也会成为老人的痛苦？地下的志明，他想看到你自暴自弃？"

纵然如此也骂不醒她，那种沮丧和伤心久久地包裹着建芬。

沈吉祥明白了建芬为什么会患上抑郁症。他主动邀约建芬，请她陪着自己到文城市的大街小巷走走逛逛，去白龙镇的山山水水间重走一遍。

建芬答应了，眼神中似乎有了微光。她走出了家门，走到了车水马龙的街头，走进了充满人间烟火气息的白龙镇。消息传出，沈家人都松了一口气。或许，建芬是在寻找一份真真切切的、被呵护的幸福感，除了沈吉祥可能还真没人能替代汤志明。

半个月过去了，建芬的心里舒展了些，揪心的痛减轻了许多，脸色透出了红润，额头也闪着奇异的光泽，变得滋润起来，那种时常想哭的冲动在慢慢地消失。她知道，这是沈吉祥带来的一个崭新的春天。他像汤志明一样，视她为掌上珍宝。这份失而复得的感情令她的心隐隐地感受到了什么。

一个月的假期在快乐的时光中结束，沈吉祥要回沪上班了。吴英娣决定在此养生半年，她每天穿着散发着薰衣草香味的衣服，行走在小高层村庄，带领小区里的一群中老年妇女养花、插花，跳广场舞、交谊舞。她已经被称为小高层村庄里最优雅的奶奶。

不到半年，沈吉祥又回到了十七房家苑。沈建能已经帮他选定了房子，在二期最南面的那幢。从十五层的高楼看过去，古老的沈氏十七房在眼前一览无余；还可以看到那几个没拆迁村子的各个角落、每一条狗、每一群乱跑的鸡；再向北面遥望白龙山，还有红色屋顶的白龙山庄；当然，还有近处十七房村口那棵拥有硕大树冠的古树。他当天就愉快地付了全款,办理过户手续。

当晚,他正儿八经地约建芬到白龙山庄吃饭。席间,拿出女儿寄来的一条卡地亚钻石项链,还有自己挑的一个深绿色的翡翠戒指。后来,飞雁知道了大笑:"新姑父看似很时尚,怎么拿世界奢侈品项链配中国传统的祖母绿呢?"然而,建芬得意地告诉她,那晚沈吉祥就差单膝下跪了,还故意装出一副痴痴的傻样,换了一种语气:"阿芬,我会给你幸福的。"那句"阿芬"是用了汤志明在世时的称呼。于是,建芬当场破防,主动扑进了对方的怀抱。

黄昏时分,两个人在湖边悠悠地散步。沈吉祥望着碧绿的湖水问建芬:"你看是这湖水清呢,还是我们十七房边上的中大河清?"向来强势的建芬却在沈吉祥面前温婉地笑了:"中大河经过五水共治改造,变宽阔了,但再宽哪有白龙湖的湖面宽?哪有白龙湖的水质清?我从小喝中大河的水长大,当然更喜欢中大河,那是我们沈氏十七房的母亲河。"

"说得真好,不像一个农民。"沈吉祥奉上真诚的赞美,用十二分欣赏的眼光上下打量了一番建芬的穿着。时已入秋,她穿了一件橘红色的薄羊绒衫,外面套一件墨蓝色的风衣,下搭一条黑色的呢裙,再着一双黑色的半跟靴子,看上去不过40岁多点。脸上虽有些细小的皱纹,却风韵十足;身材虽然没有当年做小姑娘时的纤细,但更显挺拔和气质。前些年,她还参加了社区旗袍队。建芬被看得有点不好意思,嗔笑着问:"看什么呢?我们农村人怎么能与你们大上海的相比!"对于建芬的自嘲,吉祥上去温情地捂住了她的嘴:"我看你一点不比大上海的差,甚至可以与香港人比美。""真的吗?那可能是我在文城市里住了三十年的缘故。"建芬挣扎着要摆脱沈吉祥的手,沈吉祥却一把将她抱住了。那个曾经的小伙子,虽已两鬓发白,但声音还是如三十年前一样年轻,他温柔而坚定地说:"建芬,我们已经错过了几十年,从此以后,让我代替汤志明好好照顾你。"

建芬看着他,久久不语,说她不感动是假的。虽然她料到沈吉祥会这样说,但这么快,仍出乎意料。沈吉祥全神贯注地盯着她,又一次轻轻地将她拥入怀中。建芬的眼泪再次滑落,一滴又一滴。突然,她全身一阵战栗,像是汤志明复活了。虽然汤志明说不出这种话,只会为她做最可口的饭菜,为她暖最舒服的被窝,但汤志明也是这样把她放在心尖上。她能感受到,沈吉祥不是心血来潮,这是一份沉甸甸的承诺。建芬对这样的拥抱十分熟悉,内心无限满足地伸展开来,全身心地渴望着。两个人再一次紧紧地拥抱在一起时,她的汤志明真的又回来了。

建芬和沈吉祥的故事就此进入佳境。

小高层村庄于秋高气爽的10月底又迎来了一场喜酒,那是31岁却迟迟不肯恋爱的沈亚琴终于出嫁了。与她同龄的沈雁娜早就有了可爱的女儿。亚琴是在一次带公司员工旅游中认识董亚光的,38岁,二婚男,有一个5岁的女儿。亚琴笑称自己现成当了妈,可以免了生孩子的苦。她说这话时,王婉珍听着心里很不是滋味,哪个女人不想有自己的孩子?不生孩子的女人是不完整的。可之前,亚琴连相亲都不肯去,现在总归有个疼爱她的男人,有了一个家,王婉珍只能默默祝福小女儿。

董亚光的经济实力不在亚琴之下。他是一家旅游公司的老总,有六家分店,早在文城市里拥有了两套面积不小的商品房,与亚琴结婚前又特意重新装修了一套大房子,全新配置,而且,他不要亚琴一分钱的嫁妆。为了博得丈人丈母娘的欢心,他给沈建立买了最新款的残疾车,为王婉珍买了最新款的苹果手机。有时,贵重的物质确实是表达诚意的一种好方式。

沈建立坐在新款残疾车上,激动地一个劲发愁:"太灵光的东西,我操作不了。"董亚光耐心地看完使用手册,手把手地教会了丈人。王婉珍看着女婿教沈建立操作残疾车的整个过程,似乎安心了些,这至少说明他重视女方娘家人。但王婉珍仍毫不客气地向董亚光提了一个要求:"你和亚琴也要再生个孩子。"

董亚光庄重地点头承诺:"多一个孩子,家里更热闹,我们会努力的,请爸爸妈妈放心。"

可谁也想不到,亚琴的婚礼刚办完,沈菜儿就趁王婉珍上班时贼头贼脑地找上门来了。她以看望哥哥的名义,送来一把韭菜,说:"哥,现在亚琴出嫁了,你家空出一间房了,是不是该把老娘接过来住了?毕竟你是长子。你也知道,我的日子过得不富裕,我想把娘给我的那套房子出租了。"沈建立揉揉眼睛不敢相信,这话会出自亲妹妹之口。他看到沈菜儿穿着一件黄色的呢大衣,下面一条黑色的裤子,头发染成菊黄的,脸上依然涂得发白。沈建立真想拿一盆水来给她冲洗一下,50多岁的人了,活得人不人、鬼不鬼的,贪了一辈子的便宜还没贪够,现在又打起亲娘和长兄的主意。最后,他瞥了一眼这个亲妹妹,一语不发地启动残疾车,反背她而去,留下沈菜儿在那儿发愣。

王婉珍每天照旧为婆婆送一日三餐,却不与她多说一句话,连半句废话都没有。哪怕贾桂娣想对王婉珍说些什么,王婉珍都当作没听见。凡是她要请王婉珍做的事,王婉珍尽量默默地完成,做完,便关上门回家。王婉珍出钱请了一个50多岁的从外地嫁到本村的媳妇,一天三次上门为婆婆做全身护理及室内卫生打扫,包括喂饭,每日按三小时结算。

对于沈菜儿的得寸进尺,王婉珍如实地告诉了婆婆。贾桂娣老态龙钟的身体早已不能动弹,但脑子是清醒的。她"啊"了一声,眼睛一下子变得特别有神,那是一种气愤的表情。她想破口大骂女儿,但张嘴的瞬间突然感到不能在儿媳妇面前开骂。80多岁的她气得胸口剧烈地上下起伏,满脸纵横的皱纹拧在一起,苍白至极,她的手肘瘦得皮包骨头,横七竖八的血管向外突出,脸上的皮肤像是紧紧绷在她的脑袋上,但仍只能这样死死地、一动不动地躺着,郁闷至极。那一瞬间,王婉珍觉得自己有点残忍,甚至有点同情起婆婆来,后悔不该把这样的消息告诉一位油灯即将燃尽的老人,但猛然又想起,在她没躺下的前些年,依然做着一些颠倒黑白、惹是生非的事儿。原以为,人老了会变好,可从婆婆身上,王婉珍真真切切地感受到,坏人越老越坏,人的坏与好都是骨子里的,没德行的人,你无法用真情感化她。所以,王婉珍打算不给予一丝的同情,她慢腾腾地转过身,不慌不忙地关上门,照旧离去。

那一晚,是贾桂娣一生中最漫长的一夜,她盯着天花板,直到天边亮起鱼肚白。

以后的几天,她再没有进食。王婉珍明显感到了她的变化,但是她所有的狼狈不堪,王婉珍都当作没看见。

谁也没想到,腊月初一,贾桂娣吃了一把安眠药,了结了自私自利的一生。

在死之前,她才想到,当年的王婉珍是有多么地绝望,才上吊的。她甚至没有勇气选择那条麻绳,只能选择安眠药。

贾桂娣临走前流下的那滴泪,无人看见!

羊毛衫厂再辉煌之秘密

沈建芬穿着一条玫红色的连衣裙，手里拿着一根棒棒糖，沈吉祥眼含泪光在她的额头上轻轻地吻了一下。尽管时光已经飞逝了三十五年，此刻一如当年她在村口古树下等待沈吉祥从上海探亲回来带给她棒棒糖的情景。她不知道那颗糖是不是也离开了三十五年，抑或这三十五年间，她的手里从未放下那颗糖。

2012年5月18日，她和沈吉祥在古树下拍了张笑得特别灿烂的合影，分别传给了远在美国的儿子和新西兰的女儿，孩子们都漂洋过海送来深深的祝福。

他俩结婚的消息，在村民们中成了传奇的爱情故事，大家纷纷拥到新房来祝贺。因沈吉祥喜欢农村的空气和氛围，于是，两人常开着那辆崭新的火红路虎，住在十七房家苑。如此，建芬与娘家的兄弟们也更亲近了，时不时地把家人叫到自己的新房撮一顿、嗨一下。

双休日，建芬再次邀请兄弟姐妹到她家聚餐。原来，沈吉祥是个神厨，他做的每一道菜都色香味俱全，而且几天不露一手，心里就痒痒。尤其那盆红烧东坡肉，人人赞不绝口。建龙直呼："请交出秘方来，阿六饭店太需要这样一盆东坡肉了!"建芬瞄了一眼丈夫说:"不用逼交秘方,直接请他去阿六饭店做大厨得了。"

"啊,我可没想闲着享清福,不是说羊毛衫厂要请个职业经理吗?我在大上海当了十多年国有企业的总经理,你不聘请我吗?"沈吉祥虽然60岁了,但是心态超级年轻。这点建刚、建国都无法与他相比,可能与一个人长期生活的环境有关,也可能大上海与沈氏十七房水土真的不一样。全屋子的人都被这个可爱的、每月靠染发扮年轻的沈吉祥说得捧腹大笑。

沈吉祥重复道:"建芬,如果你愿意的话,我给你当免费的职业经理,连我的退休金都交给你管理。"

大家在哄笑中一致鼓掌通过。

建芬笑得如年轻的少妇般璀璨,慢步走到丈夫身边,反问:"我要你的钱干吗?我自己的钱还花不完呢!"

建龙鼓动:"大姐,你俩应该去国外游一圈,趁现在还年轻。"

建芬看着墙上挂的一幅朋友送她的《陋室铭》小楷作品,顽皮地说:"我要先去老年大学报书画班,过几天自己喜欢的生活。小时候,我最喜欢这些东西了,可当时家里穷,每天除了劳动就是劳动。"

"那花不了几块钱啊!再说飞鹏也有美金汇过来的,那么多钱你全部存起来了?"银娥故意翻弄着建芬的LV新包问。

"我去海南岛买套房子,冬天时可以去住一阵子。"建芬悠悠地说。

谁知沈吉祥接话:"五年前,我就在海南三亚买了一套80多平方米的房子。你啊,什么时候想去,我就陪你去。咱们十七房的人谁想去,都热烈欢迎。"

其实,建龙夫妻也在那边买了一套房子,只是没来得及公开。既然大姐夫提到了,建龙也顺便接话道:"向家人们汇报一下,上个月我们刚刚在三亚买了一套小平方的房子。下次全家人一起去,两户人家的房子肯定能住上整个大家庭的人,打通铺,哈哈哈!"

"原来,你们瞒着不让我们知晓啊!"潘依群对着晓香喊。蛋糕坊越来越兴旺了,晓香又在海江区政府边租了两间新的店面作蛋糕铺。本来,建龙提议承包给五嫂,可建军一直认为自己老婆已经沾了弟弟家的光了,不能再得寸进尺。

"我才不瞒你们呢!这不,给家人们一个惊喜啊!"晓香的回答把潘依群的思绪拉回到现实中,她露着心满意足的笑容,拿出刚出炉的蛋挞——那是城里当下流行的甜品,东经堂集市第一家有售。

香喷喷的蛋挞令建芳的孙子陈力一个踉跄直接扑了上去,把几个蛋挞都压在身子底下了。长辈们都笑作一团,小小的陈力的脸上表现出一脸茫然。建芳刚退休。陈大裕已转业到地方土管局做了一名副局长。陈科考入人社局,成了一名公务员;妻子也是公务员。小夫妻俩经常去外面游玩,把小屁孩留给奶奶,建芳便常带着小屁孩来农村。陈大裕的老家去年也拆了,他们原先的那套婚房拆迁后在十七房家苑二期分得一套108平方米的商品房。陈大裕80多岁的老父老母也分得一套,在同一小区内。祖爷爷和祖奶奶对重孙子特别宠爱,每次回来,陈力更多的时间是在祖奶奶家里。

两周岁的陈力特别喜欢小狗,看见狗,就要去抱、去摸,走不开。这让建芳想起,飞雁、雁娜小时候也特别喜欢小狗。

那是三十年前的冬天,农历廿三灶司菩萨生日。朱凤仙早早就备下了祭灶果,炒了一把花生、一把豌豆,还有五块冻米糖、五块年糕、三只金灿灿的松花团、三个苹果和三根香蕉。这是近十年来最丰富的一次祭祀。三炷香点完后,她会像往年一样,把祭品分给孩子们吃，祝福孩子们个个健健康康，都能上山打老虎。

正默默地在灶司菩萨面前祈福的朱凤仙猛然听到狗的狂叫声，是从紧邻的贾桂娣家传来的。村庄里有狗叫很正常，但今天这狗叫得凄惨，令人心里发毛，好像要发生什么事情，都快过年了。朱凤仙接着听到王婉珍哀伤的声音："雪飞，把小狗送人吧！大冬天的，我们家没有那么多东西供狗崽吃啊！"原来，贾桂娣家的母狗生了一窝小狗崽，她硬逼王婉珍来养。这两年，王婉珍日日夜夜在织网，拼死拼活地劳动，长毛兔屋好不容易搭建起来了，兔毛的生意还不错。但兔屋就搭在小院里，非常臭。于是，贾桂娣联合邻居对她施压，不准她养兔子。王婉珍不想为了小狗的事再与婆婆起争执。

狗的狂叫声引起了飞达和飞雁的注意，他俩循声而去，带着凄惨的表情回来对朱凤仙说："奶奶，那些可爱的小狗没地方去，太可怜！你能不能发发菩萨心，领养两只？"朱凤仙想，白天孩子们都在学校，家里冷冷清清的，便点头同意领养一只。

雪飞让飞达挑了一只最可爱的、刚刚睁开眼睛的、雪花色的小奶狗。它才出生两天，还不会走路，挤在母狗肚子底下。母狗发出强烈的抗议声，汪汪汪大叫。飞达劝暂时不要把小狗和母狗分开，并当场给它取名赛虎。另外三只小狗，由飞雁、雁娜、亚琴分别给取了名字，叫豆虎、天虎、点点猫。点点猫是亚琴想出来的，说那小狗全身斑斑点点，更像一只猫，所以叫它点点猫。飞达建议，除了点点猫，其他两只小狗长大些再送给小伙伴们，这样，它们就不需要离开村庄和母狗。飞雁夸哥哥想得周到。第二天，飞荣听从小伙伴的建议领养了天虎，说这个名字取得很符合他的心意,天虎全身微黄,显得高贵。次日,飞鹏刚好放寒假来外婆家,他也看中了天虎,两表兄弟争执不下。已经读高中的爱飞给这群弟弟妹妹们出了一个主意:元宵后,小狗们应该可以离开母狗了,看它们自己愿意跟谁就跟谁。大家都认为爱飞的意见最好,于是,那个假期里,小伙伴们都争着把家里吃剩下的米饭和骨头拿来喂狗,着实减轻了王婉珍家的压力。

谁知,天虎却最喜欢跟着飞雁,飞荣、飞鹏也无奈。但次年农村打狗的异常猖獗,夏银娥怕天虎被人打死太可怜,自作主张给卖了,换了一件冬衣给飞雁过年穿,飞雁伤心得哭了几个晚上。飞达读中学前把自己养的赛虎送给了飞雁,飞雁去读医学专业时又把赛虎送给了月发爷爷。

如今,飞雁不随便让儿子秦路养狗,就是因为狗太有灵性。

这不,陈力摔了一跤。建芳养的金毛狗见此情形,居然领先一步倒在孩子前。陈力摔在了软软的金毛狗身上,不仅没受伤,躺在毛茸茸的狗身上,似乎还特别享受。大人们看着眼前发生的一幕,不禁再次感叹狗对小主人的忠诚。

潘依群把蛋挞送到被吓着的陈力小手上,亲切地对他说,这里没有孩子会抢他的美食。

爱飞、飞达和飞雁等几家的孩子不是在外面读大学了,就是到城里的学校上学去了,连做教师的雁娜和亚雪的孩子都在文城市上学呢!难怪白龙中学消失了。陈力的爸爸妈妈也早早为他在城里买了学区房。虽然陈力尚幼,但家长们的目标出奇地一致,都希望自己家孩子能考入文城中学。民间有句话,高中考入文城中学,相当于一只脚迈进了清华大学或北京大学。

此时,伍莲珍站在小店收款处,看着路上来来往往的车辆和人流,表现得懒洋洋的。小店已经改成了小超市,供顾客自由挑选货物,她嗑着瓜子得意地说:"人人都说文城中学全省第一,是最难考的学校。我看,一点都不难。我们家飞达是文城中学毕业的,现在我孙子、孙女都是文城中学毕业的,有什么难考的呢?"那些老邻居知道伍莲珍的儿孙聪明,大家可望而不可即,所以,听了她的显摆话,只能奉承:"沈氏十七房,就数你家儿孙最有出息,你就偷着乐吧!"伍莲珍又表现出一副无所谓的样子:"我乐还是不乐,把我自己的生活过好就行了。"有人又怼她:"你就装吧!谁不知道你家儿女都是当官的?"确实,说到爱飞和飞达,这八方邻里哪个不对沈家高看一眼?

这些年,白龙镇工业区里的小店太多了,从十七房到东经堂集市,沿路是理发店、副食品店、熟食店、美容店、足浴店,而且,家家装修得比沈家小店来得高级。沈建刚从东经堂集市退休后,就帮着伍莲珍管小店了,同时,在对面拆迁的陈家村被政府征去但迟迟未动工的土地上种蔬菜。飞雁每次从白龙镇义诊回去,都要在大伯的田地里摘一堆新鲜的蔬菜回城。后来,许多原住民跟着到这片荒地上来种菜了。春天时,这里成片的油菜花盛开时,引来一批又一批的年轻人从市区驾车前来观赏。老农民们都想笑:油菜花有什么好看的?以前,哪家哪户不种油菜的?可他们忘了,四周的村庄已被拆得七零八落,农村不像农村,城市不像城市了。所以,油菜花也成了稀有物,成了网红打卡地。

村民中有人用羡慕的口吻调笑建刚,一个退休工人却爱干农活。而建刚总是穿着儿子或孙子穿剩的旧衣服、旧跑鞋,脚上沾满泥土,笑呵呵地自称永远是农民。可村里真正的农民几乎不沾泥巴了,都上岸了,成了小高层村庄的居民。大家的土地被征后,有了所谓农民土保,就是失土农民特有的养老保险。农民自己出一部分,国家承担一部分,像伍莲珍就享受失土农民养老保险,每月入账1000元。现在物价涨了,如果没有建刚的养老保险,她可能还真的过得有点拮据。沈家村小店早就没有了生存的优势,小店里一边卖百货,一边搓麻将,赚不了几块钱!小店只是她的一个门面而已。近期,有传闻说,伍莲珍每隔几年会给儿女们分钱。

建龙听说后,有点不信。晓香从蛋糕坊回来时,特意拐进小店去问大嫂有没有这回事。伍莲珍大大方方地回答:"当然有啦!我钱赚来派啥用场?每天晚上数着压枕头啊!是我叫你大哥分掉的。"那牛哄哄的气势,晓香说她学不来,大嫂实在太可爱了。

原来是真的。今天,沈吉祥家的聚餐,就大哥家和二哥家没来。晚餐后,大家又聊到大哥家分钱的事,他们相信,大嫂手上肯定有不少钱。

向来沉默寡言的建军开口了:"你们愁啥呢?大嫂的钱能花到哪里去!最后,还不是给爱飞和飞达?大哥比大嫂还节省,有几双警察皮鞋,他藏着不穿,上次问我要不要。"

"这二位太节省了。"大家众口一词。在这样的话题中,结束了又一次快乐的家庭聚餐。

2012年底,建芬的五女羊毛衫厂销售额突破了历史纪录,再创辉煌。因为有沈吉祥这个国有企业原总经理的全面指挥,建芬与亚飞外贸公司合作,开启了外销模式,前途一片光明。

飞荣集团的腾飞

暮色越来越深,天空中并没有出现团圆的月亮。

老汪头坐在桥头跟的樟树下,那棵樟树虽然不及沈氏十七房村口的榔榆来得古老和枝繁叶茂,但足够覆盖老汪头瘦弱而单薄的身子。那座桥是飞荣去年出资重新建造的,以前老汪头都不敢往这桥头走,更不敢在桥头坐,因为这是儿子汪小年出事的地点。在重建这座破桥前,飞荣特意小心翼翼地征求二老的意见,又征求了村委会的意见。

老汪头望着比平时安静百倍、千倍的村庄,突然,朝着南面的方向双手合十,默默地祈祷。

今天,正月十五,传统的团圆之日,但老汪头家只有夫妻俩。自儿子出事后,他们与所有的亲戚失去了联络。应该说,是所有的亲戚也不愿意与他们联络了,谁愿意每每碰见他们唉声叹气的伤心样呢?人死不能复生,活着的人终究要活下去。他们也想好好活下去,可是没有了儿子,他们真不知道未来的几十年该如何走下去,他们将如何相依为命。每天彼此大眼瞪小眼,到了晚上,闭着眼看不到明天的希望。一日复一日,心中一片空白,那种绝望无人能体会。

儿子走后的第二年,汪大妈的眼睛快哭瞎了。沈飞荣来了,还带来了医生,那就是沈飞雁。飞雁带着汪大妈来来回回去医院,不厌其烦,直到汪大妈眼疾治愈。这些年,飞荣更忙了,就换作飞雁来,她不仅自己来,有时还带着儿子来,管他们叫"爷爷、奶奶"。虽然那不是自己的亲孙子,但是在二老的眼里胜似亲孙子。他们的日子因为孩子奶声奶气的叫声,有了新的期盼。飞雁全家一年来一次,汪家二老剩下的三百六十四天就等着他们一家三口的到来。哪怕只有一小时,二老都能回味无穷。

今天,汪大妈包了些猪油汤团,想让老头子多吃几个,但他只是象征性地咬了半个,另半个含在嘴里,就去村口了。这些年来,老头子几乎不出门、不串门。汪大妈又盛了几个椭圆形的带着小尾巴的手工汤团,装进不锈钢保温盒里,也准备去村口。今天包汤团的猪油馅也是她几天前亲手做的。

昨天,老头子特意骑着三轮车到飞荣集团走了一趟,飞荣集团三年间的变化非常大,房子也建得更高了。几十亩的工厂中间还隔出一条马路,马路一边是行政办公楼,另一边是厂房。门卫师傅是小吴村的,认识这个可怜的失独老汪头,指了指那辆黑色锃亮的奔驰说,那是沈总的车,要200多万元。然后又昂起头,指着最高层那几扇蓝色的花格子玻璃窗,说沈总正在上面六楼开会。接着又问他,找沈总有事吗?老汪头微微地笑了笑,他都差不多忘了该怎么笑,嘴角一高一低地答:"没事,没事,我就来看看。"

三年前,老汪头来过飞荣集团。当时,在门房前碰到了沈建强夫妻。沈建强客气地喊了他一声"汪大哥",还递给他一根中华烟。老汪头没接,戒烟已经有些年头了,不是不想抽,是抽不起,哪怕是劣质烟。他不想抽别人的烟,人穷志不能短,农村人讲究有来有往。沈建强也不客气,费了不少劲才把手上的烟重新塞回壳内。老汪头吞吞吐吐地想说些什么,但当他看到李桂花那防贼似的眼睛斜视着他,心里哆嗦了一下,匆匆逃离了。

他又来到飞雁义诊的白龙镇卫生院,一位穿白大褂的护士似乎知道他不是飞雁的亲戚,态度生硬地回答他:"沈医生不在。"那鄙夷的眼神,令老汪头心中十二分地难受。

他知道,自己越界了。无论是飞荣还是飞雁,都不是自己的孩子。这些年来,飞雁还认他们为义父义母,估计连亲爹亲妈都不知道。老伴几年前患了高血压和糖尿病,都是飞雁一次次上门服务,或带着老伴去市区医院。

这次,他是经过反复考虑,并且和老伴再三商量后才来的。他只是想告诉飞荣或飞雁,元宵节自己80岁生日,能否陪他一起在家吃自己包的汤团。他和老伴没什么手艺,手工汤团还是会的。他们包的汤团与外面超市卖的不一样,是椭圆形的,后面还拖着一个小尾巴,那是正宗白龙镇人的包法。

老头子前几天灰头土脸地回来,但刚才老头子却特意说:"你晚点包,他们都是大忙人。"汪大妈不知道老头子为什么这样说,她掐准了晚上6点整才开始包。

这不,都快8点了,别人家都说说笑笑的,吃好团圆饭都要关门睡觉了。他们家的汤团还在锅里,热了好几回了。

隔壁老李家也是独子,结婚后小两口住在城里。但一家三口逢年过节都会准时出现。这时候,老汪头夫妻总是及时地紧紧地关上门、关上窗户,他们不能让人家感觉到自己家的冷清。实际上,他们压根不知道,关了门,把自己隐藏起来,那不正是孤独的最大体现吗?

不是他们不开门,是不敢开门。开了门,碰上了,能说啥?说他家孙子长得可爱,还是说他家儿媳长得漂亮?

突然,电话铃声响起来了,汪大妈顿时觉得冷冷清清的家里有了暖气,似乎一切回归了正常。她怕电话铃声马上会停止,一切又恢复往日的死气沉沉,就像黑夜中村庄外的景象,空荡荡的,给人一种虚幻、不安、恐惧和焦虑的感觉。她以最快的速度接起了电话,还特意向外头张望了一下,似乎能看到老伴正背对着她坐在大樟树下的神情,像一位入定的出家人。

"喂,谁啊?"汪大妈极其谨慎地问。

电话那头沉默着。难道是打错了?她正要挂了,突然传来一个响亮的女子声音:"汪大妈,我,飞雁。你们睡了吗?"

"飞雁啊!没睡没睡,你大爷还在桥头的樟树下等着你呢!"汪大妈急切地说。

"啊?什么重要事啊,怎么不告诉我?我刚去卫生院,有护士才告诉我前几天汪大爷来过。"

"飞雁,今天,你大爷80岁生日。"汪大妈迫不及待地说出一串真相,她怕自己犹豫着不说,老头子心里会难受一年,更不知道他要在桥头坐多久。

"好好,我知道了!马上过来,我还真没吃饭呢!"飞雁说着,匆忙挂了电话,她知道这对失独老人此刻多么需要陪伴。

整个村庄被浓浓的黑暗包裹着,老汪头凝神息虑,脑海里却跳出太多太多东西,心像大海一样汹涌澎湃。汪大妈走近了,悄无声息地把那个不锈钢盒子打开,冒着热气、椭圆形的白白嫩嫩的猪油汤团再次呈现在他的面前。她想叫老头子先吃几个,这都8点了,早该饿了。可老头子只摇摇手。月光下,他抬头望着星空,眼里盈满了泪水。汪大妈知道,老伴想念儿子了。她就这样端着汤团,陪着老头子一起坐下来。

半小时后,村庄的路口,一辆开着亮晶晶大灯的奔驰车缓缓地停了下来,先下来的是飞雁,接着是飞荣和秦明。

汪大妈心头一热,泪水潸然而下。这几个与他们没有血缘关系的孩子,再一次走进低矮的小屋,小屋每次都因为他们的到来充满生机和活力。老伴66岁生日那年,也是飞雁特意烧了66块肉带过来。

飞雁临时从阿六饭店整了四个冷菜、四个热菜。飞荣和秦明陪着汪大爷喝小酒,飞雁连声称赞汪大妈包的猪油汤团地道,入口即化,一个劲地说:"大妈,你下次有事直接给我打电话。哪怕我不在白龙镇义诊,白龙大道开通后,离你家也近了许多。"走前,她又卷起二老的棉袖为他们测了测血压,留下几包日常用药,还有一个硕大的红包,还把一张写有自己手机号码的纸头贴在大妈家的电话机上。多年来,这个义女给了二老无限的温暖。他们是含着泪、看着飞雁等人坐进了轿车,道了"下次见"。

  这一年,沈飞荣正式注册了飞荣集团,下面又新增了两家紧固件企业,整个集团年销售额超过10亿元,利润再创新高。沈飞荣把所有利润都投入再生产,他要建造一个自动化数控仓库,面积约5000平方米,一切正紧锣密鼓地进行着。

  接着,沈飞荣被推选为文城市紧固件协会副会长,沈建国被选为理事。沈建国本想把女婿推出去,但秦明说自己没资格,还需再磨炼。沈建国倒是欣赏秦明这份自知之明,这样或许才能走得更远。在白龙镇的紧固件行业中,人人都知沈飞荣是个专业性极强的老板,工厂里每一枚螺丝螺帽的生产过程,他比谁都清楚。有外商来考察,飞荣完全能独当一面直接用英文与外商交流。为此,金燕也每天捧着一本《新概念英语》在学习。如今,夫妻俩都能说一口流利的英语。他们的儿子在英国读书,会一口纯正的英语,真是青出于蓝而胜于蓝。桂花每每想到孙子,就可以眉飞色舞地说上半天,那是她这个奶奶的心头宝贝。飞荣集团内许多业务员都在自学英文,学习氛围浓厚。

  这一年,以沈飞荣为首、沈建国为辅,再次为推进紧固件酸洗中心平台项目第二期工程投资8500万元,彻底改善了周边村庄的污染问题。

  白龙镇政府计划推进省级紧固件商标品牌基地打造,争取完成集体商标的创建，加大品牌建设力度，完成文城市紧固件集体窗口服务平台建设，通过国家审核。同时，进一步推进检测服务体系建设，不断增加检测内容和品质，使白龙镇紧固件企业能够在家门口完成检测，提高生产效率和出口效率。这一系列举措，有赖于沈飞荣在背后默默的推动，他希望以自己的力量，保护本地紧固件行业，并促动政府为企业多搭建平台。当然，沈建国给了他许多金点子，他常挂嘴上："建国叔，我们沈家人其实都很有智慧，以前是沈月发爷爷，现在，你是全村的权威和智慧宝库。"

沈建国笑："我怎能比得上沈老师？你早就超越了我。希望你也能超越我们的祖辈。"

"叔，你才65岁，还有秦明，我会和他一起把我们白龙镇的紧固件企业真正推向世界。你还记得东经堂集市上的那几个大字吗？'**让白龙走向世界，让世界了解白龙**'。"

东经堂综合市场外墙上已经被喷上了红色的"拆"字，即将搬迁到往北的一块土地上。未来的农贸综合商城统一规划，面积更广阔。听说原先马路四周的商铺也全部拆迁，集中搬至新建的综合商城内。而这里将被改造成为商品房。白龙湖风景区和白龙镇工业区要进一步扩大，菜市场和卫生院都要搬迁。好像又有哪块伤疤将被揭开，沈建国内心隐隐作痛。早上，他背着双手先在工厂里转了一圈，后又回到东经堂综合商场地块，就像当年他爹沈月宝一样。只是沈月宝总爱在饭后背着手围着村庄转，直到古树下，再走到沈家小店。如今的沈建国也会转到十七房村那儿，每次抬头细细察看一遍古树再返回。好像那棵古树是他的一位长辈，每天要来请安一次，但村庄早已不是原来的村庄。今天，他转完综合市场，又转到了飞荣集团。沈飞荣刚好来上班，停下车，有点诧异地看着他："叔，这么早！"

沈建国用一种陌生又熟悉的眼神看着沈飞荣。沈飞荣太了解这位堂叔了,知道他看似眼神波澜不惊,脑子里肯定又在思考重要的事了,便谨慎地问:"叔,有事?"

"借这次全镇重新规划,你作为人大代表,继续向上提议案,复建白龙中学,可以吗?"沈建国的话听起来更像是恳求。

沈飞荣认真地点点头:"叔,你放心,我专门再提交一次报告。之前,上面根据你的提议,不是又给我们白龙镇学子增加了三十个文城中学名额吗!"

"我知道,但这不能代替我们的白龙中学。你看看,自从白龙大道开通以来,白龙镇人口越来越多,山脚下那几个小区都造起来了,很多市区上班的年轻人都到这里来买房子,他们的孩子以后都到邻镇去上中学吗?我们沈家村这几年也有不少人从城里又回到了老家,难道那些新生儿以后还得跨镇去上学?"沈建国愤愤地说。

沈飞荣明白沈建国叔的心思,他和村里的小伙伴们大多是从白龙中学毕业的,他想着要不要捐一所中学给白龙镇。当然,这些都只能先在自己心里想想,没有眉目的事,不能妄言。

12月份的时候,发生了一件谁也想不到的严重事件。或许,对于严伟杰来说,是一劫。在贵州开分厂的他,不小心从五层楼上掉了下来,送到医院就不省人事了。听说,把上海专家请过去也没救醒,成了植物人。

沈建国得知消息后,一屁股坐到总经理皮椅上,望着窗外暖色的阳光发了一下午呆。严伟杰是白龙镇第一代企业负责人,无论在集体企业当厂长时,还是后来在民营企业中,对一方经济都是有贡献的。晚年的他,生命在异乡受到重创,难道这是宿命吗?曾经在办集体企业时,为了进口设备而使集体企业破产,败坏了半世英名。原以为,他下半生小心翼翼地与儿子共同办民营企业,会一路顺风顺水。谁知,去异地创业,却出了这么大的事。

幸好,命还在,但愿他早日苏醒。

杰出的兄弟姐妹

时光就这么流逝着,气温好像骤然间又高起来了。一日复一日的,人们好像在忙忙碌碌、来来往往中穿讲究起来。讲究吃的,讲究穿的,连背的包包都爱讲什么香奈儿,穿的鞋子都是成千上万元的。哪怕消费不起的人,也爱讲究个高仿的,似乎人人都在追求名牌,在追求时尚。人们光鲜亮丽的脸上多了疲惫和焦虑,晚上倒床便入睡的人少了,失眠成了通病。有点钱的人一旦有点闲就到处找网红点喝茶、聊天,说是流行休闲生活、活在当下。可休闲过后,回到家心里依然是空落落的。村民们说,白龙镇也城市化了。前些年,年轻人都往城里去;如今,潮流改了,城里人都到白龙镇山间旅游、买房了。真是风水轮流转。

这是一个晴朗的周末,太阳刚刚升起,阳光从车后照射进来。一早,"毛栗子"从市场买了许多新鲜的食物,他要带龙凤胎到白龙湖的草坪上去野餐。女儿崔甜甜正坐在后面,戴着一顶黑色的时尚小帽子,眼睛不断地搜索着外面的景色。读高中的她已经有了自己的想法,今天的食物有一半是她挑的,全家人至少有半年没有外出了。崔健健手里玩弄着一个篮球,问:"爸,今天我们买的东西都是自己喜欢的,好像把妈最爱的草莓忘了呢?"

毛大力边开车边吹着口哨,儿子的话使他停止了口哨,眯着眼笑:"现在的草莓不如冬天的,不是当季的。我给她买了别的好东西。"

"什么东西,对我和哥哥都保密吗?"甜甜撑着身体,从后座向前倾。

"你猜。"毛大力故意卖关子。他从后视镜里看到,17岁的女儿长大了,雪白粉嫩的脸,充满青春的力量,像极了妻子。甜甜正琢磨着继父为妈妈买了什么好吃的,其实,她已经闻到了一种特殊的味道,故意不说穿。毛大力自从与沈雪飞结婚以来,视两个孩子如己出,从小把他们捧在手心上,尤其是女儿跟他很亲。她小时候的每个晚上,都是毛大力不厌其烦地为其讲故事;稍长大些,就背着她到山上采花、摘果子。儿子只能羡慕地跟在后面。双胞胎从来没有分离过,小学、初中都在同一个学校,现在一起考进了文城中学,两周才回一趟家。为这次野餐,毛大力准备了很久。

9点钟,他们仨开始在草坪上铺野餐布,摆放各类食物。其中有一个很笨重很丑陋的水果,又大又臭,是榴梿。雪飞好这口。在汽车里,甜甜早就猜到了。爸爸又为妈妈买了最贵的榴梿。这个草坪离白龙山庄近,等雪飞下班时,便可以过来一起野餐。她已经升任白龙山庄副总经理了。早上出门前,她还想邀请婆婆一起参加野餐。可婆婆说,自己这么大年纪了,不想在草坪上爬来爬去的。两个孙辈听了差点笑爆:"奶奶,你把我们说成小狗了?"奶奶也笑:"不是吗?你们等一下自己看看是不是在草坪上爬,还可能打滚呢!趁今天天气好,我回老家一趟,让你爸把我带到老家放下。我前段时间在东经堂菜市场碰到一个村里的老木匠,想回去把家里的老家具重修一下。我年纪也大了,该住回自己的老家了。"婆婆想回老家的想法,已不止一次提出来过。雪飞明白,孩子大了,婆婆想还给他们夫妻两人世界。这份贴心与细心,雪飞能深切地感受到。毛大力也极力挽留婆婆,但婆婆说回老家的心思铁定了,就随了她的意吧!

王婉珍也支持这位与自己同龄的亲家母,是该过几天轻松自在的日子了。于是,雪飞提前给大姑子打了电话,告诉她婆婆要回老宅了。大姑子一听老妈要回来,便问:"是不是老家的村庄也要拆迁了?"

"不会拆迁的。我们山脚下的村庄要统一刷白,打造成网红山村,然后大力推出农家乐和民宿。"雪飞如是说。大姑子曾经为了娘家的房子与雪飞有所争执,但去年大姑子家女儿大学业毕业找工作,雪飞托堂姐爱飞在市里帮她落实了事业单位,入了编,大姑子对雪飞另眼相待了。又想着爱飞当领导的人脉广,能否帮她女儿在城里找个好婆家。雪飞觉得大姑子得寸进尺了,支吾着没回应。谁也料想不到,大姑子家女儿主动出击找了个公务员佳婿,且对方父母都是机关领导,从此,生活一路开挂。若干年后,爱飞退休了,她女儿碰到爱飞这个曾经的贵人及雪飞这个舅妈却视而不见,不理不睬。当然,这是后话。

话说沈爱飞,年初已从《文城日报》的总编辑室调出,正坐在市委宣传部副部长的皮椅上,认真地研究一份内参信息。深红色的大板桌上电话铃声响起,是表弟陈科来电,说小姑请她晚上去家里吃饭。小姑嘴里常挂着:"你们啊,个个都是我带大的!"所以,没有特殊应酬,爱飞肯定出席。小姑确实是整个家族中最温和、最善解人意且富有牺牲精神的,而且她着迷于带孩子。自从原先打算丁克的陈科小夫妻突然有了陈力,小姑就结束了逍遥自在的退休生活,天天带孙子,人瘦了一圈,头发白了一半。

这不,中间还出来一个程咬金。两个月前,沈飞雁被派去新疆库车支援,要一整年。秦路刚好读六年级,青春期的叛逆势头已显现,不服奶奶管教,秦明又天天在工厂里忙活,飞雁只好把儿子托付到紧邻的小姑家。陈科笑称妈妈的管辖范围扩大了。建芳开心地接纳了秦路,对飞雁重复:"我管出来的孩子一个个都有出息,你们哪个不是我管大的?"飞雁趁机拍小姑马屁:"当然,由小姑管秦路,我大大放心。"

建芬、飞荣本来也住在这个小区的别墅里,现在大多数时间都住到了白龙镇。陈科说:"未来有钱人大都是住到农村去的,没钱人才住城市呢。"建芳把孙子放到陈科怀里,换了身蓝色的新上衣,说,反正自己在哪里都能适应。她要去看看刚出院的堂嫂。

李桂花一个月前查出乳腺癌,手术后刚出院,在飞荣家的别墅里养着。平时大大咧咧的金燕,忙前忙后的比谁都紧张,还专门请了保姆照顾婆婆。李桂花喜欢吃肉,金燕就特意跑到沈吉祥那儿学做红烧肉。

建芳自言自语:"给桂花嫂子买点什么东西呢?"

陈大裕替她回答:"金燕那儿什么没有啊?就缺一个聊天的吧!"

建芳摁响了飞荣家的门铃,穿着考究又时髦的金燕刚好拎着个豪华版爱马仕包包要出门。她热情地与建芳打着招呼:"小姑,我婆婆有点想不开,你帮忙劝劝。再帮我劝劝公公,让他不要管厂了,也住到别墅来。我们住到白龙镇别墅里去好了。这里以后就给他们二老住,过几天城里人的清闲日子。"建芳听了,向她竖起一个大拇指:"你这孩子想得周到,沈家有你这样的儿媳妇知足了。"

"小姑,这话你要对我婆婆去说,婆婆还嫌弃我配不上她儿子呢!"金燕俏皮地回。

"你婆婆拎不清,你是谁啊?爹当局长的,娘当行长的,自己又是邮政局干部出身,我们十七房全部是农民啦!谁配不上谁?"说完,笑着进去了。金燕也咯咯笑着与她摆摆手,启动停在门口的宾利车走了。金燕的车子好像不止两辆,桂花总唠叨她太会花钱。

桂花看到建芳来了,好像看到了救星,一把眼泪又下来了,说自己要回老家去。建芳劝道:"嫂子,儿子家就是自己家,我等一下给建强哥打电话,叫他到城里来陪着你。等你身体稍好点,到我家去玩。"

"建芳,我揪心啊!这次生病,亲家公亲家母跑上跑下,都是为我的病操劳。上海专家也是亲家公通过那边办事处同事帮我找的,我怎么报答他们啊?"

"报答啥?你们本来就一家人,你对金燕好就是对他们最好的报答。"

"金燕就是太会花钱。"桂花又恢复一脸的不屑。

建芳笑着劝道:"你啊,不要这么说就是了。飞荣当丈夫的能赚,她当妻子的花点理所当然。再说,她能花1000万还是1个亿?飞荣赚的钱,金燕三辈子都花不完呢!"

建芳从桂花嫂那里出来就去菜市场买菜了,花了100元,一点不心疼,因为中餐儿媳妇和孙子要来家里吃。她经常给儿媳妇零花钱,儿媳妇也经常给她买好吃的、好穿的。婆媳俩处得跟母女似的。

那天,建芬又收到沈吉祥女儿从国外带来的一个古驰包,要两万多元。她说自己一个老太婆不用这么讲究了,遭到了沈吉祥的反驳:"是我送你的,你不要白不要的。"

这些话,让建芬很受用。和沈吉祥在一起的日子似乎让她回到了18岁的少女时光,是那么浪漫、有趣,他们已经去过香港、澳门游玩,还去过美国、新加坡。沈吉祥在家常现磨咖啡给她喝。偶尔住回市区,会带着她去打卡周边的高级酒店、西餐厅,建芬也很喜欢这样的生活。她本是地道的农民,与同样地道农民出身的建芳却有所不同。

建芳看到大姐又有人疼了,心里别提有多开心。其实,陈大裕对建芳也是很上心的,这似乎是军人的作风。现在,他在家时也常常帮忙做家务,有时也在一旁看着秦路做作业,中间会给秦路准备些水果、牛奶。

飞雁远在新疆,隔一天要打电话过来与儿子聊几句话。秦路却总推却:"妈,你有事与小外婆说,我忙作业呢!"

于是，飞雁就去骚扰秦明。秦明也习惯了妻子的查岗，要是飞雁不来电话，他倒觉得缺了什么，反而要打过去："雁子,怎么不想我了？在新疆有相好的了？"他习惯这样逗飞雁。有时,飞雁就给他发微信视频。库车是真的缺医生,很多老百姓生病了根本不去医院,只是自己在家随便吃点土药,重病了才会上医院。飞雁多次请求想像在老家一样到基层去义诊,但上级领导坚决不同意,新疆地域广,又是少数民族聚居地区,她一个南方去的汉族医生,语言不通,所有援疆人员都不能私自行动。秦明也坚决不同意她的冒险行为,还加上三个感叹号："沈飞雁,要是让我发现你私自下乡给人看病,我马上飞过去把你拉回文城市,我可不管你们卫生局的规定！！！"

飞雁知道他是干得出来的,不要看他平时做事有些毛糙,但对她无微不至。飞雁人在库车,秦明还记得她每月哪几天来例假。在家时,只要飞雁来例假了,秦明都会为她泡一杯红糖水,提醒她早点休息,有时还会为她泡脚,按摩腰、腿、脚,飞雁则捧一本书静心阅读。在她家,只有妈妈给爸爸泡茶、倒洗脚水的。

一次,秦路不小心把家里的琐事在外婆家的饭桌上不经意间漏了出来。这下可好,雁娜有意见了,说她那个教书匠老公从来不知道疼老婆。秦明坏笑："没关系,下次,我把小李教会就是了,就怕优点、缺点都教会了！"

雁娜听出了姐夫的言外之意："谁没有缺点？瞧姐夫,每年姐姐的生日都记得牢牢的。我家李敦杰,还得提醒,再反问我,要什么礼物？"

秦明违心地说："我送的礼物,花里胡哨的,不实用。"

李敦杰悻悻地为自己辩解："我每次给她发个红包,让她喜欢什么就买什么,还不好吗？"

"小李,下次你送她一束鲜花、一包巧克力就OK了。"秦明教唆。

雁娜嘻嘻哈哈地笑："我还真喜欢鲜花和巧克力,谁不是小女人呢？"

夏银娥在旁边一直听着，插话了："你爸从来不给我过生日。你奶奶在世时，全家大大小小这么多口人，她都记得大家的生日，从来不会搞错。老人家还不识字，说明她全记在脑子里的。每人生日的早上，她都会送上水煮蛋。她养了很多鸡，却没见她自己吃鸡蛋的时候。"想起奶奶，全家人一阵唏嘘。

其实，夏银娥也曾夸飞雁把秦明调教得这么好。但飞雁与妈妈争论，认为不是自己调教出来的，是秦明发自内心地爱她，甘心做这些。而且秦明做到了爱屋及乌，今年丈母娘生日，他不仅买了鲜花和蛋糕，还买了一个全新的华为手机送给丈母娘。本来不会使用微信的夏银娥，在女婿的教导下，已经能在智能手机上划来划去，玩得很溜。秦路还教会了外婆如何发朋友圈。秦明本来也想为岳父换个智能手机，但建国说自己还是习惯老年机。他随身携带着那个翻得已经破旧的小本子，里面密密麻麻地记着各人的姓名、地址和电话号码。他的创业，离不开这本子里记录的每一条信息。他明白，现代社会科技发展迅猛，创新、创业都以年轻人为主了，像飞荣、秦明这样的年轻人才是国家发展的中坚力量。

这不，远在新疆的飞雁告诉秦明，内陆毕业的大学生都不想回家乡发展，人才都朝沿海经济发达的省市走了，而且都只想着考公务员或事业编制，新疆的发展靠沿海地区的支援能长久吗？

下午茶时间，秦明坐在飞荣那个比岳父更为宽敞和现代的办公室里，再次聊到人才的话题。飞荣亦感叹，不知从何时起，江浙地区优秀的年轻人一门心思只想着进体制内，而且全国上下已成风气。如果所有年轻人都只想进入体制内，会给社会带来潜在的危险。因为公务员是维护社会稳定的，而不是社会发展的主体，社会发展还是需要各种创新经营性主体的不断推动。90年代，许多公务员和国企员工下海，很多人在商海里创造了奇迹。秦明赞成飞荣的观点,自己就是从国企下海来白龙镇帮岳父办企业的个例。社会要长期发展,还是需要民间的力量、民间的活力。老百姓是最有活力的一个大群体,尤其是农民。政府应该让企业自由地发展,还企业一个自由的发展空间,不要大包大揽,越宽松,发展得越好,越能产生优秀的企业家。

飞荣说,自己从小不喜欢跟风,包括后来创业。飞荣集团能有今天的成绩,只因一个宗旨,就是让员工自由,在自由的时间内高效地完成工作任务,而高效者将得到更高额的报酬。飞荣集团员工的工资比周边各家紧固件企业工资要高出三分之一,诱人哪!

秦明知道,他跟岳父办的标准件厂管理水准远在飞荣集团之下。他想革新,想提升,可羁绊太多。在标准件厂工作的,有十多位员工来自沈氏十七房的邻里,光这些沾亲带故的老员工,秦明便无法督促他们提高工作效率和水平,他们已经成为企业创新和前进的阻力。而建国说这些老员工当初为企业的发展做出过贡献,没有功劳也有苦劳。

飞荣能理解秦明的担忧,也能理解建国叔的重情重义。其实,这些员工原先都是地道的农民,甚至有一半已经超过60岁,完全可以安享晚年了。在秦明看来,退休老员工的续存并不利于企业的创新和改革,更无法向前迈上新的台阶。建国和秦明的企业经营理念发生了冲突,或许只有同龄的飞荣能理解秦明心中的想法和苦闷。

直到金燕端着两杯刚磨好的咖啡进来,秦明才转换话题。

金燕这些年与外商交流也多,生活中已经离不开咖啡了。于是,办公室外面特别安放了一台咖啡机。各类进口咖啡豆和各式咖啡杯秩序井然地摆在那儿,还有一个冰柜,里面每天都有新鲜的小蛋糕,特别有仪式感。

看到妻子,飞荣猛然想起什么,说:"燕子,你下次出国,动员建国叔和银娥妯一起,他们辛苦了一辈子,也该去国外见识见识了。"

秦明明白,飞荣是想让金燕带岳父出去看看世界,或许思维会有所改变,或许也能缓和他与岳父近期发生的一些矛盾。可他们终究还是不够了解建国,一个人的思维与个人的成长史及他所处的整体环境是分不开的。建国创办企业的目标开始是为了让家人过得好,后期他的目标已经变成让全村全族人过得更好,能为白龙镇、为整个社会做些什么。他总是在餐桌上教育晚辈,自己是托了共产党的福,现在富裕了,就要回报党和国家,回报社会和人民。他是这样说的,也是这样做的。

入秋,建国、建龙、银娥、晓香等人,由金燕组团,一起游了趟欧洲,在小高层的门卫间传为佳话。门卫间早就替代了沈氏十七房的那棵古树。那棵古树至今孤零零地伫立在村口,守望着已经作为景区的十七房大酒店。

被派往维和部队

朱凤仙家晚辈中最有出息的人是谁？有人说是沈飞雁，有人说是沈飞达，请听听如下故事。

沈飞达从省城警察学院毕业后，被分配到了文城市公安局鼓楼交警大队，至2015年刚好二十个年头了，有着傲人的"成绩单"。他在派出所做过基层民警，任过文城市公安局中级教官，多次被评为优秀教官、全省小城镇建设交通管理专家，荣获文城市公安局优秀人民警察、文城市"十佳"青年委员等称号，获国家发明专利一次，个人二等功两次、三等功五次，各类嘉奖二十余次，应邀为全国各地同行上课数十次，有十篇论文、交通管理案例在省、国家级刊物刊登。

妻子许萌帮他认真记着，2014年出差132天，2013年出差128天，2012年出差129天……出差、加班是飞达的家常便饭。二十年来，他到底出过多少趟差没有准确的统计，但他扎根在一线是毫无疑问的。

沈飞雁在文城市人民医院工作，比他早三年参加工作。她最怕的就是警察送来的急诊病人，因为发生交通事故往往由她这样的外科医生处理。她就怕领头的那个警察是堂哥。飞达总是催促她开绿灯，快验血、快出片、快手术。哪怕飞雁不在上班,如果是飞达送病人到医院,总是先给飞雁打个电话。作为医生,飞雁虽然习惯了这种血腥的场面,但怕飞达被司机围攻,被不明事理的家属围攻,她曾亲眼见过飞达救人的可怕场面。

那是一个寒冷的冬天,飞达参加工作的第一年。那天早晨7点半,文城市在建的骆驼桥桥梁突然发生塌方事故,现场有操作工人掉到了刺骨的江水中。接到电话时,值完夜班的飞达刚好要与同事交接,他毫不犹豫地与接班的同事一起奔赴现场。与他同样年轻的同事看着江面上还结着薄冰,不敢跳。而飞达瞬间跳了下去,救起了第一个工人,接着去救第二个。此时,江那边开过来一条装满黄沙的船。沙船过来了,水下暗流涌动,冰块开始咔咔咔地开裂。这意味着水面下的暗浪可能造成桥梁的第二次塌方,岸上的同事急得直跺脚。千钧一发之际,一大批公安干警赶到,两名经验丰富的中年民警同时跳了下去。

嘀嘟嘀嘟地呼啸着开来三辆救护车,刺耳的声音让正在上班途中的沈飞雁有了种莫名的紧张。她看到江边里三层外三层围观的群众,便知道发生重要事件了,拼命地往里挤,看到多名警察正在救人,直觉告诉她,哥哥很可能在江水中。

小时候,飞达和飞荣最爱跳龙门。所谓跳龙门就是从村庄的桥头上直接往中大河里跳,那可比上海表哥在体育馆内的跳水表演还热闹。夏天午后,村庄里大大小小的孩子都会泡在河里。像飞雁、雪飞等这几个水性一般的,不敢游到河中央或河塘江,就在附近小河里,拿一个塑料面盆或木桶,一边用脚在水底下踩河蚌,一边用手在河埠头石沿上摸点螺蛳。飞雁还有一项高超的小本领,每次,游泳前先帮妈妈淘好晚餐的米,白色米香浓郁的淘米浆水最易吸引河里的小排鱼。飞雁悄悄地将淘米箩放到水深处,然后等小鱼儿攒动着头儿纷纷游到淘米箩上面时,猛地捞起箩,保准一下子能捕到两三条亮晶晶的小排鱼。这样重复五六次后,小排鱼们也知道上当了,便不再游来,但晚餐桌上肯定有十几条煎得发酥的红烧葱排鱼,也是家人一天辛苦劳作后最喜欢的鲜美菜肴。

"救上来了,救上来了!"人群中发出一阵激烈的骚动。飞雁看到的是第二个工人被救上岸。同时,落汤鸡般的飞达也上岸了,神情疲惫。他之前救上的第一个工人已经由第一辆救护车载着驶离现场。上岸后,飞达感到比河里更为刺骨的冷。虽然年轻,但毕竟在江中消耗的能量过大,且又值了一个晚上的班,米水未进。飞雁从他爬上来的动作早就分辨出了是哥哥。以前在十七房中大河里,那么多男孩钻在水里,飞达在哪个位置,只要看游泳的姿势她就能分辨出来。此时,飞雁的眼泪哗哗地流下来,拼命地喊:"哥哥、哥哥,你还好吗?哥哥!"她不管三七二十一,挤过人群,越过绿化带,越过沿江的堤坝,越过警察,嘴里大喊着:"我是医生,请让让!我是医生,请让让!"她那年轻又娇小的身子直接穿进去,疯狂地奔向飞达。江中另外两个协助飞达的警察也游上了岸,他们都从水里站起来去扶筋疲力尽的飞达。此时,飞雁已经蹲在了哥哥身边,抽下自己脖子上的围巾急速为他包扎。飞达的右腿在流血,白瘆瘆的腿骨已露得一清二楚。"你不要命啦?还救第二个人!奶奶知道了,怎么办呢?"她哭着,似乎受伤的是自己。

那一次,飞达因腿受伤住院两个月,得了个二等功。用他自己的话说,能救两条命,值!

飞达出院后,沈建刚第一个开骂。他当初不同意飞达干警察,就是怕他有个三长两短。直到飞达回家休养,家人才敢告诉朱凤仙事情的前后缘由。朱凤仙抚摸着孙子那条受伤的腿,眼神里有心疼,脸上却露出了骄傲的笑容:"行,像你爷爷,好样的!"

更让沈建刚担心的事还在后面。飞达被调到鼓楼派出所工作时,已经是 90 年代末。那时,城里自行车、摩托车被盗猖獗,飞达便暗中盯梢一个惯偷。惯偷发现自己露馅了想逃离,飞达在后面猛追,活生生地把他逼到了江边的沼泽地里。惯偷在沼泽地里陷进了下半身,不能动弹。飞达也像前一次江里救人一样,毫不犹豫地跳到了沼泽地,下半身也陷了进去,同样不能动弹。他与惯偷之间仅隔一臂之距。此时,对方拿出手上一件锋利的开摩托车锁的作案工具,直接划了过来,差一点点就划到飞达英俊、白净的脸上。亏得飞达将头往后仰。但他手无寸铁,又动弹不得,无法与惯偷手中锋利的工具抗衡。惯偷狂傲地直言:"你要是能放我一马,我分红给你。你去我的摩托车后备厢看看,全是现金。"

飞达轻蔑一笑:"你有钱,还做什么小偷,不好好去过日子?"

说话间,惯偷又狠狠地拿出利器向飞达划过来。幸好,这次他早有防备,猜测到对方与他说话可能就是为了分散自己的注意力,趁机再杀个回马枪。幸亏,后来的同事追上来,把飞达拉了上去。大家在沼泽泥涂上铺了一块木板,制服了惯偷。惯偷因盗窃罪累计数额巨大,被关了五年。出狱后,却第一时间跑到已经调回交通警察局的飞达跟前致谢。

为什么呢?因为惯偷是离异的,家里还有个 80 多岁的母亲和一个 5 岁的女儿。飞达到了惯偷家,才发现,原来当下还有这么穷的人家,家里除了一张床、一头灶、一个柜子,便没什么东西了,连饭桌都是歪歪扭扭的、快要散架的模样。于是,飞达以个人名义结对了这个特殊的小姑娘,助她上幼儿园、小学、大学。

因为这件事,飞达在公安系统内被评为道德模范。

当然,飞达的工作业绩,主要还是在交通管理上。随着经济的高速发展,每天全国各大城市的上下班拥堵已成为一道"亮丽的风景"。最近几年,飞达潜心研究智慧停车,初步方案已在酝酿,计划邀请全国各地的同行一起研讨智慧停车管理的可行性方案。如果该项目的可行性论证通过,将开创全国"创新、智能"停车的先河,甚至可以把智慧停车推向全省乃至全国。当然,事情还在进展中。

此时,来了一个意想不到的命令,上面将派飞达前往维和部队执行任务。据说,他是全省第二个被派往维和部队的警察。

这是沈家的荣耀,消息传到小高层村庄,69岁的沈建刚却担心得失眠了。他说,自己要多种点菜送给村民们,多为子孙积德,愿孩子们在外面平平安安的。

还有一件令沈家人兴奋的事,本已定居在美国的汤飞鹏要回国了,携博士后妻子一起回来。其实,汤飞鹏夫妻是作为留学归国人才回到文城市材料研究所的,研究所归中国科学院管理。汤远生在美国,小小的孩子会说英文也会说中文,非常调皮可爱。汤飞鹏向妈妈承诺,汤远长大后,让他考回中国。

这是汤飞鹏回国后第一次走进父母创建的五女羊毛衫厂,他饱含深情地向妻儿介绍了羊毛衫厂三十年来的发展史。父亲去世后,母亲一个人独自支撑工厂不易。幸亏有了继父,羊毛衫厂得以重振雄风,母亲的抑郁症也终于得以治愈。他希望母亲后半生不要再操劳,好好享受生活。

众人听汤飞鹏说完,齐刷刷地看向建芬。建芬的脸像春天的桃花一样绽放出粉色的笑颜,她要重新思考人生的意义。

晚上,建芬看着镜子里的自己,头发好像又白了许多,只能靠染发维持黑色。今天,儿媳妇约她到新开的广场去定制假发,说那家假发是用真人的头发做的,戴在头上很服帖。她再仔细看自己的眼睛,眼皮下垂,皱纹加深了。她知道,作为一个女人,很多时候优越感不是来自外貌,而是来自身边的丈夫对自己的呵护及经济实力,她是幸福的。

汤飞鹏是搞生物学研究的，他对生命的健康管理很重视，回来后多次申明："妈妈，保持愉快的心情，比吃什么补品都有利于健康。"

沈吉祥听到汤飞鹏的话，对建芬说："其实，我们上海人很多退休后都在周游世界、享受人生。你没有羊毛衫厂，我也能养活你。"

"谁要你养？我把厂房出租，一年搞个200万。"建芬说这话时，声音特别响亮，把里屋的孙子都吵醒了。孩子惺忪着双眼探出头来，看了看他们，转身又回去睡觉了。

"可爱的孩子。"建芬不由自主地说了一句。她突然想到，自己不能光想着享受，也要学学远逝的娘。她的眼前突然呈现出娘在古树下扬谷子、晒谷子的情景。那是娘对生活的守望，也是对全家人、全村人的守望。

活力四射的阿六饭店

白龙大道位于沈氏十七房老宅的景区和白龙工业区之间的四岔路口，一个硕大的LED屏在不断地播放白龙湖的风景及全镇工业发展的各类图片、指标，信息量大，翻滚频繁。

老农民沈建立开着残疾车经过那儿，感觉特别扎眼，不禁骂："什么破电视，这么大，这么亮，像探照灯似的，浪费纳税人的钱哪！"干了多年门卫的沈建立早就与其他人一样喜欢把"纳税人"三个字挂在嘴上，说出这三个字时，显得底气十足。因为《文城日报》上公布了飞荣集团是今年全市第一纳税大户，标准件厂纳税额排在全市前五十名。这些税收是每位员工共同创造的啊！那税收中自然有他建立的一份功劳！

沈建立开着残疾车往老宅方向继续前进。经过古椰榆树时，不禁抬头看了看，古树冠好像被修剪过了，甚至修剪出了造型，但沈建立觉得缺了古树原有的韵味，不禁又骂了句："哪个缺德的家伙剪的？那是我们沈家老祖宗种的树！"骂完继续往前驶去。

他去干吗呢？他的妹妹沈菜儿与十七房大酒店的一个门卫姘上有段时日了，他去探个究竟。姘谁不好，要去姘一个门卫？沈建立想不明白，一个门卫居然也做这种肮脏的事,好像自己这个门卫比十七房大酒店的那个门卫来得高尚许多。确实,他哪怕与王婉珍冷战多年,也不曾有找姘头的念头。

王婉珍早上还在指责他:"不应该把这码事归在人家门卫身上,是你妹妹不检点。"

他与王婉珍因此又吵了一架:"你总是看不起我妹妹,她到底有哪里不好?只是心直口快了点,又怎么你了?"

王婉珍回:"你妹妹好在哪里?她每每不假思索地在村里制造我的流言蜚语,你不清楚吗?"

"什么流言蜚语?人家的话你都信啊!人家是故意挑拨离间你们姑嫂关系。"沈建立挥舞着双手向王婉珍咆哮,要不是双腿残疾,他真要跳起来了。

"不管怎样,我也是她大嫂吧?"王婉珍也不示弱。

"她又没当着你的面说你的是非。"沈建立还在犟嘴。

"照你这么说,只要你妹妹不在我面前说,我都得接受,你当丈夫的不能出面阻止?"

"我没听到,就是不存在!再说,哪怕我听到了,又能怎么样?嘴生在她那儿,我还能封了她的嘴?"沈建立还在狡辩,差点把王婉珍气得吐血。

"你说的是人话吗?"王婉珍捂住自己的胸口,一口气差点上不来。

按惯例,他们吵架后总要持久地冷战一段时日。以前,他没残疾时,冷战的时间更长。残疾后,沈建立少了底气。但这些年,自立能力锻炼出来了,他又开始重新强硬起来。相反,近几年,王婉珍的身体好像弱了许多,动不动就要去医院,家里长年弥漫着中药味,沈建立也不清楚她到底吃的是什么药。有时,她独自去抓药;有时,女儿们陪着她去。

沈建立一个人来到了沈氏十七房大酒店,问有没有一个叫吴国庆的门卫。对方回答,吴国庆今天休息。沈建立又问,吴国庆哪里人。对方打着嗝,停了一下,给他讲起了故事。原来,吴国庆原本也是小吴村人,因家里穷得叮当响,不到两岁就被抱到山下村亲戚家做了养子。他的养父是个无师自通的木匠。小时候,有人到养父家做柜子,养父就天天围着木匠师傅转,人家吸袋烟的工夫,养父将家伙都拿在手上了。第二天,那师傅再来时,他居然主动跟木匠师傅说,这些自己都会了。惊讶万分的木匠师傅把木材交给吴国庆的养父,叫他做一个衣柜抽屉看看。就这样,他养父成了那个师傅的小徒弟,也成了整个白龙乡闻名的大木匠。当时,凡是有钱人家儿子结婚打家具、女儿出嫁做樟木箱都请他。民国时期,乡长女儿的嫁妆全部是吴国庆养父打造的。进出乡长家有专门的一个徽记,别人进不去,他养父却可以自由出入。但那乡长是个伪乡长,经常骑着高大的白马耀武扬威地在各村巡游,新中国成立后被人民政府给镇压了。养父在伪乡长家进出的那个徽记也成了铁证,被批斗得死去活来,自然也讨不到老婆。于是,他从穷困的远亲家过继了一个儿子,就是吴国庆。吴国庆从小耳濡目染,跟养父学会了做家具。

　　沈建立听了半天故事,有点糊里糊涂,故事里的人物太绕,于是急了:"他会打家具,那还干吗做门卫?"

　　"他是会打家具,但后来一只手残疾了,家具没法打了,更穷了。年纪大了,他只能做门卫。"对方说完,怔怔地回看沈建立。眼前的人明明驾着一辆残疾车,为什么听了吴国庆的故事一点都不同情他,反而翻翻白眼。

　　沈建立没意识到对方的疑惑,怒目圆睁地问道:"他有我大吗?"

　　"你多大?我看,比你年轻多了!"

　　"我快70岁了!"沈建立吼道。

　　"这位老大哥,你到底找吴国庆啥事体?"对方似乎这才醒悟,自己已经把吴国庆家十八代祖宗的事儿全刨出来讲完了。

"我,我没事。"沈建立好像突然不知道自己是来干什么的,似乎真被王婉珍说中了,这是沈菜儿的事。她是个离婚的女人,这不叫姘,叫相好。妹妹都这把年纪了,这种事,还需要他当哥哥的来搅和?

"哎!"他拍了一下自己的脑袋,摇着残疾车回家去了,留下那个门卫在背后急急地追问:"嗨,你还没回答我的问题呢!真是莫名其妙。"

沈建立本想替妹妹权衡一下。严家人伤沈菜儿太深,他也不赞成复婚。问题是沈菜儿与严家有个儿子,那儿子现在还没找到女朋友。这样复杂的家庭背景,姑娘都不愿意嫁他啊!真是父母作孽,子女受罪。

可根据刚才打听来的,与沈菜儿姘着的吴国庆原先是个手艺人,手艺人一般都老老实实的,人品不一定比严伟康差。

沈建立到了小区门口,看到严伟康耷拉着脑袋又站在那儿等他。一把年纪的老年人,全身上下衣服都皱巴巴的,够寒酸。他当年的那股流氓劲跑哪里去了?沈建立看着他,满脸的厌恶,呆立了一会儿,转身又往外去了。留下严伟康在背后一个劲儿地朝他喊:"大哥、大哥!"

对面走来建龙的儿子沈致远,喊:"建立伯,我妈说这个肉给你,是婉珍姊叫我妈带的。"

沈建立低头一看,是一块难得的狗肉,现在很难买到狗肉了,晓香从什么地方弄来的?听说王婉珍的中药偏方里好像要用狗肉当药引,怪!

沈建立试图问过她,到底得了什么病,但王婉珍不愿意说,也不让孩子们告诉他。有一次,他碰到飞雁,也问了,飞雁支支吾吾地好像不便告之。

"谢谢致远,你今天怎么回来了?听说,你在发电厂上班?"看着眼前的堂侄,沈建立倒是满心欢喜,致远长得像晓香,秀气。

"是的,我在文城市发电厂做采购,但辞职了,这次回来帮爸妈一起经营饭店。"沈致远扬了扬略长的头发,是一个神清气爽的中等个子的小伙子,嘴上还留了一小撮胡须,正是当下流行的。

今天,阿六饭店请大家吃团圆饭,不仅仅是因为沈致远回来了,还有沈飞雁结束了援疆工作,也回来了。

姑姑、婶婶们都围着飞雁问关于新疆的一切。只见飞雁从行李箱里拿出葡萄干,一一分送给各家。她还特意老远地背来整只的羊,交给小姨加工。晓香大声地说:"今天全家吃羊,吃烤羊。"沈致远正在一旁调试烤羊肉的机器。

在座的年纪最长的建刚不禁夸赞:"还是致远最有孝心,愿意回来守在父母身边。我家爱飞和飞达,有时两个月也见不到一面。"

伍连珍倒是乐观派:"那你看好致远,把侄子当儿子得了,一样的。"

建芬说:"大哥,你和大嫂以后分现钞时给致远留一份,他会好好孝敬你们的,我们当证人。"被叫大哥的建刚用眼瞟了大妹一眼。沈吉祥在桌子底下不停地踢建芬,建芬扭着腰身不理他。在这个大家庭里,上了年纪的建芬夫妇好像逆生长,越活越年轻,越活越通透了。

沈致远边忙碌边搭话:"大伯,你放心,有啥事情尽管吩咐,我会来的。哥哥姐姐在外面做大事,我无能,回老家陪着长辈们。"

建国过去拍拍小侄子的肩膀:"啥叫无能?你是'90后',肯定比我们更有能啊!"

进入中年后的建军比原先更愿意表达了,他羡慕地说:"二哥身边有雁娜,白龙中心小学这么近,一个电话过去就回来。秦明每天一起在工厂上班。科学家飞鹏都从美国飞回来了。致远回来给阿六饭店注入了新生力量。就我们家飞远,飞到新加坡,不知道什么时候才能回来。"说完,轻轻地叹了口气。他忘了自己当年三次落榜时的郁闷,现在儿子圆了他的大学梦,考入复旦大学后,又考到新加坡国立大学,毕业后在那儿扎根了。前些年他感到开心与骄傲,这几年似乎又有点想不开了。

和沈致远一起摆弄烤羊的潘依群说,她计划今年去新加坡探望儿子。

金燕接口:"五婶,我在新加坡买了房子,陪你一道去看飞远。"

沈飞荣的儿子在美国哥伦比亚大学读研究生了,金燕打算在美国买一套房子。她之前在香港、葡萄牙都买了房。

飞雁笑着说:"外国的炒房团肯定是金燕这个中国富婆带领的。"

金燕双手托在后脑勺,装出一副悠闲而幸福的样子说:"我以后到美国看儿子就能住在自己家里,想想就开心。最近,打算带着婆婆和妈妈乘邮轮到日本玩一趟。"

潘依群说:"我等儿子结婚后,再去坐邮轮。"

金燕像往常一样豪气十足:"等啥?我请客,这次就跟我们一起去日本。"

潘依群招架不住她的热情:"谢谢金总,我得先把三家蛋糕坊管好了。现在市面上各类蛋糕店太多了,竞争越来越激烈。晓香说,如果精力不济,只保留白龙镇一家蛋糕坊。"夏晓香正端着一盆葱油大龙虾进来,金燕心直口快:"六婶,我想开咖啡馆,你看可以吗?"

"当然可以,我们蛋糕坊有点跟不上时代的脚步了。致远回来了,让年轻人想想如何转型。"

的确,一些新气象已经在城市和乡村的各个角落显现,蛋糕店、咖啡馆、牛排店和西餐馆遍地开花。白龙镇山脚下很多村庄都被刷成统一的白色,有的墙面还绘上了立体图。每个山村都有一个主题,有的以花海为主题,有的以书香为主题,有的以稻田为主题,有的以民宿为主题。雪飞全家已经搬回崔家村,毛大力这个销售经营能人把崔家老房子重新翻修了,上面又加盖了一层,依山而建的三层小洋房雅致、亮丽。一楼是农家乐加茶室，二楼有四间住房，三楼供全家住。这可比十七房家苑的小高层村庄更接地气。雪飞聘请那嘴碎爱占小便宜的大姑子当主厨，此人最大的优点是勤快。婆婆当帮厨。平时生意清淡，可双休日客流量会猛增。毛大力和雪飞的业余时间也全用在了民宿上。婆婆的脸笑成了向日葵，想不到自己一把年纪了还能赚满钵盆的钱，逢人便说："你们谁家有亲友来，请到我家吃农家乐哟！我们雪飞整理的房子干净有情调。我女儿做的菜绝对山间美味，地道的农家乐。"崔家的农家菜，其中一道传统的瓦片红烧鸡做得最地道、又显特色，都上了省电视台，省长下乡视察时还在她家用了一餐农家菜。这是最好的免费广告。双休日，很多城里人都来打卡，只要问宣传部部长妹妹的农家乐在哪，村民们都会指点到雪飞家。飞雁她们几个姐妹偶尔聚会也喜欢去雪飞的民宿。但现在爱飞却要避嫌了，有人说，白龙镇干部是为了巴结爱飞才把省长引到雪飞家去吃农家乐的。爱飞只能保持沉默。

大家从蛋糕坊扯到了雪飞的农家乐，又扯回到晓香蛋糕坊和咖啡馆。

金燕对潘依群说："我就想着在飞荣集团边上开个工业风咖啡厅。五婶，你帮我运营？"

"咖啡厅？我可没这水平。"潘依群谦虚地说。

建芬听到这里，马上提醒："燕子，你想挖六叔家的墙脚跟啊，当心他打断你的腿。"

"其实，晓香婶子应该变通一下，蛋糕坊位置要挪挪了。"金燕侧着头，认真地建议，有意无意地摆弄着手上那个闪闪发亮的一克拉钻戒，据说是从迪拜买来的。她最近烫了个棕红色的大波浪发型，听说要3000元，染发又花了1000多元，连她妈都说她太会烧钱。可飞荣对她的大手大脚从来不发表任何意见。今天，她出门时，又穿了一套新衣服，故意问："沈飞荣，你还记得我昨天穿的是什么衣服吗？"飞荣头也不回地说："你有病啊？"其实,飞荣真的很久没有正眼瞧过她了,这令金燕心里很不爽。昨晚,她就对刚从新疆回来的飞雁吐槽。飞雁劝她:"飞荣哥正是做事业的时候,你还想让他天天抽几分钟给你说情话?"

"我们制作的是老式蛋糕,市面上没有的,这是我们的特色。我想把新的和老的一起做,或许能开辟出一条不寻常的路子来。"潘依群说着,把眼光投向了远处的侄子沈致远。金燕也看到了,沈致远正把烤熟的羊肉切好、分盘,送到各位长辈前面。他做得很细致,估计没听到她们的谈话。

"致远这次回来,饭店里所有的活都要从基础学起。晓香可厉害了,光洗碗就让亲生儿子洗了很多天。不过,她也在我面前夸致远,说建龙以前洗碗只洗一面,碗面干净了,碗背后都是油渍和饭粒。"潘依群低声对家人们说。

"致远好样的,下次让他多动点脑筋在经营管理上。"金燕继续说,"今天对我是一次启发,我想弄个两千平方米的工业风咖啡厅,除了咖啡和甜点,也做西餐。"

"这么大的动作,会有生意吗?"潘依群担心金燕的手笔太大了。

金燕扑哧笑了出来:"五婶,不要怕,先定方向。要做就做最好的,不怕没人来。再说,白龙镇现在还没有一家纯粹的西餐厅。白龙镇工业区那么多企业都与外商有来往,以后大家商务洽谈可以放在我们工业风咖啡厅。"

"然后,在你的西餐厅里也放上螺丝螺帽的样品?不仅拥抱了市场,还走向国际化,与全球接轨!"飞雁逗她。

"对,就是这意思。今天在场的亲人,以后到工业风咖啡厅全免单啊。"

建芬本是认真地看沈吉祥喝着啤酒、嚼着花生米,此时抬起头来接话:"燕子,那你得给我们每个人发一张贵宾卡,拿着卡免单。"

"没问题!"金燕说完站了起来。时间已是晚上9点,该吃的人吃饱了,没吃的人还在加班中。在大家的欢笑声中,又一场家庭聚餐结束了。

沈致远的归来,也让沈建国重新思考以后的企业该由谁来继承,秦明吗?那雁娜夫妻会有什么想法?飞雁又怎么想呢?

飞雁虽然只去新疆支援了一年多,但与那边的同事、老百姓都已经建立了深厚的友谊。回家后,她接到来自新疆同事的电话,打了将近一个小时。她踱来踱去,显得非常着急。放下电话后,她告诉秦明,她认识的一个新疆小朋友可能得了急性白血病,那边的医疗条件无法医治。

秦明劝她不要太担心,在这个小朋友确诊之前,自己要先陪她好好到周边玩玩。飞雁回复他一个轻柔的拥抱。

夫妻俩开启两天的自驾游,决定去邻县一个有着一百多年历史的石头村玩。

很久没睡到自然醒了,飞雁伸伸懒腰,见餐桌上已经摆放了一杯牛奶、两片吐司和一个荷包蛋。打开手机已是9点半,秦明在微信里告诉她,自己去超市买点水果和干粮,游玩路上可以吃。

在新疆时,飞雁总是第一个到单位上班,看着那些有着异域风情和面貌的同胞,飞雁真心喜欢他们,更心疼他们的身体。因为当地医疗条件差,老百姓的就医意识不强,很多人生病后都不习惯进医院,而是找土医、土办法解决。昨晚,新疆的同事阿古丽再次与飞雁通话,明天7岁的小病人迪娜拉的最新化验结果出来后立即传给她。如果确诊的话,巨额的医药费将是个大问题。这位小病友上周住院时,飞雁还在那儿上班,她是通过当地的同事阿古丽医生认识这个可爱的小姑娘的,当时大家都以为仅仅是较为严重的感冒发烧。

"老婆,我回来了,汽车油也加满了,你吃了吗?"秦明欢快地进来,飞雁放下手机准备梳妆打扮。

中午时分,夫妻俩才驾着凌志车前往邻县的石头村。中途经过武城市,在那边的郊区吃了个简餐,又在路边的汽车咖啡店里买了两杯咖啡,继续上路。

当开到距离石头村还有三公里的山间时,车子却陷在泥坑里出不来了。前不着村,后不着店,而他们出行的日子又不是周末,也不见路上其他车辆或行人经过。秦明只能安慰说:"既来之则安之,我们再等等看吧,反正出来是休闲游。"于是,飞雁又把昨天小病人迪娜拉的事与秦明详细说了一通。她现在最担心的是万一确诊了,新疆那个小医院是治愈不了急性白血病的。她还告诉秦明,自己小学时的一位同学当年就是这样走了。说完,飞雁打电话打给自己的学长,上海交通大学医学院附属瑞金医院的专家吴旭峰。

此时,一个山民拉着一车毛竹,从小林子里出来,经过他们身边,回过头来望了望正在打电话的飞雁,忽然停下车子,转回来,快步走到飞雁跟前,看了看,转头问秦明:"这是沈医生吗?"秦明向眼前的老人点点头。

老人激动地问:"你们的车怎么了?"

"山路太窄,我经验不足,两个车胎陷在泥坑里了。"秦明无奈地解释。

老人抬头看了看天色,快速地说:"你们等着,我马上去叫人,山里天黑得早。"还没等秦明反应过来,老人已经急切地走了,他都追赶不上,这段山路正是陡坡。

不过半小时,一群无比朴素的中老年山民不知从哪里冒了出来。他们走过来,围着车看了一圈,一个个捋起袖子,一会儿,硬生生地把这么大一辆车给推了出来。当飞雁上前感谢他们时,刚才那位老人上前一步紧紧握住了她的手,说:"沈医生,你还记得我吗?十年了,要不是你救了我老婆,她早就不在人世了。现在,她还好好的呢!今年66岁了,刚吃了女儿送来的66块肉。当时,我在文城市打工,老伴出意外事故后,是你给动的手术。"

飞雁被老人的一串话拉回到了十年前,惊喜地叫:"我想起来了,你是温老伯,吕阿姨手术后都好吧?"

"好,好得很。我也很好,一直在做农活呢!我们在家常念叨你的好。沈医生,要是你们不嫌弃的话,晚上就住到我家去,前面山头拐个弯就到了。我儿子搞了个民宿,干净得很,你去看看?"

那晚,飞雁和秦明就住在了温老伯家里。她想起了温老伯在文城市打工期间,老伴被一辆电瓶车撞倒,大动脉出血,差点要了命,是她第一时间为其开启绿色通道进行手术,抢回了一条命。看着温老伯全家用满桌的好菜热情地招待她,飞雁的眼睛潮湿了,秦明也被感染了。这时候,他终于理解了妻子热爱这份工作的理由。

第二天,当他们要离开这个小山村时,发现汽车早已被洗得干干净净,连排气管都被擦拭得光亮极了。温老伯还准备了笋干烤花生、瓶装油焖笋、土鸡蛋、腊肉等一堆土特产送给他们。他们的车开出很远了,飞雁还能从后视镜里看到,温老伯一家人在后面向她挥手,她再一次泪眼蒙眬。

当晚,飞雁对枕边的秦明说:"你接爸爸的班吧!我这一辈子都要当医生。"

半年过后,阿六饭店的生意更旺了。沈致远的创新就是在阿六饭店右侧新造了一间玻璃房,两面墙全由书柜组成,书柜里的书都是爱飞、飞雁精心挑选的,取名"阿六书咖"。

每个周末,阿六书咖里都坐满了年轻人,有的甚至来自市区和周边其他县。喝完咖啡,尝了甜品,他们还会继续在阿六饭店吃一碗泡饭过飱蟹。阿六饭店的生意能不好吗?

民间公益读书社

两个年轻的背影花枝招展地从金燕的面前掠过,她定睛一看,不是别人,正是亚琴和雁娜。亚琴做了老板娘像老板娘样了,可雁娜这个乡村教师啥时也换了新装?

"喂,你俩干吗去?"金燕在后面喊。

亚琴回过头来,对着满身香水味的堂嫂欲言又止。金燕性子直率,说:"雁娜,你说,你们两个鬼丫头又想干什么?"

金燕年长她俩八岁,自然可以称这两个1980年出生的堂妹为"鬼丫头"。她也知道雁娜性子忠厚,而亚琴心眼多。

雁娜扭头看着金燕,思忖几秒说:"嫂子,也没啥。我们就是想做点自己喜欢的事儿,提升点审美水平。我姐带头,成立了一个读书社。"

"读书社?嫂子的工业风咖啡厅图纸出来了,你哥很支持我,要不要入一股?"金燕也学她们神秘兮兮地问。

"我可没钱。"雁娜急着表态。

"没钱,可以向你爸要啊!或者向你姐夫要。"金燕白了她一眼,淡淡地调戏她。

"我才不会向他们要钱呢!我们的书社是公益性质的,嫂子倒可以做点公益?"雁娜带着点儿坏坏的笑,学着金燕的腔调。

"你哥支持我搞咖啡厅,可他非得让我把名称改为'古树下的咖啡馆'。这个没文化的人,取一个这么土的名字。"金燕切换话题,保养得光鲜亮丽的脸上皱起眉头。

"嫂子,这名字好,我哥有文化,村口的那棵古树就是我们沈家村文化的源头啊!"雁娜如是说。

"对啊,嫂子,这你就不懂了。飞雁姐说,办读书社就是为了增加精神食粮,好比吃饭,吃什么样的饭与看什么样的书都很重要。你这个咖啡馆要是与我们的书社融合的话,用'古树下的咖啡馆'肯定比你的工业风咖啡厅来得有意义,也更有精神价值。因为,我们十七房人都来自古椰榆树下。"亚琴说得头头是道,还向金燕打起了俏眼,笑她不懂飞荣心中的古树情结,那棵古树早就根植在每一位沈氏十七房子孙的心中。

"好吧,说说你们的读书社吧!"金燕切换话题。

"就是请大家坐下来一起静心看书、分享,获得新的力量。但我们目前没有固定的地点,有时在亚琴的外贸公司,有时在阿六书咖。每期沙龙分享一本好书。"雁娜说完,顺便把手上的书给金燕看,是稻盛和夫的《活法》,还有一本心理学著作《生命的礼物》。

这时,沈建强正好骑着自行车从西边出来。71岁的建强头发全白了,但腰杆很直。最近,老伴桂花从国外旅游回来,心情不错,他就怂恿老伴住回小高层村庄,说是更接地气。其实,是他自己住不惯城里,到了老家才感觉魂归来了。每天一早,他都要骑着自行车到飞荣集团里里外外转一圈,与建国有点像,只是建国是步行转圈,他喜欢骑着自行车巡视飞荣集团。建强看到三个晚辈,心里有种说不出的欢喜,就下了自行车,问她们在干啥。雁娜把读书社的事情简单向强叔汇报了一下。

建强立即表态:"强叔支持你们,你们几个堂兄弟姐妹要团结起来,干些事情出来。强叔当年有困难,就是建国和建龙帮忙的。"

那是1991年初,腊月廿九那晚,阿六饭店打烊前。爱飞、飞雁和雁娜还在饭店里帮忙,晓香正催着她们先回去。拉开门,一阵冷风吹进来,门口却伫立着一个黑影。那人转过头来,正是叼着一根烟的堂兄建强。晓香轻轻地唤了声:"阿强哥,你站在外面干吗? 快进来。"

建强灭了烟头,摸了摸当时还是学生的飞雁的头,说:"'饿死货'长高了,叔有点事要与你六叔商量,你们先回家吧。"说着推门而入,他穿着一件破旧的军大衣,略有点尴尬地望了望正在忙碌的建龙。晓香是个会察言观色的人,笑脸相迎:"阿强哥,快坐,你有事和建龙尽管商量,我带着孩子们先回了。"

40多岁的建强向着晓香勉强地笑笑,看着建龙说:"阿龙,哥想与你们商量一件事!"

"强哥,你遇到什么难事了,这么紧张的? 有事尽管吩咐。"建龙佯装不高兴地说,停下手中的活,陪着坐了下来。晓香听建强说"与你们商量一件事",那是叫她也留下,于是吩咐爱飞带着妹妹们先回去。她又走回厨房,里面传来烧开水、洗茶杯的声音。

建龙急了:"阿强哥,啥事? 快说啊!"

建强低下了头,又抬起来,说:"我本来想找你二哥去商量的,可想想,他实在太忙。如果我去厂里找他,人家会以为我也像其他堂亲一样想沾他的光呢。所以,还是来麻烦你们俩。"

"能让自己人沾点光是好事,只要是勤劳致富的正当事,自己人应该互相帮助。"建龙说着递过去一支香烟。建强的眉头揪紧,摆摆手不接烟。建龙再催促:"到底啥事?"

"阿龙,你家饭店门口往东经堂菜场的路上,不是设了个公交车站吗?那公交站每天才四趟车,你看,每趟车过来,大家都挤破了脑袋,还常有许多人挤不上去。"建强慢慢地说完,又顿了顿。

建龙答:"是啊,公交车班次太少,进城的老百姓又太多,所以,我现在进货用摩托车。大姐夫说,在他们那儿,大家都用三卡车装货了。"

"就是嘛!我去西郊那边送石料,看到人家公交站不远处停了好多三卡车,可以带人也可以装货,方便灵活。我想买辆三卡车,停在你的饭店门口拉活,不知道你们俩同意不?"建强这次一鼓作气,把想法都倒了出来。

"啊?"建龙有点丈二和尚摸不着头脑,说,"这,有啥好不同意的?"

"这样啊?!"建强一拍脑袋,好像全身松懈下来,大笑,"谢谢兄弟,自家人就是不一样。"

这下,轮到建龙沉思了。建强反掏出一根烟递过来,建龙接了烟,眼神有点呆滞,建强知道他是在思考。晓香看看他们,恭恭敬敬地往建强面前放了一杯热气腾腾的姜茶,给建龙也端来一个杯子。晓香拉过一把椅子坐下来,主动说:"我看强哥说的三卡车可以买,停在饭店门口,估摸也会给我们带来生意。我们饭店与那个公交站也就一百五十米的距离,如果客人有急事,出个五元钱,你就给他们直接送到城里。我二哥厂里那辆送货的车调剂不过来时,你也可以与他们合作,送几个人或带一些货,都可以啊!"

建强忧虑地说:"要是三卡车没生意,停在饭店门口会不会影响你们的生意呢?"

"不会、不会的,反而会给我们增加人气呢!现在老百姓生活条件越来越好了,挤不上公交车的、手上有点小钱的都会愿意搭你的三卡车。但你最好直接买中巴车。"

"我已经调查过了,开三卡车收入应该比开拖拉机拉石料来得好,买汽车我家还没这实力。"

这下,轮到建龙拍大腿了:"强哥,就这么定了,你快去买三卡车吧!三卡车停饭店门口,说不定真能成气候。人一多,让晓香也像大嫂的小店那样,放个茶水摊,配点瓜子、花生,让等车的人免费享用。"

"那不是抢了莲珍的生意?"建强又担忧起来。

"不会,嫂子的小店离我们饭店还有一段距离呢!再说,嫂子摆茶水摊也只图点人气。"说完,建龙笑了,眼里带着一丝深邃的光芒。其实,这个小招是娘想出来的。如今,这招将继续在阿六饭店门口发扬光大。

建强又说:"飞荣已经在东海化工厂上班了,他想学汽车,你嫂子让他用自己的工资去学车。"完了,他又附在建龙耳边悄悄地说:"我前段时间总算把驾驶证考出来了,考了三次呢!这学费真贵,我不识一字的人硬生生把那些理论知识一个字一个字背下来了,驾驶证拿到,眼睛也亮了许多。"说完,哈哈大笑。这次,建强笑得有点得意,他又补充道:"你知道吗?为考那本证书,前前后后花了我两万多元钱。光请师傅吃饭、抽烟,花掉好几千,心疼啊!你嫂子差点不同意我考了,说把家里的钱砸在一个不见底的地方。我还向你二哥借了两千元呢!"

那晚,出来时,晓香硬塞给建强一个信封。回家路上,她也鼓励建龙去学车,建龙在晓香的右脸亲了一口说:"我俩一起去学车。"

建强的眼里因回忆闪着光。他说,要不是当年同族兄弟的帮忙,自己家里到底哪天能发达还不知道呢!

经建强叔这么一说,雁娜和亚琴好像更有了底气。

金燕悄悄提醒她们:"买什么书由爱飞和飞雁定,她们涉猎宽广,我出钱就是。"有了堂嫂的加入,就有了飞荣集团的强大支撑。

亚琴说:"爱飞姐这个大领导,估计很少有时间参加,就当顾问。飞雁姐是专家,也忙,她说会隔空指导或参加线上沙龙。"

飞雁说书社还得依靠两位妹妹,读书沙龙还是采取农村包围城市的战略,推广社会阅读任重道远。

"听你们的,工业风咖啡厅再有两个月全面竣工,说定了,二楼就给你们读书社作为固定活动场地。"金燕满腔豪气拍板定下。

两个妹妹兴奋地跳了起来。

建强看着孩子们开心的样子,向她们挥了挥手,骑上车向建国厂里去了。

建立说,厂长在开会,可能又要扩建厂房了。

他请建强在门卫间坐会儿,并递上烟。建强指了指厂区里"禁止吸烟"的标识牌,又闻到建立身上冒出的酒气,问:"你大白天的又喝酒了?"

建立突然沮丧地说:"严伟康其实是生病了才回来的,人家富婆不要他了。菜儿居然同意与他复婚了。"

建强听了,也猛然涌起一团火:"复个屁婚!菜儿脑袋发昏了。这种男人要他干啥!"

"我也不同意。她前段时间还与十七房景区那个半残疾门卫在一起。"

"什么半残疾门卫?"建强不禁问。

于是,建立把自己上次打听来的情况向建强说了。建强想了想:"要是两个人合得来,半残疾也没关系。只是,菜儿是不是真心与人家过日子。菜儿这个人最大的缺点就是视钱如命,爱贪便宜,可贪了一辈子的便宜,还是那么落魄。"

"她要么是被前夫的甜言蜜语骗了,要么是想着儿子总是找不到女朋友,心慌了。"建强模棱两可地说。

突然,门卫间前走过一个人,建强追问:"这谁啊!难道是婉珍?"

"是啊。"建立回答。

"婉珍在减肥吗?怎么一下子瘦成这模样,背薄得像一层纸糊的。"建强好奇地问。

建立恍然觉得堂兄说得有理,他晚上得过问一下。

沈菜儿终究还是与前夫复婚了,他们要在阿六饭店请一桌合欢饭,也邀请了建立全家。王婉珍怎么都觉得那一幕像是在哪个时代早已经历过似的,熟悉得让人突然间又想起了一切,之前全部忘记的似乎又在那一刻回来了。她说不舒服,没去,只有建立和亚雪出席。其实,很多亲戚都像避瘟神似的远离沈菜儿夫妻。

雪飞因工作忙没去吃那顿合欢饭,她已经调至区政府机关事务局,成了一名科长。

最近,亚琴往金燕的工业风咖啡厅跑的次数多了起来,她们决定要把读书社沙龙基地做得精致些,取名"文城市白龙镇萤火之光读书社"。她正在广告公司亲自监工做牌子呢!

两天后,亚琴突然接到了潘依群的紧急电话,说王婉珍在菜市场买菜时昏倒了。

救护车上的王婉珍已经奄奄一息,亚琴急得全身冒冷汗。妈妈要是走了,家里的天就塌了。

半路上,王婉珍清醒过来。那一刻,她好像看到了老祖宗,她想与老祖宗说话来着。亚琴看到妈妈的嘴唇在动,像是与谁在打招呼,咧咧嘴笑了。她笑了,庆幸自己生了三个优秀的女儿,不枉来世上走一遭。她有太多的话想说,可来不及了。她也看到了一直与自己不和的婆婆。其实,她真不想见到婆婆,今世缘尽,永世不要再见。这曾经是她在婆婆灵前发自内心的呼喊。王婉珍再次动了一下嘴角,笑了笑,安详地闭上了眼睛。

王婉珍走得突然,无声无息。当雪飞赶到医院时,为时已晚。

此刻,飞雁正在手术室里忙碌,来自新疆的迪娜拉小朋友正由飞雁从上海请来的吴旭峰医生主刀手术。为了这场生命接力赛,飞雁先在自己医院里发起募捐,后发展为全市整个卫生系统的捐款。新闻报道出来后,飞荣给飞雁打去电话,明确表示迪娜拉的后续治疗费用由飞荣集团出。秦明也不落后,对飞雁说:"老婆,我们再捐五万给迪娜拉做回新疆后的营养费和学习费。"

阿古丽医生说,想不到文城市人民如此有大爱。她和迪娜拉一家人都被深深地感动了。他们要把文城市的爱带回去,好好工作,好好学习,好好生活,好好建设家乡。

转眼又过了三个月光景,工业风咖啡厅正式开业,楼上特别雅致的包厢里挂起了一条显眼的横幅:阅读改变人生 —— 文城市萤火之光读书社。

金燕、雁娜在围炉煮茶,边上放着一个刚出炉的金黄的比萨,飞雁捧着三本《海子的诗》走向她们。

电商企业的崛起

正所谓,三十年河东,三十年河西。改革开放四十年,中国大地发生了翻天覆地的变化,白龙镇也一样。

春天的白龙湖风景区总是那么闹猛,树上的新叶绿得发油,郁郁葱葱的,是最养眼的时候,路边、山间的鲜花簇拥着盛放。"五一"劳动节来临了,大家都堵在出门游玩的路上,也堵在白龙大道上。凡是去白龙湖风景区玩的,都要经过白龙大道,当然也要路过沈氏十七房。十七房景区内外人流如织,古树下停满了小汽车,从法拉利到普通电车都有,把有着六百多年历史的古村落都快淹没了;连沈建刚小店门口那些鲜花也被从城里来的年轻人踩了一地,令他心痛得想破口骂人;金燕的工业风咖啡厅生意出奇的旺;书社的包厢里也来了一群群借阅读名义来翻书的陌生人,进进出出的。

如今,每个双休日,白龙镇都热闹非凡。早上10点左右的黄金时间,来回都是四车道的白龙大道就开始拥堵;下午四五点钟,则迎来另一波堵车高峰。双休日,雁娜除了管孩子,就是经营读书社。书社沙龙已经做了十五期,每次沙龙都有新人加入。书社的特点是大家自由阅读、自由分享、永久免会费制,参加者来到工业风咖啡厅可以自行点咖啡或食物,也可以只倒一杯免费的柠檬水,坐下来,一起轻松地分享阅读。人,都向往自由、舒适、快乐的生活环境,萤火之光读书社恰恰满足了这些条件。书社成立一年来,会员已从最初的三名发展到五十名。沙龙不仅在工业风咖啡厅内举行,也会在小高层村庄沈月发的老年活动中心举行,这是飞雁的主意。她说,十七房这批小孩能在80年代爱上阅读,都是因为有了月发爷爷的启蒙和引领,当年老人把自己的藏书无偿送给晚辈们。现在,飞雁把月发爷爷以前送的书重新拿出来,放在那套房子里供来者阅读,不外借。沈建军偶尔也来参加读书沙龙,坐在一边只听不发言。有一次,他听完后,默默地掏出5000元现金,让雁娜和亚琴去定制些杯子、笔记本。他说,一定要让书社走得长远些。这让亚琴受到启发。当晚,雷厉风行的她与丈夫商量开个与旅游相结合的文创公司。现在,电商业发展得特别快,如果能把文创产品通过网络平台销售出去,未来可期。金燕则说,这些文创产品可以放到工业风咖啡厅内出售,也可以放到雪飞家的民宿,只要文创产品有白龙镇新农村的特色,植入萤火之光读书社的元素,会更加完美。

　　第十六期阅读沙龙于劳动节的下午,在雪飞家的农家乐内举行。十个人,吃的是农家菜,泡的是白龙山上的绿茶,煨几个香蕉和栗子,漫谈式地拉开沙龙的序幕。飞雁毛遂自荐,为书友讲一堂"以书会友、文化健康"的专题讲座,让阅读更加多样化。亚琴提议,飞达哥已经从维和部队回来了,让他分享一下在国外的特殊经历和见闻。爱鸟的方老师,也该为大家讲讲人与自然。雁娜推荐金燕分享她从一名国企员工下海成为一位民营企业董事长的丰富经历,这些都可以成为分享和激励。金燕说,她阅读得少,加入书社后才知晓了什么《百年孤独》,什么卡尔维诺,都是飞雁推荐的。每次,只要飞雁推荐,她都立即上网下单。飞雁正坐在咖啡厅靠窗的那个角落里,看着外面的天空,悠悠地说:"不是所有的书都值得阅读,但有些书哪怕你看不懂,也值得读,只要从头到尾一个字不落地读下来,或许当你合上书时,其中哪句话触动了你,便值了。"

雁娜听姐姐说得有些深奥,很多时候,她都觉得姐姐应该当一名教师。

"我是这里学历最低的人,每次听你们说这些书名,都觉得很高深,我也要抽时间读点书。"向来大方的雪飞谈到书,露出害羞的少女神情。

爱飞正低着头看朋友圈。她说,要把朋友发的一段文字读给大家听听:

一大清早,一篇《拆迁后的千年古镇还剩什么》的文章,勾起了我对儿时老屋的回忆。我出生的地方就是文中提到的古镇老屋,那里的每一根雕梁,每一个门洞,每一个天井,都有我满满的儿时回忆。老屋的屋檐下的柱子是放学后跳皮筋的最好去处。皮筋在两头的柱子上拴住各打一个结,即便没有玩伴,也可以自娱自乐;黑洞洞的大门洞,是捉迷藏最好的去处,胆大的躲进去,胆小的不敢进去找;掇一把凉椅,在夏天的穿堂风里看小人书;立夏时节,家家户户的孩子胸前挂着蛋套,里面有一个茶叶蛋,手上还有两个蛋,聚在天井挂蛋;元宵节时,拎着自己做的灯笼,在弄堂里穿行……老屋里的阿婆、阿伯、嬷嬷、阿公,个个都慈眉善目,和蔼可亲。到了晚饭的点,家家在天井里摆起饭桌,爬上哪一家的桌子就能坐下来吃,就是觉得别人家的饭菜比自己家的香。虽然父母都上班,夏天的雷雨却打不湿我家的衣服,因为隔壁的阿婆早就在大雨来临之前,把衣服收了进去。如今,老屋已经不在,老邻居们也都四处安顿去了。原来的规划是保留改造老屋。然而,老屋却被整体卖到了外省。我出生那年父亲种下的蜡梅,也被强行挖走了。房子被征用时,我们并无其他要求,就是要求安顿好这棵老梅树。当时,老母亲发了朋友圈求助,热心的朋友也帮我们事先做了安排!可等我们得知消息,我陪着母亲去看的时候只看到一个深坑,瞬间泪奔。那株蜡梅是和我一起长大的,我看着它渐渐地枝繁叶茂。每到腊月,在寒冬凛冽的空气中整个小院暗香浮动。我的很多长辈、师友都曾收到过我的馈赠。相信很多朋友都不会忘记那彻骨的幽香!我们找了很多证据、证人,也查到了梅花的去向,相关部门却互相推诿!如今,不知它生根何处,一切安好?每每午夜梦回,想到那株老梅便唏嘘不已。母亲说,好几次梦见老梅。此刻,只能希望它依旧香如故!

爱飞读完了,大家沉默不语。因为这些年大家都经历着各色各样的拆迁,故事不同,感情相同。所有的老屋都承载着原住民心中永远无法追回的童年,有那一抹深深的乡愁。

5月2日的早晨,夏银娥坐在镜前梳妆打扮。昨天喝了一天的喜酒,今天还要喝一天。自拆迁后,他们住到白龙湖风景区内的别墅已经有些年头了,别墅上下共280平方米,加上地下部分大概360平方米,只有她和沈建国两人住,空荡荡的。她家过去两幢,便是建龙和晓香家。晓香家买得迟了几年,去年才装修好搬进来,一家三口住着。之前,他们住在十七房家苑的小高层村庄,图离阿六饭店近,近有近的好处,也有不好的地方。小高层村庄里住的都是沈氏十七房的原住民,以中老年人为主。因为这些年,稍有点能力的年轻人大多都往城里跑了。所以,住在十七房家苑的老年人遇有大事小事,甚至半夜三更都会去敲建龙家的门。一开始,晓香还能理解,时间久了,她受不了了。做饭店生意的,本来就是起早贪黑地忙,建龙每天3点多就要准时起床去码头购买海鲜,要跑四五个菜场才能把饭店一天用的食材备齐,因为他必须挑整个文城市菜场里最新鲜的,尤其是海鲜。住在小高层村庄里的这些年实在太折腾人,晓香强烈要求搬离。

在这个别墅区里,银娥姐妹两家住的都属普通类型的别墅,再往里面就是豪华型独栋大别墅,有专属的露天游泳池。金燕就住这种,光装修就花了1400万,地板、瓷砖、木板都是进口的。金燕的手笔大家都见识过,可以想象。

沈飞荣占据白龙镇首富位置已经多年,作为小辈,他可以不闻不问村里那些老人和旧事。但沈建国不行,他似乎已经成了沈氏十七房的核心人物。村里谁家孩子结婚了,都会邀请他们参加宴席。尤其是逢年过节,他们俩差不多要被各类宴席包围。有些结婚的孩子辈分比他们小,建国对银娥说:"红包必须厚实点,这是人家看得起我们。"虽然现在十七房已经变成风景区了,十七房家苑小区又成了沈家人的主要落脚点,建国成了没发过文确定的族长。

银娥说,他们何止这些人情往来,还有诸多外面的朋友。比如,现在这样的季节,客户朋友们都喜欢来乡村玩一玩,到民宿里住一晚。当下,乡村经济快速发展,游客络绎不绝。雪飞家的民宿节日期间价格涨了三倍,还被抢订一空。阿六饭店忙得分秒不停,潘依群的老式蛋糕又重新火了一把。沈致远最近推出了一些土特产,通过网络直播销售,生意量翻了几番。秦明总结性地说,沈致远已成了一位名副其实的电商人。

乡村旅游也带动了沈氏十七房的景区旅游。村民们看到十七房景区内拥挤的客人,心里别提有多高兴了,好像景区的收入他们也能分红似的。有人建议,能否组织80岁以上的老人回十七房祠堂搞一次生日宴。老支书沈建能已经退休了,他表示自己说话不管用了。现在的村支书是一个

40出头的妇女,上面派来的,不是本村人。以前的村支书有事与村民们商量着办,现在的村支书看上去像个大官,满脸的高高在上、爱理不理。村民们不明白,到底是谁给了她这样的权力?生日宴的事还没提,就被女支书提前知晓了,通过非正规渠道驳了回来,理由:80岁的老人来回不方便,安全第一。大家纳闷儿了,这十七房家苑与十七房村来回才几米路?80岁的他们自己会走,哪来的安全问题与不方便?村民们摸着脑门想不通。

端午节,建国吃完马立伟家孙子的满月酒,总算有了一餐饭的空档,约了建立、建强、建权、吉祥等人在阿六饭店聚餐。大家从遥远的40年代,说到跌跌撞撞的50年代,又说到饿得前肚贴后肚的60年代,再说到70年代后期的改革开放,80年代似沐浴在春风里,90年代过上了崭新的生活,21世纪时创造了辉煌,人人感慨万千,归结成一句话:托中国共产党的福,农民都获得了幸福的生活,走在共同富裕的道路上。

唯有建立,沉默地喝着酒,喝着喝着,突然趴在桌角痛哭起来:"我想婉珍啊!想得每天晚上都睡不着,白天都没精神,我对不起她!"

"人都走了,哭有啥用?"建刚对着建立摇头,眼神冷漠。

"不要指责他了。人啊,都是失去了才知道珍惜。"建强接话,他们家是妻子做主。金家的亲家公、亲家母当年也是在中巴车上看到建强对妻子好,才愿意把千金下嫁给他家。这么多年过去了,飞荣作为白龙镇首富,未曾传出过一丝绯闻。有人问飞荣,你的创业目标是什么,成功的经验又是什么?飞荣说,刚开始创业时,确实也吃了些苦,为的是让亲人们过上好日子,因为以前太穷。现在,赚钱已经不是最终目的,更多的还有一份社会责任,用赚来的钱为社会做点贡献。他汲取前人的错误,绝不搞小三、小四,那是败家的开端,家和万事兴!

"建立哥,别憋着,你痛快地哭一场也好,婉珍嫂可以瞑目了。"建龙难过地说,眼圈泛红。

"嫂子在时,对我们都很好,这么好的一个女人。建立哥,你当时猪油蒙心了?"建权说得够狠。其实,那句话是他妈胡惠珍在家里常说的:"建立猪油蒙心,愚孝之人,注定不会幸福。"

"建立哥,你总归醒悟了,可惜迟了。哎,你可曾想过当年嫂子上吊自杀的痛苦?"银娥端着一碗刚出锅的萝卜干炒蚌肉,语气里充斥着不满,泪光闪烁。

建国用眼神阻止妻子,让她不要再在伤口上撒盐了。

被众人一说、一劝、一指责,建立哭得更伤心了,不停地用拳头敲打自己的脸和脑袋,用手指紧紧地攥住自己的头发,指甲深深地掐住后脑勺的穴位。思念成疾,他头痛得厉害。建国抱住他:"都70岁的人了,过好以后的日子,少给三个女儿添麻烦,这才是婉珍的心愿。"

众人都明白,建立是在婉珍走后,才悔不该当初这样薄情于妻子。有村民说,每天天黑了,建立家都没一丝光亮,他不愿意开灯,也不看电视,就在黑暗中度过。女儿们已经不住在小高层村庄了,都有自己的事业和家庭要忙碌。三姐妹轮流给爸爸打电话,轮流给爸爸买各种生活用品。建立一个人生活倒方便的,村委会在文化礼堂边搞了个大食堂,60岁以上老人每餐只要十五元钱,一饭一荤两素一汤,每月菜品不重复。建立上班时就在工厂食堂里吃,不上班时就到村委会食堂吃。所以,他嘴上也天天感恩共产党,没有党,一个残疾人哪有这么好的生活!想当年,他重男轻女;如今,晚年全依靠女儿们。内疚像冰块一样,每天袭击着他。

建立并不知道,女儿们心里对他也有怨,只是随着时间的推移,再怨都挽回不了什么了。

  等建立哭诉完,大家也喝得差不多了,建国叫建权把建立送回家。一群堂兄弟好不容易的一次聚餐,变成了对婉珍的追思会。

  三天后,恰是婉珍去世一周年祭。

星空下的约会

当沈氏十七房村周边那些被征的田地上的稻禾开始拔穗时,村委会下达了一个紧急通知,这片土地要动工了,所有的庄稼作物需马上处理掉。

造什么?

复建白龙中学,新校名为:白龙教育集团。九年一贯制学校,48个班级的规划。

沈家村的第一家小店要拆除了,前面那块菜地也要被征用了。建刚有点蒙,也有点小激动。他骑上自行车,要到二弟厂里问个明白。建国给了他确切的答案:"大哥,白龙中学真的要复建了。"

"太好了,娃娃们上中学不用再跑到别人家的地盘去了。"建刚和建国都不由自主地赞叹。

这几年,白龙镇工业经济、旅游经济发展迅猛。白龙大道开通后,山脚下又造了许多整排洋气的商品房,房价还远低于市区,很多市区工作的年轻人买房子就挑在了白龙湖边上。加上白龙湖空气好,白龙镇的人口剧增。

"是的,听说那个新小区的售楼处改成幼儿园了,今年开始招生。"

"我们白龙镇现在有三所幼儿园,都像模像样的,外观、内设都上星级的,秦明和飞荣作为人大代表前段时间刚去调研过。"

"你没去?"

"我老了,让给年轻人了。"建国嘻嘻笑着说。

建刚看二弟的头发,也如自己一样花白了。

建刚拍拍建国的肩膀说:"虽然我身为大哥,可小时候还是你让着我。爹让我这个长子读到初中毕业,五弟读到高中,下面几个弟弟妹妹都没怎么读书,大哥对不起你们。"建刚说着,流下了两行混浊的泪水。建国给大哥倒了杯新茶,茶杯是大哥自己带来的。建刚平时到田间种菜时,也带着这个杯子,杯子是飞雁出资,由亚琴家文创公司制作的,写着"萤火之光读书社成立两周年"。

建国安慰道:"大哥,我们不忆苦了,日子一天比一天好过。我们要感谢党,感谢人民。你我都是共产党员,我们要带领村民一起过上好日子。"

"大哥我没做过什么,只种了些蔬菜,让村民和过路人自取,不收大家一分钱。你才是沈家的骄傲,养活了一群农民,还为村里铺路、造桥。建龙也跟着你做了很多好事。爹娘在天之灵可以得到安慰了。"建刚有点哽咽,思绪不由自主回到了过去。远处的十七房比以前光鲜了许多,虽然有些地方修补得有失原汁原味,但终究还是被完整地保留下来了,要感谢政府。

"大伯,我也要谢谢建国叔。"飞荣不知什么时候站在了门口,手里还提着两盒精致的礼品。他把东西放到建刚旁边:"大伯,我刚从德国回来,这两盒巧克力送给您和大妈尝尝。"

"这孩子,明明是送建国的,看我在,马上转送了,怪不得能办集团公司。"建刚笑着接纳。

"大哥,你不知道,这次将复建的白龙中学的图书馆是飞荣捐的。"

第四篇章　实现乡村振兴

"哦,太好了,沈家老祖宗要笑开颜了。"建刚向飞荣竖起大拇指。

"我们小时候放学,都爱跑到老祖宗那儿偷冷饭头吃。"

"你啊,从小聪明!小时候与飞达追着蝴蝶、蜻蜓玩,最后飞达总是玩不过你,就你鬼主意多。"

"大伯,你冤枉我了。我从小就受飞达领导,瞧,他现在提拔成市公安局副局长了,我啥也不是。"

"你是文城市首富,比飞达创造了更大的社会价值。"建刚突然转了话锋问,"听说严伟杰的儿子买了一辆价值千万的豪车,整个文城市就四辆,你不去搞一辆?"

飞荣笑而不答,那张英俊的脸上不知何时爬上了许多细密的眼角纹,鼻翼处的那颗财富痣好像也萎缩了些,已经完全融入他的脸部。

建国替他答:"大哥,飞荣这孩子有原则。哪怕千万级的库里南放在眼前,他估计也不会动心。"建国注视着飞荣说。

"是的,知我者建国叔。买这样的奢侈品,还不如支持妹妹们搞公益读书社。我已经给她们投入了资金,让她们玩得开心点。"

这不,姐妹们创办的萤火之光读书社每月的沙龙正红红火火地进行着,她们不仅影响了周边的一群年轻人,连才小学文凭的夏银娥老人也被吸引了。

那天,建国回到家,看到银娥戴着老花镜正用白龙镇普通话与雁娜的女儿一起阅读,听了十分别扭,虽然他自己也是满口的白龙镇普通话。

银娥读的书是《外婆的道歉信》,外孙女正在为外婆讲解,银娥似乎听不懂外孙女说的意思,建国倒听懂了。每个人都有自己的故事,都不容易,我们要用慈悲的心去看待身边的人和事,只要你奋力向前,回首过往,什么都不遗憾。

新闻正播报公示内容,爱飞被提拔为市委宣传部部长。伍莲珍坐在电视机前,激动得泪水涟涟。每天饭后,建刚夫妻俩雷打不动看《新闻联播》,然后接着看当地新闻,任何一个新闻他们都看得非常专注,因为新闻里经常能看到自己的儿子和女儿,儿女们的每一次公示他们都不曾错过。去年,儿子被提拔为市公安局副局长了。

第二天一早,建刚在小店门口碰到了骑自行车经过的建强。建强跳下来,递给他一根利群香烟。建刚因为女儿被提拔心情大好,笑问:"建强,你家儿子一年赚一个亿,你怎么还抽这种烟? 该换软中华了。"

"你弄一根给我抽抽? 爱飞都成这么大的领导了,没有送烟给你抽?"建强回怼他。建刚嘿嘿地笑了几声,他隐约感到了什么。果然,建强继续说:"什么一个亿啊! 我家飞荣说要再拿出2000万元捐给白龙中学。'饿死货'还要成立一个关爱失独家庭反哺中心。这些孩子啊,想法比我们多,做得也比我们好。"

正说着,小店里来了一位老邻居,他拄着拐杖买了包无碘盐,叹了口气:"你们沈家人个个发财了,可你们知道不,昨天,陈家村80多岁的陈岭一个人在屋子里没了。他的儿子、儿媳妇都失业了,不知道多久没来看他了,可怜哪!"

建刚和建强听了面面相觑,社会的贫富差距大起来了。有钱人,生活过得很滋润;没钱人,失业后难上加难,尤其是农民。以前的农村人只要肯吃苦,田里作物种好,一辈子不会失业。可现在土地和房屋都被征了,眼睛睁开喝一口水都要花钱,商品房还要付物业费。吃饭买菜都要钱,没有了土地,便没有可以依附的东西,叫他们如何生存? 白龙镇的土地都被征得差不多了,不是用作工业,就是用作商业。以后,农民没有土地,靠什么吃饭? 对了,这些被征房征地的农民好像都不叫农民了。

想到这些，建刚生出点郁闷，又抽出一根烟，自顾自地朝原先的菜地走去。建强站在那儿傻傻地看着他的背影，一会儿也骑上车朝飞荣集团驶去。

建刚自言自语了一天，伍莲珍不知道他在嘀咕些什么，剜了他一眼："吃饱了，没事干。没地种菜了，心里发慌？"他老老实实地回答："心里沉甸甸的。"

白龙教育集团动工仪式场面盛大，比白龙大道通车时还隆重，副市长、区委书记、区教育局局长、白龙镇党委书记等相关领导都出席了。在乡村待了一辈子的中学教师沈亚雪穿着一套紫红色的职业装穿梭在人群中，她被任命为白龙教育集团校长。同样，做了一辈子乡村小学教师的沈雁娜穿着一件淡粉色的连衣裙在忙碌地拍摄中，这些年她的拍摄水平见长，是李敦杰指导的。

沈飞雁的车停在远处，车里还有沈建国。父女俩沉默不语，但嘴角微微扬起。应该说，飞雁更理解爸爸今天特意打电话叫她来见证这场动工仪式的含义。一个月前，卫生局领导找飞雁谈话了，要提拔她担任副院长，她谢绝了，她不想放弃自己钻研了近三十年的业务，只想当一名好医生。新疆迪娜拉的急性白血病基本治愈，孩子已回当地正常上学，这个以飞雁为首发起的爱心举动在文城市家喻户晓。关于迪娜拉的病后续飞雁还得继续关注，但由此事引起的荣誉飞雁一律拒绝了。其实，这件爱心事件的促成，同时有市政府与新疆地方政府两方面的协调，中间有无数爱心人物在出力，她不想因此事而沾光。

建国知道整件事的缘由后，在家与女儿干杯。父女俩围坐在餐桌边眉开眼笑地聊着天，只有银娥有点不高兴。她不明白为什么女儿们都不想当官，看着大嫂因为儿女成双当大官，村民们对她那么尊重与巴结，她有时还是觉得有钱不如有权,大哥和大嫂的地位在某种意义上比他们办企业的不知要高了多少倍。飞雁看着妈妈眉头中间打了个结,眼睛又不停地眨起来,上前抱了抱妈妈,解释道,他们医院B超室苏主任获得了中国医师奖,还是全省超声医学会副会长,但这样厉害的人物,也不要当副院长,坚决留在本院做一名B超专家呢!飞雁再次对妈妈表态,自己内心深处只想做一名救死扶伤的医者。银娥看着人到中年的女儿,只能表示接受。

8月,那么炎热,亚雪和方杰约爱飞、飞雁、金燕等人在白龙湖山顶等候一场流星雨,晚上在帐篷里露营。姐妹中有好几家的孩子都到外地读书了,正值壮年的他们已然成了"空巢老人",只有雁娜和亚琴两家是三口之家一起前往。

一行人是晚饭后上的山,沿着一条清澈的水道,追随着晚霞的光彩,三辆车子慢慢爬上山顶。群山围绕着金黄的峡谷,伸向无垠而苍翠的远方,红彤彤的太阳慢慢地从西边落下去。飞雁望着眼前的风景,感到自己迷失在城市的流光溢彩和喧嚣中太久,在这样寂静又凉爽的山间呼一口气都沁润心肺,这才是心安之处。那儿有块很大的平地,至少有几百平方米,边上有很多烧过的木炭痕迹,看来经常有人在此烧烤或露营,两个硕大的空矿泉水桶倒在地上,乱石堆中有被肆意踩踏的痕迹。飞雁仿佛进入无人之境,望着远方发呆。亚雪夫妇着手熟练地清理那些藤蔓、灌木和石头;金燕、雪飞正把大包小包的东西拿出来;雁娜夫妇已经动手搭帐篷了;孩子们兴奋地尖叫着;爱飞坐在一块圆润的大石头上,静静地看着孩子们玩耍,眼前的这一切,让她心中突然涌起许多往事,感觉自己在生活中缺失了很多,她女儿莉莉小时候是保姆带的。不知过了多久,飞雁转身过来看到大姐也沉浸在自己的思绪中,那花白的头发,在晚霞的映衬下好像镀上了一层金色,整个身体也都镀上了一层金色,显得特别的温暖和慈和,与她原先风风火火的气势有点不符。

飞雁从她的后肩抱了上去,提议:"姐,今晚我们俩睡一个帐篷吧!"

"我们有多久没有一起睡了?"爱飞望着暗下来的天空问。

小时候,她们的生活很简单,经常快乐地在一起嬉笑耍闹。现在,每天都在忙碌和奔波中,忘却了什么是快乐,什么才是自己想要的。

"是啊,想不到,我们姐妹的这场约会隔了那么久。"飞雁感慨地说。这时雁娜也挤了过来,像怀了窝喜鹊似的高兴,手舞足蹈地抱住两位姐姐。这个拥抱隔了二十多年,她们都已人到中年。

飞雁问:"大姐,还记得你小时候偷吃了奶奶大棉袄里那一甑酒酿吗?因为甜甜的很好吃,你一口气吃了半甑,吃完就在床底下睡着了。吃晚饭时,我们都找不到你。最后,是你自己醒来跑出来的,醒来后,又哭闹了半天。从此以后,你看到酒酿就要跑。现在,你在应酬场面不喝酒,人家能放过你吗?"

"对啊,现在有人请我喝酒,我就把小时候的事说一通,那些人就得放过我。"爱飞说完,咯咯大笑起来,笑得那么纯真、那么热烈。与她年轻时的凌厉气质完全不同,此时的她是个柔美而亲切的大姐。金燕、雁娜等人齐齐地转过头来。他们带着孩子们正准备烧烤,水果、甜点等已摆满了小桌子。脚下那条细细的溪流发出清亮的水流声,水面在星星底下闪闪发亮。孩子们开心极了,看到天上的星星一点一点地显现出来,越来越多,都举手去摘。方杰已经架好了高倍望远镜,他说,可以根据星星之间的位置、星星的亮度及形状判断星星的名字。孩子们经他的指点,看到已命名的星星了,欢快的叫声传到山谷中,又传回来,发出阵阵回响。

爱飞则望着天空中的繁星说:"现在,我们啥都不缺,就缺静下来的时间,缺人与人之间的真情,缺亲人的陪伴。"

"是的,都是金钱惹的祸,有钱也不一定是好事。现在经济发达了,社会风气却变了,人与人之间、心与心之间距离更大了。"飞雁一针见血地说。

"如果没有钱,你还是'饿死货'。现在有钱了,大家也把你的小名给忘了。"爱飞踢着脚下的几块碎石,说,"本来,今晚我有事,不能来的。你瞧,她们几个还能带着孩子和老公一起来,真羡慕。"

秦明最近飞英国了,他刚发来短信,提醒飞雁注意山顶的凉风。

"听说,陈科夫妻俩最近在闹矛盾?小姑正心烦呢!"雁娜突然说。

"小姑心态如此好的人都会心烦,说明事情有点复杂,是不是阿科在外面应酬太多了?飞达家也常吵架,上一次还差点离婚呢!"爱飞不经意地说。

"飞达哥喝酒太猛了,好几次都是我上门去为他挂盐水的。"飞雁如实说。

"是啊,我与你姐夫也常为应酬的事吵架。一个女人要做好工作,往往比男人付出得更多。"

"大姐,你真不容易。从一个服务员做到市委宣传部部长,你才是沈家的骄傲。"

"你也一样,一个中专生,只读了四年医学,却通过自己的努力,硬生生地折腾成了一名外科专家,更令我佩服啊!"

……

凌晨了,姐妹俩仍没有睡意,似乎还能起来到山上打老虎。这就是亲人间的情感,倾诉的力量就是这么神奇,这种情感能令人彻夜无眠。她们甚至觉得,此时是不是该起来喝点什么。几十年来的点点滴滴都在彼此脑海里翻滚,记忆全部苏醒,周围的一切是那么的亲切。四顶白色的帐篷都已融入自然中,她们无声无息却又紧紧地拥抱在一起。

第二天,太阳冉冉地从山那边升起,蔚为壮观。谁也想不到,白龙山上还有这样的景观。众人往山下看,白龙镇俨然一座不大不小的城市,很多地块都已耸起高高的商品房,有湖泊,有广场,更有成片的厂区,还有一片黑白相间的独特的古建筑群,村口那棵古树如一个绿色的圆点孤傲地镶在这幅水墨画中,那就是沈氏十七房。

疲惫的疫情时代

这是一个特殊的年份。2020年的新春佳节,十七房家苑小区安静得能听到梅花绽开的声音。路面上冷冷清清的,没有一个人影。路中央的电线杆上一串串红灯笼在风雨中飘摇着,却衬托不出一丝的年味。那是半个月前老支书沈建能和两个小伙子花了一天时间爬上爬下挂上去的。

天阴下来了,不知从哪里钻出了乌云,整块整块的,迅速地铺满天空,发酵似的极速膨胀,遮住了太阳。74岁的沈建国停下脚步,四处张望着。他刚从厂里回来,小区门卫室有镇里下派的志愿者守门,拦住了他。于是,建国从口袋里拿出一张红纸。那是村委会发的,每户人家隔天才能走出去一个。这几天,建国和银娥就住在娘的房子里,离厂近。他天天都要去厂里转几圈,大半辈子都在工厂里的人,不去转转,心里发慌。

自新冠疫情发生以来,武汉突然封城,过惯了几千年传统春节的中国人民也一下子集体被按下了暂停键,停下了移动的脚步,全部窝在家里,史无前例。人们在家天天互相大眼瞪小眼,以看《新闻联播》、刷手机为主,吃东西为辅。看着官方公布的数字,阳性多少了,疑似病例多少了。数字一天天地往上翻倍,微信朋友圈的各种信息铺天盖地,都说新冠病毒非常可怕,一得准一死,比2003年时的"非典"更恐怖。于是,人心惶惶,谁都不敢出门。《新闻联播》证实了情况的严重性,全国各地组织医护人员深夜出发,一批批奔赴武汉。80多岁的钟南山老人已经到达武汉,形势一天比一天严峻。有大胆的村民跑到村庄的古榔榆树下系了许多红色的绳子,祈祷疫情早日消散。

远在新疆的阿古丽医生和迪娜拉小朋友都给飞雁发来祝福语,而飞雁除夕24小时都在单位值守待命,她请缨去武汉抗疫一线。

沈飞达也没日没夜地坚守在工作岗位上。沈爱飞作为市级领导,有特别通行证,她的车可以四处转,但不是乱转。那天,转到白龙镇时,她在小高层村庄门口特意停了停,坐在车子里对着临时在门卫值班的沈建立打了个招呼。沈建立兴奋得立即给建刚打电话:"建刚,我们沈家大闺女做了大领导还是那么亲民,那声音与当年广播里一样动听啊!"伍莲珍在边上狠狠咬了一口苹果,得意地说:"当然,那要看谁家养的孩子。"

陈大裕也开着他那辆有通行证的私家车回小高层村庄。建芳怼他:"干吗来啊?你要是在外面感染了,我们都跟着遭殃。"

"什么话啊?我都戴着口罩,每天进出都消毒好几遍,放心!"当了半辈子领导的陈大裕在妻子面前又受委屈了。

不久,陈科夫妻俩也住到小高层村庄了,年轻的他们这才发现与家人在一起比什么都重要。

小高层村庄小区上空,高音喇叭每天轮番地播放:"村民们,注意了,请待在家里,不要随意串门,不要扎堆,不要聚会……"

有消息说,隔壁楼道在一楼车棚间设了棋牌室,有人在偷偷地打麻将,是三缺一的那种,被邻居举报了,派出所民警带走了三个七八十岁走路都颤颤巍巍的老年人。听说,警察们光为他们办拘留手续就花了几个小时,到了晚上,那三个老年人说夜里必须吃各类药物,家属们打爆了区长热线电话,最后,警察们又不得不提前释放了他们;还听说,上午小区里有村民与志愿者吵架。建芳刚看到飞雁在大家族微信群里说医生们都没口罩,太扎心了。想着二哥天天要出门去工厂,一个口罩已经戴了十天了,偶尔洗洗、吹干,第二天继续戴着去工厂,她便对丈夫下命令:"你跑一趟,把口罩给二哥送五个去。"陈大裕倒是听话,不仅送去口罩,还送去一些手套和一瓶酒精。

夏银娥见到陈大裕都快哭了,问他进城上班时,能否带点吃的给飞雁。飞雁一直没回过家。第一批医生已经赶赴武汉了,虽然没有飞雁的名字,但不知道下一批会不会轮到她。夏银娥每天担心得吃不好、睡不着。沈建国倒显得很安稳:"国家有难,这时候共产党员不出力谁出力?这时候不出力,就是叛徒!"为此,夏银娥与沈建国又吵了一架,她说:"女儿是娘的心头肉,别拿你那套大道理来跟我讲。"亏得雁娜一家三口与他们住一起,让夏银娥心里有了些许安慰。雁娜每天在家要给学生们上网课,天天向学校报告全班学生的情况。班上一个学生病了,却无法去医院,雁娜急得要出去帮忙,夏银娥自然不同意她出去。

村民们都没有口罩,连赤脚医生胡惠珍也拿不到口罩,只能待在家里看窗外的风景。方嬅用白纱布手缝了个口罩,逼着不想出门的邵阿三去菜市场买菜。他拐着脚一高一低、神色紧张地四处张望着走向东经堂菜市场,或许担心空气里有病毒,或许担心被人发现这个口罩不符合规范被拉回去,甚至担心自己这样能否进入菜市场买到菜。其实,路上根本没人。据说,村委会的电话早就被打爆了,村民们要求发放口罩,可那女支书说,医生们都没有口罩,村里哪会有?那酒精呢?酒精更是做梦了。两句话被怼回来,村民们气得够呛。其实,白龙镇工业区内有一家酒精厂,但酒精厂被政府征用了,所有的酒精政府统一调度不许自行售卖。

酒精厂老板是建龙的小学同学,趁着天黑,偷偷地往建龙的别墅送去了两箱。一早,建龙好不容易从别墅区出来,他先给赤脚医生四婶送了两瓶酒精,再给大哥、二哥、五哥、大姐等挨家挨户送到,心里也舒坦了,好像他的酒精能驱散病毒。阿六饭店这次亏大了,本来过年是饭店最赚钱的时节,店里也备足了年货。这一封城,满冰柜的食物怎么办?他从手机里看到消息,城市里的饭店为了自救,政府允许他们做好熟食,在饭店门口出售。这事他不做了,把库存分给亲人们,自己回家好好休息休息,开了几十年的饭店,倒没有一个春节像今年这么空闲的,难得能过个跷二郎腿的节日。夏晓香就窝在电视机前嗑着松子,剥着花生看连续剧,付费电视剧一集接一集地看,有时拉着建龙一起看,说是当年恋爱时建龙没好好陪过她,现在是个补偿的机会。夏晓香说得有理,当年恋爱时,两人都在阿六饭店的厨房间忙碌,连一场电影都没看就直接步入了婚姻殿堂。于是,夫妻俩真的把连续剧看得天昏地暗。次日起来已是晌午,一家三口的吃饭时间都乱套了,夫妻俩好像进入了热恋期。

潘依群是众多亲人中最忙碌的人之一,每天在家做各种传统糕点、西点,做好后,让沈建军在家庭群里一发,各家想办法到她家门口来取,这招挺管用。

最轻松的要数沈建刚夫妻,天天住在小高层楼上睡了吃、吃了睡。建刚说自己从来没有这么安逸过,伸伸懒腰给两个当领导的儿女打电话,问他们都在干什么,然后把从儿女们那里得到的消息第一时间发在大家庭群里。

爱热闹的沈建芬不串门了,但他们夫妻俩也没消停过。沈吉祥做的菜,都由沈建芬在幕后指挥分送。这对老年夫妻像小青年一样偷着乐。汤飞鹏全家年前回美国了,从他们发在群里的照片看,那边行动自由,一切太平,好像不是生活在同一个地球上。

建军家儿子也传了新加坡街头的视频,也是自由的。可没几天,新加坡阳性病人猛增,街头有不少人戴起了口罩。

文城市新闻播报,飞荣集团为本次疫情捐赠300万元,沈建国的标准件厂捐了30万元。沈建芬捐了5万元。沈飞机几年前就移民澳大利亚了,她带领澳大利亚华侨向中国同胞捐了许多口罩,一架飞机里没有一个乘客,全部是口罩。站在电视机前的沈建强腰杆挺得更直了,桂花听到这个消息为女儿的大爱热泪盈眶,金燕也在边上擦眼泪,沈飞荣默默地盯着电视机屏幕,不知道在想什么。

晚餐时,沈建刚跟伍莲珍嘀咕,说他也想捐款,以老党员的名义,捐500元。伍莲珍与他争辩:"我是平民,就不捐了。2008年,汶川大地震时,我捐了200元。前几年去汶川旅游,那边老百姓却说,有很多人发国难财,把我们捐的物资和钱都贪了。这是我亲耳听到的。"沈建刚不想与老婆争论这些,便到楼下娘那套房子里去,现在沈建国家五口人住着。他们两家住楼上楼下,走动得最勤。沈建国赞同大哥:"我们的国家太难了,十四亿老百姓要生活。这四十年来,国家好不容易富起来的,却遭遇了这么大的灾难。国家有困难,当子民的当然要捐,母亲有困难儿子能不帮吗?"

2月中旬开始,各社区、村都封起来了,道路也全封了,老百姓出行更不方便了。

沈飞雁没去支援武汉,但被调去省城,在某个阳性隔离点内做点位长,奋战在第一线,整整二十八天后才回到文城市,已经严重透支了健康,瘦了整整一圈。夏银娥这才知道,女儿这么长一段时间并不是在自己医院里。沈建国听到女儿病倒的消息时,正在与客户谈生意,他的双手紧紧握住杯子。秦明接到电话,走出会议室,直接开车去了城里的医院。

第四篇章　实现乡村振兴

阳春三月,古树下充满了阳光、花儿和潮湿的泥土气息,国内疫情风险下降,各村、社区的村民、居民凭手机绿码开始进出,严格但有序。

陈科进门就向母亲报告喜讯:"妈,你又要当奶奶了。"建芳听了呆住了,一会儿又笑了,自语道:"看来我退休后的美满生活要被一个接一个的孙子占满了。"陈大裕看着老婆,想起当年嫁给自己时建芳青春、朴实的模样,怎么一下子就变成头发花白的奶奶了。

沈亚琴正披头散发地在阳光下翻阅账目,她估算了一下,自己的损失比建国叔、飞荣哥还大。整个外贸市场业务量急剧下降,她只能把前几年赚的老本拿出来先顶着,劝退几个工人,业务骨干还得留。丈夫听着亚琴自言自语的安排,也不打断她。他已经准备转战文旅产品销售,正在摆弄一些设备,近期要开启网络直播带货,突然肚子咕咕叫了一下,饿了,便问:"亚琴,什么时候吃饭?"亚琴压根没空理她。

令沈家人想不到的是,上海的吴英娣新冠阳性,住进医院,没几天便走了。走时,连儿女都未能进医院见上她最后一面。噩耗传来,沈家人都沉浸在巨大的悲痛中。

吴英娣,本是老祖宗妹妹吴翠花的女儿。

吴翠花的丈夫在抗战时期的鼠疫中因感染病菌死去,她本人于1975年因气管炎在上海过世。如今,女儿吴英娣在2021年的新冠疫情中与他们团聚了。

飞雁听到上海阿娘过世的消息时,还在住院康复中,于是,她在病床前写了篇悼念文章《一粒尘埃的飘零》。她是晚辈中到过上海阿娘家最多次的,也是最亲近上海阿娘的一个。建国独自坐在偌大的客厅里半天不语,看到墙上挂着飞雁写的一幅字"厚德载物",突然,他站起来,从充电器里拔出老年手机,戴上老花镜,给飞雁打电话:"'饿死货',你上海阿娘走了,你一定要打电话给上海的表叔、表姑,替我问候他们,让他们保重身体。"银娥看着建国打完电话,坐到院子的小凳子上。这个小凳子是从老宅里搬来的,全木、破旧,与别墅的装修格格不入,但建国执意拿来这个连四边角都磨损了的圆形凳子。银娥看他还在发呆。其实,昨晚他给上海的亲戚们打了一圈慰问电话后,一直是这副伤心的神情和沉重的语气。

银娥知道,建国肯定想起了八九十年代开辟上海市场时经常借宿于老姑家的点点滴滴。老姑只长他 7 岁,但一直照顾乡下的穷亲戚,每年中秋前都会寄来杏花楼月饼。老姑 75 岁后,寄月饼的事就由儿子李伟继续,直至今日。建军曾这样评价:老姑是个极感恩的人,几十年如一日地做一件事,这样的坚持与重情不是人人都能做到的。全家人更是记着"饿死货"小时候没奶喝,老姑陆续买来的奶粉,可谓雪中送炭。

去年,飞雁和秦明到上海时特意看望过上海阿娘。当时,老人家行动已经不便,坐上轮椅了,但她的脸色白里透红,嘴唇鲜艳,精神饱满,看到老家来人很是兴奋,颤抖着喊"饿死货",拉着飞雁不放手。

谁知,那竟成了最后一面。

当飞雁写完那篇文章时,原本阴郁的天空突然透出日光,穿过云层,照射到玻璃上,反射到桌前。恍然间,她似乎看到了那张熟悉的大圆脸——78 岁的上海阿娘那张依然白皙且透着红润的饱满的脸,她正从村口的古树下走来。可明明几分钟之前,天空中是下着雨的,难道那是大地的泪水?抑或,那是她与骨肉分离而落下的泪珠?或者那是上海阿娘那粒微尘从上海飘向故土了?!

2020 年,疫情压抑着经济下行,人们的生活都受到影响。年底时,全球疫情加剧,人人显出疲惫的神色。

古树下，爱出者爱返

疲惫的日子里，厚重的黑暗沉沉地垂挂于星空的四周，一切都达到了清雅及静谧的调和。

白龙教育集团校长沈亚雪坐在家中的电脑前办公，她手握钢笔，神色沉重。上级要求9月1日新校正式开学。学校的招生工作已经结束，今年，先招四个班级的一年级、四个班级的七年级，共八个班级，近四百名新生。

沈雁娜自从参加工作后，一直在白龙中心小学教语文，扎根农村教育二十多年。她刚送走一位来看望她的学生，那学生是雁娜在三年级时接手的。当时，那学生语文39分，数学31分，还经常发脾气打同学，上课时常跑到操场上去，找不到人，没有老师和同学喜欢他，甚至有老师给他贴了个"狂躁症"的标签，班主任找来家长请他们转学或到私立学校去，打工为生的家长哭诉着请校长再给孩子一个机会。于是，校长点名让雁娜接手了这个班级。雁娜第一次去家访时，看到孩子浓密的头发往上高高竖起，眼睛瞪着，眼神中充满戾气和愤怒，但又显得无比的落寞与孤独。雁娜一阵心疼，主动拉起孩子的手，问："能不能陪老师去公园里走走？"孩子只瞄了她一眼，说："我不喜欢老师，也不喜欢同学，只喜欢看电视、玩游戏，你干吗来我家,走开!"并甩开了她的手,但雁娜却与孩子挤在破旧的沙发里,给他讲起了故事。孩子一开始只顾盯着电视,十几分钟后关闭了电视,认真听雁娜讲故事。一个小时的家访结束了,雁娜再次与孩子握手,真诚地说,希望接下来的三年,彼此合作愉快。孩子也从沙发上站起来,用手在头上抓了一通,试图把鸡窝似的头发拨出个形状,不好意思地说了声:"老师,再见。"孩子的妈妈看到这一幕,简直不敢相信。三年后,孩子小学毕业时,语文、数学、英语都考到了 90 分以上。如今,他已经长成一米八的阳光大男孩,考上了上海的大学,来看雁娜了。孩子的奶奶、爸爸、妈妈都来了,握着雁娜的手连声说:"沈老师,你是我们家的贵人。"

雁娜的教学经历中,改造了好多类似的顽皮男生。每每讲起这些学生,雁娜的脸上充满了骄傲。亚雪深知请她助自己一臂之力是正确的。雁娜问:"为什么要叫白龙教育集团?"

亚雪说:"雁娜,我已经和教育局沟通过了,8 月份,正式调你入我们学校,局里同意安排你的行政职务。"

"别,千万别,谁稀罕你的一官半职!十多年前,我就推掉了教务处主任一职。我只负责把班级教好。"雁娜强烈拒绝,依然一副脱俗的样子。

"我知道你是个非常优秀的班主任,但我更需要一个一起抓好教学的领导。"亚雪用乞求的语气对堂妹说。

"抓好教学不难,只要老师学会爱孩子,孩子自然听话。"雁娜底气十足地回答。

"像你这样的教师是业界的宝贝,不争名利,对学生充满爱。"

"教师的本职就是育人,名和利让给想要的人。哈哈!"雁娜笑得很从容。自从她和姐妹们一起创办读书社以来,气质似乎更佳了,书香气也更浓了。飞雁最近又推荐给她一批好书。当下,真正阅读的人越来越少了,刷手机视频的人越来越多。

9月1日终于来临,是个特别晴朗的日子,风使天空更加明亮,云彩在天际飘荡,拔地而起的白龙教育集团正式开学了。

阳光下,44岁的沈亚雪带领全校师生,伴随着雄壮的国歌声,行注目礼、唱国歌。整个白龙镇的天空都是光亮的、柔和的、亲切的,似乎原先的白龙中学真的回来了。

亚雪不知道,校门外,走路已经没有那么神速的73岁的沈建国和已步入中年的沈飞荣都站在那儿,同样向校内的国旗行注目礼。飞荣想起了堂叔当年对他说的话:"你小子富有了,真有钱时,下次给我再重建一所白龙中学!"

身姿依然挺拔的飞荣默默地站在建国边上,他发现堂叔的眼中有一抹不寻常的亮光。

校园对面,亚琴的丈夫开了家七彩文创店,里面不仅有学生用的各类文具,还有白龙镇的特色文创产品。董亚光已经从旅游公司总经理成功转型为电商和实体相结合的网红店掌柜,店里还出售白龙教育集团校门形状的特色棒冰。他相信亚琴的预判:如此美丽而高级的乡村学校肯定会成为文城市的又一个网红打卡点。

两年来,数不清的企业在疫情中受到重创。飞荣集团的产值也比原来减少了五分之一,但在工业区内,这算是影响较小的企业。因为他们做的产品都是高端的,在世界市场上与之竞争的企业较少。这也是飞荣集团多年来能保持高利润、高销售额的关键因素。沈建国的工厂销售额下降了二分之一,内销也有波动。听说严海江的企业亏损严重,他的原配从加拿大回来了,拿出原先他给的 6000 万元,要帮助他渡过难关。这个消息在整个紧固件行业内引起巨大反响。

一个冷冷清清、阴雨绵绵的早晨,神色沮丧的严海江倒夹着一把黑雨伞进来了。沈建国惊讶地站起来,摘下飞雁刚给他买来的一顶灰色的羊绒保暖鸭舌帽。

在病床上躺了几年的严伟杰终于脱离了苦海,沈建国为老大哥通宵守灵。灵堂前,没见到严海江的第一任妻子和孩子,倒看到他那已经转正的后妻抱着幼儿在忙碌。沈菜儿穿着一件花花绿绿的外套在那儿笨手笨脚地帮忙,一大把年纪了,脸上仍涂着瘆人的白粉。

马立伟也送去了花圈,站在角落里与几个熟识的企业主窃窃私语。因为疫情,整个葬礼都简化了。

严伟杰头七过后,严海江拿着两盒上好的茶叶再次到沈建国办公室来致谢,他眉头紧锁:"建国叔,现在的经济形势,看不到未来了。"沈建国则鼓励他:"你还年轻,要向前看。眼前的疫情形势是暂时的,要相信党和国家。我虽然年纪大了,但每天看新闻,国家也在想办法扶持我们企业,只是政策从上到下,落地得有个过程。反过来,我们地方民营企业有困难了,反映到上面也需要一段时间的嘛!就像独生子女政策一样,你是独子,当时不允许生二胎,现在国家又鼓励生三胎。虽然国家调整方向迟了点,但仍在改进,这是好事。不管困难多大,社会还是会向前推进的,个人和企业的成长都一样。我们办企业的对社会要有一定的责任和担当。"

面对一个只有三年级文化的老人如此通透又深刻的分析,54 岁的严海江沉默了,回去后彻夜难眠。

沈建国几十年如一日地保持 5 点半起床,7 点前到工厂,前前后后、左左右右,每天要绕着工厂走两圈,有时还不止两圈。他看到白龙大道中间那些漂亮的花木造型及繁茂的树都被移除了，路面要进一步拓宽，轻轨要来了，白龙大道上空将架起一座轻轨，五年后完工，白龙镇将再次腾飞。阿六饭店在规划线内，要拆除；沈建国的工厂三分之一要拆迁；而飞荣集团离白龙大道远，毫发无伤。银娥伤心得好些天睡不着，默默地掉眼泪。标准件厂是他们夫妻的又一个孩子，大半生的心血都倾注在这里。如今，好端端的厂房将被拆得七零八落，心痛得无处言说。

2021年10月10日，凌晨两点多，沈飞雁接到同事的电话："沈飞雁同志，马上到单位！"她二话不说，立即起床。

飞雁用了几秒钟时间，快速地翻了一下手机，临时封城！

作为一名医生，昨天就预感到疫情的严重性。她打开一盏床头灯，边麻利地穿衣服，边叫醒秦明，轻声地嘱咐："封城了，我得去单位，你起来后先到菜场多买点食物。"此时，她有点后悔昨天下班后去菜场菜买得不够多。当时，她有过多买点肉的念头，儿子和老公都喜欢她做的狮子头，却发现只有边角料的肉。老板说："今天的肉进了三次，都被抢光了。"飞雁内心的第一反应：我不能抢物资，会给老百姓带来恐慌。待她起身、洗漱完时，秦明也起床了，抱一抱飞雁，叮咛她自己小心点。飞雁看了看一脸倦容的丈夫，又说："你和儿子、你爸妈一起住回白龙镇的别墅吧！全家人在一起，方便又放心。"

"现在还出得去吗？"秦明又一次抱紧了飞雁，仿佛是一次长久的离别。

她不敢多留恋，捋了捋额前的刘海，拉起小行李箱，披上一件最轻便的红色鹅绒服，以最快的速度出了门。

小区外，还是深夜的模样，黄色的路灯凄迷地照着黑暗中的一切，四周的高楼是那么的漆黑和威武，空气中弥漫着一种悲壮感，如大敌当前的寂静。

红绿灯处,对面小区拐出一辆白色的小轿车。飞雁想:是与我一样同行到医院的吗?这个时间,非要事谁也不会起床的,对方十有八九与自己一样要务在身。

到了医院,入口栏杆自动开启,院子里一个个穿白大褂的和不穿白大褂的在幽暗的灯光下急匆匆穿行,再次说明了情况有多么紧急。

黑暗中,大院里有不少车辆进出,强烈的灯光特别晃眼,病毒突如其来,钻入这个城市,让飞雁感到强烈的不安。

大院一号楼,各个办公室里灯火通明。

二号楼,门诊、急诊照样灯火通明。

三号楼、四号楼、五号楼、六号楼,各层楼里人头攒动。大家在这一年半中已经适应了疫情的节奏。

两点半,基层医院的第一批志愿者医生到了!

每个人先去三号楼做核酸检测。

2020年春节疫情期间,很多医护人员都一直奋战在抗疫第一线。这次,他们都像飞雁一样,拉起行李箱,再次抛下家中的孩子、老人,毫无怨言地赶到了工作岗位,做好连轴转的准备。

测核酸回来,经过四号楼,飞雁碰到一位老同事,头往左耷拉,步履沉重,像马上要倒下去。飞雁上前扶了她一把,对方说刚从隔壁社区回来,一直在做核酸,已经36小时没有休息了。

大楼里的气氛格外凝重。她扶着同事,都没再说话,她们像约定了似的。对于封城,大家是第一次经历,以后的人生中还会不会遭遇,暂且不知道。飞雁看过加缪写的《鼠疫》,看过类似的灾难片,但当自己真切地面对因病毒而封城的灾难时,其实,内心还是没有做好充分的准备。

第四篇章 实现乡村振兴

望着窗外漆黑的天空,飞雁陷入沉思,那是黎明前最黑暗的时刻!

手机响起,院长亲自打来电话。她整了整白大褂,走了出去。路上碰到的是刚工作时的同室好友,小李已经成了老李——消化科护士长。两人相视一笑,手挽手,一起走向会场。

院长办公室边上的小会议室里,正在召开紧急视频会议,飞雁简短地交流了去年在省城重症室的工作经验。会后,她作为组长亲自挂帅进入一线工作。

家人们并不知道,他们的"饿死货"再次穿上厚重的防护服,走进了重症隔离病房。连秦明都不知道。

冬日,清晨的阳光依旧清冽,空气里弥漫着一种说不清的哀愁。

封控的日子,沈雪飞临危受命,直接被调回白龙山庄,全面负责白龙山庄的一切工作。全区新冠疑似病例住满了白龙山庄,走了一批,又来一批新的。雪飞顶着巨大的工作压力,其间的辛苦并不亚于白衣天使飞雁。

一个月后解封,雪飞走出白龙山庄,51岁的她,两鬓间突然多出了许多白发。毛大力开着深蓝色的奥迪车来接她,上前轻轻地拍了拍她的脸,温柔地说了声:"辛苦了。"雪飞向丈夫投去深情又感激的一眼,看着他悉心地为自己打开副驾驶车门,眼眶潮湿了。她欠这个男人太多太多,不禁主动拥抱了他,毛大力热烈地回应着妻子突如其来的拥抱。

连轴工作了一个月的飞雁被拉到白龙山庄作隔离休息,一个人一间,每天除了睡,就是看书、刷手机。近三十年的工作中,她从来没觉得时间如此充裕。

这次,夏银娥气得眼泪都掉下来了,直接跑到白龙山庄,朝着飞雁那个窗口大喊:"'饿死货',你每次重要的事都不告诉我,你心里到底还有没有我这个娘?"而飞雁在上面探出头来,轻松地笑:"妈,我不是好好的吗?我会在这里好好休息半个月的,医院后续还会安排我们去外地疗养。"她叫秦明把自己以前网购的新书都送到白龙山庄来,秦明对她的这次"瞒报实情"也非常生气。但事情已经过去了,他还是第一时间把东西送到了飞雁住处。三天时间,飞雁已经看了两本书,还写了一首诗歌《感动——致抗疫先锋》,发给爱飞。

爱飞读完,马上回复:"恭喜,可以发表在《文城日报》上。"

看着大姐发回来的信息,飞雁心里不免有些小小的得意。突然,一阵眩晕袭来,她倒在了白龙山庄洁白的床单上。

半个月后,文城市官方公布了一批捐款的优秀企业家,沈建国、沈飞荣都在列,飞荣捐款额度大,排在堂叔建国前面。建芬不办企业了,又捐了5万元。同时,还公布了疫情期间第一批优秀工作者,沈爱飞、沈飞达、沈雪飞都名列其中。沈飞雁已经被宣传成为抗疫英雄,只是她本人还在重症室内,并不知道外面发生的一切。

夏银娥看着报纸上的表彰名单,又一次泪流满面。这些天,她的眼泪都快流干了。报纸上所有的荣誉,都抵消不了一个母亲对女儿的担忧。沈建国也已经很多天没去上班了,每天醒来不再是往工厂的方向去,而是向医院的方向去。

飞雁面无表情地躺在文城市的重症病房内,这里曾经是她在疫情封控期间待了整整一个月的战斗岗位。如今,她是作为一名重症患者被送进来的。持续的高烧,令她的整个精气神快消散了。她似乎只是熟睡,似乎又在梦里。她来到了一个遥远的地方,这个地方黑洞洞的,一望无际,什么都没有,没有人,也没有一丝的声音和气息,只有一个念头:找到秦明!她的心中有个强烈的声音在提醒她,她是来找秦明的,可是她什么也没找到;

整个人轻轻地飘浮在空中，什么也看不到；意识却又分明告诉她，自己此行的目的就是找秦明。突然，她终于听到一个声音："快醒醒吧，你儿子来看你了。"儿子，自己有儿子吗？黑洞中的飞雁根本不知道自己还有一个儿子。当她被拉回的那一刻，突然苏醒了，她记起来，自己不仅有儿子，还有父母，有妹妹……

可苏醒的只是意识，眼皮仍沉重，她怎么也睁不开眼睛，全身依然不能动弹，像被什么东西沉沉地压着。她的内心拼命地挣扎着……

医生们无时无刻不在关注着她身上的仪器的指示变化。沈氏家族的亲戚们轮流来看她。离 50 岁还有一年的秦明在飞雁倒下的那晚，一夜间，头发全白了，额头的皱纹快速地爬了上来。他每天就坐在重症室门口，好像只有这样，才能拉近自己与飞雁的距离。他只要一个健康的妻子，如往常一般回家能大声地喊："我回来了，有什么好吃的？"好像，她一直是"饿死货"，秦明曾经这样笑她。

沈氏十七房的村民们都在老家翘首以盼"饿死货"回家来……

2021 年 12 月 31 日，沈氏十七房的沈氏家族在阿六饭店聚餐，沈吉祥和夏晓香负责掌勺，沈建军和潘依群负责洗、刷、切，沈雁娜和沈亚琴负责端菜，沈建芬主持全局，沈建刚代表家族发言，他们还特意邀请了长辈胡惠珍夫妇，沈建权一家三口也来了。穿着警服的沈飞达带头举杯，与满满的三大桌亲人举杯共庆新年的到来。大家展望新的一年，信心满怀，这也是在阿六饭店最后的晚餐。明天，饭店将整体移交给政府，正式搬出。

聚餐结束，大家回头仰望头顶上"阿六饭店"那四个依然闪烁着红光的大字。有人问建龙："阿六饭店的新址在哪里，何时重新开张？"

沈致远替父亲神秘地回答："村口那棵古榔榆树抽绿叶时，便是饭店重生之时。"

而沈建国挽着夏银娥的手臂,离开了人群,说想去村口望一望。

周围早已经沉寂下来。此时,他们似乎与古榔榆树一起融入了村庄,守望着沈氏十七房,守望着过去和未来。

沈建国似乎看到了天空中隐秘闪烁的光芒,他看到老祖宗笃笃笃敲着拐杖走来,又看见爹孤苦伶仃地站在村口的古树下张望,等待"饿死货"放学归来。

突然,黑夜中,缤纷的烟花腾空而起,团团簇簇,丝丝缕缕,离散聚合,繁华盛开,将天空打造成一片绚丽的花海、希望的花海。

2024 年 3 月 21 日初稿

2024 年 10 月 10 日终稿

作者的话

应该说,十五年前,就想好了要写一部长篇小说《树》,并雄赳赳地在某次会议上表过态,也就是这部现改名为《守望》的长篇小说。而在写作中,曾一直叫它《村口的那棵古树》。

村口的那棵古树,已经很老很老了,老到我曾祖母在世时都没能说清它的种植日期。每每出行归来,第一眼望到的就是这棵古树,只要一看到它的枝叶,就有到家了的感觉。这棵树已不只是一棵树,它像我们的一个亲人,一个连着我们家族根脉的重要亲人。村庄在多年前已被连根拔起全部拆除,故乡的梦从此便残损了。故乡也不成为故乡,它只存在我们永恒的记忆中。

我们的家族微信群名称是"以上河严的名义"。小儿7岁时曾问:"妈妈,上河严都没有了,还哪来的'以上河严的名义'呢?应该改成'消失的上河严'。"我答:"孩子,上河严是生养我之地,哪怕它从这个世界上消失了,但永远在我和我亲人的心中。"

故乡不仅是每个人生养休憩之地,更关乎一个人的心灵成长,是每个人的精神家园。这些年,全国大地多少村庄在消失,多少厚重的历史被淹没。我没有细究过我们的小村庄有多么绵长的历史,但知道它曾经辉煌过。

而且,它对我的人格形成和人生走向,产生着深刻的影响。

这部长篇小说也是讲我们农村人自己村庄的故事,以郑氏十七房为背景,时间跨越了48年。或许冥冥之中有安排,小说从采访到提笔,到初稿完成,历时5年,易稿12次。初稿完成那天恰好是我48周岁的生日。自己也想不到会写到32.8万字,计划是24万字、50章,可最终变成了48章,后又删减到28万多字;终稿完成又是一个生日,太神奇了。从开笔的顺畅到后来自我感觉的啰唆,中间因工作和生活关系,停了几个月,在断断续续中前行,但哪怕在停顿的日子里,也天天阅读、思考,甚至梦里都在写作。

我知道,驾驭如此规模的长篇小说自己水平有限,但还是写了。对比之前的7本小说,自以为提升了许多,感悟到写作是一场修行,写作拓宽了我的生命。感谢写作!

春节时,在大伯家拜谒了爷爷奶奶的像。见到墙上的爷爷奶奶,我与小说的主人公沈飞雁一样,突然,泪水汹涌而至。

在创作过程中,我多次走访郑氏十七房村,查阅了大量的资料,还承蒙镇海区紧固件协会提供相关资料,谨此一并致谢!同时,感谢给予我大力指导和帮助的各位领导、老师和亲朋好友,感谢各级部门的支持!

最后,感谢长期以来一直支持我进行文学创作的父母!

致我那逝去的村庄!
致我那辛勤劳作的祖辈们!
致我那勇于创新带领全村人民走向富裕的父辈们!

2025年3月12日于红房子家中